"Je t'aime dans le temps. Je t'aimerai jusqu'au bout du temps. Et quand le temps sera écoulé, alors, je t'aurai aimée. Et rien de cet amour, comme rien de ce qui a été, ne pourra jamais être effacé." Jean d'Ormesson

Chapitre 1

Une question qui nous fait mal

Callum

Après avoir confirmé à Alberto que je m'occupe de Gabriella à la villa aujourd'hui, je réfléchis encore à ce que Evan m'a dit sur les cauchemars de celle-ci. Pourtant, j'ai beau être assis là, sur le fauteuil face à notre lit ; *je ne la vois pas gigoter, ni me montrer le moindre soupçon de cauchemar.* Pourtant, il n'a pas inventé une telle chose. Il n'était pas là quand tout cela est arrivé, et personne n'est au courant, à part un certain cercle d'amis qui se résume à quatre ou cinq personnes, qui ne parleraient pas de cela avec n'importe qui. Brooke était au courant bien avant moi, mais elle ne ferait pas une chose pareille. Je la vois mal raconter cela au premier venu, même si c'est un ami de longue date pour elle d'après ce que j'ai compris... elle n'a pas de raisons, de toutes façons, de parler de cela avec lui.

Je regarde le visage endormi de Gabriella, l'esprit tellement pensif que je n'ai même pas remarqué qu'elle est réveillée.

— Tu n'as pas l'air heureux de voir ce que tu vois, me fait-elle remarquer d'une voix endormie. Je passe la main dans mes cheveux, ennuyé qu'elle m'ait pris sur le fait.

— Tu penses à ton rendez-vous avec Bryan de ce matin ? me demande-t-elle en se redressant dans le lit.

— Non, je pensais à autre chose, répondé-je simplement.

— Callum, tu ne m'as pas vraiment parlé de ce qui s'est passé avec ta mère, me fait-elle remarquer et je soupire.

— Bien que j'aie compris le principal, j'aimerais savoir ce qui se passe vraiment. Je sais que c'est beaucoup pour toi, mais je vois que cela te tracasse, continue-t-elle et je me lève du fauteuil en faisant grincer mes dents.

— Je n'ai pas envie de parler de ça maintenant, lancé-je en partant vers la fenêtre de la chambre où je regarde les vagues s'écraser sur le sable.

Mais surtout essayant de me calmer. J'ai l'impression qu'elle me cache, volontairement, le fait que cet enfant que nous avons perdu, ne la travaille pas encore.

— Tu n'as rien à me dire ? lui demandé-je sans quitter les vagues du regard.

— Moi ?! s'exclame-t-elle.

— Non, je ne vois pas ce que j'aurais à te dire, continue-t-elle et je vois à son reflet dans la fenêtre qu'elle se lève du lit pour me rejoindre.

Je serre les dents encore plus fort, quand elle glisse ses bras autour de ma taille, et que sa tête se pose entre mes omoplates. Je n'arrive pas à me détendre, je veux savoir s'il s'avère vraiment qu'elle fait des cauchemars. *Je veux savoir pourquoi je ne me suis rendu compte de rien pendant tout ce temps.*

— Callum, qu'est-ce qui se passe ? demande-t-elle, je ne voulais pas te mettre mal à l'aise en parlant de ce qui se passe. Je pensais que tu aurais voulu m'en parler.

— Comme tu me parles de tes cauchemars, grogné-je et je grimace en sachant que je ne voulais pas le dire ainsi.

Mais il est trop tard maintenant, parce qu'elle a desserré ses bras de ma taille, en comprenant que je suis furieux. *Mais c'est ainsi, la machine est lancée.* La pression sur ma poitrine, qui me ronge depuis l'infirmerie, a explosée et je sais que je ne m'y prends pas de la meilleure des façons… *mais c'est plus fort que moi.* Dans des moments ainsi, mon mauvais côté prend le dessus, et j'ai beau essayé de me contenir… *là il est trop tard.*

— Callum, je ne sais pas de quoi tu parles, insiste-t-elle.

J'entends dans sa voix, que je lui ai fait vraiment peur. *Mais sa réponse ne me convient pas.* Je fais volte-face et sans un regard, je quitte la chambre.

— Callum ! m'appelle-t-elle.

Mais je file déjà dans les escaliers pour rejoindre la porte. *J'ai besoin d'air… Je ne peux pas rester ici.* Je sais qu'elle ne comprend rien à ce qui se passe, mais je n'ai pas le cœur à l'instant pour lui expliquer. Je suis rempli de peur en montant dans ma voiture, pour la lancer de vive allure sur la route, à l'idée qu'elle fasse vraiment ces cauchemars.

Gaby

J'arrive en bas des escaliers en haletant, regardant par la porte grande ouverte, la voiture de Callum qui file déjà sur la route. Je porte ma main à ma poitrine ne comprenant rien à ce qui se passe. *Pourquoi est-il parti ainsi ? Et pourquoi est-ce que j'ai ressenti tant de rage en lui ? Qu'est-ce qui s'est passé entre notre retour de l'infirmerie où tout allait bien... et maintenant à mon réveil ?* Je regarde la voiture disparaitre au carrefour, ne comprenant absolument pas ce qui se passe. *Ai-je dit quelque chose de mal en dormant ?* Non, je n'ai jamais parlé dans mon sommeil. *Alors que se passe-t-il ?* Oui, je lui ai demandé ce qui se passait avec Bryanet sa mère, mais c'est normal que je m'inquiète pour lui.

Je repousse la porte d'entrée doucement, essayant de me remémorer tout ce qui s'est passé quand je me suis réveillée. Il était déjà à cran quand j'ai ouvert les yeux, puisqu'il n'a pas semblé remarquer que j'étais réveillée depuis un moment. Et pourtant, son regard était posé sur moi. J'ai beau me marteler la tête, je ne vois pas ce qui l'a poussé à être si froid d'un coup avec moi. Il m'a parlé de cauchemars. *Mais je ne fais aucun cauchemar... Alors, qu'est-ce qui lui prend au juste ?*

Une sonnerie résonne dans la villa, et je me rends dans le séjour où se trouve mon sac où j'en sors mon portable.

— Salut, répondé-je à Brooke en regardant à nouveau la porte de la villa.

— "Comment te sens-tu ?" me demande Brooke alors que je suis aux bords des larmes ne comprenant pas ce qui se passe.

— Je vais bien, affirmé-je la gorge remplie de larmes qui sont en train de m'échapper.

— "Gaby, qu'est-ce qui se passe ?!" s'inquiète-t-elle de m'entendre pleurer.

— Je ne sais pas. Je viens de me réveiller, pleuré-je maintenant.

— Il m'a repoussée, en me parlant de mes cauchemars, expliqué-je sans rien y comprendre.

— " Des cauchemars ? Mais quels cauchemars ?!"

— Je ne sais pas Brooke, il n'a rien dit de plus. Il est parti furieux, pleuré-je de plus belle.

Brooke

Je raccroche de Gaby en espérant avoir pu la calmer, et je passe mes doigts dans mes cheveux blonds. *Qu'est-ce qui lui a encore prit pour s'énerver ainsi ?*

Sérieusement, Callum est énervant avec ses sautes d'humeur. Il ne pourrait pas discuter, au lieu de s'énerver et de la laisser en plan. Je décide, contre l'avis de Gaby qui m'a demandé de ne pas m'en mêler, de lui téléphoner. Mais au moment, où je m'apprête à composer son numéro ; un appel de Archie me surprend. Celui-ci me demande de le rejoindre dans le parc à côté de l'agence. Je suis un peu embêtée, puisque j'ai rendez-vous avec Spencer dans trente minutes. Mais voyant comme celui-ci insiste, je prends sur moi et je recule mon rendez-vous. Archie se trouve déjà au parc quand j'arrive, et je crois tomber des nues, quand je le vois avec une cigarette en main. *Bordel, le beau mec toujours bien sur de lui du lycée, et l'égérie le plus prisé de Seattle, fume !* Voilà bien quelque chose que je n'avais jamais remarqué.

— Je suis là ! lancé-je en souriant le faisant s'arrêter.

J'ai l'impression qu'il a usé tout le sol de l'allée depuis un moment. Je me demande ce qui le travaille autant, pour qu'il semble si stressé. Je l'ai bien senti au téléphone, surtout quand il m'a demandé de ne pas parler de notre entrevue à Spencer. Bien que je n'aime pas l'idée de lui mentir, je ne lui en ai quand même pas parlé. Je verrai en fonction de ce que Archie a à me dire. Et d'après le regard paniqué qu'il me porte à l'instant, j'ai l'impression que cela semble grave.

— Ne me dis pas que Callum a fait des siennes ?! m'exclamé-je en repensant au coup de fil de Gaby.

— Non. Enfin, pas que je sache, fait-il d'un regard perplexe.

Je déglutis, me disant qu'il vaut mieux que je ne lui parle pas de l'appel de Gaby. *S'il est déjà stressé, il va exploser.* Il a une façon à lui de protéger Gaby qui me dépasse, mais puisque Callum le laisse faire… *je n'ai pas à m'en mêler.* Là pour l'instant, j'aimerais savoir ce qu'il me veut au juste.

— Bon, dis-moi ce qui se passe pour que tu me demandes de venir ? finis-je par demander voyant qu'il frotte sa nuque nerveusement.

— Tu connais Evan, c'est ça ? me demande-t-il.

— Nous en avons déjà parlé, non ? lui rappelé-je perplexe qu'il revienne sur ça.

— Oui, et tu m'as dit de ne pas m'inquiéter, acquiesce-t-il en fronçant les sourcils et je décèle quelque chose qui ne me plait pas.

— Dis-moi clairement ce qui se passe ! paniqué-je.

Je ne suis pas idiote, et je comprends que quelque chose se passe, et que je ne sais pas ce que c'est. Mais à voir le regard de

Archie, il est totalement en alerte à cet instant, et cela me glace le sang.

— Connaissais-tu Mellyssandre ? me demande-t-il.

— Oui, comme tout le monde. Enfin, je l'ai vue de loin au club avec toi et Callum, répondé-je ne comprenant pas pourquoi il me parle d'elle.

— Sais-tu que Evan est son demi-frère ?

J'écarquille les yeux, ahurie de ce qu'il vient de me dire. Jamais, je n'ai su que cette fille et Evan étaient en fait de la même famille. Mais surtout, je commence à comprendre ce qui l'inquiète. Non, Evan est un garçon gentil et il ne ferait pas de mal à une mouche. *Alors pourquoi Archie panique-t-il ?*

Callum

Je me gare sur le parking près de la place, pour aller me chercher des cigarettes. Je me rends à celui-ci les mains toujours tremblantes de colère dans mes poches, quand je tombe nez à nez avec Evan qui sort du magasin.

— Yo mec ! Qu'est-ce que tu fous là ?! s'exclame-t-il de ses yeux brillants.

Ce mec est totalement défoncé...

— Je vais chercher des clopes, lui fais-je en essayant de passer.

Mais il ne se bouge pas, portant sa main sur mon épaule.

— On a certainement mieux que des clopes à te proposer, me dit-il avec un sourire en coin.

Je sais tout de suite de quoi il parle, et j'avoue que j'aurais plus besoin de cela que d'une cigarette. Mais voilà, j'ai arrêté depuis un moment et bien que j'aie fumé des joints il y a quelques jours, je ne devrais pas le suivre. Mais d'un autre côté, j'ai besoin de me vider la tête vis-à-vis de tout ce qui me tombe dessus. Après tout, je m'en suis pris à Gabriella tout à l'heure, peut-être à cause de tout le stress que j'endure depuis hier. Je grimace, en passant la main dans mes cheveux, me disant que cela ne peut pas me faire de mal de me laisser aller une fois. J'ai besoin effectivement de me vider l'esprit, de toutes ces merdes, qui tournent dans ma tête. Que ce soient mes problèmes avec Pénélope, le fait que si je signe ce contrat et que je me loupe… *je risque de briser la carrière de Bryan.* Et par-dessus tout, que je puisse regarder Gabriella dans les yeux, en sachant que je ne suis qu'une merde qui n'a pas remarqué qu'elle souffrait toujours de la perte de notre enfant.

— Ok, finis-je par lui dire et je le suis près des mecs avec lesquels il traine.

Je m'assois sur le muret et une d'entre eux me tend un joint. *C'est cool, ce n'est pas aussi terrible que je pensais...*

Gaby

Cela va faire quatre heures que Callum a quitté la villa, et que je cherche toujours la raison de son départ si furtif... *et si furieux*. J'ai beau repasser tous les évènements de la journée, mise à part le fait que je n'ai pas fait attention aux ananas... *je ne pense pas avoir fait quelque chose, qui le mette dans un tel état.* Pourtant, quelque chose le travaille, et cela me concerne pour qu'il s'énerve ainsi. Mais j'ai beau réfléchir, je ne vois pas ce qui l'a mis dans cet état. Je regarde notre photo sur le buffet, et je soupire en voyant mon portable vibrer. Ce n'est qu'une notification internet ou un spasme. De toute façon, le portable de Callum se trouve ici, donc je n'ai pas à sauter sur mon portable. Pourtant, je tends mon bras vers la table basse du salon pour le prendre.

— Qu'est-ce que...

Je déverrouille mon portable, pour avoir la photo envoyée en entier sur mon compte. Je serre la mâchoire, en voyant Callum avec une bouteille d'alcool emballée dans un sachet, avec un joint dans la main, assit entre les jambes d'une fille.

Chapitre 2

Nous ouvrir

Callum

Je ne sais pas depuis quand je suis avec eux, mais je commence à trouver qu'il se fait tard. Je pense que je suis bien plus calme qu'à mon arrivée, et qu'il serait peut-être temps que je rentre, pour mettre les choses à plat avec Gabriella. Je veux me relever du banc, quand la fille qui s'est assise derrière moi, me tend à nouveau la bouteille.

— Tu n'as pas encore bu ?! me fait-elle en gloussant dans mon cou.

Je m'apprête à me lever pour bouger, la trouvant un peu collante.

— Yo mec ! Une taffe ! fait le gars à côté de Evan.

— Je crois que je vais rentrer, lui dis-je en faisant un signe de la main de refus.

— Allez mec, reste encore un peu, me demande Evan.

— Et puis, ne me dis pas que tu ne t'amuses pas ? insiste-t-il.

Il fait signe à la fille de me filer à nouveau la bouteille, alors que je prends le joint de l'autre, en me disant qu'effectivement, je ne suis plus à deux minutes. Gabriella doit être déjà furieuse de mon départ, alors cela ne changera pas grand-chose à la situation quand je rentrerai. Je porte la bouteille à ma bouche, et j'en bois une petite gorgée.

— Fais pas ton timide, fait la fille toujours derrière moi.

Elle pose sa main sur la mienne, autour de la bouteille pour me faire boire à nouveau une gorgée. Bon, je ne vais pas dire que ce n'est pas le genre de chose que je n'aime pas, mais même ma poitrine se tord en sentant cette fille trop près et je me lève, un peu exaspéré. Je tends le joint et la bouteille à Evan, avant de lui faire un signe de tête, pour le remercier de m'avoir vidé l'esprit quelques heures.

— Tu te casses déjà ? me demande-t-il en me suivant vers ma voiture.

— Ouais, Gabriella est seule à la maison, lui expliqué-je.

— Je suis parti assez longtemps, affirmé-je.

Je passant ma main dans mes cheveux, sachant que je vais encore passer un mauvais quart d'heures pour ma connerie de ce soir.

— Ok, ben je te laisse filer, dit-il en me tapant sur l'épaule repartant vers les autres.

Ce mec me fait étrangement penser à moi, quand Mellyssandre et papa sont morts. Je repense du coup à ce que Brooke nous a demandé à son propos, et je pense qu'elle n'a pas tort. On devrait l'intégrer dans notre groupe. De plus, il va mal tourner s'il reste avec des gars pareils. Je rêve où je suis en train de m'inquiéter pour ce mec, alors que je risque de me faire lyncher en rentrant. *Putain, qu'est-ce qui ne va pas avec moi en ce moment ? Depuis quand je m'inquiète pour les autres, que ma petite personne ?* Je souris en pensant que je l'ai toujours fait, même si ce n'était pas évident pour moi.

Je rentre dans l'allée de la villa, et je m'étonne de trouver celle-ci dans la pénombre.

— Et merde ! claqué-je furieux contre moi comprenant qu'elle est certainement rentrée chez elle.

Bien entendu, elle n'allait pas rester là à attendre bien sagement que je rentre, après l'avoir plantée sans raison. Je me tourne en marchant vers la Dodge pour la fermer à distance, et je monte les marches de la villa, en me disant que je devrais peut-être aller jusque-là. Mais je vais d'abord essayer de la joindre, avant d'y aller. Je porte ma main sur la porte de la villa qui est restée ouverte, et j'allume la lampe du hall. Je n'ai pas le temps de comprendre ce qui se passe, que la main de Gabriella s'écrase sur ma joue.

— T'es qu'un enfoiré ! hurle-t-elle en me tapant sur le torse de son poing plus que fermé.

— Si tu voulais juste faire la fête, t'avais pas besoin de faire un cinéma pareil avant de partir ! hurle-t-elle.

Je la regarde perplexe, et je scrute son regard pour comprendre qu'elle est saoule. Je prends une bonne respiration, alors qu'elle continue à me frapper, me traitant de tous les noms. Je l'ai cherché, *mais elle ferait mieux d'arrêter... avant que je perde mon calme une bonne fois pour toute.*

— Tu as fini ? grincé-je des dents.

— Oh oui, j'en ai fini avec toi ! claque-t-elle.

Gabrielle recule d'un pas, tout en enlevant sa bague qu'elle me balance à la figure.

Mon sang ne fait qu'un tour, et je l'attrape par la taille pour la mettre sur mon épaule pour monter les escaliers.

— Lâche-moi enfoiré ! hurle-t-elle en me tapant et se débattant comme elle peut.

Je rentre dans la chambre, et je file dans la salle de bain alors qu'elle continue à se débattre, faisant tomber les affaires qui se trouvent sur le lavabo. Je serre les dents pour me contenir, sachant que c'est ma faute. *Mais là, il faut qu'elle se calme !* Une fois l'eau en route, je rentre avec elle dans la douche et je la descends de mes épaules, la serrant contre moi, alors qu'elle se met à hurler de rage. Je tremble autant qu'elle… *mais je ne la lâcherai pas.* Oui, j'ai fait le con aujourd'hui, *mais je ne veux pas la perdre parce que je suis un enfoiré.*

Gaby

Je suis toujours glacée de la douche qu'il nous a fait prendre, malgré le peignoir en flanelle qu'il m'a donné et la couverture du lit. Callum est toujours trempé, restant assis au sol devant moi, se tenant certainement la tête, sans me regarder. En fait, je ne saurais pas dire s'il me regarde ou pas, *puisque je ne le regarde pas.* J'ai réagi comme une gamine, mais mon sang n'a fait qu'un tour quand j'ai vu cette photo. Il est parti sans que je sache ce qui se passait au juste, et tout ça pour le retrouver quelques heures après à boire, fumer avec une fille qui ne se gênait pas pour le toucher. *J'ai mal au cœur de voir que rien ne change vraiment.* Je sais qu'il souffre de ce que sa mère lui a fait, mais je pensais qu'il savait qu'il pouvait compter sur nous. Je pensais qu'il avait confiance en nous, pour ne plus réagir ainsi.

Alors quoi ? Si c'est toujours pareil dans son cœur, je ne vois pas pourquoi je devrais rester une minute de plus ici. Il ne me laisse pas l'aider, et il m'a, limite fait penser que c'était moi la fautive, pour pouvoir aller faire ce qu'il fait de mieux. Je serre la couette plus fort dans mes doigts, sentant la douleur m'oppresser encore plus.

— Je suis désolé.

Je grincerais des dents en l'entendant, mais vu comme je tremble, je risquerais de me mordre en le faisant. *Donc, je me recroqueville encore plus dans le lit.*

— Et tu penses que tout s'arrange, parce que tu dis que tu es désolé ?! fais-je.

Cette manie de s'excuser, était peut-être mignonne de sa part au début de notre relation, parce que c'était nouveau pour lui de faire cela et je pouvais y croire. *Mais là, non !* Il n'a aucun droit de penser qu'il va s'en sortir aussi facilement. Je ne me laisserai pas faire cette fois-ci. Il va devoir faire beaucoup mieux que ça... *et sans me toucher.*

— Non, j'ai fait le con.

— Tu es un con, Callum, confirmé-je.

— Ouais, je l'ai bien cherché. J'avoue, répond-il et je relève un peu mon regard sur lui.

J'écarquille les yeux, en voyant qu'il joue avec ma bague dans ses doigts, mais je peux surtout voir les larmes qui coulent sur ses joues. Je déglutis en me rendant compte que là, *on s'est vraiment fait mal tous les deux*. Mais je ne peux pas faire encore une fois un pas vers lui. Il va falloir qu'il le fasse, et qu'il me dise enfin ce qui se passe. Je ne peux pas lui pardonner ce qu'il a fait ce soir, en sachant qu'il peut recommencer quand cela lui chante. Si je lâche ce soir, il saura que je lui pardonnerai toujours, *et ce sera un jeu sans fin entre nous*. Je n'ai pas envie de ça. Je ne peux pas devenir cette copine, qui picole toute seule à la maison, ne sachant pas s'il va rentrer et dans quel état. Je ne veux pas penser qu'à chaque fois qu'on se disputera, *il ira vers une autre fille*.

— Mais pourquoi ne m'as-tu pas parlé de ces cauchemars ?

— Je ne sais toujours pas de quels cauchemars tu parles ?

J'ai eu beau réfléchir après son départ, je n'en ai toujours aucune idée. Mais j'ai bien compris que ce souci, est celui qui a mis la poudre au feu. Malheureusement, je ne peux rien lui dire de plus, et en voyant la grimace qu'il fait avec sa bouche, je sais que ma réponse ne lui plait pas.

— Tu m'en veux pour notre bébé ? demande-t-il d'une vois presque inaudible.

Et pourtant, je l'ai très bien entendu. Je me relève doucement dans le lit en le regardant. Si j'avais mal la poitrine jusqu'ici, et que je pensais souffrir de notre dispute... *il vient de me faire comprendre que je ne suis pas la seule.*

— Callum, pourquoi tu parles de ça ? demandé-je perplexe sentant mes larmes couler.

Callum ramène son avant-bras sur son visage pour l'essuyer, avant de relever enfin son regard dans le mien. Je tressaille de voir autant de souffrance dans son regard. J'entrouvre la bouche hébétée, ne comprenant que trop bien, que ce soit bien nous le problème, et que cela l'a fait partir. *Mais pourquoi me demander ça ? Je ne lui en ai jamais voulu...*

— Est-ce que j'ai raté quelque chose ?

— Raté quoi ? Lui demandé-je totalement perdue.

Ses yeux noisette, se remplissent à nouveau de larmes qu'il ne peut contenir.

— Tu fais des cauchemars à propos de notre bébé, et je n'ai rien vu, m'explique-t-il voyant que je suis totalement perdue de la conversation.

— Non... affirmé-je.

— Enfin, je ne pense pas... murmuré-je avant de me mordre la lèvre.

J'ai beau réfléchir, je ne me souviens absolument pas d'avoir, ne fusse qu'une fois, rêvée de notre bébé. Et jamais, je n'en ai voulu à Callum pour le fait que je l'ai perdu. Après tout, c'était un malheureux accident et nous avons déjà parlé de cela tous les deux. *Alors, qu'est-ce qui lui prend au juste ?*

— Quand je suis arrivé à l'infirmerie, Evan était avec toi, commence-t-il en reniflant, il te caressait les cheveux.

J'écarquille les yeux, en portant ma main à ma bouche. *Il a vu un mec me toucher les cheveux !* Voilà donc peut-être la raison de sa colère. *Mais pourquoi s'en prend-il à moi ?* C'est Evan qui touchait mes cheveux, et je dormais. *Et pourquoi me parler de notre bébé ?*

— Mais alors que j'allais l'éclater, grimace-t-il nerveusement et je tressaille comprenant la haine qu'il a dû avoir.

— Il m'a dit que tu venais de faire un cauchemar à propos de notre bébé, fait-il en scrutant mon regard.

Je tiens son regard, sachant que si je le quitte, il va penser qu'il a entièrement raison sur tout ce qu'il pense. Mais je n'ai pas à mentir, ni à bifurquer mon regard. Je ne me souviens que rarement de ce que je rêve, et je n'ai pas le souvenir d'avoir rêvé de notre bébé. Pourtant, je dois être arrivé à la même conclusion que lui à ce moment-là... *Evan n'a pas pu mentir.* Après tout, il ne se trouvait pas encore en ville à ce moment-là.

Alors, je l'aurais vraiment fait ? Est-ce à cause du stress de ma crise d'allergie ? Je ne sais pas, mais ce que je suis certaine...

c'est que c'est bien cela qui a rendu Callum aussi mal.

— Je ne sais pas si je l'ai fait ou pas, commencé-je en tenant le regard d'Callum.

— Mais une chose est certaine, je ne t'en ai jamais voulu et je ne t'en voudrai jamais, continué-je avec certitude en me mettant à pleurer.

Tout mon corps frissonne nerveusement, et Callum se lève pour me serrer dans ses bras. Je m'agrippe à son T-Shirt, sachant que le fait d'avoir gardé cela pour lui toute la journée, a dû être un enfer. Je sais maintenant pourquoi il ne voulait pas m'en parler de lui-même. *Il savait que je m'effondrerais de parler de notre bébé.*

— J'ai vraiment cru que tu m'en voulais, puisque tu ne me parlais pas de tes cauchemars, dit-il en pleurant me serrant plus fort.

— J'ai cru que… j'étais tellement dans mon monde… que je ne voyais pas la douleur que tu pouvais ressentir, pour la perte de notre bébé, m'avoue-t-il.

J'agrippe encore plus fort son T-Shirt, en secouant la tête, n'arrivant pas à émettre un mot, tellement la douleur est vive. *Callum s'est à nouveau flagellé tout seul.*

— Tu aurais dû le dire, fais-je en essayant de récupérer mon calme.

— J'avais peur que ce soit la vérité, avoue-t-il en desserrant ses bras autour de moi pour passer la main dans mes cheveux et de l'autre essuyer mes larmes.

— J'avais peur de découvrir que tu étais là à côté de moi, souriante... alors que tu souffrais en silence, m'avoue-t-il les yeux pleins de larmes.

— Si je souffre, c'est parce que tu ne me parles pas, dis-je.

— Callum, tu me forces à te parler... mais tu ne me parles pas, insisté-je.

— Je sais, admet-il, j'ai encore du mal à m'ouvrir... mais je ferai mieux à partir de maintenant.

Callum pose ses lèvres sur les miennes, et j'ai un geste de recul, qui ne passe pas du tout inaperçu... parce que je sens sa main dans mes cheveux tressaillir.

— S'il te plait Gabriella, laisse-moi encore une chance, me supplie-t-il en posant son front contre le mien scrutant mon regard.

Je peux voir la peur et la souffrance dans ses yeux, qui doit être le même dans le mien. Je savais en restant ici après cette photo, que je ne lâcherais pas Callum de toute façon. *Alors pourquoi se battre contre ce que nous sommes ?* Je me mords la lèvre doucement, et j'avance mon menton pour poser mes lèvres sur les siennes.

— Merci, pleure-t-il en me serrant contre lui.

Je veux croire en nous, et je ne lâcherai pas. Il faut juste que nous nous ouvrions l'un l'autre encore plus.

Pourtant, alors que nous échangeons un tendre baiser, *je décide de garder pour moi la photo que j'ai reçue...*

Chapitre 3

La peur de décevoir

Gaby

Callum essuie tendrement mes larmes, alors que nos bouches se séparent doucement. J'ai le souffle presque coupé du baiser que nous venons d'échanger, qui était plus que profond de sentiments. Ma main toujours accrochée au T-Shirt mouillé de Callum, je le laisse effacer les traces de mes dernières larmes en reprenant encore un peu mon calme. C'est dingue que nous devions toujours arriver à de telles extrémités, pour pouvoir ouvrir notre cœur sur nos sentiments qui nous rongent. Callum pose un baiser sur mon front, et il prend ma main doucement. Je regarde ses doigts encore tremblants, remettre à mon annulaire ; cette magnifique bague, dont je ne me souviens pas d'avoir enlevée de mon doigt.

— Je t'interdis à l'avenir de l'enlever, me fait-il doucement.

Mais je sens dans sa voix la colère du geste, que j'aurais donc fait moi-même. Je me mords la lèvre, un peu honteuse d'avoir fait cela, mais d'un autre côté, *il l'avait cherché.*

— Je vais aller me changer, et nous parlerons de ce que tu veux, fait-il à mon grand étonnement.

Il pose un baiser furtif sur mes lèvres. et se levant d'un bond du lit pour enlever son T-Shirt, avant de se rendre à la salle de bain. Je me mords l'ongle de mon pouce, en regardant son portable qui se trouve sur la table de nuit. Je pense du coup, au fait que je devrais lui parler de la photo que l'on m'a envoyée. Mais cela ne changerait rien à ce qui se passe de toute façon, et cela risquerait de le mettre en colère qu'on m'ait envoyé ce qu'il faisait... *alors que j'en étais déjà convaincue.* Je l'ai senti quand il est descendu les escaliers d'un pas décisif, et surtout... *parce que j'ai vu le sachet, qui traine dans le bar où se trouve les bouteilles.* Un point que nous avions pourtant réglé, mais il ne semble pas avoir exagéré, donc je n'ai pas de raisons de nous lancer sur ce sujet.

Nous devrions plutôt parler de son rendez-vous avec Bryan, et savoir s'il a trouvé une solution pour l'aider à contrer les projets de Pénélope. Et par-dessus tout, il faut qu'il accepte mon aide financière… *même s'il pense que c'est hors-de-questions.*

— Je vais descendre mettre tout ça dans la machine, avant que Rita ne s'inquiète encore pour nous, fait-il en sortant de la salle de bain vêtu d'un bas de training noir et je descends du lit à mon tour pour le suivre.

Il s'inquiète pour Rita aussi, et peut-être plus, en sachant qu'il ne pourra plus la garder à la fin du mois, s'il ne trouve pas une solution. Je me mords la lèvre, le voyant traverser la cuisine pour aller dans la buanderie.

Mais mon regard revient sur mon portable sur la table, à côté de la bouteille de vin rosé que je me suis enfilée. *D'ailleurs, rien que de la voir, j'en aurais des nausées.*

— Tu veux peut-être un verre ? me demande Callum amusé.

Je le regarde, d'un air écœuré, comme s'il m'avait proposé la pire chose du monde. Je passe la main sur mon estomac, et Callum passe sa main dans ses cheveux en riant.

— La prochaine fois, prends la Vodka, fait-il amusé mais ferme à la fois en prenant la bouteille vide pour aller la mettre près de l'évier.

— Parce qu'il y aura une prochaine fois ? tenté-je de dire sur le même ton.

Mais le fait, que Callum parte vers le frigo sans aucune réaction, me glace le sang. *Il n'est quand même pas en train de dire, qu'on va recommencer ce genre de disputes souvent ?!* Callum prend une Despérados dans le frigo, et il allume la hotte de la cuisine.

— Tu as faim ? demandé-je étonnée ne comprenant pas pourquoi il l'allume.

— Non, mais vu la conversation que nous allons avoir ; je préconise de fumer une cigarette, m'explique-t-il en partant vers le salon pour prendre un paquet de cigarettes dans le tiroir.

J'acquiesce en attendant qu'il revienne, et je m'assois sur un des tabourets devant l'ilot, le laissant donc allumer sa cigarette. Officiellement, je ne lui ai jamais interdit de fumer devant moi, mais il semble avoir pris cette habitude lui-même. Si on était assez fort, pour prendre l'habitude de nous ouvrir l'un l'autre ; *cela éviterait bien des choses.*

Callum

Je tire une bonne bouffée sur ma cigarette, appuyé contre la cuisinière, gardant le plus longtemps ma fumée, pour essayer de réfléchir par où je vais commencer. Je n'ai pas l'habitude de déballer mon sac devant les autres, et certainement pas devant elle. Mais je sais que je n'ai pas le choix ; *nous venons une fois de plus eu la preuve, que garder tout pour nous n'est pas un bon plan.* J'expire ma fumée vers le haut, la regardant filer dans la hotte et je passe ma langue sur mes lèvres avant de me lancer.

— Bon, tu sais que je n'ai plus un sou, commencé-je en évitant de la regarder franchement, Bryan, ce matin m'a proposé un contrat chez Tomboy X pour me soutenir.

— Wouah, c'est génial ! s'exclame Gabriella.

Je grimace en grinçant mes dents, avant de tirer une nouvelle fois sur ma cigarette.

— Ouais c'est génial, grogné-je en portant ma bouteille à ma bouche.

— Pourquoi j'ai la conviction que cela ne te plait pas ? demande-t-elle et j'expire ma fumée à nouveau vers la hotte.

Comment puis-je lui expliquer que je n'ai pas la confiance qu'il a en moi pour accepter ? Si j'avais une telle confiance sur mon travail, je ne serais pas dans cette merde d'impasse. J'aurais déjà montré mes preuves à tout le monde depuis longtemps, et je me serais déjà fait un nom, même à mon âge. Après tout, quand j'ai commencé les photos pour Tomboy X, on m'avait dit que j'avais un don pour capter les expressions des modèles que je prenais en photo. Mais cela n'était pas difficile, je prenais en photo un de mes meilleurs amis, et la seule fille que je pensais aimer toute ma vie dans l'ombre. Et maintenant, on me flatte pour un travail que je fais, où le modèle n'est autre que ma précieuse. *Alors que dois-je penser ? Est-ce qu'à mon âge, on peut mettre ainsi des vies entre mes mains ? Parce que je ne suis peut-être pas si excellent que ça...*

— Callum ? me hèle doucement Gabriella.

Je me mords la lèvre, en me balançant un peu d'avant en arrière, me rendant compte que c'est bien le problème.

— Tu sais, commencé-je.

— J'ai toujours voulu protéger ceux qui m'entourent. Bon les enjeux n'étaient pas grands, donc assez simple. J'ai protégé Spencer quand nous étions au jardin d'enfants, parce qu'un plus grand que nous, le martyrisait. Plus tard, j'ai protégé à ma façon, tout ceux de mon entourage dès qu'on leur cherchait misère... faisant de moi, un riche voyou, souris-je en me rappelant ces moments.

Je reprends un air renfermé...

— Il y a eu la mort de papa, de Mellyssandre et Vanessa, fais-je en portant ma bière à ma bouche.

Une pression se forme sur ma poitrine, et je lève les yeux au plafond sentant l'amertume que je me porte, couler dans toutes les veines de mon corps. Je serre les dents, tout en crispant ma main autour de ma bouteille, priant de ne pas l'exploser. Et alors que je cherche comment me clamer, et ne pas la faire souffrir de me voir ainsi... *sa main se pose sur ma joue.* Sans un mot, elle se tient là devant moi, son regard étincelant, attendant que je me calme. J'esquisse un sourire nerveux vers elle, essayant de calmer ma respiration et elle me sourit. J'expire un bon coup, en penchant un peu ma tête sur le côté, lui faisant comprendre que je la remercie. Je ne sais toujours pas comment elle fait pour me calmer, mais je suis heureux qu'elle puisse avoir un tel don en elle. Voilà peut-être aussi une raison pour laquelle quand je suis furieux, je préfère éviter qu'elle me touche. Mais ce n'est pas le sujet. Mon cœur s'étant un peu calmé, je passe ma langue sur mes lèvres, et j'écrase ma cigarette à moitié fumée dans le cendrier.

— Tu pouvais l'achever, fait-elle remarquer en détournant son regard sur ma main dans le cendrier.

— Non, tu ne supportes pas la fumée, dis-je et elle revient vers moi en souriant.

— Gabriella, murmuré-je.

— Oui. Me répond-elle le regard toujours aussi magnifique plongé sur moi et je prends sa main où se trouve sa bague pour la serrer doucement.

— Tu penses vraiment que je suis quelqu'un, à qui on peut mettre son avenir entre ces mains ? lui demandé-je en regardant nos mains.

Gaby

— C'est à moi que tu demandes ça ? Lui fais-je remarquer.

En ce qui me concerne, je pense que je suis la preuve vivante de la force qu'il a en lui. Il a fait de moi en quelques temps, une personne sociable qui ne craint plus le regard des autres. *Alors oui, moi je mettrais mon avenir entre ses mains sans problème.*

— Moi, je pense que tant que tu agis avec ton cœur, lui fais-je en regardant ma main sur sa poitrine avant de revenir dans son regard.

— Tu donneras toujours le meilleur de toi, affirmé-je.

— Mais il risque de tout perdre, si je me rate.

Je sens vraiment de la panique dans sa voix et je me mords la lèvre, voyant vraiment du doute dans son regard vis-à-vis de cela.

— Tu penses que Bryante proposerait ça, s'il ne croyait pas en toi ? demandé-je essayant de faire dissiper ses doutes.

— Il a été clair aussi sur le fait que si je me loupais, il saurait se retourner, répond-il en passant la main dans ses cheveux.

Ah ben, c'est malin de lui avoir dit ça. Voilà que je dois trouver une autre stratégie pour le convaincre.

— Ne m'as-tu pas fait devenir la fille la plus malchanceuse dans la vie, à celle la plus chanceuse ? tenté-je.

— Ce n'est pas objectif, ricane-t-il avec un sourire malicieux.

— Tu es ma fiancée, sourit-il et je me mords la lèvre en frissonnant.

— Tu ne m'aides pas, me fait-il remarquer.

Il pose un baiser sur mon front, avant de boire une gorgée de sa bière.

— Si, je pense que je t'ai aidée, rétorqué-je en scrutant son regard.

Je confirme ainsi, qu'il a pris sa décision et que je ne vois plus de doute. Je me redresse sur la pointe des pieds, pour embrasser doucement ses lèvres, où il y a le goût de sa bière, dont je suis tellement habitué que je ne réagis même plus au fait que ce soit amer.

— J'avoue, acquiesce-t-il en passant son bras avec sa bière dans mon dos pour me serrer contre lui.

— Mais j'ai quand même peur de vous décevoir, murmure-t-il doucement la tête appuyée sur mon épaule.

Je glisse ma main doucement vers son dos nu que je caresse, en sachant que c'est bien le problème entre nous tous. Nous voulons faire au mieux, mais nous avons tous peur de décevoir ceux qui nous entourent. Pourtant, nous continuons d'avancer, et même si notre rythme est plein de remous ; *je suis certaine qu'avec du temps, nous réussirons à montrer que nous sommes tous capables.*

Brooke

Je gare la Ford dans le parking à côté de la Jeep de Spencer, et à peine sortie ; j'aperçois Evan qui arrive à moto. Je sais que j'ai promis à Archie de ne rien faire, ni dire à Callum sur lui ; le temps qu'il comprenne la vraie raison de son retour. *Mais c'est plus fort que moi.* Je sais que je l'ai fait entrer dans notre cercle d'amis, parce que quelque part, j'ai pitié de lui. *Mais je ne suis pas naïve non plus.* Je vais devoir le surveiller vis-à-vis de Callum. Pourtant, il semble qu'il n'y ait pas vraiment de raisons de s'inquiéter, quand je vois qu'il semble avoir enfin trouvé une occupation, en le voyant embrasser Gloria.

— Je ne te dérange pas ? me demande Spencer en s'approchant de moi alors que je regarde les deux autres partir dans la cour.

— Oh, excuse-moi, j'étais dans la lune, m'excusé-je en le regardant enfin.

— Une lune ; qui s'impose beaucoup entre nous dernièrement, lance-t-il sur un ton un peu froid après avoir à peine effleuré mes lèvres.

Je le regarde perplexe, et je comprends qu'il semble vraiment fâché. *Il ne pense quand même pas qu'il y a quelque chose entre Evan et moi ?!*

Chapitre 4

Un contrat pour l'avenir

Gaby

— Callum ne vient pas encore en cours ? me demande Spencer.

Il est appuyé sur le casier de celui-ci, alors que je range ce dont je n'ai pas besoin dans le mien.

— Non, il devait aller signer un papier important, dis-je en souriant.

Je suis plus que contente, parce que Callum a enfin décidé de se faire confiance, et de se motiver à avancer. C'est clair que cela ne sera pas très reposant pour lui, et qu'il va falloir faire des concessions sur certaines choses… mais nous pouvons y arriver tant que nous restons soudés.

— Au fait, tu as parlé à Brooke récemment ? me demande-t-il et je me retourne perplexe dans sa direction.

C'est vrai que Brooke n'est pas avec lui ce matin… Peut-être un rendez-vous de pom-pom girls ? Pourtant, la tête de Spencer et son regard baissé sur ses mains, dont les doigts jouent avec son briquet, me donne une drôle d'impression. On dirait Callum, avant qu'il ne se lance dans une conversation sérieuse.

— Il y a un souci ? lui demandé-je doucement en refermant mon casier.

Spencer et moi, nous ne nous parlons pas souvent. Il reste toujours en retrait quand nous sommes tous ensemble… *un peu comme moi en fait*. Ce sont souvent Callum, Brooke et Taylor qui mettent l'ambiance entre nous, et nous ne faisons que les suivre.

— Je ne sais pas, répond-il simplement.

Son regard se lève pour regarder derrière moi, et j'entends le rire de Brooke. Je sais que je n'en saurai pas plus par lui, donc je vais devoir demander à l'intéressée. Bon, pour le coup, je ne suis pas vraiment la bonne personne pour faire ce genre de choses, mais Brooke est ma meilleure amie, et Spencer celui de Callum. Je vais devoir prendre un peu de courage en moi pour m'aventurer entre eux...

Malheureusement, Monsieur Sanchez nous met un contrôle, surprise sur la renaissance. *Super, j'ai l'impression qu'il le fait exprès pour nous casser directement...* Dernièrement, il est plutôt assez tendu, et j'ai du mal à reconnaître le gentil professeur que nous avions au début d'année. Mais il arrive à tout le monde d'avoir une mauvaise passe. Le cours enfin finit, je range mes affaires, me demandant comment je vais faire pour engager la conversation avec Brooke. *Sérieusement, je ne suis pas douée pour cela.*

— Au fait, tu étais au courant pour Gloria ? me demande-t-elle alors que je me lève de ma chaise et que Spencer passe devant nous pour sortir.

Je jurerais qu'il allait s'arrêter, mais il a continué, en entendant Brooke. *Étrange...*

— Allo ?! s'exclame Brooke et je me tourne vers elle en souriant.

— Non, pourquoi ? Ma petite sœur a encore fait des siennes ?! lui demandé-je en laissant passer Evan qui s'assoit maintenant avec les autres dans le fond de la classe.

Brooke ne me répond pas, et je la regarde perplexe avant de remarquer que son regard est porté sur Evan qui sort de la classe.

— Brooke ? l'appelé-je à mon tour.

Celle-ci se retourne enfin vers moi, d'un air ennuyé puis elle me sourit.

— Donc, tu ne sais pas que Gloria et Evan, sortent ensemble.
— Quoi ?! M'exclamé-je.

Je suis ahurie en me retournant vers la porte où Evan vient de sortir.

— Mais... bafouillé-je n'en ayant pas du tout eu vent.

Bon, il faut dire que dernièrement, entre le permis et les problèmes de Callum... *je ne suis pas vraiment à la maison.* Et quand j'y suis, elle n'y est pas, ou elle se trouve dans sa chambre. Petite cachotière. Je souris en me disant qu'elle n'a pas mauvais goût ; *Evan est très mignon.*

Callum

Je rentre dans le bureau de Bryan, où se trouve déjà Sheila, et je reconnais le dossier sur le bureau qui n'est autre que mon contrat. J'ai toujours de l'appréhension, mais j'aime aussi les défis. Et comme le dirait Gabriella ; s'ils me font confiance en mettant leur avenir entre mes mains, je ne peux pas les décevoir en commençant par refuser.

— Nous sommes contents que tu sois venu, fait Sheila en se levant pour m'embrasser.

Je peux sentir dans son embrassade qu'elle est émue, de me voir accepter enfin l'aide qu'on m'offre. Je dois dire que je n'ai plus le choix, je suis pris à la gorge par la sorcière et je dois accepter toute l'aide à ma disposittion. Mais de là à prendre ce risque en les incluant dedans, ne me plait toujours pas. Bryanme serre la main fermement en me souriant, me montrant à son tour comme il est fier que j'aie pris la bonne décision. *Mais on sait tous les deux que nous devons remercier sa fille.* Si elle n'avait pas été là, j'aurais certainement laissé tout tomber pour me replonger dans mes habitudes. *J'aurais certainement repris contact avec Vanessa, et dieu sait où j'en serais...*

— Bien, nous avons déjà signé, m'informe Bryan en me faisant signe de m'assoir.

— Il ne manque plus que ta signature, ajoute Sheila.

— Donc, si j'ai bien compris, commencé-je en prenant le dossier.

— Je travaillerai pour Bryanet le service marketing, continué-je en passant de l'un à l'autre.

— Tu as bien compris. Nous te verserons tous les deux un salaire, confirme Sheila.

— Ce n'est pas un peu trop, leur fais-je remarquer en fronçant les sourcils.

— Non, fait Bryan en enlevant ses lunettes pour les frotter.

— En ce qui me concerne, je t'engage pour prendre les photos qui seront envoyées au service marketing, m'explique-t-il.

— Quant à moi, je te verse un salaire, en fonction des pourcentages, que nous gagnons pour la publication des photos dans les magazines, ajoute Sheila.

— Mais ces pourcentages reviennent à Bryan ! rétorqué-je.

— Non, me coupe Bryan en remettant ses lunettes.

Je le regarde perplexe, ne comprenant pas ce qu'il veut dire par là. Celui-ci sort une enveloppe de sa poche et me la tend.

— Voici les pourcentages pour les photos, que nous avons publiées durant ces six mois, m'explique-t-il.

— Mais pourquoi tu me donnes ça ? demandé-je confus.

— Ces pourcentages reviennent à celui qui a pris les photos, non ? m'explique-t-il et je fronce une nouvelle fois les sourcils.

— Bryan depuis le début, m'a demandé de ne pas lui verser les pourcentages, pour que tu puisses les avoir quand tu serais majeur, m'informe Sheila.

— Attendez ! les arrêté-je croyant enfin comprendre ce qui se passe.

Je me lève et je passe la main dans mes cheveux, réfléchissant à tout ce qui s'est passé dernièrement et ce qui se passe maintenant. Je me retourne vers eux en les scrutant tous les deux du regard, alors qu'ils semblent tout d'un coup ennuyé.

— Vous saviez qu'elle ferait ça ? demandé-je convaincu.

— Nous avions des doutes, admet Sheila.

— Nous connaissons Pénélope depuis notre plus jeune âge, confirme Bryan.

— Quand je t'ai vu te lancer dans les photos avec Gaby, j'ai su que tu étais enfin sur la bonne voie, continue-t-il.

— Tu ne dois pas te sentir privilégié pour ce chèque, parce que tu es le fils de Grant, intervient Sheila.

— Tu les mérites, parce que ce sont tes photos qui ont été choisies par le service marketing. Donc, c'est ton travail qui est mis en avant, avec la vente des magazines, continue Bryan et je me sens d'un coup ennuyé.

Non, ce n'est pas vraiment le terme. Je n'arrive pas à croire que Bryan ne mentait donc pas, quand il faisait l'éloge de mon travail. Donc, je mérite vraiment ce contrat pour ce que j'apporte à l'agence. J'esquisse un sourire, en regardant cette enveloppe dans ma main, qui me prouve que je peux vraiment faire quelque chose de bien. Je peux enfin montrer à papa tout là-haut, que je suis aussi talentueux qu'il me disait quand il regardait mes photos. Un sentiment de nostalgie s'empare de moi à cet instant. J'ai enfin réussi à être respecté pour le travail que j'ai fourni. Mais je sais que tout ceci n'aurait jamais été possible, sans Gabriella à mes côtés. J'humidifie mes lèvres, avant de prendre une bonne respiration.

— Bon, si on signait ce contrat ?! m'exclamé-je souriant maintenant fièrement de devenir un employé de Tomboy X.

— J'ai cru que tu ne le ferais jamais, lance Bryan amusé alors que je m'assois et qu'il me tend un stylo.

— C'est donc ici que vous vous trouvez !

Un grognement monte de ma gorge, alors que le stylo de Bryan semble se broyer dans ma main en entendant la voix de cette foutue sorcière.

Gaby

Le cours de mathématique étant fini, je ne peux m'empêcher de penser à ce que Brooke m'a dit ce matin. Cette cachotière aurait pu me dire qu'elle sortait avec Evan. Celui-ci d'ailleurs, s'empresse de partir de la classe pour aller en récréation… certainement pour aller la retrouver. Mais je remarque un regard étrange venant de Spencer posé sur lui. *Ah oui, je devais parler à Brooke !* Je sors donc de la classe pour la rejoindre, alors qu'elle se rend aux toilettes. J'arrive au moment où elle y entre, et je m'appuie sur l'évier en regardant mes messages. Callum est certainement avec Bryan maintenant, il m'a promis de m'envoyer un message quand il a fini pour aller manger en ville. Mais en regardant mes messages, mon regard se porte sur la photo de celui-ci, qu'on m'a envoyé hier soir. Je tressaille, et je ferme mon portable pour le remettre dans ma poche.

— Tu ne dois pas aller aux toilettes ? me demande Brooke en sortant de la sienne.

— Non. Euh, je voulais te demander si tout allait bien avec Spencer ? lui demandé-je dans un souffle.

Cela ne sert à rien de tourner autour du pot, non ?

— Je pense que Spencer est jaloux de Evan, me répond-elle en se lavant les mains.

— De Evan ? répété-je perdue.

— Oui, confirme-t-elle en arrêtant le robinet et secouant ses mains au-dessus de l'évier.

— Tu sais, Evan et moi, on était proche au collège et je m'inquiète un peu pour lui, m'explique-t-elle en essuyant ses mains.

— Tu t'inquiètes pour lui ?

Brooke s'arrête un instant, le regard dans le vide avant de prendre son sac.

— Tu sais, j'ai demandé à Callum et Spencer, de le prendre avec nous quand on sort. Ou même à la cantine pour qu'il ne soit pas seul, m'explique-t-elle et j'acquiesce me souvenant que Callum m'en a brièvement parlé.

— Mais c'est parce que je sais qu'il mérite mieux, que de trainer dans la rue à boire des bouteilles d'alcool, cachées dans un plastique, avec les racailles de la ville, continue-t-elle et je la regarde hébétée en entendant parler de bouteilles cachées.

— Tu sais, il y a un temps, je trainais avec ce genre de gens, parce que je pensais que Callum trainait avec eux. Ils ne sont pas du tout recommandables, continue-t-elle.

Mais je ne l'écoute pas vraiment, je suis toujours sur le fait de la bouteille cachée… *est-ce que c'est le même genre que celle que Callum avait en main hier ? Callum fréquenterait ce genre de personnes.*

— Mais j'ai appris bien vite que Callum ne fréquentait pas ces gens, et j'ai laissé tomber, m'explique-t-elle en quittant les toilettes où elle s'arrête net.

Je fais de même et j'aperçois Spencer qui l'attend contre le mur en face des toilettes.

— Je vais vous laisser, fais-je en souriant.

Ils ont certainement des choses à se dire, et moi, je dois aller voir Evan pour savoir s'il était avec Callum hier soir. *Après tout, il pourra peut-être me dire qui m'a envoyé cette photo ?*

Callum

Bryan pose sa main sur ma cuisse plus que tendue, alors que la sorcière s'approche.

À chaque bruit de ses talons, mon sang se met à bouillir de plus en plus. Elle est certainement venue empêcher la signature de mon contrat.

— Ne vous dérangez pas pour moi. Continuez votre conversation, fait-elle en s'asseyant à côté de Sheila.

— Callum n'a plus qu'à signer et nous en avons fini, lui fait remarquer Bryan en enlevant sa main de ma cuisse et avançant le contrat devant moi.

— Callum, tu aimes toujours les défis non ? me demande Pénélope alors que je m'apprête à signer.

Je serre les dents et je relève un regard noir sur elle. Je cligne des paupières, en la voyant me tendre un document.

— Qu'est-ce que c'est ? lui demande Bryan.

— Votre contrat, répond-elle en tenant mon regard tout en affichant un sourire qui ne me dit rien qui vaille.

— Comment ça notre contrat ?! s'insurge Bryan.

— Oui, tu peux vérifier, c'est exactement le même, sourit-elle en se redressant sans me lâcher du regard.

J'ai l'impression qu'elle essaie de m'intimider, mais elle a oublié un détail ; *je suis en tout point son propre fils sur ce jeu-là.*

— À une condition près…

Sheila et Bryan se regardent tous les deux, et je peux sentir leur inquiétude alors que celui-ci prend le contrat pour le lire.

— Il n'y a rien de grave. Vous avez tous les deux, confiance en ses capacités, non ? leur demande-t-elle en croisant ses jambes pour se mettre à l'aise et qu'elle semble jubiler.

— J'ai juste modifié le contrat sur trois ans.

— Trois ans ? répète Sheila perdue.

— Oui, jusqu'à sa majorité, acquiesce la sorcière.

— Vous savez qu'il sera actionnaire de Tomboy X à ses vingt et un ans. J'ai juste donc mis une date limite, explique-t-elle.

Jusque-là, tout semble normal pour tout le monde.

— Mais le travail de Callum sera-t-il aussi bon d'ici là… sachant que le contrat de Gaby s'arrête dans dix-huit mois, dit-elle amusée.

— Il sera encore meilleur, affirme Bryan.

Pénélope se lève en souriant de ses dents de sorcières, tout en me regardant amusée.

— C'est beau l'amour, mais qui sait si ce sera toujours le cas jusque-là ? me fait-elle.

— Tu sais, elle a dans ses gênes le don d'abandon, ricane-t-elle avant de quitter la pièce.

Je reviens sur Bryan qui serre le contrat durement dans sa main. Ce n'est pas seulement à moi qu'elle vient de s'attaquer, mais elle s'en prend à Bryan aussi en nous disant cela. Pourtant, je prends le contrat des mains de celui-ci, encore plus certain de moi, pour le signer. *Gabriella et moi, nous ne cèderons plus à aucun de ses chantages et cela commence maintenant.*

Chapitre 5

Des moments simples de lycéens

Gaby

Je rentre dans la cour, après avoir quitté Brooke et Spencer, qui semblent avoir des choses à régler. Mon regard se porte directement sur le couple qui s'embrasse près de l'arbre. Honnêtement, cela me fait plaisir que ma petite sœur ait enfin trouvé un copain, et je ne devrais peut-être pas les déranger... *mais j'aimerais savoir s'il se trouvait avec Callum hier.*

Cette histoire de photo reçue est plus que troublante, et si Callum n'avait déjà pas les nerfs à fleur de peau en ce moment... *je lui en parlerais*. Malheureusement rien que l'idée de voir son regard se noircir en voyant la photo, je n'imagine pas ce qu'il risque de faire à celui qui la prise. Je tressaille en me rapprochant auprès d'eux, imaginant Callum et sa fureur. *Non merci, sur ce coup-là, je vais m'abstenir.*

— Oh, s'exclame de surprise Gloria en reculant de Evan.

— Je suis enchantée que ce soient nos amis qui m'annoncent que vous êtes ensemble, lui lancé-je d'un air amusé.

— Ouais, ben t'as fait la même chose quand tu t'es mise avec Callum, non ?! me répond-elle du tac au tac et je souris d'un air entendu avec elle.

Gloria tient toujours la main de Evan, sur lesquelles je m'attarde quelques secondes, en rêvassant.

— C'est tout ce que tu voulais ? me demande Gloria me faisant comprendre que je dérange.

Je me mords la lèvre ennuyée, c'est vrai que je pourrais attendre la fin de la récréation pour lui parler. Mais Callum risque peut-être d'arriver, et je risque de perdre ma chance de lui parler. Je cogite quelques secondes, cherchant une excuse pour lui enlever son copain quelques minutes.

— Ma puce, on devait parler d'un devoir, fait Evan en lui caressant le visage.

Je détourne mon regard de ma sœur, pour ce qu'il vient de faire. Je ne parle pas du geste très mignon, comme le ferait Callum, mais du mensonge qu'il vient de lui sortir. *Alors, lui aussi, il devine ce que pense les autres ? Je suis vraiment si transparente que ça ?!* Quelques secondes plus tard, ma petite sœur nous laisse pour rejoindre ses amies, et Evan sort son paquet de cigarettes pour s'appuyer contre l'arbre nonchalamment. Je souris en le voyant faire... *typique de Callum.*

— Alors, je suppose que tu viens me demander pour la photo ? me demande-t-il en envoyant sa fumée en l'air et je le regarde hébétée.

— Comment sais-tu ?

— En fait, je m'attendais que tu m'appelles à la réception de la photo, dit-il en plongeant son regard dans le mien et je tressaille en le voyant si intense.

Tout comme à notre première rencontre au club. Il faut dire que c'est peut-être son regard naturel, après tout, *je ne fais pas vraiment attention d'habitude.*

— Je te l'ai envoyée pour que tu le rappelles à l'ordre, continue-t-il.

— Le rappeler à l'ordre ? répété-je confuse en plissant mon regard toujours dans le sien.

— Oui, je n'étais pas vraiment avec des gens recommandables, m'explique-t-il.

— La racaille de la place, réfléchissé-je tout haut me souvenant que Brooke en a déjà fait allusion plusieurs fois quand nous étions en ville.

— Ouais, ça ne l'affiche pas de trop de trouver le fils de Tomboy X entreprise, trainant avec des gars pareils. Si la presse l'avait vu, fait-il en tirant sur sa cigarette sans me lâcher du regard.

Ce qui me pousse à croire ce qu'il me dit. *Il ne me mentirait pas avec autant d'aplomb.*

— C'est plus clair ainsi, fais-je en me mordant la lèvre me rendant compte que je m'imaginais déjà bien pire.

Il faut dire que je suis toujours habituée aux coups bas, et au fait que Callum aurait pu effectivement trainer avec ce genre de personnes. Mais c'est vrai qu'il n'a pas besoin de ça, s'il veut s'amuser. Je me rappelle tous ces jouets bizarres qui trainaient dans sa chambre, et des sachets bizarres sur son armoire. Evan esquisse un sourire amusé et je cligne des yeux.

— Tu as le même tic que ta sœur avec ta lèvre, me fait-il remarquer en passant son pouce doucement sur sa lèvre.

— Ah ! m'exclamé-je d'un coup gênée.

— C'est un tic de notre mère, expliqué-je en détournant mon regard de lui.

Je vois à cet instant, la voiture de Callum rentrer dans l'enceinte du lycée. Mon cœur s'enflamme directement, espérant que tout s'est bien passé, et que nous allons pouvoir enfin penser à autre chose, que les mauvais plans de sa mère à son égard. J'en oublie complètement la présence de Evan, et je ramène mon regard sur lui, en avançant déjà vers le groupe où se trouve Spencer et Brooke, que Callum va rejoindre. Mais je m'arrête nette en voyant que son regard est toujours sur moi… *mais éteint*. Je repense du coup à ce que Brooke m'a dit, sur le fait qu'il n'a pas d'amis.

— Tu veux nous rejoindre ? lui demandé-je et son regard redevient instinctivement intense.

Evan affiche un sourire, mais il me montre la direction de Gloria. J'acquiesce en souriant et je pars rejoindre les autres.

Callum

Le cours n'en finit pas aujourd'hui, et cet abruti de professeur nous parle d'un devoir en trio. En voilà une fameuse idée. Le souci, c'est que ça m'arrangerait d'être avec Spencer et Gabriella... *mais on devrait laisser Brooke de côté.* Alors que si on prend Brooke, Spencer le sera aussi, et il aura de plus une mauvaise note. Je reste affalé sur mon banc, attendant qu'il donne les explications du devoir et je relève enfin mon regard vers lui, quand il cite Gabriella. Je passe ma langue sur mes lèvres en me redressant, et toise le professeur qui semble m'éviter du regard intentionnellement, en cherchant avec qui la mettre. *Il est sérieux lui ?* De toute façon dans tous les cas, elle sera avec moi, puisqu'elle fera son devoir à la villa.

Je ricane limite à son nez, sachant qu'il peut mettre qui il veut... *je ne me tracasserai même pas.* Mais quand son doigt se tend à côté de Spencer, s'arrêtant sur Evan, *je ris quand même un peu jaune.* Non que ce mec me dérange, mais je ne le connais pas assez pour le laisser trop près de ma précieuse. *Ouais, l'idée de le faire à la villa s'impose vraiment là.* Je fais craquer mon cou, au moment où le professeur Sanchez me regarde enfin amusé.

— Bien entendu, Monsieur Hanson sera le troisième élève du groupe, me lance-t-il d'un air narquois.

Comme s'il avait voulu jouer avec moi pour me faire stresser.

— Je n'en doutais pas, répondé-je sur le même ton amusé en passant la main dans mes cheveux

Tout le monde rit de nous voir nous titiller. Dire que le premier jour du lycée, je voulais le fracasser avec sa dissertation de merde. *Étrange retournement de situation depuis.* Mais en voyant le sourire de Gabriella, qui s'est tournée vers moi, je sais qu'il ne pouvait pas faire autrement. La cloche sonne enfin la fin de cours, et cet abruti de Spencer me bloque le chemin pour rejoindre Gabriella.

— Allez bouge ! lui lancé-je amusé.

— Tu ne sais même pas attendre deux minutes ?! rétorque-t-il en me faisant face me bloquant le chemin exprès avec un sourire amusé.

— Ah tu veux jouer à ça ?! lancé-je amusé.

En un mouvement vif, je passe au-dessus de mon banc pour enlacer ma précieuse dans mes bras, et embrasser son cou sous les rires des autres.

— Callum, rouspète Gabriella qui n'aime pas que je fasse cela en classe.

Mais je suis de bonne humeur.

— Monsieur Hanson, vous êtes toujours en classe, me fait remarquer à son tour le professeur.

Je grince des dents, faisant le pauvre petit malheureux en me décalant de Gabriella, juste de quelques millimètres.

— Désolé de vous interrompre.

Je me retourne vers Evan qui me regarde en souriant.

— Ah ouais le devoir ! m'exclamé-je l'ayant déjà oublié celui-là.

— Tu peux nous suivre jusqu'à l'appartement, fait Gabriella et je la regarde confus.

— On ne serait pas mieux à la villa ? lui fais-je remarquer.

Gabriella lance un sourire en coin à Evan qui me rend perplexe.

— Evan sort avec Gloria, m'explique-t-elle voyant ma surprise de son geste.

— Quoi ?! Tu sors avec la petite peste ?! m'exclamé-je amusé.

Je reçois une tape de Gabriella sur le bras pour avoir dit ça. Je ramène ma main sur l'endroit où elle a frappé en grimaçant, pour lui faire croire que j'ai eu mal, mais vu la moue qu'elle fait avec sa bouche... *elle n'est pas dupe du tout.* Je passe alors ma main dans mes cheveux en souriant, lui soufflant que je m'excuse, avant de reculer.

— Mais je ne dis que la vérité ! m'écrié-je.

Je file illico de la classe pour rejoindre Spencer et Brooke aux casiers, alors qu'elle me court après dans le couloir, bien décidée à me faire mal cette fois-ci.

Une fois arrivés à l'appartement, Gloria est plus que contente qu'on ait ramené son copain, *mais Gabriella lui précise que c'est pour travailler.* Bien entendu, moi, on ne me fait aucune remarque, quand je pose mes mains sur la taille de Gabriella, pendant qu'elle prépare des boissons pour commencer à travailler.

— Callum, je vais renverser, me fait remarquer Gabriella.

Mais je continue de glisser ma main sous son pull, pour rejoindre la douceur de son ventre, tout en la ramenant contre moi.

— Je n'y peux rien, si je suis incapable de me retenir, lui murmuré-je dans le cou et je la sens frissonner contre moi.

Mes lèvres posées contre celui-ci, semblent lui faire beaucoup d'effets, puisqu'elle finit par renverser et me repousse.

— Je t'avais prévenu ! s'exclame-t-elle en faisant mine de me pousser mais je l'attire contre moi.

Je pose un tendre baiser sur ses lèvres, tout en glissant une main sur la forme de sa fesse, la pressant fermement.

— Callum, on doit travailler, me souffle-t-elle.

Une voix plus que sensuelle, alors que je descends le long de son cou, en la pressant plus fort contre moi.

— Popol aussi veut travailler, lui fais-je remarquer avec un regard malicieux.

Gabriella se mord la lèvre, sentant certainement la bosse qui se trouve entre nous.

— Plus vite, nous aurons fini et plus vite, nous pourrons nous occuper du travail qui lui incombe, me répond-elle en s'échappant de mes bras pour attraper le plateau.

Je la regarde, ahuri comme jamais... *elle vient vraiment de me foutre un vent ?!* Elle sait très bien que quand je suis dans cet état, je ne peux pas me calmer. Je ronchonne, en trainant les pas vers le salon, où on a installé nos sacs et je me couche nonchalamment sur le sol, le visage du côté de Gabriella. Je soupire en la sentant me faire des poussées, pour que je me mette convenablement... *mais je suis vexé.*

— Je vais vous laisser, nous fait Gloria en se levant des jambes de Evan qui lui a profité beaucoup plus que moi.

Ça craint d'être l'ainé de la bande, et d'avoir comme fiancée, une fille aussi sérieuse que Gabriella quand elle veut. Une fois Gloria partie, je pose ma tête sur la cuisse de Gabriella, l'écoutant réfléchir avec Evan de comment on va s'y prendre pour rédiger le devoir. En ce qui me concerne, je ne fais qu'écouter et je grince des dents en entendant mon portable vibrer dans ma poche.

— Fais chier, grogné-je.

Je dois me bouger de ma précieuse, pour le prendre dans ma poche, et je décroche en voyant le nom de Bryan. Après ce qui s'est passé ce matin, *je n'ai pas intérêt à rater un appel de lui, ou de Sheila quel qu'il soit.*

— "Rebonjour Callum, il faudrait que tu passes à l'agence." me fait-il à peine décroché.

— Il y a un souci ? lui demandé-je en me redressant en jetant un coup d'œil vers Gabriella qui me regarde perplexe.

—"Non, mais nous devons parler du prochain shooting." me rassure-t-il.

— Maintenant ? dis-je ennuyé de laisser Gabriella.

— "Oui, je pars ce soir pour Paris. Et vu que c'est pour la semaine prochaine."

Je passe la main dans mes cheveux. *Putain, personne ne veut que je profite de ma précieuse !* Je raccroche en me levant, et je vais jusqu'à la cuisine prendre ma veste qui est sur une chaise.

— Tu dois partir ? me demande Gabriella en me rejoignant dans la cuisine.

— Et oui, râlé-je voyant qu'elle est déçue aussi.

Je glisse mes mains le long de sa taille pour la ramener contre moi.

— Je ferai au plus vite, et on pourra s'occuper du travail de popol, lui soufflé-je à l'oreille la faisant frémir contre moi.

Mon dieu, ce que j'ai envie d'elle là maintenant... Mais je ne peux pas me dérober, alors qu'ils comptent sur moi et qu'ils m'aident à me battre contre ma mère. J'embrasse tendrement les lèvres de Gabriella, avec le désespoir de la crampe que j'ai dans le pantalon.

— Toi, tu t'occupes bien des deux demoiselles ! lancé-je à Evan.

Je prends mes clés sur la table de la cuisine et je décide de filer de cet appartement, avant que je ne change d'avis. Evan me fait un signe d'accord comme les militaires, en mettant sa main contre sa tempe et je souris… *plutôt sympa le gamin.* Je sors de l'appartement et je file dans les escaliers pour rattraper Archie qui descend.

— T'as l'air pressé ! me lance-t-il alors que je ne prends pas la peine de m'arrêter.

— Plus vite parti, plus vite revenu ! m'écrié-je en filant à ma voiture.

Oui, je sais, je ne voulais pas laisser Gabriella avec un mec qui que ce soit, je l'admets. Mais Gloria étant là, *je n'ai aucune raison de me marteler la tête.*

Gaby

Je me rassois sur le tapis devant la table, alors que Evan joue avec son portable et je m'apprête à nous mettre au travail, quand Gloria apparait dans sa tenue de travail. *Et oui, elle a enfin décidé de se trouver un boulot...* elle travaille dans la boulangerie au coin de la rue, mais je n'avais pas prévu qu'elle y aille aujourd'hui.

— Tu travailles ? fais-je surprise.

— Oui, on a changé les horaires hier avec l'autre fille, répond-elle avant d'échanger un baiser avec Evan dont je me détourne.

— Soyez sage ! nous lance-t-elle en sortant à son tour de l'appartement... nous laissant tous les deux seul.

Chapitre 6

Un secret trop lourd pour tout le monde

Brooke
Je m'assois sur le lit, entre les jambes de Spencer qui m'attire contre lui, déplaçant mes cheveux pour embrasser mon cou, tandis que nos doigts jouent ensemble. Mais j'ai l'esprit ailleurs depuis que j'ai parlé avec Gaby de Evan, et je m'inquiète quelque part que ces trois-là soient ensemble. Si jamais, Evan fait une gaffe sur le fait qu'il soit le frère de Mellyssandre… *Callum va voir rouge et s'imaginer un tas de scénarios qui n'ont ni queue, ni tête.* Je soupire en me demandant quelle serait la meilleure solution à ce problème. Nous ne pouvons pas lui cacher indéfiniment, Archie m'a mis dans la merde en me l'avouant.

— Dis, tu sais que je suis là ?! me fait Spencer et je tourne mon regard vers lui pour l'embrasser.

— Tu as l'air distante depuis hier ? me fait-il remarquer et je repense à notre accrochage de ce matin à notre arrivée au lycée.

— C'est au sujet d'Evan.

Je n'ai même pas besoin de le regarder, le corps entier de Spencer vient de se crisper, et ses doigts se sont directement arrêtés de jouer avec les miens.

— En fait, ça concerne plutôt Callum, corrigé-je.

Mais l'effet est exactement le même. *On se demande s'il n'est pas encore jaloux de lui.* Pourtant, je pense avoir prouvé plus d'une fois, que Callum ne m'intéressait plus. Oui, j'ai eu le béguin pour lui pendant des années, mais je pense que le fait que je ne puisse pas l'atteindre, était la raison de cette attirance. Après tout, une fois qu'on aurait couché ensemble, il aurait simplement payé un taxi, ou m'aurait ramenée et ciao.

Enfin, là n'est pas le sujet, donc je me décale de Spencer pour me mettre à genoux face à lui, et je penche la tête à la recherche de son regard.

— Je vais te dire ce qui se passe, mais tu dois me promettre quelque chose, lui fais-je.

Je prends son visage dans mes mains, faisant faire un cul de poule sa bouche. Ce qui me fait sourire sur le coup, mais pas lui à voir son regard. J'enlève mes mains, et je prends donc un air sérieux face à lui.

— Vas-y, raconte, lâche-t-il froidement.

— Non, répondé-je sur le même ton en le toisant.

Je n'aime pas quand il me parle ainsi, ce n'est pas le Spencer dont je suis amoureuse, et il a le don de le faire, dès que quelque chose le dérange. Mais là, j'ai décidé de lui expliquer, et il boude encore comme un gamin. *Il y a des jours, je me demande s'il a vraiment un an en plus que moi.*

— C'est bon, j'arrête, cède-t-il sachant que je peux râler plus longtemps que lui et il me prend doucement la main.

— Je ne dirai rien. Raconte-moi, continue-t-il en baissant son regard à ma hauteur maintenant.

Je prends une bonne respiration, et je commence à lui expliquer la conversation que j'ai eue avec Archie. Spencer grimace déjà en apprenant que j'ai annulé notre rendez-vous pour lui, mais il me laisse continuer à parler sans m'interrompre. Enfin, c'est ce que je faisais jusqu'à ce que je lui dise le lien entre Evan et Mellyssandre, dont je n'en avais aucune idée jusque-là.

— Vous êtes des malades ! s'exclame-t-il furieux et il me repousse limite de ses jambes pour se lever du lit.

— Attends, je n'ai pas dit que je ne lui dirais pas mais...

— Il n'y a pas de mais ! claque Spencer et je tressaille ne l'ayant jamais vu ainsi. Ma chambre empeste la colère, alors qu'il se rhabille en grognant des mots incompréhensibles.

— Spencer, qu'est-ce que tu fais ? paniqué-je instantanément comprenant trop bien ce qu'il va faire.

Callum est comme son frère, il ne laissera pas celui-ci dans l'indifférence de son identité.

— On compte lui en parler, mais en en ce moment... voulé-je lui expliquer.

— Plus on attendra, et plus la colère de Callum sera atroce à gérer, grogne-t-il.

Il se libère de ma main que je pose sur son bras, et il passe la main dans ses cheveux ébouriffés.

— Je vais essayer de tempérer les choses pour toi, mais je ne promets rien, finit-il par me dire en mettant sa main sur la poignée de ma porte avant de disparaitre de la pièce.

— Oh non, qu'est-ce que j'ai fait ? paniqué-je en me rendant compte que Spencer est bien parti tout dire à Callum.

Callum

Effectivement, je suis vraiment obligé de supporter leurs petites crises pendant cette réunion, qui ne semble pas en finir. Pourtant, moi j'ai autre chose à faire et j'aimerais bien me barrer. Je regarde à nouveau les endroits, où Bryanveut que j'aille en shooting pour les vacances, et ceux de Sheila. Certains sont tellement loin, que nous passerons plus de temps dans l'avion que sur place... quant aux autres, c'est trop photocopié sur certains magazines. Si c'est vraiment moi qui dois gérer tout cela, *il me faut un endroit pas du tout conventionnel comme moi.*

Après tout, Taylor a critiqué tous mes choix de tenues pour Gabriella... mais il s'est avéré que ce sont celles-là qui ont le plus marchées pour les magazines. *Donc, je devrais penser par moi-même...* Je me calle dans le fauteuil, les laissant se disputer, tout en allumant une cigarette. Un endroit où Gabriella serait à l'aise, et où nous n'aurions pas besoin de faire des heures de trajet qui me gonfleront. Je passe la main dans mes cheveux, en pensant tout d'un coup aux vacances qu'elle a prévue avec sa famille. *On pourrait faire une pierre, deux coups.*

— Callum, aide-nous à nous mettre d'accord ! s'exclame Sheila en s'allumant une cigarette à son tour.

— Oui, montre que tu es intéressé, lance Bryan.

Je relève un regard noir vers lui, mais je me ravise aussi vite, en me redressant pour pianoter sur l'ordinateur.

— Nous irons là, balancé-je en me callant à nouveau dans mon fauteuil.

— En Floride ! s'exclame Bryanque je sais confus de ce choix.

— Mais c'est là que vous avez été la première fois, non ? me fait remarquer Sheila.
— Oui, au bord de la plage, admets-je.
— Mais là, je veux prendre des photos de Archie et Gabriella, dans des endroits typiques ou atypiques, tout comme les jeunes feraient.
— Explique-toi, fait Bryan en frottant ses lunettes et je comprends qu'il est intéressé par mon idée.
Bien sûr qu'il doit l'être… *il a commencé avec papa par l'endroit où je veux aller.* Je leur explique donc le concept du shooting en question, qui se passera dans des lieux que les jeunes fréquentent. Un bar, un restaurant, une discothèque, la plage à la tombée de la nuit et bien entendu l'hôtel.
— Tu veux faire un shooting façon rendez-vous, réfléchit Bryan et je confirme de la tête.
— Le concept de Tomboy X, est que nos mannequins vedettes soient des adolescents, commencé-je à expliquer.
— Mais nous faisons des shootings un peu trop sérieux, tu ne trouves pas ? lui demandé-je.
— J'aimerais faire un shooting plus naturel de Gabriella et Archie. Un genre de rendez-vous sur une journée, ouais, finis-je en souriant tout en regardant Sheila et Bryan qui semblent y réfléchir.

Je commence à trouver leur réflexion plus que longue, et je me lève pour faire les cent pas dans le bureau, ne supportant pas ce silence. J'ai l'impression qu'ils ne finiront jamais de réfléchir, et je m'assois dans le fauteuil de Sheila où je pose mes pieds sur le bureau faisant mine de dormir.

— J'aime ton idée, finit enfin par dire Bryan.

— J'avoue que j'aime ce genre de choses, confirme Sheila.

Je assez content de moi, en les voyant me regarder en souriant. *Je n'ai juste pas intérêt à me rater...* Mais je sais que l'équipe ne me laissera pas tomber.

Gaby

Nous avons enfin fini le devoir pour le professeur Sanchez, que je propose de recopier au propre plus tard, trouvant que nous avons assez travaillé. Ce n'était pas mal de le faire toute seule avec Evan... *Callum aurait fait le pitre tout le temps et on n'aurait pas avancé.* Du coup, je vais avoir le temps de préparer un bon souper pour le retour de tout le monde, *et surtout du goinfre de Callum.* Je reviens dans le salon, après avoir été ranger mes affaires, et je trouve Evan, l'air embêté debout, regardant la photo de Gloria et moi.

— Tu veux boire quelque chose ? lui demandé-je.

Je préfère ne pas lui demander, avant de faire l'impolie et de devoir le mettre dehors pour aller aux courses.

— En fait, je voulais te demander si je pouvais attendre que Gloria rentre ?

Je me mords la lèvre, ne sachant pas du tout quoi dire. Papa ne rentre pas avant vingt-trois heures, mais je ne sais pas quand Gloria a fini… *et de plus, Callum n'est pas là.* D'un autre côté, nous sommes restés ensemble pendant plus d'une heure, et je n'ai rien ressenti de stressant.

— Je dois juste aller faire des courses. Mais tu peux venir avec moi, lui fais-je en avançant pour prendre ma veste au porte-manteau.

— Merci, fait-il d'une voix basse.

Je me retourne en souriant vers lui, pour lui signaler qu'il n'y a pas de soucis. *Après tout, j'aurai besoin de bras pour porter les sacs.* Nous sortons donc tous les deux de l'appartement, et nous tombons nez à nez avec Archie qui s'arrête net en nous voyant.

— Salut, fais-je en refermant la porte de l'appartement à clé.

— Evan est resté faire ses devoirs avec moi, pendant que Gloria travaille, lui expliqué-je voyant qu'il a l'air confus de me voir avec lui.

D'ailleurs, j'ai l'impression qu'il y a de l'électricité dans l'air. Tout mon corps est sur la défensive… *comme quand Callum perd son sang-froid.* Je déglutis nerveusement, alors qu'ils se toisent tous les deux. Je décide d'en finir avec leurs batailles de regard, avant que la testostérone soit tellement à son comble, et qu'ils finissent par se frapper. *Et à côté de ça, Archie n'aime pas Gloria ?! Bien sûr !*

— Bon, on y va ! lancé-je à Evan.

Je souris à Archie pour me laisser passer, ce qu'il fait sans ajouter le moindre mot. Je ne sais pas s'il se rend compte, qu'il vient de me montrer une facette de sa personnalité que je ne connaissais pas... *et que j'aimerais autant ne pas connaitre.*

Nous nous rendons donc au supermarché, et j'ai l'impression que le face à face avec Archie, n'est pas vraiment bien passé. Mais voilà, je ne suis pas douée pour réconforter les autres, donc je me maintiens à garder le silence. Une fois au magasin, je fais donc mes courses pour préparer des escalopes milanaises, avec l'accord de Evan, qui ne se déride toujours pas. J'espère que Gloria sera rentrée quand nous arriverons à l'appartement, parce que je ne me sens pas du tout à l'aise. Et si je pensais que c'était déjà assez mal à l'aise, je suis figée sur place, alors que nous sommes entrés dans le parc pour retourner à mon immeuble... *Evan s'est arrêté à côté de moi et il pleure.*

— Je suis désolé, pleure-t-il.

Ma poitrine se serre comme si j'étais responsable, *ou si je compatissais*. Pourtant, je ne le connais pas plus que ça, mais son regard tordu par la peine, me fait du mal aussi, et j'hésite un instant avant de poser ma main sur son avant-bras.

— Je ne sais pas ce qu'il y a. Mais tu peux m'en parler si tu veux, dis-je d'une voix compatissante.

Après tout, cela doit vraiment le travailler, *s'il se met à pleurer ainsi devant moi.*

— Je ne peux pas, fait-il en essuyant ses larmes et j'esquisse un sourire compatissant.

Il dit ça, mais je vois bien qu'il a besoin de parler et de plus, *Brooke m'a dit qu'il n'avait pas d'amis.*

— Non, tu peux. Cela te ferait du bien de parler, insisté-je.

— Mais j'aime vraiment Gloria, fait-il en se remettant à pleurer.

Je le regarde totalement perdue. *Pourquoi me parle-t-il de Gloria ?*

— Si c'est par rapport à Archie...

— Non, cela à voir avec ton copain, me coupe-t-il en revenant dans mon regard et je frissonne totalement.

Callum ? Qu'est-ce qui se passe avec lui ? A-t-il fait quelque chose de mal lors de leur soirée d'hier ? Ou lui a-t-il dit quelque chose qui le travaille ? Non, si c'était le cas,

Callum ne l'aurait pas laissé venir avec nous pour le devoir. *Alors, que se passe-t-il ?*
— Peu de personnes le savent, commence Evan.

Ses lèvres sont tremblantes et j'entrouvre les miennes pour prendre de l'air, histoire d'accuser ce qu'il va me dire, alors que sa main se pose sur la mienne qui est sur son avant-bras.
— Peu de personne savent quoi ? demandé-je voyant qu'il hésite.
Mais ma curiosité est à son maximum là.
— Je suis le demi-frère de Mellyssandre.

Chapitre 7

Le frère de Mellyssandre

Callum

Voilà enfin une bonne chose de faite, et non des moindres. Mon premier projet de shooting en solo. Je passe ma main dans mes cheveux, en souriant fièrement partant enfin de l'agence, avec mon dossier en main. J'ai l'impression que ce coup-ci, tout se passe sur des roulettes... et cette chère Pénélope, ayant le bec cloué, si elle ne veut pas faire couler la collection en cours, *je me sens vraiment libérer.* Nous n'avons plus qu'à nous mettre d'accord sur l'endroit exact, où nous allons nous rendre. La Floride est grande, mais avec Gabriella qui vient de là-bas, je pense que nous pouvons trouver de chouettes endroits pour le shooting.

Je monte dans la voiture, et je m'allume une cigarette, tout en composant le numéro de ma précieuse pour lui signaler que j'ai enfin fini. Je relève un sourcil, voyant que je tombe sur la messagerie, mais en voyant l'heure, elle doit être occupée à préparer à souper. Je suppose que comme toujours, *elle a pensé à moi dans le menu.* J'aime vraiment manger avec eux, *j'ai l'impression d'appartenir à une famille.* Il faut dire que chez moi, ces moments n'existaient pas. Soit, je mangeais avec l'un, ou avec l'autre. Mais le plus souvent, je mangeais avec Spencer et Rita dans la cuisine. De simples moments comme je vis en ce moment avec la famille de Gabriella, qui sont bien plus précieux que n'importe quels instants de ma vie. Si on fait bien sûr, abstraction aux moment privés entre nous.

J'esquisse un sourire en tirant sur ma cigarette, tapotant sur le volant… la musique d'Aerosmith avec I don't want miss a thing. Gabriella serait ici, elle se moquerait encore de moi et de mes chansons du moment. J'avoue que je suis plutôt calme en récemment. D'ailleurs, cet abruti qui vient de me faire une queue de poisson, ne me donne même pas envie de lui courir après, pour lui montrer ma façon de conduire. Je tire encore une bonne fois sur ma cigarette, avant de me mettre à siffler, quand mon portable se met à sonner.

— Salut Spencer, non je ne vous aiderai pas pour le devoir ! lancé-je à peine décroché sachant qu'il est avec Brooke.

Ces deux-là n'ont certainement pas travaillé. *Personnellement, j'aurais bien fait pareil.*
— " Vous êtes où ?!"
Je fronce les sourcils, et ma main se crispe instantanément sur le volant, quittant la route du regard pour regarder mon portable. Il doit se passer quelque chose de sérieux, *la voix de Spencer est très rarement aussi froide.*
— Je suis en route pour rejoindre Gabriella, lui expliqué-je en ramenant mon regard sur la route.
Il ne manquerait plus que je me crashe maintenant.
— "Rejoins-moi au Club avant !"
Je n'ai même pas le temps de lui dire que je n'ai pas envie, qu'il a déjà raccroché. Je grogne intérieurement, en espérant qu'il a une bonne raison pour me priver de ma précieuse encore un moment. *Sérieux, j'ai des crampes moi !* Mais je fais demi-tour sans broncher, pour rejoindre mon meilleur ami, sachant qu'il ne m'appellerait pas pour rien. *Espérons juste que je ne doive pas y passer la nuit...*

Gaby

J'écarquille les yeux, et j'enlève ma main du bras de Evan en larmes devant moi, sachant que j'ai très bien entendu. *Ce gars devant moi, n'est autre que le frère de Mellyssandre ? La Mellyssandre de Archie et de Callum ? Non, ce n'est pas possible !* J'ai vu des photos d'elle, ils ne se ressemblent pas du tout. *Il se moque de moi, c'est certain.* Pourtant, il ne peut pas feinter les larmes qui coulent de ses yeux, et ses lèvres tremblantes, tout comme l'entièreté de son corps. Mais s'il est vraiment le frère de Mellyssandre... *comment se fait-il que Callum ne le connaisse pas, ainsi qu'Archie ?*

Archie... Je cligne des paupières, me rappelant notre rencontre à la sortie de mon appartement. Je me mords la lèvre, en écarquillant les yeux. *Et si je m'étais bel et bien trompée sur ce qui se passait ?* Archie a réagi parce qu'il sait qui il est... *pas parce qu'il est le copain de Gloria !* Je porte ma main à ma bouche, me rendant compte de ce qui se passe vraiment maintenant.

— Voilà ce que je craignais voir, fait-il d'une voix étranglée par les larmes et... de la souffrance.

— Je ne vous l'ai pas dit, parce que vous me rejetteriez d'office, continue-t-il en passant la main dans sa nuque alors qu'il continue de pleurer.

Et moi, je le regarde ne sachant pas quoi dire. Le fait qu'il soit le frère de Mellyssandre est un choc, certes. *Mais je ne vois pas où est le problème en fait ?* J'enlève ma main de ma bouche et je passe ma langue sur mes lèvres, réfléchissant à la situation. Oui, tout ceci est une fameuse coïncidence, mais il était ami avec Brooke au collège, donc c'est normal qu'il traine avec nous et soit dans notre classe. *Enfin, je ne vois pas vraiment où est le problème en fait ?* Et puis, il est là depuis un moment, et nous n'avons jamais eu d'ennuis avec lui.

— Brooke est la seule personne, que je connaissais à mon retour… Je savais que je pourrais compter sur elle, pour me retrouver dans cette ville, m'explique-t-il.

— Mais elle ne sait pas non plus qui je suis. Je suis partie avec mon père quand il a été muté, avant que Mellyssandre ne soit connue. J'ai rencontré Archie une fois à un diner de famille.

J'acquiesce, comprenant pourquoi Brooke n'en a jamais fait référence… ni Callum.

— J'ai été surpris de voir Callum ce soir-là au club… et puis, nous nous sommes tous retrouvés dans la même classe. Je sentais qu'il était déjà en colère contre moi de m'être assis à côté de toi… alors j'ai préféré garder secret mon lien avec Mellyssandre.

— Il va falloir que tu lui dises, fais-je et je peux lire la peur dans son regard d'un coup.

— Tu n'as pas à avoir peur, le rassuré-je en ramenant ma main sur son avant-bras.

— Callum a un tempérament impulsif, mais il est aussi compréhensif quand on est honnête avec lui, lui expliqué-je.

Et je sais de quoi je parle, pour être passée par là avec lui. Bien entendu, cela va lui faire un choc sans nom, mais il n'a pas de raisons de s'en prendre à lui. Il n'a pas choisi d'être le frère de Mellyssandre, et Brooke confirme aussi qu'il est gentil. Donc, en ce qui me concerne, il n'y a pas de raison de ne pas lui donner sa chance avec nous. Et puis, je sais que lui et Gloria sont bien ensemble.

— On lui en parlera à son retour, confirmé-je en souriant.

— Tu n'as pas froid aux yeux, me fait-il remarquer en essuyant à nouveau ses yeux et esquissant un sourire nerveux.

— Disons que j'ai appris à maitriser un peu la bête ! lancé-je sur un air amusé pour détendre l'atmosphère.

Mais honnêtement, j'angoisse à cette idée. Si Callum a des appréhensions, on risque d'assister à un massacre. Non. Callum a changé, il ne perdra pas son sang-froid sans raison. *Enfin, je pense...*

Callum

Je rejoins Spencer dans le club, et je tique un instant en voyant qu'il a un verre d'alcool devant lui. *Non, en y regardant mieux, il y en a deux.* Bon, si je pensais vite rentrer auprès de ma précieuse, je me suis fourvoyé parce que cela ne sent pas bon. Spencer n'est pas du genre à boire de l'alcool, et certainement pas en plein milieu de semaine. Je prends donc une bonne respiration en passant ma langue sur mes lèvres, et je le rejoins en lui tapant sur l'épaule. Et alors à ce que je m'attende, à ce qui se tourne vers moi dépité comme je le pense ; *c'est la peur qui se voit dans son regard qu'il tourne vers moi.*

Tout mon corps se crispe instantanément en comprenant… *que c'est de moi qu'il a peur à cet instant.*

— Crache ! claqué-je sentant que je ne vais pas aimer du tout.

— Je ne sais pas, bégaye-t-il me faisant comprendre que j'ai bien réagi à sa façon de se tenir devant moi.

Cela me concerne. Et pour qu'il se mette à bégayer, *c'est que c'est grave.*

— Dis-moi tout de suite ce qui se passe ! ragé-je en tapant mon poing sur le comptoir faisant renverser le verre qui se trouve devant moi.

Je n'aime pas faire ça avec Spencer, mais son attitude ne m'aide pas à me calmer et il le sait. *Donc, cela me fait encore plus peur et perdre mon sang-froid.*

— Écoute, ce n'est peut-être rien, finit-il par dire en se tournant vers moi.

— Si ce n'était rien, tu me regarderais dans les yeux, lui fais-je remarquer froidement voyant qu'il ne le fait absolument pas.

— Putain Spencer, tu me connais ! Et tu sais que ton attitude est claire pour moi, alors parle putain ! claqué-je hors-de-moi.

— C'est à propos d'Evan.

— Quoi Evan ?! grogné-je ne comprenant rien.

— Il... C'est le frère de Melly...

Si je pensais que j'étais sorti d'un enfer, *je viens de plonger dans le suivant.* Mon cœur vient de s'arrêter totalement, et je n'arrive pas à reprendre mon souffle, alors que mon regard est plongé dans celui de Spencer qui me fixe.

— Callum...

— Je l'ai laissé seul avec Gabriella, dis-je doucement comme si le monde s'écroulait d'un coup.

— Putain ! Finis-je par crier paniqué.

Je fais demi-tour en courant pour sortir du Club, tout en essayant de la joindre... Spencer sur mes talons me criant qu'il n'y a peut-être pas à s'inquiéter.

Pas à s'inquiéter, tu parles ! S'il n'était pas là pour me faire souffrir, il ne tournerait pas autour de Gloria et de Gabriella dès qu'il en a l'occasion. Je ne peux pas me permettre de croire, que ce mec est apparu d'un coup par magie, et qu'il n'a pas de mauvaises intentions. Je monte dans la Dodge et je fonce sur la route avec Bon Jovi et Livin on a prayer à fond dans l'habitacle. *Si jamais cet enfoiré la touche, je le bute !*

Gaby

Une fois Evan calmé, nous reprenons le chemin vers l'immeuble. Il me raconte que Mellyssandre et lui, n'étaient pas vraiment liés. Leurs parents se sont mariés quand ils avaient huit ans, et il était déjà réservé de son côté tout comme elle. Quelques années plus tard, il a dû suivre son père lors de sa mutation, et il a appris la mort de Mellyssandre par sa belle-mère. Il a eu de la peine comme tout le monde, mais il savait qu'il ne pouvait rien y faire, donc il a décidé de reprendre sa vie en main. À la période où Mellyssandre est morte, il trainait avec des gars pas très recommandables et la mort de celle-ci l'a poussé à changer. Elle est morte en faisant ce qu'elle aimait, alors que lui n'avait toujours aucun but dans la vie.

— Disons que sa mort a été un cas de conscience pour moi, finit-il par dire.

— Pourtant, tu traines encore avec des gens peu recommandables, lui fais-je remarquer en me rappelant de la photo.

— Ouais, j'avoue que je m'ennuie le soir dans mon appartement. Et puis, je n'ai pas beaucoup d'amis, répond-il.

— Tu n'es pas revenu avec ton père ? demandé-je étonnée.

— Non, il est parti au Canada pour le reste de l'année. Donc, j'ai décidé de revenir seul.

— Et ta belle-mère ?

— Depuis la mort de Mellyssandre, c'est tendu entre papa et elle. Alors, je préfère éviter d'y habiter, m'explique-t-il.

J'acquiesce. C'est vrai que ce ne sont certainement pas des situations simples à gérer. Ils n'étaient pas là pour la soutenir depuis la mort de sa sœur, et lui se retrouve seul ici. Je pense que je peux en effet comprendre, qu'il n'ait pas parlé de leurs liens. *Espérons juste que je puisse parvenir à l'expliquer à Callum.*

— Je pense qu'on va avoir un problème.

Je me tourne vers Evan interrogative. Celui-ci s'est figé sur place et regarde au loin, la peur dans les yeux.

— Je pense qu'il est déjà au courant.

Je me retourne vers la route, et la voiture de Callum se rapproche dangereusement. Je tressaille en remarquant à sa façon de conduire, qu'il n'est pas de bonne humeur. *Mais le fait que la Jeep de Spencer le suive n'est pas de bon augure du tout.*

— Reste derrière moi, bredouillé-je.

Même si je me mets entre eux, si Callum a décidé de le fracasser ; *il le fera et je ne pourrai rien faire.* La voiture dérape juste à côté de moi, et le regard noir de colère de Callum qui sort de la voiture, me fait comprendre que je n'ai aucune chance de le calmer en me mettant devant Evan.

Chapitre 8

La rage de Callum

Callum

— Bouge de là, grincé-je des dents la voyant se mettre devant lui malgré son regard suppliant.

— Je sais ce qui se passe mais...

— Gabriella, bouge ! Continué-je.

Je continuer à grincer mes dents en le cherchant lui du regard, alors que j'entends la jeep de Spencer s'arrêter derrière la mienne. Mais Gabriella semble ne pas vouloir bouger, et je baisse la tête en grinçant plus fort les dents, sachant que je dois me contenir. Mais je n'y arrive pas, mon corps en entier est sur la défensive. Je ne peux pas le laisser entrer dans la vie de Gabriella, en sachant qui il est. *C'est haut dessus de mes forces.*

— Call...

— Gaby ! Claqué-je contre elle lui crachant presque à la figure et je vois ce que je ne voulais pas apercevoir dans son regard.

Un éclair, non plus que ça... *de la terreur.* Le reflet de la terreur intense que je lui envoie à l'instant, et qui me semble incontrôlable. *Pitié Gabriella, ne me force pas à le faire. Ne me laisse pas devenir brutal avec toi...* alors que c'est ce petit con que tu protèges derrière toi, qui doit s'expliquer avec moi.

— Callum, arrête, fait Spencer en me prenant le bras.

Mais je me tourne vers sa main, le menaçant du regard. Spencer enlève sa main aussi vite, sachant que cela ne sert à rien de me retenir... *puisqu'elle n'y arrive pas.*

— Tu vas te cacher longtemps derrière elle ?! Lui claqué-je en ramenant mon regard derrière Gabriella.

Celle-ci a baissé le sien, sachant certainement que cela ne sert à rien de s'interposer. Cependant, elle continue de rester devant lui. Serait-elle immobilisée de la peur que je lui fais ressentir ? *Non, elle sait que je ne la toucherai pas...* Je tique en me rendant compte que c'est bien ce qu'elle fait à l'instant... elle reste devant lui sachant que je ne le toucherai pas, de peur de la blesser elle.

Ce mec est plus qu'astucieux... *ou il est vraiment stupide...* parce qu'il me suffit de la tirer vers moi d'un geste sec, comme ceci.

— Enlève tes mains ! balance-t-elle en ramenant son regard vers le mien et je m'arrête net.

— Tu vas vraiment le défendre ? lui demandé-je voyant qu'elle me tient tête comme jamais.

Mais putain, depuis quand elle se comporte ainsi ?

— Je ne le défends pas, je t'empêche de faire une erreur ! e crie-t-elle.

Je déglutis nerveusement, en voyant ses yeux chocolat se mettre à briller. *Ne fais pas ça, ne te dresse pas devant moi*, la supplié-je à l'intérieur de moi.

— Voilà la raison pour laquelle il ne te disait pas la vérité, et je le comprends ! s'écrie-t-elle maintenant furieuse.

— Mais...

— Non ! me coupe-t-elle froidement et je tressaille.

Elle ne va vraiment pas faire ça, n'est-ce pas ?

— Oui, c'est le frère de Mellyssandre ! Mais je ne vois pas pourquoi tu ne lui laisses pas une chance ?!

— Une chance ?! répété-je outré, mais ce mec est venu pour foutre la merde !

— Mais pourquoi tu dis ça ?! Il ne t'a rien fait que je sache ! hurle-t-elle.

— Pas encore ! grincé-je des dents.

Gabriella et moi, nous nous toisons pendant quelques secondes, qui me paraissent une éternité. Et je fais un pas en avant, en le voyant mettre sa main sur le bras de Gabriella, qui ne bouge même pas à son contact. Je m'arrête net en la regardant ahuri.

Gaby

Je n'en reviens pas de lui tenir tête ainsi... mais surtout de ne pas m'effondrer en larmes, en voyant qu'il me regarde avec tant de rage, alors que je fais cela pour lui. Oui, je suis peut-être stupide de croire que Evan n'est pas là pour nous nuire... mais si Callum s'en prend à lui comme il veut le faire, je ne pense pas que ce sera bénéfique... *ni pour lui ni pour nous.* Je ne tolèrerai pas ses excès de violence sans raison, et il risque gros en s'en prenant à lui en plus. Il vient de signer un contrat, qui le fera sortir des griffes de sa mère. S'il s'avère que Evan est vraiment là pour créer le désordre dans la vie de Callum... *il va lui offrir cette chance sur un plateau d'argent. Il faut que Callum se calme et soit plus malin que ça.*

Mais je n'arrive pas à l'atteindre, et sentant la main de Evan se poser sur mon bras, je n'ai même pas le réflexe de bouger, alors que le regard de Callum vient de passer au summum de sa rage. Je suis littéralement en train de me liquéfier, en sentant le poids de sa colère s'abattre sur nous.

— Ça suffit, nous fait-il en passant devant moi.

Ce que je craignais par-dessus tout arrive... Callum lui décoche un coup de poing monumental qui l'envoie au sol.

— Callum ! hurlé-je en l'attrapant par le bras le voyant prêt à continuer.

Les muscles du bras de celui-ci sont prêts à exploser, tellement ils sont tendus. Je me mets à pleurer, en comprenant la souffrance qu'il ressent... *mais Evan aussi souffre.*

— Je savais que tu ne voudrais pas de moi près de vous, mais c'est Brooke qui m'a fait entrer dans votre cercle d'amis.

— Mais bien sûr ! s'exclame Callum.

J'enlace son bras contre moi, pour qu'il ne puisse pas le frapper à nouveau, tout en posant ma tête contre son épaule.

— Et c'est elle qui t'a forcé à tourner autour de Gabriella, et de sortir avec Gloria ?! s'écrie Callum dont la colère ne désemplit pas.

Je presse ma tête plus fort contre son bras bandé. *Pitié, calme-toi.*

— Ce n'est pas moi qui nous aie installé au même bureau. Et pour Gloria, c'est elle qui m'a draguée, explique Evan.

— Il dit la vérité ! s'exclame la voix de ma sœur qui se tient à quelques pas de nous.

— Mon dieu, qu'est-ce que tu lui as fait ?! S'exclame-t-elle.

Je relève un regard paniqué et triste vers Gloria, qui vient rejoindre Evan. Elle lui touche la lèvre que Callum vient de lui fendre, mais celui-ci lui dit de ne pas s'inquiéter, avant de regarder franchement Callum.

— Je savais que tu ferais ça quand tu le saurais. Mais je ne suis pas ton ennemi, fait Evan en tenant son regard.

Je peux entendre les dents de Callum grincer, alors que Evan se relève, aider de Gloria qui toise méchamment Callum. *Pitié, qu'elle ne s'y mette pas non plus...* Je ne peux pas le gérer, et je ne sais pas ce qu'il est capable de faire quand il est ainsi.

— Tu ne peux pas lui laisser une chance, murmuré-je.

Je sens le corps entier de Callum tressaillir, et son visage plus que crispé se tourne vers moi. Ses yeux sont plus que flamboyant de rage et je tressaille, craignant sa colère sur moi.

— Callum, tu devrais peut-être l'écouter, intervient Spencer qui s'est tenu de côté en silence tout ce temps.

Callum baisse la tête, et avant que je ne réagisse, il me prend la main pour m'attirer vers sa voiture.

— Callum ! S'écrie Spencer.

Mais Callum me fait monter dans la voiture et il clape la porte tellement fort, que celle-ci est secouée. Mon cœur palpite, au point que je commence à haleter. Il est vraiment furieux, *et il va me faire payer de m'être interposé contre lui.* Je commence à trembler la tête baissée, entendant ma sœur vouloir l'empêcher de partir avec Spencer, mais quand sa portière s'ouvre, je sais qu'il ne veut rien entendre. Je tressaille une nouvelle fois quand sa portière claque, et qu'il démarre en faisant crier les pneus. Callum roule à vive allure, la musique à fond. Il ouvre la fenêtre, et s'allume une cigarette, alors que je reste figée sur mes doigts crispés, qui attendent les paroles affreuses qu'il va me balancer. *Si seulement, je ne m'attendais qu'à ça.* Le pire serait qu'il ne dise pas un mot... *et qu'il me fasse payer cela autrement.* Mon cœur fait un raté, en imaginant l'enfer qu'il pourrait me faire vivre. *Mon dieu, comment puis-je penser que Callum me ferait le moindre mal ?* Il l'a prouvé au moment où je l'ai attrapé. Il est resté stoïque, bien qu'il voulait le massacrer.

Je ferme les yeux, sentant les larmes d'angoisse couler le long de mes joues.

— Pourquoi tu pleures ? me demande Callum.

— Je n'aurais pas dû prendre sa défense devant toi, marmonné-je de mes dents tremblantes.

Callum ne répond pas, et il prend le tournant violemment pour faire encore quelques kilomètres avant de s'arrêter sèchement. Je tourne doucement mon regard sans lever la tête, remarquant que nous ne sommes pas à la villa. *Alors, c'est ainsi...*

Je me souviens de tout ce qu'on dit sur Callum et les filles, qui sont passées dans ses bras. Il les emmenait dans un parc, ou un endroit reculé pour coucher avec elles, puis il leur payait un taxi pour les ramener. Je suis donc là aussi pour la même raison. Il va me larguer aussi ici. *Mais pourquoi se donner autant de peine ? Il aurait pu simplement me laisser avec les autres ?*

— Descends, m'ordonne-t-il et je secoue la tête.

— Gabriella, j'ai besoin de prendre l'air. Me fait-il en ouvrant sa portière et il sort de la voiture.

Je serre les dents, tout en continuant à pleurer. Je ne peux de toute façon pas bouger de mon siège. L'adrénaline que j'avais pour me dresser devant lui est retombée, et je suis totalement en train de m'effondrer. Pourtant, quand il toque sur le capot de la voiture, mon regard se lève sur lui directement. Callum me scrute, et il me fait signe de venir le rejoindre. Je prends une bonne respiration en le scrutant, confirmant que je ne vois plus cet éclair de rage dans le regard. Je sors donc de la voiture, encore tremblante et je marche au ralenti pour me tenir à un mètre de lui.

— Viens, fait-il en tendant sa main vers moi.

J'hésite en me mordant la lèvre, et je finis par tendre ma main tremblante pour rejoindre la sienne. Ses doigts forts se referment sur les miens, et il m'attire d'un coup contre lui. Mon cœur fait un arrêt en percutant durement son torse.

— Tu n'as pas à t'en vouloir, fait-il doucement en me serrant contre lui.

— J'ai juste peur qu'il ne soit pas celui qu'il prétend être. Et l'idée qu'il te fasse du mal m'est insupportable, continue-t-il en montant sa main dans ma nuque, tout en posant son front sur mon épaule me chatouillant avec ses cheveux.

— Il ne m'aurait pas dit son identité, s'il voulait nous faire du mal, murmuré-je la voix encore remplie d'angoisse de ce moment.

— Je ne sais pas... J'ai juste peur, m'avoue-t-il.

Mes bras sont ballants de chaque côté de mon corps, et je remonte une main tremblante pour la poser doucement, et hésitante dans les cheveux noirs de Callum.

— Moi, j'ai peur que tu perdes tout pour une colère qui n'a pas lieu d'être, dis-je et la tête de Callum se secoue doucement entre mon épaule et mon cou.

— La seule chose que je ne dois absolument pas perdre, c'est toi, fait-il en relevant son regard dans le mien.

J'entrouvre les lèvres, éblouie par son regard étincelant à cet instant. Je peux y lire la peur et tout l'amour qu'il me porte. Il n'y a plus de rage, ni de colère à cet instant... *il n'y a plus que mon Callum*. Je ramène ma main qui était dans ses cheveux sur son visage, faisant glisser la paume de mon doigt aux endroits, où j'ai vu des plis de haine plus tôt et je descends le long de ses lèvres. Callum glisse doucement sa langue sur ceux-ci, et je frissonne. Non plus de peur, mais bien de désir à cet instant.

— Je vais devoir me tenir tranquille, si je ne veux pas me faire haïr par ta famille, finit-il par dire.

— Je crois effectivement, qu'il va falloir te faire petit auprès de Gloria, répondé-je sans lâcher ses lèvres du regard.

Je pousse un peu plus fort sur sa lèvre, et un sourire s'affiche sur celle-ci, avant qu'il ne conquière ma bouche. Nous sommes passés à nouveau près d'un drame, mais nous allons le surpasser comme tous les autres. Callum ne changera jamais son tempérament de feu, mais il sait quand il doit s'arrêter.

Pour moi, c'est un nouveau pas de franchis et je suis plus que fière de lui. *Continuons à avancer petit à petit.*

Spencer

Je ramène Gloria et Evan à l'immeuble, et je les laisse rentrer seul, en espérant que tout se passe bien entre Callum et Gaby, quand la Dodge de Archie arrive dans l'allée du parking et il s'arrête à ma hauteur.

— Salut, tu es venu amener Brooke ? me demande-t-il souriant.

— Tu ne crois pas que tu devrais commencer à savoir, quand tu dois l'ouvrir et la fermer ?! balancé-je froidement effaçant le sourire de celui-ci sur son visage.

— C'est quoi ton problème ?! demande-t-il sur le même ton.

— Tu le sauras quand Callum te tombera dessus, dès qu'il saura que tu savais qui était Evan, lancé-je avant de faire demi-tour et de monter dans ma Jeep.

Chapitre 9

Des tensions entre sœurs

Callum

Je Serre Gabriella contre moi, regrettant vraiment ce qui vient de se passer.

Bon, je me suis quand même bien tenu, si on fait abstraction du coup de poing que je lui ai mis... *mais j'ai vraiment cru qu'elle m'en voudrait beaucoup plus.* Pourtant, maintenant que nous sommes enlacés l'un l'autre sur le capot de la Dodge, je sais qu'elle ne m'en veut pas. J'ai pourtant été cru avec elle, et je pense même que je suis allé jusqu'à l'appeler "*Gaby*", mais voir sa fiancée se dresser entre moi et la source de ma colère, *ça n'aide pas vraiment à rester calme.*

— Tu veux que je te ramène ? Finis-je par dire la gorge un peu nouée.

Après tout, il n'était absolument pas prévu qu'elle vienne chez moi aujourd'hui, et son père va certainement se poser des questions quand il va rentrer et ne pas la voir.

— Si tu restes avec moi, murmure-t-elle en ramenant son visage face au mien et je grimace.

— Je ne pense pas que ce soit une bonne idée, marmonné-je en quittant d'une main son dos pour la passer dans mes cheveux.

— Pourquoi ? me demande-t-elle sur un air innocent.

Mais elle sait très bien que sa sœur va me le faire payer devant son père. *Est-ce qu'elle ne cherche pas la petite bagarre intentionnellement là ? Parce que là elle semble presque jubiler de la situation.*

— Ta sœur va me faire passer un mauvais quart d'heure. Mais tu le sais, n'est-ce pas ? lui dis-je avec un rictus malsain sur les lèvres.

Après tout, je ne suis pas encore totalement calmé… alors cette idée de me faire retourner chez elle, n'est pas vraiment excellente.

— Alors, je ne rentre pas, fait-elle en se plaquant plus fort contre moi.

— Tu me fais quoi là ? demandé-je alors qu'elle frotte le haut de sa tête contre mon menton.

— Tu m'as dit que je devais m'occuper d'un certain travail, souffle-t-elle en enfonçant sa tête contre moi et je me mets à rire.

— Mais on peut arranger cela tout de suite ! m'exclamé-je amusé maintenant en ramenant son visage dans mes mains.

Gabriella a un sourire charmeur sur les lèvres, et je prends sa main pour la ramener dans la voiture. Nous passons directement sur le siège arrière, et j'avance celui convoyeur pour avoir de la place, alors que nous nous embrassons déjà, enflammant nos corps. Le frottement de son bassin sur le mien me rend déjà totalement fou, et je la ramène sur la banquette où elle se met à rire voyant que nous n'avons vraiment pas beaucoup de place.

— Mais qui t'as fait aussi de mettre un jeans ? lui fais-je remarquer en faisant glisser celui-ci.

Sa main glisse déjà autour de mon sexe, qui est déjà plus que prêt à la découvrir intérieurement. Il faut dire que j'en meurs d'envie depuis que nous avons quitté les cours, et cette petite montée d'adrénaline de tout à l'heure n'aide pas à ralentir mon envie. Nos bouches plus qu'enflammées l'une dans l'autre, et mes doigts se délectant de l'humidité de sa chaire, j'oublie tout ce qui nous a amené ici. Je me remets assis sur la banquette, et je ramène Gabriella pour qu'elle se mette assise dos à moi, tout en entrant en elle. Son intimité étant déjà sous le feu de mes doigts, et plus qu'humide, je glisse en elle en un mouvement ferme, qui lui fait pousser un cri de plaisir. Je porte une main sous son pull, pour attraper un de ses seins, et de l'autre, je glisse mes doigts vers son clitoris que je titille, la laissant mener la danse sur moi. C'est dans des moments pareils que son côté latino est au summum... les mouvements de son bassin sur moi, me rendent complètement à sa merci pendant de longues minutes... *et j'avoue adorer cette sensation de soumission.*

— Oh putain, je t'aime ma précieuse, gémis-je alors qu'elle ramène son dos contre le mien.

J'accélère les mouvements de mes doigts sur son clitoris, la faisant trembler entièrement de plaisir sur moi. Tout son corps est maintenant à ma merci, sa bouche rejoignant la mienne, alors que je la laisse reprendre un peu de calme sous la jouissance qu'elle vient d'avoir. Mais cela ne dure qu'un instant, parce que c'est bien à moi maintenant, de lui faire gouter à la force de mon désir pour elle. Je serre mon bras contre son ventre, la cambrant encore plus, et elle relève juste ce qu'il faut le bassin pour que je lui fasse l'amour encore et encore.

— Ha... Callum ! gémit-elle alors que j'accélère encore plus la cadence et que mes mouvements en elle deviennent de plus en plus dur.

Je lui mords l'oreille et ma main sur son ventre, s'en va rejoindre à nouveau son clitoris. Ses gémissements, sa façon de prononcer mon prénom me rendent fou comme toujours… mais sa façon de passer son bras en arrière autour de mon cou et de me serrer encore plus contre elle, est le meilleur pour moi. Tout son corps se raidit à nouveau, et je pousse doucement son dos pour qu'elle se penche un peu en avant. *Je n'ai pas fini, j'en veux encore et encore*. Je glisse mes doigts dans ses cheveux, la laissant reprendre un peu de calme, et j'attrape doucement une partie de ceux-ci en me remettant en mouvement. Gabriella attrape les appuis têtes des sièges devant sous la pression, de ce qui seront mes derniers coups de désirs et de plaisirs en elle. Tout mon corps se raidit et je soulève mon bassin tellement fort aux derniers coups, que je manque de lui cogner la tête au plafond de la voiture, ce qu'elle ne manque pas de remarquer, puisque quand je jouis en elle et ramène son corps en arrière contre moi pour l'embrasser ; *elle sourit.*

— Je t'aime mon cœur, halète-t-elle en embrassant mes lèvres.

— Moi aussi je t'aime ma précieuse, fais-je la voix haletante de plaisir tout en caressant son cou et ramenant sa bouche pour la presser contre la mienne.

Gaby

J'ai quand même eu pitié de Callum en lui évitant de revenir à l'appartement ce soir. C'est vrai que c'était méchant de ma part de vouloir lui imposer l'humeur de Gloria, alors qu'il s'est plus ou moins bien comporté, *malgré la situation*. Je rentre dans l'immeuble, après lui avoir fait un dernier baiser, et j'entends la voiture démarrer à vive allure. Je souris, en sachant qu'au moins il est de bonne humeur. Je monte les escaliers en espérant que papa n'est pas encore rentré, puisque je ne veux pas qu'il sache les tensions entre Callum et le copain de Gloria.

— Il n'est pas avec toi ?! me demande-t-elle de but en blanc quand je passe la porte.

— Non, pourquoi ? Tu veux le confronter à ta mauvaise humeur ? lui demandé-je sur un ton froid comme elle vient de faire.

Je ne parle que rarement sur ce ton à ma petite sœur, et je pense que vu la façon dont on se fixe dans le salon, alors que j'enlève ma veste...*on est loin d'en avoir fini avec cette discussion.*

— Tu te rends compte qu'il lui a fendu la lèvre ?! me lance-t-elle comme si je ne le savais pas.

Je traverse le salon pour remarquer qu'elle n'a même pas commencer le souper. Je soupire et je prends le sachet de courses, qui traine toujours sur la table de la cuisine, pour en sortir le poulet. Je n'aurais pas dû proposer de faire l'amour avec Callum, si j'avais su qu'elle ne le ferait pas. Maintenant papa va bientôt rentrer, et le souper n'est même pas fait. Je serre les dents en l'entendant arriver derrière moi dans la cuisine.

— Et alors, tu ne comptes pas lui pardonner ce qu'il a fait ?! s'exclame-t-elle dans mon dos.

Je soupire, en me dirigeant vers le frigo pour ranger les courses. Je vais devoir aller chercher un plat à emporter pour papa.

— Callum n'a rien fait de mal, répondé-je en fermant le frigo et je range le reste dans la petite armoire au-dessus de celui-ci.

— Tu rigoles, j'espère ?! s'exclame-t-elle en tapant sa main sur la table.

Je me mords la lèvre, en me demandant quand elle va arrêter de s'énerver pour si peu. Ce n'est qu'une lèvre fendue. *Ah mais c'est vrai que je sais mieux que quiconque ce que c'est...*

— Gloria, laisse tomber. Callum s'excusera à Evan et ça sera fini, fais-je en partant dans le couloir pour aller chercher mon portefeuille dans ma chambre. Cette journée et cette soirée m'ont éreintées. Je n'ai vraiment pas le courage de supporter sa mauvaise humeur plus longtemps. Je décide donc d'aller vite chercher à manger pour papa, et de prier qu'elle se soit calmer quand je reviendrai.

— Il ne s'en sortira pas ainsi ! Il l'a agressé sans raison ! s'écrie Gloria en me bloquant le passage dans le couloir.

— Sans raison ? répété-je.

Je veux passer à côté d'elle pour sortir de l'appartement, évitant ainsi une discussion qui n'a pas lieu d'être maintenant. Car quand Gloria est ainsi, elle est impossible. C'est peut-être la raison pour laquelle je supporte tant Callum... *une question d'habitude en fait.*

— Sérieusement Gaby, tu ne peux pas dire que Evan a cherché les ennuis ! Callum a toujours été impulsif et là, il a exagéré !

— Sais-tu au moins la raison pour laquelle Callum l'a frappé ? demandé-je en ouvrant la porte de l'appartement.

— Peu importe ! Evan ne méritait pas ça ! claque-t-elle alors que Archie apparait devant moi.

Nos regards se croisent, et je sais qu'il est au courant de ce qui s'est passé. Mais moi là, tout ce dont j'ai envie, c'est de sortir de cet appartement et qu'on me laisse respirer un peu. Je laisse la porte ouverte en passant à côté de lui, et il fait un geste vers moi.

— Explique-lui, fais-je seulement en évitant sa main qui voulait m'arrêter.

Je me dirige dans le couloir, sans un regard pour lui. Après tout, il était au courant mais il ne m'a rien dit non plus. Je suis de toute façon trop éreintée pour discuter plus longtemps.

Archie

Je regarde Gaby qui descend les escaliers, alors que Gloria semble vraiment énervée et je passe la main dans ma nuque. Mon premier réflexe serait de suivre Gaby et de lui expliquer les raisons pour lesquelles je ne lui ai pas parlé de Evan, mais j'ai l'impression que ce n'est pas le moment. Mon regard revient dans la pièce de l'appartement, où Gloria s'affale dans le divan en ronchonnant contre Callum et Gaby. Je comprends tout à fait qu'elle soit fâchée, mais si Callum s'est seulement contenté d'un coup de poing, je pense qu'elle peut en être heureuse. En ce qui me concerne, *cela ne risque pas d'être aussi sympa de sa part…*

— Tu veux en parler ? lui demandé-je en m'appuyant sur le bord de la porte ouverte.

— Parler de quoi ? Tu n'étais même pas là, me lance-t-elle avec une moue de colère sur le visage.

— Je pense que j'en sais plus que toi et depuis plus longtemps, lui fais-je en me décidant d'entrer.

Je ferme la porte et je la rejoins dans le divan, où elle s'assoit convenablement aux aguets de ce que j'ai à dire. Je lui fais donc part de tout ce que je sais ; que ce soit Mellyssandre, dont elle ne sait pas grand-chose, et le lien qu'il y a entre Callum et moi. Elle me regarde limite entre l'horreur et la compassion, de ce que nous avons vécus Callum et moi. Mais quand son regard se baisse, et que je lui explique que j'ai moi aussi ressenti la même chose que Callum quand j'ai su pour Evan ; *je sais qu'elle a compris.*

— C'est pour ça que tu m'avais dit de rester loin de lui ? demande-t-elle le regard baissé.

— Oui, je pensais la même chose que Callum, avoué-je.

— Mais il n'a que son lien de famille avec elle. Vous ne pouvez pas lui donner une chance, de vous prouver qu'il ne vous veut pas de mal ? me demande-t-elle en larmes maintenant.

Je passe ma main dans ma nuque, ce n'est pas à moi qu'il doit convaincre de sa bonne fois, mais à Callum. C'est lui qui une fois de plus, semble être au centre de tout, puisqu'il s'est rapproché de Gaby par Gloria, qui semble vraiment amoureuse de lui.

Je ne sais pas si on doit lui donner une chance, mais une chose est certaine ; *il ne faut pas lui donner le bénéfice du doute.* Mais je dois d'abord m'amender moi-aussi auprès de Callum, *et le plus tôt sera le mieux...*

Chapitre 10

La maturité de Callum

Callum
Je remonte de ma pièce noire en entendant sonner à la porte. Cela doit faire une heure que je suis rentré, et j'avais besoin de me vider la tête après la soirée qu'on vient d'avoir, non que ma précieuse ne m'ait pas détendue. J'arrive dans le hall, et voyant l'ombre à travers la porte, je sais déjà qui se trouve derrière celle-ci.

— Sérieux, tu t'es perdu ?! lui lâché-je en laissant la porte ouverte pour rejoindre la cuisine.

Archie ne me répond pas, je l'entends fermer la porte derrière lui et me suivre sans un mot dans la cuisine, où je sors deux Despérados du frigo.

— Je suppose que tu aimes toujours ? lui demandé-je me rendant compte que cela fait des mois qu'un tel moment ne s'est produit.

— Ouais, me répond-il un peu froid et je plisse les yeux.

Bon, je sais qu'il n'est pas venu par gaieté de cœur, puisque même si les tensions ont diminué entre nous, nous sommes toujours distants. Je prends donc mon paquet de cigarette sur l'ilot, et je m'appuie contre la cuisinière après avoir allumé la hotte. Celui-ci me regarde interrogatif, et une fois la première bouffée de cigarette dans mes poumons, je souris.

— Habitude à cause de Gabriella, expliqué-je.

Celui-ci acquiesce d'un sourire. Il doit bien rire de me voir être devenu le petit copain presque modèle, au point de ne même plus oser fumer comme il veut chez lui. J'avoue que même moi-même, je m'étonne des habitudes que j'ai prises, mais tant que cela plait à ma précieuse, elles ne me dérangent pas. Je souris encore en passant ma langue sur mes lèvres, en pensant à Gabriella et Archie me fait sortir de mes songes en se raclant la gorge. Je relève un regard vers lui en appuyant ma main sur la cuisinière, sachant qu'il a quelque chose à dire. J'ai une idée de ce qu'il va me dire, parce que je suis le premier, une fois de plus à être au centre de tout. Il faut dire que même si cet Evan est proche de nous... *Archie aussi fait partie de sa vie.*

— Je suppose que tu es au courant pour Evan, en conclué-je en tirant sur ma cigarette.

Que ce soit Gloria, ou Gabriella ; elles lui en ont certainement parlé. Et même si je n'apprécie pas de trop le lien qu'il a avec Gabriella, je sais qu'il est une personne chère à ses yeux. Et puis, même moi, je sais le laisser la soutenir sans grimacer maintenant. Comme quoi, nous avons tous changés depuis que nous avons rencontré Gabriella.

— En fait, je le savais déjà, répond-il et la bouffée de fumée qui entre dans ma gorge me semble vraiment plus forte qu'elle ne devrait, me brûlant comme jamais.

Mais ce n'est rien contre la sensation de haine qui monte à nouveau en moi, envers cet enfoiré qui se tient là devant moi le regard baissé, essayant de m'amadouer par son regard de chien battu.

— Qu'est-ce que tu viens de dire ? Lui demandé-je sèchement en serrant ma main contre le plan de travail qui se trouve près de la cuisinière.

Je sens tout mon corps se contracter, alors que mon regard vers lui devient de plus en plus noir, assimilant ce qu'il vient de m'avouer. Je balance la bouteille de Despérados pour qu'elle s'éclate contre le mur derrière lui, le frôlant et il relève un regard écarquillé sur moi.

— Callum, je...

— Dégage. Grogné-je en le toisant.

— Callum, je voulais d'abord...

— Je suis ton patron depuis quelques jours, et je ne peux pas me permettre d'abimer ma poule aux œufs d'or, ricané-je en le toisant.

— Callum...

— Dégage, j'ai du boulot ! claqué-je en faisant le tour de l'ilot et je me dirige vers la porte de la cave.

J'ouvre la porte d'une main tremblante, retenant mon envie de l'encastrer dans le mur en le sentant me suivre.

—Autre chose, fais-je froidement en ouvrant la porte.

— Si la moindre chose arrive à Gabriella à cause de tes secrets, je t'en tiendrai personnellement rigueur, dis-je sans me retourner.

— Et j'attendrai la fin de ton contrat pour te le faire payer ! grogné-je en passant la porte et la claquant derrière moi pour y balancer mon poing que je retiens depuis quelques secondes. J'entends quelques secondes après, la porte de la villa se refermer et je balance à nouveau mon poing dans la porte, avant de m'assoir dans les escaliers accusant ce qui vient de se passer. Je ne peux donc faire confiance à personne autour de moi... mais je vais devoir me contenir, puisque mon avenir en dépend. Mais une chose est certaine, *je lui ferai payer ces cachoteries en temps voulu...*

Gaby

Depuis que je suis revenue du magasin avec les plats à réchauffer, Gloria semble être beaucoup plus calme et se tient à bonnes distances de moi. Je sors de la salle de bain, et papa me fait digne de le rejoindre dans la cuisine où il a fini de manger.

— Je sens comme de la tension entre vous, me fait-il remarquer.

— Ne t'inquiète pas. Problèmes de sœurs, le rassuré-je en posant ma main doucement sur son épaule en espérant que ce ne soit que cela.

— Bien, et en ce qui concerne les vacances ? me demande-t-il comme s'il savait qu'il ne fallait pas insister.

— Je n'en ai pas encore parlé vraiment avec Callum, mais je pense pour un endroit près de la plage. Je sais que tu aimes cela, dis-je en quittant son épaule pour rejoindre le frigo.

— Oui, ce serait une bonne idée. Je dois avouer qu'un bain de soleil sur la plage, me ferait du bien, répond papa en s'étirant.

Je reviens vers lui du regard en prenant un verre de limonade. Papa est vraiment épuisé en ce moment, alors autant éviter de le mettre dans nos problèmes avec Gloria et Evan. Je ne comprends toujours pas pourquoi, il ne ralentit pas la cadence au boulot, alors que Gloria et moi travaillons toutes les deux. Mais je ne lui en parle plus, sachant qu'il est mal à l'aise sur le fait que j'insiste sur ce sujet. Je suis déjà contente qu'il ait accepté ses trois jours de vacances.

— Vous parlez des vacances ?! s'exclame Gloria en sortant de sa chambre.

Je me détourne d'elle pour achever mon verre, et je le pose dans l'évier pour retourner dans ma chambre recopier le devoir de tout à l'heure.

— Est-ce que Evan peut venir avec nous ? demande-t-elle à papa et je m'arrête net devant la porte de ma chambre.

— C'est avec Gaby que tu dois voir ça, c'est elle qui nous offre ces vacances, lui fait remarquer papa.

— Oh, mais il payera sa part, lui fait-elle en passant ses bras autour de ses épaules.

Elle sait toujours s'y prendre pour avoir ce qu'elle veut... Je tressaille de la voir faire, elle ne pense quand même pas qu'on va le laisser venir, alors que Callum a manqué de le fracasser tout à l'heure. Il faudrait que je le bourre de calmants pour qu'il accepte une telle chose... *et pourtant...*

— Pourquoi pas ? me répond Callum en posant sa valisette en cuir où se trouve son appareil photo.

Je le regarde ahuri, et je pose ma main sur mon front en scrutant son regard.

— Je ne suis pas malade, et je n'ai pas non plus picolé, fait-il amusé voyant que je le dévisage. Callum passe ses bras dans mon dos pour m'attirer contre lui.

— Si ta sœur veut l'emmener et que ton père est d'accord, je n'ai pas un mot à dire, fait-il en posant doucement ses lèvres sur les miennes.

— Je peux savoir ce que vous avez fait de Callum Hanson ? demandé-je un sourire pincé aux lèvres.

Je le trouve vraiment bien calme récemment, je sais qu'il est en charge de notre shooting en Floride, et qu'il se doit d'être calme pour que ça marche. *Mais de là à accepter Evan avec nous, il y a un monde.*

— Disons que je suis assez heureux pour me permettre de tolérer certaines choses, m'explique-t-il en me lâchant pour regarder les endroits qu'il a choisi pour le shooting où nous partons dans deux jours.

Je me mords la lèvre, étant persuadé qu'il n'en pense pas un mot. *Le connaissant, il est capable de faire peur à Evan, juste avant de partir...* Puisqu'ils nous rejoindront tous les trois à la fin de la semaine quand nous aurons fini le shooting. Je passe la main dans mes cheveux, le regardant pourtant serein, rangeant les affaires dans sa sacoche.

— Bon, je pense que j'ai tout, fait-il en faisant le tour de la pièce.

Je n'insiste pas, mais je n'en reste pas moins dubitative de son attitude. Je sais qu'il a refusé de parler avec Brooke de Evan, prétextant que ce n'était pas grave puisqu'elle ne le savait pas. Et en ce qui concerne Archie, ils sont à nouveaux redevenus très distants, sauf pendant les prises de shooting où il semble bien professionnel. Je n'ai pas posé de questions à ce sujet, mais tout comme Brooke et Spencer, nous pensons qu'ils ont bien eu une discussion sur Evan tous les deux. Disons juste que le fait que Archie ne porte pas de contusions, nous fait douter sur la véracité de notre pensée. *Mais une chose est certaine, ils sont bien redevenus distants.*

— On peut y aller, dit-il en passant la bandoulière de sa sacoche autour de son cou et il me tend la main pour sortir de la pièce.

— Voilà le futur photographe clé de Tomboy X et son égérie ! nous lance Pénélope et la main de Callum se crispe autour de la mienne.

Pourtant, il affiche un sourire sur le visage, alors que j'évite de regarder sa mère.

— J'espère que tu gèreras ce shooting qui est important, lui fait-elle d'une voix amusée.

— Tu ne devrais pas douter de moi, lui répond simplement Callum sur le même ton amusé.

— Je suis le fils de Grant Hanson, lui balance-t-il froidement avant d'avancer vers l'ascenseur. Je le regarde fièrement de le voir si fier de lui. Sa mère n'insiste pas et nous montons tous les deux dans l'ascenseur, où il semble bien serein. Je le regarde dubitative, voyant en lui des changements qui me font vraiment plaisir en ce moment. Ce n'est plus le Callum, d'il y a quelques mois, qui aurait joué le jeu de celui qui ferait le plus mal à l'autre. Il ne cherche plus la petite bête quand il parle à sa mère, et il semble d'un coup tellement mature quand il fait ça, que je sens une envie de désir incroyable envers lui. Je me mords la lèvre, honteuse d'avoir de telles pensées, et je baisse la tête sur nos mains entrelacées pour qu'il ne voit pas mon envie.

— Cela ne sert à rien de baisser les yeux, fait-il en approchant ses lèvres de mon oreille.

— Je peux le ressentir, souffle-t-il me faisant frémir.

— Arrête, fais-je honteuse.

Ses lèvres frôlent doucement mon lobe d'oreille, et je sens tout mon corps en alerte de ses gestes.

— Pourquoi ? On peut arrêter l'ascenseur et assouvir notre désir non ? me fait-il.

Il ramène sa main, pour relever doucement de ses doigts, ma jupe entre mes cuisses, et il frôle mon intimité à travers mon panty et mon string. J'entrouvre la bouche, déjà totalement sous l'effet de sa respiration dans mon oreille, *et incroyablement à sa merci à l'instant.*

— Tu veux que j'arrête l'ascenseur, ou tu tiendras jusqu'à la villa ? me demande-t-il dans un murmure.

Je frissonne totalement, quand un de ses doigts presse à l'endroit de mon clitoris. Ma respiration s'accélère doucement, et j'en oublie de lui répondre quand le "Ding" de l'étage se fait entendre. Callum enlève sa main et souffle dans mon oreille une dernière fois, avant que la porte de l'ascenseur ne s'ouvre.

— Gabriella, tu deviens trop gourmande ! me lance-t-il en me tirant hors de l'ascenseur, alors que mon corps frémit toujours de ce geste.

Mais cela l'amuse, et je sais que c'est ainsi que je l'aime. De plus, il va enfin pouvoir montrer à tout le monde, qu'il n'est pas que le fils de la présidente de Tomboy X. Son attitude en ce moment, me rend tellement fière de lui que je ne peux que l'aimer et le désirer encore plus. Si bien que sur le trajet du retour, il doit arrêter la voiture pour combler notre désir de l'autre que nous n'arrivons plus à contenir. Espérons que ces moments insouciants que nous vivons depuis quelques jours… *soient toujours notre quotidien.*

Chapitre 11

Un shooting bien mené

Callum
Le shooting en Floride touche enfin à sa fin, et j'avoue qu'ils ont tous super bien gérés la situation et surtout mes sautes d'humeur. Il faut dire qu'entre prévoir le shooting et arriver sur le fait accompli, il y a un monde. En ce qui concerne les endroits choisis, nous avons dû juste changer le restaurant qui ne correspondait pas à celui où des jeunes de dix-sept ans iraient. Pour le coup, le fait que Gabriella soit du coin a été une bénédiction, car elle nous a trouvé un lieu parfait pour faire cette partie. Et alors que Archie et Gabriella retouchent leur maquillage, je fais un tour d'horizon du mur qui se trouve dans le fond de la salle du restaurant.

— Je trouve cette idée de prendre des photos de rendez-vous, et de les mettre sur le mur, pas mal ? me fait remarquer Spencer alors que je fais le tour des photos.

— Oui, j'avoue que l'idée n'est pas mal. Tu penses comme moi ? lui demandé-je en jetant un coup d'œil à l'endroit en lui-même.
— Je vais chercher un spot, fait-il en acquiesçant comprenant que je compte utiliser ce fond pour les photos.

Je me demande si Gabriella serait d'accord pour revenir ici, et prendre une photo de nous deux, pour l'accrocher à ce mur quand nous serons officiellement en vacances. Je sais qu'on a décidé de passer le plus clair de notre temps avec sa famille… *et cet abruti*… mais elle ne peut pas me dire non pour une bonne heure loin d'eux.

— J'ai été surpris de voir la petite Gaby si changée, me fait le patron du restaurant et je le regarde perplexe.

Il connait Gabriella personnellement ? C'est vrai que ce serait logique, puisqu'elle nous a emmenée ici tout de suite, après que j'ai râlé pour l'autre restaurant. Et de plus, c'est elle qui les a contactés personnellement. C'est vrai que j'aurais dû m'en douter. Mais j'ai plutôt le souvenir qu'elle ne sortait pas beaucoup, et là, je la vois mal dans un endroit pareil qui est clairement l'endroit des rendez-vous de tous les jeunes du coin.

— Je me souviens de la première fois qu'elle est venue postulée pour le travail, m'explique le patron en regardant le mur.

— Elle regardait une certaine photo, continue-t-il et il commence à avancer vers le mur pour me la montrer.

— Elle m'a expliqué que c'étaient ses parents, et qu'elle serait heureuse de travailler dans un endroit, où ceux-ci étaient venus.

Je plisse les yeux en regardant le vieux cliché, et je confirme que sur cette vieille photo se trouve sa mère et Alberto. *Donc, elle a travaillé dans cet endroit comme étudiante...*

— On est prêt ! me crie Taylor.

Je passe la main dans mes cheveux, tout en me retournant sur ma précieuse qui apparait le sourire pincé en me regardant. Je pense qu'elle sait ce que je pense à cet instant, mais moi ce que je vois pendant le shooting, *c'est qu'elle est encore plus radieuse que d'habitude.* Je devrais avoir une pointe de jalousie de la voir si belle, alors que c'est censé être de la comédie. Mais le fait que j'ai demandé au patron de changer de place la petite photo pour qu'elle soit auprès de Gabriella, en est seulement la cause. Je clique fièrement sur mon appareil photo en me disant que c'est le meilleur shooting que nous ferons.

Gaby

Je sors de la salle de bain, et je trouve Callum sur le lit avec son ordinateur portable, faisant défiler les photos que nous avons faites durant ces quatre jours. Je frictionne une dernière fois mes cheveux, sachant que Callum va critiquer s'ils goutent encore, avant d'enlever entièrement l'essui en m'asseyant sur le bord du lit.

— J'ai déjà envoyé toutes les photos à Bryan, m'informe-t-il un peu trop fièrement et je me mets à rire en silence.

— Tu ne serais pas en train de te moquer de moi ?! me lance-t-il en m'attrapant d'une main pour m'allonger sur le lit et de l'autre, il recule l'ordinateur près des oreillers.

Sa bouche se pose sur le haut de ma poitrine nue, alors que je ris de bon cœur maintenant. Callum a tellement été sérieux ces quelques jours, et tellement mature, que j'ai eu du mal à chaque fois que nous sommes rentrés dans cette chambre, de retrouver mon Callum fougueux. Sa bouche monte le long de ma gorge, tandis qui sa main caresse l'extérieur ma cuisse, et je frissonne entièrement contre lui, en glissant mes doigts dans ses cheveux.

— Pourquoi tu ne m'as pas dit que tu avais travaillé dans ce restaurant ? me demande-t-il.

— Je savais qu'il vendrait la mèche, souris-je un peu gênée.

Il faut dire que Callum n'a certainement jamais fait ce genre de boulot de sa vie, et tout cela fait partie de mon passé. Je ne voulais pas vraiment le cacher, mais je ne voulais pas non plus le crier sur les toits. Travailler dans un endroit connu pour les rendez-vous amoureux, alors que je n'avais jamais eu de petit ami est quand même ironique. *Et le connaissant, il se serait moqué de moi.*

— Je sais que c'est parce qu'il y a la photo de tes parents, me fait-il doucement en embrassant mon cou

Il me fait limite me tortiller et serrer les cuisses, avec pourtant plus l'envie de les ouvrir j'avoue. Mais nous n'avons de toute façon pas le temps pour ça, donc autant se concentrer sur la conversation.

— D'ailleurs, je te remercie de l'avoir fait changer de place. Cela m'a beaucoup aidé à me détendre.

Callum plonge son regard dans le mien, souriant tout en passant sa langue sur ses lèvres, me donnant plus l'impression qu'il est en appétit qu'autre chose.

— Tes désirs sont des ordres, me souffle-t-il en m'embrassant tendrement les lèvres.

Les désirs, voilà un mot qu'il n'aurait pas dû dire, parce que maintenant celui-ci prend le dessus sur mes bonnes intentions. Je glisse ma jambe nue pour coincer Callum contre moi, tout en cambrant mon bassin pour me frotter plus fort contre lui. Nos langues entrent en contact plus que goulument, et la main de Callum qui se contentait de caresser ma cuisse, revient vers l'intérieur de celle-ci, pour titiller mes lèvres qui sont déjà sous le feu du désir. Callum quitte ma bouche pour descendre dans mon cou à nouveau, et je glisse mes doigts entre nous pour défaire les boutons de son jeans et le faire glisser en dessous de ses fesses que je presse pour le ramener encore plus contre moi.

— Je commence à croire que tu deviens encore plus gourmande que moi, me fait remarquer Callum en revenant à mes lèvres.

J'ai juste le temps de lui faire un sourire entendu, avant qu'il ne m'embrasse et mette le feu à l'intérieur de mon corps avec ses doigts. Mes doigts accélèrent le mouvement autour de son sexe, et chaque fois que mon pouce glisse sur son gland ; un gémissement de plaisir sort de la gorge de Callum. Je décide donc de profiter de ses gémissements, en ne faisant plus que ça de mon pouce, et Callum me fait comprendre que ça suffit quand il se redresse d'un coup.

— Tu es une diablesse ! me lance-t-il à genoux entre mes cuisses.

Il passe la main dans ses cheveux, avec un sourire sadique sur les lèvres.

— Disons qu'à force de sortir avec le diable, je ne peux que le devenir, souris-je aussi malicieusement que lui en me mordant doucement la lèvre.

Callum me rend mon sourire vicieux, et il attrape mon bassin d'un coup, me faisant pousser un cri de surprise. Il se penche pour rejoindre ma bouche et il caresse mes lèvres inférieures avec son pénis jouant ainsi à me torturer avec mon désir qui est plus que palpable, vu comme je suis mouillée.

— Si tu ne te décides pas, je vais mourir, lancé-je amusée.

Callum esquisse un sourire moqueur tout en entrant en moi, et nous faisant enfin éteindre ce feu qui nous consumait. Enfin, juste pour quelques heures, vu l'appétit que nous avons en ce moment.

Archie

C'est le dernier soir de notre voyage shooting, et puisque nous sommes en vacances ; Taylor et Brooke arrivent à convaincre tout le monde de se rendre dans un club, qui se trouve non loin de l'hôtel où nous sommes. Comme depuis le début du shooting, Callum s'arrange pour se tenir le plus loin possible de moi, et à voir les regards de Gaby sur moi, elle commence à se poser des questions. *Il ne lui a pas parlé de notre discussion ?* Cela me semble invraisemblable, puisque j'en ai parlé avec Gloria et Brooke le lendemain. Les filles décident d'aller danser, et tout le monde sourit en voyant que Callum ne veut pas la lâcher, mais quand elle l'invite à le suivre... il lâche prise immédiatement. Je porte mon cocktail à ma bouche, évitant ainsi de la regarder passer. Je sais qu'il n'aime pas beaucoup que je la regarde de trop, et je pense que je l'ai certainement assez titillé pour aujourd'hui. Mais maintenant que les filles ont quittées la table, je ressens le poids du froid qu'il y a entre nous, puisque Spencer et lui me tiennent à part.

Je décide donc de sortir pour fumer une cigarette. Je ne regrette pas de leur avoir caché la vérité sur Evan, parce que l'ancien Callum l'aurait fracassé, sans se poser de questions… *et moi aussi d'ailleurs.* Mais voilà, je n'ai pas mis Gaby dans ma théorie, et je peux bien voir que c'était une fameuse erreur. Gaby l'a totalement transformé depuis quelques temps, et je me rends compte qu'il est peut-être temps que je passe aussi à autre chose. Mais plus facile à dire, qu'à faire puisque quelque part Callum a toujours fait partie de mon entourage, et il en fait toujours partie.

— Putain, il fait chaud là-dedans !

Je sursaute presque en voyant Callum passer devant moi, et s'appuyer contre la barrière. Je plisse les yeux, en le regardant s'allumer tranquillement une cigarette et passer la main dans ses cheveux.

— Beau boulot pour le shooting, me félicite-t-il contre toute attente.

— Je n'ai fait que mon travail, lui répondé-je en tirant sur ma cigarette.

— Ouais j'avoue, acquiesce-t-il.

— Mais je sais que je ne t'ai pas aidé à être à l'aise, dit-il et je le regarde ahuri.

Callum est en train d'avoir des remords sur son attitude ?! *Alors là, j'aurai vraiment tout vu dernièrement avec lui.*

— Je ne dis pas que je vais à nouveau être ton ami de sitôt, continue-t-il, mais je peux faire un effort pour que tu ne sentes pas à part du groupe.

— Je ne me sens pas...

— Ne joue pas à ça avec moi ! me coupe-t-il froidement en relevant son regard dans le mien.

— Je sais que tout le monde est distant avec toi, et cela met une ombre à notre équipe. Même Gabriella ne sait pas comment se comporter entre nous, continue-t-il et je comprends que c'est cela qui le travaille le plus.

Je baisse mon regard sur ma main qui tient la cigarette, et j'acquiesce en me rendant compte qu'elle est vraiment en train de le faire devenir une meilleure personne. Il ne me reste plus qu'à trouver moi-aussi, la motivation pour ne plus être cet ami distant, qui envisage toujours mal les choses dernièrement. Après tout, si Callum a accepté la présence de Evan, je devrais peut-être l'accepter aussi et lui laisser sa chance.

Mais si nous nous trompons, nous savons tous les deux que celle qui payera les pots cassés ne sera autre que Gaby...

Gaby

Je danse avec les filles sur la piste, et j'avoue que cela fait du bien de s'amuser un peu après ces heures de shooting. J'ai appréhendé l'idée de venir dans ce club, quand Brooke l'a proposé, parce que je ne suis venue ici qu'une fois... et que ce n'est pas vraiment mon meilleur souvenir. *Encore une fois, où j'ai cru que je faisais enfin partie de quelque chose.* Oui, j'étais juste le jouet des jeunes de mon lycée, et je l'ai payée cette nuit-là... *comme tous les jours de l'année.* Pourtant, ce soir, je me tiens là sur la piste à danser, sans me poser de questions sur les regards qu'on porte sur moi. Mais ses regards ne sont plus moqueurs, ou proie à une vengeance pour être qui je suis. Car oui, j'étais le mouton noir de mon lycée qu'on voulait faire souffrir dès que l'occasion se présentait. J'étais très naïve aussi de croire que ce gars voulait vraiment sortir avec moi. Il n'était qu'un enfoiré comme les autres, mais j'ai voulu le croire juste une fois. *Encore une humiliation dont je me serais d'ailleurs bien passé.*

— J'ai soif ! crie Brooke et on fait signe à Taylor que nous retournons boire un coup à la table.

Brooke me prend la main pour passer à travers des gens, mais je finis par la lâcher alors que ses yeux bruns qui m'ont humiliée sourient devant moi.

— Salut gros pis ! lance-t-il de son regard amusé et je me fige instantanément.

Chapitre 11

Des souvenirs à oublier

Callum

Nous revenons dans le club, où je remarque que Brooke est revenue à table. Un regard vers la piste me fait apercevoir Taylor, mais je ne vois Gabriella nulle part. Pourtant que ce soit une ou l'autre, elles savent qu'elles ne doivent pas se séparer… et surtout laissée Gabriella seule après ce qu'elle a vécu dans ce genre de lieu. Je sais que nous ne sommes pas à Seattle, et que je ne devrais pas stresser autant, *mais un club reste un club.* Pourtant, je ne la vois nulle part et ma respiration se fait instantanément lourde, en arrivant près de la table.

— Elle est où ? demandé-je à Brooke.

— Elle me suivait, mais je pense qu'elle a dû aller aux toilettes, me répond Brooke pas très certaine d'elle.

Je grince des dents, et je fais demi-tour, suivit de Brooke qui me rattrape.

— Tu crois qu'il lui est arrivé quelque chose ? me demande-t-elle voyant certainement que j'angoisse à cette idée.

Je m'arrête devant les toilettes des filles et voyant le monde, je fais signe à Brooke d'aller voir. Je m'appuie contre le mur, le regard porté vers la fille devant les toilettes, tout en croisant mes bras sur ma poitrine. Je serre plus fort les dents, en espérant que je me fais du sang d'encre pour rien. Je sursaute presque en sentant mon portable vibrer, et je le sors de ma poche tout en voyant Brooke sortir et me faire non de la tête. Je grogne littéralement en regardant mon écran et je me calme aussitôt, en voyant que c'est un message de Gabriella. Mon sang qui bouillait à l'instant se calme instantanément et j'ouvre le message.

"Je suis dehors."

Je sors directement du couloir qui donne accès aux toilettes, et après avoir bousculé tout le monde, j'arrive à mon tour dehors. Je compose son numéro, ne la voyant pas tout en regardant encore autour de moi. *Ce n'est pas possible, je l'aurais vu sortir puisque j'étais là avec Archie !*

— T'es où ?! demandé-je énervé de ne pas la voir.

— "Derrière toi." me répond-elle.

Je me retourne immédiatement pour l'apercevoir au coin du club... mais ce qui me marque c'est le reflet dans son regard ; *elle a pleuré ?!* Je raccroche en me rendant d'un pas rapide auprès d'elle, et elle se blottit directement contre moi.

— Dis-moi ce qui se passe ? lui demandé-je la sentant trembler contre moi mais surtout s'agripper à moi.

— Rien, j'ai pris peur, me répond-elle d'une voix plus que tremblante.

— Peur ? répété-je et je prends doucement son visage dans mes mains.

Je vois effectivement qu'elle est terrifiée. Je la serre à nouveau contre moi, en lui caressant les cheveux, me demandant ce qui a bien pu lui faire peur ainsi.

— Vous voyez ! s'exclame une voix derrière moi.

Tout mon corps se met en alerte, quand Gabriella serre mon T-Shirt beaucoup plus fort entre ses doigts.

— Je vous avais dit que "Gros Pis" était de retour !

Si j'étais plus ou moins calme jusque-là... *la rage vient de me fouetter d'un coup.*

— Callum, non, pleure Gabriella dans mes bras.

Mais il est hors-de-question que je laisse cet enfoiré la traiter de la sorte. Vu la façon dont il parle d'elle, il doit la connaitre. Et d'après ce que je sais de ses connaissances, ils étaient plutôt salops avec elle et ce qu'il vient de dire en est la preuve.

— Je peux savoir à qui tu parles ? grincé-je des dents en enlevant la main de Gabriella de mon T-Shirt.

— Callum, non ! s'exclame-t-elle.

Elle est apeurée, mais je lui souris pour la rassurer. Bien entendu Gabriella n'est pas dupe, elle a appris à différencier mon corps et mon sourire, en fonction de mon humeur, et je vois de la panique dans son regard.

— Je parle à notre Gaby nationale, qui a dû en sucer des queues, pour pouvoir être sur tous ses torchons, ricane le mec et un rictus se forme sur mes lèvres tremblantes.

Gabriella n'a pas le temps de m'arrêter, que je fais volte-face et que j'attrape la tête du mec pour lui écraser la face aux pieds de Gabriella, qui reste figée de peur devant nous.

— Excuse-toi enfoiré ! gueulé-je.

— T'es un grand malade ! crie son copain en m'assénant un coup dans le dos.

Mais je ne lâche pas la tête de cet enfoiré, et lui écrase encore plus sa sale face sur le bitume.

— Excuse-toi ! hurlé-je de rage.

Tout mon corps est en ébullition, ne me faisant pas sentir son copain qui continue à me frapper, alors que Gabriella me crie de le lâcher. *Il en est hors-de-question !* Cet enfoiré lui a manqué de respect, et je ne lâcherai pas tant qu'il ne se sera pas excusé.

— Callum, arrête ! me crie Spencer en nous rejoignant alors que les coups de l'autre enfoiré arrêtent de me frapper.

— Excuse-toi enfoiré ! Insisté-je en soulevant cette fois-ci sa tête et la tapant contre le bitume. Je suis totalement en train de perdre mes moyens, voyant qu'il me tient tête comme jamais. Quatre bras costauds me soulèvent d'un coup, et je grince des dents en me débattant.

— Calme-toi ! crie Archie en se mettant devant moi tout en poussant sur ma poitrine, il n'en vaut pas la peine. Ne fous pas en l'air tout ce que tu fais pour cet enfoiré !

J'essaye une nouvelle fois de me libérer, mais les sorteurs du club sont bien plus fort que moi... et mon regard se pose sur Gabriella qui parle avec Brooke, Taylor et un autre gars de la sécurité. Mais quand le regard de Gabriella se pose enfin sur moi, *je lâche prise*. Je sais que j'ai merdé... parce que son regard est plus terrifié par ma colère qui me ronge, que par la peur qu'elle a eu à cause de cet enfoiré.

— Lâchez-moi, grogné-je.

— Archie, dis-leur de me lâcher. Je suis calmé !

Les sorteurs relâchent leurs prises, et je secoue les bras pour qu'ils me foutent la paix. Je passe la main dans mes cheveux, hésitant en regardant Gabriella, alors que Brooke continue à parler avec le sorteur. J'ai l'impression que le démon qui est en moi depuis des années, lui fait bien plus peur, que tout ce que ces enfoirés pourraient lui faire... *et cela me fait tituber*. Ma poitrine se tord de douleurs, et une fois que le sorteur les laisse partir, j'ai l'impression qu'elle va me tenir à distance. Mais contre toute attente, Gabriella me rejoint et se blottit contre moi, me montrant qu'elle n'a pas peur de moi.

Gaby

Les sorteurs ayant compris, que ce sont eux qui sont venus nous chercher misères, nous laisse tranquille. Bien entendu, plus personne n'a envie de retourner dans le club, et nous rentrons tous à l'hôtel. Callum n'a pas dit un mot de tout le trajet, et bien que je lui aie montré que je ne lui en voulais pas, il semble garder une certaine distance. Pourtant, d'un certain côté, *il vient de faire ce que j'ai toujours rêvé de faire à cet enfoiré.*

— Enlève ton T-Shirt, lui fais-je en m'asseyant dans son dos sur le lit.

— Je n'ai rien, dit-il doucement.

— Callum, je sais ce que ça fait de se ramasser des coups de pieds, lui rappelé-je essayant de dire ça sur un ton amusé.

Mais le regard que Callum me lance en se retournant, me prouve que ce n'était pas un sujet à rire.

— Tu peux me dire ce qu'il t'a fait, me demande-t-il en prenant ma main et enlevant la poche de glace qui s'y trouve.

Je baisse mon regard sur nos mains, tout en me mordant la lèvre ne sachant pas quoi trop répondre. Ce sont des moments plus qu'humiliants de mon adolescence en Floride, et j'aimerais autant ne pas lui en parler. Bien qu'il sache un peu ce que j'ai subi, je n'aime pas voir la douleur comme tout à l'heure dans son regard.

— Est-ce qu'il fait partie de la bande qui a failli te laisser morte dans la piscine ? me demande-t-il et je tressaille.

La main de Callum a un spasme dans la mienne, me montrant que ça l'énerve.

— Mais il y a autre chose n'est-ce pas ? me demande Callum et là, c'est moi qui aie des spasmes de panique.

Une panique que je n'avais plus ressentie depuis longtemps. J'en avais presque oublié ce que cela faisait… *d'être totalement à la merci de la souffrance.*

— Gabriella, je ne te forcerai pas à me parler, me fait Callum doucement.

— Mais il est temps que tu te libères de toute la douleur que tu as vécue. Et le fait d'en parler, te fera un grand bien, non ? me fait-il remarquer.

— C'est plus facile à dire qu'à faire, rétorqué-je en sentant les larmes de frustration me monter aux yeux.

Je pensais vraiment que venir ici me ferait du bien. Je voulais penser que tout ce que j'ai vécu ici serait oublié, maintenant que je ne suis plus cette fille. Mais non, tout me revient à la figure, et je regrette de nous avoir fait venir ici. Je regrette d'avoir dit à papa de nous rejoindre ici demain, pour qu'on puisse faire des choses que nous n'avons jamais fait en famille. J'ai toujours refusé les demandes de papa pour aller manger un morceau, ou aller promener sur la plage, pour ne pas subir ce genre d'humiliation. Papa a toujours senti que quelque chose n'allait pas avec moi, vis-à-vis des autres, et je voulais profiter de cette occasion pour lui montrer que je suis beaucoup plus sereine. Mais avec ce qui vient d'arriver, j'ai bien peur que j'aie eu la plus mauvaise idée de ma vie. *Que faire si nous tombons sur d'autres comme lui demain ?* Je tressaille à cette idée, oubliant du coup la question de Callum.

— Où tu vas ?! m'exclamé-je paniquée en le voyant se lever du lit et prendre sa veste.

— Puisque tu ne veux rien me dire, je vais me renseigner, balance-t-il de façon lasse et je fais un bond du lit pour l'attraper par la taille.

— J'avais un coup de cœur pour lui, parce qu'il était le seul à me parler à l'entrée au lycée. Mais comme tous les autres, il ne cherchait qu'à m'humilier ! expliqué-je en un souffle de panique.

— Qu'est-ce qu'il t'a fait ? demande Callum qui est plus que tendu.

— Il ne m'a rien fait.

— Arrête de mentir, grince Callum et je déglutis en le serrant plus fort contre moi.

— Il... Le père de son copain est le gérant du club... et lors d'une soirée privée pour son anniversaire, il m'a invitée et il a passé des photos de moi... totalement nue que les filles avaient prises, quand on m'a sorti de la piscine, finis-je par avouer en m'effondrant en larmes. Les bras de Callum se mettent à trembler tout comme lui, alors qu'il resserre son étreinte autour de moi, et que je pleure en repensant à l'humiliation que j'ai ressentie cette nuit-là. *J'ai l'impression que cela vient encore d'arriver.* Rien que le fait d'avoir croisé son regard, tout m'est revenu en pleine figure. Le fait que je refoule tout ce que j'ai vécu depuis des années, tout ceci m'a éclaté en pleine figure en le voyant. Et je sais que tout ceci est arrivé parce que je suis heureuse avec Callum, et que j'en oublie de ce fait... tout le mal qu'on m'a fait depuis que je suis au collège.

Callum me serre contre sa poitrine, et je peux entendre son cœur battre violement, tout comme sa respiration qui s'emballe. Son corps est totalement tendu, pourtant, il porte ses lèvres sur mon front me demandant de me calmer.

Callum

Je regarde le visage de Gabriella qui dort à mes côtés, et je repense à ce qu'elle m'a avouée tout à l'heure.

Je ne comprends pas pourquoi elle ne nous a pas dit qu'elle ne voulait pas aller dans ce club, si c'était pour revivre le souvenir de ses atrocités. Je caresse ses cheveux noirs, en me rendant compte qu'elle a toujours fait cela. *N'en suis-je pas la preuve vivante ?* Après tout le mal que je lui ai fait endurer, elle revenait toujours devant moi... *comme si ce qui s'était passé la veille n'avait pas eu lieu.* Quand Brooke l'a assénée de coups... *elle est revenue au lycée comme si tout allait bien.* Sa force de caractère intérieure, la pousse à refouler tout ce qu'elle a vécu de mal depuis son plus jeune âge. Mais il est temps que cela se termine. Le genre de choses qui est arrivé cette nuit risque de recommencer, et avec la venue de sa famille demain... *j'ai très peu de temps pour agir.*

— Allô Sheila ?

—" Oh Callum, nous avons reçus les photos..."

— Je ne t'appelle pas pour ça. J'ai besoin d'un coup de main, la coupé-je.

Je lui explique donc ce que j'ai prévu de faire, et une fois l'affaire entendue, je repose le portable sur la table de nuit et je me rallonge auprès de Gabriella.

Je ne sais pas si ça les fera taire, mais tu vas pouvoir montrer que tu n'es plus la faible Gabriella. Il est temps que tu utilises ta force pour continuer à avancer, et non craindre le passé à chaque fois que tu croiseras un enfoiré comme ceux qui t'ont fait du mal.

Chapitre 13

Nos efforts pour les gens qu'on aime

Callum
Nos amis partis, c'est au tour de la famille de Gabriella de nous rejoindre… *ainsi que Evan.* Je n'ai pas

vraiment eu mon mot à dire sur sa venue, puisque leur père avait donné son accord, et je pense que Gloria me l'aurait fait payer, si j'avais fait la moindre objection. Tant qu'il n'essaye pas de jouer au beau-frère avec moi, et qu'il garde ses distances... *j'arriverai à le tolérer pendant ces trois jours.* De plus, j'ai l'esprit prit par autre chose de bien plus important pour l'instant... et j'ai surtout promis à Gabriella d'être sage. *L'avantage de m'être dégourdi un peu l'autre soir y est pour quelque chose...*

— Alors, qu'avez-vous prévu pour la journée ? nous demande Alberto.

— En fait, on a décidé que c'est toi qui nous trouverais quoi faire, lui répond Gabriella en souriant.

Elle a l'air beaucoup plus calme que cette nuit, et je sais qu'elle fait énormément d'efforts pour accuser ce qui s'est passé hier. Mais j'aimerais qu'elle puisse enfin avouer à son père, tout ce qu'elle a enduré dans cette ville, qu'il semble aimer plus que tout. Car pour elle, ces trois jours vont se passer sur la défensive de tomber sur un de ses anciens camarades de classe. Je voudrais que cela se passe autrement, mais pour l'instant, nous n'avons pas le choix d'espérer que cela n'arrive pas.

— Je pensais qu'on pourrait aller promener dans les rues où il y a les boutiques, s'immisce Gloria.

Gabriella, ainsi que Alberto se mettent à rire.

— Ben quoi ?! s'exclame-t-elle faisant la fausse vexée.

— Je n'ai pas travaillé si dur, pour ne pas en profiter ! nous fait-elle remarquer en sortant une enveloppe de son sac à main.

— Très bien, très bien, s'exclame leur père en levant ses mains.

Celui-ci est déjà résigné de la persévérance de Gloria, quand elle veut quelque chose, et je pense surtout qu'il ne veut pas la décevoir.

— Allons faire les magasins, fait-il en se levant de son siège et Gloria lui saute au cou en le remerciant.

Je jette un coup d'œil vers Gabriella qui prend son sac à main tout en se levant, et je lui souris. Je sais qu'elle n'ira pas contre leurs désirs durant ces trois jours, mais je sais aussi qu'elle est mal à l'aise. J'enlace ses doigts plus forts dans les miens, et une fois en route et qu'ils sont devant nous parlant, je me penche vers elle en marchant et embrasse son cou.

— Tu vas bien ? demandé-je.

— Oui. Me répond-elle tellement vite que je plisse les yeux n'en croyant pas un mot.

Mais que puis-je faire d'autres que de rester à ses côtés et de la soutenir ? Si seulement mon petit projet avait pu être plus rapide, elle profiterait de ses moments en famille...

Gaby

Je vois que mon attitude, faussement enjouée, semble inquiéter Callum, mais la peur de tomber sur tel ou tel élève de mon ancien lycée, est vraiment pesante pour moi. Pourtant, il faut que je fasse bonne figure devant papa. Après tout, je le savais quand j'ai décidé de venir en Floride avec eux... *mais je ne pensais pas que ce serait si dur pour moi.* Il y a quelques mois, cela m'aurait touché quelques heures, et ce serait passé comme le reste, comme les coups que j'ai reçu. Parce que j'étais ainsi, je refoulais en moi mes sentiments et je faisais passer le bien être des autres avant le mien. *En l'occurrence, le sourire de ma sœur et de mon père.*

Mais depuis que je suis avec Callum, j'ai beaucoup changé et je m'en rends de plus en plus compte. Sans parler de mon désir envers lui, et le fait qu'il a ouvert une partie de mon cœur que je fermais depuis toujours. Et cela, en me faisant parler dès que quelque chose ne va pas, que ce soit entre nous, ou autour de nous. Je me suis rendue compte, que dire ce genre de choses fait plus de bien, que de les laisser enfermer en soi et d'essayer de les balayer. *Mais soyons réalistes, jamais je n'avouerais à ma famille, le mal qu'ils m'ont fait.*

— Oh Gaby, regarde ! me hèle Gloria et je lâche la main de Callum devant la boutique pour la rejoindre.

Gloria me montre une petite robe blanche, que j'aurais jugée trop osée pour elle il y a quelques mois, mais qui même moi me plait bien.

— Et si on allait essayer ! lui lancé-je.

Je prends la même à ma taille, sous le regard perplexe de ma sœur, qui ne dure que quelques secondes, avant qu'elle n'affiche un grand sourire. Je lui rends son sourire, sachant que c'est ce genre de moments qu'elle a toujours voulu qu'on vive toutes les deux. *Quelque chose que je peux aussi faire grâce à Callum.* Un regard vers l'entrée de la boutique, me fait à nouveau sourire en voyant papa et Callum discuter devant celle-ci.

— Alors montre, fait Gloria qui a été plus vite que moi pour la mettre et j'ouvre le rideau.

— J'adore ! s'écrie-t-elle amusée en me prenant le bras pour qu'on se regarde dans le miroir.

— J'avoue que nous sommes belles, souris-je alors que ma sœur semble plus qu'heureuse.

J'ai au moins réussi à lui faire plaisir, et je vais devoir trouver quelque chose pour papa maintenant.

— Tu as une idée de ce qui ferait plaisir à papa ? demandé-je à Gloria alors que nous retournons vers nos cabines.

— Il m'a dit qu'il aimerait aller faire un tour dans leur lycée, m'explique Gloria.

— Il parait qu'il y a des photos de maman là-bas, ajoute-t-elle.

J'acquiesce en me mordant la lèvre. Ce n'est pas mon lycée, donc je ne dois pas m'angoisser. Et c'est vrai que papa nous en parlait souvent quand nous étions petites. Il y aurait un vrai musée à l'honneur des jeunes de Tomboy X, dans le coin photographie de ce lycée. Ce qui veut aussi dire, qu'il y aura des photos du père de Callum. *Je pense que cela pourrait aussi lui faire plaisir.*

Une fois que nous sommes allés manger, et que j'ai toisé Callum et Gloria plusieurs fois, qui semblent se regarder comme des ennemis, parce que Evan m'a tendu la bouteille de rosé ; nous partons tous vers le lycée où papa a rencontré maman.

Callum

Je laisse Gabriella avec son père faire le tour de la classe, et je reviens dans la salle de photos. Je souris, en me disant que c'est ici que papa et Bryan ont fait leurs premières armes, mais aussi où ils ont commencé à trouver l'idée d'en faire leur avenir. Contrairement à moi, qui ne fais que les recopier en suivant leur travail. Je passe la main dans mes cheveux, en regardant l'étagère où se trouve les anciens appareils photos que des anciens élèves ont dû utiliser. Il y a de vieux appareils Polaroid, qui doivent couter une fortune maintenant. Je me souviens que mon père en avait un quand j'étais petit, et que j'avais plus qu'interdiction d'y toucher. *S'il savait...*

Je me retourne vers le mur du fond et je remarque mon père sur une photo. *Voilà donc où tu as commencé à aimer la photo.* Je plisse les yeux, reconnaissant la femme qui se trouve sur une autre photo, et je passe celle-là... *en me disant que c'est dommage qu'elle ait été aussi belle, pour devenir une sorcière sans cœur.* Je continue à regarder les photos du mur, et je fais un arrêt sur l'une d'entre elle. J'avance pour la voir mieux et je passe ma langue sur mes lèvres, en reconnaissant la mère de Gabriella. Je sais donc d'où elle tient cette aisance devant l'appareil, quoi qu'elle en dise. J'ai l'impression en la regardant, que c'est une photo de Gabriella. Bien que les cheveux de celle-ci soient plus longs et plus bouclés ; *elles se ressemblent jusqu'aux joues.*

— Je vois que tu as découvert le secret de la beauté de mes filles, me fait la voix de Alberto qui entre dans la salle.

— Ouais, c'est à si méprendre, répondé-je me souvenant l'avoir seulement vue sur une photo dans leur appartement.

Mais elle était déjà malade, donc je ne pouvais pas trop les comparer.

— Géléna était aussi resplendissante que Gaby ne l'est à son âge, et ça je te le dois, me fait-il en posant ses doigts sur la photo suivante où elle se trouve assise sur un rocher souriant comme jamais à l'appareil.

— Il faut dire que le photographe y était pour quelque chose, fait-il

Je ramène mon regard vers son visage, alors que son visage semble se crisper sur la photo suivante.

— C'est...

— Oui, confirme-t-il en faisant une moue avec sa bouche.

— Bryan n'était autre que le photographe et bien plus à ce temps-là pour elle. Me fait-il la voix empreinte d'une drôle de tristesse.

Mais moi, je regarde vers la porte, craignant que Gabriella arrive et l'entende parler de cela.

— Il a beau avoir fait ce qu'il a fait, je sais qu'il l'a fait pour elles.

— Monsieur Gomez, vous ne devriez pas...

— Ah vous êtes là ?! S'exclame Gloria en entrant dans la salle

Alberto se racle la gorge, avant de se retourner souriant vers les autres qui nous rejoignent. Mais là, moi je suis aux aguets de la réaction de Gabriella... *en voyant sa mère et Bryan sur la même photo.*

— Oh, ce n'est pas Bryan ? Lui demande Gloria.

Je serre les dents, ne lâchant pas le regard de Gabriella. Celle-ci passe à côté de sa sœur, et elle sourit en regardant la photo. *Mais pourquoi est-ce que je m'inquiète ?* Gabriella est au courant que mon père et Branla connaissaient, et qu'elle était la source de leur travail. Je déglutis nerveusement, avant de souffler un bon coup le fait que je me stresse pour un rien.

— C'est ton père ? me demande-t-elle.

Gabriella me rejoint pour regarder la photo devant laquelle je me trouve.

— Ouais, répondé-je alors qu'elle a le regard illuminé en le regardant.

Attends, elle n'est pas en train de flasher sur mon père là ?!

— Je trouve que les cheveux longs t'iraient bien aussi, fait-elle en se retournant face à moi et prenant une mèche de mes cheveux ébouriffés entre ses fins doigts.

— Non merci, je ne suis pas une fille, lui fais-je remarquer et cet abruti de Evan derrière nous étouffe un rire.

— T'as un problème ?! claqué-je dans sa direction.

Gabriella me tire la mèche qu'elle tient dans ses doigts, me ramenant à elle. Je la regarde ahuri, tout en entrouvrant la bouche.

— Sois sage, souffle-t-elle.

Gabriella pose un baiser furtif sur mes lèvres, avant de rejoindre son père et sa sœur qui font le tour des photos. Je me retourne vers cet abruti en le toisant, et celui-ci esquisse un sourire, avant de rejoindre Gloria.

Putain, encore quarante-huit heures Callum... Tiens encore quarante-huit heures...

Si ce n'était pas pour ma précieuse, je l'exploserais ici dans le bac à photo sans aucun remord. Et alors que je jubile totalement à l'idée de voir sa tête éclatée dans ce bac, j'entends tapoter sur ce dit bac. Je relève mon regard, et Gabriella me regarde en secouant la tête. Je fais une tête de chien battu, et elle sourit en me faisant signe de la rejoindre. Je ne me fais pas prier et je passe mes mains le long de sa taille.

— Tu as promis, me rappelle-t-elle alors que j'essaye de l'embrasser et qu'elle recule.

— Je ne faisais qu'imaginer, lui fais-je remarquer.

Gabriella sourit et m'embrasse d'elle-même. Elle sait très bien que je fais des efforts pour elle, et que si je venais à m'en prendre à Evan... *c'est que ce serait pour une bonne raison que je n'espère jamais avoir...*

Chapitre 14

La libérer de ses démons

Gaby
C'est notre dernière soirée en Floride, et je ne sais toujours pas où est passé Callum alors que nous achevons notre dessert. Je sais qu'il avait une conférence téléphonique sur le shooting avec Bryanet Sheyla, mais je

trouve qu'il prend quand même beaucoup de temps, puisque nous avons déjà fini de manger.

— Je pense que je vais aller faire un tour, et voir des anciens copains, nous fait papa en se levant et nous le suivons dans son mouvement.

— Nous, on va faire une promenade, fait Gloria en s'accrochant au bras de Evan qui me regarde étrangement.

Je détourne instinctivement mon regard et je scrute mon portable, pour confirmer que je n'ai toujours aucune nouvelle de de Callum. Je soupire, dès que papa et les autres sont partis et je me rends dans le hall, me demandant si je peux au moins remonter dans notre chambre. Après tout, s'il est toujours en ligne, je vais les déranger. *Mais je ne peux pas non plus rester là à attendre le saint glinglin.* Je reste un moment à regarder mon portable, hésitant à l'idée de l'appeler.

— Mademoiselle Gabriella Gomez ?

Je me retourne surprise sur l'homme qui se tient devant moi. Il est grand, avec un costume noir, où il arbore un badge de l'hôtel, tout en portant une grande boite dorée dans ses mains.

— Oui, répondé-je un peu timidement.

— Monsieur Hanson m'a demandé de vous apporter ceci, quand vous auriez fini de manger, m'informe-t-il en me tendant la grande boite dorée.

— Oh ! m'exclamé-je surprise en rangeant mon portable dans mon sac pour prendre la boîte dans mes mains.

Celle-ci ne semble pas trop lourde. Et alors que je juge du poids de la boîte, l'homme me souhaite une bonne soirée, avant de disparaitre du hall. Sur la boîte, se trouve une enveloppe blanche, où je reconnais l'écriture de Callum qui a écrit mon prénom. Je me mords la lèvre et je me dirige vers un des fauteuils du hall pour déposer la boîte, et pouvoir ouvrir l'enveloppe.

" *Ma précieuse,*

Je suppose que tu me pardonneras de t'avoir menti ce soir, quand tu ouvriras la boite que je viens de te faire livrer. Je t'ai préparé une petite surprise, qui j'espère te mettra du baume au cœur pour la fin de ces vacances en famille. Un chauffeur t'attendra dans trente minutes devant l'hôtel. Ne t'attarde pas...

Je t'aime.

Callum"

Mes doigts se posent sur la boîte, alors que mon cœur s'emballe, n'osant imaginer la surprise qu'il m'a préparée. Une fois le couvercle ouvert, je remarque la robe noire, ainsi que ses chaussures à talons de la même couleur. Je referme la boîte, les larmes aux yeux devant cette boîte qui me remplit d'émotions, et alors que je rejoins notre chambre, où il n'a jamais été ce soir ; *je pleure d'émotions croyant rêvée.* Sérieusement, qui aurait cru que Callum Hanson fasse un jour ce genre de surprise... typique de tous les films à l'eau de rose, que je regardais avec ma sœur le soir quand papa travaillait. Je me déshabille de ma robe blanche que ma sœur et moi avons achetée ensemble, et j'enfile cette magnifique robe noire. Celle-ci est superbe, et moins osée que je l'aurais crue, *surtout connaissant les choix de tenue de Callum.* Mes épaules dénudées donnent sur des manches longues évasées qui cachent mes mains. La jupe a une taille portefeuille, qui donne une ouverture très courte sur le dessus de ma cuisse, laissant entrevoir toute la longueur d'une de mes jambes, finissant par ses talons aiguilles noirs. Je me regarde dans le miroir, et j'avoue adorer ce choix de robe, mais je ne sais pas du tout ce que je pourrais faire avec mes cheveux. Comme le dirait Callum, rien de tel que de laisser mes cheveux naturels et lâchés. Je dois avouer que depuis que j'ai vu la photo de maman à mon âge, dans leur ancien lycée, je suis entièrement d'accord avec cela. Je fais juste une retouche de rouge à lèvre, voyant que les minutes avancent et je prends mon sac à main noir pour ajouter à la tenue.

  Je prends mon portable dans l'autre sac à main, ainsi que mon portefeuille, et j'hésite un instant avant de ranger mon téléphone. Non, il me verra en réel quand j'arriverai… *mais arriver où ?*

  Le chauffeur se trouve là devant l'hôtel, comme il me l'a écrit, et je m'assois dans la voiture sous le regard des clients de l'hôtel. Il faut dire que ça fait très romantique et la musique douce qui passe dans la voiture, l'est toute autant. Je regarde les rues de Floride défilées devant moi, quand un détail me percute.

  C'est une blague ?! Mon coeur fait un raté, avant de totalement s'emballer, alors que la voiture tourne au carrefour qui donne sur le lycée de mon enfer. Je n'arrive pas à reprendre mon souffle, alors que j'aperçois Callum devant la grille, dans un costume noir m'attendant devant. Non, il est hors-de-question que je sorte de cette voiture, qui s'arrête juste devant lui, et la porte de celle-ci s'ouvre sur la main de Callum, souriant qui m'invite à sortir.

  — Je ne peux pas, fais-je.

  Je plaque mes mains contre ma poitrine, sans un regard pour lui.

— Gabriella Gomez, me fait-il doucement et si chaleureusement que je dois me mordre la lèvre pour ne pas craquer.

— Je ne peux pas descendre, insisté-je sachant que mon corps ne me le permettrait pas, même si je le voulais.

Je me suis promis quand nous avons déménagé, de ne plus jamais remettre les pieds dans ce lycée, et de tout faire pour oublier tout ce qui s'est passé. Rien ne s'est passé comme je le voulais à mon arrivée à Seattle... *alors je veux au moins tenir cette promesse.*

— Tu comptes vraiment gâcher ma surprise, dit-il d'une voix déçue, et je craque.

Mon regard se porte sur lui, et je sais qu'il a gagné, quand il esquisse un sourire tellement charmant, que ma main se tend vers lui instinctivement.

— Tu es un démon, glissé-je en sortant de la voiture.

— Je sais. C'est pour ça que tu m'aimes, acquiesce-t-il.

Il pose un baiser dans mon cou, avant de se reculer de moi, tout en me tenant la main.

— Je savais que tu serais fabuleuse dans cette robe, fait-il avant de passer sa langue sur ses lèvres et je rougis.

Callum se tourne vers le lycée en prenant mon bras, comme pour me soutenir... *sachant certainement que je vais m'effondrer sur place.*

— Bien, allons à ma petite fête, fait-il.

Je fixe ce bâtiment, qui me rappelle, tant de cauchemars que je commence à haleter.

— Ne t'inquiète pas, je ne te lâcherai pas. Me souffle Callum en entrant dans le hall de gymnastique et je m'arrête net.

Devant moi, se trouve tous les élèves de mon ancienne classe. *La classe de l'horreur en ce qui me concerne...* et je titube. Callum resserre mon bras plus fort contre lui, avant de pencher son visage dans mon cou.

— Pense que ce sont des Pénélope et que tu défiles, me souffle Callum avant de se mettre à avancer.

Mais je reste figée sur place, croisant le regard marqué des coups du bitume, que Callum lui a fait manger devant le club. Il me regarde plein de haine, et moi... *je suis pétrifiée.*

— Mesdemoiselles, Messieurs, veuillez accueillir Gabriella Gomez ; l'égérie de Tomboy X.

Je me détourne de ses élèves qui me scrutent d'un mauvais œil, pour apercevoir Sheyla qui se trouve sur l'estrade, où le directeur fait son discours en début d'années. Derrière elle, se trouve un grand écran géant, et je suis le mouvement des pas de Callum jusqu'à elle, ne sachant pas du tout ce qui se passe au juste ici. Mais arrivés devant l'estrade, Callum m'embrasse la joue doucement et je sens une main se poser sur mon épaule, alors qu'il se décale de moi. Je me retourne surprise pour apercevoir Gloria et papa.

— Mais qu'est-ce que vous faites là ?! m'exclamé-je ahurie.

Mais surtout paniquée de les voir ici... *au milieu de ses gens qui me haïssent.*

— Chut, écoutons ce que Callum a à dire, me fait papa.

Il passe sa main autour de mes épaules pour me serrer contre lui, alors que Gloria se met à la place de Callum qui a rejoint Sheyla. Je regarde celui-ci se mettre derrière le micro, et il me lance un magnifique sourire pour me réconforter, avant que l'écran derrière lui ne s'allume.

— Vous connaissez tous Gabriella Gomez pour ceci, commence-t-il.

Une photo de moi, en jeans et T-Shirt large comme je m'habillais avant, apparait sur l'écran. *Mais à quoi il joue ?!*

— Tout comme moi, vous vous êtes moqués de ses joues rebondies et de son tour de poitrine.

Je titube en apercevant une photo de moi nue, mais floutée, qui a été prise ce fameux jour sur le bord de la piscine, où j'ai failli mourir noyer. *Il est fou de montrer cela ! Comment les a-t-il eues ?!* Je panique totalement en portant ma main libre à ma bouche, n'osant plus regarder Callum, ni mon père. *Mon dieu, qu'est-ce qu'il doit penser de moi ?*

— Tout comme moi, vous avez décidé qu'elle serait votre bête noire pendant vos années de lycée, continue Callum alors que je pleure de honte et de dégout.

Il est en train de briser tout ce que j'ai créé pendant des mois. Le rire des autres semble résonner de plus en plus forts dans mes oreilles.

— Ouais, je trouvais ça drôle aussi, acquiesce Callum à leurs rires alors que je suis à deux doigts de m'effondrer totalement.

Et il fait ça devant mon père... Mon dieu, je ne pourrai jamais plus le regarder en face.

— Mais voilà ce qui nous différencie tous… et qui fait de moi du coup, un homme, continue Callum, alors que je sens la bile me monter dans la gorge.

— Pour moi, Gabriella Gomez, c'est cette radieuse jeune femme au regard illuminé, qui embellit la vie de tous ceux qui l'entourent.

— Gaby, regarde, me fait Gloria.

— Non, pleuré-je en me mordant la lèvre.

Je ne veux plus assister un instant de plus à cette comédie.

— Mais regarde, insiste Gloria en me tirant le bras alors que je ne rêve que de m'enfouir.

Je relève mon visage doucement, craignant de voir encore des images de moi qui ne me mettent aucunement en valeur. Mais j'entrouvre enfin ma bouche, pour prendre une bouffée d'air. Sur l'écran, où se trouvait des images que je ne veux plus jamais voir de ma vie, défilent des photos de moi à la villa, à la plage, au lycée. Des photos où je souris, entourée de mes amis et de ma famille. Les larmes qui coulent à cet instant de mes yeux, sont des larmes d'émotions, car dans toutes les photos qui défilent maintenant, *je peux voir l'amour de Callum et de tous ceux qui m'entourent.*

— Voilà comment nous te voyons, fait Callum en souriant mais le regard illuminé.

J'esquisse un sourire en larmes, alors que mon père me serre plus fort contre lui.

— En revanche…

Le regard de Callum devient noir et je tressaille.

— En ce qui concerne tes anciens camarades de classe, c'est beaucoup moins glamour, lance-t-il avec un sourire narquois sur les lèvres et des nouvelles images apparaissent à l'écran.

Des cris se font entendre, alors que des images de ceux-ci, se droguant et organisant des orgies dans la salle privée du club où nous sommes allés, s'affichent derrière lui.

— Je vais te buter, enfoiré ! lui crie Colin en s'avançant vers l'estrade et je lâche ma sœur pour me mettre devant lui.

— Casse-toi ! hurle-t-il.

— Non, j'ai quelque chose à faire avant, lui fais-je en serrant mon poing que je lui envoie en pleine figure.

Je suis essoufflée d'un coup, de ce trop-plein d'adrénaline, que je ne réagis même pas en voyant qu'il lève sa main sur moi, mais une autre attrape son bras. Le regard flamboyant de colère de Callum plonge sur lui, et je vois un éclair noir passer devant moi, alors que celui-ci vole contre l'estrade.

— Je pense que tu as d'autres choses à régler, crache Callum en passant sa main sur ma taille. Une porte du fond s'ouvre, et que je reconnais certains parents en colère, rentrer dans le gymnase pour attraper leurs enfants. Callum me serre contre lui, et je peux sentir son cœur battre au même rythme que du mien, *il est rapide et sur le pont d'exploser.*

— J'espère que tu me pardonneras, souffle-t-il.

— Je t'ai déjà pardonné, répondé-je en serrant mes bras plus forts autour de lui.

Callum n'a aucun tact... *mais il vient de me libérer de mes démons.*

Chapitre 15

La profondeur de nos sentiments

Callum

Alberto me remercie encore une fois, devant l'entrée de l'hôtel, d'avoir ainsi défendu Gabriella ... *même s'il se doutait de tout cela depuis toujours.* Car oui, c'est bien le problème avec elle, Gabriella a tellement été habituée à souffrir intérieurement et à le cacher aux autres, *qu'elle n'a pas remarqué qu'elle les inquiétait aussi.* Une habitude que j'espère avoir enlevé de son esprit maintenant... *et pour du bon.* Je veux qu'elle se confie sur tout ce qui lui fait du mal et qu'on trouve une solution ensemble, ou s'il le faut avec Brooke... si elle ne veut pas m'en parler. J'irais même jusqu'à accepter qu'elle se confie à Archie... *Correction, même mon corps me fait comprendre que j'aimerais autant éviter.* Pourtant, je pense qu'il serait aussi un bon confident... *vu comme il garde des secrets.*

Je jette un regard vers Gabriella, qui enlace sa sœur qui pleure encore, et je me détourne pour les laisser un peu toutes les deux. Je passe la main dans mes cheveux, en sortant une cigarette de mon paquet pour l'allumer. Elles risquent de papoter encore longtemps, donc j'ai le temps de la fumer tranquillement. C'est dommage que Sheyla ait dû repartir aussi vite ; j'aurais aimé lui demander comment elle avait fait, pour trouver ses vidéos de ce qui se passait dans cette salle privée. *Je tressaille en imaginant ce qu'elle pourrait trouver sur moi, si elle faisait la même chose.*

— Tu as froid ? me demande Gabriella en m'enlaçant par derrière et posant sa tête contre mon dos.

— Absolument pas, la rassuré-je en posant ma main libre sur la sienne et je m'apprête à aller écraser ma cigarette.

— Nous sommes dehors, tu peux l'achever, me fait-elle remarquer.

Je tire encore une fois dessus, mais je nous fais tourner pour lancer ma cigarette dans le cendrier.

— Je n'en ai pas vraiment envie, fais-je en me tournant face à elle pour la prendre contre moi. J'ai envie d'un petit moment rien qu'à nous deux, mais aussi de lui laisser le temps de me dire ce qu'elle ressent... maintenant que c'est passé. L'idée serait simple si on allait directement dans la chambre, mais j'ai l'impression que la conversation serait vite écourtée ; *parce que Gabriella est plus sexy que jamais pour moi ce soir.* Je tords un peu ma lèvre avec mes dents, et je pose un baiser sur son front, avant de prendre sa main.

— Allons-nous promener, fais-je en l'attirant vers la digue.

— Tu es certain ? Tu as des mocassins vernis, me fait-elle remarquer.

— Rien de plus simple, répondé-je en lâchant sa main pour enlever mes chaussures et mes chaussettes.

— Callum Hanson va fouler le sable de ses pieds nus, ricane-t-elle.

Je me baisse pour enlever ses chaussures, avec un rictus sur les lèvres. *Effectivement, ce genre de choses n'est pas ma tasse de thé, mais j'en ai envie aujourd'hui.*

— Par contre, je vais faire ça, fais-je en me relevant.

D'une main, j'enlève ce foutu nœud papillon, pour ouvrir les trois premiers boutons de ma chemise. Ce qui fait sourire Gabriella, dont la lune reflète dans ses yeux. Je passe ma langue sur mes lèvres... *en pensant que la chambre aurait été une bonne idée.*

Gaby

Cela fait un moment que nous marchons sur la plage, et que Callum me tient contre lui sans vraiment dire un mot. On dirait qu'il attend que je fasse la conversation, mais je ne sais pas vraiment quoi dire. Je l'ai déjà remercié pour ce qu'il a fait, et je lui fais part du fait que je ne lui en voulais pas pour sa fameuse mise en scène. D'ailleurs, je serais curieuse de savoir où il a trouvé toutes ces photos de moi au temps du lycée en Floride, et de celles des autres dans la salle privée du club. Mais d'un autre côté, je n'ai plus envie d'en parler. Tout ceci doit rester derrière moi maintenant, je ne dois plus craindre que ses atrocités me rattrapent à nouveau. *C'est bien pour cela que Callum a fait cela, non ?*

— Asseyons-nous, fait Callum en enlevant sa veste et la mettant sur le sable.

Une fois assis, il m'invite à venir m'asseoir entre ses jambes, ce que je fais bien entendu. Ses bras se referment autour de moi, et j'appuie ma tête sur sa clavicule, avant de poser un baiser dans son cou. Je remarque que Callum esquisse un petit sourire, mais qu'il reste le regard sur la mer. Mon dieu, le reflet de la lune et de la mer dans ses yeux noisette, les rendent irrésistibles. Mais comme s'il m'avait entendue penser, Callum ramène son regard sur moi.

— Arrête ça, fait-il en posant un baiser sur mon front et je me mords la lèvre, gênée.

— Si je ne peux pas regarder mon fiancé, qu'est-ce que nous faisons ici alors ? demandé-je en ramenant mon regard sur nos mains avec lesquelles il joue.

— Je veux être certain que tu vas bien, fait-il en un souffle.

Je déglutis comprenant qu'il s'inquiète de ce qui vient de se passer.

— Je vais bien, lui assuré-je.

— Pas de rancune en mon égard, continue-t-il.

— Pourquoi aurais-je de la rancune ? lui demandé-je en regardant la mer.

— J'ai tout déballé devant ta famille, alors que tu as tout fait pour leur cacher pendant si longtemps.

— Je me fourvoyais en disant qu'ils n'étaient pas au courant, avoué-je.

— Papa et Gloria ont toujours su... mais par respect pour moi, il faisait comme si de rien était, lui expliqué-je, ils voyaient que j'essayais tous les jours de passer à autre chose, et je pensais y arriver.

La main de Callum quitte la mienne pour venir caresser ma nuque, et je pose ma tête contre son cou.

— Je t'ai vu le faire de mes yeux aussi, fait Callum et j'acquiesce.

— Mais je ne veux plus jamais que tu le fasses, continue-t-il plus froidement et ses doigts dans ma nuque tressaillent.

Ou bien est-ce moi qui vient de tressaillir ? En entendant la froideur de sa voix, qui vient de glacer ce moment magique...

— Gabriella, je veux que tu utilises la force de caractère que tu as, pour me dire à moi, ou à quiconque, quand quelque chose ne va pas. Cacher les choses en toi, ne résous rien, continue-t-il.

Je ramène mon visage vers lui en levant un sourcil, ce qui le fait sourire... mal pris.

— Bon, j'avoue que je ne vaux pas mieux. Mais je pense, qu'il est temps qu'on laisse au moins tous ces démons derrière nous, non ?

J'acquiesce et je me mets à genou devant lui. Callum scrute mon regard, alors que je pose mes lèvres sur les siennes.

— Alors, arrêtons d'en parler, soufflé-je en embrassant maintenant son cou.

Callum se racle la gorge, comme s'il voulait protester, mais mes mains sont déjà en train de défaire la tirette de son pantalon... *et je peux confirmer qu'il ne proteste contre rien du tout.*

— Ma fiancée est une dévergondée, me souffle-t-il dans le cou à son tour avant de mordiller mon oreille.

Mes doigts enrobent son sexe pour le détendre encore plus. *Enfin, façon de parler...*

— Disons que j'ai un bon professeur, souris-je en revenant à son regard.

Callum me fait un sourire narquois et en moins de temps qu'il faut pour le dire, nous nous enflammons. Nos salives mélangées maintenant, semblent activer en nous le feu du désir, puisque Callum glisse sans préavis ses doigts en moi, et je pousse un gémissement de plaisir en accélérant mes mouvements autour de son pénis. Callum laisse tomber ses jambes sur le sable, et il m'attire sur lui.

— J'ai envie de toi, depuis que je t'ai vu sortir de la voiture, me souffle-t-il dans le cou.

Il enlève ses doigts en moi, faisant frotter son pénis lui-même sans aide de ses mains contre mon intimité. Chaque frottement de celui-ci est un supplice pour moi, qui veux plus que tout qu'il me fasse l'amour.

— Arrête de jouer et montre-le-moi, fais-je alors que nos bouches se cherchent et jouent à ne pas se conquérir l'une l'autre.

Callum esquisse un sourire narquois, mais tellement charmant, que je reste encore le souffle coupé devant sa beauté. Callum serre sa main plus fort dans ma nuque, et il rentre enfin en moi. Ma bouche s'ouvre plus grand alors qu'il s'enfonce totalement en moi, me provoquant un désir délicieux et nos bouches se rejoignent à nouveau. Le plaisir après ce que je viens de vivre ce soir, est plus que délicieux et mon corps me le fait comprendre quand je jouis à peine commencé.

— Je t'aime mon cœur, haleté-je quittant sa bouche.

— Moi aussi je t'aime ma précieuse, répond-il d'une voix tellement craquante que mon corps se remet instinctivement en route.

Je l'aime plus que je ne pourrais le dire ; *mais je peux lui montrer maintes et maintes fois quand nous faisons l'amour.* Car c'est ainsi que nos sentiments sont les plus profonds, et les plus sincères. *C'est peut-être la raison pour laquelle nous sommes insatiables l'un l'autre ?*

Gloria

Quand je rentre dans la chambre d'hôtel, après avoir quitté papa dans le couloir, Evan est couché sur le lit, jouant une fois de plus avec son portable. *Je pourrais presque croire qu'il passe plus de temps avec lui, qu'avec moi.*

— Alors, cette soirée en famille ? me demande-t-il le regard toujours sur son portable.

— Callum est un petit-ami en or, répondé-je la voix encore rauque de l'émotion que nous avons vécue ce soir.

— Sympa, me fait-il remarquer.

Je me mords la lèvre, honteuse de ce que je viens de dire, en voyant dans son regard bleu, qu'il pose enfin sur moi, que je l'ai blessé.

— Désolée, m'excusé-je en le rejoignant sur le lit et me mettant assise sur lui.

— Je rigole, fait-il en souriant, tout en déposant son portable sur la table de nuit.

Evan me scrute et ramène ses doigts sous mes yeux. Je sais que je dois avoir les marques de larmes que j'ai versées. Evan m'attire contre lui et je pose ma tête sur son torse, il réagit tellement gentiment, que je recommence à pleurer en pensant à tout ce que ma grande sœur a vécu. Je savais qu'elle se faisait malmener à l'école… *mais je ne pensais pas que c'était aussi grave.* Je pensais que le coup de la piscine était le pire… *mais je me suis trompée.* Voir les photos, même floutées, de son corps nu qui ont été prises ce jour-là me semblent les pires. Si Callum les a montrées, c'est qu'elles ont dû circuler entre eux au lycée. *Mais pourquoi ne l'a-t-elle pas dit ? Pourquoi se forçait-elle à sourire, et à s'occuper de tous mes petits tracas de vêtements ? Alors qu'elle vivait l'enfer...* Je ne peux pas imaginer la force qu'il lui a fallu pour surmonter tout cela, et je suis certaine, maintenant, que Callum est vraiment fait pour elle. *Il la protègera quoi qu'il arrive.*

— Tracasse. Ta grande sœur est forte, elle surmontera ça, fait Evan en caressant mes cheveux.

— Oui, elle est plus forte que...

Je me redresse en scrutant le regard de Evan qui semble perplexe.

— Comment sais-tu ce qui est arrivé à ma sœur ? lui demandé-je.

Je ne lui en ai pas parlé, et je suis certain que Callum ne l'a pas fait, sinon il l'aurait laissé venir avec nous.

— Je dois avoir deviné. Elle semblait assez stressée pendant le séjour, m'explique-t-il.

— Oui mais de là à dire que...

— Gloria, tu veux me faire dire quoi là ? me demande-t-il d'un air sérieux en enlevant sa main de ma cuisse pour remettre ses cheveux en arrière.

— J'ai connu ce genre de filles, et je peux voir les détails que tu ne vois pas, fait-il.

— Alors, arrête de te poser des questions, finit-il par dire en me ramenant contre lui, alors que je me mords la lèvre.

— Nous n'avons pas grandi dans le même milieu je te rappelle, dit-il voyant certainement que je ne lâche pas l'affaire, même Callum l'avait remarqué, non ? Sinon, il ne vous l'aurait pas montré.

J'acquiesce timidement. Il n'a pas tort, ce n'est pas Gaby qui lui en a fait part. Je suis juste trop dans mon petit monde, pour m'en être rendue compte, c'est tout. Evan plonge un regard entendu dans le mien, et j'esquisse un sourire avant qu'il ne pose ses lèvres sur les miennes.

Bryan

Je raccroche de Sheyla qui m'explique que tout s'est bien passé, à propos du petit règlement de comptes, que Callum avait préparé, contre les lycéens qui avaient infligés des sévices à Gaby. Je suis vraiment fier de ce qu'il fait pour elle, tout comme pour lui, sans devoir utiliser la violence. Mais heureusement que je connaissais le gérant du club en question, et que j'ai pu avoir accès aux images de la salle privée. Je dépose mes lunettes sur le meuble du buffet, et je prends la bouteille de Rhum… la journée a été longue et je l'ai bien mérité. Mon portable sonne à nouveau quand je porte enfin le verre à ma bouche, et je clique sur le lien reçu.

— C'est quoi ça ?

Sur mon portable, se trouve une photo de moi et Géléna au temps du lycée.

Chapitre 16

L'anniversaire de Callum

Gaby
— Tu as déjà acheté le cadeau d'anniversaire de Callum ? me demande Brooke alors que nous ramassons les ballons de volley dans le hall de gymnastique.

— Non, et je n'ai vraiment aucune idée de ce qui pourrait lui faire plaisir, lui expliqué-je.

Je mets les ballons que j'ai dans les bras dans le panier, tandis que les garçons nous font signe en passant. Je rends son salut à Callum en souriant... mais une fois de plus, en me demandant s'il pensait ce qu'il m'a dit il y a deux jours.

— Je le vois bien avec une chevalière, me fait remarquer Brooke.

— Oh, je lui ai proposé figure-toi, l'informé-je en ramassant les derniers ballons.

— Mais il a refusé, tout comme un quelconque autre cadeau, lui expliqué-je avant de me mordre la lèvre.

Je ne sais vraiment plus quoi faire, pour trouver quelque chose qu'il voudrait vraiment, et qui ne me vaudrait pas les foudres dans son regard de lui avoir désobéi.

— Et pourquoi pas un déshabillé sexy ?! S'exclame Brooke.

À cet instant, le professeur de gymnastique passe et je mets ma main sur sa bouche, avant qu'elle ne débite plus de bêtise. Je l'entraine vers le couloir des vestiaires, alors qu'elle rit à plein poumon, ma main toujours sur sa bouche.

— Et bien, il y a de l'ambiance.

Je me retourne pour trouver Evan devant nous, qui porte un bandeau que je reconnais dans ses cheveux, et je souris en me disant que ma sœur doit être heureuse qu'il l'utilise en cours de gymnastique.

— Voilà l'homme qu'il faut dans cette situation ! s'exclame Brooke en le prenant par les épaules, enjouée.

Je la regarde ahurie. *En quoi Evan peut m'aider à trouver un déshabillé ?* De plus, Callum n'aime pas ce genre de chose, il ne tolère que le peignoir qu'il m'a acheté. *Et encore, quand j'ai le temps de l'enfiler...*

— Montre-moi tes mains, lui ordonne Brooke.

Je la regarde totalement perdue, tout comme Evan d'ailleurs, alors qu'elle semble concentrée sur ses doigts.

— C'est les mêmes, non ? me demande-t-elle et je comprends qu'elle parle des doigts de Callum.

— Oui, on dirait, acquiescé-je en regardant les doigts de Evan à mon tour.

— Et si Evan servait de modèle pour le choix de la chevalière, puisque Callum ne veut pas t'aider, sourit-elle en tapant sur l'épaule de Evan.

— Spencer ne tiendrait jamais le secret... et de plus, ses doigts sont plus fins, nous explique-t-elle tandis que je regarde Evan perplexe.

Mais cela pourrait être une bonne idée...

Nous décidons donc, de nous donner rendez-vous tous les trois le lendemain après les cours, puisque Callum a une réunion pour le prochain shooting que nous devons faire. Je sais qu'il m'a dit qu'il ne voulait pas de cadeau, mais quand je vois la bague qu'il m'a offerte, je peux bien lui faire la pareille. Et de plus, son regard foudroyant ne me fait plus peur. *Je me ferai pardonner en le câlinant et le tour sera joué...*

Callum

— Il va falloir qu'on m'explique, comment ça se fait que ça se termine toujours comme ça ?! grincé-je des dents.

Je prends une coupe de champagne sur le plateau de la serveuse qui passe, tout en jetant un regard vers Gabriella et Archie, qui saluent les gens.

— C'est la date où nous avons créé pour du bon Tomboy X, me rappelle Bryan comme si je ne le savais pas.

On me rabâche ça tous les ans... mais je pensais que pour une fois, elle ne me ferait pas le coup de me gâcher mon anniversaire avec ces conneries. Mais à quoi je pensais... *Pénélope doit se délecter de me faire chier jusqu'au bout.* En tout cas, je peux dire qu'elle s'en sort très bien une fois de plus. Moi qui pensais passer une soirée romantique, ou quelque chose dans le genre avec ma fiancée... me voilà à faire de nouveau le pingouin, et devoir supporter les cancans de ses vieux snobs qui me parlent de leurs dix-huit ans.

— Tu sais, ton père pensait que c'était une excellente date.

— Ouais, le jour de ma naissance l'a marqué, répondé-je en regardant Gabriella sourire à qui veut la voir.

Je fais craquer mon cou, n'écoutant plus du tout Bryanqui me parle. Je bois une nouvelle gorgée de mon verre, me demandant encore où elle était passée hier.

Nous avons fini la réunion avec Bryanet Sheyla plus tôt que prévu, et quand je l'ai appelée pour la prévenir, elle m'a dit qu'elle n'était pas à l'appartement. Elle a bifurqué la conversation, en me parlant de Rita qui avait préparé un bon plat de spaghettis pour le soir, me forçant limite à rentrer pour manger. Du coup, j'ai dû remonter dans le centre plus tard pour la rejoindre chez elle, alors que je me trouvais à vingt minutes. Je devrais peut-être lui faire payer le prix de l'essence en nature ce soir, pour qu'elle comprenne qu'elle ne doit plus faire cela. Non, la connaissant… *elle y prendrait du plaisir.*

— Callum, joyeux anniversaire ! me lance un vieux monsieur tout grisonnant.

Je souris totalement idiot, ne voyant pas du tout qui est ce mec.

— Mentor, souffle Bryan en portant son verre à sa bouche et je mets enfin un nom sur ce visage.

— Monsieur Mitchel, comment allez-vous ? le salué-je me rappelant que c'est l'homme qui leur a appris à utiliser un appareil photo au lycée.

— Très bien. J'ai pu avoir un aperçu de ton travail, me félicite-t-il, ton père serait heureux de voir comment tu as repris son travail.

— Je ne suis pas aussi bon que lui, dis-je gêné en passant ma main dans mes cheveux.

— Je suis peut-être vieux, mais pas aveugle, ricane-t-il.

— De plus, avec un modèle comme la jeune fille là-bas, il n'y a pas de raison que ce ne soit pas grandiose, me fait-il remarquer et je souris en regardant vers ma précieuse.

— Quand je pense que sa mère a été la première top model de Tomboy X, continue monsieur Mitchel sur un ton de souvenir lointain.

— Mais Bryan, cela doit te faire bizarre de voir le sosie de Géléna ? demande-t-il à celui-ci qui manque de s'étouffer avec son verre.

C'est vrai qu'elles se ressemblent fortement, *mais de là à dire que ce sont des sosies...*

— Après tout, vous deviez vous fiancés, non ? lui fait-il remarquer.

— Mais elle est tombée enceinte de ce jeune homme. Je n'ai jamais compris comment vous en étiez arrivé à ça. Vous sembliez tellement amoureux, fait-il pensif.

Je porte mon verre à ma bouche pour boire une gorgée, sachant que Bryan est en train d'accuser le coup de cette conversation qu'il préfèrerait éviter. Après tout, il n'a jamais dit à personne, mise à part mon père et Pénélope que Géléna était enceinte de lui...

Gaby

Je soupire, une fois que nous avons fini de converser avec un couple, qui nous félicite pour les photos du nouveau magazine. Je commence à avoir mal aux pieds dans ses chaussures, et j'aimerais passer un peu de temps avec Callum. Mais celui-ci est autant accaparé que nous. Je sais que nous ne devons plus nous cacher, mais je préfère éviter d'attiser la colère de sa mère, donc nous avons convenus de garder un peu nos distances lors de ces galas. De plus, Archie et moi, étant les égéries, nous devons saluer tout le monde ensemble. Mais maintenant que nous en avons fini, j'aimerais être un peu avec lui. Mais quand je regarde dans sa direction, il n'est plus là. *Le connaissant, il est parti dehors pour fumer une cigarette.*

— Tu veux aller dehors ? me demande Archie comme s'il avait lu dans mes pensées.

— Si ça ne te dérange pas.

Vu que je n'ai pas vu Callum sortir, je préfère m'y rendre avec lui pour ne pas me retrouver toute seule sur la terrasse.

— J'ai failli attendre, nous lance une voix dans l'ombre de la terrasse.

Je tressaille sur le coup, mais heureuse d'entendre sa voix.

— Bon, je vous laisse, fait Archie simplement.

Je suis certaine qu'il savait depuis le début que Callum se trouvait là. Il l'a certainement vu sortir. Archie retourne à l'intérieur, alors que je reste là debout devant la pénombre où il se trouve.

— Tu ne comptes pas venir près de moi ? Me demande Callum et je me mords la lèvre.

— Tu es en train de fumer, lui fais-je remarquer.

— Non, je ne fume pas, m'affirme-t-il et je souris en m'avançant vers lui.

Effectivement, il n'est pas en train de fumer, et il m'attire sur lui dès que je suis plus près.

— Mmm, tu m'as manquée, souffle-t-il dans le cou avant de l'embrasser.

Sa main passe déjà sous le tissu de ma robe fendue, pour glisser entre mes cuisses.

— Callum, voulé-je l'arrêter alors que ses doigts essayent de passer le tissu de mon string.

— Quelqu'un peut arriver, lui fais-je remarquer.

— On est dans le noir… et si tu ne fais pas de bruit, personne ne saura qu'on est là, murmure-t-il en venant à ma bouche.

Et au moment où il conquit ma bouche, ses doigts glissent en moi. Je n'ai aucune volonté pour le repousser, et il le sait très bien. Je gémis dans sa bouche, alors qu'un de ses doigts jouent avec mon clitoris, m'excitant encore plus. J'entrouvre un peu plus les jambes instinctivement, pour laisser plus de passage pour ses doigts, et je frissonne totalement de plaisir… *mais aussi de honte, si jamais quelqu'un nous surprend.* Mais Callum ne me laisse aucune chance de me contenir, accélérant le rythme en moi, et je commence à défaire la tirette de son pantalon, pour libérer Popol comme il dit si bien. Celui-ci est plus qu'au garde à vous et mes doigts glissent fermement pour l'encercler, et commencer des vas et viens.

— Oh putain, gémit Callum en quittant ma bouche.

— Tu as dit de ne pas faire de bruit, le taquiné-je avant de me mordre la lèvre.

Le regard de Callum devient malicieux, et je sais que je vais regretter ce que je viens de dire. Callum me fait me lever d'un mouvement, et il m'emmène un peu plus loin dans l'ombre de la terrasse, pour me plaquer doucement contre le mur.

— Tu ne vas pas faire ça, fais-je alors qu'il défait le haut de son pantalon.

— C'est mon anniversaire, tu ne peux rien me refuser, rétorque-t-il avec un sourire plus que machiavélique.

Je n'ai pas l'occasion de répondre, que Callum plaque ses lèvres sur les miennes pour me conquérir. De sa main, il remonte fermement ma cuisse contre sa taille, et de l'autre, il écarte mon string pour entrer un moi. Un gémissement s'enfuit de ma gorge pour résonner dans sa bouche, et je passe mes bras autour des épaules de Callum pour qu'il accentue les mouvements de plaisir en moi. Callum se laisse totalement aller, me laissant échapper de plus en plus de cris de plaisir, tout comme lui d'ailleurs. *Pour quelqu'un qui voulait être silencieux, on n'a plus qu'à prier que personne ne vienne.*

Bien entendu, c'était trop beau pour que ça se passe ainsi. La porte de la terrasse claque et un éclair de lumière s'écrase à quelques mètres de nous. Callum s'arrête net, et moi... *Je suis totalement prostrée à l'idée qu'on nous voit dans cette position...*

— Fais chier ! claque une voix.

Le regard de Callum est aussi surpris que moi d'entendre Bryan aussi furieux.

Chapitre 17

Joyeux anniversaire

Callum
    Putain, je ne me souviens plus de la dernière fois où j'ai fait ça, dans un lieu aussi bombé de monde. N'importe qui pourrait entrer sur la terrasse, et peut-être nous surprendre... *mais je n'en pouvais plus.* Le fait de la voir dans cette magnifique robe noire, avec cette fente entre ses cuisses, était une invitation à laquelle je ne peux pas me permettre de refuser. Je pose ma main sur sa bouche, sentant qu'elle n'arrive plus à contenir ses cris de plaisir et j'accentue encore plus fort mes mouvements en elle. Je mordille son cou en haletant de plaisir, et la serrant encore plus contre moi. Mes doigts s'enfoncent encore plus fort dans sa cuisse et je peux la sentir jouir. Les frissons de son corps à cet instant me rendent encore plus fou de désir, et alors que je m'apprête à attraper sa deuxième cuisse pour la prendre totalement contre ce mur ; la porte de la terrasse s'ouvre et un bruit de fracas se fait entendre.
    Je reviens sur Gabriella qui s'est totalement figée contre moi, et j'enlève ma main de sa bouche en sortant d'elle. *Celle-là, je ne l'avais quand même pas venue venir.* J'aurais peut-être dû me contenir sur ce coup-là, mais il n'a rien vu... donc je remets la robe de ma précieuse en place, qui me regarde honteuse. Le plaisir

brille toujours dans ses yeux, ce qui ne m'aide pas vraiment à remettre popol dans son enclos. Je lui fais un signe de tête, pour voir si elle est prête, alors que Bryan tape son pied dans ce qu'il a jeté. Il ne faut pas être devin pour savoir qu'il s'agit de son portable, qu'il a éclaté sur la terrasse. Mais ce qui m'étonne, c'est la façon dont il a perdu son sang-froid. *Qu'est-ce qui pourrait le mettre autant dans un état pareil ?*

— Tu ferais mieux de rentrer dans la salle, lui chuchoté-je en voyant que Bryan nous tourne le dos.

— Tu ne veux pas que je reste ? demande-t-elle tout bas en regardant vers Bryan qui vient d'enlever ses lunettes.

— Non, je vais gérer, murmuré-je en embrassant son cou.

— Oh, autre chose, l'arrêté-je alors qu'elle avance, je n'en ai pas fini avec toi. Souris-je.

Gabriella me fait un sourire des plus radieux, qui ne m'aide pas à me calmer, et je la regarde rentrer dans la salle. Je sors mon paquet de cigarette, tout en revenant vers Bryan qui ne semble toujours pas avoir remarqué ma présence.

— Je peux savoir ce que ton portable t'a fait ? lui demandé-je en allumant ma cigarette. Comme je le pensais, Bryan était tellement dans sa fureur, qu'il n'a pas remarqué notre présence. Son regard se porte sur moi, et j'y vois un reflet de peur. Je serre les dents en me penchant pour ramasser son portable et lui tendre.

— Très mauvaise marque de téléphone, il ne tient même pas le choc, tenté-je de plaisanter. Mais Bryan me l'arrache presque de la main, ce qui me surprend encore plus sur son attitude.

— Ne t'occupe pas de ça ! Me lance-t-il en le mettant en poche.

— Tu as déjà assez de soucis à régler non ?! me lance-t-il en remettant ses lunettes pour retourner dans la salle.

Je me demande bien quelle mouche l'a piqué ?

Gaby

Je rentre dans la salle, encore un peu haletante, du moment que nous venons de partager sur la terrasse, mais certainement plus que rouge de honte, d'avoir failli nous faire prendre en plein acte avec Callum. Je respire profondément, cherchant Archie du regard, quand je le remarque enfin, parlant avec une mannequin de l'agence. En y regardant de plus près, elle semble avoir les yeux qui frétillent devant lui. Je décide donc de ne pas les déranger, et je me dirige vers la table des petits fours. J'ai soudain un appétit atroce. Il faut dire que ce genre d'évènements me stresse toujours beaucoup, même si je commence à y être habituée. Mais je pense que c'est plutôt la présence de Pénélope et du père de Vanessa, qui me rend mal à l'aise surtout. Nous n'avons plus eu de contact avec eux depuis que Callum a signé son contrat, mais je ne peux que rester sur la défensive... *surtout quand celle-ci plonge un regard souriant dans le mien.* Je mâche doucement mon petit four en revenant sur Archie. *Pitié, faites qu'elle ne vienne pas près de moi ?!*

— Gaby, je tenais à te féliciter aussi pour les photos du nouveau magazine ! me lance-t-elle en me rejoignant et je me crispe intérieurement.

Pourtant, il faut que je sourie, puisque des tas de gens tournent leur regard sur nous. Je prends une bonne respiration, et j'affiche mon plus beau faux sourire en me tournant vers elle.

— Je vous remercie Madame Hanson, fais-je le plus simplement possible, alors que monsieur James nous rejoint.

Mon premier réflexe serait de me retirer de là le plus vite possible, mais je suis le centre des regards, et je ne peux pas briser l'ambiance, soi-disant familiale, de Tomboy X. Ajoutant à ça, le fait que tout le monde ici sache que je suis la fiancée de Callum...

— Mais c'est votre fils que vous devriez remercier, souligné-je.

— Mais je compte bien le faire, dit-elle en rigolant cachant ses dents de sa main libre.

Je tressaille, en croisant le regard de James porté sur moi, et la main de Callum rejoint ma taille, me faisant me détendre instinctivement à son contact.

— Pénélope, sois gentille, lui fait-il en embrassant ma joue ce qui me fait frissonner.

Bien que ce genre de geste, devant tout le monde, me rende plus que mal à l'aise et il le sait. *Mais je sais surtout, qu'il fait cela pour me rassurer.*

— Je n'ai rien dit de mal, fait remarquer sa mère qui cherche mon regard pour que j'acquiesce. J'esquisse un sourire, avant de regarder Callum et de confirmer à mon tour.

— Je voulais te souhaiter un joyeux anniversaire pour tes dix-huit ans, enchaîne sa mère en s'avançant pour le prendre dans ses bras.

Si moi, je suis surprise de ce geste maternel qu'elle ne semble jamais avoir eu avec lui, ce n'est rien contre la main de Callum dans mon dos, que je sens se crisper fermement, avant qu'il ne quitte celui-ci pour la mettre ballante contre lui... la bouche ouverte de surprise et le visage ahuri.

— Mais qu'est-ce que tu fous ?! grogne Callum alors qu'elle le serre toujours dans ses bras.

— Je me rends compte que je n'ai pas été une bonne mère, et je pense qu'il est temps que je me rattrape, lui fait-elle et la lèvre de Callum se retrousse tremblante.

Je les quitte du regard en esquissant un sourire. Si seulement, elle le pensait vraiment *; ce serait le plus beau cadeau qu'elle pourrait lui faire.* Mais à voir le regard de Callum quand elle a dit cela, *je pense qu'elle joue la comédie.*

Callum

Je regarde Pénélope qui continue de tourner autour des invités, en commandant un Rhum. Après ce qu'elle vient de faire, j'ai besoin d'un truc fort pour encaisser. Sa comédie était bien préparée, *elle est allée jusqu'à pleurer.* Ma mère, pleurer. Voilà bien une chose, que je ne me souviens pas avoir vu de toute ma vie. Mais surtout, j'ai presque failli croire qu'elle le pensait vraiment, quand elle m'a dit qu'elle voulait se comporter comme une mère. *Se rendrait-elle compte que je peux récupérer les parts de papa ?* Non, je n'ai fait qu'un shooting... Et même si celui-ci est un succès, j'ai encore beaucoup de travail à faire jusqu'à la fin de mon contrat. Je détourne mon regard de Pénélope, en portant mon verre à ma bouche, cherchant ma précieuse qui s'est éclipsée aux toilettes après notre discussion avec Pénélope. Celle-ci discute avec Taylor et deux autres mannequins au milieu de la salle. Je souris en voyant qu'elle commence vraiment à se détendre dans ce genre de réception. En revanche moi, je commence à être à nouveau tendu dans mon pantalon. Cette foutue robe noire, qui montre une partie de sa poitrine, dont ce point de beauté sur son sein gauche, est trop sexy pour elle. *Je vais devoir lui interdire de la mettre, sans parler de cette fente…*

— Arrête, tu baves ! me lance Archie en me rejoignant.

— Non, je bande, répondé-je sans détour en achevant mon verre.

— Alors, qu'est-ce que tu as prévu pour le reste de la soirée ? me demande Archie en nous commandant deux verres de Rhum.

— Bonne question. C'est à Gabriella que tu dois demander cela, lui fais-je remarquer en me retournant vers le comptoir.

Si je continue à la dévorer comme ça du regard, je vais vraiment finir par exploser. Je passe ma main sur l'avant de mon pantalon, comme si je voulais l'élargir et Archie qui n'en rate pas une miette, se met à rire.

— Oui, je sais déjà ce qu'elle a prévu, acquiesce-t-il en prenant son verre.

— Mais je pensais, vu que vos anniversaires sont le même jour, que tu avais prévu quelque chose.

J'enlève le verre de mes lèvres, le regardant ahuri.

— Le même jour ? répété-je totalement perdu.

— Mais l'anniversaire de Gabriella est...

Je fais cligner mes paupières, me rendant compte que je n'en sais rien en fait. Oui, elle m'avait dit au début de notre relation qu'on se suivait d'un an d'écart, mais je n'ai pas le souvenir qu'elle m'ait donné la date.

— T'es en train de me dire ?! claqué-je en me retournant vers Gabriella.

— Oui, elle a dix-sept ans aujourd'hui, confirme Archie et je grince des dents.

C'est quoi ce bordel ?! Je pose le verre sur la table et je traverse la salle d'un pas furieux et rapide.

Gaby

Taylor me raconte son rendez-vous, avec un garçon qu'elle a rencontré sur application, et alors qu'elle arrive au moment croustillant, Callum m'attrape par le poignet pour traverser la salle et nous retrouver à nouveau sur la terrasse.

— Qu'est-ce que...

— Pourquoi tu ne l'as pas dit ?! Éclate Callum de colère et je tressaille ne comprenant pas ce qu'il lui prend.

— Pas dit quoi ? Je ne sais même pas de quoi tu parles ?! lui fais-je remarquer.

Celui-ci, fait les cent pas sur la terrasse, en passant furieusement sa main dans les cheveux.

— Callum, insisté-je n'aimant pas du tout ce qu'il fait.

Il ne m'a plus habitué à une telle habitude depuis un moment. Et là, je ne vois pas ce que j'aurais pu... Je déglutis d'un coup mal à l'aise, me rendant compte, *qu'il a enfin compris quel jour nous sommes...*

— Je...

— Je l'ai oublié, c'est ça ? me demande-t-il en s'arrêtant devant moi enfin.

Je peux voir dans son regard qu'il est vraiment triste. Je lui souris, et je pose mes mains sur ses joues, voyant que cela semble vraiment le faire souffrir, de ne pas avoir fait le rapprochement. Mais personne ne sait ma date de naissance, *sauf mon père et ma sœur*.

— Tu ne l'as pas oublié, je ne te l'ai jamais dit, le rassuré-je.

— Mais si, tu as dit qu'on se suivait, insiste-t-il ne me croyant pas.

— Oui d'une année, lui rappelé-je.

— Donc, c'est bien ton anniversaire, en conclut-il en grinçant des dents.

— Je suis un con. Comment est-ce possible que je ne sache pas la date de ton anniversaire ! s'énerve-t-il sur lui-même.

— Tu as eu beaucoup de travail dernièrement, avec le lycée et les shootings.

— Ce n'est pas une excuse, grogne-t-il.

— Et je ne t'ai pas donné la date, lui rappelé-je encore une fois.

— Pour moi, le plus important des anniversaires, est celui de l'homme que j'aime, fais-je tendrement en embrassant ses lèvres.

— Je ne suis pas d'accord, grogne-t-il encore.

— Callum, seul mon père et ma sœur connaissent ma date de naissance. Ah et le service des employés de l'agence, lui expliqué-je

— Et Archie, grogne-t-il plus fort.

— Archie ?! m'exclamé-je surprise en détournant mon regard vers la salle, je ne sais pas comment il le...

— Moi, je n'admets pas que tu me caches cela, me coupe Callum.

Je me mords la lèvre, comprenant qu'il est vraiment furieux. Je ne voulais juste pas qu'il me privilège, comme il l'aurait certainement fait ce soir ;

alors que c'est clair pour tout le monde, que ses parents ont choisis le jour de la naissance de leur fils pour lancer officiellement leur agence. Je pense que je pouvais le laisser profiter de ce souvenir, qui doit être le seul, où il a senti qu'il était important aux yeux de sa mère. Enfin, c'est mon point de vue, même si je ne lui en ferai pas part.

— Je te l'aurais avoué demain, tenté-je de m'excuser.

— Demain ? répète Callum dans un ricanement.

— Oui, cela ne vient pas à quelques heures, essayé-je de lui faire comprendre.

Mais Callum grince littéralement des dents, et il pose son front durement contre le mien. Ses mains attrapent fermement ma taille, pour me coincer contre lui. Je tressaille, tout en frissonnant. Le contact de son haleine d'alcool, me fait certainement trembler, mais son regard posé dans le mien est plus que doux.

— Je vais devoir me rattraper toute la nuit, pour ne pas avoir souhaité bon anniversaire à ma précieuse comme il se doit, murmure-t-il et je frissonne sachant que la colère est partie.

— Je comptais bien là-dessus, acquiescé-je alors que ses lèvres frôlent les miennes.

— Joyeux anniversaire ma précieuse.

— Joyeux anniversaire mon cœur, répondé-je avant qu'il ne conquière ma bouche.

Chapitre 18

Un nouveau round

Gaby
— Callum, arrête, dis-je.
Le feu redémarre, alors qu'il gobe littéralement mon lobe d'oreille, me déconcentrant de la route. S'il n'y avait que sa bouche qui m'ennuie, ce serait limite plus supportable, mais je dois l'empêcher de franchir la barrière de mon string en même temps. *Pas évident de serrer les cuisses comme on veut, quand on conduit une manuelle.*
— Je n'y peux rien, tu sens trop bon, me susurre-t-il à l'oreille.
Sa voix est encore plus sensuelle et provocatrice que tout à l'heure. Si ce couple n'était pas arrivé pour reprendre leur voiture, nous aurions fini plaquer contre la sienne, tout comme sur la terrasse. Heureusement, il n'a pas eu le temps d'en profiter trop longtemps, *mais il ne s'est pas calmé pour autant*. Je savais qu'il serait intenable. Mais là, il va finir pour nous faire avoir un accident, vu que sa main entre dans le décolleté, assez provoquant de ma robe, et que ses doigts titillent mon téton. Je dois mordre ma lèvre, sentant que mon corps est en ébullition.

— Callum, gémis-je presque alors que je n'arrive plus à tenir mes cuisses serrées, on est à la villa dans cinq minutes.

— Donc, tu vas devoir tenir cinq minutes, me fait-il remarquer comme si c'était moi qui attisais l'autre.

Je finis par lâcher le volant de la main gauche, et je lui tape sans délicatesse sur la tête, le faisant se redresser et certainement me regarder furieusement.

— Je t'avais prévenu, lancé en montant la dernière nationale qui donne à la villa.

— D'accord, je te fous la paix, grince-t-il dans ses dents.

Je tente un regard vers lui, pour voir qu'il croise les bras sur son torse et baisse le regard, fermant limite les yeux. Son visage est totalement fermé, et je me mords la lèvre une nouvelle fois. Mais cette fois-ci, c'est sans le plaisir qui allait avec, il y a quelques secondes. J'ai bien l'impression qu'il est fâché que je l'aie arrêté, mais il oublie que je n'ai pas le permis depuis longtemps, et que sa voiture est plus nerveuse que celle de Archie… même si ce sont les mêmes d'après ce que j'ai compris. Je rentre dans l'allée de la villa, et je gare la Dodge devant les marches de la villa, avant de couper le moteur. Callum s'étire comme s'il avait dormi, alors que cela ne fait que cinq minutes qu'il est tranquille. Sans un regard, celui-ci sort de la voiture et je soupire. *J'y suis peut-être allée fort en le tapant...*

Je sors de la Dodge, et je remarque que Callum est appuyé sur la portière de la voiture, me tournant le dos, cherchant quelque chose dans ses poches. Il va certainement fumer une cigarette pour se calmer. Je décide donc de monter les marches de la villa, et je glisse la clé dans la serrure.

— Ote-moi d'un doute. Nous sommes bien rentrés ? me demande-t-il alors que je tourne la clé.

— Oui, nous... Aaah !

Je n'ai pas le temps d'achever ma phrase, que Callum m'attrape par la taille pour me porter, tel un sac de patate dans la villa.

— La porte ! crié-je en voyant qu'il se rend vers les escaliers.

— Grrr, rage-t-il en reculant.

Il tape son pied dans la porte pour la fermer, avant de monter les escaliers, bien décidé. Je ris jusqu'à la porte de la chambre, et quand il me lance limite sur le lit en enlevant sa veste d'un geste, avant d'attaquer les boutons de sa chemise ; je me mets à rire de voir qu'il est plus que pressé. Je fais tomber mes chaussures à talon, sans lâcher son regard illuminé qui me dévore, et je me redresse pour faire glisser les bretelles de ma robe. Je me mordille la lèvre, quittant son regard pour son torse, qui m'envoie déjà tant de chaleur ainsi. Callum défait son pantalon et le fait glisser, avant de ronchonner sur ses chaussures, qu'il n'arrive pas à enlever sans se baisser, et je me dénude de ma robe sur le bord du lit.

— Bon, plus rien ne m'arrêtera maintenant, grogne-t-il en montant sur moi.

Il est tel un fauve qui va manger sa proie, et je pose mon doigt sur sa bouche, qui s'approche de la mienne. Callum relève un sourcil perplexe.

— Tu as oublié d'enlever tes chaussettes, lui fais-je remarquer.

Et alors que je m'attende à ce qu'il m'envoie à la merde avec ses chaussettes, il s'exécute en me les montrant, avant de les balancer au-dessus de ses épaules.

— Bon, encore quelque chose à dire ? me demande-t-il alors que je passe mes doigts dans ses cheveux ébouriffés.

— Oui, dis-je doucement en plongeant mon regard dans le sien.

— Quoi encore ?! rage-t-il.

— Fais-moi l'amour comme jamais, soufflé-je sur les lèvres.

Je passe mes mains le long de sa nuque pour caresser son dos, et nos bouches se rejoignent pour allumer un brasier en nous.

Callum

Une proposition bien précise venant de sa part, qui me donnerait un peu trop de feu vert, sur ce que je ne fais pas avec elle. Je scrute son regard, et elle me sourit en levant doucement sa poitrine, indiquant qu'elle n'est pas trop certaine. Mais je lui ai dit que je pouvais m'en passer. Ce genre de choses, je ne le faisais qu'avec celles qui passaient sur mon chemin, ou bien Vanessa quand nous étions défoncés. Je lui ai pourtant dit, plus d'une fois, que ce que nous vivions tous les deux me comblait, et que je ne voulais pas lui faire des choses qu'elle n'ose imaginer. Pourtant, j'avoue que cela m'a traversé l'esprit plus d'une fois, de passer à un autre niveau avec elle… *rien qu'une fois*. Maintenant, elle peut ne pas apprécier, et nous n'en parlerons plus.

Nos langues se séparent un instant, alors que nos caresses ne semblent plus nous suffire, et je longe son cou qu'elle m'offre, en cambrant son buste pour me présenter sa poitrine. Je lèche celle-ci goulument, et ses jambes se plient contre mes cuisses, me laissant un libre passage plus grand, pour que je puisse glisser mes doigts en elle. Son intimité est tellement humide, que mes trois doigts y glissent comme dans du beurre. Je relève mon regard vers elle, enfonçant plus profondément sa tête dans le coussin, tandis que j'exerce des sussions sur son téton. Sa main dans mes cheveux se crispedoucement, alors que je glisse un doigt en plus en elle, lui laissant échapper un râle de plaisir.

— Dis-moi si c'est trop ? lui demandé-je doucement.

J'évite de bouger mes doigts trop vite en elle, la laissant sentir la différence et surtout l'apprécier.

— C'est trop bon tu veux dire, répond-elle.

Sa respiration est un peu plus haletante, et je souris avant de conquérir sa bouche. J'accélère doucement le rythme de mes doigts, guettant le moindre signe de sa part de douleur... mais n'en ressentant aucun, je ramène mon pouce pour titiller son clitoris.

— Oh, s'exclame-t-elle et je fais plus doucement.

Gabriella ramène ma tête à nouveau contre ses lèvres.

— Continue, murmure-t-elle et elle m'embrasse.

Elle me laisse le plaisir, de reprendre un rythme plus soutenu en elle. Les jambes de Gabriella se contractent, tout comme elle, et je sens une chaleur couler le long de mes doigts cherchant la sortie. Je retire mes doigts de son intimité, et je frotte doucement mes doigts jusqu'à l'entrée de sa croupe, pour utiliser sa jouissance, et sentir l'ouverture qu'elle peut me permettre.

Une grimace sur les lèvres de Gabriella se forme, et j'enlève aussi vite mes deux doigts qui s'étaient glissés.

— Ne te force pas, fais-je voyant qu'elle me regarde ennuyée.

— Mais...

— Non, la coupé-je en posant mes lèvres sur les siennes.

— Je t'ai dit de ne rien forcé, insisté-je en la conquérant.

Gaby

Un peu de son sperme coule dans ma bouche, et il tire doucement sur mes cheveux pour me ramener à lui. Nos bouches s'enflamment dès qu'elles entrent en contact, et son sexe toque doucement contre ma cuisse. Callum sourit malicieusement, et il fait me coucher face au lit, passant derrière moi. Une position que j'apprécie assez depuis quelques temps, puisqu'il peut enfin se laisser aller comme il veut ; la douleur étant moins forte quand il s'enfonce totalement en moi. Callum met une tape sur ma cuisse, et je lève mon bassin pour qu'il puisse entrer en moi.

— Callum, gémis-je en prenant un plaisir incroyable quand ses doigts rejoignent mon clitoris pour le titiller, tout en accélérant ses coups de rein.

Je mords presque dans le fauteuil sous l'assaut des allers venus de Callum en moi. Il sort de mon intimité, et je sens la chaleur de son sperme qu'il pose sur mes fesses dans un grognement, qui me prouve qu'il a eu bon. Mais en sentant son pénis se frotter entre mes fesses, alors que j'halète sur le coussin... *je me rends compte qu'il n'en a pas fini.* Callum se penche sur mon dos pour l'embrasser, et il ramène sa main sur ma gorge pour me faire le regarder et il m'embrasse. Des gouttes de sueur coulent sur son front, où il a relevé ses cheveux en arrière. Mais ses yeux noisette sont tellement magnifiques, que je ne ferme pas les miens, alors que nous nous embrassons. J'aime pouvoir voir le désir et le plaisir dans ses yeux, comme il semble aimer voir dans les miens.

— Tu veux réessayer ? lui redemandé-je alors qu'il quitte ma bouche pour embrasser mon épaule.

— Je t'ai dit que je ne te forcerais pas, fait-il en ramenant son regard dans le mien.

— Tu ne me forces à rien, souris-je, si tu aimes cela, je devrais pouvoir le supporter.

Callum se redresse un peu et se met totalement à rire, en glissant la main dans ses cheveux.

— Arrête de te moquer, grommelé-je.

— Je suis désolé. Mais à t'entendre, on dirait que je vais te torturer, me fait-il remarquer en embrassant mon cou et je frissonne.

— D'accord, mais je vais prendre ce qu'il faut pour que ce ne soit pas douloureux, finit-il par dire en se penchant, pour prendre quelque chose dans la table de nuit, et je panique à l'idée qu'il pense au vibromasseur qui y traine. Mais il sort un petit pot et je ramène mon visage face à moi, en passant mes doigts dans mes cheveux. Un stress s'empare de moi, alors que je sens sa main se poser au niveau de mes reins.

— C'est peut-être un peu froid, fait-il et je me mords la lèvre.

Le stress est en train de s'emparer de moi, alors qu'il frotte ma croupe doucement, et je sens qu'il y a quelque chose sur ses doigts. Mais un frisson s'empare de moi, quand il s'immisce entre mes fesses doucement. Une sensation étrange traverse mon corps, mais surtout mes fesses. *J'ai toujours pensé que cet endroit était fait pour sortir des choses, et non y rentrer.* Je serre ma main agrippant le coussin, sentant son doigt commencer à jouer à l'intérieur de moi.

— Dis-moi ce que tu ressens, fait Callum et je me mords la lèvre.

Voilà bien une question à laquelle je n'ai pas de réponse. *Que devrais-je lui répondre ?*

— Ce n'est pas si désagréable, finis-je par dire en essayant de ne pas me contracter... *ce qui serait peut-être idiot vu où il a ses doigts.*

— Tu me dis si ça ne va pas, insiste Callum.

Je déglutis nerveusement, comprenant que le moment est venu. Mais j'étais consentante, et je me vois mal lui dire que j'ai peur maintenant. Callum écarte une nouvelle fois ma fesse, et frotte plusieurs fois son pénis entre celles-ci et je le sens commencer entrer en moi. Un cri rauque sort de ma bouche, ayant l'impression de me faire littéralement arracher le cul. *Non, sans jeu de mot...* je souffre affreusement et j'enfonce ma tête dans le coussin en le mordant.

— Ce sont les premiers mouvements qui seront les plus durs, m'explique-t-il.

Il semble ne plus exécuter le moindre mouvement, comme s'il attendait que je reprenne mon calme. Je relève donc ma bouche du coussin, et je prends une bonne respiration. Callum ramène sa main sur mon bras pour l'amener sur mes fesses, et je comprends que je dois la tenir écarter. Une chaleur gluante coule entre mes fesses, et je jurerais qu'il vient de me cracher dessus. *Non, mais il est sérieux ?!*

— Je vais y aller doucement, fait-il et je le sens bouger en moi très calmement.

— Aaah, gémis-je et il pousse sur mon bassin pour que je me cambre encore plus.

— Oh putain, grogne Callum.

— Je t'aime ma précieuse, me fait-il en accentuant les mouvements.

Mes jambes se mettent à trembler, et je sens la totalité de son sexe entrer en moi. Un cri sort à nouveau de ma bouche, alors qu'il recommence ces mouvements. Bien que mes jambes soient prêtes à céder à n'importe quel moment, je commence à respirer un peu mieux. Non, j'halète, mais de plaisir bien que cela fasse mal. Mais sentant les mains de Callum se crisper sur mes fesses, et les grognements de plaisir qui sortent de sa bouche… *ma douleur ressentie n'est rien contre son bonheur.* Je supporte donc pour la première fois de ma vie, un des plaisirs de Callum et bien que j'aie un peu mal… *je ne regrette pas de lui avoir donné ce plaisir.*

Bryan

Je retire ma veste et je sors le portable que j'ai explosé sur la table de la salle à manger. J'enlève mes lunettes, pour me diriger au bar et me servir un verre de Whisky que j'avale d'une traite. J'aimerais savoir qui est-ce qui m'envoie ce genre de photos depuis quelques semaines, et qui semble connaître la vérité au sujet de la naissance de Gaby. Mais nous avons pris la décision avec Alberto de ne rien lui dire, et si cette vérité éclatait maintenant ; *qu'en serait-il de son travail à l'agence ?* Si elle vient à quitter l'agence à cause de cela, Callum risque lui aussi de ne pas pouvoir aller au bout de son contrat.

Il y a trop de choses en jeu, et il va falloir que je trouve comment stopper cette personne. *Le plus tôt sera le mieux...*

Chapitre 19

Fin de soirée intense

Callum

— Comment te sens-tu ? Lui demandé-je en posant un baiser sur son front, alors qu'elle est allongée sur moi.

— Expérience intéressante, murmure-t-elle en jouant avec ses doigts sur mon avant-bras.

— Expérience intéressante ?! rigolé-je en lançant ma tête en arrière sur l'oreiller.

— Je ne vais pas te dire que je recommencerai demain, mais je ne suis pas non plus choquée de la chose, continue-t-elle et je passe ma main dans mes cheveux en la regardant.

Elle n'est pas choquée... Ben, on verra si le prochain round que je lui proposerai, ne la choquera pas. D'ailleurs, je ne devrais peut-être pas attendre, puisqu'elle a l'air disposée à faire un peu ce que je désire aujourd'hui. *Est-ce le cadeau qu'elle avait prévu pour la soirée ?* Après tout, je lui ai interdit de m'offrir le moindre cadeau. De plus, maintenant que je sais que c'était son anniversaire aussi, je serais vraiment furieux si elle l'avait fait.

— Au fait, tu es certaine d'avoir fermé la voiture ? lui demandé-je totalement hors sujet.

— Si tu n'avais pas confiance en moi, commence Gabriella en se levant du lit et plongeant son regard dans le mien.

— Tu aurais moins bu ce soir, me fait-elle remarquer.

Elle porte un baiser furtif sur mes lèvres et je souris narquoisement, en la regardant sortir du lit. Mon dieu, ce corps nu est encore en train de réveiller popol, rien qu'en traversant la pièce pour se rendre à la salle de bain. Ses petites fesses rebondissantes, à chaque coup de rein que je lui donnais… et que dire de la façon, dont je les prise en main pour approfondir mes vas et viens. Je passe ma langue sur ma lèvre, et je glisse ma main sur popol, histoire qu'il soit bien réveillé à son retour. Je ferme les yeux en pensant à ses goutes de transpirations qui perlaient sur son corps et le mien, faisant un bruit amusant au contact de nos peaux. *Malheureusement, une vibration au pied du lit me fait revenir à la réalité.*

— Non, mais les gens ne regardent vraiment pas l'heure ! grogné-je.

— Sur qui tu en veux encore ? me demande Gabriella.

Elle sort de la salle de bain, alors que j'ai ramassé son portable, qui est tombé de son sac quand nous sommes montés dans la chambre. Mais je ne lui réponds pas, je grince inconsciemment des dents en voyant le message s'afficher sur son écran.

— Ne m'as-tu pas dit que personne ne savait ta date de naissance ? lui demandé-je alors qu'elle revient vers le lit.

— Oui, mise à part mon père et Gloria, confirme-t-elle.

— Et Archie, grogné-je doucement.
— Et maintenant Evan ! grogné-je plus fort.

Je lui lance son portable, alors qu'elle s'apprête à remonter sur le lit.

— Callum ! s'exclame-t-elle paniquée alors que je me lève à mon tour du lit.

— Ce doit être Gloria qui lui a dit, fait-elle en portant sa main sur mon bras.

Mon premier réflexe serait de me dégager, mais je sais à l'intérieur de moi que ce n'est pas sa faute. Je suis encore juste en train de m'énerver, parce que je n'étais pas au courant et que je me trouve stupide. Je passe ma main dans mes cheveux et je l'attire doucement contre moi.

— Je ne suis pas fâché contre toi, avoué-je.
— Je suis juste, encore déçu d'avoir appris pour ton anniversaire bien trop tard, continué-je.

Je cligne des paupières, m'étonnant de ma franchise et du calme, que je peux avoir pour ne pas la froisser plus… *alors que je bouille à l'intérieur de moi.*

— Je vais aller fumer une cigarette, lui fais-je en embrassant son front.

Je me décale de Gabrielle et j'attrape un short dans le tiroir.

— Callum ?
— Ouais, lui répondé-je en l'enfilant.
— Tu as changé, me fait-elle remarquer et je me tourne vers elle en souriant.

Je passe la main dans mes cheveux et je quitte la chambre, alors qu'elle se remet dans le lit pour m'attendre.

Gaby
Je regarde mon portable, et je souris en voyant le message de Evan. Je sais que je n'aime pas qu'on me souhaite mon anniversaire depuis le collège, mais j'avoue que cela fait plaisir que ce soient des autres personnes de ma famille qui le fassent. *Même si cela vient du petit-ami de ma sœur.* De plus, il s'inquiète de savoir si Callum a aimé la chevalière en argent, que nous lui avons choisi. Je dois dire qu'heureusement qu'il était là, parce que Brooke et moi étions un peu perdue dans les gouts pour les garçons.

Je regarde les photos qui ont été prises lors du gala, qui sont déjà en ligne, et je souris en remarquant qu'il y a quand même une photo où je me trouve avec Callum. Mais celle d'en dessous interpelle mon regard. C'est le moment où Pénélope a enlacé Callum pour lui souhaiter un bon anniversaire. Un instant étrange, qui a un peu déstabilisé Callum sur le moment, même s'il n'en a pas parlé. Je lis les commentaires en dessous de la photo, et tout le monde félicite Pénélope de son geste pour les dix-huit ans de son fils. Certains y vont de la théorie médiatique, quand on voit ce qu'elle a fait aux fiançailles de son fils. J'avoue que l'attitude de Pénélope nous a tous pris par surprise, *quand on sait qu'elle lui a quand même coupé les vivres.*

Je continue ma lecture, et je souris en lisant que c'était émouvant, quand on sait que l'agence a été créé le jour de la naissance de Callum. Il me semble aussi avoir entendu dire qu'ils ont signé le contrat à l'hôpital le jour de sa naissance. Un geste plein d'amour entre ses parents, mais aussi avec son parrain qui n'est autre que Bryan. Il faut dire qu'il l'a considéré longtemps comme un étranger après la mort de son père, puisqu'il ne revenait plus en ville. *Enfin, c'est ce que j'en ai conclus.* Je m'apprête à avancer sur une autre photo, quand je reste sur le commentaire suivant.

Je fronce les sourcils, et je lis le commentaire d'anonyme qui a écrit, que l'agence n'a pas été signé il y a dix-huit ans, mais bien dix-sept ans. *Une façon de rappeler les liens de la famille.*

— Les liens de la famille ? répété-je tout haut.

— Je vois que tu as lu le même commentaire que moi, fait Callum que je n'avais pas entendu remonter.

— Tu le savais ? lui demandé-je.

Callum s'assoit sur le lit à côté de moi et il passe son bras autour de mes épaules, pour regarder mon portable avec moi. Enfin, c'est ce que je pensais, mais il me le prend des mains et tapote le nom Hanson sur internet.

— Voilà la date de la création de Tomboy X.

— Mais c'est dix-sept et non dix-huit, affirmé-je.

— Ouais, d'après ma mère, les papiers ont été signé à ma naissance. Mais l'agence a vraiment commencé un an après quand...

Callum s'arrête, et je le regarde aux aguets de la suite de ce qu'il va dire.

— Tu sais, quand Sheila a pris la place de ta mère, finit-il par dire.

Je détourne mon regard de Callum, et je reviens sur la photo, en remarquant qu'il fait défilé des photos, et que ma mère ne se trouve sur aucune d'elle. Mais c'est juste, elle avait déjà rompu son contrat avec l'agence.

— L'excuse de la famille... Ce n'est certainement pas Pénélope qui a lâché une bêtise pareille, me fait remarquer Callum.

— Le regard de mon père semble déjà vide quand il la regarde, murmure-t-il alors que je regarde la photo sur laquelle il s'est arrêté.

— Je pense que tout ceci, n'était qu'une histoire de fierté pour Pénélope en trouvant cette excuse, car ceux qui la connaissent savent qu'elle s'en fout de la famille.

Je prends le portable des mains de Callum, et je le ferme pour le poser sur la table de nuit, avant de m'assoir littéralement sur lui. Je glisse mes mains dans les cheveux défaits de celui-ci, et il ramène ses mains sur mes reins pour m'attirer contre lui. Ma poitrine entre en contact avec son torse, et je frissonne instantanément.

— Oh non ! M'exclamé-je.

Je me penche au-dessus du lit pour attraper mon sac, et Callum se redresse pour me soutenir, m'évitant de me taper la tête contre le sol.

— Tu veux bien faire attention ?! s'exclame-t-il alors que j'attrape mon sac pour prendre l'écrin de son cadeau.

— J'allais oublier ton cadeau ! m'exclamé-je en me relevant et remettant mes cheveux en place.

Mais le regard noir de Callum me fait comprendre que je viens de faire une bêtise.

— Qu'est-ce que j'avais dit ?! grince-t-il des dents alors que son regard froid est dans le mien.

— Mais tu as lu le message d'Evan, donc...

— Donc quoi ?! claque-t-il.

— Quel est le rapport avec Evan ?! s'exclame-t-il et je le regarde confuse.

— Mais il en a parlé, lui fais-je remarquer.
— Pourquoi parlerait-il de ton cadeau ?! crache littéralement Callum et je sens son corps se contracter sous moi.
— Il voulait juste s'avérer que tu avais aimé, lui expliqué-je tentant de le calmer.

Mais quand ses mains se crispent autour de ma taille... *je sais que j'ai fait l'inverse.* Je me retrouve assise sur le lit, alors qu'il se lève à nouveau, et je le regarde paniquée ne comprenant pas ce qui se passe.
— Callum, je sais que tu ne voulais pas...
— Si tu le savais, pourquoi tu l'as fait ?! me balance-t-il à la figure en pointant du doigt l'écrin dans ma main.

Je déglutis, en amenant mon regard sur l'écrin dans ma main tremblante.
— Je voulais te faire plaisir, lui expliqué-je sentant les sanglots monter dans ma gorge.
— Tu ne me fais pas plaisir Gaby ! Claque-t-il avant de sortir une nouvelle fois de la chambre et je m'effondre en larmes en serrant l'écrin dans ma main.

Le son dans sa voix, quand il m'appelle Gaby, ne présage jamais rien de bon entre nous, et cette fois-ci c'est bel et bien ma faute... *il avait été clair sur le fait qu'il ne voulait pas de cadeau...*

Gloria

— Tu es encore sur ton portable, lui fais-je remarquer en sortant de la salle de bain.
— Ouais, j'ai des amis qui sont assez loin, et j'aime prendre de leurs nouvelles sur les réseaux, m'explique-t-il et j'acquiesce en m'asseyant à côté de lui.

— Au fait, j'ai remarqué que la porte de l'autre pièce était fermée à clé, fais-je en me mordant la lèvre.

— Et ? Me demande-t-il en posant son portable face contre la table de nuit comme toujours.

— Tu caches quoi là-dedans ? lui demandé-je amusée en le regardant enlever son T-Shirt.

— Rien qui ne te concerne, répond-il simplement.

— Allez, dis-moi, insisté-je.

— Tu sais que je suis curieuse, lui rappelé-je.

Avant que je n'aie eu le temps de sourire, pour lui montrer que je le taquine, Evan m'attrape par la gorge et me plaque sur le matelas. Tout mon sang se glace, en croisant son regard bleu qui m'envoie de la rage, me faisant tressaillir.

— Je t'interdis d'aller dans cette pièce.

— D'a... D'accord, répondé-je terrifiée.

Evan esquisse à nouveau un sourire charmant, alors que je suis tétanisée par son attitude.

— Alors, j'ai coupé ta curiosité ? sourit-il en enlevant sa main de mon cou pour descendre dans le décolleté de ma robe de nuit.

J'acquiesce de la tête, totalement pétrifiée.

— Ma puce, je rigolais, fait-il en scrutant mon regard voyant que je tremble de peur.

— Je ne te ferais jamais de mal, insiste-t-il en embrassant mes lèvres.

— J'espère, arrivé-je à bredouiller.

— Sérieusement ? Tu as eu peur ? me demande-t-il en se relevant de moi pour s'assoir au pied du lit.

Je déglutis, sans bouger tout en le scrutant. Les yeux de Evan deviennent brillants, et je vois perler les larmes au bord de ceux-ci.

— Ma puce, je te jure que je rigolais, pleure-t-il maintenant tout tremblant comme moi.

Je me mords la lèvre, en m'asseyant face à lui.

— Je te jure, que jamais je ne te ferais du mal, pleure-t-il de plus belle et je me mets à pleurer aussi.

— Je sais, admets-je en lui prenant la main.

Evan me prend dans ses bras en s'excusant de la mauvaise blague qu'il vient de faire.

— Je t'aime ma puce, murmure-t-il en me serrant plus fort.

— Moi aussi je t'aime, le rassuré-je sachant qu'il ne voulait pas me faire peur.

Chapitre 20

Un cadeau empoisonné

Gaby

Cela fait un moment que Callum est descendu fumer une cigarette pour se calmer, et que je suis assise seule sur le lit, avec mon cadeau dans ma main posée sur ma cuisse. J'ai beau retourner la situation dans tous les sens, il exagère cette fois-ci plus que d'habitude. Oui, il m'a dit qu'il ne voulait pas de cadeaux, *et j'avoue qu'il a bien insisté sur le sujet*, mais je voulais vraiment lui offrir quelque chose de symbolique. Après tout, le seul cadeau que je lui ai offert, était un bête pull à noël, alors que lui m'a offert une magnifique bague hors de prix. Je referme doucement mes doigts sur l'écrin, en me demandant ce que tout ceci veut vraiment dire. J'ai bien vu Spencer et Taylor, leur donner quelque chose quand nous sommes arrivés à l'agence pour prendre nos tenues. Alors, ce n'est pas une règle pour tout le monde. *Est-ce encore le fait qu'il soit fâché pour ne pas lui avoir dit pour mon anniversaire ?*

Non, il semble être passé au-dessus de cela tout à l'heure, même si je sais qu'il soit encore déçu. Je serre mes doigts plus fort sur l'écrin, en me demandant ce que je peux faire pour qu'il arrête d'être furieux contre moi. Mais quand Callum utilise mon nom court, je sais qu'il est plus que furieux... *et je sais que je dois le laisser se calmer.*

— Se calmer ?! m'exclamé-je en bondissant du lit pour attraper le peignoir qui se trouve sur la chaise.

Pourquoi lui laisserais-je l'occasion de se calmer, alors que moi-aussi je suis furieuse à l'intérieure de moi ?! C'est toujours pareil avec lui ! Il explose au quart de tours, me laissant là à me demander ce que j'ai fait de mal, alors qu'un cadeau... *ce n'est pas un problème en soi ?* Tout le monde est heureux, même s'il n'en veut pas. *C'est le geste qui compte, non ?* Alors, même s'il m'a interdit, pour je ne sais quelle raison de lui offrir un cadeau, il pourrait quand même faire un effort. Je serre fortement le nœud de mon peignoir, comme si je partais au combat et j'attrape l'écrin sur le meuble.

— Callum Hanson, tu ne t'en sortiras pas comme ça cette fois-ci ! lâché-je comme si je me donnais du courage.

Parce qu'il va m'en falloir pour me dresser devant lui. Arrivée en bas, je remarque que la porte fenêtre est encore ouverte, et je peux distinguer sa silhouette, assise sur une chaise de la terrasse, et la fumée de cigarette qui sort de sa bouche. Etant donné qu'il est face à la porte fenêtre, il sait très bien que je suis là, même s'il fait sombre et je ne peux qu'avancer vers lui. Si je montre le moindre signe de peur, il prendra à nouveau le dessus sur moi, et je me laisserai encore aller dans mes larmes et mes doutes. Mais je veux savoir la vraie raison de sa colère, et non cogiter jusque demain, en restant seule dans notre chambre. Je passe la marche de la porte-fenêtre, et une brise froide me fait frissonner, me poussant à me mordre la lèvre, en tenant maintenant le regard noir de Callum posé sur moi. Cette conversation risque de mal finir, s'il est toujours aussi énervé depuis le temps qu'il est là. *Mais je ne peux pas me dérober.*

Je prends une bonne inspiration et je passe ma langue sur mes lèvres sèches.

— Tu peux me dire la vraie raison pour laquelle, tu refuses mon cadeau ? lui demandé-je en essayant de ne pas montrer mon malaise.

Je pose l'écrin sur la table en bois qui nous sépare, et je déglutis une nouvelle fois, attendant qu'il me réponde.

— Je t'ai dit que je ne voulais pas de cadeau, répond-il fermement sans lever la voix...

Ce qui est déjà un bon signe.

— Ce n'est pas une excuse pour me parler comme tu l'as fait, balancé-je en un souffle.

Je ne dois pas laisser mon cerveau prendre le dessus, et essayer de lui trouver des excuses. Callum fonctionne ainsi, et je vais lui montrer que je peux le faire aussi. Je dirai tout ce qui me vient à l'esprit sans aucun détour. *C'est le seul moyen pour que je tienne devant lui.* Callum tire sur sa cigarette, et je jurerais qu'il vient de grogner. Qu'il le fasse seulement... *je ne lâcherai pas l'affaire.*

— Tu ne peux pas seulement reprendre ton cadeau, et passer à autre chose, lance-t-il froidement en soufflant sa fumée dans ma direction.

Ce qui équivaut à une provocation de sa part... Et bien que la fumée me dérange, je ne bouge pas.

— Et toi, tu ne peux pas simplement le prendre, et passer à autre chose, rétorqué-je en essayant de poser le même ton que lui dans ma voix.

Je serre le poing, en le voyant se redresser et passer sa main dans ses cheveux. Callum pose ses coudes sur ses jambes, et un sourire qui n'inspire pas vraiment le réconfort, se pose sur ses lèvres.

— Tu crois que parce que tu es ma fiancée, tu peux faire ce que tu veux, n'est-ce pas ? me demande-t-il avec un air plus que mauvais sur le regard et je tressaille.

Les battements de mon cœur qui battaient déjà vite, sont en train d'accélérer plus rapidement, me forçant à entrouvrir la bouche pour puiser plus d'air.

— Qu'est-ce que je t'ai dit, quand je t'ai ramené chez moi au début ? me demande-t-il en tirant une nouvelle fois sur sa cigarette et j'écarquille les yeux.

— Mais de quoi tu parles ?! m'exclamé-je totalement perdue, cela n'a rien à voir...

— Tout à avoir ! claque-t-il en se levant d'un bond pour taper sa main à plat sur la table.

Je recule d'un pas, totalement terrifiée maintenant.

— Je t'ai dit de faire ce que je disais, non ?! balance-t-il alors que je baisse mon regard du sien.

J'ai l'impression d'être revenue dans cette chambre, que je voyais comme l'antre de l'enfer. *Non, il a changé...* Alors, pourquoi quand je le regarde, je ne vois que cet enfoiré qui m'a traité comme de la merde. *Peut-être parce que c'est ce qu'il est en train de faire ?* Oui, il a ce regard haineux et hautain, tout comme ce jour-là. *Il me regarde avec du dégout...*

Callum

Je sais que je suis en train de lui faire du mal, quand son regard me fouit, comme elle le faisait à ces moments-là... *et intérieurement j'en crève*. Je voudrais ne pas réagir ainsi, mais c'est plus fort que moi. Je suis en train de craquer, depuis qu'elle m'a montré son cadeau. *Pourquoi ne m'a-t-elle pas écoutée ?* J'ai insisté sur le fait, que je ne voulais rien de sa part, elle était censée m'écouter. Mais non, elle est têtue, et bien que j'aurais pu le prendre et l'accepter... *si seulement...*

— Nous ne sommes plus dans ta chambre, murmure Gabriella et je plisse mon regard sur le sien.

— Je n'ai plus peur de toi, et de ce que tu peux me faire, continue-t-elle alors que son regard me fend le cœur.

Je sais que je lui fais du mal... *mais je ne sais pas du tout comment me calmer*. Je suis totalement en feu à l'intérieur de moi. Je vois qu'elle souffre, tout comme moi... *mais je ne peux pas prendre son cadeau*. Il faut qu'elle le comprenne et qu'elle accepte cela. Pourtant, alors que je reste froid devant elle, j'ai l'impression que je suis en train de commettre une énorme erreur qui va me couter chère. Mais si elle pouvait laisser tomber, juste une fois et ne pas me pousser plus. Si elle pouvait comprendre d'elle-même, que je ne veux pas le prendre parce que...

— Mais je ne peux pas non plus supporter, ta façon de me traiter comme tu viens de le faire.

Je déglutis, comprenant ce qu'elle est en train de faire. Je dois me reprendre et maintenant. Mais je ne peux pas accepter son cadeau... *c'est au-dessus de mes forces*. Gabriella, il faut que tu arrêtes d'essayer de comprendre tous mes faits et gestes. Il faut que tu acceptes simplement le fait que c'est impossible pour moi de le prendre. Gabriella fait passer sa main droite, vers sa gauche, et je tape du poing sur la table comprenant ce qu'elle va faire.

— Tu vas donc laisser tomber, parce que je ne veux pas de ton cadeau, grincé-je des dents l'arrêtant dans son geste.

En tout cas, c'est ce que je pensais, mais ses doigts enlèvent entièrement la bague de son annulaire. Je serre les dents en ramenant mon regard sur le sien, et elle soupire.

— Je laisse tomber, parce que tu as le don de tout briser… sans me donner la moindre explication, fait-elle.

— Tu te fous de ma gueule là ?! m'exclamé-je.

— Tu es la première à me cacher des choses quand ça t'arrange ! claqué-je ahuri.

— Peut-être, mais je ne te traite pas comme de la merde ! me balance-t-elle et je fais craquer mes phalanges sentant que je vais perdre le contrôle.

— Ah non, et n'en faire qu'à ta tête, alors que je t'ai interdit de le faire ! Ce n'est pas me traiter comme de la merde ! Tu n'en fais toujours qu'à ta tête, non ! hurlé-je exaspéré.

— Ce n'est qu'un cadeau ! crie-t-elle à son tour.

Je passe la main dans mes cheveux, priant qu'elle arrête.

— Un putain de cadeau ! hurlé-je en faisant balancer la table qui se trouve entre nous deux.

— Un putain de cadeau comme celui de Mellysssandre ! hurlé-je hors-de-moi avant de m'écrouler sur mes genoux d'avoir perdu le contrôle.

— Un putain de cadeau... comme elle m'a offert à mon anniversaire, grogné-je alors que ma poitrine me brûle et que les larmes coulent le long de mes yeux.

Je me mets à pleurer de plus en plus, de douleur et de rage, que Gabriella m'ait poussé à de telles extrémités. Je tape mon poing durement sur ma poitrine, ayant mal comme jamais. Je ne voulais pas... Je savais que je craquerais si elle m'offrait un cadeau. *Je voulais juste éviter ce moment plus que tout...*

— Si seulement tu m'avais écouté...

Je grogne, alors que la douleur est plus qu'insoutenable. La douleur du seul cadeau qu'elle m'ait offert... *et qui a marqué la fin de sa vie...*

Gaby

J'ai reculé contre la porte-fenêtre, quand il a attrapé la table, la faisant voler avec son cadeau et ma bague sur la terrasse. Mais bien que j'aie le corps qui tremble de peur, je suis surtout en train de tressaillir, de le voir totalement anéanti maintenant au sol. *Pourquoi parle-t-il d'elle ? Quel est le rapport, entre ce cadeau et celui qu'elle lui a offert ? Pourquoi ai-je l'impression qu'elle est la raison pour laquelle, il m'a interdit de lui offrir un cadeau ?*

Mais cela n'a pas de sens, je lui ai offert un cadeau à Noël et il n'était pas du tout furieux, ou quoi que ce soit. Ma main serrée sur ma poitrine pour la calmer, alors que mon regard brouillé par les larmes, fixe Callum effondré au sol. Je devrais faire demi-tour, comme je comptais le faire, mais il murmure des choses, qui me poussent à aller vers lui. Il a bien plus mal que moi à cet instant, et je fais un pas, puis l'autre dans sa direction, m'arrêtant juste devant lui.

— Pourquoi ne m'as-tu pas écouté ? pleure-t-il et je pose ma main tremblante dans ses cheveux.

— C'est tout ce que tu ne devais pas faire. Je te l'ai dit maintes et maintes fois ces derniers jours, continue-t-il.

— Mais tu ne m'en as jamais dit la raison, fais-je en pleurs.

Et dire que nous souffrons tous les deux, pour un simple cadeau d'anniversaire, qui n'a toujours aucune logique pour moi.

— J'ai peur, pleure Callum en posant sa tête contre mes cuisses et m'attrapant les jambes.

— Mais de quoi as-tu peur ? demandé-je perdue.

— Ce n'est qu'un cadeau pour fêter ta naissance, lui fais-je remarquer.

— Non... cela me rappelle que la seule personne à m'a offert un cadeau avec son cœur... Commence Callum.

Il serre mes jambes de plus en plus forts, me faisant presque tomber.

— Est morte quelques jours plus tard...

Chapitre 21

Une peur intense dans notre regard

Callum
Je reste dans les bras de Gabriella, pleurant tel un enfant que je n'ai jamais vraiment été. Un enfant qui a peur, que tout son monde s'effondre une nouvelle fois autour de lui. Je n'ai jamais vraiment rien eu dans ma vie, et les deux seules personnes qui m'ont offert quelque chose, ont disparues l'une après l'autre. Un cadeau d'anniversaire qui m'est totalement interdit depuis ce jour fatidique, où elle m'a offert son amour. Un cadeau qui symbolisait l'amour qu'on se portait tous les deux. Ce foutu bracelet en cuir, que je ne quitte plus depuis ce jour, et qui symbolise que tout ce que je peux avoir autour de moi, *peut m'être enlevé un jour ou l'autre sans crier gare*. Une sensation horrible, qui m'interdit d'être totalement moi-même, chaque fois que je le passe à mon poignet. Un cadeau de Mellyssandre, qui me rappelle qu'une fois que je l'ai perdue, j'ai sombré dans les abysses

les plus profondes qui existent. Un rappel à l'horreur qu'elle a vécu, en voulant m'offrir son amour, et une chance de sortir de la merde dans laquelle je vivais.

— Je suis désolée, pleure Gabriella en me serrant fort contre sa poitrine.

Son cœur bat tellement vite, que cela me fait mal à la poitrine, de la faire souffrir aussi. Mais j'ai tellement peur, que tout ce que j'ai vécu se reproduise à nouveau, que je ne peux que réagir ainsi. Je souffre tellement, que je ne peux que paniquer à l'idée de ce qui va lui arriver à elle. *Je porte malheur, et mon anniversaire en était la source de son malheur à elle.* Tout s'est tellement vite enchaîné après mon anniversaire, que je vivais avec la peur au ventre qu'elle m'offre un cadeau.

— Pourquoi ne me l'as-tu pas simplement dit ? me demande Gabriella.

— Je ne pouvais pas, avoué-je en la serrant encore plus fort.

— Le fait de le dire, animerait encore plus ma folie à cette idée, de te perdre toi aussi, continué-je la poitrine sur le point d'exploser.

— Mais il ne m'arrivera rien, dit-elle et je me mords la lèvre.

— Elle aussi...

— Elle aussi, m'avait promis de ne jamais me quitter comme mon père, pleuré-je encore plus fort et je sens le corps de Gabriella tressaillir contre moi.

Ses mains me caressent le dos et la tête plus fort, alors que la douleur de tout ce que je ressens à l'intérieur de moi depuis deux ans, me saute à la figure.

— Ils m'ont promis tous les deux de ne jamais me quitter, répété-je.

— Et pourtant, ils ne sont plus là ! crié-je caché dans la poitrine de Gabriella que je ne veux pas quitter.

Je sais qu'elle souffre de me voir ainsi, mais rien qu'une fois, *je veux être celui qui a besoin qu'on console.* Et je sais que seule elle, peut me consoler... *ou du moins, faire que j'ai moins mal.* Je le sais depuis le jour où elle est venue me retrouver au bord de la piscine sous la pluie. Je sais depuis ce jour, que j'ai besoin d'elle pour avancer, et pour me sortir de ma torpeur. Ma peur de me retrouver à nouveau seul m'est insupportable. Elle est plus que palpable, au point que je ne dors presque plus depuis quelques jours. La crainte qu'elle m'offre un cadeau, et que toute cette horreur recommence, m'empêchait de dormir. Je passais la nuit à ses côtés, à la contempler, espérant qu'elle m'écoute. J'avais tellement peur... *Et maintenant...*

— Callum, je te promets de ne pas partir. Mellyssandre a pris cette décision, mais je tiens toujours les promesses que je t'ai faite, non ? me fait remarquer Gabriella comme si cela changeait ma peur.

— Tu en as brisé une...

— Je ne t'ai pas promis de ne pas t'acheter un cadeau, me coupe-t-elle sachant où je veux en venir.

Je relâche la prise de mes bras sur elle, sentant qu'elle fait pareil. Je ne relève pas mon regard... *je ne peux pas la regarder, après l'état dans lequel je viens de me mettre.*

— Callum, regarde-moi, me dit-elle doucement en prenant mon visage dans ses mains froides. Je tressaille, mais je me laisse ramener mon regard dans le sien. Je peux y lire la tristesse et la souffrance qu'elle voit dans le mien, et je déglutis, essayant de fuir son regard.

Je suis en train de nous faire souffrir, alors que tout ce que je veux… *c'est qu'elle soit heureuse.* Tout ce que je voulais, c'est que son sourire illumine le reste de notre nuit, mais j'ai encore tout gâché à nouveau.

— Callum, je vais reprendre mon cadeau et je te l'offrirai un autre jour, dit-elle en posant un tendre baiser sur mes lèvres.

— Tu n'as pas à faire ça, lui fais-je remarquer en évitant toujours de la regarder franchement.

— Tu ne me forces à rien. Je comprends que cela soit dur pour toi, murmure-t-elle en embrassant une nouvelle fois mes lèvres.

Gabriella reste contre moi, attendant que je la regarde. Mais je ne peux pas… *je suis ignoble avec elle.* Et une fois de plus, elle est en train de céder devant moi et mon caractère de merde. Elle cède une nouvelle fois… *parce que ma souffrance nous fait du mal.*

— Je ne te mérite pas, finis-je par dire en relevant mon regard dans le sien et je vois de la peur.

Ses lèvres contre les miennes, se mettent à trembler et ma poitrine se serre, sachant très bien ce qu'elle a compris. Mon regard parle pour mon cœur et la douleur, que je ressens de la perdre comme elle. Je n'arrive pas vraiment à faire la part des choses à cet instant, et j'ai l'impression qu'elle semble le comprendre quand elle se lève et me tend la main.

— Il se fait tard, nous en parlerons demain, fait-elle simplement.

Je scrute son regard, et tout ce que je vois, c'est de l'amour. *A-t-elle vraiment compris ce que je viens de dire ?*

Gaby

Une fois allongés dans le lit, je me glisse entre ses bras, cachant ma tête sur sa poitrine. Je ne veux pas lui montrer, que j'ai compris ce qu'il a dit, parce que je sais que ce soit lui, ou moi, on ne peut pas se passer de l'autre. Je sais que nous surmonterons sa peur, comme nous surmonterons tout le reste. Il lui faut juste du temps, et à moi aussi pour accuser tout ce qu'il m'a avoué tout à l'heure.

Je sens le corps de Callum tressaillir doucement sous moi, et je ramène mon visage vers le sien. Celui-ci a les yeux ouverts, me regardant intensément, alors qu'il pleure encore. La souffrance que je vois dans son regard noisette, me fend le cœur à un point inimaginable.

— Tu devrais te reposer, lui dis-je alors que les larmes commencent à couler de mon regard maintenant.

— Je ne pensais pas ce que j'ai dit tout à l'heure, dit-il ses lèvres tremblantes avant de me serrer plus fort contre lui.

— C'est juste que la peur de te perdre...

— Tu ne peux pas me perdre, l'arrêté-je.

— Tu ne sais pas ce que l'avenir nous réserve, me fait-il remarquer.

— Non, mais si cela devait arriver, je ne te quitterai pas comme ton père et Mellyssandre, insisté-je, tu l'as dit toi-même que j'étais forte pour...

— Mais...

Je me redresse et je pose un doigt sur la bouche de Callum en le toisant.

— Si tu continues à dire des bêtises, je vais aller dormir dans le salon, fais-je sérieusement.

— Même pas en rêve, me lance-t-il enfin avec un sourire sur les lèvres.

Ce n'est pas un vrai sourire, mais nous savons tous les deux que cette conversation doit cesser. Nous sommes tous les deux à fleur de peau, et nous avons le cerveau embrumé pas la douleur que nous ressentons. Nous avons besoin de nous vider la tête, pour pouvoir avancer demain et chaque jour qui se dresse devant nous. Nous avons promis d'avancer ensemble, et ce n'est pas l'ombre de Mellyssandre qui va venir se mettre entre nous. Callum mérite d'être heureux, et si je dois lui montrer tous les jours que je serai toujours là le lendemain… *je vais devoir changer un détail dans notre couple.*

Je ne sais pas quand je me suis endormie, mais à mon réveil, Callum n'est plus là et je porte ma main à ma poitrine, en me redressant dans le lit. Le regard de celui-ci quand il m'a dit qu'il ne me méritait pas, me revient en pleine figure. Je sors du lit, le cœur battant la chamade, et je file dans le couloir, sans prendre la peine de mettre mes pantoufles. Le sol froid du couloir me réveille pour du bon, et une odeur d'œufs brouillés vient toucher mes narines. Mon cœur se calme instantanément, comprenant qu'il est en train de faire le déjeuner.

— Salut ! me lance-t-il alors que j'arrive timidement à l'entrée de la cuisine.

Je prends la température de son visage, histoire de ne pas être prise au dépourvu, s'il est encore sur la défensive de notre relation. Callum dépose deux assiettes remplies de toast et d'œufs brouillés sur l'ilot, avant de me rejoindre, et il m'attrape par la taille pour me serrer contre lui et m'embrasser tendrement. Je reste réticente au contact de ses lèvres, mais quand nos langues se touchent, avant de commencer à danser l'une avec l'autre, je sais que la discussion d'hier est derrière nous.

— On ferait mieux de manger, on a rendez-vous avec Brooke et Spencer pour aller faire un bowling, me rappelle-t-il en me poussant vers mon tabouret.

Je le regarde du coin de l'œil en m'asseyant, et je cherche ce qui a changé entre hier et aujourd'hui. Quand nous nous sommes couchés, il était toujours sur la défensive, et là, il...

— Aie ! m'écrié-je en mordant dans quelque chose de dur.

— Tu ne regardes même pas ce que tu manges, me fait remarquer Callum alors que j'enlève *"ma bague"* de ma bouche.

— Sérieux, je l'avais mis au-dessus du toast, sourit-il en me la prenant des doigts pour la rincer sous le robinet.

Je le regarde confuse. Il ne faut pas être devin, pour savoir qu'il sait très bien que je le regarderais non ? Callum passe sa main dans ses cheveux, tout en revenant s'assoir à côté de moi et il me prend ma main gauche.

— Si tu l'enlèves encore, je te jure, que je te la colle avec de la glue à ton doigt ! me fait-il en faisant glisser ma bague à mon annulaire.

— Je n'aurai qu'à la couper, tenté-je de rire.

Mais je ravale mon sourire, en voyant le regard de Callum devenir noir.

— Je ne l'enlèverai plus, si tu me promets quelque chose, fais-je en récupérant ma main et après avoir vérifié qu'elle n'a pas été malmenée quand il a projeté la table de la terrasse.

— Et que puis-je te promettre ? me demande Callum en reprenant ma main et la porter à sa bouche pour l'embrasser.

Oh mon dieu, trop mignon ce geste. Je me mords la lèvre, alors que je suis totalement sous le charme de ce simple geste. Mais bon, après la fin de nuit qu'on a eue, je pense que je surréagis là non ?

— Gabriella ? m'interpelle Callum en me faisant signe de sa main de libre.

— Ah oui ! m'exclamé-je gênée.

— Tu dois me promettre de ne plus me cacher tes peurs. Ce n'est ni bon pour toi, et encore moins pour moi, lui fais-je remarquer en regardant nos mains entrelacées.

— C'est valable pour toi aussi, alors, fait-il.

— Bien sûr, affirmé-je en revenant à son regard.

— Alors, je le promets, acquiesce Callum le regard plus que charmant et je frissonne quand il porte à nouveau ma main à sa bouche.

Oh mon dieu, arrête de faire ça... Je suis littéralement en train de brûler intérieurement de plaisir. À croire qu'il se délecte de ce qu'il voit dans mon regard quand il fait ça, parce qu'il commence à sucer littéralement un de mes doigts. Je frissonne totalement, en me mordant la lèvre, et je sens tout mon corps s'enflammer suivant la forme de ses lèvres sur mon...

— Ta main ! m'écrié-je.

— Et bien, j'ai cru que j'allais devoir aussi sucer mon doigt, se met-il à rire alors que je porte ma main libre sur son annulaire où se trouve la chevalière que je lui ai offerte.

— Mais tu as dit...

— Et il est temps que j'arrête de dire des conneries, me coupe-t-il en m'attirant à sa bouche.

— Merci ma précieuse de me faire avancer chaque jour, souffle Callum.

— Je t'aime mon cœur, répondé-je.

Je passe mes bras autour de ses épaules pour échanger un langoureux baiser, qui nous enflamme tous les deux, vu comment il m'attire contre lui. Mais son portable sur la table lui fait pousser un grognement.

— Je t'interdis de refroidir, lance-t-il en me gardant contre lui pour répondre.

— Ouais Spencer.

Posée contre sa poitrine, j'écoute les battements sereins de Callum, qui confirment que nous avons encore passé un cap dans notre couple. Un jour, il n'y aura plus jamais de peur non-dévoilées entre nous... *et nous pourrons enfin profiter tous les jours de notre amour.*

Chapitre 22

Un nouveau niveau

Callum

Je suis content de retrouver tout le monde cet après-midi, même si j'aurais préféré que Brooke n'invite pas la mini diva et son jules. Mais étant donné que c'était l'anniversaire de Gabriella hier, je ne peux pas faire d'objection. *Oui, je l'avoue...* Je m'écrase de toute façon, quand il s'agit de sa sœur. Depuis le coup qu'elle m'a fait dans le jacuzzi, en y allant en sous-vêtements avec des inconnus, je préfère rester cool. *Mais tout en gardant un œil sur elles...*

Quoi que je trouve qu'aujourd'hui, c'est bien des deux blondes auxquelles je dois me méfier ; elles ont l'air débordante d'enthousiasme, qui rend ma précieuse bien trop jolie. Ces mecs de la partie d'à côté, n'arrivent même plus à lancer leurs boules convenablement, puisque leurs queues ont l'air d'agir à la place de leur bras... *pour ne pas parler de leur cerveau qui doit être minuscule.*

— Un souci ? me demande Spencer alors que je viens de lancer mes boules et que je remets ma chevalière en place.

— Un souci technique, lui expliqué-je.

Je ne suis pas vraiment habitué à ce genre de truc aux doigts, et j'avoue que malgré qu'elle soit assez large ; *j'ai l'impression d'être un chien avec une laisse.* Une réflexion que je ne dirai jamais à haute voix devant ma précieuse... *elle ferait une grève à Popol la connaissant.*

Je passe la main dans mes cheveux, tout en regardant Gabriella qui lance, et surtout jetant un regard noir au gars à côté, qui a ses yeux plongés sur sa poitrine. J'aurais peut-être dû lui faire mettre un T-Shirt. Je regarde Spencer qui a un pull sur lui, et je souris machiavéliquement. Gabriella revient en tapant dans les mains de Brooke pour avoir réussi un strike et elle prend son verre, avant de me rejoindre.

— Callum ! S'exclame-t-elle.

Je viens bêtement de la bousculer, reversant sa limonade sur sa blouse en soie.

— Oh, pardon, lui fais-je.

Je dépose ma bière, et je l'aide à essuyer le plus gros avec les serviettes sur la table.

— Depuis quand tu es aussi maladroit ? me demande-t-elle alors que j'étale encore plus la tâche.

— Ça n'ira pas. Lui fais-je remarquer ennuyé.

— Spencer, je peux avoir ton pull, demandé-je à celui-ci et il me le lance sous le regard médusé de Gabriella.

— Viens, lui fais-je en lui prenant la main pour aller jusqu'aux toilettes.

Exceptionnellement, il n'y a personne dans celles-ci et j'y rentre avec elle.

— C'est malin, ça colle, fait-elle.

Gabriella enlève sa blouse et elle fait couler l'eau dans l'évier, avant de prendre du papier et de le mouiller, pour enlever ce qu'elle a sur la peau. Ayant déjà enlevé mon T-Shirt et mis le pull de Spencer ; je lui prends les papiers des mains et je commence à laver doucement le haut de sa poitrine.

— Ne l'aurais-tu pas fait exprès ? me demande-t-elle alors que je m'applique sérieusement pour la laver.

— Gabriella Gomez, si je voulais voir ta poitrine, je n'ai qu'à patienter quelques heures, tenté-je de lui faire remarquer en prenant un autre papier et je passe ma langue entre mes lèvres.

— Voyons où il y en a encore, dis-je en posant ma langue sur sa peau et Gabriella frémit instinctivement à mon contact.

— Mon cœur, ce n'est pas vraiment l'endroit, murmure-t-elle.

Mais d'un doigt, je baisse le bonnet de son soutien-gorge pour le lécher doucement, l'attirant contre moi.

— Mon cœur, insiste-t-elle en posant ses mains pour me repousser sans grande conviction.

— C'est juste un avant-gout de ce que je te ferai ce soir, lui fais-je en plongeant mon regard dans le sien.

Je remets son bonnet en place, et j'embrasse doucement ses lèvres. Si jamais, elle entrouvre les lèvres, je ne réponds plus de Popol. Mais Gabriella me connait trop bien maintenant, et elle ne me laisse pas la conquérir.

— Oh les amoureux, c'est à Callum de jouer ! nous crie Taylor derrière la porte.

— On arrive ! lui répond Gabriella alors que je lui enfile mon T-Shirt.

— Tu es un grand jaloux, lance-t-elle amusée en embrassement furtivement mes lèvres, avant de sortir de la toilette.

Je la regarde hébété ; *elle a compris.*

Bryan

— Oui, j'ai bien vu ses photos au lycée aussi. Mais je ne vois pas, qui pourrait s'amuser à te les envoyer, me fait remarquer Alberto alors que je récupère mon portable.

— Ces photos ne veulent rien dire, me fait-il remarquer.

— Tout le monde sait, que vous étiez très proche tous les quatre, dit-il en prenant sa tasse de café en main.

— Même Gaby a vu ses photos, et elle n'a pas posé de questions, m'informe-t-il.

Je tire mes lunettes et je me pince l'arête du nez. *Est-ce moi qui devient trop parano ? Il n'y aurait vraiment aucune logique à ce que je reçoive ses photos ?*

— Il y a le message anonyme sous la photo d'anniversaire de l'agence, ajouté-je pensant que cela aussi a de l'importance.

— Pourquoi ? Parce que c'est la date d'anniversaire de Gaby ? me demande-t-il pas du tout décontenancé.

— Oui, mais ce n'est pas tout. Pénélope a voulu marquer le coup, en mettant cette date sur les documents. Nous avions signé les papiers l'année d'avant, à la naissance de Callum.

— Et ? me demande-t-il perplexe.

— Bryan, je pense plutôt que ce mensonge sur la paternité de Gaby te ronge, non ? me demande-t-il en posant sa tasse et je me crispe.

— Il n'a jamais été question de dire la vérité à Gaby, lui rappelé-je.

— C'est un fait que nous devrions revoir, non ? me demande-t-il.

— Non, insisté-je.

— Gaby ne doit jamais savoir que je suis son père, et les circonstances qui ont fait que je n'ai pas pu rester avec...

Je m'arrête, et j'écarquille les yeux, estomaqué, me rendant compte de ce que j'allais dire. Mais cela n'a jamais été une surprise pour lui, de savoir que ma séparation avec Géléna, était professionnelle. C'est juste que ce soit elle, ou moi, nous avions des projets différents, et que l'attitude de Pénélope m'a juste aidé à mettre un terme à notre couple. Nous avons simplement pris des chemins différents quand elle a quitté l'agence, enceinte de notre fille. J'ai donné mon accord à Alberto ce jour-là, pour que jamais elle ne soit au courant du fait que je suis son père.

— J'ai compris ce que tu voulais dire, me fait calmement Alberto.

— Mais je pense qu'il est temps que tu aies une conversation avec Pénélope.

— Tu penses que c'est elle qui fait ça ? lui demandé-je.
— Qui d'autre est au courant que Gaby est ta fille ? me fait-il remarquer.

Je déglutis pour confirmer ce que je craignais moi-aussi. *Mais pourquoi s'amuserait-elle à ce jeu avec moi ?* Elle n'a rien à gagner en me les envoyant, et cela ne serait pas bon pour l'agence une publicité pareille, si cela venait à se savoir. *Il doit y avoir autre chose qui nous échappe...*

Gaby

Quand nous rentrons à l'appartement, papa n'est pas encore là, ce qui m'étonne un peu puisqu'il était en congé aujourd'hui. Je regarde ce qui se trouve dans le frigo pour faire à souper à tout ce petit monde, quand Callum me rejoint, posant sa main sur ma taille doucement.

— Tu veux qu'on commande ?
— Je pense que je saurai gérer pour un souper, lui fais-je remarquer en voyant qu'il y a des œufs.
— J'ai envie d'offrir un repas à ton père, fait-il en posant un baiser sur ma joue.
— Tu crois que c'est le moment de faire ça ? Lui demandé-je.

Après tout, sa mère a gelé ses comptes et il n'a pas encore eu sa paie. Sans compter qu'il a payé Rita récemment.

— J'ai eu la prime pour les photos du dernier magazine, m'informe-t-il en s'appuyant sur la table.

J'acquiesce de la tête, il avait déjà bien décidé de commander avant de venir ici. Je n'ai donc pas d'objections à faire. La porte s'ouvre sur Gloria et Evan, et je recule de Callum pour retourner dans le frigo. Etant donné qu'ils sont là, je vais pouvoir faire à souper tout compte fait.

— Vous voulez manger quoi ? leur demande Callum en sortant les dépliants des restaurants à emporter qui sont dans le tiroir en dessous du micro-onde.

— Callum, l'arrêté-je en fermant le frigo.

— Arrête, j'avais compté avec eux, me fait-il remarquer et je me mords la lèvre.

Il exagère. Gloria, bien entendu, ne se pose pas de question et je glisse mes doigts dans mes cheveux, prévoyant d'aller avec lui et de payer la note. *Pas question qu'il paye pour tout le monde.*

— Je vais aller avec toi, fait Evan.

— Pas besoin, répond Callum en prenant leur commande.

— Je vais payer la moitié, insiste Evan.

Callum contre toute attente, accepte. Un bon choix à faire. Je pose ma main dans son dos, alors qu'il écrit ce que mon père aime sur la feuille.

— Waouh, elle est trop cool ta chevalière ! s'exclame Gloria.

— J'avoue, répond simplement Callum.

Je le vois glisser son pouce dessus, comme si elle était trop juste.

— Oh merde, tu as les doigts plus gros que moi en fait, fait Evan.

Je me décompose littéralement, en entendant la mâchoire de Callum craquer sur le coup. J'enlève ma main du dos de Callum qui se redresse, et je sais que là, je vais avoir droit à un regard plus que noir de sa part. Si jamais, il s'emballe pensant que je suis allée seule avec Evan chercher son cadeau… *je pense que personne ne va manger.*

— Non, elle est parfaite, répond simplement Callum.

Je cligne des paupières sous la surprise. *Il… Euh… C'est quoi ça ?!* Callum aurait dû s'énerver, ou au moins me regarder de travers, pour me faire comprendre qu'il n'est pas d'accord. Mais non, il plie calmement son papier pour le mettre dans la poche arrière de son jeans.

— Bon, on y va, lance-t-il calmement à Evan.

Je reste là, bouche bée, ne comprenant pas son calme.

— Callum, papa n'est pas encore là, lui fais-je remarquer.

Mais je veux surtout voir son visage, qui ne s'est pas tourné vers moi, depuis que Evan a parlé de la chevalière. Celui-ci se retourne enfin sur moi, simplement en souriant.

— Je vais l'appeler en route, fait-il en me faisant un baiser furtif.

J'ai du mal à croire, que c'est le même Callum, qui aurait défoncé tout sur son passage, en apprenant que j'aurais pu être seule avec Evan. Car, il a été clair sur le fait, que je ne devais jamais me trouver seule avec lui. Je ne sais pas pourquoi il est toujours aussi soupçonneux sur Evan, mais je ne pose plus de questions.

Callum

Nous sortons tous les deux du couloir, et je grince une nouvelle fois discrètement des dents. Je me féliciterais de m'être tenu aussi bien dans l'appartement, mais c'est maintenant que je vais devoir y aller encore plus calmement. Il n'est pas question de montrer à cet enfoiré qu'il m'atteint. Un détail m'a travaillé ce matin, en voyant la chevalière, et je me doutais qu'il était dans le coup… *j'attendais juste le moment où il se vendrait.* Nous montons dans ma Dodge, et je démarre en m'allumant une cigarette. Je tapote ma chevalière contre le volant, attirant exprès son regard sur mon doigt, et une fois que j'ai capté son attention… je me retourne vers lui avec un large sourire sur les lèvres.

— Un lys, fais-je en passant mon pouce sur le dessin de la chevalière.

— Euh ouais, confirme-t-il en regardant à nouveau devant lui et mon sourire devient plus sombre.

— Elle la trouvait jolie, continue-t-il.

— Il faut dire, que c'étaient les fleurs préférées de Mellyssandre, acquiescé-je serrant fermement le volant dans mes mains tout en le dévisageant.

— Attention ! crie-t-il et je freine au dernier moment au feu rouge.

— Tu sais gamin, il va falloir que tu sois beaucoup plus vicieux si tu veux vraiment m'énerver, lancé-je en lui tapant la cuisse.

Je m'attends à ce qu'il montre un signe de panique, mais au lieu de ça, il me regarde franchement et il affiche un sourire aussi sournois que moi.

J'ai l'impression qu'il va élever le level. *Très bien, je t'attends Evan…*

Chapitre 23

Encore des surprises

Gaby

La journée se passe plutôt bien, comme toutes celles depuis plus d'un mois ; mais les devoirs et les leçons s'amoncèlent sur mon bureau de plus en plus. Entre les essayages pour les shootings du week-end, les soirées où je dors chez Callum et où le mot *"travailler"* a une autre signification... *je ne suis plus du tout en cours.* Donc, aujourd'hui je vais profiter qu'il ait une réunion avec Bryanet Sheila, pour que je puisse revoir tous ces cours qui m'ont paru chinois.

J'installe ceux-ci sur la petite table du salon, et je prends un bol dans l'armoire, où je mets quelques corn flakes nature, que Callum me défend de manger en sa présence. D'après lui, les trois kilos que j'ai perdus, seraient la faute de ces pauvres céréales. J'ai beau lui expliquer que je mange ça depuis que je suis au collège, il n'en démord pas. Il a même failli me dire que ma poitrine devenait molle à cause de cela. Il s'est étranglé au dernier moment, quand je lui ai fait remarquer que j'avais Popol entre mes doigts.

Il y a des jours, je me demande s'il se rend compte de la conversation qu'il a, alors que ce sont censés être des moments romantiques entre nous… ou des moments où on devrait étudier. Cela m'éviterait de regarder mes feuilles devant moi, comme si c'était du chinois. J'engloutis une poignée de mes corn flakes pour me motiver, quand la porte de l'appartement s'ouvre sur Gloria et Evan.

— Je ne savais pas que tu serais à la maison, me fait remarquer Gloria.

Je comprends qu'elle avait prévu autre chose, de plus intéressant à faire, que de bosser sur ses études aussi.

— Je te rappelle que je suis domiciliée ici, dis-je voyant qu'elle me fait limite les gros yeux.

Je lui dirais bien que Callum, ne se gêne pas pour profiter de moi, quand nous sommes ici. Mais l'idée de savoir qu'ils s'envoient en l'air dans l'autre pièce, me rend un peu gênée.

— C'est bien, on va pouvoir étudier ensemble, lui fait Evan.

Il s'assoit sur le tapis en face de moi, en regardant mon cahier d'histoire.

— Mais moi, je ne veux pas étudier ! nous lance-t-elle.

Gloria se dirige dans la cuisine pour prendre la bouteille de lait, et y boire directement au goulot. Je la toiserais bien de faire cela, mais je ne bois pas de lait et j'aimerais étudier en paix. Si je la titille maintenant, je devrai attendre papa pour prendre sa voiture, et remonter à la villa pour pouvoir travailler.

— Oh, c'est le devoir pour monsieur Sanchez, fait Evan en tirant une feuille de mon tas.

— Ouais, je pensais le faire bien plus tôt, dis-je déprimée en posant mon bras sur la table pour appuyer ma tête.

— Mais le boulot m'a pris plus de temps que prévu, lui expliqué-je.

— Ou Callum, rigole Gloria en me donnant un coup de genoux peu subtil dans le dos.

— Très drôle ! m'exclamé-je pas très convaincante ce qui fait rire Evan.

Je le toise, avant que ma sœur ne s'assoie entre ses jambes, avant de revenir sur mes feuilles. J'ai comme l'impression que je ne vais pas encore étudier des masses. En tout cas, c'est ce que je pensais, alors que Gloria n'arrête pas de parler et que son portable sonne. Mais ce n'est que la boulangerie, qui lui demande de venir remplacer sa collègue qui est malade. Bien qu'elle soit ennuyée de partir, moi cela m'arrange, je vais enfin pouvoir étudier. Et bien que Callum m'ait déconseillé, depuis le début, de rester seule avec Evan, j'accepte qu'il attende son retour. Après tout, cela fait un moment qu'il sort avec Gloria, et ni Callum, ni Spencer n'ont des griefs à lui faire.

Callum

Je m'allume une énième cigarette, alors que j'ai l'impression que ces réunions sont toujours les mêmes, et qu'elles me semblent autant interminables. Je soupire, je joue avec les lanières de mon bracelet, je vais même jusqu'à enlever ma chevalière pour jouer avec sur la table.

— Tu n'as pas d'idée ? me demande Bryanpour la quatrième fois.

— J'ai l'esprit épuisé, fais-je en m'affalant dans le fauteuil pour poser mes bottines sur le bureau.

— Toi, Callum, tu es épuisé ?! lance Sheila amusée, mais c'est vrai que Gaby aussi, a l'air épuisée récemment.

Je relève un œil interrogateur dans sa direction.

— Qu'est-ce que tu veux dire par là ? lui demandé-je n'ayant pas vraiment vu de différence chez Gabriella.

Sauf peut-être, le fait qu'elle ait perdu quelques kilos. Mais comme si elle était rassasiée avec ces céréales secs dégueulasses. Une torture cette bouffe. J'ai même l'impression qu'elle perd de la fermeté dans sa poitrine. *Il ne manquerait plus qu'elle perde ses bonnes petites joues...* Je passe ma langue sur mes lèvres, ayant déjà oublié la question que j'ai posé à Sheila.

— Je ne sais pas. Elle a l'air d'avoir du mal à gérer le boulot et les études, en ce moment, me fait-elle remarquer et je grimace pour acquiescer.

Je ne suis donc pas le seul à avoir remarqué. Elle enchaine les essayages en ce moment, et sans parler que nos nuits ne sont pas reposantes. Je passe la main dans mes cheveux, réalisant que le fait qu'elle dorme encore chez elle, de temps en temps pendant la semaine, n'est pas une mauvaise idée. J'ai du mal à me tenir tranquille, quand elle est dans ce petit peignoir. Je devrais peut-être lui acheter un pyjama. Je secoue la tête... *même ainsi elle est trop désirable.*

— C'est aussi la fin de l'année, fait remarquer Bryan, vous avez plus de contrôle que d'habitude.

— Ouais, j'avoue que ça lui ferait peut-être du bien de freiner un peu pour le dernier mois, fais-je en remettant ma chevalière à mon annulaire.

— On peut faire ça, non ? Demande Sheila à Bryan.

— Oui, mais il faudra marquer un grand coup avant, alors, nous fait remarquer Bryan.

— C'est le magazine pour l'été, qui doit sortir avant la fin de votre année scolaire. Et on ne peut pas se contenter d'un bled, nous explique-t-il.

— Tu penses à aller à l'étranger, fait Sheila et je regarde Bryan perplexe.

Pénélope n'a-t-elle pas réduit le budget pour qu'ils puissent me payer ? Un voyage couterait une blinde, et je ne parle même pas des dépenses pour le logement.

— Je pense que nous allons devoir tout miser sur ce numéro, insiste Bryan.

— Ah vous êtes là ! s'exclame la voix stridente de Pénélope qui me fait grimacer en faisant tourner ma chaise à l'opposé d'elle.

Je sors une cigarette que j'allume, priant qu'elle disparaisse vite. L'heure avance, et j'ai autre chose à faire. Ah ben voilà, je pense déjà à la déranger pendant qu'elle étudie, alors qu'on achève de dire qu'elle rame en ce moment. Je soupire profondément, en me demandant comment je pourrais faire pour qu'on étudie, sans passer directement aux câlins.

— T'es malade ?! s'écrie Bryan.

Je me retourne pour le voir enlever ses lunettes, et d'un air plutôt excédé.

— Je débloquerai les fonds, fait Pénélope souriante.

— Attendez, je n'ai pas suivi, les arrêté-je en me levant à mon tour pour m'appuyer sur la table.

— Ta chère mère, nous propose d'aller dans la maison de Alexander à Bali pour le shooting, m'explique Bryanet je grince des dents.

— Tu te fous de notre gueule ? demandé-je à Pénélope.

Sérieusement, qu'est-ce qu'elle prépare…

— Je sais que votre budget est serré, et c'est un logement tout bénéfique pour tout le monde, nous fait-elle ahurie de notre réaction.

— Et bien sûr, tu seras là avec Alexander pour nous chaperonner ? lui demandé-je sur un air narquois.

— Non, nous ne viendrons pas avec vous, répond-elle.

Je plonge un regard perplexe dans son regard. *À quoi elle joue encore ?*

— Je n'ai pas de raison de nuire. N'oubliez pas que je gagne des millions grâce à vous ! nous lance-t-elle en quittant le bureau.

— Même pas en rêve, grincé-je des dents en tirant sur ma cigarette.

— On ne pensait pas accepter, me confirme Bryan.

— Mais...

Bryan et moi regardons Sheila totalement ahuri.
Elle ne pense quand même pas à accepter ?!

Gaby

J'ai une sensation bizarre, alors que je frissonne. J'entrouvre les yeux, et je me rends compte que je me suis endormie sur la table du salon. Mais il y a autre chose qui m'interpelle *; c'est cette main qui glisse doucement dans mes cheveux.* Je sais par ce toucher, que ce n'est pas la main de Callum, la sienne est plus ferme, bien qu'il y mette de la douceur. Cette main me fait frissonner et non frémir.

— Qu'est-ce que tu fais ? demandé-je en bougeant ma main pour enlever la sienne de mes cheveux.

Je me redresse, pour me retrouver face au regard de Evan qui se trouve à côté de moi.

— Tu faisais un cauchemar, fait-il d'un air ennuyé.

— Un cauchemar ? demandé-je perplexe.

Je jurerais, que je rêvais d'une promenade en décapotable avec Callum. *Enfin, un truc dans le genre...* En tout cas, Callum comme toujours était dans mon rêve, et je suis certaine que ce n'était pas un cauchemar. Ma main toujours sur la sienne, je scrute un peu plus ses yeux bleus, et je n'arrive pas à voir s'il me ment ou pas. Je me souviens alors que Callum m'a dit que j'avais fait un cauchemar quand j'étais à l'infirmerie, après avoir mangé des ananas.

— De quoi je rêvais ? lui demandé-je.

— Je ne sais pas de trop, me fait-il le regard toujours dans le mien, tu as murmuré "mon bébé".

J'enlève ma main de la sienne, et je me lève illico presto pour ramasser mes affaires. *Non, c'est impossible que j'aie rêvé de notre bébé.* Il n'y aucun moyen pour qu'il soit au courant pourtant. *Alors, est-ce que je deviens folle ?* Je ne peux pas croire que je fasse ce genre de cauchemar, et que je ne m'en rende pas compte.

— Désolé, je faisais ça avec ma sœur quand elle faisait des cauchemars. Petite, elle avait du mal à dormir seule, ù'explique-t-il alors que je prends mon plumier prête à partir dans ma chambre.

Sa sœur ? Il parle de Mellyssandre, je suppose. Je me mords la lèvre, honteuse de réagir aussi froidement avec lui. Il n'y avait rien de mal dans son geste.

— Merci, finis-je par dire.

— Désolé de t'avoir mis mal à l'aise.

Je secoue la tête et la porte de l'appartement s'ouvre sur Gloria.

— Oh, c'est cool vous avez fini ! s'exclame-t-elle.

J'acquiesce, en me dirigeant dans ma chambre. Je ferme la porte de celle-ci, et je m'appuie contre en passant mes doigts dans les cheveux. Si j'ai vraiment fait ce genre de cauchemar… *c'est qu'inconsciemment cela me travaille, non ?* Mais j'ai juré à Callum, que tout allait bien sur ce sujet, et pourtant, Evan m'a confirmé que j'avais bien rêvé de ça. *Est-ce que je dois en parler à Callum… ou est-ce que je dois me taire ? Ne va-t-il pas encore s'en vouloir de n'avoir rien remarqué ? Est-ce qu'il ne va plutôt s'énerver, que je sois restée seule avec Evan ?* Je me mords la lèvre, sachant que je n'ai pas intérêt à lui cacher. Nous nous sommes promis de tout nous dire, et je serais déjà sur le point de rompre ma promesse. De plus, Callum est d'excellente humeur en ce moment... donc cela sera peut-être bénéfique pour nous deux, de parler de quelque chose de sérieux, sans que ça n'ait commencé par une dispute...

Callum

Je gare la Dodge sur le parking de l'immeuble de Gabriella, et je jette un coup d'œil vers son étage. D'après la lampe que je vois, elle se trouve dans sa chambre. Je coupe le contact et je sors la cigarette à la bouche, pour aller jusqu'à l'immeuble. Arrivé à l'entrée, j'écrase ma cigarette dans le cendrier et je commence à monter les escaliers.

— C'est bien, je voulais te voir, fait Archie qui descend.

— Oh pitié, j'ai eu ma dose, lancé-je en passant ma main dans mes cheveux éreinté.

Mais je m'appuie contre le mur quand même.

— Je dois te montrer quelque chose, fait-il et il sort son portable de sa poche.

— Quoi ? Tu as une groupie encombrante, demandé-je amusé et il me tend son portable.

Toujours souriant, je porte mon regard sur celui-ci et mon sourire s'efface aussi vite.

— C'est quoi ça ?

— C'est une photo de Mellyssandre et Evan, que j'ai trouvée sur le site internet de celui-ci, m'explique-t-il.

— Il nous a pourtant dit, qu'il ne l'avait pas vue récemment avant sa mort, fais-je en reconnaissant la veste qu'elle porte qui est la mienne.

— D'après cette photo, elle a été prise un ou deux mois avant...

Chapitre 24

Nous grandissons

Bryan
Je rentre dans le bureau de Pénélope, ahuri par ce qui vient de se passer à l'instant dans la salle de réunion de l'agence.
— Je peux savoir à quoi tu joues ?! lui demandé-je en la rejoignant à son bureau pour taper les paumes de mes mains sur celui-ci.

— Je voulais juste vous aider, répond-elle limite choquée de ma question.

— Pénélope, je te connais depuis plus de vingt ans, lui rappelé-je.

— Tu ne fais jamais rien sans une bonne intention derrière, ajouté-je sûre de moi.

— Bryan, je vous l'ai dit. Je pense que ce numéro sera le summum de tous.

Elle se lève de son fauteuil, pour rejoindre le bar, où elle me propose un verre que je refuse.

— Et nous devons y mettre les moyens, que vous n'avez pas pour ce projet. Je ne vous propose pas de payer, mais je vous aide à trouver pour que ce soit rentable pour tout le monde, insiste-t-elle.

— Mais tu parles de la maison des James ! lui fais-je remarquer.

— Je vous ai dit que nous n'y serions pas, rétorque-t-elle en s'asseyant dans le fauteuil.

— Et tu crois que cela change quelque chose ? demandé-je ahuri.

— As-tu oublié que toi et Alexander, vous n'êtes pas vraiment les personnes, vers qui Callum voudrait se tourner… même si on devait lui amputer une main, lui fais-je remarquer.

— Je sais, admet-elle.

J'enlève mes lunettes, pour me pincer l'arête de mon nez. Tout ce stress va finir par avoir ma peau.

— Pénélope, donne-moi une bonne raison d'accepter une telle chose, finis-je par faire.

Je veux savoir ce qu'elle cherche au juste. Avec elle, il ne faut rien prendre pour acquit quand elle dit quelque chose… *et je l'ai appris à mes dépends.*

— Je veux renouer des liens avec Callum, me balance-t-elle simplement.

J'entrouvre la bouche, béat d'admiration devant la comédie qu'elle m'offre. Non, elle bas sérieusement les records d'actrice, qu'elle donne tous les jours devant les employés. *Elle arrive presque à m'émouvoir, avec ses petits yeux remplit de larmes...*

— Arrête cette comédie devant moi, rigolé-je nerveusement la voyant pleurer en tenant son verre pour le porter à la bouche.

— Je sais que j'ai été sans cœur pendant des années, ne pensant qu'au profit ! pleure-t-elle et je serre les dents la trouvant sur le coup très convaincante.

— Mais nous pouvons tous changer, non ? me demande-t-elle.

— Callum a bien changé, alors pourquoi ne le pourrais-je pas ? insiste-t-elle en me suppliant presque du regard.

— Peut-être à cause de ça ! lui lancé-je en sortant mon portable et lui montrant les photos que je reçois tous les jours depuis plus d'un mois.

— Qu'est-ce que... Attends, tu ne crois quand même pas que c'est moi ?! s'exclame-t-elle.

Je jurerais qu'elle me dit pour la première fois de sa vie... la vérité. *Qu'est-ce que tout cela signifie... si ce n'est pas elle qui est derrière cela ?* J'ai beau la dévisager, je ne vois que de la surprise dans son regard.

Je reprends mon portable, et je sors du bureau ne sachant plus du tout quoi penser...

Callum

Quand je sors de l'appartement de Archie, je vois la tête de ce blondinet quitter celui de Gabriella, en compagnie de Gloria. Je suis encore un peu sous le choc... que dis-je, *je suis totalement sous le choc des photos que je viens de voir.* Mais surtout, je dois attendre qu'il soit seul, pour lui demander ce que sont ces conneries. Après tout, il a un don pour se cacher derrière la gent féminine, et Gloria est trop amoureuse pour y voir la supercherie que je vois en lui. Je passe ma main dans mes cheveux, prenant une bonne respiration avant de toquer à l'appartement de Gabriella.

— J'arrive ! crie-t-elle de l'intérieur.

Je jette un dernier coup d'œil vers l'escalier, avant que la porte ne s'ouvre sur Gabriella qui esquisse un semblant de sourire. *Est-elle toujours épuisée ?* Je passe un doigt le long des cernes qu'elle a sous les yeux, et elle rejoint ceux-ci des siens en élargissant son sourire.

— Je me suis endormie, m'avoue-t-elle et je souris en acquiesçant.

Gabriella est bien plus fatiguée que je ne le pensais... je devrais peut-être la laisser dormir ici ce soir. Je referme la porte derrière moi, et je remarque que son sac pour le lycée est déjà près de la porte.

— Tu es certaine que tu veux revenir à la villa ce soir ? lui demandé-je alors qu'elle se rend dans le petit couloir.

— Oui, je dois encore recopier le devoir d'histoire. Mais si tu as des photos à développer, je pourrai le faire pendant ce temps-là, m'explique-t-elle et je vais jusqu'à la fenêtre pour voir la moto de ce petit con partir.

Je ne pense pas que je sois assez calme pour bosser aujourd'hui, et encore moins pour faire mes devoirs. Je referme le rideau et je reviens dans le salon.

— Ouais, j'ai quelques développements à faire, menté-je.

— Je suis prête, fait-elle en revenant avec son sac de gymnastique.

— Bien, allons-y, fais-je en prenant son sac de lycée pour sortir de l'appartement.

Le trajet se fait tellement dans le silence, que j'ai vraiment cru qu'elle s'était endormie, mais elle jouait simplement sur son portable. Une fois rentré, je vais dans la cuisine prendre une Despérados, alors que Gabriella s'installe sur la table de la salle à manger avec ses devoirs. Je lui jette un coup d'œil, alors qu'elle relève ses cheveux pour faire une queue, et j'hésite de lui demander si elle va bien. Mais je renonce en approchant d'elle, alors qu'elle commence déjà la rédaction de son devoir. Un devoir que je n'ai d'ailleurs pas l'intention de faire, puisque je ne serai pas là pour ce cours de toute façon… L'avantage du boulot et de ses réunions… je peux les rendre plus tard.

Je glisse ma main dans la nuque de Gabriella, qui frémit à mon contact, et je scrute son regard qu'elle tourne sur moi, avant de poser doucement mes lèvres sur elle.

— Je vais te laisser travailler, fais-je en quittant ses lèvres pour poser un baiser sur son front.

— À tout à l'heure.

Je souris, et je quitte la pièce, pour prendre l'escalier qui donne dans la chambre noire… Je n'ai aucune intention de travailler. Je sors une boîte noire qui se trouve au-dessus de l'étagère et je vérifie ce que je pense… la veste qu'elle portait sur la photo, est bien celle qu'elle m'a offerte pour la Saint-Valentin. *Alors quoi ? Pourquoi me mentirait-il ?* C'était sa sœur, il n'avait pas de raison de me mentir, sur le fait qu'il l'avait rencontrée peu de temps avant sa mort. Je passe ma main dans mes cheveux, en jetant un regard sur les photos qui pendent sur le fil. *Qu'est-ce qu'il nous veut au juste ?*

Gaby

Je repose le stylo sur la table et je porte mes mains à mon visage, que je frictionne, une fois Callum descendu. J'aimerais lui parler de ce qui s'est passé tout à l'heure, mais j'ai l'impression que quelque chose le travaille et je ne veux pas en rajouter. J'ai peur que ce que je lui dise, soit encore la goutte d'eau qui fasse déborder le vase, et que je me prenne tout en pleine figure.

Pourtant, je ne peux pas lui cacher une telle chose, et s'il l'apprend de la bouche de Evan demain au lycée, sa réaction sera encore pire. J'ai beau tergiversé sur la situation, je sais que je n'ai pas d'autres choix que de prendre mon courage à deux mains et d'aller lui parler. Je soupire un bon coup, me donnant du courage, et je me lève de ma chaise pour aller vers la porte de la cave, où il doit être en train de développer des photos. J'ouvre la porte, et j'hésite une dernière fois, en regardant la porte qui donne sur sa chambre noire. Je m'étonne que la lampe de celle-ci soit allumée, et je commence à descendre les escaliers. Malgré la lampe qui éclaire sa pièce, je toque doucement à la porte.

— Callum, je peux entrer ? lui demandé-je.
— Oui, répond-il.

Je respire une nouvelle fois profondément, avant d'ouvrir la porte.

Callum se tient dans le centre de la pièce, avec quelques photos de moi en main qu'il ramasse sur le fil.

— Tu as déjà fini ? me demande-t-il.

— Non, avoué-je.

Je frotte mes mains, ne sachant pas comment je vais encore aborder la conversation. Je pensais que nous n'en parlerions plus depuis la dernière fois, mais il faut croire que cette histoire, fera partie de nos vies… qu'on le veuille ou non. La douleur est toujours aussi pesante à chaque fois, et je sais qu'elle est encore pire pour lui… *puisqu'il se sent plus que responsable.* Je passe mes doigts le long des bacs, où il développe les photos, avant de le rejoindre devant l'un d'eux.

— Je voulais te parler d'un truc, commencé-je alors qu'il pose le tas de photos sur le bureau derrière lui.

— Ne me parle pas de nos devoirs, rétorque-t-il en souriant narquoisement.

— Non, mais j'aurais préféré, fais-je en baissant mon regard sur mes doigts qui tapotent le bord du bac.

— Quelque chose te tracasse ? me demande Callum en portant sa main sur mon visage tout en me ramenant à lui.

Je me mords la lèvre, espérant que ce soit une bonne idée de lui en parler.

— En fait, je me suis endormie en étudiant tout à l'heure, lui expliqué-je.

— Oui, tu me l'as dit.

— Mais ce que je ne t'ai pas dit, c'est que je n'étais pas toute seule, fais-je en évitant dans le regarder dans les yeux.

Cela me me permet de voir sa main se crisper, et j'inspire profondément par le nez.

— Quand je me suis réveillée, Evan m'a dit que je venais de faire un cauchemar, continué-je dans un souffle.

— Evan... Un cauchemar... Répète Callum d'une voix sombre qui me fait limite tressaillir.

— Ne t'avais-je pas dit, de ne pas rester seule avec lui ?! me fait remarquer froidement Callum.

Je savais que cela poserait un problème, qu'il apprenne que j'étais seule avec lui... mais moi, ce qui m'inquiète, *c'est mon cauchemar.*

— Callum, tu es certain que je ne fais pas de cauchemar ? lui demandé-je faisant abstraction de sa remarque.

J'entends les dents de Callum grincer, pourtant il m'attire contre lui, pour embrasser mon front. Je ne sais pas à quoi il pense exactement, mais les battements de son cœur sous ma main, me prouvent qu'il est bien trop calme.

— Non, tu ne fais pas de cauchemar la nuit. Maintenant, avec la fatigue que tu emmagasines depuis quelque temps, tout est possible, dit-il doucement en caressant mes cheveux.

Je frotte mon visage contre lui, comme le ferait un chien qu'on cajole.

— Je pense que nous devrions aller souper, et nous irons dormir tôt, dit-il en me serrant plus fort contre lui.

Je n'ajoute pas un mot à sa demande, sachant que cela ne sert à rien de parler plus. Il sait très bien ce que je voulais dire par cauchemar, et il se comporte tellement bien à cet instant, que je pense que je ne devrais plus craindre de lui parler dorénavant. Même si nous n'avons pas parlé de notre bébé mort, je sais que nous grandissons ensemble. *Cela ne sert à rien de raviver une telle douleur.*

Gloria

Je descends les poubelles de l'appartement, après le départ de Gaby et de Callum. J'ai hâte d'être demain, car nous sommes vendredi, et je vais pouvoir retourner dormir chez Evan. Je trouve que papa est moins cool avec moi à ce propos, qu'il ne l'était avec Gaby. Mais honnêtement, je ne vais pas m'en plaindre. De plus, les nuits que je passe avec Evan sont tellement intenses, que je préfère qu'on ne se voie que le week-end. Parce qu'il a un appétit plus que débordant... *sans parler que j'ai souvent des douleurs après.*

— Arrête de poser des questions.

— Evan ?! m'exclamé-je surprise en arrivant près du muret.

Pourtant, il est parti bien avant Callum et Gaby... Mais c'est bien sa voix que j'entends parler de l'autre côté du muret, et j'irais même jusqu'à dire que c'est l'odeur de son tabac que je sens.

— C'est normal que je te pose des questions, non ?!

Archie ?

— Tu nous as dit que tu n'avais pas vu Melly avant sa mort, et j'ai découvert que tu avais menti ! lui balance Archie froidement et j'évite de faire le moindre bruit.

— Oui, je l'ai vu quelques temps avant sa mort. Je ne savais pas que c'était interdit entre frère et sœur ?! répond Evan.

— Alors, pourquoi le caches-tu ?! s'exclame Archie d'une voix outrée et furieuse à la fois.

— Putain, mais fous-moi la paix ! claque Evan.

— Tu ne t'en sortiras pas comme ça !

Un bruit sourd se fait entendre, et je sors de ma cachette pour apercevoir Archie qui a attrapé Evan par le col de sa veste.

— Archie, mais qu'est-ce que tu fais ?! m'exclamé-je ahurie en attrapant ses bras pour qu'il lâche Evan.

— Gloria, ce mec est...

— Quoi ?! le coupé-je.

— Tu vas le frapper, parce qu'il a menti à propos de sa rencontre avec sa sœur ?! lui demandé-je ahurie.

— Je pensais que Callum était cinglé, mais je vois que tu n'es pas mieux non plus ! crié-je en le poussant plus loin de nous.

— Gloria.

— Fous-nous la paix ! lancé-je en prenant la main de Evan pour partir.

— Gloria, il nous cache quelque chose ! crie Archie insistant.

Je ne veux rien savoir. Moi, tout ce que je veux, c'est qu'on me laisse vivre mon amour tranquillement...

Chapitre 25

Toujours des non-dits

Callum

Après la discussion, que nous venons d'avoir sur le cauchemar de Gabriella qu'elle aurait eu, je décide de remonter avec elle, et de réchauffer le souper que Rita nous a préparé. Je ne sais pas comment elle fait, mais elle prévoit toujours que Gabriella mangera avec moi. Ce qui me fait évidemment plaisir, car un jour c'est certain... *elle vivra définitivement ici.* Et vu ce qui s'est encore passé tout à l'heure dans son appartement, le plus tôt sera le mieux. Je trouve étrange qu'elle fasse ce genre de cauchemar, quand elle se trouve en sa compagnie, et surtout qu'elle arrive à s'endormir en sa présence. Je pense qu'elle ne se rend pas compte du danger qui se trouve autour d'elle, bien qu'il n'ait rien fait de répréhensible jusqu'à maintenant. Mais cela me pousse à mettre Gabriella sur ses gardes. Je sais qu'elle lui fait confiance, tout comme Brooke, et que ce ne sont pas quelques photos et des doutes, qui seront une preuve suffisante pour qu'elles prennent leur distance. Espérons juste que rien de grave ne se passe, le temps que Spencer et moi, allons faire des recherches sur lui et ce qu'il nous veut vraiment.

Je regarde les feuilles de cours de Gabriella, alors qu'elle réchauffe le plat, et je me dis que je pourrais quand même faire le mien. Après tout, cela me changera les idées. *Parce que je ne peux pas m'enlever la photo de Melly de ma tête.* Comme si tous les efforts que j'ai fait depuis plus de sept mois, semblaient s'effriter à son sujet. Non, je ne l'oublie absolument pas, mais j'ai d'autres priorités en tête bien plus importante. *Je dois protéger celle qui fait battre mon cœur maintenant.*

Un regard sur ma chevalière me fait sourire. Mais mon regard se pose doucement vers mon bracelet en cuir, et la promesse que je lui ai faite à elle-aussi. Je lâche mon stylo pour porter ma main sur l'attache de celui-ci, me demandant si je serai un jour capable de l'enlever. Ce bracelet me rappelle bien entendu notre amour, mais aussi tout le mal que je lui ai laissé subir, alors que je lui avais promis de la protéger. *Des promesses que je n'ai ni tenu avec elle, ni avec Vanessa...*

Car bien que Vanessa soit, en quelque sorte libérée de son père, je ne peux pas lui garantir que si elle revient un jour, il ne s'en prendra plus à elle. En fait, la seule que j'arrive à protéger, c'est ma précieuse... *Mais jusque quand ?*

— Callum ?

Je réagis à sa main, qui se pose sur mes cheveux et je me tourne vers elle, en esquissant un sourire que je veux rassurant. Mais je vois à l'expression perplexe de son visage, qu'elle se pose déjà des questions, et je l'attire sur mes jambes, où elle s'assoit sans un mot. Je pose un tendre baiser dans son cou, et je glisse mes doigts sur son élastique pour défaire son chignon.

— Je te préfère les cheveux lâchés, lui rappelé-je la voyant sourire.

Je remets ses cheveux convenablement de chaque côté de son visage.

— Et moi, je pense que tu devrais arrêter de recopier mon devoir, fait-elle avec un sourire narquois.

— Ou de cogiter... continue-t-elle en posant son index sur mon nez et je sais qu'elle a compris que je cachais quelque chose.

Je l'attire contre moi, et elle pose sa tête sur mon épaule, que je rejoins de mes doigts, pour la caresser doucement.

— Des affaires de boulot, fais-je en espérant qu'elle n'insiste pas.

Je n'ai pas envie de la stresser maintenant... avec ce qui se passe, ou ne se passe pas avec Evan. Mais une chose est certaine, il est temps que je trouve quelque chose, qui me prouve qu'il n'est pas celui qu'il veut nous faire croire. Son sourire est plus que clair pour moi ; *et je ne lui laisserai aucune occasion de faire du mal à Gabriella.*

Gaby

Je pose mon devoir et celui de Callum dans le casier du professeur de géographie, alors que Brooke me fait signe de la rejoindre pour aller manger à la cafétaria. Mais Gloria m'ayant envoyé un texto pour me parler, je décline. Je traverse la cour pour la rejoindre en dessous de l'arbre, sous lequel je m'asseyais seule en début d'année, rêvassant sur des magazines de mode. *Et maintenant, je suis le centre de ceux-ci...* Je souris en me demandant si j'aurais eu autant de chance, si je n'avais pas eu ces fameuses joues de *"vachette"* qui ont attirées l'attention de Callum sur moi.

— Désolée, j'ai été retenue en classe, s'excuse Gloria en arrivant.

Et alors que je m'apprête à sourire, je remarque les cernes noires qu'elle a essayé de dissimuler sous ses yeux. Je plisse mon regard, en levant la main pour les toucher, mais Gloria me stoppe dans mon élan en me toisant.

— Je commence à en avoir marre de votre attitude avec Evan ! balance-t-elle froidement et je ramène ma main contre moi en la regardant totalement perdue.

— Mais de quoi tu parles ? lui demandé-je alors qu'elle semble furieuse.

— Quand ce n'est pas Callum, c'est Archie qui s'en prend à lui, et ça m'énerve ! Je peux savoir ce qu'il vous a fait, pour que vous le preniez en grippe comme ça ?! Oui, c'est le frère de...

— Stop ! l'arrêté-je ne comprenant rien à ce qu'elle me raconte.

Mais une chose est certaine, quelque chose s'est passé après mon départ, pour qu'elle soit dans cet état. Callum est resté avec moi. Mais il n'a fait aucune réflexion, sur le fait que j'étais seule avec Evan. *Il n'a quand même pas ?*

— Tu te calmes, maintenant. Et tu me dis ce qui se passe, finis-je par faire.

Cela ne sert à rien que je suppose des choses, alors qu'elle semble vouloir tout me déballer.

— Hier soir, j'ai sorti les poubelles après votre départ, commence Gloria.

— Et j'ai surpris Archie et Evan en train de s'engueuler. Archie l'a même plaqué contre le mur. Il était comme dingue ! s'exclame-t-elle, on aurait dit Callum !

— Archie s'en est pris à Evan. Tu sais pourquoi ? demandé-je étonnée de l'attitude de celui-ci. Il est plutôt calme en temps normal. Et le comparé à Callum, n'est pas vraiment très glorieux pour lui. Je me mords la lèvre de ma réflexion. *Si Callum m'entendait, il me lancerait un regard noir...* mais il faut avouer, que sa partie de la personnalité qui perd son sang-froid, n'est pas celle que j'aime le plus.

— Oui, il parlait de photos de Evan et sa sœur ! s'exclame-t-elle.

— Mais c'est normal pour un frère, d'avoir des photos avec sa sœur, non ?! me demande-t-elle.

— Oui, je ne vois pas trop où est le problème, admets-je en regardant Evan qui se tient appuyé sur le mur de notre bâtiment nous regardant.

Je reviens sur Gloria qui semble vraiment furieuse, et je pose ma main sur son bras pour la calmer.

— Je vais essayer de voir ce qui se passe avec Archie, mais nous n'avons rien contre lui, affirmé-je et elle me lance un regard noir.

— Gloria, ce qu'a fait Archie n'a rien à voir avec Callum, lui fais-je remarquer et elle baisse son regard en acquiesçant.

— Je me suis emportée, finit-elle par admettre.

— Je vais parler avec Archie tout à l'heure, pour voir ce qui s'est passé. Mais tu ne dois plus t'énerver ainsi. Si Callum avait...

— Si quoi ?

Je me retourne et mon regard se pose sur Callum qui se trouve à quelques pas de nous. *Génial, il ne manquait plus que ça...*

— Gloria, tu devrais aller manger, fais-je à ma sœur en revenant vers elle.

Je lui fais signe d'aller voir Evan, qui vient de se détourner de nous pour aller vers la cafétaria, et elle prend son sac sans rien ajouter, comprenant que cela n'est pas le moment. Je déglutis nerveusement, me demandant comment je vais rattraper ce que je viens de dire. Après tout, Callum n'aime pas trop qu'on parle de Mellyssandre, et j'avoue que moi non plus. Je glisse mes doigts dans mes cheveux, cherchant ce que je vais faire, quand Callum s'appuie contre l'arbre devant moi de façon nonchalante.

— Tu comptes parler, ou je demande à Gloria ? me demande-t-il un peu froidement.

— Cela concerne des photos de Evan et sa sœur, répondé-je en un souffle comme si ma vie en dépendait.

Bon, c'est un peu exagéré... mais le voir me prendre en grippe pour si peu m'est insupportable. *Nous nous sommes promis de tout nous dire, non ?*

— Ce n'est que ça, fait-il.

J'écarquille les yeux, comprenant qu'il semble au courant, quand son regard se détourne de moi pour regarder Evan et ma sœur rentrer dans la cafétaria.

— Je suppose que Archie a perdu son sang-froid, continue-t-il.

— Tu... Tu étais au courant de ce qui allait se passer ? demandé-je ahurie.

— Tu connais Archie comme moi. Je ne savais pas qu'il allait le confronter, répond-il simplement en tirant sur sa cigarette avant de ramener son visage vers moi.

— Le confronter ?! m'exclamé-je ahurie.

— Il a quand même, le droit d'avoir des photos avec sa sœur ! lui fais-je remarquer devant son attitude de dégout comme si Evan avait fait un crime.

— Demi-sœur, précise Callum.

— Ne joue pas sur les mots ! balancé-je furieuse le voyant limite ricaner.

— Gabriella, voilà bien la raison pour laquelle, je ne t'ai rien dit, me lance-t-il en écrasant sa cigarette sous sa bottine.

Je le regarde ahurie, alors qu'il passe sa main dans ses cheveux pour venir près de moi. Je reste figée devant lui. Il est vraiment en train de me dire, que Archie a eu de bonnes raisons de s'en prendre à Evan pour des photos ?! *Non, mais ils sont fous tous les deux ?!*

— Evan nous a menti à son arrivée, fait Callum en plongeant un regard plus que sérieux dans le mien.

— Il nous a dit qu'il n'avait pas vu Melly, l'année avant sa mort, continue-t-il vérifiant que je suis, mais la photo que nous avons, date de quelques mois avant sa mort.

— Comment peux-tu en être certain ? demandé-je comprenant que ce n'est qu'une question de date.

— Après tout, il a pu poster une ancienne photo, non ? lui fais-je remarquer et Callum soupire bruyamment en passant la main dans ses cheveux.

— La veste que Melly porte sur la photo est la mienne. Elle me l'a offerte pour la Saint-Valentin, m'explique-t-il.

Je baisse mon regard, comprenant qu'il ne peut donc pas se tromper. *Mais alors, pourquoi Evan mentirait ?*

Callum

Gabriella n'a pas beaucoup parlé, après ce que je lui ai avoué sur la photo de Evan et de sa sœur, bien que j'aie essayé de lancer la conversation sur le trajet de l'agence. Mais je pense qu'elle préfère éviter la conversation, de peur de me voir souffrir en parlant de

Mellyssandre. J'avoue que son intention est bonne...
mais elle ne doit pas se renfermer pour cela. Arrivés à
l'étage, où sont nos salles de shooting et d'essayage, je
l'attire dans la pièce qui sert quand nous avons des
mannequins extérieurs, où nous ne saurons pas dérangés.

— Callum, Taylor m'attend, me fait remarquer
Gabriella.

J'embrasse tendrement son cou, tout en la collant
contre la porte. Ma main glisse entre ses cuisses, et elle
frémit à mon contact, essayant tout de même de me
repousser.

— Tu ne sortiras pas d'ici, tant que tu me diras ce
que tu as en tête, fais-je avant de mordiller son lobe
d'oreille.

Je frôle son string, pouvant sentir la chaleur de ses
douces lèvres qui attendent que je les libère de ce tissu.

— Je n'ai rien en tête, souffle-t-elle alors que je
glisse doucement mes doigts pour toucher de plus près
son intimité.

— Callum, je te jure que je n'ai rien en tête,
gémit-elle quand je frotte son clitoris qui semble déjà
bien remplit d'envie comme moi maintenant.

Je retire ma main et je la pose sur la porte, tout en
ramenant mon regard face à elle. Gabriella a les yeux
brillants de désir, ce qui me permet de ne pas remettre en
question, le fait qu'elle ne me cache rien. Je pose un
tendre baiser sur ses lèvres, mais bref, pour ne pas nous
animer plus. Je dois respecter son horaire de travail, et de
plus j'ai autre chose à faire malheureusement.

— N'oublie pas que je t'aime, fais-je en scrutant la
couleur chocolat de ses yeux et elle sourit pour embrasser
mes lèvres à son tour.

— Moi aussi, je t'aime mon cœur.

Mon cœur s'enflamme tellement quand elle me dit cela, que je me mords moi-même la lèvre pour me calmer, et j'ouvre la porte pour lui dire de filer. Gabriella pose un baiser furtif sur mon front, et elle sort de la pièce souriante, sachant que je suis en train de me contenir.

— Oh bordel, J'en avais trop envie en plus ! lancé-je tout seul en regardant en direction de Popol qui se sent plus qu'à l'étroit.

Mais sachant où je dois me rendre, il va reprendre plus vite sa forme que prévu.

******

— J'ai cru que tu n'allais pas venir.

— Pénélope, je ne vais quand même pas faire faux-bond, à un rendez-vous que j'ai moi-même programmé, lui fais-je remarquer en refermant la porte.

J'affiche un sourire narquois sur les lèvres. *Il est temps de savoir, à quoi la sorcière pense depuis quelques temps.*

Chapitre 26

Se faire avoir

Callum

Je m'assois nonchalamment dans le fauteuil du petit salon du bureau, et je sors mon paquet de cigarettes que je dépose sur la table. J'ai l'impression que cela va durer un moment, alors autant bien m'installer. J'enlève ma veste en jeans, et je la lance à côté de moi dans un geste amusé. Histoire de montrer à la sorcière, que je compte bien partir d'ici, en sachant ce qu'elle manigance. Son calme apparent depuis le coup des fiançailles, et mon contrat avec l'agence, me semble bien trop suspect. Sans parler de sa petite comédie à mon anniversaire, qui a failli me faire croire qu'elle le pensait vraiment. Mais nous connaissons tous les dons de comédie de la grande Pénélope Hanson ; *alors ne tergiversons pas plus et allons droit au but.*

— Tu veux boire quelque chose ? me demande-t-elle.

— Si tu as de le Despérados, répondé-je sachant très bien qu'elle a horreur de cette bière.

— Ma secrétaire est justement allée en chercher après ton appel, me surprend-elle et je plisse mon regard en allumant ma cigarette.

Je dois vraiment rester sur mes gardes... Pénélope m'amène donc une Despérados qu'elle laisse dans la bouteille ; *exactement comme je l'aime...* et elle s'assoit face à moi avec un verre de Rhum. Je m'affale littéralement contre le dossier du fauteuil dans lequel je suis, et je souris en portant ma bière à ma bouche.

— Alors, de quoi voulais-tu qu'on parle ? me demande-t-elle.

Elle pose son verre sur la table, et je plonge mon regard dans le sien, un sourire sur les lèvres.

— J'aimerais savoir ce que tu veux au juste ? lui demandé-je sans aucun détour.

— Ce que je veux ? répète-t-elle.

Tout ceci en portant sa main dans ses cheveux, dans un geste fluide.

— Je veux ce que j'ai toujours voulu. Je veux que Tomboy X soit toujours dans le top, répond-elle et je ricane.

— Pourquoi ris-tu ? me demande-t-elle en plissant son regard et je tire une bonne bouffée de ma cigarette.

— Tu ne changeras donc jamais, lancé-je amusé en jouant avec mon pouce sur ma chevalière.

— Il n'y a que ça qui t'intéresse. Et dire, que je pensais que tu voulais essayer de faire la paix avec moi ? lui envoyé-je avec un sourire narquois.

— Mais je le veux, m'affirme-t-elle en prenant son verre à nouveau dans ses doigts.

Pénélope fixe son verre, alors que j'attends qu'elle entame sa plus belle comédie. Elle semble d'un coup, moins sûre d'elle, et je la toise un instant, avant de me redresser et de poser ma bière sur la table.

— Comme ça, tu veux faire la paix avec un fils que tu n'as pas aimé pendant dix-huit ans ? lui demandé-je amusé en passant la main dans mes cheveux.

— Permets-moi de rire un instant ! lâché-je avant de le faire.

Un rire franc, mais qui quelque part fait quand même mal. Parce que je n'en connais pas beaucoup de jeunes de mon âge, qui peuvent dire haut et fort que leur mère, ne les a jamais aimés... Je ne sais pas pour les autres, mais j'ai toujours eu l'impression d'être un objet depuis ma naissance. Un jouet qu'on enferme dans sa chambre quand on n'en a pas besoin, mais qu'on utilise à chaque occasion pour se faire remarquer. C'est comme toutes ces fêtes d'école, où elle n'est jamais venue jusqu'au collège... mais à côté de cela, elle me forçait à aller aux inaugurations de ses nouvelles boutiques, en faisant croire qu'on était une famille aimante. Ouais, de la pure manipulation de médias... *Avant qu'elle ne me manipule complètement...*

— Je t'ai rendu l'accès à tes comptes, me coupe-t-elle dans mes pensées et j'écrase ma cigarette dans le cendrier.

— Waouh ! m'exclamé-je encore plus amusé.

— Quelle noblesse de ta part. Et que dois-je faire en échange, pour que je puisse les garder cette fois-ci ? lui demandé-je alors qu'elle porte son verre à sa bouche.

Son regard se pose dans le mien, et mes lèvres forment un rictus menaçant.

— Qui dois-je baiser pour pouvoir garder mon héritage maintenant ? lui demandé-je en épelant chaque syllabe, avec une froideur que je lui inflige depuis bien trop longtemps.

— Si tu penses que *"baiser"* l'égérie de Tomboy X est une corvée, commence-t-elle en se levant pour aller au bar, alors que je fronce les sourcils ahuris.

— Tu devrais peut-être penser à reprendre tes anciennes habitudes, et te trouver des maitresses, fait-elle avec un sourire amusé.

— Mais de quoi tu parles ? demandé-je perdu dans la conversation.

Elle est en train de me dire, que la seule condition pour que je récupère mes avoirs... c'est de rester avec Gabriella... *Elle a pris quoi comme drogue depuis ce matin ?*

— Je vois bien que vous vous aimez, alors autant te montrer que je ne suis pas un monstre sans cœur, en acceptant enfin votre relation, m'explique-t-elle en revenant s'assoir dans le fauteuil.

— D'ailleurs, n'est-ce pas une clause que j'ai rajouté à ton contrat ? me demande-t-elle et je réfléchis.

— Tu as rajouté une clause d'une année supplémentaire, lui fais-je remarquer.

— Oui, en sachant que si à la fin du contrat, tu es toujours avec Gaby, cela voudra dire que tu es enfin devenu digne de suivre ton père. Cette année de plus, est une formalité pour toi, m'explique-t-elle.

Je passe ma langue pour humidifier mes lèvres, réfléchissant à ce qu'elle vient de dire. Dois-je vraiment croire, que c'est tout ce qu'elle veut de moi ? Cela voudrait dire qu'elle me donne vraiment le feu vert dans ma vie, et dans mes choix. Je la regarde perplexe, mais je sais qu'à l'intérieur de moi, j'ai pour la première fois... *envie de croire ma mère.*

Gaby

— Elle m'énerve, grogné-je dans mes dents alors que la musique de Gloria résonne dans tout l'appartement.

Je me lève, en faisant grincer ma chaise sur le sol de ma chambre, et je sors de celle-ci pour tambouriner à la porte de celle de Gloria.

— Quoi ?! crie-t-elle de l'intérieur.

Je m'apprête à rentrer, mais je me résigne, ne sachant pas si Evan se trouve là ou pas. L'idée de les voir nus dans ce lit, *ne m'inspire pas du tout.*

— Baisse ta musique ! finis-je par crier, j'ai examen demain !

— Rabat-joie ! Callum n'étudie jamais et pourtant, il ira en première sans problème ! me lance-t-elle en baissant un peu sa musique.

— Tu n'as qu'à faire comme lui et payer le lycée ! balance-t-elle avant de remettre la musique à fond.

Je tape mon pied dans sa porte, et je fais volte-face pour retourner dans ma chambre en claquant la porte.

— Grrrr ! hurlé-je en me cachant les oreilles.

Je regarde mon bureau, et sachant que je n'arriverai jamais à étudier ainsi, je décide de prendre mes affaires pour aller étudier à la bibliothèque. Une proposition que Callum m'avait faite, mais que j'ai toujours refusée, puisque j'arrivais quand même à étudier, même si c'était sur le trajet du lycée, ou pour aller à l'agence. J'attrape mon portable, et je sors de ma chambre pour m'arrêter net devant celle de Gloria. Je devrais peut-être lui dire que je m'en vais. Je me mords la lèvre, hésitante devant la porte.

— Va au diable ! lancé-je en l'entendant rire comme une idiote.

Si elle rate son année, il ne faudra pas qu'elle vienne me supplier pour l'aider à passer ses examens de repêches. Je sors donc de l'appartement sans la prévenir, et je file dans les escaliers pour arriver à l'arrêt de bus, le plus vite possible. Je sais que Callum doit me rejoindre vers dix-huit heures, pour aller souper en ville. Donc, il me reste trois heures pour étudier, et une heure pour rentrer et me changer avant qu'il ne vienne. Je pense que cela devrait suffire pour avancer un peu sur l'examen d'après-demain aussi, sauf si je rêve les yeux ouverts. Je grimace presque, en voyant la Dodge noire et rouge de Callum se garer devant l'arrêt de bus, et le regard amusé de celui-ci quand la vitre côté passager descend.

— Je te dépose quelque part ? me demande-t-il et je me mords la lèvre en hésitant.

Si je lui dis que je vais à la bibliothèque étudier, il voudra venir avec moi et on sait qu'il ne tiendra pas plus d'une heure en restant sage. Mais si je le rembarre, il va râler et s'imaginer que les étudiants vont en profiter pour me draguer. Je soupire donc résignée et je monte dans la voiture.

— Je suppose qu'on va à la bibliothèque, me fait-il à peine assise tout en tirant sur ma ceinture.

— Comment...

Je m'arrête et je repense à l'attitude de Gloria tout à l'heure.

— Callum Hanson ! m'exclamé-je en le tapant sur la cuisse et il se met à rire en démarrant.

Je me suis faite avoir pas ma sœur et mon mec. J'aurais dû savoir que Gloria ne s'amuserait pas à ça pendant les examens.

— Qu'as-tu promis à ma sœur pour qu'elle fasse ça ? lui demandé-je.

— Pas grand-chose, me répond-il et je le toise.

Gloria ne fait jamais rien, sans avoir quelque chose en retour.

— Je lui ai juste promis de ne pas frapper son mec, me répond-il et j'ouvre la bouche surprise de voir l'expression de son visage se crisper.

Il n'a toujours pas digéré cette histoire de photos, et encore moins le fait qu'il lui ait menti. Je pose ma main sur la cuisse de Callum, et je soupire en me demandant si on aura l'occasion un jour de régler cette histoire une fois pour toutes. Mais là pour l'instant, je vais devoir me focaliser sur mes examens avant tout. Et surtout, empêcher Callum de me déconcentrer pendant que nous sommes à la bibliothèque.

Mais une fois là-bas, ce n'est pas Callum qui me déconcentre. Car celui-ci est en train de dormir à côté de moi, ne voyant rien à ce qui se passe autour de nous. Tous les étudiants se sont retournés sur nous, et j'ai pu comprendre qu'on nous avait tous les deux reconnus. Bien sûr, je suis sur tellement d'affiches en ville, qu'on ne peut pas m'ignorer, mais je me sens plus que mal à l'aise en les voyant nous prendre en photo. Je fais revenir mes mèches limite sur mon visage, essayant de ne pas faire attention, mais c'est plus fort que moi. Je sens leurs regards tellement posés sur moi… *que j'en ai presque la nausée.*

Il faut dire qu'au lycée, ils sont habitués par ma présence, et Callum leur fait tellement peur qu'ils se tiennent à distance. Mais ce n'est malheureusement pas le cas ici, et je n'arrive pas à en faire abstraction.

— Et si on rentrait à la villa, murmure Callum toujours couché sur la table, la tête cachée dans ses bras.

Je ne réponds pas, et je mords la lèvre, regardant à nouveau mon livre de mathématique.

— Je te laisserai étudier sur la terrasse, insiste Callum et je me résigne à accepter.

Callum m'entendant ranger mes affaires, se redresse, et reste un moment assit nonchalamment sur sa chaise, toisant les jeunes à la table devant nous qui nous prennent en photo. Une aura étrange émerge de lui, et je peux voir sa mâchoire se crisper. Je me dépêche donc de tout fourrer dans mon sac, et je porte ma main sur son épaule, son corps se décontracte immédiatement à mon contact et il se redresse pour mettre ses lunettes de soleil, avant de se lever et de poser son bras sur mes épaules.

— Tu devrais prendre une salle privée, la prochaine fois, fait-il en posant un baiser sur ma joue devant tout le monde et je rougis.

— Pour que tu me sautes dessus. Non merci, rétorqué-je en lui rendant son baiser.

Mais Callum tourne la tête pour m'embrasser devant tout le monde, au milieu de la bibliothèque. Je fais un geste de recul, mais il m'attire plus fort contre lui.

— Donnons-leur au moins une belle occasion de faire une photo, qu'ils pourront peut-être vendre, fait-il et il m'embrasse langoureusement ici en plein milieu de la bibliothèque.

Je dois certainement être rouge de honte… mais qu'est-ce que j'aime quand Callum est insouciant comme ceci.

Chapitre 27

Dur d'étudier

Gaby
Demain, c'est l'avant-dernier jour des examens, et j'avoue que j'aspire à être en vacances officieuses. Oui, je dis bien officieuses, parce que nous avons beaucoup de travail pendant les vacances pour l'agence, entre les shootings, les défilés et on nous a ajouté des interviews. Quelque chose que je n'avais pas du tout prévu de faire, mais d'après Archie, c'est une formalité assez simple. *Oui, simple pour lui…* Un peu comme moi, qui dois encore étudier seule sur la terrasse... Après l'histoire de la bibliothèque, et le baiser au moment de partir, Bryan nous a interdit de refaire ce genre de choses. Une impression, que c'est ce que Callum voulait depuis le début, vu qu'il me l'avait déjà proposé plusieurs fois avant les examens.

Je souffle et je m'étire en regardant la plage où joue des enfants. Ils ont vraiment de la chance de pouvoir en profiter, alors que moi, je ne peux que lire et relire ses pages qui vont finir par vraiment m'endormir.

— Je vais mourir... râlé-je en voyant ce que j'ai encore à étudier.

Ce professeur d'histoire veut vraiment notre mort, et quand je pense que Callum ne semble pas à avoir ouvert un de ses livres, et se balade en short et pied nus, faisant des navettes entre la cuisine et la pièce noire... *je suis plus que déprimée.* Je finis par m'affaler sur la table, en regardant les enfants jouer, et comme à chaque fois que je fais cela... *je sens mes yeux se fermer.*

— Tu devrais faire une pause, me fait Callum que je n'avais pas entendu arriver.

Je tourne mon regard vers lui, et je baille comme jamais.

— Tu as besoin de te reposer, insiste-t-il en posant sa main chaude entre mes omoplates nues.

— Je ne peux pas. Je n'ai pas fini, lui fais-je remarquer.

— Mais tu es fatiguée, continue d'insister Callum.

Il pose un baiser sur mon front, avant de s'assoir sur la chaise en face de moi en allumant sa cigarette.

— Oui, j'avoue, mais je dois finir avant, insisté-je à mon tour.

Callum soupire, mais il voit bien que cela ne sert à rien de continuer cette conversation. Je prends donc mes feuilles pour les mettre devant moi, et je m'installe jambes pliées sur ma chaise sous le regard de Callum.

— Ce n'est vraiment pas un beau plan, fait-il amusé.

Je baisse mes feuilles pour voir son regard enflammé posé sur mes jambes, mais surtout sur mes fesses, qui sont apparentes par mon mini short en jeans malgré les franges. Je me mords
la lèvre, sentant la tension de désir qui s'empare de moi, en le voyant passer sa langue sur les siennes, bien décidé à profiter du menu que je lui propose par inadvertance.

— Callum, lui fais-je d'une voix basse le voyant éteindre sa cigarette et se lever en se frottant les mains.

Il me lance un sourire charmeur et me prend les feuilles que j'ai en main, pour me lever de ma chaise.

— Une pause s'impose, murmure-t-il en glissant son doigt sur ma poitrine avant de m'embrasser.

— Il y a des enfants sur la plage, lui fais-je remarquer.

Son autre main glisse entre mon short et mes fesses. Un râle sort de la gorge de Callum et il me prend à califourchon dans ses bras, pour nous faire entrer dans la villa tout en m'embrassant. Bien que j'aimerais pourtant continuer à étudier, je me laisse prendre par le désir qui s'empare de moi, et de la chaleur qui titille le bas de mon ventre. Les mains chaudes de Callum, touchant la peau apparente de mes fesses que laisse entrevoir la taille de mon short, ne m'aident pas à me calmer et je resserre mes jambes autour de sa taille, alors qu'il m'allonge sur le divan. Sa bouche quitte la mienne, pour glisser goulument dans mon cou, et mes mains entreprennent tout comme lui d'attaquer les boutons de nos vêtements à hauteur de taille. Une fois libéré de ses vêtements, je peux enfermer son sexe dans ma main pour l'armer encore plus de désir.

— Oh putain, tu es trop belle, grogne Callum en défaisant le lacet de mon mini-top qui ne cachait presque rien de ma poitrine.

Son regard est plus qu'intense, quand il quitte ma poitrine nue, pour rejoindre mes lèvres qu'il mordille, mais une fois que ses doigts entrent en contact avec mon intimité, je le dévore moi-même. Le feu qui animait Callum au début de notre relation, est plus que partagé maintenant, et il sourit de voir à quel point, je ne me laisse plus autant dominée qu'à nos débuts. Il faut dire que j'étais une novice en tout genre. Je n'avais jamais embrassé un garçon, alors tout ce qui était de l'intimité n'en parlons pas. Et bien que je rougisse encore certainement quand il me regarde de ses yeux noisette intenses et remplit de désir, alors qu'il me procure un orgasme ; *je ne me sens plus du tout mal à l'aise.* Parce que je sais que cela lui fait plus que plaisir, et son appétit pour moi est encore plus que décuplé quand il entre en moi. Callum prend appui sur le dossier, me donnant des coups de rein plus qu'intenses, et je fais littéralement de l'apnée sous la force de son amour.

— Callum, gémis-je.

Je sens le plaisir s'emparer à nouveau de tout mon cœur, et je me mets à succomber aux tremblements de mon corps qui vient encore de subir un orgasme.

— J'en veux encore, râle Callum.

Il m'attire à lui pour s'assoir sur le fauteuil, et je prends les commandes. Mes mains s'agrippent au divan et je cambre le buste, pour qu'il me mordille la poitrine, prenant un plaisir intense.

— Oh putain non, grogne profondément Callum et je sens une chaleur se déverser en moi.

Il me serre fort contre lui en râlant, et je fais de même avant de caresser ses cheveux noirs.

— Je t'aime mon cœur, lui fais-je haletante encore de plaisir.

— Moi aussi je t'aime ma précieuse, répond Callum en m'embrassant tendrement, alors que Popol sort doucement de moi.

Callum

Je laisse Gabriella reprendre le chemin de la terrasse, en me disant que c'est un sacrilège de devoir travailler après un si bon moment. Mais je n'ai pas vraiment l'occasion de rouspéter, puisque Rita va bientôt arriver avec les courses que je lui ai demandées pour demain. Demain, nous avons tous prévu d'étudier à la villa avec Brooke et Spencer. Gabriella n'était pas trop d'accord, mais Brooke m'a aidé à la convaincre, en lui glissant certainement, que je ne pourrai pas profiter de son corps. *Mais honnêtement, lequel de nous deux en a le plus envie ?* On se le demande. Je passe mon pouce sur mes lèvres, en rejoignant la cuisine pour prendre une Despérados dans le frigo, quand mon portable sur l'ilot sonne.

— Manquait plus que lui, grogné-je en voyant le nom de Bryan s'afficher.

— Allô ? répondé-je avant de mettre une gorgée de ma bière dans ma bouche.

— "Je viens de recevoir les billets pour Bali." m'informe-t-il et je grince doucement des dents, craignant la suite.

— Tu aurais pu dire que tu avais accepté ?!" s'exclame-t-il et je peux sentir d'ici qu'il est furieux.

— Tu m'as bien dit que c'est moi qui gérais les shootings ? lui demandé-je essayant de jouer sur les mots.

— "Mais on parle de la maison des James !" s'énerve-t-il.

— "En as-tu au moins parlé avec Gaby ?" me demande-t-il.

Je détourne mon regard vers la fenêtre, pour regarder Gabriella qui s'est couchée sur la table. *Je fronce les sourcils.*

— Non, je vais le faire.

—"Elle n'acceptera jamais !"

— Laisse-moi gérer ça, lui fais-je sans lâcher du regard Gabriella qui semble s'endormir à nouveau sur la table.

— Je dois te laisser, coupé-je la conversation pour sortir de la cuisine et retourner sur la terrasse.

— Gabriella, dis-je doucement en m'accroupissant à côté d'elle et posant ma main sur son visage.

— Oh ! S'exclame-t-elle en ouvrant les yeux et je la regarde perplexe.

Je n'aurais peut-être pas dû l'ennuyer... Gabriella se redresse pour relever ses cheveux et se caresser la nuque, alors que je la regarde, m'inquiétant quand même de son attitude. Il est temps que les examens finissent, et qu'elle puisse profiter d'une semaine de repos avant le shooting à Bali et tout ce qui suit. Je caresse sa joue, alors qu'elle essaye de se remotiver. *La conversation pour Bali devra encore attendre quelques jours...*

Gloria

Gaby dormant chez Callum, malgré les examens, je tanne papa pour pouvoir aller faire un tour avec Evan. Papa aimant bien Evan, et ne voulant pas me vexer, il accepte assez vite. Evan m'emmène avec lui à moto dans les rues de Seattle. J'adore quand nous faisons ce genre de balade. J'ai l'impression de lui confier ma vie quand je suis ainsi, accrochée à son dos et qu'il file entre les voitures. Evan arrive sur la place, et arrête la moto près de la fontaine où se trouve une bande de jeunes que je ne connais pas. Je descends de la moto, et j'enlève mon casque, pas très certaine que ce soit le genre d'amis que je choisirais. *Mais si Evan les connait, c'est qu'ils ne doivent pas être si mauvais que ça.*

— Tu viens, fait Evan en me prenant la main pour les rejoindre.

— Waouh ! Tu nous fais enfin grâce de ta présence ! lui lance un des grands gars avec sa veste en cuir noir.

Il a tout du bad boys, qui traine dans les rues pour passer son temps. Et je ne parle pas de ses cheveux blonds en pic, qui se dressent tout autour de sa tête. *Ce n'est vraiment pas le genre de gars avec qui je voyais Evan trainer...* Evan me fait m'assoir entre ses jambes sur le banc, et je remarque qu'ils ont quasiment tous une bouteille dans un emballage brun, et qu'ils se les font passer comme si c'était une tournante.

— Tu en veux ? me demande la brune face à moi.

— Non merci, répondé-je.

J'évite de fixer l'anneau qu'elle porte dans le nez, qui pourrait servir d'attache pour les vaches. Je me retiens de rire, et la bouteille passe derrière moi. Je comprends que Evan est en train de boire, mais il est plus vieux que moi, *donc cela ne me pose pas de problème.*

— Comme ça, c'est toi la copine de notre cher Evan ? me demande le grand noir de cheveux.

— Il faut croire, répondé-je.

— Il faut croire ! répète la fille en face de moi avec son anneau et je peux voir dans ses yeux qu'elle se moque de moi.

Je serre la mâchoire, avant de me mordre la lèvre. Et alors que la bouteille repasse devant moi, je la prends pour en avaler une gorgée.

— Oh putain ça brûle ! m'exclamé-je et ils se mettent à rire.

Evan m'attire plus entre ses jambes et me fait tourner le visage vers lui. Son regard est illuminé, et j'en oublie presque le feu qui brûle dans ma bouche dû à l'alcool que je viens de boire.

— Tu devrais essayer comme ça, fait doucement Evan.

Il porte la bouteille à sa bouche, avant de coller ses lèvres au miennes. Je garde les yeux ouverts, et j'entrouvre les lèvres comprenant ce qu'il fait. Le mélange de l'alcool et de notre salive semble atténuer la brûlure, et je souris quand il quitte ma bouche.

— J'avoue que c'est mieux, confirmé-je et il me sourit fièrement.

— Tu devrais essayer ça aussi, me fait la brune en me tendant une cigarette.

Mais en y regardant bien, cela ressemble plus à un cône et je comprends que c'est un joint. Je déglutis, et voyant que tout le monde semble se passer un joint pour tirer dessus, je me laisse donc tenter. *Une tentation qui ne me fera pas de mal n'est-ce pas ?*

Chapitre 28

Fin des examens

Callum

J'avais oublié, le sérieux de ma précieuse pendant un instant, quand je la vois étudier si sérieusement, alors que Brooke fait l'idiote avec son stylo sur la main de Spencer. Je soupire et m'appuie sur mon coude, en regardant vers le visage de Gabriella qui ne quitte pas sa feuille, mais j'ai l'impression qu'elle n'écrit pas des masses. *Non, mais sérieux ?!* Je me penche un peu, et je bouge sa mèche qui m'empêche de voir la totalité de son visage. Je souris en remarquant, que mademoiselle s'est encore endormie en étudiant. Mais cela devient vraiment une foutue habitude, depuis un moment qu'elle s'endorme ainsi.

— Elle dort ? Me demande Brooke voyant que je la recache avec sa mèche.

— Un vrai zombie ambulant, souris-je pour confirmer.

Je me lève pour rentrer dans la villa, Brooke sur mes talons.

— Je trouve qu'elle est bien fatiguée en ce moment, me fait remarquer à son tour Brooke.

— Tu devrais peut-être la laisser dormir la nuit ?! me lance-t-elle.

Je sais qu'elle a voulu être drôle, mais je grimace en prenant la cruche de limonade dans le frigo.

— Figure-toi qu'en ce moment, je me contente du strict minimum. Elle n'arrête pas d'étudier et de dormir, lui expliqué-je.

Je passe la main dans mes cheveux en revenant vers le séjour.

— Tu penses qu'elle peut à nouveau être...

— Non, la coupé-je fermement en sachant à ce qu'elle va dire.

— Tu as l'air certain de toi. Me fait-elle remarquer alors que je regarde le dos de Gabriella sur sa chaise.

— Depuis l'incident, elle prend sa pilule contentieusement. C'est une des raisons pour laquelle nous ne mettons plus de capotes, lui expliqué-je.

— Mais vu son état de fatigue, elle peut aussi bien oublier non ? me fait-elle remarquer et je fronce les sourcils.

Je ne pense pas que cela puisse arriver, mais je devrais peut-être vérifier. Je tends la cruche à Brooke pour repartir sur la terrasse, et je cherche du regard son sac à main. Je me souviens du coup qu'elle l'a mis dans la chambre, et je traverse le séjour pour monter à l'étage, où je le trouve effectivement sur la coiffeuse. Je ne suis pas du genre à fouiller dans ses affaires, mais je ne peux pas attendre qu'elle se réveille pour vérifier. L'idée qu'elle soit à nouveau enceinte et surtout maintenant... *me stresse pas mal.*

— Callum, qu'est-ce que tu fais ?

Je tiens la plaquette de pilules dans mes doigts, et mon regard se porte sur Gabriella qui se tient à l'entrée de la chambre, encore endormie. Son regard se porte sur mes doigts, et elle revient vers moi perplexe et choquée.

— Je voulais juste vérifier. Tu comprends... tu es toujours fatiguée, expliqué-je voyant ses yeux s'ouvrir plus grands sous la surprise.

Je passe ma langue sur mes lèvres, alors qu'elle avance d'un pas franc vers moi et elle me prend la plaquette des mains.

— Tu aurais pu demander, dit-elle froidement.

— Et non, je ne suis pas enceinte ! Claque-t-elle froidement en balançant la plaquette dans son sac pour sortir un pot.

Elle fait sauter le capuchon et elle prend deux gélules, alors que j'ai l'impression d'avoir fait une connerie.

— Callum, tu n'as pas à t'inquiéter. Je suis juste fatiguée, du rythme que nous avons depuis un moment, fait-elle en remettant le pot dans son sac.

— Tu devrais peut-être aller voir le médecin demain, lui fais-je trouvant quand même que ce n'est pas normal.

— Je prendrai rendez-vous, dès que nous aurons fini les examens, répond-elle sans un regard dans ma direction en fermant son sac.

— Gab...

— Callum, je sais que tu t'inquiètes mais je ne suis pas enceinte, insiste-t-elle.

— Attends, tu penses quoi là au juste ? lui demandé-je perplexe.

Je pensais que c'était le fait que je fouillais dans son sac, mais je la trouve quand même bien froide d'un coup.

— Rien, mais tu vérifiais ma pilule avec une telle crainte dans tes yeux... que je n'ai pas de doute sur le fait que si je l'étais...

Gabriella s'arrête et se mord la lèvre.

— Dis ce que tu allais dire, lui fais-je en prenant sa main dans la mienne doucement.

— Tu ne serais pas heureux, finit-elle par dire d'une voix basse.

J'entrouvre la bouche pour la contredire, mais je me ravise. *Non, je ne peux pas le faire, parce qu'elle a raison.* Oui, j'assumerai cette grossesse, comme j'aurais assumé l'autre. Mais je trouve, que nous avons encore du chemin à faire, avant de partager notre amour avec un si petit être. Nous devons encore avancer tous les deux, et trouver nos repères dans la vie pour qu'il puisse s'épanouir avec nous. Mais je pense que je n'ai pas besoin de lui dire, car quand elle fait un pas vers moi pour se blottir contre mon torse, elle murmure qu'elle aussi aurait du mal à le gérer...

Gaby

C'est enfin terminé. Cette année de lycée s'achève avec la fin de ses foutus examens, qui ont pris toute ma concentration depuis une quinzaine de jours, et nous allons enfin pouvoir nous relaxer. Je sors de la classe, en cherchant Brooke du regard qui est sortie la première, et celle-ci me bondit dessus se trouvant en fait derrière moi.

— On va aller fêter la fin des examens au club ! s'exclame-t-elle euphorique.

— Franchement, il était temps que la pression relâche, fait-elle en arrivant dehors.

Spencer et Callum nous attendent déjà fumant une cigarette. Je ne suis pas convaincue qu'ils aient rempli toutes les feuilles, vu qu'ils sont sortis les premiers. Mais je peux me tromper. Callum me prend la main tendrement quand on arrive près d'eux, et nous avançons vers le parking.

— Tu veux repasser te changer ? me demande Callum alors que nous arrivons à la voiture.

— Non. Sauf si tu veux, lui demandé-je sachant que je porte pourtant une robe qu'il m'a demandé de mettre aujourd'hui.

Callum esquisse un sourire charmeur, et je lève les yeux au ciel. *Il ne pensait pas du tout au fait de se changer.*

— On y va ! Nous crie Brooke en montant dans la Jeep de Spencer.

Je fais un sourire ennuyé à Callum, qui voit ses plans de profiter de nous un moment, repoussés à plus tard. Enfin, c'est ce que je pensais, puisque sa main est plus que baladeuse pendant le trajet, ainsi qu'une fois que nous sommes assis à table, où Archie et d'autres du lycée nous rejoignent. Callum n'arrête pas de me mordiller le lobe de l'oreille, et j'avoue que je suis très réceptive à son toucher sur ma cuisse sous la table. Je décide donc de me lever pour me rendre aux toilettes, afin de me rafraichir et calmer ce désir qui monte en moi. Franchement, je ne sais pas si c'est la vodka que je viens de boire qui me rend aussi réceptive à ses touchers, mais je vais finir par lui proposer moi-même de rentrer si cela continue. Mon dieu, s'il entendait mes pensées, il rirait avec un mouvement de sa langue sur ses lèvres qui m'enflammerait encore plus. Je me lève de la toilette, et je tire la chasse, remettant ma robe noire sur mes cuisses convenablement. Je prends une bonne respiration, en me disant qu'on peut encore tenir une bonne heure, et que cela en sera tout aussi meilleur quand on se retrouvera seul. Mais quand j'ouvre la porte, Callum se tient devant moi et me ramène dans la toilette en conquérant ma bouche de sa douceur et de son désir. *Oh merde, on va vraiment le faire ici !* Mes mains sont déjà avides de lui, et je défais les boutons de son jeans en quelques secondes, pour faire sortir Popol de son enclos.

Celui-ci est déjà prêt à se lancer au travail, et à sentir les doigts de Callum glisser en moi, je comprends que moi aussi, je suis plus que prête à le laisser travailler.

— Attends, fait doucement Callum en passant derrière moi pour mettre la planche de la toilette et s'y assoir.

Il me fait un sourire d'invitation en faisant bouger Popol sans les mains, et je souris en me tournant à mon tour, où il m'invite à m'assoir sur celui-ci qui s'enfonce doucement en moi.

La main de Callum rejoint ma bouche qu'il couvre, en entendant mon gémissement de plaisir, s'enfuir de ma gorge, alors que je me déhanche sur lui de plaisir. Je ne fais même pas attention au fait, qu'il y a certainement des filles qui se trouvent dans les toilettes, je savoure chaque coup de rein que Callum fait. Ses doigts glissent pour dégager un peu plus mon string et il commence à titiller mon clitoris.

— Oh... gémis-je.
— Callum...

Il ramène à nouveau sa main contre ma bouche et mordille mon lobe d'oreille.

— Je t'aime, souffle-t-il.

Il relance une cadence infernale en moi, et je dois me forcer à enfouir les cris de plaisir qui montent dans ma gorge. Mes mains s'accrochent à son bras qui m'empêchent de sortir un son, alors que ses coups de rein sont de plus en plus durs et rapides. Mais au moment de la délivrance de Popol, c'est lui qui pousse un tel râle et grognement de plaisir, que si j'étais rouge de plaisir, là je suis rouge de honte en entendant des filles se mettre à rire dans les toilettes.

Gloria

Je pense que j'y suis allée un peu fort entre les joints, et les bouteilles qui tournaient tout à l'heure. Je sors du lit de Evan avec une envie de faire pipi atroce, mais aussi un mal de tête, digne d'un chantier de construction à l'heure de pointe. Je me gratte la tête, en remarquant que je suis en fait toute seule dans le lit, et je prends le Sweat de Evan pour l'enfiler afin de me rendre aux toilettes. Arrivée dans le couloir, je remarque que la pièce du fond est ouverte et qu'il y a de la lampe. J'hésite en passant mes doigts sur ma gorge, me rappelant de ce qu'il a dit ce jour-là, mais aussi le fait qu'il a dit qu'il plaisantait.

Je décide donc de me rendre vers cette porte ouverte à tâtons, et je remarque qu'il ne s'y trouve pas. Mon regard se porte alors sur la pièce en elle-même, et je déglutis en me rendant compte que cette chambre est remplie de photos. Il n'y a pas un morceau de pant de mur, où celui-ci est apparent. Je plisse les yeux en avançant doucement dans la chambre, pour regarder la grande photo qui se trouve au milieu du mur, et je remarque que c'est une grande brune aux yeux verts. Je pose mes doigts sur le nom en bas de la photo, remarquant que c'est une photo de magasine où c'est écrit.

— Mellyssandre, égérie de Tomboy X, chuchoté-je et je reviens sur la fille en question, puis sur les autres photos.

Ce sont toutes des photos de sa sœur décédée. *Je frissonne, c'est quand même un peu étrange ce genre de chose non ?* Je recule doucement, pour sortir de la chambre en continuant de regarder ses photos, et je me rends compte que sur plusieurs, elle se trouve avec quelqu'un dont le visage est barré d'une croix rouge. Je plisse les yeux pour remarquer que c'est Callum qui se trouve sous ses traits rouges, et je porte ma main à ma bouche écœurée. Je me retourne d'un geste vif pour sortir d'ici, et je me fige en le voyant me regarder froidement.

— Ne t'avais-je pas dit de ne pas venir ici ? grince-t-il entre ses dents avant qu'il n'avance d'un pas et que son poing ne s'enfonce dans mon estomac.

Chapitre 29

L'envie de croire au changement

Gaby

Je grimace en entendant ce bruit de vibration, qui provient de la table de nuit, mais de mon côté pour une fois. La nuit a été longue, et Callum a tellement profité de cette soirée, qu'il n'a pas arrêté de ronfler. *Ce qui ne m'a pas vraiment aidé à m'endormir pour une fois...* Je tends mon bras vers ma table de nuit, et je tâtonne celle-ci à la recherche de mon portable, qui vibre encore. J'humidifie mes lèvres, et je porte le téléphone à mon oreille en baillant.

— Allô ?

— "Grande sœur..." marmonne Gloria d'une drôle de voix et j'ouvre les yeux inquiète.

— Gloria ?! m'exclamé-je étonnée en voyant l'heure sur le réveil.

Il n'est même pas huit heures du matin.

— Qu'est-ce qui se passe ? lui demandé-je.

— "Je ne me sens pas bien." marmonne-t-elle.

— Où es-tu ? lui demandé-je croyant qu'elle se trouvait avec Evan.

— "Je suis à la maison, mais papa est parti et j'ai oublié mes clés." m'explique-t-elle.

— À la maison ?! m'exclamé-je surprise en me redressant dans le lit.

Je retire doucement le bras de Callum, qui se trouve sur ma taille. Je réfléchis en me demandant s'ils se sont disputés, alors que je vais jusqu'à l'armoire pour prendre des sous-vêtements que j'enfile.

— Le temps de faire la route et je suis là, la rassuré-je avant de raccrocher.

Je me mords la lèvre, en regardant vers le lit. *Cela ne sert à rien de le réveiller pour si peu.* Je vais juste faire aller-retour, et vu ce qu'il a bu hier, je ne pense pas qu'il remarquera mon absence. Par acquis de conscience, je lui écris un mot, que je pose en évidence sur mon oreiller, et je file de la chambre après avoir enfilé un short et un T-Shirt auquel je fais un nœud sur le côté. J'attrape mon sac sur le meuble près de la porte du hall, où j'ai aussi posé ses clés, et je monte dans la Dodge en toussant. *À croire qu'il a fait une beuverie dans la voiture...* Je ne me rendais vraiment pas compte à quel point, l'odeur de l'alcool pouvait autant empester. Mais bon, il était de très bonne humeur et de plus, *il a un côté super mignon, quand il bafouille des idioties quand il a bu.*

Le trajet me semble plus court que d'habitude, et j'arrive assez vite à l'immeuble de notre appartement. Je suis surprise de voir la moto de Evan, se trouver d'ailleurs devant celui-ci. *Il lui a peut-être ramenée son sac.* Je suis certaine pour le coup, qu'ils se sont disputés, et que Gloria est partie comme une furie, sans réfléchir. L'impulsivité de ma petite sœur est parfois identique à celle de Callum. C'est peut-être pour cela que je la supporte autant, quand elle fait des siennes. Quand j'arrive à l'étage, je remarque que personne ne se trouve devant la porte, et j'esquisse un sourire en me demandant si c'est une bonne idée que je rentre dans l'appartement. Après tout, le meilleur après une dispute… *ce sont les réconciliations non ?* Mais bon, je suis là. Je vérifie, je prends quelques affaires et je retourne à la villa, avant que Callum ne se réveille. Je rentre dans l'appartement, où tout semble vraiment calme, mais les chaussures de Gloria se trouvent devant le divan, donc c'est qu'ils sont bien rentrés.

Des bruits de pas proviennent de sa chambre, alors que je remets ses chaussures à leur place et je me relève pour me trouver face à Evan, qui a se frotte la nuque, ennuyé.

— Oh, tu es là. Je ne savais pas qu'elle t'avait appelée, fait-il alors que je pose mon sac sur la table du salon.

— Si. Elle m'a demandé de venir lui ouvrir la porte, lui expliqué-je.

— Je suppose qu'elle t'a parlé de notre dispute, alors, fait-il en se frottant la nuque et je vois dans son regard qu'il a l'air vraiment triste.

— La connaissant, elle s'est emballée non ? demandé-je en passant devant lui pour aller dans la cuisine prendre un jus d'orange.

Une fameuse manie depuis un moment, d'avoir sans cesse la bouche pâteuse.

— On a peut-être un peu trop fêté la fin des examens, dit-il en regardant vers la porte de Gloria.

Une fois mon verre fini, je décide d'aller voir cette idiote, qui aurait pu me prévenir qu'il était venu. Cela m'aurait évité de faire la route. J'entrouvre la porte de la chambre de ma petite sœur, et je vois qu'elle s'est endormie. Je referme doucement celle-ci, et je reviens vers le séjour où se trouve Evan, qui ramasse mon sac qui semble être tombé.

— Désolé, je ne suis pas très réveillé, s'excuse-t-il en remettant mes affaires dans mon sac et je m'accroupis devant lui pour l'aider.

Je remarque une rougeur à la base de son cou, et sans vraiment m'en rendre compte, je pose mes doigts sur la marque. Evan m'attrape la main dans un mouvement vif, qui me glace d'un coup et il ramène ma main devant moi.

— Une petite dispute, fait-il en se relevant.

Je me mords la lèvre, en me demandant si c'est Gloria qui lui a fait ça. *Mais qu'est-ce qui se passe au juste entre eux deux ?*

Brooke

Je suis étonnée de savoir que Gaby ne se trouve pas chez Callum ce matin, et je la rejoins devant le cabinet du médecin à l'heure convenue. Elle n'avait pas envie d'y venir avec Callum, et qu'il la stresse plus qu'elle ne l'est, donc nous avons convenues de venir ensemble pour qu'elle ne se sente pas seule au cas où... Car bien qu'elle lui ait assurée qu'elle n'était pas enceinte en lui proposant même de faire un test, elle a des réticences à ce sujet. J'avoue que nous sommes encore jeunes pour devenir parents, mais je pense aussi que cela ferait remonter les souvenirs de leur bébé mort il y a quelques temps. J'ai souvent l'impression que ce soit lui ou elle, ils n'en ont pas vraiment fait le deuil. *Mais bon, je ne vis pas dans leur tête non plus.* Gaby gare la Dodge à côté de ma Ford, et je peux voir qu'elle semble angoissée, rien qu'à la façon dont elle s'énerve sur son sac, qui ne veut pas s'ouvrir pour y mettre les clés.

— Et merde ! s'exclame-t-elle alors que tout son contenu finit par se renverser sur le bitume et je souris en l'aidant à ramasser.

— Tiens, tu prends des vitamines ? lui demandé-je.

— Je n'ai pas eu le choix. À force d'entendre tout le monde me dire que j'étais fatiguée, m'explique-t-elle.

Elle reprend la boite de mes mains pour la remettre dans son sac, avant de se lever. Une fois arrivées dans le bureau du médecin, celui-ci après avoir entendu ses explications, lui propose de lui faire une prise de sang et de lui donner des vitamines à prendre.

— Excusez-moi, interviens-je voyant que Gany ne parle pas du contenu dans son sac.

— Gaby prend déjà des vitamines, lui expliqué-je en regardant celle-ci qui sort son pot de sa boite.

Le médecin examine celui-ci, et lui rend en nous disant qu'il va mettre un booster en plus, puisque cela ne semble pas fonctionner juste avec les vitamines. Je vois les mains de Gaby se mettre à trembler, et je comprends qu'elle angoisse vraiment de ce qui lui arrive. Je prends sa main dans la mienne, en essayant de la soutenir comme je peux. Mais j'avoue que moi aussi, je commence à m'inquiéter de son état de fatigue... *si elle n'est pas enceinte.*

— Merci d'être venue avec moi, fait-elle en sortant du cabinet.

— Je ne serais pas ta meilleure amie, si je n'étais pas venue, lui fais-je remarquer.

— De plus, tu dois être en forme pour partir à Bali dans une semaine, lui rappelé-je.

Gaby me sourit en mettant ses lunettes de soleil, avant de sortir du bâtiment. Car même si c'est le médecin qui travaille pour l'agence... *il y a toujours un ou deux vautours aux aguets du moindre scoop.* Et d'ailleurs, Gaby regrette d'être venue avec la voiture de Callum, trouvant qu'elle attire trop l'attention. C'est clair que Callum n'est pas discret dans les rues de Seattle avec sa Dodge que tout le monde connait.

— Tu veux aller boire un thé ? lui demandé-je arrivées à la voiture.

— Non, je dois aller voir comment va Gloria, avant de rentrer à la villa.

— Elle est malade ? lui demandé-je étonnée.

— Je pense. En tout cas, elle dormait quand je suis rentrée.

— En parlant de Gloria, je voulais te parler de quelque chose, commencé-je sachant que cela fait un moment que j'aurais dû lui dire.

— Maya, qui est en première au lycée, m'a dit qu'elle avait vu Evan et Gloria sur la place.

— Sur la place ? répète Gaby perdue.

Je me rends compte que j'aurais dû en parler avec Callum, et pas avec elle tout compte fait. *Elle va tomber des nues, quand je vais lui dire que sa sœur consomme.*

— Oui, tu sais Evan a un groupe d'amis peu fréquentable, continué-je quand même.

Il est trop tard pour faire marche arrière, et je vois Gaby se mordre la lèvre comme si elle savait de quoi je parle.

— Tu es au courant ? lui demandé-je étonnée.

— Non, mais je sais que Callum y a été une fois, m'avoue-t-elle en déverrouillant la Dodge.

Je comprends donc que je n'ai rien à ajouter, sur ce qu'ils faisaient là-bas... mais j'aurais dû m'abstenir de lui dire maintenant. *Elle n'avait pas besoin de ça en plus...*

Callum

— Putain mec, t'exagères ! balancé-je à Bryan en le rejoignant sur la terrasse en ébouriffant mes cheveux.

Comme si cela allait arrêter mon mal de crâne. J'aurais peut-être dû éviter de fumer ce joint avec les gars dehors, mais j'avais besoin de calmer Popol... qui était toujours autant excité même après ce moment aux toilettes avec Gabriella.

— Callum, je pars pour la France ce soir. Et nous devons, nous assurer que tout est bien en ordre pour votre départ, fait-il tel un mentor constipé… ou plutôt angoissé.

— On va gérer, fais-je en souriant tout en prenant une cigarette dans mon paquet qui se trouve sur la table à côté de son ordinateur.

— Je l'espère, grince-t-il des dents et je sens un malaise d'un coup.

— Tu ne me fais pas confiance ? lui demandé-je.

Je passe la main dans mes cheveux en le regardant étonné, de la façon dont il semble sur les nerfs.

— Si, m'assure-t-il en enlevant ses lunettes pour se pincer l'arête du nez.

— Mais c'est le fait que Pénélope ait suggéré cela, qui me travaille, m'explique-t-il en s'affalant sur sa chaise.

— Je vois, acquiescé-je en tirant sur ma cigarette.

Moi aussi, j'ai encore des doutes sur les intentions de Pénélope, en ce qui concerne son aide pour le shooting, et le fait qu'elle m'ait rendu l'accès à mes comptes sans contrepartie. Mais quelque part, j'ai envie de lui faire confiance sur le fait, que si ce shooting tourne mal ; elle perdra elle-aussi de l'argent. *Je ne pense pas qu'elle serait capable d'aller jusque-là.*

— Mais tu ne penses pas qu'elle pourrait avoir changé ? tenté-je de demander.

Bryan remet ses lunettes en se pinçant les lèvres. Ce qui est une réponse en soi, et je me redresse pour m'appuyer sur mes coudes en réfléchissant.

— Mais moi, j'ai bien changé, non ? lui fais-je remarquer.

— Oui, tu as changé par amour pour Gaby, confirme Bryan.
— Mais là, nous parlons de ta mère, qui pendant plus de vingt ans, n'a pensé qu'à son profit, me rappelle-t-il et je grince des dents en acquiesçant.

Pourtant, depuis notre conversation de l'autre jour, j'ai envie pour une fois de croire qu'elle peut enfin changer. Après tout, je suis la preuve vivante que les gens peuvent changer, et je voudrais enfin croire qu'elle aussi… *doit avoir un cœur qui bat dans sa poitrine pour autre chose que l'argent.*

Chapitre 30

Le visage caché d'Evan

Archie

Je passe devant la porte de l'appartement des Gomez, et je regarde celui-ci, en me demandant si l'une d'elles est à la maison. À entendre le bruit de la télévision, il y a bien quelqu'un qui s'y trouve. J'hésite un instant avant de toquer. *Après tout, entre voisin, je peux venir demander du sucre non ? L'excuse bidon, juste pour avoir de leurs nouvelles...* Il faut dire que depuis que Gaby passe son temps chez Callum, et Gloria avec Evan ; je ne les vois plus beaucoup. Et en ce qui concerne Gaby, j'ai bien compris que tout le monde semblait s'inquiéter de son état de fatigue, quant à Gloria... *Le fait qu'elle soit avec Evan ne me rassure pas du tout.*

J'entends la télévision se couper et la porte s'ouvre, je m'apprête à sourire quand mon regard plonge dans celui de Evan qui me regarde limite d'un air hautain.

— Salut, fait-il.

— Salut. Je venais voir si je pouvais emprunter du sucre ? demandé-je en jetant un coup d'œil dans la pièce.

— Si tu cherches Gloria, elle dort, fait-il en remarquant mon regard qui la cherche.

— Tu devrais revenir plus tard, ajoute-t-il.

Je n'ai pas le temps de rajouter un mot, qu'il me ferme la porte limite au nez. Je passe la main dans ma nuque, perplexe. J'ai l'impression qu'il cachait plutôt quelque chose. Il lui fallait deux minutes pour me donner du sucre, et même s'il n'est pas chez lui, il sait très bien où il se trouve. Je regarde cette porte close devant moi, et j'entends la télévision se remettre en route. Je décide de repartir vers mon appartement, en composant le numéro de Callum. Je ne sais pas pourquoi, *mais j'ai un mauvais présentiment.*

— "Ouais." répond Callum alors que je vais jusqu'à la fenêtre de la cuisine pour fumer une cigarette.

— Salut, Gaby est à côté de toi ? demandé-je.

Juste histoire, qu'il comprenne qu'il ne vaut mieux pas discuter de Evan devant elle.

— "Non, elle est montée à l'appartement ce matin, et là, elle doit être au médecin." m'explique-t-il alors que je vois la Dodge rentrée dans le parking de l'immeuble.

J'écrase ma cigarette et je ressors de l'appartement.

— Ah ok. Écoute, je vais te laisser.

Je raccroche, en me dépêchant de descendre les escaliers. Je vais déjà m'assurer que mes craintes sont fondées auprès de Gaby. Si elle se trouvait à l'appartement ce matin, elle doit savoir pourquoi Evan se trouve encore là, alors que sa sœur dort. J'espère que je me trompe, et que je ne m'inquiète pas pour rien. Pourtant quand je vois Gaby avancer dans l'allée de l'immeuble, je ressens une pression sur ma poitrine, en voyant son visage crispé. Il se passe bien quelque chose... *mais cela a-t-il avoir avec Evan ? Ou le fait qu'elle revienne du médecin ?*

— Bonjour Archie, me salue-t-elle en me voyant enfin.

— Salut, je voulais vous emprunter du sucre, mais je n'ai pas vu ta sœur, expliqué-je en lui faisant la bise et elle enlève ses lunettes de soleil en entrant dans le hall.

— Oui, elle est malade, répond Gaby en avançant dans les escaliers.

— Je lui ai ramené de la soupe de poulet, je sais qu'elle adore, m'informe-t-elle en me montrant le sachet.

J'en conclus donc, que je me suis inquiété pour rien. Mais j'ai toujours cette impression de malaise, en quittant leur appartement avec mon sucre en main.

Callum

Je n'ai pas vraiment apprécié l'appel de Archie, qui me raccroche au nez comme s'il avait le feu au cul. *Le feu après quoi ?* Et pourquoi il me demande si Gaby est là, pour me raccrocher aussi vite. *S'il voulait lui parler, il n'avait qu'à l'appeler au lieu de me sonner.* Heureusement que Rita avait des courses à faire en ville, donc j'ai pu profiter de sa voiture pour monter jusque chez elle. Pourtant quand j'arrive, ma caisse ne se trouve pas sur le parking. Je passe la main dans mes cheveux, en me demandant si elle est déjà retournée à la maison. *J'ai l'air bien du coup.* Au pire, je remonterai avec Rita quand elle aura fini ses courses. Je remarque que la voiture de Archie n'est pas là non plus, mais que la moto de Evan se trouve bien là. *Super, je vais me coltiner ce petit con et sa sœur malade.*

Honnêtement, je ne sais pas pourquoi je choisis quand même de me rendre à l'appartement, alors qu'elle ne s'y trouve pas. Je toque à la porte, et j'entends quelqu'un tousser. Celle-ci s'ouvre sur une Gloria, cachée dans un pull à capuche trop grand pour elle.

— Ah ouais, t'es vraiment bien malade, fais-je alors qu'elle me laisse entrer.

C'est rare qu'elle soit aussi si silencieuse... La connaissant, elle m'aurait envoyé une réplique tordue, dont elle seule trouve cela drôle. Mais non, elle retourne se mettre dans le divan avec sa couverture sur les jambes, encerclant ses jambes avec ses bras.

— Ta sœur n'est pas là ? demandé-je.

— Je ne sais pas. Quand je me suis réveillée, il y avait la soupe sur la table. Je suppose qu'elle est rentrée non ? dit-elle d'une voix basse et rauque.

Je la regarde, perplexe. Oui, elle semble vraiment malade, *mais j'ai l'impression qu'il y a aussi autre chose...* Je m'assois sur la table de salon devant elle, et je lui enlève sa capuche, d'un geste vif.

— Mais qu'est-ce que tu fais ?! hurle-t-elle en remettant sa capuche sur sa tête.

— Depuis quand ? Lui demandé-je.

— Quoi... depuis quand ?

— Depuis quand tu prends de la drogue ? insisté-je.

— Mêle-toi de tes affaires ! balance-t-elle en se levant d'un bond.

Je me lève à mon tour pour l'attraper par le poignet, et lui faire me faire face. Mais une grimace se forme sur son visage, et je relève la manche du poignet que je tenais en main.

— Bordel, c'est quoi ça ?! m'exclamé-je ahuri en remarquant les marques sur son poignet.

Ce sont bien des marques de doigts, qui l'ont tenue plus que fermement. Je grince des dents, alors qu'elle me repousse pour recacher son poignet.

— Cela ne t'arrive jamais de faire l'amour un peu violemment ?! me donne-t-elle comme excuse bidon et je penche la tête en la toisant.

— Tu me prends pour un con ?! demandé-je.

— Je ne suis pas aussi naïf que Gabriella, tu as les yeux défoncés et tu as des marques sur le corps. C'est lui qui t'a fait ça ?! m'écrié-je limite en grognant de rage.

— Callum, mêle-toi de tes affaires ! s'exclame-t-elle en filant dans le couloir pour rejoindre sa chambre.

Pas question qu'elle se défile devant moi... Je la suis et j'ouvre sa porte d'un coup violent, pour la trouver assise en boule sur son lit en pleurant. Je passe la main dans mes cheveux, en me demandant ce que je vais pouvoir faire. Une chose est certaine, *cet enfoiré a commencé son jeu et je n'ai pas fait attention.* Gabriella semblait tellement fatiguée récemment, que je n'ai plus pensé que cet enfoiré pouvait nous nuire. Mais il avait déjà bien commencé depuis longtemps... *à en voir l'état de détresse, dans laquelle se trouve Gloria devant moi.* Je serre le poing, m'en voulant de l'avoir laissé faire ça à la sœur de Gabriella. J'aurais dû le dégager dès le départ, au lieu de laisser Gabriella me persuader de lui donner une chance. *Une chance de quoi ? Une chance de détruire sa sœur ?!*

— Où est-il ? demandé-je en grinçant des dents.

— Je t'ai dit de ne pas...

— Putain, tu ne vois pas qu'il te détruit pour s'en prendre à moi ?! claqué-je voyant qu'elle essaye encore de le protéger.

— Callum, je t'en prie ne t'en mêle pas, pleure-t-elle en relevant son regard vers moi et je tressaille.

— J'ai fait une erreur et lui aussi, fait-elle en pleurs.

— Ne me dis pas, que tu ne t'es jamais disputé avec ma sœur ? demande-t-elle.

Je serre les dents et les poings plus forts.

— Ne me dis pas... que tu ne lui as jamais fait de mal inconsciemment ? insiste-t-elle.

Je déglutis, sachant que je ne suis pas un saint non plus. Bien sûr que j'ai fait du mal à sa sœur, mais lui... *il joue avec elle*. Gloria attrape mon poignet et me supplie du regard.

— Callum, je ne le verrai plus si tu me le demandes, dit-elle.

Je fronce des sourcils, surpris qu'elle me dise une chose pareille...

— Mais tu sais que Gaby n'est pas en forme en ce moment. Je ne veux pas l'inquiéter, insiste-t-elle et je relève la tête en regardant le plafond.

Je ne peux pas mentir à Gabriella, sur ce qui se passe avec sa sœur, mais je ne peux pas non plus lui en parler en ce moment. Gloria a raison, elle n'est pas en état de supporter ce genre de choses... Mais je ne peux pas non plus, laisser Gloria seule, alors que nous partons à Bali dans quelques jours.

— Callum, je t'en prie, me supplie Gloria.

— Je... Je ne lui en parlerai pas, acquiescé-je à contrecœur.

— Mais juste le temps qu'elle aille mieux, corrigé-je.

— Callum.

— Il n'y a pas de Callum qui tienne ! claqué-je.

— Et pour être certain que tu ne reviennes pas sur ta parole de le revoir, tu vas aller chez Rita, la semaine où nous sommes à Bali ! lui ordonné-je.

— Mais...

— Tu n'as même pas à essayer de te dérober, grogné-je en serrant les dents tout en composant le numéro de Rita.

Il est hors de question que cet enfoiré, profite de mon absence, pour lui faire encore plus de mal. *Si seulement Gabriella n'était pas...*

— Où est Evan ? demandé-je en me rappelant avoir vu sa moto en bas de l'immeuble.

— Il doit être chez lui, répond Gloria

Je remarque à cet instant qu'elle n'a pas l'air de savoir qu'il est dans les parages. J'écarquille les yeux, et la panique me submerge, en composant le numéro de Gabriella. *Ne me dites pas que...*

Gaby

Je donne le sucre à Archie, et je lui fais comprendre que j'aimerais être seule avec Evan et Gloria, pour parler de ce que je viens d'apprendre... et des marques sur le cou de celui-ci. Je sais que Gloria peut être une peste, mais je ne pense pas que Evan soit si innocent que ça... surtout en ayant appris, qu'il l'avait emmenée sur cette fameuse place.

— Elle dort toujours ? demandé-je.

— Oui, je voulais d'ailleurs, aller lui chercher du sirop pour la toux, fait Evan.

Je trouve là, un bon moyen de parler avec lui, avant de parler avec Gloria. *Deux versions valent mieux qu'une, non ?* Je lui propose donc d'aller le conduire moi-même à la pharmacie, ce qu'il accepte sans problème, et après avoir repris une vitamine dans mon sac ; nous sortons de l'appartement. J'aimerais vraiment que ce que m'ait dit Brooke ne soit pas vrai, mais je ne sais pour quelle raison… *j'ai la conviction qu'elle a vu juste.* Gloria reste tout le temps dans sa chambre quand je suis là, et je ne parle pas de l'état dans lequel elle a quitté le club hier. J'ai remis ça sur l'alcool, en voyant l'état de Callum et de Brooke aussi… *mais je pense qu'elle devait, effectivement avoir pris autre chose.* Nous entrons dans la pharmacie, et après que Evan ait prix le sirop, j'en profite pour donner mon ordonnance de vitamine et de booster que le médecin vient de me prescrire.

— Tu as été au médecin ? me demande Evan alors que nous sortons de la pharmacie pour retourner sur le parking.

— Oui, j'ai dû faire une prise de sang, répondé-je en déverrouillant la voiture de Callum.

— Dis, cela te dérange de passer à l'appartement. J'aimerais prendre un truc pour Gloria, me demande Evan.

— Non, pas de soucis.

Arrivés à son immeuble, je monte avec lui, me disant que si nous devons parler, autant le faire chez lui. Parce que si je me suis trompée, Gloria risque de tout entendre et de me faire une vie de tous les diables. Nous entrons dans son appartement, et nous traversons le couloir pour rejoindre le séjour. *Je m'étonne d'ailleurs que celui-ci soit aussi propre.*

— J'arrive, fait-il en retournant dans le couloir pour rentrer dans une pièce.

— Evan, je peux te poser une question ? demandé-je en regardant la photo sur le meuble qui doit le représenter lui et ses parents.

— Demande, fait-il en revenant avec un sac en main.

— Est-ce que tu as emmené ma sœur sur la place de la fontaine ? lui demandé-je sans tourner autour du pot.

Après tout, plus vite la question est posée, plus vite, j'aurai les réponses à mes questions. Mais alors que je m'attendais, à ce qu'il soit ennuyé que je le sache, les lèvres de Evan forment un rictus qui me fait tressaillir. J'ai l'impression de me trouver, en un instant, dans la chambre de l'enfer de Callum. L'expression de malice sur le regard de Evan, est devenue aussi effrayante que celle que l'est Callum quand il m'appelle *"Gaby"*.

— Ma chère Gaby, je pensais pouvoir encore m'amuser un peu, ricane Evan.

Chapitre 31

Nous assumerons

Gaby
Je recule d'un pas, en voyant Evan passer sa main dans sa nuque, avec ce regard qui s'apparente à un psychopathe... *comme le ferait Callum quand il va exploser.* Tout mon corps se met à trembler, regrettant mon idée d'être venue le confronter sur son terrain. Je me mords la lèvre, et je sursaute presque, quand mon portable se met à sonner. Mon regard s'écarquille d'une véritable peur, quand Evan bondit sur moi et balance mon sac dans la pièce, me plaquant contre le meuble qui se trouve derrière moi. La douleur que je ressens, au niveau de mes reins, me lance dans tout le corps, mais ce n'est rien contre la peur qui me transperce alors que son souffle se pose sur moi. Je n'entends même plus la sonnerie de mon portable, qui résonne dans la pièce, je suis totalement sous l'emprise, de la peur et de son regard, que je n'arrive pas à lâcher. J'ai du mal de croire que ce garçon qui pleurait l'autre jour, me montrant sa peur d'être rejeté, est le même que celui qui se trouve à quelques millimètres de mon visage et qui me terrifie comme jamais.

— Gaby, Gaby, tu es trop curieuse, ricane Evan en penchant la tête tout en toisant mon regard.

— Je... Je n'ai fait que poser une question, répondé-je d'une voix plus que tremblante.

— Une question que je pensais devoir répondre plus tard, sourit-il, tout comme ta chère petite sœur, tu es bien trop curieuse.

— Ma sœur... paniqué-je en regardant la marque sur le cou de Evan.

— Qu'est-ce que tu lui as fait ? bafouillé-je me rendant compte qu'elle a peut-être autre chose qu'une simple toux.

Après tout, je ne suis pas vraiment rentrée dans la chambre. Je panique littéralement à l'idée, que l'état de ma petite sœur, soit plus grave que je ne le pensais. J'essaye du coup de me dégager de sa prise, mais Evan me tient plus fort et je grimace... tout en commençant à sentir les larmes de peur, inonder mon regard. *Qu'est-ce qui m'a pris de faire ça ? Callum m'avait pourtant dit de ne pas me retrouver seule avec lui ! Je suis stupide !*

— Je n'ai rien fait de spécial. Disons qu'elle a vu quelque chose, qu'elle ne devait pas voir, me fait-il et je sens les larmes couler de mes yeux.

— Qu'est-ce que tu veux ? finis-je par lui demander.

— Moi, se met-il à rire.

— Mais tout ce que je veux, c'est voir souffrir cet enfoiré, comme il a fait souffrir ma sœur, fait-il.

À cet instant, je peux voir et ressentir, du dégout total au moment où il parle de Callum. *Mon dieu, comment se fait-il que je n'aie pas vu cela avant ?*

— Mais tu es une ombre sur le tableau, me fait-il redevenant d'un coup normal.

Ce qui ne me rassure pas du tout, alors qu'il quitte mon regard baissant la tête.

— Tu sais, je t'aime bien Gaby, et je n'ai pas envie que tu souffres, continue-t-il simplement.

— Que je souffre... répété-je terrifiée à l'idée de ce qu'il compte me faire.

— Tu m'empêches de m'amuser avec lui, fait-il et son regard revient sur moi.

Mon sang se glace, en apercevant son éclair bleu dans le mien.

— Ce serait plus facile, si tu rompais avec lui.

— Jamais !

Je me mords la lèvre, me rendant compte que je viens de l'énerver encore plus.

— Alors, ne viens pas pleurer sur ce qui...

Je tressaille totalement, attendant la fin de sa phrase qui ne viendra jamais. Evan se fait projeter dans le séjour, et je me retrouve coincé contre le torse de Archie.

— Tu es un homme mort et tu le sais ! claque la voix haineuse de Archie.

Celui-ci me serre plus fort contre lui, alors que son cœur est sur le point d'exploser. Le sien peut-être, mais le mien vient de s'arrêter d'un coup, en pensant à la colère de Callum quand il sera au courant. *Non, il est hors-de-question, qu'il sache ce qu'il vient de se passer...*

Archie

Je rentre dans le couloir, où ils viennent de disparaitre, en me demandant ce qu'ils viennent faire ici. Je les ai suivis jusqu'à la pharmacie, en étant certain que quelque chose se tramait et je ne pense pas m'être trompé. Gaby m'a presque mis dehors de leur appartement, et l'attitude étrange qu'elle avait, me poussait à me dire que je ne devais pas la laisser seule avec Evan. D'ailleurs, je pense que Callum, lui avait déjà demandé de ne pas se trouver seule avec lui, et d'après ce que je vois… *elle en fait toujours qu'à sa tête.* Si seulement, elle se rendait compte que Evan n'est pas celui qu'elle croit. Je suis certain que son véritable visage la traumatiserait, tout comme Gloria. *Lui et sa gueule d'ange sont les pires à mes yeux…*

Je regarde les noms sur les portes, cherchant l'appartement de cet abruti, quand un bruit sourd se fait entendre dans un des appartements… et je jurerais que c'est celui que je cherche. Je tends l'oreille à la porte d'où venait le bruit, et je tergiverse quelques secondes devant, en regardant la poignée de la porte. Mais tout mon corps me pousse à franchir cette porte, et mon regard croit halluciner, quand je vois Evan coincer Gaby contre un meuble. Mon sang ne fait qu'un tour, et je fonce pour l'attraper et m'interposer entre lui et Gaby, que je serre contre moi. Je peux sentir la terreur qui coule dans les veines de Gaby, alors que je m'apprête à prendre mon portable pour prévenir Callum de ce qui se passe. Si quelqu'un doit signer l'arrêt de mort de ce mec, bien que cela me démange, *cela ne peut être que lui.* Il a touché ce qui est le plus cher dans sa vie, *et il ne l'emportera pas au paradis.*

— Archie, partons, murmure la voix de Gaby contre mon torse.

— Nous partirons quand Callum sera là, expliqué-je.

Je m'apprête à composer le numéro de celui-ci, tout en tenant mon regard noir sur cet enfoiré qui sourit.

— C'est ça, souris ! claqué-je.

— Il va te faire ravaler ton sourire et ta gueule d'ange, quand il saura ce que tu viens de faire ! grogné-je prêt à appuyer sur appel et la main de Gaby me prend mon portable.

— Je t'ai dit qu'on partait, fait-elle en se libérant de mon emprise.

Gaby prend son sac qui est par terre et elle sort de l'appartement, limite en courant.

— Gaby ! crié-je en la rattrapant.

Je ne comprends pas pourquoi elle n'attend pas Callum...

— Gaby, attendons qu'Callum arrive, fais-je alors qu'elle descend les escaliers.

— Callum ne viendra pas ! me lance-t-elle en continuant de marcher et je l'attrape par le bras pour l'arrêter et me mettre devant elle.

Ma poitrine se serre, en voyant les larmes de peur, qui sont dans ses yeux et elle plonge son regard dans le mien, me suppliant.

— Non. Ne me demande pas ça, fais-je comprenant où elle veut en venir.

— Je t'en supplie. S'il apprend ce qui vient de se passer, il va devenir fou, pleure-t-elle.

— Oui et il a une bonne raison non ?! m'exclamé-je ahuri devant ce qu'elle me demande, tu te rends compte que si je n'étais pas arrivé, il aurait pu...

Je m'arrête à la pensée de ce qu'il aurait pu faire à Gaby... *si je n'étais pas arrivé.*

— Callum a un travail à faire dans deux jours, fait Gaby.

J'écarquille les yeux, ahuri qu'elle insiste vraiment sur le fait de lui cacher cela.

— S'il se plante lors de ce shooting, il perdra tout, insiste-t-elle en essuyant les larmes de douleur qui coulent de ses yeux.

— Gaby, je ne peux pas lui cacher cela et toi non plus, dis-je en posant mes mains sur ses épaules.

Bien que je comprenne ce qu'elle veut dire par là. Callum lui ne comprendra pas, qu'on lui ait caché une telle chose… *et ce sera pire*. Elle risque de subir sa colère, car si Callum ne supporte pas quelque chose… *c'est bien qu'on lui mente*. Et là, elle va lui mentir sans détour pour sauver son avenir. *Mais quel avenir aura-t-il… s'il nous prend tous en grippe de lui avoir menti ?*

— Archie, j'assumerai de lui avoir caché, insiste Gaby en voyant que je ne suis pas d'accord.

— Si mon couple ne survit pas à ce mensonge, je n'en voudrai à personne, continue-t-elle en crispant ses doigts sur mon avant-bras.

— Mais s'il foire le shooting à cause de ce qui vient de se passer, tous les efforts qu'il a fait depuis des mois, pour s'en sortir, seront réduits à néant. Et tu sais, que Callum a enfin la chance de pouvoir prouver au monde, qu'il mérite sa place à l'agence pour lui, et non parce qu'il est le fils Hanson. Il y a trop de choses en jeu, insiste Gaby en pleurs.

— Et tu penses qu'il ne verra pas ton état ? Tu ne sais pas cacher les choses à Callum. Il lit en toi comme dans un livre, lui fais-je remarquer.

— Je n'ai juste jamais eu de vraies raisons de cacher les choses à Callum, répond-elle en essuyant ses larmes une dernière fois.

Oui, une dernière fois. Car à partir de ses mots, Gaby s'est totalement fermée jusqu'au parking, et elle m'a souri en montant dans la Dodge de Callum. À cet instant, je sais que les jours à venir, vont être un enfer pour nous tous… *et surtout pour elle.* Mais même si elle pense savoir gérer ce qui vient de se passer, en ce qui me concerne… *rien n'est moins sûr.*

Callum
Après m'être mis d'accord avec Gloria, sur le fait qu'elle ira chez Rita pendant que nous sommes à Bali, et que je ne parlerai pas de ce qui se passe à Gabriella avant notre retour ; je réessaye une nouvelle fois de la joindre.
— "Salut."
— Enfin, j'ai cru que j'allais devoir faire aller le GPS de la voiture, dis-je rassuré en allumant ma cigarette en arrivant en bas de l'escalier.
— "Désolée, j'étais à la pharmacie." m'informe-t-elle alors que je passe la porte de l'immeuble.
— À la pharmacie ? répété-je inquiet.
— "Rien de grave. Juste des vitamines à prendre." me rassure-t-elle et je tire sur ma cigarette en apercevant ma voiture arriver dans le fond de la rue.
— Je vais enfin pouvoir te câliner un peu, souris-je alors qu'elle arrive à l'entrée du parking et elle me fait un signe, avant de se garer alors que je raccroche.

Je me dirige vers la Dodge, en tirant une nouvelle fois sur ma cigarette, avant de la balancer et j'ouvre la portière en souriant pour la laisser sortir. Une fois sortie, je pensais être le seul à avoir envie d'un câlin, mais Gabriella m'embrasse tendrement.
— Et bien, souris-je amusé.

— Je ne suis pas le seul, à être en manque de baiser, murmuré-je en la serrant contre moi et posant un baiser sur son front.

— J'avoue, répond-elle alors que la Dodge de Archie entre à son tour sur le parking.

Je laisse Gabriella prendre son sac dans la voiture, et je lui prends la main, en jetant un coup d'œil vers la moto de Evan. Celui-là, il ne perd rien pour attendre, quand je reviendrai de Bali et que je serai certain que Gabriella se porte mieux. Je sais que nous avons promis de ne plus nous mentir... *mais je n'ai pas vraiment le choix, n'est-ce-pas ?* Et même si elle m'en veut de lui avoir menti, ce qui sera certainement le cas... *je n'aurai plus qu'à passer le reste de ma vie, à me faire pardonner à ses yeux.* En attendant, je dois me contenir et me focaliser sur autre chose.

Je serre ma précieuse dans mes bras, en attendant que Archie nous rejoigne, et nous rentrons tous les trois dans l'immeuble pour rejoindre leur étage, en parlant du shooting à venir.

Chapitre 32

Bali

Callum

Je gare la voiture de location devant l'allée de la villa des James, la main un peu crispée dans celle de Gabriella. Je sais que c'est moi, qui aie donné mon accord pour que le shooting se fasse ici, mais je suis quand même mal à l'aise d'y venir. Gabriella récupère doucement sa main, après que j'ai coupé le moteur, et je passe mon bras autour de ses épaules pour l'attirer vers moi.

— Mais...

— Chut. Laisse-moi profiter de ce moment de paix, la fais-je taire en frôlant ses lèvres tout en souriant.

Gabriella esquisse un sourire, et je passe le bout de ma langue dessus, en l'attirant encore plus fort contre moi, avant de la conquérir entièrement. J'avoue que je ne dors pas très bien, depuis que cette histoire avec Evan est arrivée... *mais je dois garder les idées claires cette semaine.* Que ce soit pour Gabriella, qui n'a pas encore reçue les résultats de sa prise de sang, ou pour le shooting... *que je ne peux en aucun cas raté*. Gabriella me repousse doucement, le souffle tout comme moi coupé, et je souris malicieusement. Je pose un baiser sur son nez, alors que Taylor toque à la vitre de son côté.

— Vous aurez tout le temps pour vous bécoter plus tard ! nous lance-t-elle alors que tout le monde semble être sorti de l'autre voiture.

— Bon, allons-y, lancé-je à Gabriella qui sourit.

Bien qu'elle soit encore gênée, de cet échange de baiser langoureux. J'avoue que je profite un peu trop de ces baisers en ce moment, mais c'est un peu ce qui remplace ce que je prenais pour me tenir calme... *ou pas*. Nous sortons les valises du coffre, et nous nous dirigeons vers la villa, où un homme nous attend. Il se présente comme étant l'intendant des lieux, et qu'il vit une petite maison plus loin sur la route, si jamais nous avons besoin de quelque chose. Après nous avoir fait faire le tour de la villa, il nous laisse enfin prendre nos marques. Les miennes sont très claires, je file dans la chambre où j'enlève mon T-Shirt qui colle déjà à ma peau, et je me rends dans la salle de bain, où se trouve une immense baignoire et une douche.

— Mon cœur, tu as laissé ta valise au rez-de-chaussée, me fait remarquer Gabriella qui semble elle-aussi avoir chaud.

La façon, dont elle relève ses cheveux de sa nuque et de ses épaules, me le prouve. Je lui lance un sourire malicieux et elle me regarde, perplexe, sachant très bien à quoi je pense.

— Callum, nous venons à peine d'arriver, me fait-elle remarquer alors que j'avance vers elle. Je penche un peu la tête sur le côté, tout en passant ma langue sur mes lèvres.

— Le voyage a été long, rétorqué-je.

— Et de plus, tu as vu la taille de la baignoire ? demandé-je en prenant un ton plus que sérieux.

Gabriella fronce les sourcils, étonnée que je parle de baignoire. Je pose un baiser dans son cou et je me dirige vers la sortie de la chambre.

— Fais-nous couler un bain ! lancé-je.

Je suis bien décidé à profiter de son corps dans la baignoire. Vu la place qu'il y a... *je pense qu'on peut bien s'y amuser.*

Gaby

Je suis un peu mal à l'aise d'être dans la villa du père de Vanessa, et voir dans quel luxe elle peut vivre aussi... me fait comprendre maintenant, pourquoi Pénélope disait que nous n'étions pas du même monde. Je m'assois sur le lit aux draps de satin, avec des voiles qui cachent celui-ci en regardant mon portable. Callum a changé le forfait de celui-ci, pour que je n'ai pas de problèmes pour joindre papa et Gloria. Mais c'est surtout Gloria que je veux joindre, et malgré mon quatrième appel ; *celle-ci ne me répond pas.*

Je n'ai pas parlé de mon altercation avec Evan, ni avec elle, ni avec personne d'autre que Archie, qui n'est pas d'accord, sur le fait que je n'ai rien dit à Callum. Mais je pense qu'il s'est fait une raison, bien que son regard sur moi soit un peu froid. Je ne peux pas faire autrement pour l'instant. *Callum a besoin d'avoir les idées claires pour le shooting...*

— Tu n'es pas encore dans le bain ?! me lance Callum en revenant dans la chambre avec sa valise et il ferme la porte derrière lui.

— Il coule, répondé-je simplement.

Callum me regarde, perplexe, comme il le fait depuis quelques jours et je souris, en me levant pour faire glisser la bretelle de ma petite robe. Je lui offre un sourire malicieux et sensuelle, en lui prenant la main, et je nous emmène dans la salle de bain. Une fois déshabillés, Callum m'attire contre son torse, et j'avoue que cela fait longtemps que je n'ai pas été aussi bien.

— Tu penses qu'on devrait mettre une baignoire à la villa ? me demande-t-il en passant l'éponge sur mon bras doucement.

— Je pensais que tu préférais les douches, rétorqué-je.

Ce n'est pas la douche en elle-même qu'il apprécie... *mais c'est plutôt tout ce qu'on peut y faire.*

— Mais dans une baignoire aussi, on peut s'amuser, fait-il en mordillant le lobe de mon oreille.

Je frémis à ce contact, dont j'ai pourtant plus que l'habitude. Mais il faut dire, que si on ajoute sa main qui caresse maintenant ma poitrine, et la masse dure qui se forme dans mon dos... *il n'y a aucun moyen, de contenir le désir qui s'empare de moi.* Je laisse mon corps se cambrer contre lui, pour qu'il puisse descendre à sa guise le long de mes cuisses, et je frémis encore plus quand il amène ma bouche à la sienne.

— Tu sais que cela va faire un an qu'on se connait, et on n'avait pas encore testé la baignoire, me murmure-t-il à l'oreille alors que je gémis de plaisir contre lui.

Ses doigts me font perdre, la moindre concentration sur ce qu'il me dit, et bien que je voudrais lui rappeler que le jacuzzi en a bien profité, je n'arrive pas parler. Callum me fait revenir plus haut sur lui, et ses doigts viennent titiller mes seins. Je ramène mes jambes sur le côté de ses cuisses, *en priant que je ne glisse pas*. Callum m'attrape par les reins pour me soutenir, et je pose mes mains sur ses bras, histoire de me surélever pour qu'il puisse guider Popol en moi. J'ai du mal à tenir la position de mes pieds, et Callum me fait revenir face à lui en m'embrassant.

— Ce sera plus simple, fait-il les yeux remplis de désir.

Et il nous fait glisser un peu dans la baignoire, avant de me laisser me mettre assise sur lui convenablement.

— Oh putain, gémit Callum alors que je fais des mouvements saccadés sur lui.

Je me mords la lèvre de plaisir, alors qu'il me mord un téton et je pousse un cri étranglé. J'avoue être vraiment sensible point de vue poitrine, et il aime se délecter de mes réactions quand il fait ça.

— Plus vite ma précieuse, gémit-il en se laissant aller en arrière.

Je m'arrête presque, en voyant qu'il a la tête quasiment sous l'eau. Mais Callum ne me laisse pas faire, et il ramène ses doigts sur mon clitoris, me faisant totalement exploser de plaisir.

Ce petit séjour professionnel à Bali, est déjà bien parti...

Archie

Je tourne comme un lion en cage, alors que je me trouve sur la terrasse de la villa, qui est plus grande que celle que Callum chez lui. *Mais je n'ai pas le temps de m'occuper de cela, parce que cela m'énerve que Gloria ne me réponde pas.* J'aimerais être certain que tout va bien pour elle. Mais il faut dire qu'elle n'a pas de raisons particulières de répondre à mes appels, puisqu'officiellement, je ne suis pas censé savoir ce qui se passe entre elle et Evan. Mais voilà, je ne peux pas non plus demander à Callum, de s'assurer qu'elle soit bien avec Rita. *D'ailleurs, je ne sais pas pourquoi elle se trouve chez Rita, et non chez elle.*

— Archie, tu penses qu'on va pouvoir aller faire un tour des lieux bientôt ? me demande Spencer en me rejoignant sur la terrasse avec un sourire amusé.

— Tu les connais. Ils ne savent pas s'empêcher de baptiser les lieux, lui fait remarquer Taylor en nous rejoignant.

— Ces deux-là sont insatiables, confirme Brooke en s'asseyant sur les genoux de Spencer qui la regarde amusé.

Je pense qu'il n'y a pas qu'eux qui le sont, *disons que ces deux-là sont peut-être plus discrets.*

— Bon, quand tout le monde sera là. Il faudra qu'on pense à aller faire les courses, lancé-je.

Je me rends compte que Taylor et moi, on a l'air de deux idiots avec leurs couples. Mais on est d'accord pour dire que Taylor a beau être magnifique, nous sommes incompatibles. De plus, je la connais depuis tellement d'années, que cela me semblerait étrange. J'ai l'impression qu'elle est comme une maman, vu qu'elle passe son temps à m'habiller. Blague que je ne lui dirai jamais, *puisqu'elle n'a que trois ans en plus que nous.*

— Et bien, on se la coule douce ! nous lance Callum en arrivant avec Gaby entre ses bras.

Au moins, elle réussit à cacher ce qui se passe comme elle l'a dit... *vu le sourire qu'elle a.* Pourtant, quand nos regards se croisent, on sait tous les deux qu'on devrait lui dire. Mais elle a raison, nous pouvons attendre quelques jours pour le faire. *Callum doit rester de bonne humeur.*

— On vous attendait pour aller aux courses, leur fait Brooke en ébouriffant les cheveux de Spencer avant de se lever.

— Euh, fait Callum en passant sa main dans ses cheveux, alors que Gaby rejoint Brooke dans la cuisine.

— Je ne vais pas faire les courses avec vous, nous informe-t-il.

— J'aimerais chercher des coins pour prendre des photos, nous explique-t-il.

— Tu veux que je vienne ? lui demande Spencer.

— Bien sûr, je ne suis qu'un pauvre homme, qui risque de se faire agresser par la faune locale, lance Callum en faisant semblant de trembler de peur et nous mettons tous à rire.

— Trèves de plaisanteries ! Nous, on va aux courses, fait Taylor en lui tapant sur la tête de le voir aussi immature quand il veut.

— Bien maman ! lui répond Callum, amusé en sortant une cigarette de son paquet.

J'étouffe un fou-rire, et je suis tout ce beau monde.

Callum

— Tu ne veux pas que je reste avec toi ? me demande Gabriella en revenant sur la terrasse avec son sac à la main.

— Si tu restes ici, je ne risque pas de faire grand-chose, lui fais-je remarquer avec un air amusé.

Je passe ma langue sur mes lèvres, et elle se dresse sur la pointe des pieds, pour me souffler que je suis un idiot, avant de m'embrasser furtivement.

— Bon amusement ! lancé-je en lui tapant sur les fesses quand elle se retourne et elle me fait un signe sans se retourner.

Sympa la précieuse.

— Callum, elle n'a toujours pas eu les résultats ? me demande Brooke en venant rechercher la liste sur la table de la terrasse.

Je tire sur ma cigarette, sans répondre. Ce qui est une réponse en soi, et je mets mes lunettes de soleil en regardant Archie la laisser passer pour sortir de la villa.

— Je suis certaine que ce n'est rien de grave, fait Brooke en posant sa main sur mon épaule.

— Je n'en ai aucun doute, acquiescé-je en lui souriant.

D'ailleurs, je trouve qu'elle semble être redevenue elle-même depuis quelques jours, et j'en suis heureux. Parce que quand nous rentrerons, et qu'elle saura ce que je lui ai caché, à propos de Evan et de sa petite sœur ; *elle risque de devenir dingue.* Mais en attendant, je dois me concentrer sur le travail.

Après avoir pris mon appareil photo, je sors de la villa en suivant le sentier qui longe la plage et les palmiers. J'avoue que cet endroit est plus que paradisiaque, et l'idée d'y venir n'était peut-être pas une si mauvaise idée. De plus, cela semble déjà faire son effet sur Gabriella. Je souris, tout en prenant quelques clichés des barques de pêcheurs dans l'eau, quand mon regard est attiré par la personne qui arrive en face de moi.

  Si mon appareil n'était pas accroché en bandoulière autour de mon cou... *il serait explosé sur le sol...*

Chapitre 33

Un premier jour gâché

Brooke
Nous sommes revenus des courses, depuis un moment déjà, bien que je n'aime pas trop cuisiner, je mets la main à la pâte avec les autres. Bien entendu, je me coltine les oignons, puisque Gaby porte des lentilles de contact, et la grande prêtresse Taylor a peur de sentir indéfiniment l'oignon. *Et moi alors !* Moi aussi, je vais devoir toucher les vêtements, que nous allons préparer pour la séance de shooting demain. Je pense d'ailleurs, que Callum a prévu de commencer par les cascades. J'ai regardé des photos de cet endroit sur l'ordinateur pendant le vol, et j'avoue que j'ai hâte d'y être. Cela ressemble vraiment à un endroit plus que paradisiaque. *Mais nous sommes à Bali, tout est paradisiaque.*

  Honnêtement, je suis contente que Callum nous ait demandé, à Spencer et moi, de les rejoindre à l'agence, pour ce genre de vacances. Bon, il a été très clair sur le fait que ce ne sont pas des vacances, et que nous sommes là pour travailler. Mais quand on pense que le plus loin où je sois allée ; c'est Paris avec l'équipe de football pour un championnat international... *je suis vraiment gâtée.*

— Tu ne te sens pas bien ? demande Taylor à Gaby qui semble chanceler sur place.

— Si, si, répond-elle en mettant les tomates coupées en rondelle dans un plat.

— Tu devrais peut-être aller te reposer, lui conseillé-je.

Après tout le vol a été long, et bien entendu, Callum n'a pas pu se retenir, de l'épuiser à notre arrivée.

— Non, je vais reprendre une vitamine et ça va passer, rétorque-t-elle en lavant ses mains et allant dans son sac.

Je remarque que c'est encore le même pot, qu'elle trimballe depuis des semaines maintenant.

— Au fait, tu n'as pas pris celles que le médecin t'a prescrites l'autre jour ? lui demandé-je étonnée.

— Si, mais j'aimerais autant achever celles-ci, avant de commencer l'autre, m'explique-t-elle. Gaby porte une de ses gélules en bouche, avant de boire une gorgée d'eau.

— Tu devrais peut-être abandonner cette boite. Elles n'ont pas l'air d'avoir beaucoup d'effets, lui fait remarquer Taylor.

En ce qui me concerne, je regarde l'étiquette sur sa boite. Il n'y a que des vitamines A, B, etc... *Rien de particulier.* Cela devrait quand même la booster un peu non ? Mais je confirme qu'elles n'ont vraiment aucun effet, quoi qu'elle en dise à Taylor, en remettant son verre sur l'évier. Je garde un œil sur Gaby qui me tourne le dos, et je subtilise discrètement une de ces gélules, pour la mettre dans la poche de mon short. Je ne sais pas où elle les a achetées, *mais j'ai l'impression qu'elle s'est faite arnaquée...*

Callum

Je regarde encore une fois les photos, que j'ai prises sur mon appareil photo, en fumant une cigarette sur le balcon de notre chambre. Je n'arrive pas à croire qu'une telle chose soit possible, et pourtant, j'en ai belle et bien la preuve sous les yeux. Je grince des dents, et je tire nonchalamment sur ma cigarette, quand la main de Gabriella se pose sur mon côté et qu'elle porte tendrement ses lèvres sur ma joue.

— Tu devrais aller dormir, lui conseillé-je alors qu'elle se glisse entre moi et la rambarde.

Je décale ma main pour poser mon appareil photo sur la table.

— Je ne peux pas dormir sans toi, fait-elle d'une voix sensuellement.

Gabriella y ajoute de la supplication dans son regard, tout en baladant ses doigts sur mon torse nu. Je goute une nouvelle fois à la douceur de ses lèvres, et j'avoue que je suis plus que tenté de la prendre là tout de suite. Mais Brooke m'a encore mis en alerte, sur son état de fatigue. Je détourne ma bouche de la sienne, et je pose un baiser sur son épaule en soupirant. Gabriella glisse ses mains dans ma nuque, m'attirant contre elle, et je ferme les yeux, essayant de calmer mes ardeurs.

Je ne peux absolument pas lui cacher, l'état dans l'émoi qu'elle vient de me mettre, puisqu'elle le sent contre elle maintenant. Mais je dois être sérieux sur ce coup-là... alors que j'aimerais tellement me laisser aller avec elle, quand elle est comme ça. Je ramène mes mains pour l'empêcher de glisser ses ongles dans mon cuir chevelu, comme j'aime qu'elle le fasse.

— Gabriella, tu devrais vraiment aller te reposer, insisté-je en ramenant mon regard dans le sien.

Je me frapperais, de voir ses yeux remplis de désirs s'éteindre d'un coup.

— C'est bien la première fois que tu me repousses ainsi, me fait-elle remarquer.

Je déglutis mal, comprenant que je lui fais de la peine. Je glisse ma main dans sa nuque pour ramener mon front contre le sien, et je scrute son regard, essayant de lui faire comprendre que c'est pour elle que je fais ça.

— Mais je pense que j'ai compris, finit-elle par dire en se mordant la lèvre et j'esquisse un sourire entendu.

Je la relâche pour la laisser passer, et je passe la main dans mes cheveux, espérant que ce qui s'est passé tout à l'heure n'arrive plus. Que ce soit le fait de repousser Gabriella pour sa santé... *ou ce qui se trouve dans mon appareil photo...*

Gaby

Les cascades où nous nous trouvons, sont vraiment magnifiques, et je ne peux qu'être stupéfaite qu'il y ait de tels endroits. Nous nous trouvons dans une grotte, où la cascade passe derrière nous, et malgré le fait que ce soit bruyant, c'est tellement beau, qu'on ne fait même plus attention. Pour ce shooting, Archie porte un short noir et une chemise, qui ressemble à un voile de jupe comme ma robe. Des tons qui tranchent avec la clarté, que les spots envoient dans la grotte. Quant à moi, je porte un une robe bustier noir, recouvert de plusieurs voiles de différentes tailles, et de couleur noir et blanc. Les taches ressemblent un peu à un camouflage de l'armée. Je trouve ce style super originale, et à voir le regard de Callum qui vient de se poser sur moi, je peux voir qu'il apprécie beaucoup cette robe. *J'ai l'impression que je vais la retrouver dans mon dressing à mon retour.*

— Bien, nous allons commencer ! s'exclame-t-il après m'avoir fait un clin d'œil.

Je rejoins Archie sur les pierres, où Callum veut prendre les photos. Je ne sais pas si c'est à cause des bruits qui résonnent dans la grotte, mais j'ai vraiment l'impression que mes oreilles souffrent. Je me pince le nez discrètement, en respirant fort, comme pour les déboucher, mais cela n'est pas mieux en fait.

— Tu vas bien ? me demande Archie en m'enlaçant dans ses bras pour les photos.

Je pose mon bras sur le sien, et de l'autre, je glisse ma main dans sa nuque en lui souriant.

— Je suis juste un peu fatiguée.

— Cette excuse commence à dater, me fait-il remarquer alors qu'il me fait tourner dos à lui.

Il a pourtant fait ce geste, des tas de fois, mais je m'emmêle les pieds.

— Gabriella, fais un peu attention ! lance Callum qui se trouve à un mètre de nous prenant les photos.

Je m'excuse gênée, tout en passant ma main dans la longueur de mes cheveux, et Archie me soutient plus fermement, ce qui me donne drôlement chaud.

— Souris, Gabriella ! me crie Callum et je ressens un peu de son impatience.

Mais il a raison de me crier dessus... *je ne suis vraiment pas là en ce moment.*

Nous faisons encore quelques photos, avant que nous changions de tenues, et je me retrouve dans un maillot noir, très sexy. *Je le trouve d'ailleurs un peu trop osé...* mais je garde ma remarque pour moi, voyant que Callum s'énerve sur le projecteur.

— Il est vraiment tendu, me fait Taylor en me maquillant.

— D'après Spencer, il n'a pas dormi de la nuit, nous informe Brooke.

Je le regarde, surprise. *Comment ça il n'a pas dormi ?* Mais quand j'ai fini par m'endormir, il était dans le lit avec moi. *Est-ce qu'il s'est levé, après que je me sois endormie ?* Oui, il doit se tracasser pour le shooting, et le fait que je ne sois pas bien... *ne doit pas l'aider à être serein.* Nous reprenons les photos, et Callum me demande d'être un peu plus rayonnante. Je m'exécute, mais cela n'a pas l'air de lui plaire quand il demande à Taylor de me remettre du maquillage.

— Profites-en pour lui cacher ses cernes ! lance Callum.

Je me contracte, en me rendant compte qu'il est vraiment plus que stressé. Si je ne veux pas que ce shooting tourne mal... *j'ai intérêt à me reprendre.*

— Ne l'écoute pas, tu es magnifique, me souffle Taylor en me remettant du Gloss.

— Il a raison. Je suis en dessous de tout aujourd'hui, rétorqué-je en esquissant un sourire et Taylor me répond par un sourire entendu.

Nous savons tous l'importance de ce shooting, et du fait qu'il est plus que tendu... *donc pas besoin de le contredire.*

— Tu veux faire une pause ? me demande Archie.

Je le regarde, ennuyée alors que cela fait une bonne heure que nous avons repris... *et quoi que je fasse, Callum n'est pas content.*

Archie

— Callum, faisons une pause ! lui crié-je voyant que Gaby a vraiment l'air éreintée.

— On fera une pause, quand j'aurai au moins dix photos convenables ! me crie-t-il.

— Regarde ça ! râle-t-il, on dirait des photos pour Halloween !

— Callum, tu y vas fort, lui fait remarquer Spencer.

— Non, mais tu as vu la tête de Gabriella ?! rétorque-t-il, elle semble endormie sur chaque photo !

J'entrouvre la bouche, ahuri de ce qu'il vient de dire, et certainement comme tout le monde ici présent, nous nous retournons vers Gaby qui se mord la lèvre, le regard baissé.

— Il a raison, acquiesce-t-elle d'un sourire forcé.

— Je vais prendre mes vitamines, ça ira mieux après, nous fait-elle en se levant du rocher et elle titube.

— Gaby, fait Brooke en lui donnant la main pour aller jusqu'à la tente qu'on a monté.

Je descends à mon tour du rocher, et je rejoins Callum qui fait passer les photos du shooting encore et encore sur l'écran.

— Regarde-moi ça, grogne-t-il en allumant sa cigarette.
— Non, mais t'es con ?! m'exclamé-je furieux.
— Je pensais que tu avais changé, mais là tu es encore plus mauvais qu'avant ! continué-je en le poussant.
— Archie, ne me fais pas chier. Je ne suis pas d'humeur, grogne Callum.
— Pas d'humeur à cause de qui ?! lui crié-je ahuri.
— On fait tout pour que ça se passe bien, et tu n'arrêtes pas d'attaquer la seule, qui double ses efforts pour toi ! lui fais-je remarquer alors qu'il tire nonchalamment sur sa cigarette.
— Archie a raison, intervient Taylor.
— Gaby est plus qu'épuisée là. Et tu ne l'aides pas en t'énervant sur elle, lui fait-elle à son tour.

Callum

Je grimace en sachant qu'ils ont raison, mais je n'y peux rien. Je suis tellement stressé depuis ce matin… *et je ne vois que ce qui ne va pas avec elle.* Je n'ai pas du tout voulu la faire souffrir intentionnellement… *et je l'ai pourtant fait.* Archie me toise, avant de partir vers la tente et je le rattrape.
— Je vais y aller, fais-je en lui donnant ma cigarette.

Je passe ma main dans les cheveux, sachant qu'elle ne doit pas être heureuse dans cette tente, et que tout cela est seulement dû à mon attitude. Je prends une bonne respiration, et j'ouvre le rideau pour la trouver, tremblante et en pleurs devant moi, s'énervant parce qu'elle n'arrive pas à ouvrir sa foutue boîte de vitamines. Mon sang ne fait qu'un tour, je m'avance vers elle en ne lâchant pas ses mains tremblantes sur cette boîte, et je l'attrape dans mes mains pour la balancer de l'autre côté de la tente.

— Tu vas arrêter avec ses trucs de merde ! claqué-je hors-de-moi alors qu'elle me regarde terrorisée maintenant.

— Putain Gaby, tu te rends compte que tu es un vrai zombie, depuis que tu prends ces merdes au moins ! lui balancé-je.

— Callum, mais ça ne va pas non ?! me crie Archie en me poussant pour se mettre entre moi et Gabriella.

— Ce n'est pas la faute de ses vitamines qu'elle est comme ça.

— Alors, dis-moi c'est à cause de quoi ?! m'exclamé-je prêt à le frapper qu'il se mette entre nous.

— Callum, arrête ! s'écrie Brooke tandis que Spencer se place devant Archie.

Brooke se met devant moi et elle me donne quelque chose.

— Tu connais ce genre de gélule ? me demande Brooke.

Je la regarde perplexe, faisant des vas-et-viens entre la gélule et Brooke.

— Je pense que j'ai déjà vu ça quelque part. Mais toutes ces gélules se ressemblent, non ? lui fais-je remarquer.

— Tu penses donc la même chose que moi. Gaby ne va pas mieux depuis qu'elle les prend. Parce que pour moi, ce sont ces gélules qui causent son état, m'explique Brooke.

Chapitre 34

Des vitamines suspectes

Gaby

Je suis encore toute tremblante devant eux, ne comprenant rien à ce qui se passe au juste avec mes vitamines, que Callum vient de balancer au sol. Mais une chose est certaine, quelque chose ne va pas avec moi, et je crois comprendre qu'ils pensent, que ce sont les vitamines qui me font cela. *Mais je ne vois pas, comment des vitamines pourraient me rendre limite léthargique ?* Ce sont des vitamines que je suis allée chercher en pharmacie, et qui devraient plutôt me booster, non ? Pourtant Brooke a l'air de dire que ce ne sont pas des vitamines.

Mon regard se pose à nouveau sur les vitamines, au sol non loin de moi, et je tressaille quand Taylor porte sa main sur mon bras.

— Gaby, tu vas te changer, me dit-elle alors que je fixe toujours les gélules au sol.

— On va remettre le shooting à demain, m'explique-t-elle voyant que je ne réagis pas.

— D'accord, finis-je par murmurer et je sursaute en entendant Callum sortir de la tente en rageant.

Mon regard revient vers nos amis, qui me regardent…*mal à l'aise*. Je fais un soupçon de sourire, et je rentre dans la cabine aménagée où je reste un moment stoïque, essayant de remettre mon esprit en ordre. J'ai l'impression que tout ce qui s'est passé aujourd'hui, fait partie d'un rêve, ou plutôt d'un cauchemar… *j'ai vraiment gâché le shooting… alors que je sais qu'il est primordial.* Callum a raison d'être furieux contre moi… *je n'assure pas du tout. Et de plus… je lui mens...* Trop de choses se mélangent dans ma tête à l'instant, alors que les larmes coulent à nouveau plus fort de mes yeux. Je porte ma main à ma poitrine, priant que je sois juste en train de rêver, parce que si ce n'est pas le cas… Callum risque de prendre ses distances avec moi, pendant le reste de notre séjour… *et je ne le supporterai pas.*

— Gaby, tu veux un coup de main pour ta robe ? me demande Taylor.

J'essuie précipitamment mes larmes, sachant que je ne sais pas enlever le bustier seule. J'entrouvre le rideau de la cabine, et Brooke me sourit avant que je ne me tourne pour lui donner accès aux lacets.

— Tu ne dois pas t'en vouloir pour ce qui est arrivé, dit-elle gentiment.

— J'avais des doutes depuis un moment, continue-t-elle.

— Mais si ce ne sont pas des vitamines, qu'est-ce que c'est ? demandé-je.

— Je ne sais pas. Mais tu ne dois plus les prendre, d'accord ? fait Brooke en me faisant lui faire face et j'acquiesce en me mordant la lèvre.

Brooke me frictionne le bras et quitte la cabine, pour que je puisse me changer.

Callum

Quand je suis sorti de la tente, j'étais tellement hors-de-moi, de m'être à la fois emporté sur elle, et de n'avoir pas compris ce qui se passait, que j'ai pris mes affaires et la voiture pour partir de là le plus vite possible. Je sais que je ne devrais pas faire ça, mais j'ai besoin de me reprendre… et je ne peux pas le faire, *si elle se tient tremblante à côté de moi*. Archie et Spencer m'ont promis de s'occuper d'elle, et qu'elle irait dormir en arrivant à la villa. Je sais aussi que les filles vont tout faire, pour qu'elle se sente mieux, *mais moi…* Honnêtement, je suis en dessous de tout depuis hier soir… *enfin depuis que je l'ai vue…* Et bien entendu, c'est ça, mais j'ai besoin de me reprendre en pleine figure. Je savais qu'elle n'était pas bien, et je n'ai fait que la rabaisser pendant tout le shooting… *parce que je n'arrivais plus à la voir*. Elle ne se rend pas compte à quel point depuis plus d'un mois… *elle semble ternie sur les photos*. Je sais que le maquillage de Taylor aide à améliorer la situation, mais moi… *je ne voyais plus que ça, en prenant les photos aujourd'hui*. Les cernes autour de ses yeux à son réveil, malgré les heures qu'elle dort… la façon dont son sourire me semble faux à certains moments... *et cet éclat de vide dans son regard quand elle le pose dans le mien.* Tous ces détails aujourd'hui, m'ont tellement marqué à chaque photo.

Ou peut-être est-ce à cause de ça ? Mon regard se porte vers l'appareil photo, et je grince des dents. *Non, cela ne doit pas me perturber autant...*

Au bout d'une heure à rouler dans les chemins de Bali, je me décide enfin à rentrer. Je regarde à nouveau mon portable, étonné de ne pas avoir eu un message de Gabriella. *Mais pourquoi le ferait-elle ?* Après tout, ils lui ont dit que j'avais besoin de me vider la tête non... Mais en ce qui la concerne... *ce genre de chose lui fait aussi peur.* Je serre le volant plus fort dans ma main, en me rendant compte que je viens peut-être... *de lui faire encore plus peur en partant ainsi.*

Arrivé à la villa, je retrouve les autres sur la terrasse. Bien que Brooke et Taylor profitent au bord de la piscine, je peux sentir l'ambiance pesante qu'il règne ici.

— Je m'excuse, dis-je en passant ma main dans mes cheveux.

— Ce n'est pas à nous que tu dois des excuses ! me lance froidement Archie et je grince des dents sachant qu'il a raison.

— Je pensais que le beau gosse pourri-gâté, avait enfin appris de ses erreurs, continue-t-il.

Il passe à côté de moi et je serre le poing, alors que Taylor lui crie d'arrêter.

— Non, il a raison. Je suis juste un con, souris-je narquoisement.

— Callum, on comprend que tu sois stressé, intervient Spencer, mais tu aurais dû y aller molo, non ?

— Je sais. Je vais essayer d'arranger les choses, répondé-je en me retournant pour aller dans la villa.

Je m'arrête net en entrant, la voyant debout devant moi, le regard baissé. Je déglutis nerveusement, sachant que je pensais encore gagner un peu de temps avant cette conversation, pensant qu'elle dormait. Depuis quand j'ai peur de lui parler ? *Peut-être à cause... Non, cela ne doit pas me rendre ainsi.*

— Je venais justement te parler, fais-je alors qu'elle évite mon regard.

— J'allais promener sur la plage, dit-elle d'une voix étranglée.

N'attendant pas ma réponse, elle se détourne de moi pour se diriger vers la porte. Je grimace en passant la main dans mes cheveux, j'ai intérêt à être convaincant, et ne surtout pas m'énerver. Je la suis à travers la villa, et nous rejoignons le chemin qui donne dans les dunes pour arriver sur la plage. Gabriella enlève ses sandales, et sans m'attendre, elle avance sur le sable. Je regarde ma précieuse de dos, me demandant à quoi elle pense. J'ai vraiment du mal à commencer la conversation. *Peut-être parce que son attitude distante me fait peur et me rappelle...*

— Arrête-toi, fais-je d'un coup paniqué.

Gabriella ne s'arrête pas et je marche plus rapidement pour l'attraper par le bras, je lui fais faire volte-face et je la serre dans mes bras.

— Je ne suis qu'un con. Je suis désolé, dis-je en mettant ma main derrière sa tête pour la tenir contre moi.

— Je savais que tu n'allais pas bien, et j'aurais dû t'encourager, au lieu de te descendre comme je l'ai fait, continué-je.

— Je suis vraiment un con, insisté-je.
— Et je suis une conne, murmure Gabriella.
Je m'écarte d'elle, tout en prenant son visage dans mes mains. Son regard chocolat est rempli de larmes, qu'elle essaie de contenir, et j'essuie celles qui commencent à déborder au fur et à mesure.
— J'aurais dû me rendre compte, que ces vitamines ne marchaient pas, dit-elle et je la serre contre moi en grimaçant.
— Non, tu ne pouvais pas savoir, la rassuré-je.
— Mais...
— Non, la coupé-je.
— J'aurais dû comprendre, en voyant comment tu étais, lui expliqué-je.
Mon père se comportait de la même façon à dormir tout le temps, tout comme elle... *Comment ai-je pu aussi aveugle pour ne pas m'en rendre compte ? Mais surtout, comment a-t-on fait pour échanger les gélules à son insu ?*

Gaby

Callum me force à me mettre au lit quand nous rentrons, et bien que j'avoue que je sois fatiguée... *j'ai surtout des questions sans réponse.* Dont une qui me travaille vraiment, alors que je regarde les vitamines que Brooke, a été chercher à la pharmacie pour remplacer les autres.

— Callum, tu crois que c'est une erreur de la pharmacie ? demandé-je alors qu'il me caresse les cheveux.

— Je ne sais pas, répond-il beaucoup trop vite et j'essaie de me redresser.

— Non, tu restes couchée et tu essayes de dormir, m'ordonne-t-il et je repose ma tête contre son torse.

— Toi aussi, tu devrais te reposer, lui fais-je remarquer alors qu'il caresse mes cheveux.

— Je n'ai pas sommeil, répond-il simplement et je me redresse d'un coup.

— Je t'ai dit...

— Et moi, je te dis que toi aussi tu dois dormir ! le coupé-je en lui faisant de gros yeux.

Bon, cela le fait plutôt rire quand je fais ça, mais je sais qu'il n'a pas dormi de la nuit, alors qu'il dorme lui aussi. Callum me sourit et embrasse mes lèvres, avant de me remettre contre lui.

— Très bien ma précieuse, je vais dormir un peu aussi, acquiesce-t-il et je souris en fermant les yeux.

Mais j'ai vraiment du mal à trouver le sommeil, malgré mon état de fatigue. Callum se met à siffler, et je reconnais la musique. Cela fait un moment pourtant qu'il n'a pas siffler Coldplay, et cela me fait tressaillir.

— Je pensais que tu aimais quand je sifflais pour t'endormir ? me fait-il remarquer en posant un baiser sur ma tête.

Oui, j'aime quand il le fait, mais j'ai l'impression qu'il ne s'est pas rendu compte... *qu'il s'est juste trompé de musique...*

Pourtant, je ne lui dirai pas et je m'endormirai, sur son cœur qui bat et ces sifflements.

À mon réveil, Callum ne se trouve plus dans le lit, et il semble qu'il fasse déjà bien tard. *Aurais-je dormi tout l'après-midi ?* Je m'étire et je regarde mon portable, pour remarquer que c'est bientôt l'heure de souper. Je décide donc de rejoindre les autres en bas, et de voir si les filles ont besoin d'un coup de main, pour préparer à manger. Je remets ma robe légère en lin à fleurs, et mon regard se porte vers la mallette de Callum, où se trouve son ordinateur portable et son appareil photo. J'hésite un instant en la regardant. *Je me demande si les photos étaient si nulles que ça ?* Je m'avance, sachant pourtant qu'il n'aime pas que je touche à ses affaires. Mais j'aimerais savoir. *Après tout, j'ai certainement été plus que nulle pour qu'il s'énerve.*

— Gaby, Gaby, dis-je en faisant demi-tour.

Il est hors-de-question que j'attise sa colère une fois de plus. Je décide donc de laisser tomber, et je quitte la chambre.

Gloria

Rita est une femme géniale, et j'apprends à préparer des plats intéressants avec elle. Je suis d'ailleurs étonnée qu'elle vive seule dans cet appartement, avec ses deux enfants. Mais d'un côté, heureusement, parce que cela a été l'excuse parfaite pour que je vienne chez elle cette semaine devant papa et Gaby *; prétextant qu'elle n'avait personne pour les garder.*

Je me demande si Callum tiendra vraiment la semaine sans le dire à Gaby. *Mais surtout, est-ce que je tiendrai moi ?* Evan n'arrête pas de m'appeler et de m'envoyer des messages, voulant à tout prix me parler. *Mais me parler de quoi ?* Il a une pièce remplie de photos de sa sœur décédée, et sans parler du visage de Callum, qui est caché de rouge sur chaque photo. Je suis peut-être immature, mais j'ai regardé assez de films de psychopathe pour savoir ce que cela cache. *Je tressaille à l'idée de ce qu'il avait en tête...* Pourtant, jamais il n'a montré qu'il en avait après Callum, ou même après Gaby. Je me souviens même qu'il s'inquiétait toujours de savoir si elle prenait bien ses vitamines...

Chapitre 35

Une nouvelle étape de franchie

Callum
—Waouh ! s'exclame Gabriella.

Son regard est totalement illuminé en apercevant l'île de Nuse Penada, où nous allons passer deux jours pour des shootings photos.

J'ai vraiment flashé sur cet endroit sur internet ; on dirait une masse sombre qui flotte sur l'océan. Ses contours trahissent des falaises et ses dégradés des reliefs, mais sans silhouette volcanique. J'ai trouvé cela inhabituel dans la région. J'adore aussi le fait qu'il y a tous ces petits villages, avec leurs maisons dont les murs sont faits de calcaires et le toit de chaume. Il n'y a pas de routes à proprement dit, et je ne parle même pas des problèmes de circulation, puisque tout le monde semble se limiter à des cyclomoteurs, et dans de rares cas, de vieilles jeeps. Il faut dire que cette île n'est pas du tout plate, à part les plages côtières.

— On aura le temps de visiter, je suppose ? me demande Brooke alors que je tiens le chapeau de paille que Gabriella a dans les cheveux qui manque de s'envoler.

— Oui, je prendrai les photos en fonction des lieux, la rassuré-je avant de poser un baiser dans le cou de ma précieuse.

Nous n'avons pas reparlé du shooting d'avant-hier, et je ne compte pas le faire. Nous allons nous focaliser sur des photos naturelles, d'un jeune couple en vacances, tout comme nous avions fait celui de Floride, qui montrait les choses à faire pendant un rendez-vous. Après tout, ce sont les vacances et je pense que nous devons tous en profiter. Même si Archie va profiter de ma précieuse pendant les balades. *Rien ne vaut des photos de Gabriella au naturelle...*

Arrivés enfin au port, nous descendons du bateau, où nous sommes accueillis par un couple que j'ai contacté pour nous guider dans l'île. Il n'y a aucune carte pour se guider ici, et ce serait idiot de ne pas profiter de leur aide. Après avoir parlé avec l'homme, pendant que les filles font une retouche à Gabriella et Archie sur leur maquillage et leur tenue, celui-ci me confirme que nous pourrons aller faire de la plongée sous-marine après-midi avec son neveu. Je souris en regardant Gabriella, qui malgré sa peur de l'eau, voulait absolument aller faire ça. Heureusement, j'y avais songé et j'avais mis dans mes valises, un appareil photo aquatique pour ce genre de chose. Et en ce qui concerne les maillots, c'est quand même la base de ce shooting vacances.

— Callum, on est prêt ! me prévient Taylor alors que Gabriella et Archie sont tout naturellement en train de se taquiner avec le chapeau de ma précieuse.

Je prends une bonne respiration, et je tire le cache de mon appareil photo. Ce genre de moment m'énerve un peu toujours, *je l'avoue*. Mais leur complicité, me permet de réaliser de merveilleuses photos de ma précieuse, et son sourire est tout aussi éblouissant.

Pas comme elle sur la fin...

Gaby

Je change à nouveau de tenue, et cette fois-ci je suis passée de la robe à fleur, pour une mini combinaison blanche en voile avec des manches, dont le devant est ouvert, mais maintenu avec des lacets. Sur les manches, et une partie de ce qui fait la jupe, se trouve des broderies qui ressemblent à des fleurs. Vraiment, je suis fan de cette tenue, et de plus, malgré la chaleur de cette île ; elle est super légère. J'ai presque l'impression d'être nue. Je me mords la lèvre, et je regarde en direction de Callum qui montre les singes derrière lui... mais moi, je regarde le chemin plus qu'escarpé que je vais devoir faire une fois de plus, avec des chaussures plus qu'inconfortable.

— Quelque chose ne va pas avec la tenue ? me demande Taylor inquiète.

— Ce sont plutôt les chaussures, lui montré-je.

Effectivement, ses escarpins à talons sont magnifiques, mais pas du tout adapté pour l'endroit. Si

Archie ne m'avait pas soutenue tout à l'heure pour venir jusqu'ici, je me serais tordue le pied plus d'une fois.

— On va monter là-haut ! nous crie Callum.

Je grimace en direction de Taylor, tandis que Callum nous rejoint. Son regard bien entendu, est plus que posé sur les parties de mon corps, que le voile laisse apparaitre au travers, mais là moi, je pense à mes pauvres chevilles. Callum pose tendrement ses lèvres sur les miennes, sans trop d'appui pour ne pas enlever mon rouge à lèvre, et il me descend mes lunettes de soleil sur mes yeux.

— Tu devrais monter à pied nus, fait-il avant de se tourner vers les autres et de les rejoindre. Je le regarde éberluée qu'il me conseille cela, comme s'il avait remarqué de lui-même, que j'avais du mal à me mouvoir toute seule depuis tout à l'heure. Mais bien sûr qu'il l'a remarqué, puisqu'il nous prend en photo sans arrêt. J'esquisse un sourire, et je m'apprête à retirer mes chaussures quand Archie s'accroupit dos à moi.

— Qu'est-ce que tu fais ? lui demandé-je confuse.

— En tant que petit-ami galant, j'évite à ma chérie d'abimer ses chaussures, me lance-t-il en me faisant un clin d'œil et je recule, honteuse.

— Même pas en rêve ! Lui rétorqué-je en glissant mes doigts dans mes cheveux.

— Ne te fais pas prier, insiste Archie en me faisant signe d'y aller.

Je me détourne de lui pour, voir Callum qui est déjà l'appareil à la main, attendant que je me décide.

— Non, je vais monter à pied ! insisté-je gênée en avançant vers le chemin et je me manque déjà de tomber.

— Allez Gaby ! me pousse Brooke à rejoindre Archie et son dos qui m'attend.
— Non, sérieux ! m'exclamé-je ahurie en regardant Callum qui me sourit.

Je sais à cet instant, que cela ne sert à rien que je m'en tête, et je passe mes bras autour du cou de Archie. Ses mains passent sous mes cuisses, et je tressaille au moment où il se lève. Non que j'aie le vertige, mais cette position ne me semble pas très correcte pour moi, *et encore moins pour Callum...*

— On y va ! me lance Archie amusé de la situation en me faisant sauter sur son dos et je resserre mon étreinte autour de lui.
— Arrête tes bêtises ! m'écrié-je en desserrant mes bras.

Mais je les resserre aussi vite, quand il commence à monter. Je suis plus que mal à l'aise, mais je suis d'un côté rassuré que Callum passe en premier, et ne focalise pas son regard sur l'endroit des mains de Archie, qui me semblent bien chaudes. Mon dieu, un mini coup d'œil vers l'appareil photo de Callum et je tressaille encore plus, voyant les mouvements de mâchoire de Callum. Réflexion faite, *j'aurais mieux fait de monter à pieds nus...*

Archie
— Tu es certain que c'est une bonne idée ? demandé-je encore une fois à Callum alors que les filles essayent de donner à manger aux singes.
— Je vais commencer avec elle. Et en fonction de sa réaction ; on échangera les rôles, confirme Callum en regardant les photos qu'il vient de prendre.

— Je trouve cela un peu radical. On va passer de la mer, où elle avait déjà un stress fou, à faire de la plongée, fais-je une fois de plus en tirant sur ma cigarette.

Oui, plus besoin de me cacher pour fumer des autres. Tout le monde ici, sait très bien que je ne suis pas vraiment le mec que les nouvelles du lycée idolâtre.

— Elle veut le faire, me confirme Callum.

Il relève enfin son regard vers elle, et j'y vois un éclair de fierté. Effectivement, il peut être fier de ce qu'elle veut faire pour lui, et de tout ce qu'elle fait qu'il ne sait pas encore. Mais je trouve que cela est un peu dangereux. Après tout, elle n'osait pas entrer dans l'eau, il y a à quelques mois, et là, *elle va faire de la plongée sous-marine.*

— Et en ce qui concerne son état, tu y as pensé ? lui demandé-je.

Callum grimace en revenant sur son appareil photo.

— Je t'ai dit qu'elle voulait le faire, insiste-t-il.

— Et on ne va pas au fond de l'océan. On sera quoi ? A un mètre dans l'eau avec un tuba. Si ça ne va pas, elle remontera et ce sera bon, fait-il plus sérieusement.

Je comprends qu'il a tout prévu... mais a-t-il songé que s'il lui arrive un problème quand elle est avec moi... *c'est moi qui vais avoir affaire à lui.* Bien sûr qu'il y a songé, et je suppose qu'il espère secrètement que quelque chose arrive... *pour pouvoir me fracasser une bonne fois pour toute.* Mais il ne pourra pas tant, que nous avons des photos à faire, *mais à notre retour...* De toute façon, notre retour sera de toute façon fracassant, parce que quand on lui dira ce qui s'est passé pour Evan... *il verra rouge et on risque de payer le prix de notre mensonge.*

Gaby
Bon j'avoue que l'idée me paraissait magnifique sur le moment, quand je me trouvais dans le transat à la villa, dans ses bras, regardant les photos de ses gens sous l'eau, nageant avec des poissons magnifiques. *Mais là pour le coup, je suis beaucoup moins franche.* Un jeune homme d'une vingtaine d'année s'approche de nous, et je tressaille, comprenant que c'est le moment critique, où je vais devoir franchir le pas de ma plus grande peur. Callum, la main toujours posée sur ma hanche, resserre doucement sa prise, alors que le jeune homme nous explique comment mettre ses tubas. *Je pense surtout, qu'il nous fait une petite mise au point, sur le fait que je lui appartiens.* Je souris en me mordant la lèvre, sachant que c'est certainement ce qui doit le travailler. J'avoue qu'il n'est pas mal en plus, il est plutôt grand, basané, bien bâti et il a des yeux verts à tomber... *mais je préfère de loin mon ténébreux.* En revanche, Taylor a l'air vraiment sous son charme, et elle lui fait comprendre en lui demandant de vérifier à son tuba.

— Tu es certaine que ça va ? me demande Callum pour la dixième fois.

J'ai l'impression que mon stress est plus apparent que je ne pensais, et je pince les lèvres en esquissant un sourire.

— C'est parti pour faire de la plongée ! lancé-je essayant de le rassurer.

Ou et de me rassurer.

— Du snorkeling, fait le gars en se tournant vers moi et je le regarde perplexe.

— Du quoi ? demande Taylor aussi perdue que moi.

— Nous n'appelons pas ça de la plongée, mais du snorkeling, puisque nous ne faisons que nager dans l'eau, nous explique-t-il.

Je me tourne vers Callum pour voir s'il le savait, mais celui-ci regarde à l'opposé de nous.

— Mon cœur, le hélé-je alors que les autres avancent déjà dans l'eau.

Mais Callum ne réagit pas, et je me place devant lui en scrutant son visage.

— Oh, désolé, s'excuse-t-il en passant sa main dans ses cheveux.

Je me détourne à mon tour, vers l'endroit où il regardait, mais n'y voyant rien, je lui prends la main pour suivre les autres au bord de l'eau. Callum m'aide à mettre mon tuba, et une fois qu'il m'a demandé, trois fois de suite, si j'étais certaine, nous rejoignons les autres pour entrer dans l'eau. Les premiers pas dans l'océan, me semblent plus qu'étouffant, mais le regard rassurant de Callum posé sur moi, m'aide à vaincre une nouvelle fois ce mal être. Ma poitrine qui tape fortement, se détend enfin, et nous pouvons rejoindre les autres plus loin, qui sont déjà la tête dans l'eau. Callum me sourit et il m'invite à mon tour de rentrer dans l'eau. Je me mords la lèvre, alors que Callum me tenant la main, descend avec moi dans l'eau et je ferme les yeux, ne voulant rien voir. Je sens mon cœur reprendre un rythme anormalement paniquant, mais je sens aussi la main de Callum qui se pose sur ma joue, et j'entrouvre les yeux. Callum me sourit, et il me fait signe de regarder à côté de nous, alors que mon corps flotte totalement comme le sien dans l'eau. Mais bien que je sois totalement en panique intérieurement, celle-ci s'estompe, dès que mes yeux se posent sur la flore et la faune sous-marine qui nous entoure. Ses petits poissons qui nagent à côté de nous, sont d'une couleur plus que chaleureuse, et j'en oublie totalement le fait d'être sous l'eau.

Je peux profiter d'un moment magique que je n'aurais jamais cru possible, si Callum ne m'avait pas poussé dans mes retranchements, lors de ce shooting en Floride. La main de Callum m'attire avec lui, plus loin dans l'eau, et je le suis sans me poser de questions, nageant au milieu de ses magnifiques poissons.

Mais pour moi, le plus beau poisson qui se trouve dans cet océan… *est celui dont les yeux noisette brillent d'amour.*

Chapitre 36

Plus de peur que de mal

Callum
Après avoir passé une bonne demi-heure dans l'eau, profitant de ce moment magique avec ma précieuse, et ayant testé ainsi mon appareil photo pour

aller dans l'océan ; nous sortons un peu la tête de l'eau, pour nous assoir sur un rocher alentour. Mais mon esprit est une nouvelle fois partie vers la personne que j'ai vu l'autre jour, et que je pense avoir aperçu tout à l'heure. J'ai beau m'acharner intérieurement de ne pas y penser, il faut dire que c'est impossible. Il y a trop de détails… que ce soit la courbe de ses formes, ou l'éclat de ses cheveux qui me travaillent.

— Callum tu ne m'écoutes pas, me fait Gabriella en jouant avec son tuba.

— Désolé, m'excusé-je.

Je dépose mon masque et mon tuba sur le rocher, avant de passer mon bras autour de ses épaules. Je dépose un tendre baiser sur sa joue, histoire de ne pas la laisser ruminer de trop. Ce n'est pas le moment qu'elle commence à cogiter sur mon attitude ; elle va devoir être aussi détendue avec Archie, qu'elle ne l'était avec moi sous l'eau. Je frotte mon nez contre sa joue, essayant de la faire sourire, et cela semble fonctionner puisque j'aperçois enfin ses lèvres former un sourire complice.

— Comment te sens-tu ? lui demandé-je alors qu'elle tourne doucement son visage vers moi pour que nos lèvres se frôlent.

— Étonnement, je me sens très bien, me répond-elle.

Elle me dit cela d'une voix tellement sexy et sensuelle, que je dois limite me pincer pour ne pas la dévorer sur place, quand nos lèvres s'entrouvrent. Nous échangeons un langoureux baiser salé de l'eau de l'océan, avec les gouttes de nos cheveux qui ruissèlent l'un sur l'autre. Je sens que Popol reprend du poil de la bête, et je conquiers encore plus profondément sa bouche, pressant son sein contre mon torse encore plus. Ma main posée sur sa cuisse l'attire plus contre moi, et je jurerais que la chaleur de son corps, vient de prendre dix degrés d'un coup. Malgré tout, quelque part en moi, j'ai toujours un certain pincement de ne pas lui dire ce qui se passe, *que ce soit avec sa sœur ou avec...*

— Callum, tu pourrais attendre qu'on soit au cabanon ! me lance Taylor.

Je quitte les lèvres de ma précieuse, sans pour autant desserrer mon étreinte d'elle.

— Il va falloir qu'on se trouve un coin tranquille, lui murmuré-je.

Je tiens son regard, qui est certainement aussi illuminé que le mien, alors que j'embrasse une nouvelle fois ses lèvres.

— Si vous êtes prêts, on peut commencer, lancé-je.

Je sens que le désir, est vraiment en train de prendre le dessus sur nous deux-là, mais nous avons encore un peu de travail à faire. Nous échangeons un sourire complice et entendu sur ce fait, et je la laisse remettre son tuba et son masque, pendant que je remets mon appareil photo convenablement. Je jette un coup d'œil à Archie, qui vient lui tendre la main pour descendre du rocher, et je déglutis nerveusement, en songeant qu'elle va être collée à lui, en ressentant encore le désir que nous avons eu à l'instant. Je secoue la tête nerveusement, voulant enlever cette sensation de colère en moi, et je remets mon masque et mon tuba pour les rejoindre à mon tour dans l'eau. *Je me foutrais des claques, de lui donner ce désir à des moments pareils,* parce que pendant que je prends des photos d'eux-deux, entourés de poissons, une boule grossit en moi, en le voyant poser ses mains sur son corps, que je viens de chauffer en quelques secondes. Cette boule s'appelle une fois de plus ; *jalousie...*

Gaby

Cela a été un peu compliqué de faire les photos qui ont suivies, puisque je peux voir la colère dans les yeux de Callum, pendant qu'il nous prend en photos. Car bien que son regard soit dans l'objectif, j'ai ressenti une montée de désir en moi, quand nous nous embrassions et je sais que lui aussi. Malheureusement, bien qu'il sache que Archie ne me fait pas ce genre d'effet, il voit quand même que j'ai du mal à reprendre mes esprits. Tout mon corps brûle encore de notre baiser, et je dois redoubler de prudence en posant mes mains sur Archie pour que Callum ne voit pas rouge. Mais au bout d'une dizaine de minutes, je peux enfin profiter de ma plongée avec Archie sous le regard de Callum ; *il semble moins contracté.*

La séance étant enfin finie, je décide de rester encore dans l'eau avec les filles, pour profiter un peu avec elle de la faune et de la flore aquatique. Callum sourit me donnant son accord, et je replonge la tête sous l'eau, comme si je n'avais jamais craint l'eau. Honnêtement, l'endroit est tellement paradisiaque, qu'il faudrait être inconsciente pour montrer des signes de panique. Mon esprit est beaucoup plus serein maintenant, qu'il ne l'était la première fois où il a voulu me faire aller dans la piscine. Taylor nous fait une imitation de dauphin sous l'eau, me faisant tellement rire, que j'en oublie que je suis sous l'eau. De l'eau s'engouffre alors dans ma bouche et je me fige totalement. La panique me prend d'un coup, et à la place de remonter à la surface qui n'est pas haute, je reste là sentant mon corps descendre dans le lagon.

Je sens l'eau entrer dans mon estomac, et tout me revient en pleine figure d'un coup. Leurs ombres au-dessus de moi qui me tiennent, le rire des garçons qui sont sur le côté, le rire de ses filles qui me tiennent la tête sous l'eau... *attendant que je trépasse.*

Je commence tout doucement à voir un nuage brouillé devant moi, et alors que je m'abandonne dans mon cauchemar le plus profond, je me sens tirée vers le haut, et on m'enlève le tuba d'une traite.

— Respire doucement, fait une voix que je reconnais être celle du jeune homme qui nous guide depuis tout à l'heure.

— Doucement, insiste-t-il.

Je m'accroche à son bras, encore sous le choc de mon souvenir... *et non de ce qui vient au juste de se passer.*

— Gaby !

Taylor et Brooke me rejoignent, et je relâche le bras de l'homme pour me mettre à tousser.

— Merde, je n'ai pas fait attention, entendé-je Brooke dire paniquée.

Je lui fais signe de ma main libre, pour lui dire de ne pas s'inquiéter.

— Tu devrais aller sur la plage, me conseille Taylor.

Je continue à tousser, comme si je voulais faire sortir l'eau que j'ai avalé.

— Je vais aller avec elle, intervient le garçon qui me tient toujours.

— Oui, continuez de profiter, fais-je aux filles.
— Je vais aller rejoindre Callum, les rassuré-je.

Je sais qu'elles veulent profiter du lagon le plus longtemps possible. Taylor et Brooke acceptent, voyant mon regard rassurant, et nous repartons vers la plage, où je cherche Callum du regard. Son appareil photo est sur le rocher à côté de Spencer, mais aucune trace de lui. Une fois arrivés sur le sable enfin, il pose mon tuba et mon masque au sol, et me propose de m'assoir calmement, ce que je fais de suite, ayant encore des images sombres dans ma tête. Je ramène mes genoux près de mon visage, cherchant à achever de me calmer en inspirant par petits coups, alors qu'il explique à Archie et Spencer qui viennent de nous rejoindre, ce qui s'est passé.

— Merci Alex, lui fait Spencer.
— Je suis certain que Callum s'en voudra, de ne pas être resté, continue Archie et je tourne ma tête vers lui surprise.

Il est parti ?! Mais où et pourquoi ? Je reviens sur mes genoux, essayant de continuer à me calmer... *mais j'avoue que la présence de Callum m'aiderait beaucoup.* Archie s'abaisse devant moi et me frictionne le bras pour me réconforter.

— Je peux savoir ce qui se passe ?! claque la voix froide de Callum.

Je tressaille, comprenant qu'il se méprend sur ce qui se passe. Il faut dire que je ne serais pas heureuse, de le voir avec deux filles qui le frictionnent. Mais Alex se lève et lui explique la situation, alors que je me mords la lèvre, craignant déjà son regard paniqué dans le mien. Comme je le pensais, Archie se lève, et Callum s'agenouille devant moi, cherchant mon regard que je porte sur le sable, en me caressant le bras.

— Tu es certaine que ça va ? me demande-t-il.

— Oui, Alex a réagi assez vite, lui répondé-je.

J'évite son regard pour remercier Alex, qui semble un peu mal pris devant, Callum et son attitude froide à son arrivée. Pourtant Callum ne montre plus l'ombre de colère, mais il semble plutôt paniqué comme je le pensais, quand mon regard se porte enfin dans le sien. Il esquisse un sourire étrange, mêlant un malaise et une peur.

— Tu n'aurais rien su faire, finis-je par lui dire en posant ma main contre son avant-bras qui caresse mon bras.

— Oui, mais j'aurais pu t'empêcher d'avoir une nouvelle fois peur de l'eau, me répond-il et je comprends qu'il est en train de s'en vouloir.

Je porte ma main à la sienne, qui est appuyé contre sa cuisse, et je lui souris pour lui montrer que je vais bien. Je n'aime pas du tout cette impression de le mettre mal, alors que c'est moi qui aie voulue rester dans l'eau. Ce genre de chose aurait pu se passer avant, ou ne pas se passer du tout. *C'est juste la faute à pas de chance...*

Archie

Je regarde Callum, et j'ai l'impression que quelque chose d'autre le perturbe. Pourtant, ce n'est pas le fait que moi et Alec, nous étions trop près d'elle. J'ai l'impression que quelque chose d'autre le tracasse, quand il prend Gaby dans ses bras, en regardant dans la direction de laquelle il vient. Je me frotte la nuque, me disant que je me fais peut-être des idées. Les filles nous ayant rejoints, Taylor propose à Alex de nous rejoindre au cabanon où nous sommes, pour venir manger avec nous. Je la regarde, éberlué, me rendant compte qu'elle n'a même pas demandé l'avis à Callum. Mais contre toute attente, il ne fait aucune réflexion sur le fait qu'elle l'invite, et ne semble même pas faire attention à notre conversation sur le chemin du cabanon.

Arrivés sur les lieux, les filles décident d'aller prendre une douche et de se changer. Je pense que Spencer est tout étonné que moi, de voir Callum laisser Gaby aller dans la chambre seule. Je le rejoins sur la terrasse où il allume le barbecue, et je m'allume une cigarette, tout en le scrutant du regard.

— Au fait, tu es parti où tout à l'heure ? lui demandé-je.

— Pourquoi ? T'es payé pour me surveiller ?! me balance-t-il froidement.

Je plisse mon regard sur lui, ne comprenant pas pourquoi il m'agresse.

— Non, mais tu as laissé ton appareil là, et tu es parti tellement vite que cela me surprend, lui fais-je remarquer.

— J'avais une envie pressante, rétorque-t-il.

Il allume une cigarette à son tour, pour s'assoir nonchalamment sur la chaise à côté. Je le regarde perplexe, pas du tout convaincu par son excuse. Quoi qu'il arrive, il ne quitte pas son appareil photo, et encore moins Gaby sans un regard sur elle où qu'elle soit. Je tire sur ma cigarette, le scrutant toujours, cherchant quelque chose sur son expression qui me mettrait sur la voie. Et alors que je remarque qu'il joue avec sa chevalière à son doigt, pensif, on tape à la porte du cabanon.

— Je vais ouvrir ! Nous crie Brooke en descendant.

Je souris en voyant Spencer grimacer. Je pense que Taylor n'est pas la seule à attendre l'arrivée de Alex.

Je me détourne de Spencer et Callum devant moi, tout en portant ma bouteille à ma bouche, regardant laisser entrer Alex dans le cabanon… et je lâche ma bière, écarquillant les yeux, alors que mon cœur vient littéralement de s'arrêter devant les yeux émeraudes de la fille qui suit Alex.

— Melly....

Chapitre 37

Face à nos démons

Gaby

— Non, mais tu te rends compte qu'elle a foncé à la porte ouvrir, alors qu'elle a déjà Spencer, râle Taylor en enfilant sa deuxième chaussure.

Je souris, en me disant qu'elle est vraiment tombée sous le charme de Alex. Brooke l'a certainement fait exprès pour l'ennuyer, et comme toujours, *elle sait comment s'y prendre.*

— Au fait, il vient avec sa sœur, m'informe Taylor alors que je remets ma bague de fiançailles dans le bon sens.

Elle a tendance à se tourner dans la douche, et bien que je n'aime pas me laver avec, Callum m'a interdit de la retirer quoi qu'il arrive. Disons que notre dernière dispute a été un peu trop mouvementée pour nous deux. Mais ce n'est rien contre celle, qui nous attend à notre retour. J'enlève cette idée de mon esprit... *je dois rester positive.* Après tout, oui il va certainement nous en vouloir, moi plus qu'à Archie... *mais notre amour est plus fort et cela me donne une certaine confiance.*

— Je suis prête ! me fait Taylor en se levant et lançant ses longs cheveux blonds en arrière.

Je lui souris et mets mes pouces en l'air, la trouvant parfaite, nous quittons sa chambre pour rejoindre les escaliers. Taylor est tellement impatiente de le voir, qu'elle manque de rater une marche et je l'attrape par le bras. Nous nous mettons à rire, avant que mon regard se porte devant nous.

— Qu'est-ce qui se passe ? me demande Taylor.

Elle se redresse, pour apercevoir la scène surréaliste qui se passe devant moi. Mon bras qui enlace celui de Taylor la lâche, alors que mon regard est porté sur celui de la brune qui se trouve face à Brooke.

— Ce n'est pas possible ! s'exclame Taylor.

Elle porte sa main à sa bouche, me faisant comprendre que je n'hallucine pas. La jeune femme qui se trouve dans l'entrée du cabanon, n'est autre que *Mellyssandre*...

Je tressaille de haut en bas, et je remonte la marche en marche arrière, alors que Taylor descend les escaliers en vitesse, se faisant arrêter par Alex. Celui-ci lui dit quelque chose à l'oreille, et elle n'insiste pas.

Quant à moi, je continue de remonter les escaliers sans quitter Mellyssandre du regard. Elle est encore plus belle que sur les photos, *et elle est surtout bien plus vivante, que je ne le serai jamais...* Je porte la main à ma poitrine, et je sens le sol de l'étage sous mes pieds, quand il apparait en bas des escaliers, le regard totalement paniqué posé sur moi. Je scrute son visage pendant un millième de secondes, et j'ouvre la bouche hébétée. Il n'y a aucun signe de surprise dans son regard noisette, *mais plutôt de la peur*... Oui, il est terrifié de voir que je suis au courant... *qu'elle n'est pas morte*. Mes jambes commencent à trembler, et ma poitrine se tord en comprenant qu'il m'a menti. Je fais volte-face et je fonce dans la chambre, où je referme celle-ci, de mes mains tremblantes, essayant de la fermer à clé, alors que j'entends ses pas arriver en courant à l'étage.

— Gabriella ! Crie-t-il d'une voix paniquée.

Mais malgré ma torpeur, j'arrive enfin à tourner la clé dans la serrure, juste au moment où sa main s'écrase sur la porte. Je recule, alors que je ne sais pas, si je dois pleurer ou hurler de rage, qu'il m'ait caché une telle chose. Je me tire les cheveux, en espérant que je suis encore dans mon lit en train de dormir, et que je vais me réveiller. *Oui, je vais me réveiller et je serai dans ses bras...* Mais les bruits de Callum, qui tapent sur la porte me prouve, que je ne suis pas du tout en train de rêver, et je recule contre la table où se trouve son ordinateur que je bouscule. Je me détourne de la porte, qu'il va finir par défoncer s'il continue, et mon regard se pose sur l'ordinateur. Je ne sais pas pourquoi je fais ça, je ne sais pas pourquoi je veux m'enfoncer encore plus dans ma douleur, *mais mes doigts pianotent déjà sur son ordinateur alors qu'il me supplie de lui ouvrir.* J'ai mal, très mal de ce qui se passe, et je m'en veux de réagir par peur devant elle... *mais ce que je crains le plus est vraiment en train de se passer devant moi... Callum m'a bel et bien menti...*

Callum

Je me lève de ma chaise d'un bond, en entendant ce que vient de dire Archie, et mon regard se porte vers l'entrée du cabanon, où je l'aperçois. La panique prend immédiatement le contrôle de mon corps, en pensant à Gabriella qui va descendre, et je pousse Archie pour rejoindre l'escalier. Mais ma peur est plus que légitime, quand je vois son regard posé sur Melly, et qu'elle se détourne vers moi. J'y vois de la peur... *ma pire crainte, que j'évite depuis que nous sommes arrivés à Bali, est en train de se produire.* Gabriella semble voir quelque chose dans mon regard qui la terrifie immédiatement, et je me mets à courir dans les escaliers pour la poursuivre.

— Gabriella ! crié-je avant d'écraser ma main sur la porte qu'elle vient de fermer à clé.

Je tambourine à celle-ci la suppliant de m'ouvrir. Ma gorge est nouée, je voulais attendre d'avoir la confirmation de Bryan, avant de lui en parler. Je ne voulais pas lui mentir, ni lui cacher, que j'avais des soupçons sur son identité... *même si celle-ci prétend, ne pas me connaitre.* Je ne voulais pas qu'elle souffre plus qu'elle ne le fait, depuis que nous sommes ici. L'histoire de ses médicaments la perturbe tellement, *que j'avais peur de rajouter cela.*

— Je t'en prie Gabriella, ouvre-moi, la supplié-je en tapant mon front contre la porte en bois. Mon cœur est en train de se briser en mille morceaux.

— Je t'en prie, supplié-je encore.

Mon souffle est en train de se faire la malle, et je ne sais pas quoi faire pour la laisser m'expliquer. Je veux lui parler face à face, et non avec cette porte entre nous. Je veux qu'elle voie, que même si c'est *elle*... celle qui partage ma vie ne peut être que *Gabriella.* J'y ai tellement réfléchi la nuit où je l'ai vue la première fois, que je ne peux avoir aucun doute là-dessus. J'ai passé la nuit à peser le pour et le contre, que serait son retour dans ma vie, mais en regardant Gabriella dormir... *je savais que la seule, que je veux chérir maintenant, se trouve déjà auprès de moi.* Je veux qu'elle sache, que si Mellyssandre m'a oubliée et qu'elle n'a pas réagi en me voyant ce jour-là sur le chemin, c'est que le destin ne veut pas qu'elle revienne dans ma vie. Je suis convaincu de ce que je dis, et je veux que Gabriella en soit convaincue aussi. Mais pour ça, il faut qu'elle me laisse entrer dans cette chambre.

— Tu peux m'expliquer ce qui se passe ?! S'écrie Archie et je serre les dents.

— Tu ne vois pas que ce n'est pas le moment ?! grincé-je des dents en me décollant de la porte sans la lâcher du regard.

— Non, mais tu te fous de ma gueule ?! claque Archie en me bondissant dessus pour m'attraper et je me dégage en le balançant plus loin.

— Putain ! claqué-je.

— Je ne sais pas ce qui se passe ! Moi, tout ce que je veux, c'est que Gabriella ouvre cette porte ! hurlé-je haletant de peur qu'elle me rejette pour du bon, elle sait l'importance que Melly avait dans notre vie, et elle doit être en train de se faire un tas de films dans sa tête, qui n'ont pas lieu d'être.

Je reviens vers la porte, où je m'apprête à taper mon poing, en me convainquant de ne pas éclater celle-ci pour y entrer. Archie insiste pour revenir à la charge, mais il s'arrête en entendant la clé tourner dans la serrure. Je souffle, enfin soulagé, qu'elle ouvre cette porte, mais mon cœur s'arrête net, quand dans ses mains se trouve mon ordinateur portable. Je n'arrive pas à émettre le moindre son, alors qu'elle le colle brutalement contre ma poitrine. Je relève mon regard sur son visage, comprenant qu'elle a vu les photos.

— Je...

— Pour le bien de tout le monde, ferme-la, lance-t-elle sans élever le ton de sa voix.

— Gabriella, la supplié-je voyant qu'elle a pris son sac avec elle pour sortir de la chambre.

— Je dormirai avec Taylor, fait-elle froidement en passant devant Archie.

Elle rentre dans la chambre de Taylor, avant de refermer la porte à clé. Je la regarde, totalement perdu, de voir que j'ai juste voulu la protéger, tant que je ne savais pas... *Tant que je n'étais pas certain...*

— Je voulais juste éviter que tout le monde en souffre...

— Et comme toujours, tu t'es planté ! me balance Archie.

Il redescend de l'étage, et je me laisse tomber là en plein milieu du couloir en pleurs. *Je suis quand même celui qui souffre le plus, non ? N'est-ce pas moi, qui ai pleuré une fille morte pendant des mois, et qui maintenant va à nouveau tout perdre ?*

Spencer
Je n'arrive pas à croire qu'elle soit là, assise sur la terrasse avec Taylor, alors qu'on l'a déclarée morte depuis si longtemps. Je comprends la terreur que Gaby doit ressentir, mais je pense avoir remarqué, que Callum n'a pas eu du tout l'air surpris en la voyant. Je tends une bière à Alex, qui est resté à l'intérieur avec moi et Brooke, qui doit certainement se demander ce qui se passe. Mais je pense que Brooke veut elle aussi savoir ce qui se passe au juste ici.

— Je ne savais pas que vous la connaissiez, nous fait Alex

— La question, c'est comment tu la connais toi ? Et comment un mannequin en vue d'Amérique, se retrouve dans un bled pareil au bout du monde ?! s'exclame Brooke ahurie et furieuse à la fois.

Je la comprends. Même si je suis heureux que Melly soit en vie, elle doit s'inquiéter pour Gaby, *tout comme je m'inquiète pour Callum*. Tous les deux vont vivre des moments affreux dans les jours qui suivent, et nous ne pouvons rien faire pour les aider. Une chose est certaine, *je ne veux pas échanger ma place avec eux quoi qu'il arrive.*

— En fait, elle est arrivée à Bali il y a un an. Mon père a été en contact avec un homme, qui cherchait un endroit pour une jeune fille, qui était psychologiquement perturbée, commence à expliquer Alex.

— Quel homme ? intervient Archie qui nous rejoint.

Je scrute son regard, et ses mains. Ils ne se sont pas battus, c'est déjà ça. *Peut-être que Gaby a laissé Callum s'expliquer s'il est déjà redescendu ?*

— Il a une villa sur l'île principale. Je pense que c'est J...

— Alexander James, résonne la voix froide de Callum comme sortie d'outre-tombe.

Celui-ci descend les escaliers, le visage décomposé par la douleur. Je comprends à cet instant que Gaby et lui, n'ont pas eu une bonne conversation. Le regard noir de Callum est plus que malsain et... *je tressaille à l'idée de ce qui lui passe par la tête.*

— Oui, c'est cela ! confirme Alex ahuri qu'on connaisse cet homme.

— C'est pour cela qu'elle nous a fait venir à Bali, marmonne Callum en serrant le poing et son regard devient fou de rage.

Je le prends par les épaules, et nous sortons du cabanon, où il extériorise sa colère sur un arbre qui se trouve là. Je n'aime pas du tout le voir ainsi, et son poing se met à saigner, sous les coups de poing de colère qu'il assène dans l'arbre, sans broncher. Callum n'a plus été aussi hors de lui, depuis la nuit... *où il a compris qu'elle était morte pour lui et à cause de lui.*

— Aaaaaaaaaaaah ! hurle-t-il avant de s'effondrer au sol devant l'arbre et de se mettre à pleurer.

— Elle ne me laissera jamais vivre ! s'écrie Callum avant de fondre en larmes.

Je ressens tellement sa douleur que je ne peux que rester là avec lui, les yeux remplis de larmes... *de voir mon meilleur ami à nouveau face à ses démons...*

Chapitre 38

Vivre dans la peur

Gaby
Je suis assise sous la fenêtre de la chambre, tremblante, remplit de doute sur ce qui se passe vraiment dans ce cabanon. Je ne sais plus du tout où j'en suis, *ni où nous en sommes.* Callum avait l'air paniqué, mais en ce qui me concerne… *c'est plus sur le fait que je sache qu'il m'ait menti.* Et s'il m'a caché une telle chose, il doit y avoir une raison. Mais je ne peux pas lui en vouloir… *si cette raison est son amour pour Mellyssandre.*

Rien que de penser à son nom et son amour pour elle, je me mets à haleter, essayant de retenir les cris de douleur, qui voudraient se joindre à mes sanglots, qui ne sont pas prêts de s'arrêter. Mais je ne peux qu'être réaliste sur ce qui se passe… *Callum a retrouvé la seule fille qu'il n'ait jamais aimé, et même oublié.* Le fait qu'il porte son bracelet en est une preuve indéniable, que je ne peux pas réfuter… *même si je le voudrais.*

Je resserre mes bras autour de mes jambes pliées contre ma poitrine, qui souffre comme jamais. Je voudrais partir, je veux rentrer chez moi et m'enfermer à jamais dans ma chambre. Je veux pouvoir pleurer toutes les larmes de mon corps, sans l'entendre taper dans cet arbre sous la fenêtre. Mais le pire arrive, et je porte mes mains à mes oreilles, pour étouffer les cris de rage qu'il hurle à cet instant. Un cri de douleur qui fait écho au mien. Et alors que la porte de la chambre que j'entends s'entrouvrir, j'entends les mots de Callum m'atteindre comme jamais. *Pourquoi dit-il cela ? Pense-t-il vraiment que sa mère est derrière tout ceci ? Mais pourquoi ferait-elle cela ?*

— Gaby, murmure la voix de Brooke.

Elle me frotte l'avant-bras, alors que je souffre encore plus, de l'entendre maintenant pleurer de rage et de douleur. Nous étions censés passer de bons moments ensemble à Bali, et rien ne se passe comme prévu. Mais plus rien ne se passera jamais bien entre nous, puisque ce n'est plus le fantôme de Mellyssandre qui plane sur nous... *mais bien elle physiquement*. Je resserre mes bras plus forts, pleurant littéralement de souffrance. Car je souffre de savoir que Callum va à nouveau souffrir, puisque nous sommes toutes les deux dans sa vie... *et qu'il nous a à toutes les deux faits la même promesse.*

Une promesse...

Je desserre mes bras et mon regard brouillé de larmes, se posent dans celui de Brooke, qui est rempli de larmes aussi.

— Je dois aller le voir, fais-je en essayant de me relever.

Mais mon corps ne veut pas me laisser faire. Est-ce qu'il comprend ce que je prévois de faire ? Me fait-il comprendre que je ne peux pas faire cela ? Mais je n'ai pas le choix...

— Gaby, tu devrais vous laisser le temps, de digérer ce qui vient de se passer, essaye de me convaincre Brooke.

Mais je ne veux pas attendre. Il faut que cela soit fait maintenant, tant qu'elle est ici... *avant qu'elle ne disparaisse encore*. Il faut que les choses soient claires pour Callum et pour moi, *nous ne pouvons pas continuer ainsi de toute façon.*

— Gaby, me hèle Brooke en me suivant dans les escaliers.

Mais je ne veux pas m'arrêter, même si mon cœur ne bat plus jamais après cela... *je veux lui dire maintenant, avant que cela ne soit trop tard.*

Callum

Je craque complètement en comprenant que ma mère a encore orchestré tout cela, sans avoir aucun remord sur le mal qu'elle me fait vivre. Je pensais sincèrement que je divaguais, *même en ayant la preuve en photo.* J'attendais cette confirmation qui me semblait irréelle, et maintenant je vais tout perdre. Je vais perdre la seule chose que je veuille garder auprès de moi depuis elle. Gabriella ne me pardonnera jamais, de lui avoir caché cela, et elle ne me laissera jamais lui expliquer les raisons, qui m'ont fait la tenir de côté pour la protéger de la souffrance que je voulais lui éviter... *si cela n'avait pas été elle...* Mais Archie l'a reconnue aussi, et je ne peux plus faire semblant non plus. *C'est bien Mellyssandre...* Tout mon être en était pourtant persuadé... *Mais je ne voulais pas croire qu'une telle chose puisse arriver.* Des pas nous rejoignent, alors que je suis totalement en proie à tous mes démons, qui me reviennent en pleine figure, ainsi que ceux qui s'y ajouteront... *si jamais elle me quitte aussi. Car je ne veux pas perdre ma précieuse, quoi qu'il arrive.* Pourtant quand les pas s'arrêtent devant moi et que je vois ses pieds nus sur le sol... *mon cœur s'arrête net.*

— Ne fais pas ça, murmuré-je.

Je serre le poing, la tête baissée sur le sol.
— Je...
— Ne fais pas ça, insisté-je plus fort.

Je ne veux pas l'entendre le dire, je ne veux pas qu'on ait cette conversation. Je veux juste qu'elle me dise que tout ira bien, et que nous allons avancer, comme nous l'avons fait depuis le début. Je veux qu'elle me dise, qu'on va s'en sortir. Pour une fois, je veux qu'elle soit celle qui se montrera la plus forte dans notre couple. J'ai besoin qu'elle me pousse à me relever, et non qu'elle se mette de côté... *comme elle compte le faire.*

Je ne peux que penser ainsi, en sachant qu'elle souffre autant que moi. Mais c'est de l'égoïsme en ce qui me concerne, parce que je ne sais pas du tout comment on peut avancer dans ses circonstances. *J'ai l'impression que ma vie est vouée à la souffrance.*

— Callum, comptes-tu tenir ta promesse ? me demande Gabriella.

Je ferme les yeux ne voulant rien entendre. Je ne veux pas savoir ce qu'elle a à me dire. Je ne suis pas en état de réfléchir et elle non plus. Alors pour moi, cette conversation doit se finir maintenant. Je pose ma main sur le sol, et je me relève sans la regarder pour passer à ses côtés. Nous ne devons pas parler de cela, ni aujourd'hui, ni jamais. En ce qui me concerne, *c'est Gabriella et personne d'autre.*

— Callum, arrête-toi, insiste Gabriella.

Mais je continue de marcher vers le cabanon, passant devant Spencer et Brooke.

— Callum, tu devrais l'écouter, m'arrête Spencer.

Il porte sa main sur mon épaule, me bloquant le passage de son corps.

— Ne fais pas ça, répété-je simplement et je tire sa main de mon épaule pour monter les marches du cabanon.

— Callum Hanson, comptes-tu tenir la promesse que tu m'as faite ?! crie Gabriella.

Mon dieu, sa voix est tellement remplie de douleur, que je ne peux ignorer et je m'arrête.

— Tu sais que je fais de mon mieux, répondé-je d'une voix claire sans me retourner.

Parce que les promesses font de moi ce que je suis, *et elle le sait plus que quiconque*.

— Alors continue, fait Gabriella et elle se met à pleurer.

C'est trop pour moi, et je fais volte-face pour m'empresser de la rejoindre, et de la prendre dans mes bras.

— Continue, répète Gabriella en pleurs dans mes bras alors que je serre son corps tremblant contre moi.

— Continue de me protéger et de m'aimer, me supplie Gabriella.

— Je n'ai jamais eu l'intention de m'arrêter, pleuré-je en sentant nos cœurs battre à tout rompre sur le même rythme à travers nos poitrines.

Nos corps sont tellement collés l'un à l'autre, que nous pourrions croire que nous ne faisons plus qu'une personne. Mais c'est bien cela que nous sommes... *nous sommes un couple et nous ne devons que faire un*.

— Je t'aime Gabriella, pleuré-je en la serrant encore plus fort contre moi.

— Moi aussi je t'aime, me répond-elle et je sens enfin mon corps reprendre un semblant de calme.

Archie

Je reste là, devant Mellyssandre qui parle avec Taylor de ce qu'elle fait sur cette île de ces journées, comme si elle ne nous avait jamais quittée. Son regard se pose sur moi plusieurs fois, mais bien que son regard émeraude soit toujours le même ; *je ne vois pas cette étincelle dans celui-ci*. Je ne vois pas cette faible lueur d'amour, y étincelé comme elle l'avait, *même quand elle a rompu avec moi, pour rejoindre officiellement Callum.*

— Donc, tu ne te souviens de rien ? lui demande Taylor et je regarde le visage d'Alex qui se crispe.

— Non, et je n'ai pas songé que des gens pouvaient se tracasser pour moi, nous explique-t-elle.

— Et ta mère ? lui demandé-je en m'immisçant dans la conversation.

— Ma mère sait que je suis ici, me répond-elle et je la regarde hébété.

Je me souviens de la douleur de sa mère à son enterrement, maudissant les pompiers de ne pas avoir trouvé son corps, et de devoir enterrer un cercueil vide. *Comment pourrait-elle avoir feinté une telle douleur ? Est-ce qu'elle était déjà au courant ? Etait-elle aussi dans le coup monté d'Alexander ?*

Non, sa mère était une femme simple qui me considérait comme son fils, et qui m'envoie toujours des cadeaux pour mon anniversaire. *Mais si elle sait pour Mellyssandre… pourquoi Evan s'en prendrait à Callum ?*

Mellyssandre nous explique qu'on lui a expliqué, qu'elle avait eu un accident et qu'elle avait perdu la mémoire. Mais comme elle était trop connue en Amérique, on a préféré l'emmener sur cette île, où personne ne la connaissait. Mais moi ce que j'aimerais savoir... *c'est pourquoi Alex ne dit rien et se contente de se tenir à l'écart ? Que sait-il qu'elle ne sait pas ?* Après tout, cette île n'a aucune connexion internet, et c'est le meilleur endroit pour cacher quelqu'un. Mais bien que Alexander l'ait certainement cachée ici, pour que Vanessa ait champ libre, j'ai l'impression que lui aussi connait la raison. *Est-il vraiment si innocent dans cette histoire ? Que sait-il de nous au juste ?*

Gaby

J'ai l'impression que mon corps va se broyer, sous la force que Callum met dans ses bras pour me serrer contre lui... *mais je veux profiter de ce moment.* J'ai peur que quand la pression de la douleur, qui nous ronge nous quittera, il regrette ce qu'il vient de dire. *Et si...*

— Je ne voulais pas te mentir, fait-il doucement.

— Je ne savais pas si c'était vraiment elle, continue-t-il.

— Pourtant, tu la photographiée tant de fois avant... Et maintenant... lui fais-je remarquer.

— Je sais. Mais de là, à se convaincre que cette fille pouvait être Melly, est au-dessus de mes forces, me fait remarquer Callum desserrant un peu se prise sur moi.

— Pourtant, c'est bien elle, affirmé-je.

Même moi, je l'ai reconnue en un regard. *Mais lui ne l'aurait pas fait...* Mon dieu, il a dû avoir un choc en la voyant. Je repense au premier jour de shooting, et au fait qu'il n'ait pas dormi, le rendant agressif vis-à-vis de moi.

— Tu aurais me dire la raison de ta colère, ce jour-là, lui fais-je comprenant qu'il l'avait déjà vue.

— Tu n'étais pas en état, me fait-il remarquer.

— De plus, nous avons appris que tes gélules, n'étaient peut-être pas ce qu'on pensait, me rappelle-t-il et j'acquiesce en pinçant mes lèvres.

— Mais une chose est certaine, même si elle se trouve là en ce moment. Cela ne change rien à mon amour pour toi, dit-il en prenant mon visage dans ses mains pour plonger son regard rempli de larmes dans le mien me faisant tressaillir.

— Je t'aime Gabriella, pleure-t-il.

Mon cœur pleure avec lui, tout comme mon regard dans le sien.

— Je t'aime... et je sais que cela va être difficile de la revoir dans ma vie. Mais je ne veux pas qu'elle reprenne sa place, continue-t-il en amenant ma main gauche sur sa poitrine.

Je peux sentir son cœur battre la chamade, tout comme le mien.

— Parce que c'est toi qui le fais battre. Aujourd'hui et à jamais, fait-il scrutant mon regard vérifiant que je le crois.

Je le crois, et je veux le croire plus que tout, quand mes lèvres rejoignent les siennes en seule réponse. Mais nous savons tous les deux, que malgré notre amour, nous allons devoir nous accrocher, pour que nous ne nous perdions pas chacun de notre côté dans nos mensonges.

Car bien que je lui cache encore à cet instant, ce qui s'est passé avec Evan, je sais qu'on vient de se mentir une nouvelle fois. Car elle a déjà tout changé rien que par sa présence, et il le sait. *J'ai peur d'elle, comme je n'ai jamais eu peur de personne...* et cela m'a poussée à venir le rejoindre, malgré tous mes doutes. Mais je ne peux pas lui donner un seul soupçon de doute qui le pousserait à la rejoindre. *Je vais devoir vivre dans la peur qu'elle me le vole en un regard.*

Chapitre 39

Trop de questions

Gaby

Callum s'assoit sur le banc non loin du cabanon, et me fait venir sur ses jambes, me tenant contre lui. Je sens encore son cœur battre à tout rompre contre ma poitrine, et mes doigts se mettent à tortiller la longueur de ses cheveux ébènes dans sa nuque. Ils commencent à devenir long, et je me demande s'il ne les laisse pas pousser, depuis que nous sommes allés en Floride et que nous avons vu la photo de son père. *Mais à quoi je suis en train de penser à cet instant ?! Comme si c'était le moment de penser à une telle chose, après tout ce qui se passe ?!*

Callum, quant à lui est toujours crispé, et me serre vraiment fort contre lui, comme s'il pensait que j'allais m'enfuir s'il relâche ses bras. Mais je ne compte pas bouger de là, je resterai là le temps qu'il voudra, et que je le voudrai. Je ne suis pas du tout pressée de retourner dans le cabanon, et de me trouver face à elle. Je ne suis pas du tout pressée, de voir le regard de Callum se poser sur elle devant moi. Je me mords la lèvre, me rendant compte que je suis en pleine panique.

— Je t'ai dit que je ne le lâcherai pas, murmure Callum alors que je viens de tressaillir à cette pensée.

Je pose ma tête sur l'épaule de Callum, pour humer son parfum vanille poivré. Une odeur que je crains de ne plus sentir, quand la surprise de son retour sera passé. Malgré tout ce qu'il peut me dire, je sais que si je n'étais pas là… *il ferait tout pour qu'elle se souvienne de lui.*

— Gabriella, arrête de penser à des choses que je ne vais pas faire, fait-il et je me redresse surprise en le regardant.

— Tu as pensé tout haut, me fait-il remarquer.

Il esquisse un semblant de sourire compatissant, jouant avec mes doigts, tout en tenant mon regard. Je le regarde confuse, me demandant depuis quand je fais ce genre de choses. Mais d'un côté, ce n'est pas plus mal. *Ainsi, il sait quelles sont mes craintes.*

Callum remet mes cheveux derrière mon oreille doucement, et son regard enveloppe le mien de sa tendresse, comme il peut le faire, quand il y a de la tension autour de nous. Il pose doucement ses lèvres sur les miennes, sans pression, sans me conquérir. Juste un baiser pour confirmer que je ne dois pas avoir peur, que je dois lui faire confiance. Mais je soupire quand même de peur… *Je ne suis pas Mellyssandre*, et je ne suis pas ce genre de petite-amie si honnête qu'il pense. *Peut-être est-il temps, que je lui parle de ce qui s'est passé avant notre départ ?* Mais quand sa main dans mon dos, m'attire contre lui à nouveau, je n'en suis pas convaincue. J'ai l'impression que si je fais cela maintenant, *il risque de calmer sa colère auprès d'elle et non de moi…*

Ce sentiment me fait plus peur, que tout ce que j'ai vécu dans ma courte vie et je resserre mes bras autour du cou de Callum, priant que tout ceci finisse vite et que nous reprenions le cours de nos vies. *Mais celle-ci ne sera plus jamais la même, n'est-ce pas ?*

Bryan

J'ai eu beau chercher des réponses, à toutes les photos reçues de Callum qui se trouve à Bali, je n'arrive pas à comprendre. Tout comme lui, je pense que cette fille est bien Mellyssandre, même s'il la prise de loin avec le zoom. *Mais comment cela peut être possible ?* Les gardes côtes, les pompiers et toutes les personnes, qui l'ont cherchée après sa chute de la falaise, n'ont jamais trouvé son corps. Je pose mes lunettes, réfléchissant à ce qui aurait pu se passer ce jour-là... et tout ce qui s'est passé les jours qui ont suivis.

Malheureusement, je ne me trouvais pas sur place ce jour-là, et quand je suis arrivé, tout était déjà flou pour tout le monde, qui venait d'assister à la chute de Melly. Mais tout le monde s'accordait sur le fait, que c'est elle-même qui avait sauté de la falaise. La raison était simple pour tout le monde, elle ne supportait plus de souffrir et de voir la détresse de Callum... pensant que tout cela ne cesserait jamais, tant qu'elle serait présente. Mais nous voilà presque deux ans plus tard, et elle réapparait sur une île de Bali où personne n'aurait songé la trouver. *Sauf...*

Je prends mon portable, comprenant maintenant que leur rencontre là-bas, n'est pas un accident. Je suis certain que Callum a dû faire le rapprochement aussi, mais je veux l'entendre de sa bouche. Je veux l'entendre rire dans sa voix, d'avoir une fois de plus détruit tout ce que son fils entreprenait. Parce que nous savons tous que le retour de Melly va le déstabiliser lui, Archie et bien entendu Gaby. Voilà donc la raison de sa gentillesse récente, elle veut faire échouer le shooting pour prouver que Callum n'est pas digne de confiance. *Mais comment ose-t-elle aller jusque-là ?!*

— "Bonsoir Bryan, tu es toujours en voyage ?" me demande-t-elle d'une voix naturelle et je comprends qu'elle n'a pas encore eu Callum au téléphone.

— Comment as-tu pu ?! lancé-je froidement et sans ménagement.

— Comment peux-tu torturer ses enfants ainsi, pour prouver que Callum n'est pas digne de confiance ?! claqué-je remplit de colère.

—"Mais de quoi tu parles ?!" s'exclame Pénélope.

J'enlève mes lunettes pour les poser sur la table. Je n'ai pas besoin d'en entendre plus ; *elle ne savait pas pour Mellyssandre...*

Alors serait-ce vraiment une coïncidence, qui a fait qu'ils se soient rencontrés là-bas ? Serait-ce une blague de mauvais goût du destin ? Non, je ne peux pas y croire. La voix de Pénélope qui me demande ce qui se passe au juste, et de quoi je l'accuse me parvient à nouveau. Mais je réfléchis. Je peux croire que la rencontre de Gaby et Callum, soient due à de la coïncidence, mais pas pour Melly... *Tout ceci est trop gros pour que cela le soit et si ce n'est pas Pénélope...*

— Est-ce toi qui a proposé la maison à Bali ? demandé-je à Pénélope qui panique à l'autre bout.

Ce qui me conforte sur le fait, que Callum avait peut-être raison, sur la bonne volonté récente de sa mère. *Bien que j'en doute profondément...* Mais son but doit être plus complexe que de faire tomber son fils, et de perdre des millions en ratant ce shooting.

—"L'idée ne vient pas de moi, en effet." répond-elle et je ferme ma main en poing comprenant ce qui s'est passé.

Comme je le pensais, une fois qu'elle me l'a dit, Pénélope confirme que c'est Alexander qui lui a proposé sa maison à Bali, et qu'elle était tout d'abord étonnée, mais elle y a trouvé une bonne opportunité de photos. Oui, et lui a trouvé une bonne opportunité de détruire Callum et ce shooting une bonne fois pour toute. Il serait donc derrière la disparition de Mellyssandre. *Mais bien sûr, pourquoi n'y ai-je pas pensé plus tôt ?!* Celui qui a le plus perdu dans cette histoire, et qui a tout à gagner si cela rate ; *c'est Alexander*. Il pourra garder les parts de Grant, et qui sait proposer de payer les pertes liées à ce shooting. Quant aux raisons sur le fait qu'il cachait Melly, elles sont simples ; *elle faisait de l'ombre à Vanessa...*

Callum

Spencer nous rejoint au bout d'un moment, pour nous signaler que Alex et Melly ont quitté le cabanon, et que celui-ci s'excuse de ce qui s'est passé. Gabriella se lève de mes jambes et je garde sa main dans la mienne, pour rejoindre le cabanon, où nos amis rangent la table que nous avions dressée pour manger. Je pense que personne n'a vraiment d'appétit, et un regard vers Taylor, me confirme qu'elle aussi est plus que sous le choc de ce qui vient de se passer. Pourtant, celui qui doit être tout aussi choqué… *semble bien calme fumant sa cigarette sur la terrasse.*

— Je vais aller me changer, fait Gabriella en quittant ma main et j'acquiesce en rejoignant Archie sur la terrasse.

Je me mets à part de lui, et je m'allume une cigarette, en regardant les reflets de la lune sur la mer. Mais mon esprit est encombré de tout ce qui vient de se passer, et je ne profite absolument pas de la magnifique vue que nous offre ce village au bord de la mer.

— Tu en penses quoi ? me demande Archie.

— Je pense qu'on s'est bien foutu de nous, répondé-je en baissant la tête pour regarder mon bracelet.

La question est comment ils ont pu réussir à la cacher ici, sans que personne n'en soit au courant.

— Alex m'a dit, que le père de Vanessa les aurait payés pour s'occuper d'elle, m'informe Archie.

— Ouais et la sorcière, grincé-je des dents.

— Callum, tu penses qu'elle sait qui nous sommes ? me demande-t-il la voix plus que basse.

Je tire sur ma cigarette en réfléchissant. Elle n'a eu aucune réaction quand m'a vu, ni quand en ce qui concerne Archie tout à l'heure. Donc, pour moi, elle ne sait pas qui nous sommes exactement, et cela confirme sa perte de mémoire. *Mais pourquoi l'emmener ici ? Pourquoi lui faire croire, qu'elle fait partie de cette île, alors que toute sa famille se trouve en Amérique...*

— Tu as parlé avec elle ? lui demandé-je continuant de regarder la mer.

— Un peu, répond-il évasif.

— Je ne lui ai pas dit qui nous sommes au juste. Bien qu'elle ait compris que Taylor et elle étaient proches, m'explique-t-il.

Bien entendu la réaction de Taylor a été plus que sincère, tout comme celle de Archie. Et pourtant, moi qui l'ai vue le premier... *Je ne peux pas dire ce que j'ai vraiment ressenti...* J'étais persuadé que ce n'était pas elle, qu'elle lui ressemblait juste. Jamais, je n'aurais imaginé qu'elle était pourtant, celle qui a fait vibrer mon cœur par son amour et son regard. *Et maintenant ? Maintenant que je sais qui elle est... Est-ce que cela va revenir ? Ou est-ce que je réussirai, à ne pas la laisser rentrer à nouveau dans mon cœur ?*

— Callum, il va falloir savoir ce qui s'est passé au juste, me fait remarquer Archie.

— Je sais, confirmé-je.

— D'après elle, sa mère est au courant.

— Quoi ?! m'exclamé Surpris en me retournant.

— Elle me l'a dit elle-même. Je ne sais pas si c'est vrai. Mais je me souviens de l'attitude de sa mère après sa disparition. Elle a fait une dépression, donc...

— Tu penses que ce n'est pas à sa mère qu'elle a eu affaire ? demandé-je aussi surpris que lui.

— Je ne sais pas, répond Archie doucement en baissant la tête.

— Mais si c'est vraiment sa mère, Evan devrait être au courant non ? lui fais-je remarquer.

Archie me regarde étrangement, et je grince des dents en me demandant ce que tout cela veut dire exactement. Evan est revenu à Seattle, avec la ferme intention de prendre sa revanche sur moi... *mais laquelle ?* Car si lui aussi sait pour Mellyssandre...

Pourquoi s'en prend-il à moi ?

Chapitre 40

Un geste de trop

Gaby
    Je me réveille une nouvelle fois au milieu de la nuit, seule dans ce lit. Callum est encore descendu fumer une cigarette. Je ne prends pas la peine de regarder l'heure qu'il est, ne voulant pas me rendre compte par ce geste, qu'il n'est pas remonté depuis tout à l'heure. La pression sur ma poitrine est toujours omniprésente, mais je dois me rhabituer à vivre avec une telle douleur... que je n'ai pas ressentie depuis longtemps. Il faut dire, que même si ce n'est pas du tout la même douleur... *j'ai été habitué, non ?* Je sens les sanglots monter une nouvelle fois dans ma gorge, me rendant compte qu'il a certainement plus mal que moi. Retrouver Mellyssandre, doit lui être plus douloureux que ce que je ressens. D'ailleurs, je ne sais même pas ce qu'il ressent à ce sujet. Callum garde ses sentiments pour lui depuis toujours, *un peu comme moi je le fais.* Mais j'ai l'impression que nous devrions en parler. D'ailleurs, n'avons-nous pas dit, que

nous parlerions de tout ce qui nous tracasse, pour ne plus souffrir chacun de notre côté...

La porte de la chambre grince doucement, et je me mords la lèvre, alors qu'il entre dans le lit et qu'il glisse sa main sur mon ventre, tout en posant un baiser dans ma nuque.

— Tu sens la cigarette, dis-je d'une petite voix.

— Désolé. Tu veux que j'aille me laver les dents ? me demande Callum.

Je ne réponds pas, me contentant de me coucher sur le dos, pour ramener ma main sur son visage marqué. Son regard est rempli de douleur que je ne peux pas faire partir, parce que celle qu'il ressent ne vient pas de moi. Tout ce que je peux faire, c'est l'atténuer du mieux que je peux. Ce qui n'est pas chose simple, vu les circonstances dans lesquelles nous sommes. Je glisse ma main dans sa nuque, ramenant son visage contre le mien, pour embrasser doucement ses lèvres. Je fais bouger doucement mon corps, et sa main glisse sur mes reins pour m'attirer contre lui. Notre baiser est doux, mais tellement empreint de douleur que me poitrine me brûle.

Et pourtant, il y a tout cet amour dans chaque mouvement de nos langues, et de nos mains caressant l'autre. Callum se laisse aller sur le dos, me ramenant avec lui et je glisse une jambe entre les siennes, tout en ne quittant pas sa bouche. Nous avons besoin de ce moment d'amour tous les deux, qui nous lient encore et encore. Nous avons tous les deux, besoin de nous prouver que nous continuerons à avancer l'un avec l'autre. Je ramène mes jambes à califourchon sur Callum, et je me redresse pour enlever ma nuisette de soie bleu, avant de plonger mon regard dans le sien.

— Tu es magnifique, souffle Callum en caressant doucement ma poitrine.

Il se redresse un peu, pour rejoindre ma bouche, et il serre mon corps contre lui. Callum aussi a besoin de cela tout comme moi, et ma main caresse son corps avec plus d'avidité. Je veux qu'il me fasse oublier, tout comme à lui, ce qui se passe autour de nous, pendant le reste de cette nuit. Callum me laisse le quitter pour descendre son short et sans enlever mon string, il entre en moi. Je me mords la lèvre une nouvelle fois, en le laissant me prendre encore et encore. Son regard noisette est tellement intense, que je me perds dans celui-ci comme toujours. Callum est doux, mais brut à la fois. J'essaye de contenir les gémissements et les cris de plaisir, ainsi que de désir que je ressens... parce que cette nuit, *j'ai l'impression qu'il essaye de libérer sa douleur quand nous faisons l'amour...*

Callum

Le déjeuner terminé, nous partons vers le village central de l'île. Gabriella ne m'a pas vraiment parlé depuis que nous sommes réveillés, comme si elle avait senti mon mal être cette nuit. J'ai pourtant essayé de contenir, le fait que je sois perdu après ma conversation avec Archie, mais j'ai l'impression qu'elle l'a ressenti. Pourtant, elle sourit alors qu'elle avance avec Brooke à côté de moi et de Spencer. Comment pourrais-je lui dire... que malgré ce que je lui ai certifié hier, sur le fait de vouloir la garder auprès de moi... *je n'ai fait que penser à Melly toute cette nuit.* Maintenant que je suis certain de son identité, tout me revenait à la figure, à chaque fois que je fermais les yeux pendant la nuit. Je ne pouvais que sortir de notre chambre pour chasser ce sentiment de trahison envers elle. Non, je ne compte pas retourner avec Melly ... *mais je ressens la douleur, de la retrouver après tant d'années.* Je ressens le fait qu'elle ait été vivante pendant tout ce temps, où je me morfondais seul dans ma chambre, dans mes délires, dans l'alcool, la drogue et les femmes...

— Tu as vu ? me demande-t-elle en portant sa main sur mon poignet où se trouve mon bracelet et je m'arrête net sur son geste.

Gabriella enlève sa main, ennuyée, et je réagis enfin.

— Tu veux qu'on prenne des photos là ? demandé-je en voyant les femmes qui font du tissage.

— Je pensais que ce serait bien non ? continue-t-elle essayant de me convaincre tout en souriant que tout va bien.

Je passe la main dans mes cheveux et lui rend son sourire, avant de tirer le cache de mon appareil photo et d'opiner. Archie et elle se rejoignent, et nous commençons à prendre des photos, pendant que les femmes du village leur montrent, comment on tisse le tissu avec leur drôle d'appareil, qui ressemble à un énorme peigne. Je prends des photos d'eux deux, mais je peux sentir dans le sourire de Gabriella, qu'elle n'a aucunement envie de le faire. Je m'en veux de lui faire endure cela, j'ai l'impression que tout ce que nous faisons récemment... *semble être forcé.* Pourtant, je voudrais tellement pouvoir profiter de ces moments, que nous partageons tous ensemble... mais un poids sur ma poitrine, tout comme la leur semble s'immiscer entre nous.

Au bout d'une bonne heure, je décide que j'en ai prise assez, et je rejoins Gabriella qui change de chaussures, assise sur un banc au milieu de la petite place du village. Je me mets devant elle, et je prends les baskets qu'elle a prise pour se changer pour lui enfiler.

— Merci, fait-elle gênée que je fasse cela.

— Les photos sont magnifiques, dis-je pour la rassurer.

— Je n'ai rien fait de spéciale, me fait remarquer Gabriella.

Je prends sa main dans la mienne, une fois la deuxième basket de mise pour l'aider à se lever.

— Tu as été toi-même, lui soufflé-je en posant un baiser sur ses lèvres.

— Bonjour.

Je me crispe totalement en entendant sa voix, mais pas autant que la main de Gabriella dans la mienne. Celle-ci se décale de moi, en baissant son regard, comme si elle avait fait quelque chose de mal. Je fronce les sourcils, en entendant Melly expliquer aux autres, qu'elle nous avait amené un pique-nique pour s'excuser du souper d'hier. Je serre la main de Gabriella dans la mienne pour qu'elle me regarde, ce qu'elle fait et je lui souris pour lui faire comprendre que tout va bien. Nous rejoignons les autres, et nous allons nous assoir près des arbres à l'ombre, alors que Melly sort des choses de son panier.

— Je vais l'aider, me fait Gabriella et je grimace en la regardant la rejoindre.

Voir les deux femmes qui ont fait parties de ma vie ensemble, dont une qui est censée être morte, me rend vraiment mal à l'aise et bien plus. D'ailleurs, je ne suis pas le seul à être ainsi, vu la façon dont Archie les regarde aussi. Je vais dans la poche de mon short, pour prendre une cigarette et je m'allume celle-ci, en me détournant d'elles-deux. Mais au bout de quelques minutes, une assiette se place devant moi, et je grince des dents en comprenant que ce n'est pas la main de Gabriella. Cette main fine et qui semble tellement douce comme toujours, est nulle autre que la sienne. J'écrase ma cigarette et je bouge la main pour prendre l'assiette, sans relever mon regard vers Melly.

— Merci, dis-je simplement

J'essaie de ne pas rendre ce moment plus mal à l'aise pour tout le monde… *surtout Gabriella.*

— Oh ! s'exclame Melly en ramenant sa main sur mon poignet et je fais un geste de recul.

Mon cœur palpite instantanément au contact de la paume de ses doigts, sur mon bracelet en cuir.

— Désolée, s'excuse-t-elle alors que je me lève.

Je lui remets l'assiette dans sa main, avant de partir. Ma respiration s'accélère au rythme de mes pas, qui veulent mettre le plus de distance entre elle et moi. Plus rien ne compte que la distance, que je peux mettre entre nous à cet instant. Je ne m'attendais pas à ce geste, et je sais que je ne devrais pas réagir ainsi… *mais c'est au-dessus de mes forces.*

— Je suis désolé, grincé-je des dents en pensant à ma pauvre Gabriella que je laisse se poser des tas de questions.

Mais je ne peux pas faire comme si là, je n'avais rien ressenti.

Archie

Je remarque tout de suite le geste de Melly sur Callum, et mon regard se porte sur Gabriella qui se tient à côté de moi. La peur remplit entièrement son regard et elle laisse tomber la bouteille de ses mains, que je rattrape de justesse.

— Désolée, s'excuse-t-elle la voix cassée.

Elle fait un pas vers Callum, qui se lève d'un bond pour partir, sans un regard dans sa direction. Je l'attrape par le bras et lui remets la bouteille en main.

— Je vais m'en occuper, fais-je.

Je n'attends pas son approbation, et je suis Callum quelques mètres derrière lui, alors que je sais ce qu'il ressent plus que quiconque présent ici. Ce sentiment, je l'ai connu quand elle m'a quitté pour lui, et que je devais pourtant la voir tous les jours. Cette impression de souffrance en la voyant sourire, la voyant le regarder de son émeraude étincelant, et surtout la douceur de ses gestes qui reflètent de sa gentillesse. *Tout ce qui fait d'elle, une femme exceptionnelle à nos yeux*. Mais cela ne peut plus l'être pour aucun de nous deux, bien que cela nous brûle la poitrine. Nous faisons partis d'un passé, qu'elle ne se souvient pas, et même si cela nous fait du mal, nous devrions éviter de lui rappeler.

— Callum, l'arrêté-je sachant que nous sommes assez loin des autres maintenant.

— Ce n'est pas le moment ! claque la voix de Callum qui se veut froide.

Mais je peux entendre la peine dans celle-ci, et je le laisse se calmer un instant.

— J'ai pensé toute la nuit, que la voir ne me faisait rien, même si elle était tout le temps dans mon esprit, fait Callum.

— Mais quand elle a posé sa main sur ce bracelet, continue-t-il en y posant ses doigts.

— J'ai ressenti un sentiment de doute envers Gabriella, pendant une fraction de seconde. Pendant cette seconde, j'ai failli céder à mon envie, de la prendre dans mes bras, avoue Callum complètement tremblé maintenant.

— Je dois mettre de la distance, entre elle et moi tout de suite ! me lance Callum, les yeux apeurés en se tournant face à moi.

Je comprends à cet instant, qu'il se bat avec lui-même vis-à-vis de Gabriella. Je reste stoïque face à lui, ne sachant pas quoi lui répondre, parce que moi-même, je ne sais pas ce que je ferais dans cette situation. En ce qui me concerne, j'ai eu l'occasion d'apprendre à vivre avec cette envie, *mais Callum...*

Gloria

Une fois de plus, mon portable vibre sur le meuble de la salle de bain, alors que je sors de la douche. Je n'ai pas besoin de regarder ; *c'est encore Evan*. Il est temps que la semaine se termine, et que Callum soit de retour pour enfin régler ce problème en ce qui le concerne... parce que moi ma volonté est en train de se briser. Bien que je sache qu'il veut faire du mal à Gaby et Callum ; *je suis toujours amoureuse de lui.* Et alors que mes doigts touchent doucement mon portable, j'accepte son appel.

— "Gloria, je t'en supplie, ne me laisse pas."

Jamais je n'aurais dû toucher mon portable, parce que sa voix remplie de larmes et de douleur, vient de me faire perdre mes dernières volontés de rester loin de lui.

— Où es-tu ?

Chapitre 41

Face à face

Gaby

Je regarde Archie et Callum disparaître plus loin, le cœur encore au ralenti, de ce qui vient de se passer. Je l'ai vu dans son regard, même s'il ne l'a pas regardée honnêtement. *Tout son corps a parlé pour lui à l'instant…* son recul et la façon dont il l'a repoussé, sont une réponse à mes craintes en soi. Mes craintes sont tout ce qu'il me reste à l'instant… *et j'ai l'impression que je m'enfonce de plus en plus, dans cet abysse de peur.*

Oui, il m'a promis de m'aimer et de me protéger, tout comme il ne me quitterait pas… mais la peur qui s'empare de moi, ne m'aide pas à rester positive du tout. Brooke qui m'a rejoint sans un mot, le sait aussi vu son silence. Elle aussi a été amoureuse de lui, et elle connaît ses réactions mieux que quiconque. Je reste là inerte, n'osant même pas respirer, en les regardant s'éloigner de plus en plus de la place... *Et de moi.*

Je suis censée faire quoi maintenant ? Continuer à sourire comme une idiote, devant nos amis et Mellyssandre ? Non, je ne peux absolument pas le faire, parce que j'en perds totalement la force... *une fois que je ne les vois plus.*

— Gaby...

— Non, ne dis rien, coupé-je Brooke en me détournant de tout le monde pour aller m'assoir à part.

J'ai besoin de reprendre mon souffle, et le contrôle de mon cœur avant qu'il ne revienne. Ma réaction ne l'aidera pas à se calmer. *Mais ai-je vraiment envie qu'il se calme ?* Après tout, c'est dans ses moments-là... *qu'il est le plus honnête.* Et en ce moment, j'ai besoin de cela plus que d'autre chose. J'ai besoin qu'il me dise ce qu'il ressent... *ce qu'il a ressenti à l'instant.* Je ne devrais pas rester là, et attendre son retour. Je dois aller le trouver maintenant, avant qu'il ne reprenne ses esprits. Je me mords ma lèvre, et je me lève bien décidée à aller le trouver. Je ne sais pas ce qui va se passer, et ce qui va se dire... *mais si je reste là, je vais devenir folle.*

— Excuse-moi.

Je me détourne du chemin que les garçons ont pris, pour voir ses magnifiques yeux émeraudes posés sur moi. Je serre mes lèvres, ne voulant pas qu'elle voit, que j'ai le souffle à nouveau coupé qu'elle soit là devant moi.

— J'aimerais te parler, si cela ne te dérange pas ? me demande-t-elle un peu gênée.

Je tique intérieurement, en me rendant compte qu'elle n'est pas aussi franche que je le pensais. Non, elle... *semble mal à l'aise de me parler.* Et en y repensant, elle a rougi quand elle est arrivée avec le panier. *Melly serait-elle enfin de compte plus comme moi, que toutes les filles qui tournaient autour de Callum ?*

— C'est que... tenté-je de dire ne voulant pas parler avec elle.

Je dois retrouver Callum. Mais je vois dans son regard, qu'elle est vraiment à deux doigts de pleurer. Un frisson me parcourt d'être, peut-être trop froide avec elle, et je baisse mon regard sur ma main où se trouve ma bague de fiançailles. Je peux bien lui accorder cinq minutes.

J'esquisse un sourire entendu, sous le regard de Brooke qui ne semble pas d'accord. Mais j'invite Mellyssandre à s'assoir avec moi, plus loin sur un tronc d'arbre couché. Je me mords la lèvre en la suivant. Elle dégage beaucoup de charisme, et d'élégance. *Quelque chose que je n'ai jamais eu naturellement...* mais que j'ai appris avec Taylor et Brooke, pour les shootings et les défilés. *Serait-ce à cause de cela que je la trouve si belle ?*

— Je m'excuse pour ce qui vient de se passer, dit-elle une fois assise.

Je ne réponds pas, préférant regarder les fleurs de couleurs vives qui sont devant nous, essayant de tenir au calme ma respiration, qui je l'avoue, va finir par me faire avoir un malaise...

— Je n'ai aucun souvenir de ce qu'était ma vie, avant mon réveil à l'hôpital, commence-t-elle.

— Même en voyant...

Je porte ma main sur ma bouche. Elle ne sait rien du tout de ce qui s'est passé entre Archie, Callum et elle. *Ce n'est certainement pas à moi de lui dire.*

— En fait, j'ai la vague impression que ton petit-ami et moi étions proches.

Je baisse la tête vaincue. Dans les histoires d'amnésie, la mémoire revient souvent comme ça non ? *Un visage familier qu'on a vraiment aimé... Un parfum... Une musique...*

— Non, mais quand nous sommes arrivés hier chez vous...

— Ah... fais-je me souvenant de ce qui s'est passé.

— Cela ne pouvait pas être autre chose, me fait-elle remarquer.

— Donc, tu n'as eu aucune réaction en le voyant ? lui demandé-je pour confirmer.

Mellyssandre regarde vers Brooke, Taylor et Spencer, le regard vague.

— Je ne me souviens d'aucun de vous, fait-elle en souriant.

— Je ne sais pas si c'est pour un bien, ou pour un mal, continue-t-elle en revenant vers moi.

— Mais je suis heureuse... et d'après ma mère, cela est le plus important, dit-elle en me prenant ma main et je la regarde ahurie.

— Si lui et moi, avons été vraiment liés... je sais, que je ne pourrais avoir aucune chance, de le récupérer si je le voudrais, me dit-elle en tenant mon regard.

— N'en sois pas si certaine, rétorqué-je en baissant mon regard sur nos mains.

— Je ne sais pas. Je dirais qu'il ne peut pas me regarder... comme il te regarde.

— Comme il me regarde ? lui demandé-je perplexe.

— Oui, il y a tellement d'étincelles dans son regard, quand il le pose sur toi, que je suis restée distante un moment, avant de venir vous donner le panier, m'explique-t-elle.

— D'ailleurs, je dirais qu'il est même jaloux, du gars avec qui tu fais les photos, dit-elle en me faisant un clin d'œil et je souris en rougissant pour confirmer.

Mais si elle savait qu'il fut un temps, c'est elle qui se tenait à leurs côtés et qui les rendaient jaloux de l'autre ; *elle rougirait comme moi.*

Je commence à comprendre, pourquoi ils étaient tellement épris d'elle tous les deux... *au point de briser leur amitié.* Elle semble tellement naturelle, et d'une gentillesse incroyable, que je suis certaine qu'on aurait pu devenir amies... *dans d'autres circonstances.* Je suis contente d'avoir pu parler un peu avec elle, et quand je reviens auprès de Brooke, celle-ci s'inquiète de me voir sourire. Mais je la rassure, lui faisant comprendre que si je dois craindre pour mon couple ; *c'est qu'il n'a jamais été sincère et solide, comme il l'est.*

Callum
— Laisse-moi un peu seul, fais-je à Archie.

Je suis agacé qu'il reste là à côté de moi, alors que j'essaye de remettre mes émotions en place.

— D'accord, mais n'oublie pas que Gaby t'attend, me fait-il remarquer comme si je ne le savais pas.

Il y a des jours, je me demande s'il a oublié que nous ne sommes plus proches lui et moi, pour qu'il se mêle constamment de ma vie. *Mais j'avoue que j'apprécie qu'il le fasse...* Archie enfin parti, je m'allume une énième cigarette, en regardant mon bracelet en cuir.

Si elle n'avait pas tendu sa main pour le toucher, je n'aurais rien ressenti. *Non, je me mens.* Je l'ai ressenti dès la première fois, mais je remettais cela sur la surprise. J'aimerais que ce soit plus simple, que je ne ressente rien. *Mais comment cela pourrait être possible hein ?* Je ne suis pas une machine qui peut ouvrir son cœur, et le refermer en un instant. D'ailleurs, je ne l'ai jamais fermé pour Melly... *puisque c'est elle qui m'a quitté en sautant de cette falaise.*

Il m'a fallu tellement de temps, pour que je puisse enfin m'ouvrir à quelqu'un d'autre, et que cette personne m'aime pour ce que je suis. Je passe la main dans mes cheveux, relevant ma tête tout en tirant sur ma cigarette, et je plisse mon regard.

— Je pense que nous devons parler.

— Drôle d'idée. Je ne vois pas ce que j'aurais à te dire, grincé-je froidement.

— Gaby m'a dit que tu dirais cela.

Je regarde Melly, surpris.

— Elle est vraiment très gentille, en plus d'être très jolie, sourit Melly et je scrute son regard sachant qu'elle est sincère.

Car oui, c'est une qualité que j'aime chez Melly... *elle a toujours été sincère* et elle arrivait à me faire dire, ce que j'avais sur le cœur en un regard. Je passe ma langue entre mes lèvres, me rendant compte, que mon cœur vient de palpiter une nouvelle fois en la regardant. *Je ne dois pas rester auprès d'elle.* Je me décale de l'arbre et je fais un pas de côté, pour rejoindre les autres.

— Je ne me souviens pas de toi, fait-elle et je m'arrête net.

Comme si mon cœur venait de le faire aussi... *Putain, ça fait mal...*

— Je n'ai rien ressenti, quand nous nous sommes vus la première fois, et je ne ressens toujours rien en ta présence, m'informe-t-elle et je grince des dents.

Ainsi, elle m'a totalement oublié. Pendant que moi, je vivais l'enfer de la croire morte... *elle vivait sa vie simplement.* Je grogne presque de rage à cet instant, me rendant compte de l'ironie de ma vie pendant presque deux ans. Je repense à toutes ces photos d'elle que je gardais précieusement dans ma chambre noire, où j'interdisais à quiconque de se rendre ; même Rita.

— Je pense que nous avons dû ressentir beaucoup de choses pour l'autre, pour que je te perturbe comme ça.

— Me perturbe, répété-je presque en ricanant.

— Tu ne me perturbes absolument pas ! balancé-je en me retournant lui faisant face.

Je me fais violence, de ne pas remettre sa mèche de cheveux qui vole le long de son magnifique visage. Une habitude que j'ai eue avec elle, et que je répète sans cesse avec Gabriella. J'écarquille les yeux, repensant à Gabriella que j'ai laissé là-bas seule, et qui doit se tourmenter.

— Et merde ! claqué-je contre moi en faisant volte-face pour repartir.

— Callum, pourquoi gardes-tu ce bracelet ? me demande-t-elle et je m'arrête à nouveau net.

— Il me semblait que tu ne te souvenais de rien ! claqué-je en revenant devant elle, beaucoup trop près d'ailleurs.

Son souffle se mélange au mien, et mon cœur me lance affreusement.

— Tu n'y es pas, dit-elle.

Melly me prend le poignet où se trouve le bracelet en cuir, et elle passe son index à l'endroit près des lacets où se trouve la fleur de Lys. Je devrais récupérer mon poignet, mais je n'y arrive pas...

— Je pense que j'ai deviné, dit-elle simplement d'une voix calme mais triste.

Pourquoi tant de tristesse dans sa voix ? Si elle ne se souvient de rien, elle n'a pas de raison de se montrer triste ainsi, devant moi. Tout comme elle pouvait me montrer toutes ses émotions... Je déglutis nerveusement, laissant mon regard se perdre sur son visage. Je ne sais pas à quel moment ma main a bougé, mais je réagis quand ses yeux émeraudes plongent dans les miens surpris. J'enlève ma main de sa joue, où j'ai enlevé sa mèche de cheveux ébène, et je récupère mon poignet.

— Tu devrais l'enlever.

— Ce n'est pas parce que toi, tu m'as oublié que je t'ai oubliée, lui fais-je remarquer.

Ma poitrine me fait mal. Non, ce n'est pas ce que je pensais quand je la regardais... comme je l'ai dit à Archie. Je pense que je suis furieux qu'elle vive si bien, *alors que moi j'ai tant souffert...* Pourtant, tout mon être semble heureux, qu'elle se porte si bien et qu'elle sache à nouveau sourire sans se forcer.

— Je dois retourner auprès de Gabriella, fais-je.

— Elle t'aime vraiment, sourit Melly.

Je regarde à nouveau son magnifique regard posé sur moi, et mon cœur semble se détendre, en comprenant que nos chemins se sont vraiment séparés. La sincérité dans son regard, me montre qu'elle n'a vraiment aucune émotion à mon égard, sauf de la compassion. *C'est donc ainsi que cela doit se finir...* Après tout, n'ai-je pas souhaité plus d'une fois, lorsqu'elle dormait dans mes bras... *qu'elle devrait partir loin de moi...*

— Moi aussi je l'aime, affirmé-je avant de lui sourire et de repartir vers la place.

Je soupire en souriant. Je sais qu'à partir de maintenant... *je pourrai enfin la regarder sans remords...*

Chapitre 42

Continuons à être heureux

Gaby
Sérieusement, j'ai beau avoir fait la maline, en la laissant aller le voir, cependant, une fois en train de manger le plat qu'elle a fait... *je ne me sens pas bien du tout. Ai-je fait une erreur ? Si oui, je ne pourrai m'en prendre qu'à moi-même d'être trop gentille... Mais que pouvais-je faire ?* Je n'ai senti aucune animosité en elle à mon égard, et j'ai tout bonnement laissé parler mon cœur. *Mon cœur...* Celui qui palpite plus que jamais, et qui me fait au mal, au point que je vais finir par tomber là s'il

continue. Mais le contact de ses lèvres, posées doucement sur mon épaule dénudée, me soulage en un instant.

— Peut-on aller faire un tour ? me demande Callum alors que je n'ose pas me tourner vers lui. Non, pas que j'ai peur de ce qu'il a à me dire, mais je ne veux pas qu'il voit... *que j'ai douté de lui.* Callum passe devant moi, tout en glissant sa main sur mon bras, pour rejoindre la mienne qu'il prend pour me faire me lever. Je donne mon assiette à Brooke directement en passant, alors que Callum ne ralentit pas son rythme, bien décidé.

Nous marchons pendant une bonne dizaine de minutes, pour arriver dans un endroit limite désert, mais bien fleuri. J'ai l'impression d'avoir vu, ce genre de coin discret sur son ordinateur, en passant derrière lui pour aller à la cuisine, quand nous étions à Seattle. En tout cas, si c'est pour qu'on se sépare... *il a choisi un bel endroit.* Je me mords la lèvre, d'avoir pensé à une telle chose, alors que Callum s'arrête de marcher et se tourne face à moi. Je baisse mon regard sur sa main dans la mienne directement, et je me mords la lèvre doucement attendant ce qu'il a à me dire.

— Tu dois avoir vraiment confiance en toi, pour faire ce que tu as fait ? me demande-t-il d'un ton amusé.

Je passe ma langue sur ma lèvre, essayant de me calmer par la même occasion.

— C'est juste que je crois en toi, finis-je par dire.

— Tu crois en moi... Tu es bien plus forte que moi sur ce coup-là, rit Callum.

Je relève mon regard sur lui, les yeux écarquillés. *Est-il en train de me dire que j'ai mal fait ?! Alors, il va vraiment...*

Je n'ai pas le temps de penser plus loin, que les lèvres de Callum se posent tendrement sur les miennes, et que sa main libre me ramène fermement contre lui. Je ne comprends pas ce qu'il a voulu dire au juste, mais quand nos bouches s'entrouvrent, je peux sentir tout l'amour qu'il y met en m'embrassant. Notre baiser est empreint de douceur et de tellement d'amour, que je n'ai plus aucun doute sur le fait, de ne pas m'être trompée en ayant confiance en lui. J'attrape son débardeur blanc dans mes doigts libres, et je m'y agrippe. Callum quitte ma bouche, et j'avoue que j'halète limite, *tellement celui-ci était long et si bon.* Il pose son front contre le mien, et je comprends en voyant son sourire sur ses lèvres, que lui aussi a le souffle presque coupé.

— Mais je dois être honnête avec toi, fait-il en ramenant ses doigts le long de ma joue pour remettre mes cheveux en place.

— J'ai eu un moment de doute, dit-il honteux et je déglutis nerveusement.

Je me doutais, que son cœur devait subir une épreuve atroce, en sachant qu'elle était en vie.

— Pas en pensant que j'allais te quitter, mais j'ai eu envie de la prendre dans mes bras, avoue-t-il et je déglutis encore plus.

J'aimerais autant qu'il évite de me parler de ces détails...

— Mais la voir aussi heureuse... est pour moi, une bonne chose, me fait-il remarquer et je vois un voile de brume se former dans ses yeux.

Bien sûr que cela lui fait plaisir, mais cela doit lui faire mal aussi, de voir qu'elle est heureuse en étant loin de lui. Alors que le connaissant, il a tout fait pour lui offrir cela quand ils étaient ensemble.

— Alors, c'est à nous de continuer à être heureux, dis-je en souriant avant de poser mes lèvres sur les siennes.

Callum me soulève du sol, me montrant son accord, tout en m'embrassant, et il perd l'équilibre pour tomber sur le dos dans l'herbe. Je me retrouve à califourchon sur lui, riant comme jamais de voir sa tête surprise.

— Arrête de rire ! lance-t-il et il nous fait rouler dans l'herbe.

Il fait glisser une jambe entre mes cuisses, frôlant mon string, et me donnant un frémissement de plaisir. Callum se tient au-dessus de moi, et il remet mes cheveux en place une nouvelle fois, en scrutant mon regard. *Si je devais mourir, je voudrais le faire à l'instant quand ses lèvres me rejoignent à nouveau.*

Callum

Alors que je glisse mes doigts dans son intimité, la faisant gémir dans ma bouche, du plaisir de leurs vas-et-viens, je sais que je n'ai jamais eu aucun doute, sur celle qui emplit tout mon être. La douceur et la chaleur de Gabriella, m'ont toujours réchauffé depuis que nous nous connaissons… *et je n'en suis jamais rassasié.* Tout en elle, me semble à chaque fois une telle découverte, comme si je la conquérais pour la première fois. Que ce soit ce mordillement de lèvres, quand elle essaye de contenir son plaisir et que j'accélère les mouvements de mes doigts, ou que ce soient ses yeux chocolat qui brillent en fondant dans les miens…et que dire de la chair de poule, que le bout de ma langue fait sur sa peau nue à mon passage. Tout en elle, est un réel plaisir, que je veux voir chaque jour. Je veux que ses gémissements de plaisir quand je suis en elle, et que je lui donne tout de mon amour, soient toujours le plus beau des sons que j'entende.

— Oh, Callum, gémit-elle alors que je remonte entièrement ses jambes pour assouvir mon désir d'elle plus profondément.

Ses ongles qui entrent dans mes avant-bras, quand je la veux encore et encore comme maintenant. *Mon dieu, je ne voudrais pas que la moindre chose… ou la moindre personne ne m'enlève ma précieuse.*

— Je t'aime ma précieuse, grogné-je en rejoignant sa bouche et m'enfoncer plus durement en elle.

Son corps sous moi peut sentir le désir qu'elle me procure, et elle me le rend tellement bien. Je ramène ma bouche dans son cou et je souris, sentant ses dents mordiller mon oreille. Ce petit geste de plaisir est nouveau, *et j'avoue que j'adore cela…* Je me redresse, sentant que je ne vais plus me contenir longtemps et tout en tenant son regard, je lui assène mes derniers coups de reins, avant de pousser un râle de plaisir, tandis que je jouis en elle. Je rejoins sa bouche tout de suite, ne lui laissant pas le temps de reprendre son souffle et je l'embrasse langoureusement, pendant que nos corps finissent de trembler du plaisir que nous venons d'avoir.

— Je t'aime Callum, murmure Gabriella haletante en caressant ma nuque et je pose mon visage sur sa poitrine la serrant contre moi.

— Je pense que je peux le dire, murmuré-je.

— Je pense que je n'ai jamais aimé quelqu'un aussi fort que toi, avoué-je.

Je sens le cœur de Gabriella, qui semblait se calmer, accélérer de nouveau. Je souris de la réaction parfaite qu'elle me donne, et je reviens à sa bouche pour l'embrasser tendrement.

~~~~~

Rentrés à nouveau au cabanon pour la dernière nuit ici, je laisse Gabriella aller se relaxer avec les filles dans un genre de thalasso. Bien entendu, j'ai bien vérifié que ce lieu n'était tenu que par des femmes ; *pas question qu'un homme pose un doigt sur son corps*. Je m'assois sur la chaise de la terrasse, en regardant mon bracelet, tout en tirant sur ma cigarette. Je ne sais pas si je suis prêt à l'enlever. Je sais qu'il me lie à elle d'une façon ou d'une autre, mais il me rappelle surtout où je ne veux pas retourner. Je ne veux pas retourner dans ces heures d'errance, où je faisais tout pour oublier la misère de ma vie familiale. Tant que je n'aurai pas réussi à prouver que je suis bel et bien moi, et non plus le fruit de la manipulation des autres ; *je le garderai*. Bien entendu, ceci avec l'accord de ma précieuse. Je pense que ce séjour à Bali, que ce ne soit point de vue professionnel, ou personnel, nous a permis de grandir encore tous les deux. Je suis heureux de pouvoir penser positivement, malgré tout ce qui se passe autour de nous. Bien entendu, j'ai encore un gros souci à régler en rentrant à Seattle. Je fronce les sourcils, alors que Archie me tend une bière.

— Attends, tu m'as dit que sa mère était au courant du fait qu'elle soit en vie. C'est bien ça ? lui demandé-je.

— Oui, elle me l'a dit elle-même, acquiesce Archie.

— Et en ce qui concerne Evan ? lui demandé-je.

Archie semble comprendre tout de suite où je veux en venir, et il semble même plus qu'intéressé que moi par ma question... car il me propose de nous rendre chez Alex tout de suite pour leur parler. Je grince des dents, mal à l'aise de devoir imposer cela à Melly ; mais vu ce qu'il a fait subir à Gloria... et ce qu'il a fait à Gabriella avec ces gélules ; *je ne peux pas partir sans avoir les informations que je veux.*

D'un commun accord, nous nous rendons tous les trois à la maison où habite Melly et Alex. C'est une petite maison typique du village, mais Archie m'explique en chemin que hors la saison touristique, ils habitent à deux pas de la villa des James avec leur père. *Ceci expliquant que je l'ai vue sur l'autre île ce jour-là.* Alex est plus que surpris de nous voir arriver, mais il nous laisse entrer. Une bonne chose étant que Melly ne se trouve pas là, mais chez une amie du village. Cela ne sert à rien de parler de cela avec elle, si celle-ci ne se rappelle rien. Alex nous invite sur la petite terrasse dehors, où il nous offre une bière.

— Je suppose que vous venez parler de Mellyssandre, nous fait-il convaincu et nous acquiesçons.

— Elle m'a dit hier, que sa mère était au courant, commence Archie.

— Mais pour le reste de la famille ? lui demande-t-il alors que je scrute le regard d'Alex.

Si jamais, il lui ment, je le verrai tout de suite. Ce garçon n'a pas un don comme tous ceux que je connais.

— Non, personne ne sait, répond-il.

— D'après monsieur James, moins de gens sauront qu'elle est ici, mieux elle sera, nous explique-t-il et j'esquisse un sourire sarcastique.

— Comme si cet enfoiré, en avait quelque chose à foutre d'elle, grogné-je des dents et il me regarde surpris.

— Pourtant mademoiselle a encore été formelle, quand elle est venue, nous fait Alex et nous nous regardons tous les trois.

— Mademoiselle ? répète Archie mais nous n'avons aucun doute de qui il parle.

— Oui, Mademoiselle Vanessa m'a demandé personnellement, de vous donner des cours de snorkeling, et de faire particulièrement attention à mademoiselle Gabriella, nous informe-t-il et je le regarde ahuri en me levant d'un bond de ma chaise pour l'attraper par la gorge.

— Qu'est-ce qu'elle t'a demandé au juste ?! claqué-je alors que Spencer pose son bras sur le mien pour me dire de me contenir.

Mais si Vanessa aussi est dans le coup, je ne m'attends pas à de la bienveillance de sa part vis-à-vis de Gabriella.

— Elle m'a juste dit de ne pas lui dire qui vous étiez, mais que vous deviez vous rencontrer. Et en ce qui concerne votre petite-amie, elle m'a juste demandé de faire attention… parce qu'elle avait peur de l'eau, répond-il tellement apeuré que je sais qu'il ne me ment pas.

Je le lâche d'un geste vif, et je passe la main dans mes cheveux. *Je ne comprends plus rien.* D'un côté, Alexander la cache sur cette île… et de l'autre, Vanessa pousse Alex à nous la faire rencontrer. *Qu'est-ce que tout ceci cache ?* Je n'arrive pas à comprendre. *Qu'est-ce que les James manigancent ?*

Chapitre 43

Dernier jour à Bali

Callum

Aujourd'hui est le dernier jour de notre séjour à Bali, qu'on peut dire avoir été rempli de surprises ; *bonnes ou moins bonnes*. Tout le monde a quartier libre aujourd'hui, mais Gabriella a décidé de se promener sur la plage, afin de faire des photos. Ce qui me fait bien rire, puisqu'elle n'a fait que ça pendant notre séjour… *enfin pas vraiment en ma compagnie.*

— Callum, tu n'es pas drôle ! me lance-t-elle en faisant une moue.

Elle enlève l'objectif de son regard, peinée de mon attitude.

— Tu devrais comprendre, que ce n'est pas parce que j'aime te prendre en photo, que j'aime qu'on me prenne, lui fais-je remarquer en passant la main dans mes cheveux et elle me prend instantanément en photo.

Je souris amusé de la voir de si bonne humeur. Quelque chose qui ne risque pas de durer dans les jours qui viennent, puisque nous avons le problème des gélules, qu'elle ingurgitait… *et bien entendu de cet enfoiré.* Je grince des dents, rien que d'y penser et je reviens sur Gabriella, qui prend un groupe d'enfants du village en photo. Elle semble bien rayonnante depuis que nous avons réglé le problème de Melly. Bien que je doive encore régler un point avec le père d'Alex, mais je sais qu'elle a compris, tout comme moi, que j'avais tiré un trait sur ma relation avec Melly. Je ne pensais pourtant pas que cela se passerait aussi facilement, mais je me sens d'un coup libéré d'un poids, de l'avoir vue aussi heureuse. Après tout, elle a oublié toute l'horreur qu'elle a vécu à mes côtés. *Mais est-ce que je réagirais de la même façon, si elle était triste ?*

— Callum, tu as vu ? fait Gabriella alors qu'elle regarde vers la falaise où des gens font des plongeons.

— Tu veux peut-être aller essayer ? demandé-je en la rejoignant.

J'accompagne mes mots, d'un sourire narquois, sachant qu'elle panique déjà en les voyant faire.

— Tu sais très bien, que je ne ferais jamais ce genre de chose, confirme-t-elle en souriant mais ne les lâchant pas du regard.

Un regard qui est de plus en plus beau, et que j'aime voir sur elle. J'espère d'ailleurs, que quand nous rentrerons, et que l'histoire de Evan sera réglée, elle aura ce sourire et ce regard tous les jours. Je pose un tendre baiser sur ses lèvres, et je lui prends mon appareil photo.

— Mais, tu as dit que je pouvais en profiter aujourd'hui ?! bougonne-t-elle.

Je tends le bras, appareil photo face à nous pour prendre une photo.

— Oui, mais rien de mieux, que de nous prendre en photo ensemble, non ? lui fais-je remarquer et elle m'attrape au cou pour m'embrasser sur la joue.

Je souris en sachant que c'est comme cela, que je veux que nous soyons toujours.

Bryan

Je gare la voiture devant la villa et je descends furibond. Je viens à peine de descendre de l'avion, et je n'ai même pas pris la peine de rentrer chez moi, pour déposer mes affaires et de prendre une douche. Quand sa secrétaire m'a confirmé, qu'il se trouvait chez lui aujourd'hui, j'ai foncé ici directement. Je fixe cette porte, après y avoir sonné et une fois celle-ci ouverte par une jeune dame en vêtement de soubrette, je la pousse limite pour avancer dans le grand hall.

— Monsieur, veuillez patienter. Monsieur va arriver, me dit-elle d'une voix mielleuse.

Je me retourne sur cette jeune fille, et je remarque qu'elle a un suçon dans le cou. *Ce mec est un vrai porc.* Il s'envoie en l'air avec tout ce qui tourne autour de lui, et à regarder cette fille ; *elle doit avoir l'âge de la sienne.*

— Bryan ! s'exclame la voix qu'il se veut mielleuse de Alexander qui descend les escaliers en achevant de fermer sa chemise.

— Que me vaut ta visite ? me demande-t-il.

Il fait un signe à la jeune femme de partir, ce qu'elle fait non sans lui sourire.

— Ce n'est pas une visite de courtoisie ! lui lancé-je alors qu'il part vers la porte ouverte à sa droite qui donne sur le salon.

— Ah, tu viens me parler de Mellyssandre, c'est ça ? Me demande-t-il et je le regarde ahuri de la façon dont il en parle.

Il ne nie même pas l'affaire... comme s'il jubilait d'avoir voulu faire du mal aux enfants. Mais ayant eu Callum au téléphone, je sais que tout s'est bien déroulé pour finir, et je compte lui apporter les réponses aux questions qu'il se pose.

— Comment as-tu osé faire une chose pareille ?! m'exclamé-je ahuri de me regarder avec un sourire de vainqueur.

— Tu sais très bien, que ce shooting est important pour l'entreprise ! Tout comme le fait que ce groupe doit rester soudé pendant encore un an ! m'exclamé-je, n'as-tu pas des parts dans cette agence ?! Alors que veux-tu donc au juste ?!

— Je ne veux pas que les parts ; fait-il en souriant tel un diable et je me fige.

— Tu convoites Tomboy X ? demandé-je ahuri.

Alexander s'assoit dans le fauteuil en cuir, qui se trouve à côté de lui, et je le regarde allumer son cigare, attendant qu'il me déballe ses intentions.

— En ce qui concerne Mellyssandre, cette petite n'a jamais été aussi heureuse que depuis qu'elle est là-bas, loin de Callum, commence-t-il et je serre le poing.

— Maintenant, mon intention était bien de lui faire perdre la tête devant elle, ricane-t-il un peu déçu dans son regard.

Et je comprends qu'il sait déjà ce qui s'est passé là-bas.

— Tu es malade, lui fais-je remarquer.

— Non, je me comporte comme un père le ferait, me lance-t-il en se levant et j'écarquille les yeux éberlués par son attitude.

— Ce petit con faisait du mal à Vanessa, en se pavanant avec cette petite garce. Et quand l'hôpital a sonné à Pénélope, pour lui dire qu'on venait de la retrouver, j'ai pris l'appel, m'explique-t-il et je comprends pourquoi Pénélope semblait si ahurie de m'entendre dire que Mellyssandre était en vie.

Celui-ci jubile devant moi, de la façon dont il a caché la petite à tout le monde, et qu'une fois que le médecin a confirmé son amnésie ; il avait là un moyen de mettre Vanessa en avant plan. Il l'a donc envoyée dans un endroit ; où personne ne la connaitrait, mais où il savait contrôler ses faits et gestes, au cas où elle retrouverait la mémoire.

— Mais il a fallu que cette garce arrive !

— Fais attention à la façon dont tu parles de Gaby, grogné-je.

— Pourquoi ? Tu commences enfin à prendre ton rôle de père, sérieusement ?! me fait-il en rigolant et je perds le contrôle en lui assénant un coup de poing.

— Ne t'avise pas de toucher un seul cheveu de ma fille ! hurlé-je haletant de colère comme jamais.

Car je peux voir dans son regard, qu'il n'a pas perdu l'idée de détruire Tomboy X et Callum. Je lui cracherais bien à la figure, mais cela serait trop de considération pour lui, et je sors de cette maison sans perdre de temps. Je dois découvrir ce qu'il prévoit de faire et vite.

Archie

Je reviens sur la terrasse, apportant un cocktail à Gaby qui essaye encore une fois de joindre sa petite sœur.

— Je suis certain qu'elle va bien, tenté-je de la rassurer voyant le doute dans son regard alors qu'elle prend son verre.

Callum étant parti voir le père d'Alex avec Spencer, pour qu'il réponde à ses questions, je suis seul à la villa avec elle. Ce qui n'est pas plus mal, vu la façon dont elle semble s'inquiéter. Mais ce n'est pas, que le fait que ce soit le dernier jour, et que nous allons devoir avouer notre secret à Callum… *elle s'inquiète aussi de ce que sa sœur va penser de tout cela*. Après tout, Gloria aimait sincèrement Evan qui s'est moqué d'elle, et l'a utilisée pour atteindre Gaby, sachant ce qui ferait du mal à Callum.

— Je ne sais pas... si j'aurai le courage de le dire à Callum, avoue-t-elle en posant son verre sur la table.

— Il le faudra. Tu ne peux pas lui cacher ce que nous savons, lui fais-je remarquer.

— Il a déjà subi beaucoup dernièrement, et quand Evan saura que sa sœur est vivante ; il arrêtera non ?!

Je me frotte la nuque, cherchant comment je peux lui expliquer, que garder cela pour nous, même si savoir que sa sœur est vivante, le fera peut-être changer... *n'est pas une bonne idée. Il semble plus que malade dans sa tête...* Il est allé jusqu'à changer ses vitamines... *dieu sait ce qu'il pourrait encore faire d'autres.* Après tout, nous ne savons rien de lui, et vu comment il s'est joué de nous, il pourrait trouver une autre raison pour s'en prendre à eux. Après tout, sa sœur qu'il croyait morte, est cachée sur cette île et ne se souvient pas de nous, ni de lui. Cela pourrait être un plus gros choc, que ce qu'a été de la savoir morte.

— Regardez qui on a trouvé sur le chemin ! s'exclame Brooke en entrant sur la terrasse et mon regard se porte sur Mellyssandre qui nous sourit en faisant un signe de la main.

— Je voulais vous dire aurevoir, nous dit-elle et je baisse mon regard.

Si Callum a fait le deuil de son amour pour elle, *c'est un peu moins facile pour moi...* Mais je sais que tout ceci est pour un mieux. Je dois me résigner à la laisser vivre sur cette île, quoi qu'il arrive. Comme me l'a fait remarquer Callum, elle semble être bien ici et loin de tous les tracas que nous vivons à Seattle.

— Au fait, lui demande Brooke en subtilisant le verre de cocktail que j'ai préparé à Gaby pour y boire une gorgée.
— Tu nous as dit que ta mère savait pour toi, mais qu'en est-il du reste de ta famille ? lui demande-t-elle et je reviens sur elle.
— Je n'ai pas d'autre famille, répond-elle.
— Mais tu as un frère, non ? lui demande Brooke alors que je cherche la raison pour laquelle sa mère lui aurait dit cela.
— Je n'ai pas de frère, affirme-t-elle et je plisse mon regard.

Pourquoi lui avoir caché que Evan est son frère ? Même s'ils n'ont pas le même sang, *elle-même me disait à quel point elle était proche de lui...*

Gloria

J'ai du mal à faire le moindre mouvement, et j'ai l'impression qu'un train m'est passé littéralement dessus. Je garde les yeux fermés, cherchant à me rappeler ce que j'ai fait au juste hier en le rejoignant. Nous avons parlé du fait, qu'il avait du mal à accepter la mort de sa sœur, et qu'il avait peut-être eu tort de s'en prendre à Callum. Mais même moi, j'ai confirmé que j'aurais certainement réagi de la même façon, si ma sœur avait vécu l'enfer dont il m'a parlé. Je n'ai pas de doute sur tout ce qu'il m'a dit, parce que je sais quel genre de gars était Callum, avant de connaître ma sœur. Je déglutis et une douleur vive se déclenche dans ma gorge, comme si j'avais ingéré quelque chose qu'il ne fallait pas.

Je ronchonne et je me rappelle que nous avons faits l'amour, avant de rejoindre ses amis sur la place. *Je ne me rappelle plus trop ce qui s'est passé après...* Je pensais avoir pu gérer, en refusant de prendre quelque chose... *mais il semblerait que je sois plus accro que je pensais.*

Un bruit parvient dans la pièce, et la porte s'ouvre sur la voix d'Evan. Je comprends qu'il n'est pas seul, en entendant une voix rire avec lui. Je tressaille et je ramène mes jambes contre mon ventre.

— Tu es réveillée ma jolie ? me demande Evan et je ne réponds pas.

Je ne comprends pas pourquoi il rentre dans la chambre avec un autre gars.

— Tu es prête pour remettre ça ? me demande-t-il en posant sa main dans mes cheveux et je tressaille de l'horreur qu'il dit.

Mon cœur fait un raté, alors qu'il prend mon bras, que je n'arrive pas à ramener à moi et que je sens la piqûre, suivit de la brûlure du produit qui s'infiltre dans mes veines. Je pleure, mais je n'arrive pas à sortir un son de ma bouche... *alors que ce produit me fait perdre à nouveau le sens des réalités...*

Chapitre 44

Retour à la dure réalité

Callum

Cela fait quand même du bien de rentrer chez soi, et de retrouver le plaisir du bitume. Non, mais sérieux, je n'en pouvais plus de ce sable et de ses chemins de terre. Alors que dire de ce foutu avion, qui a failli ne jamais décoller. En tout cas, la belle endormie à mes côtés, semble épuisée de ses vacances, qui ne font pourtant que commencer. J'effectue une marche arrière pour garer la Dodge face à son immeuble, et elle entrouvre les yeux, comme si elle avait senti le moteur s'arrêter. Ce qui me désole, je l'avoue, *puisque je voulais profiter un instant de son visage paisible et endormi.*

— On est déjà arrivé, fait-elle de sa voix endormie.

Je m'approche d'elle, et je pose un baiser sur ses lèvres, avant de me redresser pour regarder l'immeuble.

— Tu aurais quand même pu rester dormir à la villa cette nuit non ? lui fais-je remarquer en bougonnant.

— Callum, fait-elle en rapprochant son visage de moi tout en portant sa main sur la mienne doucement.

—Tu es gourmand ! lance-t-elle amusée et j'acquiesce en la laissant tirer sa ceinture.

— Ton père rentre quand ? demandé-je en portant ses valises jusqu'à l'étage alors qu'elle cherche ses clés dans son sac.

— Si son horaire n'a pas changé, il sera là vers vingt-deux heures, m'informe-t-elle en se montrant vainqueur brandissant ses clés.

J'avoue que je me demande comment elle s'y retrouve, dans le désordre qu'elle a dans son sac. Je la laisse ouvrir la porte et une fois rentrés, je pose les valises à l'entrée du petit couloir avant de l'attraper pour l'embrasser.

— Callum, tu exagères, tente-t-elle de m'arrêter.

Mais il est déjà trop tard, je m'empare complètement d'elle dans mes bras, pour la conduire dans sa chambre. Je fais tomber ma veste en jeans avec son aide, alors que son autre main défait déjà le bouton de mon jeans, pour libérer popol de l'étroit endroit où il se trouve à l'instant.

— Je me suis trop retenu pendant le trajet, murmuré-je en quittant sa bouche pour embrasser son cou alors que je fais glisser la tirette de sa robe.

Mon dieu que j'aime quand elle met une robe à bustier, pas besoin qu'elle s'encombre d'un soutien-gorge, dont l'attache va m'énerver. Je grogne de plaisir, en la laissant se coucher sur le lit, toujours en train d'enrober fermement popol, qui semble bien motivé. Je caresse doucement cette poitrine douce et volumineuse, tout en descendant le long de son corps la couvrant de mes baisers.

— Callum, gémit-elle.

Elle comprend bien entendu où je me rends, et ma main fait glisser son string le long de ses jambes, avant que je ne vienne embrasser goulument ses cuisses, ce qui la fait rire comme toujours.

— Trop belle ma précieuse, lui soufflé-je avant de faire glisser ma langue à l'entrée de son intimité.

Son corps frémit et se détend instantanément, quand je commence à la lécher. Le plaisir de son corps se transmet au mien, et je suis vite sur le point d'exploser de désir et de plaisir, à mon tour quand un liquide chaud coule dans ma bouche. Je lèche la moindre goutte de son plaisir, la laissant se calmer un peu de ce qu'elle vient de ressentir. Je passe ma langue sur mes lèvres en revenant à son visage, et elle recommence ses mouvements autour de popol, où je peux sentir que son pouce en passant sur mon gland semble glisser. Je suis au bord de l'implosion devant elle et son corps qu'elle m'offre.

— Je t'aime Gabriella, soufflé-je en ramenant doucement sa jambe pour que je puisse prendre appui sur son lit.

Le regard de Gabriella brille de mille feux de plaisir, et je m'emporte totalement dans mon élan de bonheur. Je ne fais même pas attention, comme les nuits que je passais ici, au bruit de son lit qui résonne dans la chambre, combiné à nos gémissements de bonheur. Je suis totalement en accord avec chaque gémissement et cri, qui sortent de sa merveilleuse bouche. Je me redresse et je remonte son bassin, pour être le plus dominant possible de son corps. Les ongles de Gabriella s'enfoncent simplement dans ma chair, alors que ses cris sont de plus en plus aigus. Son corps vibre à nouveau totalement, et je porte ma main à sa gorge sans serrer. Sa main s'enroule autour de mon poignet et je pousse un grognement de plaisir, faisant cambrer encore plus ma précieuse. Nos corps sont totalement soumis au plaisir de l'autre et je me mords la lèvre, en ramenant mon doigt dans la bouche de Gabriella qu'elle lèche tout en tenant mon regard.

— Je t'aime Callum, halète-t-elle alors que popol prend congé de son corps.

Gaby

— Tu es certain que tu ne veux pas manger avec nous ? lui demandé-je en enfilant un short dans l'armoire.

Callum me rejoint et glisse ses mains autour de mon ventre, tout en posant un baiser sur mon épaule encore dénudée.

— Je viens de manger, rétorque-t-il et je glousse presque en lui mettant un petit coup de coude.

Mais cela ne l'empêche pas de ramener mon menton vers lui, pour m'embrasser tendrement. Je ne sais pas ce qui a changé chez lui, mais une chose est certaine ; *il semble vraiment serein malgré tout ce qui s'est passé*. J'ai promis à Archie de lui en parler, dès que Gloria sera de retour de chez Rita. Je ne veux pas parler de cela sans qu'elle soit présente.

— Bon, je vais aller rejoindre ma demeure, fait-il en quittant mon corps me laissant mettre mon T-Shirt.

Je sais qu'il est déçu, mais je pense qu'il sera, bientôt heureux, d'apprendre que cela sera bientôt fini, puisque j'ai pris la décision de venir à la villa dès la rentrée scolaire. Après tout, cela fera presque un an que nous sommes ensemble, et je pense que c'est le seul cadeau qui lui fera plaisir de ma part.

Callum m'emboite le pas pour sortir de la chambre, et je prends mon portable pour essayer de savoir quand Gloria rentrera. J'aimerais quand même qu'elle se décide à me répondre.

— Tu as l'air inquiète ? me demande Callum en relevant mes cheveux de mon épaule pour les mettre dans mon dos.

— Gloria n'a pas répondu à un seul de mes messages, lui expliqué-je en posant mon portable sur la table.

— Elle n'a peut-être pas son portable, fait-il.

Mais j'ai la sensation qu'il n'en pense pas un mot. Moi, j'espère surtout qu'elle n'a pas rejoint Evan. *Dieu sait ce qu'il pourrait lui faire...*

****

Callum est parti depuis un moment déjà, et le souper de papa est déjà en train de mijoter. Je vais voir dans la petite buanderie, si ma machine est presque finie, mais ne l'étant pas du tout, je reviens dans le salon où je m'assois sur le divan, tout en allumant la télévision. Je regarde une nouvelle fois vers mon portable, qui n'a pas encore sonné. Je commence à me demander ce qu'elle fait pour finir. Elle savait que je serais rentrée vers vingt heures, et elle savait avant mon départ, que je lui avais demandé de se tenir loin de Evan. D'ailleurs, contre toute attente, elle semblait entièrement d'accord avec moi.

Je change les postes pendant plusieurs minutes, cherchant quelque chose à regarder quand il se met enfin à sonner. Je saute du fauteuil pour rejoindre mon portable, et je me fige en reconnaissant le numéro de Evan. Tout mon corps m'interdit de décrocher, pourtant je lui fais violence en le faisant. *Je dois savoir s'il est avec Gloria...*

—"Je pensais, sincèrement, que tu ne décrocherais pas." me fait-il d'emblée.

Ma poitrine se serre, en me rappelant de sa voix quand il me coinçait dans son appartement.

— "Je voulais juste te prévenir que ta sœur ne t'a pas écoutée."

— Gloria est avec toi ?! m'exclamé-je ahurie.

—"Oui, et j'aimerais bien que tu viennes la rechercher." dit-il calmement.

J'entends un murmure derrière lui, et tout mon corps tressaille comprenant que c'est Gloria.

— J'arrive tout de suite !

—"Gaby." fait-il alors que je m'apprête à raccrocher.

— "On est d'accord que tu viens toute seule. Si je vois Callum ou l'autre enfoiré, je risque de faire mal à ta petite sœur..."

Callum

Je monte dans la Dodge, tout en essayant de joindre cette idiote de Gloria. Cette petite garce n'a pas répondu à sa sœur, et elle ne m'a pas répondu non plus, quand j'ai essayé de la joindre hier. N'arrivant toujours pas à la joindre, je me décide à appeler Rita. Elle ne sait pas la raison pour laquelle Gaby est chez elle, mais elle doit savoir si elle est partie le voir, ou du moins l'endroit où elle se trouve maintenant.

— "Monsieur Callum, vous êtes rentré ?"

— Oui, il y a quelques heures, dis-je en démarrant et me lançant sur la route.

— "C'est une bonne nouvelle."

— Rita, Gloria est encore chez toi ? lui demandé-je.

—" Non, Monsieur Callum. Mademoiselle m'a dit, qu'elle allait dormir chez une amie en attendant le retour de sa sœur."

— Sale petite conne ! claqué-je en raccrochant de Rita pour joindre Spencer.

Celui-ci comme je le pensais n'est pas joignable, et je tourne au carrefour pour rejoindre l'immeuble où habite ce petit con. Je lui conseille d'être chez lui, et de ne pas se trouver avec la sœur de Gabriella. L'idée de la trouver, dans un pire état que la dernière fois, me fait monter une haine incroyable dans ma poitrine. *Elle ne peut pas rester huit putains de jours tranquille, comme je lui ai demandé.* Elle connaissait les enjeux de la situation, aussi bien que moi. Je tape le volant, en faisant un dérapage au dernier carrefour qui me mène chez lui.

Bordel, si jamais il lui a encore fait du mal, Gabriella ne me pardonnera jamais de ne pas lui avoir parlé de mes doutes avant notre départ, et de ce qu'il l'incitait déjà à faire. Je gare la Dodge et je file dans les escaliers, pour atteindre son foutu palier. D'après Archie, c'est le numéro cinquante-deux. Je remercie du coup sa bienveillance, d'avoir pris des renseignements sur lui pendant notre séjour. Je tambourine à cette foutue porte, la peur et la rage au ventre. *Je vais le tuer s'il a encore osé la toucher.*

Au bout de cinq minutes à tambouriner, j'en conclus qu'il ne se trouve pas là et je redescends en courant les escaliers, tout en composant le numéro de Archie.

— Tu peux aller voir chez Gabriella, si Gloria est là ?!

—"Gloria ?! Mais elle n'est pas chez Rita ?" me demande-t-il et je monte dans la Dodge en branchant le kit main-libre.
— Ne commence pas avec tes questions et va voir ! m'écrié-je excédé.
— " D'accord, mais dis-moi ce qui se passe ?" me demande-t-il alors que je démarre pour remonter à l'immeuble de Gabriella priant qu'elle y soit.
Il est temps de dire la vérité à Gabriella sur ce qui se passe. Je n'aurais pas dû garder ce que je savais pour moi. *J'ai l'impression que tout va me péter à la figure.*
— "Bonsoir Archie." entendé-je la voix de Alberto.
— "Bonsoir, je venais voir si Gloria et Gaby étaient là ?" demande Archie et je suis plus qu'aux aguets de sa réponse.

Gaby
Je descends du bus, *pas du tout certaine de moi*, à l'adresse que m'a envoyé Evan. C'est un motel à la sortie de la ville de Seattle, qui semble bien plus que désert. Je déglutis nerveusement, me demandant si je n'aurais pas dû lui désobéir, et venir avec Archie au moins. *Il ne l'aurait certainement pas remarqué.* Mais il est trop tard, et je dois affronter ma peur, si je veux sortir Gloria de ses griffes. Bien entendu, j'ai le présentiment douloureux que je vais devoir faire quelque chose en retour, pour la sortir de là.
Moi qui pensais que le plus dur à mon retour, serait notre conversation avec Callum, je ne m'imaginais pas me trouver devant ce motel… *craignant pour la vie de ma sœur. Car c'est bien la raison de ma présence...*

Les murmures que j'entendais, semblaient ressembler à des gémissements de douleur. Je ne sais pas ce qu'Evan est capable de faire au juste, mais en repensant à son visage plein de colère dans l'appartement, je tressaille constamment depuis. La bile dans mon ventre, se fait omniprésente, alors que je m'arrête devant la chambre avec le numéro qu'il m'a donné. Je suis au bord de la panique, mais je ne peux plus rebrousser chemin. *Je dois sortir ma sœur de là, coûte que coûte.* Je suis certaine que Callum me pardonnera, quoi qu'il arrive, une fois que j'aurai toqué à cette porte. Je tremble tellement, que mes mains n'arrivent même pas à se former en poing, pour taper à la porte et je suis prête à m'effondrer, quand celle-ci s'ouvre sur les grands yeux amusés de Evan.

— Je vois que tu es une sœur sur qui on peut compter, fait-il en reculant de la porte pour me laisser entrer.

Je dois me battre, contre mon corps, pour qu'il avance, et je ferme les yeux craignant de voir ma sœur plus mal, que je ne l'aurais imaginé. *Mais ce que je vois quand j'ouvre les yeux, est encore pire que de voir ma petite sœur souffrir.*

— Où est ma sœur ?! m'écrié-je comprenant qu'elle ne se trouve pas là.

Je n'attends pas sa réponse, et je plonge la main dans mon sac, pour composer le numéro de Callum. Mais je me retrouve projetée contre le lit, en un mouvement de Evan, et je porte ma main à mon ventre tétanisée maintenant. *Je me suis lancée dans la gueule du loup, et je vais le payer…*

Chapitre 45

Toujours aussi inconsciente

Callum

Je me sens me décomposer totalement, quand je me rends compte de ce que son père vient de dire. Mon cœur est sur le point de s'arrêter, tellement la peur est en train de prendre le dessus sur moi. *Elle n'a quand même pas été aussi inconsciente...* Non, elle m'aurait prévenu... *Ou du moins, elle aurait demandé à Archie de l'accompagner n'est-ce pas ?*

— Gab...

— "Callum, il faut aller chez lui tout de suite !" s'écrie Archie, comprenant certainement tout comme moi où Gabriella est partie.

Mais je n'arrive plus à faire le moindre mouvement. La Dodge garée sur le bas-côté de la route, je cherche pourquoi elle y est allée. *Ne lui avais-je pas dit, de ne pas se trouver seule face à lui ? Est-ce qu'elle n'a pas compris ce qui s'est passé avec ses gélules ? Ai-je commis une erreur, en ne lui parlant pas de ce qu'il a fait sa sœur plus tôt ?*

Bien sûr, Gabriella n'a aucune raison de se méfier de lui sans ses informations. Elle est ainsi... *N'est-ce pas comme cela qu'elle m'a touché profondément ?* Après tout, elle se dressait devant moi à chaque fois, même en étant totalement traumatisée par ma présence. Je tressaille à ce souvenir, à tout ce que je lui ai fait subir au début de notre rencontre. Elle ne se rend pas compte que ce n'est pas une façon de faire dans ses circonstances, même si pour moi, cela a marché. *Elle est toujours aussi inconsciente.*

— "Callum !" hurle Archie dans l'habitacle de la voiture et je déglutis nerveusement.

Mes mains sur le volant sont en train de trembler comme jamais.

— La place, marmonné-je.

—"Qu'est-ce que tu as dit ?!"

— Rejoins-moi sur la place ! m'écrié-je en enclenchant la première et me lançant à nouveau sur la route avant de raccrocher.

J'arrête l'appel, et je compose le numéro de Gabriella encore une fois. Mon regard tressaille sur mon portable, en entendant la voix de son répondeur. *C'est encore pire que ce que je pensais...* Si son portable est fermé, je n'ai aucune chance de la retrouver en utilisant sa localisation, *pour le peu qu'elle l'ait enclenchée...*

— Putain Gaby ! claqué-je en tapant mon point sur le volant tout en accélérant encore plus.

J'attrape une cigarette dans mon paquet, et je bifurque au prochain carrefour, manquant de percuter un camion qui dépose ses livraisons. Je grogne, boue littéralement de rage à l'intérieur de moi, contre cette idiote maintenant. Je pile sec au cul de la Dodge de Archie, qui arrive sur la place en même temps que moi, et je sors de la mienne en regardant sur ce foutu endroit après ces enfoirés.

— Là ! me montre Archie.

Je tire sur ma cigarette en marchant de plus en plus vite, et je la balance, quand je vois le grand noir se figer en me voyant, avant de se mettre à courir à travers la place.

— Coupe par-là ! crié-je à Archie qui s'élance tout comme moi à sa poursuite.

Je ne me souviens pas de la dernière fois où j'ai couru ainsi, mais une chose est certaine... *c'est que ma colère, est en train de prendre le dessus sur mes pieds.* Je ne le lâche pas du regard, alors que je bouscule des gens sur mon passage, sans aucune délicatesse, et je sens que je vais devoir me contenir une fois que je l'aurai rattrapé, pour ne pas le fracasser avant qu'il ne parle. Nous arrivons au bout de la place, et je prie que cet abruti d'Archie arrive avant qu'il ne monte dans un bus, ou dans un taxi de l'autre côté. Alors qu'il disparait au coin du dernier bâtiment de la place, je vois des gens s'arrêter pour regarder dans sa direction, me faisant comprendre que Archie est certainement là. Je bifurque à mon tour au coin de celui-ci, et dans mon élan, je bondis sur cet enfoiré, avec lequel Archie se démêle pour nous faire tomber au sol. Je me redresse sur lui, et lui fais me faire face pour lui asséner un coup de poing.

— Dis-moi où est cet enfoiré ?! claqué-je hors-de-moi en le tenant maintenant par le col pour taper l'arrière de sa tête sur le bitume.

Je m'en fous que ces gens appellent les flics, ou me filment. *Tout ce que je veux, c'est retrouver Gabriella !*

— Parle putain, ou je te bute ! craché-je en lui assénant un nouveau coup de poing.

— Je... Je ne sais pas, bafouille-t-il.

— Arrête tes conneries ! claqué-je voyant qu'il me prend pour un con.

Ils trainent ensemble tous les soirs... et il ne sait pas où se trouve cet enfoiré.

— Callum, prends son téléphone, fait Archie.

Je grogne de rage, et je lâche son col que je tiens à nouveau, pour fouiller ses poches.

— Arrête de bouger ! claqué-je voyant qu'il essaye de se débattre.

J'attrape son portable, et je le mets en face de lui pour qu'il le déverrouille avec sa sale face d'enfoiré. Une fois déverrouillé, je le ramène à moi et mon visage se fige en regardant celui-ci.

— C'est...

— Qu'est-ce que c'est ? me demande Archie.

Mon regard devient complètement noir, en faisant défiler les photos, pour arriver à une vidéo que cet enfoiré lui a envoyé. Je me redresse chancelant, devant l'horreur qui défile sous mes yeux, alors que cet enfoiré marmonne qu'il a reçu ça pendant la journée, et qu'il ne sait pas où ils sont. Un rictus de dégout et de haine pure s'empare de moi, je ramène mon regard sur la face de ce mec, qui a dû jubiler avec ses amis en regardant cela.

Archie me prend le portable des mains, et son visage doit certainement se décomposer, devant l'horreur de ce qui se trouve sur ce portable. J'attrape cet enfoiré par le col, et je le relève pour le plaquer de toutes mes forces contre le mur, alors qu'il chouine des mots que je ne veux pas entendre.

— Dis-moi où ils sont ou je vais te buter maintenant ! hurlé-je.

— Je jure que je ne sais pas !

Mon poing s'écrase plusieurs fois sur sa face, au point qu'il finit par s'effondrer au sol, sous la puissance de mes coups... mais je ne m'arrête pas, je hurle qu'il me dise où se trouve cet enfoiré, perdant tout contrôle de moi. *Quel contrôle ? Ou y a-t-il droit d'avoir du contrôle, quand on voit l'horreur qu'ils ont fait subir à Gloria ?!* Mes coups seront toujours trop doux, comparé à la douleur et l'horreur que la sœur de Gabriella a subie... *alors que j'avais promis de les protéger. Si jamais...* Je m'arrête net dans l'élan de mon énième coup de pied, et je recule*, les yeux écarquillés de terreur...*

— Il faut vite retrouver Gabriella, fais-je en repartant d'abord en titubant au milieu des badauds qui nous regardent.

J'imagine, maintenant Gabriella à la place de Gloria sur cette vidéo. Je sens la bile me monter à la gorge, et je finis par me mettre à nouveau à courir. Je dois la retrouver coute que coute. *Mais par où commencer ? Et surtout comment la retrouver avant que cela ne finisse en drame pour nous ?*

Gaby

— Alors, tu as profité de ton séjour ? me demande Evan.

Il s'accroupit devant moi, alors que j'ai le souffle encore plus coupé, sous le coup qu'il m'a mis. Je n'arrive même pas à crier de douleur, alors que je sens son souffle, remplit d'alcool, se mélanger au mien. J'ai peur... *mais j'ai encore plus peur, de ce qu'il a fait à ma petite sœur.*

— Où est ma sœur ? lui demandé-je d'une voix tremblante.

Evan sourit, et il passe la main dans ses cheveux avant de se redresser.

— Ta petite sœur récupère dans une chambre à côté, m'informe-t-il et je tressaille.

— Que veux-tu dire par récupérer ? bafouillé-je terrifiée maintenant d'essayer d'imaginer à ce qu'il lui a fait.

Son regard se pose sur mon sac et il ramasse mon portable, avant de sortir quelque chose de sa poche. Il enlève la carte de mon portable, qui tombe sur le sol de cette chambre miteuse. Je baisse mon regard vers le sol, ne sachant pas comment je vais pouvoir m'en sortir cette fois-ci... Le fait qu'il veuille me faire peur, est dépassé depuis longtemps. Là, son aura ressemble à celle de Callum... *Pas le Callum qui m'aime, mais celui qui m'a emmenée de force dans cette douche.* Je dois trouver quelque chose à dire, pour qu'il ne me touche pas. Je dois l'inciter à parler, le temps que je trouve quelque chose à faire.

— Bon, je pense que maintenant, on va pouvoir s'amuser un peu, sourit-il machiavéliquement et je le regarde horrifiée.

— On peut faire ça calmement, ou on peut faire ça autrement, lance-t-il.

Tout mon corps se contracte contre le lit, comprenant ce qu'il veut maintenant. *Il est hors de question qu'il me touche.* Il est hors de question, qu'il fasse de moi sa chose pour se venger de Callum. C'est là que je repense à Mellyssandre.

— Elle est en vie ! m'écrié-je alors qu'il revient devant moi pour m'attraper par le bras.

— Bien sûr que ta sœur est en vie ! rigole-t-il et il me soulève pour me lancer sur le lit.

— Non, la tienne ! M'empressé-je de dire.

Evan fait le tour du lit et je recule pour en redescendre, mais il m'attrape le poignet durement pour me ramener en son centre.

— Ma sœur est morte de la faute de ton mec, je te rappelle, rétorque-t-il en ramenant ma main au barreau du lit.

Je panique totalement, en voyant qu'il sort un colson de la poche arrière de son pantalon, pour m'attacher au lit.

— Je te jure qu'elle est vivante ! crié-je.

— Elle est à Bali ! continué-je alors qu'il referme le colson et que j'ai l'impression qu'il va sectionner mon poignet…

Evan pince ses lèvres, alors que je continue à lui jurer que Mellyssandre est bien en vie, et je me mets à battre des pieds, quand il se met maintenant sur moi sans un mot, coinçant mes jambes. Je me fige quand son regard se pose dans le mien, comprenant qu'il ne m'écoute absolument pas. *Il est totalement dans un autre monde on dirait… et je ne veux pas en faire partie.*

— Je t'en prie... pleuré-je maintenant sentant qu'il est à mille lieux d'ici.

— Je te jure qu'elle est viv...

Sa main s'écrase sur ma joue, et je me fige terrorisée en ne le lâchant pas du regard. Derrière les mèches blondes de ses cheveux qui pendent... *je peux voir de la haine pure dans son visage, alors qu'il ramène celui-ci à quelques centimètres du mien.*

— Je pense que tu n'as pas compris ce que j'ai dit, fait-il la voix pleine de haine.

— Je hais Callum de toute mon âme... et tu ne sortiras pas d'ici sans que je t'aie eue, m'informe-t-il et je détourne la tête sur le côté.

Mais il la ramène face à lui durement, en me tenant la mâchoire, me faisant mal. Mais ce mal ne sera rien, contre ce qui m'attend, quand je comprends qu'il ne me laissera pas sortir d'ici. Sa colère et sa haine, débordent de lui dans tous les sens du terme, et mes larmes coulent comprenant que même si je sors d'ici... *je ne pourrai plus jamais regarder Callum en face.*

— Maintenant, je vais être clair. Me fait-il froidement, mais avec une intonation étrange dans la voix.

— Je t'aime bien Gaby. Alors, je serai doux avec toi.

J'ai l'impression que les enfers, que j'ai connu dans cette douche avec Callum, reviennent pour m'achever... *et mon corps s'arrête totalement de vivre.*

Il n'y a que mon cœur qui bat encore faiblement dans mes tempes... *alors que ses mains me touchent...*

Chapitre 46

L'horreur porte le nom d'Evan

Brooke

— Mon cœur, tu ne devais pas aller rechercher ta mère au travail ? demandé-je à Spencer qui s'est endormi.

— Mmm... Ouais, marmonne-t-il en se tournant pour attraper son portable sur la table de nuit.

— Tiens, Callum m'a appelé, fait-il en passant sa main dans sa nuque tout en se relevant.

— Il doit chercher quelqu'un pour passer le temps, étant donné que Gaby rentrait chez elle ce soir, fais-je en riant.

Ces deux-là me font assez rire, je dois dire. Il serait temps que Gaby, décide de vivre avec lui à la villa, parce qu'ils ne savent pas rester sans l'autre bien longtemps. Ce sont de vrais aimants quand ils sont ensemble, et je les trouve d'ailleurs trop mignons. *Un peu comme moi et Spencer d'ailleurs.* Je remonte la couverture sur ma poitrine, et je regarde Spencer sortir du lit, pour prendre ses affaires qu'on a balancé dans la chambre en rentrant. Une vue si magnifique n'est pas à prendre à la légère, et vu qu'il va devoir partir, je m'installe convenablement pour admirer, encore un peu les formes de son corps nu. *Mon dieu, il est quand même bien bâti.* Dire que je me focalisais sur Callum, alors qu'il se trouvait dans ma ligne de mire tout ce temps. *J'ai perdu un temps dingue moi.*

— Étrange, ça sonne occupé tout le temps, fait Spencer en enfilant son jeans toujours au téléphone essayant de joindre Callum.

— Il est certainement au téléphone avec Gaby, lui fais-je remarquer en me penchant à mon tour vers la table de nuit pour prendre mon portable.

Je remarque que j'ai plusieurs messages, dont un de Gaby. Je clique directement sur le sien, et je regarde mon portable perplexe.

— C'est quoi ça ? Pourquoi elle m'a envoyée une adresse ? demandé-je tout haut en cliquant dessus.

Non, je ne me trompe pas, c'est bien une adresse... Spencer s'assoit à côté de moi pour regarder mon écran, alors que je pousse sur l'adresse pour que celui-ci affiche la carte du plan.

— C'est à la sortie de Seattle, me fait remarquer Spencer.

— Oui, mais pourquoi elle m'envoie cela ? demandé-je totalement perdue.

Il n'y a aucune explication à son message, je ne comprends vraiment pas pourquoi elle m'envoie un tel message. *A-t-elle fait une mauvaise manipulation ?*

— Callum ?

Je reviens sur Archie qui a enfin réussi à joindre Callum, et je vois son visage se décomposer en un instant.

— Attends ralentis ! s'exclame-t-il en me prenant mon portable des mains.

— Brooke a eu une adresse provenant de Gaby, lui fait-il.

— Attends, je te l'envoie. Oui, je te rejoins là-bas tout de suite !

— Qu'est-ce qui se passe ? demandé-je maintenant paniquée.

Spencer saute du lit pour mettre son pull et enfile ses baskets, sans prendre la peine de mettre ses chaussettes.

— Gaby... Elle s'est foutue dans la merde ! me lance-t-il en sortant de la chambre en courant, me laissant là comme une idiote.

Mais une chose est certaine, cela à un rapport avec cette adresse.

Gaby, qu'est-ce que tu as fait ?

Gaby

Je me focalise sur le plafond miteux de ce motel, alors qu'il m'a totalement déshabillée maintenant, et que je frissonne au contact de ses mains dégueulasses sur moi. J'ai envie de crier et de pleurer. Je voudrais le frapper, le mordre et... *Mais tout mon corps est immobile comme jamais...* Je n'ai même plus la force de pleurer, et je ne grimace même pas, quand il remonte mes jambes, pour glisser sa tête à cet endroit, *où je ne pensais jamais, qu'un autre que Callum me toucherait...* Je ne ressens rien du tout, quand il entre ses doigts en moi. *Juste du dégout...* Ses doigts qui font des mouvements en moi, alors qu'il mord mes tétons... *me donnent la nausée....* Je me mords la lèvre, et je serre mes mains en poing, tout en regardant le plafond, alors que les larmes coulent silencieusement de mes yeux. *Plus jamais, il ne me touchera...* Voilà tout ce que je pense, alors que Evan revient à mon cou, et que je sens son sexe rentrer durement en moi. *Je grimace et un son rauque sort de ma bouche.*

Il n'a rien d'un gémissement, *mais d'un râle profond que m'envoie mon corps, qui souffre entre ses mains.* Je ne sais pas exactement ce que je ressens à cet instant, où sa sueur se colle à ma peau encore et encore. Tout mon corps est là, se laissant totalement prendre encore et encore, par Evan qui semble ne pas vouloir en finir. *Mais moi, à cet instant tout ce que je veux, c'est fermer les yeux pour me réveiller dans les bras de Callum.*

Mon cœur se brise de plus en plus, alors que son haleine rejoint ma bouche. Je n'ai même plus la force, de me détourner de la sienne qui essaye d'engloutir la mienne. *Non, jamais je ne le laisserai m'embrasser...* Je ne suis pas maitre du reste de mon corps, mais je ne le laisserai pas faire ça. Je pince mes lèvres, tellement forts que j'en ai mal mes dents et à la mâchoire. Le relent de vomi qui est dans mon estomac, est en train de remonter le long de ma gorge et je finis par détourner mon visage. Mais il s'en moque, il n'insiste pas, et pousse plus fort sur mes jambes, pour prendre un appui plus profond. Ma poitrine me fait mal, à chaque va et viens qu'il fait en moi, et mon souffle se fait de plus en plus court. *J'ai mal, j'ai l'impression de mourir à chaque coup de rein qu'il me donne...*

Sa main qui me tient fermement, les jambes pliées sur mon ventre, rejoint mon intimité. *Que dis-je ? Je n'ai plus une once d'intimité à cet instant...* et alors que je me mords la lèvre, son sexe sort de moi pour s'enfoncer entre mes fesses et j'hurle de douleur cette fois-ci.

Sa main vient se plaquer sur ma bouche, pour me faire taire, mais je le mords en essayant cette fois-ci, de ma débattre. *J'ai mal comme je n'ai jamais eu mal, et il ne s'arrête pas...* Mes larmes coulent de plus en plus vite, alors que j'étouffe presque, de sa main sur ma bouche, qui m'empêche de respirer maintenant.

Je ne sais pas combien de temps cela dure encore, mais quand il revient en moi en quittant mes fesses... *je suis à peine consciente...* Un grognement de sa part me fait comprendre qu'il a enfin fini... *et que je vais pouvoir mourir en paix dans ce lit...*

— Je vais te faire une confidence, fait Evan en venant mettre sa tête contre mon épaule.

Mon corps entier, tressaille de dégout.

— C'était bien meilleur qu'avec ta petite sœur, murmure-t-il.

Je ferme les yeux fortement, imaginant ce qu'elle a pu vivre avec lui.

— Je pense que le fait, que ton corps ait été contracté tout le temps, a accentué mon plaisir. C'est bien plus cool, que de baiser quelque chose de drogué. Continue-t-il et j'ouvre les yeux écarquillés.

Drogué ? Il a drogué ma sœur ? Pourquoi aurait-il fait cela ? Elle est amoureuse de lui, il n'avait pas de raison de la droguer pour assouvir son désir.

— J'ai encore quelque chose à faire, fait-il en se levant enfin de moi et je détourne mon regard vers le mur de la chambre en priant qu'il en finisse vite.

Je veux pouvoir pleurer seule, de l'humiliation dans laquelle je me suis fourrée toute seule. Mais le bruit qui s'en suit me fait paniquer, et je me retourne vers lui, en me recroquevillant dans le lit, du mieux que je peux. Evan me photographie plusieurs fois, et il semble s'en amuser plus que ce qu'il vient de me faire subir.

— Tu penses que ta sœur serait fière de toi ? lui demandé-je en larmes.

— Je pense que j'ai été clair avec elle... comme avec toi. Cet enfoiré n'était pas fait pour elle, dit-il en posant le portable sur la table de nuit avant de mettre son pantalon.

Mais je reste là recroquevillée... essayant de comprendre ce qu'il vient de me dire.

— Tu... Tu as... bafouillé-je écœuré de ce que je viens de comprendre.

— Je ne l'ai pas fait personnellement. Disons que j'ai aidé une fille qui voulait s'en débarrasser, m'informe-t-il.

Vanessa ?!

— Tu sais, ma sœur était heureuse, avant d'être avec ce fumier, continue Evan.

— C'était une gentille fille simple, toujours souriante. Et il l'a transformée, en une fille terne qui ne souriait que par automatisme. Elle n'était pas heureuse, et j'ai tout fait pour la faire réagir. Enfin, où elle est, je suppose qu'elle est heureuse, finit-il par dire en se dirigeant vers la table pour prendre une pince et il revient vers mon bras que je ne sens plus.

Je ne ressens même plus l'envie de lui dire qu'elle est vivante... *tout ce que je veux, c'est qu'il me libère et que je retrouve ma petite sœur.* Rien ne m'intéresse, maintenant, que de prendre Gloria dans mes bras, et de m'excuser d'être une grande sœur aussi naïve. *Si j'avais écouté Callum et Archie...*

— Je te conseille de la fermer, s'arrête-t-il prêt à couper alors qu'on toque à la porte.

Il attrape le drap au pied du lit, et il me le balance nonchalamment dessus, cachant à peine mon corps nu et tremblant.

— J'arrive ! crie-t-il alors que je déglutis la bile qui est dans ma gorge.

— Je suppose que c'est Matias qui vient voir si j'ai fini, fait-il d'un air amusé.

Mon esprit est toujours embrouillé, quand il ouvre la porte... *mais je reconnais le bruit d'un de coup de poing.*

Callum

Archie derrière moi, nous fonçons à travers la nationale, pour rejoindre l'adresse que Spencer m'a envoyé. Je m'en fous de la vitesse à laquelle je roule, parce que je sais que si je lève le pied... *elle souffrira une minute de plus.* Cette perspective me rend dingue, et je tape sur le volant en déblatérant ma Dodge, alors que je suis à deux-cent trente sur la route. Je manque de rater la sortie pour le motel, et la voiture monte dans le talus à une vitesse folle, pour revenir sur la route par miracle. Je vois les phares de Archie qui arrive, alors que je redémarre en grinçant tellement des dents, que j'ai certainement péter l'émail de celles-ci. *Mais ce n'est rien contre ce qu'elle vit en ce moment...* La douleur que je ressens à l'intérieur de moi, de l'avoir laissée être si inconsciente... *ne sera jamais rien contre ce qu'elle subit.*

Je fais déraper la Dodge en apercevant enfin le motel, et j'arrête la voiture en plein milieu du parking, en sautant limite de celle-ci, pour tambouriner à la porte devant laquelle est sa moto. La porte s'ouvre et sans même savoir si c'est lui ou pas, mon poing s'abat sur le mec devant moi. Je l'attrape par la gorge et le balance hors de la chambre, alors que Archie passe à côté de nous, pour se rendre à l'intérieur. Je tiens son regard d'enfoiré dans le mien, et je tombe à genoux sur lui et son sourire... *me faisant comprendre que je suis arrivé trop tard.* Il parle, mais je n'entends rien. Je frappe encore et encore, *je ne vois que Gabriella tétanisée face à lui, pleurant. Quelque chose que je m'étais juré de ne plus voir...* Je frappe son visage condescendant, qui se marre littéralement, n'essayant même pas de se défendre. Il sait que cela ne sert à rien, *j'ai le dessus sur lui quoi qu'il tente...* Je me redresse l'attrapant par les cheveux, et je le relève pour balancer sa tête la première contre la voiture, qui se trouve à côté de nous.

— Je vais te buter ! grogné-je alors que son corps devient de plus en plus dur à tenir et je me rends compte qu'il est maintenant à genoux.

— Pas question que tu t'en sortes ! hurlé-je alors que les sirènes de police arrivent au loin.

— Je t'avais dit que je te buterais, grogné-je.

Je cherche du regard, quelque chose pour en finir définitivement avec lui, et mes yeux se porte sur une pierre non loin de sa moto. J'entends les voitures de police se garer dans le parking, *mais je m'en fous... Il va crever comme le chien qu'il est...* Je me mets au-dessus de lui, et je pose un genou à terre en brandissant la pierre, tout en ramenant son visage ensanglanté face à moi.

Je m'apprête à descendre ma main qui tient la pierre, pour lui asséner le dernier coup, quand je suis tiré en arrière par quelqu'un.

— Callum, ça suffit ! me crie Spencer.

Mais je me débats comme jamais pour achever ce que j'ai commencé.

— Callum, tu vas le tuer ! hurle Spencer en serrant sa prise sur moi comme jamais il ne l'a fait avant.

Je bats des pieds, alors qu'un policier se penche au-dessus de cet enfoiré, et je m'arrête net en attendant qu'il dise qu'il est mort.

— Il respire encore.

— Non, laissez-moi le buter ! hurlé-je en voulant redémarrer dessus.

Mais elle apparait devant moi, et je tombe à ses pieds nus en pleurant.

Chapitre 47

Un enfer sans nom

Archie
Je rentre dans la chambre de motel, sans penser un seul à l'instant à l'horreur, que je vais y découvrir. Pendant tout le trajet jusqu'ici, je n'ai pensé qu'à Gaby, et ce qu'elle pouvait subir. Je ne comprends pas pourquoi,

elle n'est pas venue me trouver, au lien de venir le retrouver seule. Je m'en veux d'avoir caché la vérité à Callum sur ce qui s'est passé, avant notre départ à Bali, et quand mes yeux se posent vers le lit où elle git recroquevillée, et tremblante... *mon cœur s'arrête net pendant une seconde, qui me semble une éternité.*

Je n'arrive plus à bouger, et je ne peux que supposer l'horreur qu'elle vient de vivre. *Mais je n'en ai aucun doute.* Je vois la pince, qui se trouve posé au pied du lit, alors qu'elle ramène ses pieds plus près de son corps, dénudé sous ce drap qui la cache à peine. Je m'avance, me forçant à ne pas faire demi-tour, et enfoncer cette pince dans les parties génitales de cet enfoiré. Arrivé au sommet du lit, ma main hésite à la toucher, craignant de lui faire mal *mais surtout peur.* Son poignet est de couleur tellement vive, que j'ai l'impression qu'il est cassé. Je coupe le nœud du colson, et son bras se laisse tomber, tel un pantin sur sa tête qui se trouve juste en dessous.

Je ne sais pas quoi faire, là debout devant elle, *ne sachant pas si elle pleure, ou si...*

— Gaby ! m'exclamé-je pris de panique à l'idée qu'elle soit droguée et je m'accroupis devant son visage. Celui-ci est plus que déformé, par la douleur qu'elle vient de vivre, et son regard d'habitude si illuminé est inerte. Les marques de ses larmes, qu'elle a versées sont bien présentes, mais je peux confirmer qu'elle n'est pas sous l'emprise de drogue en regardant ses pupilles.

Un bruit sourd nous provient de dehors.

— Je vais te buter ! entendons Callum crier.

Il ne faut pas plus, pour qu'elle tressaille, resserrant le drap sur elle fortement.

— Pas question que tu t'en sortes !

— Gaby, je vais t'aider à sortir d'ici, fais-je d'une voix meurtrie par l'horreur de ce qui se passe devant moi.

Mon dieu, jamais je n'aurais dû lui laisser le soupçon d'un doute... Je ne sais pas quoi faire, voyant qu'elle ne réagit pas du tout à moi. La toucher, après ce qu'elle vient de subir, serait inapproprié et au-dessus de mes forces. Ce qui s'est passé ici est plus horrible, que ce qu'elle a subi dans cette boite de nuit. Elle est consciente de tout ce qui arrive, *et je ne sais pas comment faire pour la faire se lever, sans devoir la toucher.*

Je déglutis, en entendant les sirènes de police se rapprocher, et je passe ma main dans ma nuque, cherchant quoi faire. Alors que je prends une bonne respiration, pour poser ma main sur son bras, et lui dire de sortir ; *elle se redresse devant moi, sans un regard.* Elle semble totalement indifférente à ma présence, et je comprends du coup ce qu'elle fait, alors qu'elle sort du lit, tenant son drap autour d'elle sans vraiment de conviction. *Mais elle continue de marcher vers la voix... de celui qui s'apprête à tuer Evan.*

Spencer

Je suis arrivé aussi vite que j'ai pu, après l'appel de Callum, mais à voir l'état dans lequel se trouve Evan au sol... *ou ce qu'il en reste... je suis surpris qu'il respire encore vu son état.* Callum est toujours devant moi, effondré aux pieds de Gaby... *que je n'ose pas regarder.* Une ambulance arrive sur le parking, et des policiers viennent mettre les menottes à Callum, qui ne fait aucun geste de recul. *Il semble résigné à les suivre.* Ne voulant certainement pas se trouver devant Gaby, après ce qu'elle vient de subir.

  Archie rejoint les agents de police, qui emmènent Callum et leur parle, en montrant les autres portes du motel... *alors que Gaby, reste figée, nue sous ce drap devant moi.* Je comprends alors qu'il y a autre chose qui se passe ici, quand tous les agents commencent à tambouriner aux portes, et qu'un brouhaha survient dans l'une d'elle, où les agents s'engouffrent avant de ressortir avec un gars que j'ai déjà vu. Oui, ce mec est Mattias... il fait partie de la bande avec qui nous trainions avec Callum. *Ce mec est encore plus cinglé que Callum dans ses mauvais jours... Mais que fait-il ici ? Qu'avait-il prévu de faire ?*

  C'est là qu'un agent appelle un des ambulanciers, qui se trouve auprès de Evan, et qu'il l'emmène vers cette chambre.

  — C'est quoi ce bordel ? murmuré-je en ne comprenant rien à ce qui se passe au juste maintenant.

  Personne ne semble se soucier de Gaby, qui se tient devant moi, et qui n'a aucune réaction. Même Archie, semble guetter cette chambre, où l'ambulancier recourt à l'ambulance, pour prendre une mallette et repartir vers la chambre en question.

  — Où est Gloria ?

  Mon regard se pose enfin sur Gaby qui vient de parler, et je comprends enfin ce qui se passe. J'écarquille les yeux horrifiés par ce qui s'est en fait passé ici. Si je pensais que Gaby venait de vivre l'enfer... *je me rends compte que sa petite sœur aussi.*

  — Gaby !

La voix de Brooke me parvient aux oreilles, et je fais un pas vers elle pour l'empêcher de s'approcher de Gaby. Je lui tiens le visage, alors qu'elle essaye de se débattre, ne comprenant pas pourquoi je fais cela.

— Brooke écoute-moi ! lui fais-je durement.

— Ne lui pose aucune question, dis-je en plongeant mon regard le plus sérieux dans le sien.

— Quoi ? Mais pourquoi ?

— Je ne pense pas, qu'elle soit en état de supporter quoi que ce soit, dis-je en scrutant son regard.

Le visage de Brooke se tourne vers la chambre, d'où ils sortent Gloria sur un brancard.

— Oh mon dieu ! S'exclame Brooke horrifiée et je ramène son regard vers moi.

Celui-ci est rempli de larmes maintenant, comprenant qu'elle a juste besoin de sa présence, sans aucune question. Les policiers la questionneront bien assez tôt, et là pour l'instant… *elle n'a pas besoin de cela.* Je jette un coup d'œil vers la voiture de police, où Callum est enfermé et mon cœur se serre ; *il ne se remettra jamais de ce qui vient de se passer…*

Brooke

La policière demande à l'ambulance, qui vient d'arriver, de s'occuper de Gaby, qui n'a eu aucune réaction à ma présence, alors que je suis là devant elle, frottant mes larmes au fur et à mesure qu'elles coulent sur mes joues.

Que s'est-il passé ici ? Pourquoi sont-elles venues toutes les deux ici ? Je n'arrive pas à comprendre ce qui leur a pris par la tête, *mais je ne peux pas croire qu'elles y soient venues de leur plein gré.* Une voix aigüe, se fait entendre, et je n'ai pas besoin de regarder pour voir que la mère de Callum vient d'arriver. Je décide de me mettre à côté de Gaby, et de la cacher de cette folle furieuse, qui va certainement remettre tout ce qui s'est passé sur son dos. J'entends la voix de Archie qui lève d'un ton, et je comprends qu'il est en train de l'empêcher de venir près de nous.

— Nous allons l'emmener à l'hôpital, me prévient l'ambulancière et j'acquiesce de la tête.

Je porte ma main, sur le dos de la veste, que la policière lui a mise, mais voyant le geste de recul de Gaby... *je me résigne de la suivre simplement.* Mon estomac est tout retourné, en la suivant jusqu'à l'ambulance, où nous montons toutes les deux. Gaby resserre à nouveau ce drap sur elle, et l'ambulancière pose une couverture sur ses jambes. Ses magnifiques yeux sont tellement meurtris de douleur, que je n'arrive même plus à la regarder. J'ai pu voir le sang qu'elle a sur sa lèvre, se l'étant certainement mordue, sans parler de l'état de son poignet qui semble bien blessé, et dont les marques autour, prouvent qu'elle a été attachée. Mon regard s'étant posé sur ses jambes nues, avant que l'ambulancière ne lui mette la couverture, montrait des marques aussi.

Je ne peux pas croire qu'une telle chose soit arrivée, alors que tout le monde semblait encore si heureux il y a quelques heures. Si seulement, j'avais vu le message plus tôt... *est-ce que j'aurais pu empêcher ce qui s'est passé ?*

Comment est-ce que je peux rester là... à ces côtés et me morfondre sur ce que j'aurais pu faire ? Je dois la soutenir, parce que quelque part, c'est moi qui ai intégré Evan dans notre groupe... *et je le regrette de tout mon cœur d'avoir fait cela.*

Comment vais-je pouvoir la regarder dans les yeux après cela ?

Bryan

Après le coup de fil de Archie, je fonce directement à l'hôpital, où se trouve les deux filles de Alberto, non sans passer un coup de fil à Pénélope qui ne me répond pas. D'après ce que Archie m'a expliqué, Callum s'est fait arrêter, pour avoir tabasser le garçon en question... qui ne serait autre que le frère de Melly.

J'ai l'impression que cette histoire avec Mellyssandre, n'a aucune fin. Entre leurs rencontres à Bali, et ce qui se passe maintenant... *c'est une histoire sans fin. Mon dieu, comment Alberto va-t-il apprendre ce genre de choses ? Quand il va comprendre ce lien entre ce garçon et Callum ?* Ses pires craintes sont arrivées, et je ne pourrais lui en vouloir, s'il venait à interdire à Callum de l'approcher à nouveau.

Pourtant, ils ont besoin de l'un l'autre, plus que tout après cette horreur. Les séparer ne ferait qu'accentuer la souffrance, qu'ils doivent ressentir. *Mais en tant que père, je pourrais très bien le comprendre...*

Quand j'arrive enfin à l'hôpital, je trouve Archie et Spencer dans la salle d'attente, tous les deux anéantis par ce qu'ils viennent de vivre.

— Elles sont avec le docteur, m'informe Spencer qui semble plus calme que Archie qui fait les cent pas devant la porte des urgences.

— J'aurais dû... On aurait dû lui dire... marmonne-t-il en se frottant la nuque sans cesse.

— Il répète ça depuis que nous sommes arrivés, me fait remarquer Spencer.

Je lui fais une tape sur l'épaule, comprenant qu'ils sont vraiment sous le choc. *Mais je m'étonne, de ne pas voir le père de Gaby et Gloria dans la salle.*

— Si vous cherchez leur père, il est parti au commissariat.

— Au commissariat ?! m'exclamé-je surpris en revenant sur Spencer.

— Oui, il est allé voir Gaby. Et il est ressorti, pour demander à Brooke de retourner près d'elle, le temps qu'il aille au commissariat, m'explique-t-il.

Ne me dites pas qu'il compte s'en prendre à Callum ? Je porte ma main à ma tête, ne sachant pas quoi faire... Dois-je me rendre là-bas aussi... *pour le dissuader de s'en prendre à Callum ?* Ou dois-je rester ici... *pour soutenir ces deux jeunes qui sont prêts à s'effondrer à tout moment ?*

J'enlève mes lunettes pour me pincer l'arête du nez, tout en pesant le pour et le contre, quand un médecin sort des urgences.

— Monsieur Gomez ? appelle-t-il.

— Il a dû s'absenter, fais-je au médecin en remettant mes lunettes.

— Mais je suis son meilleur ami, menté-je.

— Je vois. Vous pouvez lui dire que, Gabriella Gomez a été emmenée en chambre, nous informe-t-il et mon cœur souffle déjà bien mieux.

— En revanche, Gloria doit subir une opération.

— Une opération ? m'exclamé-je ahuri.

Je comprends que cette pauvre petite a vécu un enfer sans nom...

Chapitre 48

Source de malheur

Callum

Je m'assois dans un coin de la cellule, alors que Pénélope s'égosille sur les policiers, leur demandant de me faire sortir. *Honnêtement, je m'en fous de sortir ou non.* Moi, tout ce que je vois... ce sont ses pieds et jambes nus, que j'ai aperçus devant moi, et qui m'ont fait m'effondrer, *comprenant que tout ce que j'ai fait en quelques mois... venait d'être brisé.*

Je ne me fais aucune illusion, sur ce qui va nous arriver à tous maintenant, ce sentiment de déchirement dans ma poitrine... *quand elle apparue devant moi était plus que clair. J'ai manqué à ma promesse... de la protéger... j'ai anéanti sa vie et celle de sa sœur en pensant que je saurais gérer Evan.* Je croyais fermement avoir pensé à tout, en envoyant sa sœur à Rita, le temps que le problème de santé de Gabriella soit connu et réglé, pour ne pas lui faire du mal. *Et maintenant...*

J'ai tout perdu... et je les ai laissées être brisées toutes les deux. Je ne suis vraiment qu'un incapable. Je m'arrache les cheveux, alors que Pénélope les supplie de me laisser sortir, les menaçant de les faire virer quand elle contactera le procureur.

— Putain, tu ne peux pas la fermer ! hurlé-je.

— Callum... Ils ne peuvent pas te garder ici. Tu imagines quand la presse l'apprendra, me lance-t-elle et je souris.

— Je rêve, lancé-je en relevant un regard haineux vers elle.

— Tu ne changeras jamais. Tu penses à ta notoriété, alors que je viens de briser la vie de deux sœurs, dont une qui est ma fiancée, grincé-je des dents alors que mon cœur est sur le point d'imploser en imaginant dans quel état elles se trouvent.

Le regard de terreur de Gabriella au début de notre rencontre, n'arrête pas de s'imposer à moi, et je tape mon poing ensanglanté sur le béton de la cellule.

— Laisse-moi crever ici, lancé-je en ramenant mon regard sur le sol.

Je ne mérite pas de traitement de faveur, parce que je suis le fils Hanson. Je ne mérite même pas la douceur et le sourire de Gabriella. Je ne peux même plus le voir dans mon esprit, celui-ci a totalement disparu, laissant place à la terreur dans son magnifique regard, remplit de larmes. Je n'arrive même pas à contenir la souffrance et la colère qui me ronge, mes mains tremblent tellement, que je dois serrer mes poings, qui me font mal pour ne pas trembler intérieurement.

Je ramène mon poing à ma poitrine, pour compresser la douleur qui me bouffe de l'intérieur, mais cela n'y fait rien. Je me mets donc à taper l'arrière de ma tête contre le mur, cherchant à me faire mal, pour ne plus sentir la douleur atroce qui n'en finit pas dans ma poitrine. *Je veux simplement que cette nuit ne soit jamais arrivée... Je veux qu'elle m'appelle pour aller chercher sa sœur... Je veux que Gabriella me sourit comme elle l'a toujours fait...* Mais les larmes coulent à nouveau le long de mes joues... *comprenant que cela n'arrivera jamais plus.*

Gaby

L'infirmière quitte la pièce, et je continue de regarder l'image affichée sur le mur, qui parle de viol, alors que Brooke se lève pour venir me rejoindre. Je ne sais pas ce qui m'a pris de lui dire qu'elle pouvait m'accompagner pour faire l'examen, mais quand mon père m'a dit dans la salle d'attente, que Callum était en prison… *j'ai pensé qu'il serait rassuré qu'elle reste avec moi.* J'espère juste qu'il tiendra sa parole, et qu'il fera tout pour que Callum soit libéré. Il n'y a aucune raison qu'il soit en prison… *alors qu'il n'a rien fait. Si je n'avais pas été au motel seule... Si je ne lui avais pas caché ce qui s'était passé avant notre départ...*

Je ne peux, une fois de plus, qu'en vouloir à moi-même de ce qui s'est passé. Je suis allée me jeter dans la gueule du loup, en connaissance de cause et j'ai tout foutu en l'air. *J'ai détruit tout ce que nous avons tous construit en quelques mois, par ma bêtise.*

— Mademoiselle, nous allons vous conduire dans une chambre pour cette nuit, me fait l'infirmière en revenant.

Je me lève de la chaise, où j'ai vécu le plus affreux des examens de ma vie. Je titube et Brooke m'attrape le bras, non sans hésitation. Une hésitation que je comprends… *et qui sera toujours présente entre nous dans les jours qui suivront.*

Une fois arrivée dans la chambre, je m'allonge sur le lit, et je remonte la couverture pour m'y recroquevillée. Je ne peux pas fermer les yeux, craignant de voir son regard haineux porté sur moi. *L'idée même de fermer les yeux me terrifient au plus haut point.*

— Tu devrais essayer de te reposer, me conseille pourtant Brooke.

Je sais qu'elle fait au mieux, point de vue les circonstances… *mais je ne veux pas qu'elle s'occupe de moi. Je dois assumer mes erreurs, et non me faire plaindre… comme elle semble le faire.* Je tressaille, me rendant compte, que je suis à nouveau cette jeune fille qui attire les ennuis à elle. Je tressaille, sachant que mon attitude, comme toujours, est la cause de ce qui nous est arrivée à toutes les deux. *Mon dieu, comment vais-je pouvoir regarder Gloria en face ? Comment vais-je pouvoir rentrer à l'appartement... et la voir chaque jour, sachant que tout ce qui est arrivé est de ma faute...*

Si j'avais écouté Callum et Archie, *quand ils m'ont dit de me tenir loin de lui... Si je n'avais pas craint de dire à Callum la vérité... Est-ce que tout ceci ne serait pas arrivé ?* Je ne sais pas. Je ne sais plus. Je n'arrive plus à penser rationnellement.

— Désolé de vous déranger, fait le médecin en entrant dans la chambre et je me redresse tout doucement.

— Je viens de voir dans votre dossier que vous aviez pris des anti-dépresseurs récemment.

— Des anti-dépresseurs, répété-je totalement perdue.

— Je vois, que vous avez fait une prise de sang, il y a une dizaine de jours. Et il en est ressorti que vous étiez sous l'effet de psychotrope, m'explique-t-il.

Je baisse mon regard vers mes mains tremblantes, comprenant que les vitamines avaient bien été changées. Je suis vraiment stupide de ne pas m'en être rendue compte, *tout comme j'ai été inconsciente ce soir*. Mais je ne peux pas me morfondre sur mon sort, *alors que ma sœur est partie en salle d'opération...*

Callum

Je ne sais pas depuis combien de temps je suis dans cette cellule, à subir la souffrance qui me tort la poitrine, quand un agent de police arrive devant la grille, me signalant que quelqu'un veut me voir. Je ne relève même pas mon regard, qui fixe le béton entre mes jambes. Cela ne peut être que Bryan, qui vient voir ce qu'est devenu le photographe, dont il avait tant d'espérance... *Quelle espérance pourrais-je donner aux gens*, après ce qui s'est passé cette nuit ? Je ne suis même pas foutu de prendre sur moi, et de dire les choses clairement à ceux qui comptent à mes yeux... *et comme toujours, ils en paient les pots cassés.*

— Callum.

Je tressaille en entendant la voix de Alberto, et je serre les dents, me rendant compte que c'est la dernière personne que je m'attendais à voir ici.

— Vous ne devriez pas être là, marmonné-je les lèvres tremblantes sans quitte le béton du regard.

— Je pense que toi non plus, me fait-il remarquer.

— Je suis à l'endroit où je dois être, après ce que j'ai fait à...

Ma voix s'étouffe dans ma gorge et je me mords la lèvre, me rendant compte que la douleur de prononcer leurs prénoms, va finir par me tuer. Je souffre comme jamais je n'ai souffert, et rien de ce que leur père me dira, ne changera cela. Je leur ai fait du mal en me taisant, voulant gérer cela, alors que je ne suis qu'un gamin... *qui pense que la vie est un jeu.* Pourtant, j'aurais dû le savoir que je me planterais, après ce qui s'est passé avec Melly. *Je serre le poing, me maudissant de faire souffrir tout le monde autour de moi.*

— Je pense que tu es en train de maudire la mauvaise personne, tout comme elle le pensait.

J'écarquille les yeux, et je tourne doucement la tête dans la direction de leur père, qui me regarde les yeux, plein de compassion.

— Je n'ai pas besoin de votre compassion, lui fais-je remarquer en serrant plus fort le poing.

— Vous devriez retourner auprès de vos filles, dis-je.

— Non, je pense que tu la mérites. Tu n'es pas responsable de ce qui est arrivé à mes filles, insiste-t-il.

— C'est ce que vous pensez, grincé-je des dents.

— Je pense que tu t'en veux juste... de ne pas avoir su les protéger.

J'ouvre la bouche, et je la referme ne sachant pas quoi lui répondre. Il vient de dire exactement où se situe le souci. Mais cela ne change rien pour moi... *j'ai encore fait une promesse que je n'ai pas su tenir.*

— Tu sais, moi qui suis leur père... Je n'ai pas vu la souffrance de Gaby pendant longtemps, commence Alberto.

Je déglutis, retenant les larmes qui me montent dans la gorge, ne voyant à nouveau plus que la terreur dans les yeux de Gabriella. Tout mon corps est limite pris de petits soubresauts incontrôlables.

— Mais ce que je vois, depuis presque un an, quand je la regarde, c'est une joie de vivre, continue-t-il.

— En tant que père, je devrais voir quand mes filles sont tristes ou heureuses, et pourtant, je n'ai rien vu. J'étais tellement accaparé dans mes propres démons, que je pensais bien faire, en les laissant vivre leur vie. Je pensais qu'elle se confierait à moi, si elle avait besoin d'aide.

Alberto s'arrête, et je sens les larmes couler le long de mes yeux, alors qu'il renifle... *pleurant certainement lui aussi.*

— J'aurais dû être le premier à voir que Gloria, avait commencé à changer, au contact de ce garçon, continue-t-il de la rancœur plein la voix.

— J'aurais dû la protéger, mais je n'ai pas pu. Nous ne sommes pas surhumains, et nous faisons tous des erreurs, continue-t-il, Mais ce qu'il faut maintenant, c'est avancer et ne pas s'arrêter sur un échec, alors que vous avez tous besoin les uns des autres.

— Je comprends ce que vous dites, fais-je en essuyant mes yeux avant de me lever pour venir me mettre devant lui, mais, j'ai causé du tort à vos filles.

— Ce n'est pas toi...

— Non, mais j'aurais pu l'empêcher de le faire, le coupé-je avant de serrer mes poings.

Je relève enfin mon regard sur son visage, et je le tiens, malgré le mal que cela me fait, pour qu'il comprenne que je suis fautif. Tout ce qu'il me dira... *ne remettra pas cela en cause.* Je suis responsable de l'horreur qu'elles ont vécue, et je ne peux que vivre le reste de ma vie avec cette douleur... *quoi qu'on en dise.*

— Callum, tu ne dois pas te refermer, fait-il et je baisse mon regard.

— Je ne me renferme pas. Je suis juste réaliste avec tout le monde. Je suis la source des malheurs de vos filles...

Chapitre 49

Fin de cette nuit

Bryan

Après avoir pris des nouvelles de Gaby et de Gloria, je décide de me rendre, moi aussi au commissariat pour soutenir Callum. Le connaissant, il doit être dans un état pitoyable... *mais qui lui en voudrait ?* Je n'ose imaginer ce que ces jeunes peuvent ressentir, après cette nuit qu'il vienne de vivre. Mais une chose est certaine, aucun d'eux ne doit se morfondre seul... *et surtout pas lui.* Ce gamin a toujours l'impression, de porter tout le poids du monde, et d'avoir la vie des gens qui l'accompagnent entre ses mains. Il a le cœur tellement grand, que je sais que ses réactions sont proportionnelles à son amour pour eux. D'après le médecin à qui j'ai parlé, Gloria risque de dormir un bon moment après l'opération et Gaby... *Pour Gaby, je ne sais pas vraiment ce qu'il va se passer pour elle.* Si Gloria était sous l'emprise de drogue pendant cette horreur, Gaby, elle était bien consciente. Je serre le volant de rage dans mes doigts, pensant à l'horreur qu'elles ont subi et à tout ce qui va en suivre. Il leur faudra des années pour se remettre d'une telle horreur, et surtout d'énormément de soutien. *Quelque chose que leurs amis leur apporteront sans faill... mais qu'en est-il de lui ?*

Je gare la voiture sur le parking du poste de police, et j'aperçois Alberto sortir, suivi de Callum et de Pénélope. Je me précipite hors de la voiture pour les rejoindre. Le visage de Alberto est anéanti, *mais pas autant que celui de Callum, qui me donne la chair de poule.*

— Alberto, le salué-je, montrant toute ma compassion dans son regard.

— Tu arrives trop tard. Le père de Gaby a réussi à le convaincre de parler et de pouvoir sortir, me lance Pénélope sur un air condescendant.

Je serre les dents pour ne pas m'énerver, et mon regard se porte sur Callum, qui passe tel un zombie à côté de nous pour rejoindre la Bentley de sa mère.

— Il va où ? demandé-je craignant comprendre.

— Il est assigné à la maison, confirme Pénélope en passant à côté de moi avant de répondre au téléphone.

— Assigné avec elle ?! m'exclamé-je ahuri.

Je reviens sur Alberto, qui passe sa main dans les cheveux, comprenant lui aussi que ce n'est pas la meilleure solution.

— Je n'ai rien pu faire. Le juge que les agents ont eu au téléphone, a été clair.

Bien sûr, Callum a les moyens de fuir et de plus, il n'est pas à sa première arrestation pour bagarre ou accident... dont un s'est avéré mortel. Je sais que je ne peux rien faire de plus à cet instant pour lui, mais je le sortirai de chez elle le plus vite possible.

— Tu es déjà allé voir les f...

Alberto s'effondre en larmes devant moi, et je comprends qu'il accuse seulement le coup de ce qui vient de se passer. Je déglutis, sentant la douleur qu'il ressent, de voir ses filles souffrir me venir en pleine figure... *se mélangeant à ma propre douleur pour ma fille et Callum.*

— Comment ai-je pu ne pas voir que ce garçon était malsain ? pleure Alberto en s'accroupissant devant moi.

— Comment n'ai-je pas vu les signes dans le regard de Gloria ? Elle était enjouée, et la minute d'après, elle était telle une tornade. Elle taquinait toujours Gaby, mais là, il y avait de la méchanceté dans sa voix qui ne lui ressemblait pas, m'explique-t-il en pleurant.

— Et il y a eu ce joint que j'ai trouvé...

Alberto porte sa main à son front, craquant totalement et je m'accroupis à mon tour pour poser ma main sur son épaule.

— Comment on va faire pour s'en sortir ?! Elles ne vont jamais pouvoir sourire à nouveau ! hurle-t-il en pleurant.

Je resserre ma main sur son épaule, ne pouvant que pleurer avec lui. Moi non plus, je ne sais pas ce qu'il va advenir d'elles, mais nous ne pouvons pas les laisser se renfermer. Nous allons devoir les soutenir dans leurs phases de guérison, qui sera très dure point de vue psychologique.

Archie

Nous sommes toujours assis dans la salle d'attente, attendant des nouvelles de Gaby par Brooke, qui est restée avec elle dans sa chambre, quand Alberto et Bryan reviennent. Spencer et Taylor qui nous a rejoint, nous nous levons pour les rejoindre, et prendre des nouvelles de Callum. Nous apprenons qu'il est sorti de prison, mais qu'il est assigné à la maison de sa mère. Je pense que nous avons tous tressaillis d'effroi en apprenant cela. *Dieu sait ce qu'elle peut faire de lui, en sachant dans quelle souffrance il se trouve.* Mais Bryan nous informe que Rita est retournée de ce pas, à la maison de Pénélope pour surveiller, et qu'elle nous tiendra au courant si quelque chose se passe.

— Comment vont-elles ? nous demande Alberto et je baisse mon regard.

— Gaby se remet doucement, intervient Taylor.

— Et pour Gloria ? nous demande-t-il.

— Elle est toujours en salle de réveil, continue-t-elle.

À cet instant, je me sens d'un coup plus que nauséeux, me rappelant ce que j'ai vu dans cette chambre. Je me trouvais pourtant assez loin... *mais la vue de son corps est imposée à moi comme jamais.* Il y avait tellement de sang sur les draps blancs... *que j'ai vraiment cru qu'elle était morte.* Je n'ose pas imaginer ce qu'elle a vécu. Mais une chose est certaine, elle a une force en elle, digne de sa grande sœur, pour avoir pu supporter de telles horreurs. Alberto et Bryan vont trouver une infirmière, pour savoir quand Gloria remontera, et je m'appuie contre le mur de la salle d'attente, en me frottant la nuque.

Est-ce que tout ceci serait arrivé, si on en avait parlé à Callum avant de partir ? Non, je ne pense pas que cela aurait fait une différence. Gloria semblait ne vouloir plus avoir à faire à Evan avant notre départ, pour je ne sais quelle raison... pourtant, elle y est retournée. *Qu'a-t-il pu lui dire pour la faire venir ? Son intention était vraiment de la briser ? Mais pourquoi ? Pourquoi elle ? N'est-ce pas après Callum qu'il en avait ? Pourquoi torturer la sœur de Gaby pour ensuite s'en prendre à elle ?*

— Archie, ça va ? me demande Spencer.

— Euh, ouais, répondé-je me rendant compte que j'ai des haut-le-coeurs rien que de penser à tout cela.

— Je vais aller prendre l'air, lui fais-je.

Je me dirige vers l'ascenseur, alors que Brooke sort de la chambre de Gaby. Je fais demi-tour pour prendre des nouvelles de celle-ci, et à entendre dire Brooke... *celle-ci s'est refermée.* Il n'y a rien d'étonnant là-dedans, après ce qui s'est passé. Espérons juste qu'elle nous laisse l'aider, parce qu'elle aura besoin de tout son courage, pour soutenir sa petite sœur comme elle l'a toujours fait.

Spencer

Alberto nous conseillant de rentrer nous reposer un peu, nous quittons donc l'hôpital en sachant tous, que nous ne fermerons pas l'œil de la nuit. Je ramène Brooke chez elle, qui a laissé sa voiture sur le parking du motel. Elle n'a pas cessé de pleurer pendant tout le voyage jusqu'à l'appartement de ses parents, et j'ai eu du mal à la laisser seule, je l'avoue. Je n'ose même pas imaginer ce qu'elle ressent, en tant que femme... *alors que moi, en tant qu'homme, je suis déjà dans un état pitoyable.* Je n'aurais pas imaginé, que Evan puisse être une telle pourriture, et je sais que Callum non plus, ne pensait pas que cela puisse tourner ainsi... *ou il l'aurait déjà anéanti depuis longtemps.*

Je tire sur ma cigarette en tapotant sur le volant, attendant que le feu passe au vert, et je tourne en direction de la maison de Callum. Mon meilleur ami a vécu l'enfer cette nuit, et il est seul dans cette maison qu'il hait plus que tout. Je me dois de le soutenir, même si ce n'est que par ma présence, comme l'a fait Brooke tout au long de la nuit avec Gaby. Je frissonne ; rien que de penser à elle, alors lui... *il doit complètement être dingue.*

Je gare ma Jeep Dodge derrière la vieille Ford de Rita, dans l'arrière de la maison, et je vais toquer à la porte de la cuisine où j'aperçois celle-ci. Rita se précipite à la porte pour m'ouvrir, et j'ai un mauvais présentiment en voyant son regard affolé sur moi.

— Oh, Monsieur Spencer, je ne savais pas quoi faire ! s'exclame-t-elle en me faisant entrer alors qu'elle tremble toute.

— Qu'est-ce qui se passe ? Callum va bien ?! demandé-je sachant qu'elle considère ccelui-ci comme son fils depuis toujours.

— Monsieur est enfermé dans sa chambre depuis qu'il est rentré. Il a pris les bouteilles d'alcool dans le bar, et a demandé à une de ses connaissances de lui ramener...

— J'ai compris, l'arrêté-je en posant ma main sur son épaule.

— Je vais aller le voir.

— Madame est dans sa chambre, m'informe-t-elle alors que je quitte la cuisine.

Bien entendu que cela allait finir ainsi... Callum a besoin de soutien, et non d'être enfermé ici, où tout lui rappelle à quel point il est misérable. Je monte les escaliers quatre à quatre, et le bruit de la musique des Mettalica avec Nothing Else Matters, semble faire trembler les murs de tout l'étage. Je ne prends pas la peine de tambouriner à la porte, et je rentre pour me figer dans mon élan.

— Putain, tu fous quoi ?! gueulé-je en balayant la ligne de rail qui se trouve devant lui sur la table du salon.

— Fous-moi la paix. Grogne Callum en sortant de quoi se préparer une autre ligne.

J'attrape le paquet qui se trouve sur la table, et je traverse sa chambre, pour aller le balancer dans les chiottes, où je tire plusieurs fois la chasse. Je reviens vers la chambre, où Callum déambule complètement explosé.

— Gaby n'est pas importante à tes yeux ? lui demandé-je en sachant qu'il écoute cette chanson pour cela.

— Mon dieu, depuis quand es-tu devenu aussi chiant ?! me demande Callum en se penchant pour prendre une bouteille qui traine dans la chambre.

— N'as-tu pas remarqué que la seule chose qui ne fasse pas mal, et qui ne sera jamais blessé… n'est autre qu'une bonne bouteille ! me lance-t-il amusé et il porte la bouteille à sa bouche en riant.

Oui, il rit, *mais il pleure en même temps...* Je m'avance vers lui, et sans un mot, je le prends dans mes bras. Je ne sais pas quoi faire d'autre sur le moment. Je vois bien qu'il souffre atrocement, et que son attitude à l'instant, est pour s'empêcher de voir… *de se rappeler ce qu'il a vu cette nuit.* Il cherche une échappatoire à sa douleur qui le ronge… *et je ne peux pas lui en vouloir*. Je décide donc de rester avec lui dans cette chambre, et de le laisser boire.

Juste cette nuit, il a le droit de toucher les profondeurs… parce que demain, il devra être fort pour soutenir Gaby. Ils devront être fort tous les deux pour surmonter… *toute l'horreur de cette nuit...*

Gaby

J'entends la porte s'entrouvrir, et je reconnais les pas de papa qui approchent de mon lit. Je reste dos à la porte, les yeux fermés ne voulant pas voir son regard effondré de douleurs devant moi. Ses doigts frôlent doucement mes cheveux, et je tressaille.
— Je suis désolé ma chérie, pleure papa.
Les larmes coulent à nouveau sur mon visage, sachant que la seule fautive dans cette histoire ; *c'est moi et je ne peux en vouloir à personne.* Mais tout ce qui me préoccupe, depuis que je suis sortie de cette chambre de motel… *c'est comment je vais pouvoir regarder Gloria dans les yeux… quand elle saura que je savais que Evan était dangereux ?*

Chapitre 50

Le poids de nos erreurs

Brooke
Je sais qu'il n'est que onze heures du matin, mais je n'ai pas pu fermer l'œil du reste de la nuit. L'image de Gaby nue, et tremblante n'arrête pas de s'imposer à moi. Sans parler des marques sur son corps, mais surtout de ses larmes silencieuses qui coulaient de ses yeux. Que ce soit dans l'ambulance, ou pendant cet examen horrible qu'elle a dû subir. Je tressaille en sortant de l'ascenseur pour me rendre vers sa chambre, où j'espère pouvoir parler un peu avec elle. Parce qu'elle n'a pas dit un mot après le départ du médecin, et honnêtement, cela me fait encore plus mal de sentir qu'elle s'est renfermée.

Je me souviens de la façon dont elle se renfermait au début du lycée, retenant le plus possible ses plaintes alors que nous... *Mon dieu, je peux vraiment être une garce quand je veux.* En y repensant, je ne mérite pas d'être sa meilleure amie, quand je me rappelle de ce que je lui ai fait subir. Pourtant, alors que j'arrive devant la porte de sa chambre... *j'angoisse qu'elle me repousse.*

J'aimerais tant la prendre dans mes bras, et la consoler du mieux que je peux. Je voudrais qu'elle se rende compte, que même si je n'ai pas subi ce qu'elle vient de vivre pour la seconde fois, je peux ressentir sa douleur. Il n'y a rien de pire que se faire abuser, et dans ces circonstances... *elle en a tous les souvenirs.*

Je frappe à la porte, et voyant que personne ne me répond, j'entrouvre celle-ci.

— Gaby, dis-je doucement.

Mais je remarque que son lit est vide. Je rentre donc dans la chambre, et je dépose mon sac sur le fauteuil, me demandant si elle se trouve dans la salle de bain, mais je me rends bien vite compte qu'elle n'y est pas. Son baxter ne se trouvant plus là, je suppose donc qu'elle est peut-être partie faire encore des examens. Il faut dire qu'entre ce qui s'est passé hier, et le fait qu'on ait appris qu'elle avait avalé des anti-dépresseurs... elle doit peut-être en faire de nouveaux.

Mais bon, je n'y connais rien, donc je me contente d'imaginer. Mon regard se porte sur son oreiller, et je remarque l'ombre bleu foncé qui s'y trouve. Mon cœur me fait mal, comprenant que c'est la trace des larmes qu'elle a dû verser toute la nuit. Je sens mes larmes me monter aux yeux, et je décide de sortir de la chambre ne voulant pas m'effondrer ici. Je dois rester forte pour Gaby qui aura besoin que je la soutienne du mieux que je peux.

Mais je m'arrête net, et retourne dans la chambre, laissant quelques centimètres d'ouverture en voyant son père et le médecin revenir vers sa chambre.

— ... D'après vous, il n'y aura aucune séquelles internes après combien de temps ? demande le père de Gaby au médecin et je tends l'oreille.

Quelles séquelles internes ? Il ne parle assurément pas de Gaby... la gynécologue pendant l'examen a dit qu'elle était irritée, certes... *mais qu'elle n'avait rien de répréhensible.*

— Votre fille a subi plusieurs déchirures, vaginale et anale, assez importante, que nous avons réparées au mieux, lui répond le médecin, alors que je porte ma main à ma bouche, écœurée de ce que je viens d'entendre.

Mon dieu, mais qu'est-ce qu'ils ont fait à Gloria ?!

Gaby

J'ai passé le reste de la nuit, à fixer la table de nuit qui se trouvait à côté de mon lit, pleurant en silence, alors que papa pleurait assis dans le fauteuil derrière moi. Je n'ai pas pu le regarder en face une seule fois, bien que je sache qu'il souffre de ce qui n'est arrivé, et qu'il attend que je réagisse enfin. *Mais réagir à quoi ?* Je ne peux pas lui faire face, sachant que tout ce qui s'est passé cette nuit est ma faute. Je me mords la lèvre sur ma blessure. *Oui, j'ai mal, mais pas autant que je le devrais d'avoir laissé tout ceci arriver.*

L'infirmière m'apporte le plateau déjeuner, et je remonte la couverture limite sur mon visage, quand elle fait le tour du lit pour regarder à mon baxter. Je n'ai pas besoin de voir le regard des gens posés sur moi, remplit de compassion. Une fois l'infirmière partie, je me redresse et je porte ma main à ma tête. J'ai un peu la tête qui tourne, mais je veux aller voir ma petite sœur. J'ai entendu papa parler que Gloria avait bien répondu à l'opération. *Mais quelle opération ? Pourquoi a-t-on du opérer ma petite sœur ? Qu'est-ce qu'il lui a fait au juste, pour qu'elle en soit à ce point-là ?* Je jette un coup d'œil au bandage qu'on m'a mis au poignet, et je suppose que j'ai peut-être eu une fracture.

Je décide qu'il est temps que j'aille voir ma petite sœur, et que je joue le rôle que j'ai depuis tant d'années. Mais surtout, je veux lui dire à quel point je suis désolée, d'avoir été une grande sœur ingrate et qui a préféré, faire passer Callum avant elle. *Mais comment aurais-je pu savoir que tout ceci arriverait ? Comment aurais-je pu savoir, qu'en voulant protéger Callum et son besoin de réussite pour sauver son héritage familial... une telle horreur arriverait ?*

Le cœur plus que lourd, et la respiration saccadée comme elle ne l'a jamais été ; je me rends vers la chambre de ma petite sœur, évitant le moindre contact, même du regard, avec les gens que je croise. Une impression que tout le monde, peut lire sur mon visage ce qui nous est arrivé, *et ce que j'ai fait est plus que palpable.* J'aimerais m'enfermer à nouveau dans cette chambre, d'où je viens de sortir, mais je dois trouver la force, d'affronter le regard de Gloria. Le cœur brisé, je m'arrête devant la porte de la chambre, où se trouve ma petite sœur, et je porte ma main sur ma poitrine en fermant les yeux.

— Tu peux le faire, me soufflé-je.

Je tente de me donner du courage, qui semble m'abandonner, maintenant que je suis devant cette porte. Je pose ma main sur la poignée de cette porte, et je tressaille en entendant les cris de ma petite sœur à l'intérieur de celle-ci. J'ouvre la porte d'un coup, prise de panique et je constate avec horreur, que ma petite sœur est au plus mal. J'en oublie mon baxter, alors qu'elle hurle recroquevillée dans son lit, se tenant la tête, et je la serre fort contre ma poitrine.

— Gloria, je suis là, fais-je en pleurant

Je la serre fort comme je peux, alors qu'elle se débat en hurlant.

— Gloria, je suis là ! Crié-je plus fort.

Mon cœur se brisant totalement, me rendant compte qu'elle est totalement en panique.

— Ils vont revenir ! crie-t-elle.

— Ils vont revenir ! hurle-t-elle avant de pousser un cri de panique en voyant la porte s'ouvrir sur deux infirmières.

L'une d'elle me fait lâcher ma sœur, et il la maintienne sur le lit alors qu'elle hurle et se débat.

— Arrêtez, vous lui faites mal ! tenté-je de m'interposer.

Je suis totalement ahurie de ce qui se passe devant moi.

— C'est pour le bien de votre sœur, me fait remarquer l'autre infirmière.

Celle-ci injecte quelque chose dans le bras de ma sœur, et c'est là que je vois les marques de piqures. Mes yeux s'écarquillent terrorisés, comprenant ce que sont ces marques pour les avoir vues sur le poignet intérieur de Callum… *ils ont drogué ma sœur.* Je ne le sens pas venir, et je vomis là en plein milieu de la chambre, me rendant compte de l'horreur qu'elle a vécu, *comparé à moi...*

Spencer

Je grimace, vu la position dans laquelle je me suis endormi contre le mur, en buvant avec Callum. Je me redresse et étire mes muscles comme je le peux, faisant un tour d'horizon dans la chambre de celui-ci. Je me rends compte qu'il y fait bien calme, malgré les traces de cadavres de bouteilles dans tous les coins, que je commence à ramasser. La porte de la salle de bain est ouverte, et je me rends compte qu'il n'y a aucune trace de Callum nul part.

Par acquis de conscience, je regarde par la fenêtre de sa chambre, et je remarque que la voiture de sa mère n'est plus là, donc je peux descendre sans me prendre la tête avec elle. Je sors de la chambre et je me rends directement dans la cuisine.

— Monsieur Spencer, je suis en train de vous préparer un plat pour le diner, m'informe Rita devant la cuisinière.

— Merci Rita, mais avez-vous vu Callum ? demandé-je pas du tout intéressé par son plat sur l'instant.

— Non, monsieur Callum n'est pas descendu, m'informe-t-elle et je fais volte-face en comprenant qu'il est toujours à l'étage.

Je sais très bien où le trouver, et cela ne présage rien de bon de sa part s'il s'y est enfermé. J'ouvre la porte de sa chambre, et fonce vers cette fameuse pièce où personne n'a le droit de pénétrer pour tambouriner à la porte.

— Callum, sors de là ! crié-je la panique dans la voix.

— Callum ! insisté-je en continuant de tambouriner.

Je prends la clinche en main pour tenter de l'ouvrir, mais celle-ci est belle et bien fermée à clé... *ce qui me terrorise encore plus.*

— Putain Callum ! Ouvre cette putain de porte ! hurlé-je totalement paniqué à l'idée de ce qu'il fait à l'intérieur, ou de de ce qu'il a pu faire.

Le souvenir de la nuit où Melly a disparue, me revient en pleine figure et je ne veux pas revivre cela.

— Callum, Gaby est en vie ! Elle t'aime et tu dois rester fort pour elle ! hurlé-je paniquant totalement.

L'image de son corps, presque sans vie sur le sol, cette nuit-là. Il ne doit pas, il ne peut pas reproduire une telle chose... même s'il s'en veut... même s'il pense qu'elle lui en voudra. *Elle ne survivra jamais s'il fait ça.*

— Callum ! hurlé-je en forçant sur cette poignée tout en tapant dans la porte.

— Ouvre cette putain de porte ! gueulé-je tel un hystérique.

— Qu'est-ce qui se passe ?

Je me retourne sur Bryan qui vient de rentrer dans la chambre, et son regard se pose sur la porte. Son regard s'assombrit, et il me rejoint en sortant ses clés de sa poche.

— Je savais que cela arriverait, fait-il en enfonçant une clé dans la serrure pour ouvrir la porte. Nous entrons tous les deux dans la pièce, et je m'arrête net, en apercevant la seringue posée à côté de Callum, entouré de photos de Gaby qui sourit.

— Elle ne sourira plus jamais comme cela, marmonne-t-il en pleurs.

— Arrête tes conneries, lui lance Bryan en le relevant.

Je le rejoins pour le ramener vers le divan, où il tombe telle une masse.

—C'est comme ça que tu vas faire ?! claque Bryan.

—Tu vas la laisser surmonter seule ce traumatisme ?! N'as-tu pas promis de la protéger ?! l'incendie Bryan que je n'ai jamais vu autant hors-de-lui.

—Je ne sais protéger personne... murmure Callum en passant la main dans ses cheveux.

Et je déglutis, de voir l'état de mal être, dans lequel il est. Si nous n'arrivons pas à le faire reprendre ses esprits, aucun d'eux ne se remettra de cette horreur. Et je ne veux pas voir mon meilleur ami souffrir à nouveau, *alors qu'il a enfin trouvé la source de son bonheur.*

Mais nous ne pouvons rien faire pour lui dans cet état... la seule qui peut le ramener à la raison... *c'est Gaby.*

Chapitre 51

Juste un appel

Gaby

Cela fait quarante-huit heures que tout ceci s'est passé, et je n'ai pas eu le courage de retourner voir ma petite sœur, après avoir vu dans l'état dans lequel elle se trouvait. Je cogite dans ma chambre, attendant la confirmation du médecin sur ma sortie, tout en regardant le mur vert pâle devant moi. Papa est sorti passer un coup de fil, quant à Brooke, je lui ai conseillée de ne plus venir depuis la dernière fois.

Je jette un coup d'œil sur ma main gauche, et je tends le bras vers le tiroir de la table de nuit, où se trouve les bijoux que je portais dans un sachet d'hôpital. Je sors délicatement ma bague de fiançailles… *et ma poitrine se serre à nouveau en la regardant.* Je n'ai eu aucune nouvelle de Callum depuis ce jour-là. D'après ce que j'ai compris, celui-ci a été relâché par la police la nuit même, mais il est consigné au domicile de sa mère. *Ce qui en soit, signifie qu'il vit un enfer.*

Je sais qu'il ne peut pas venir me voir... mais honnêtement, je ne sais pas si je serais prête à me trouver face à lui après ce qui s'est passé. Je sais que pour lui, cela ne changera rien entre nous. Mais en ce qui me concerne... *qu'est-ce que je ressens au juste ?* Il y a deux jours, je ressentais un dégout total pour moi et cet enfoiré. Aujourd'hui, je ressens toujours ce dégout intense à mon sujet, et cela ne désemplit pas après avoir vue ma sœur. La douleur qu'elle vit, n'est causé que par la bêtise, dont j'ai fait preuve en cachant à Callum ce que je savais sur Evan.

Alors, me trouver face à lui aujourd'hui, n'est toujours pas envisageable. Je dois d'abord réfléchir aux conséquences de mes actes égoïstes, que j'ai eu avant d'aller à Bali. *Je dois d'abord comprendre... comment j'ai pu être aussi inconsciente ? N'ai-je pas changé au contact de Callum et des autres ? Alors comment ai-je pu faire la même erreur que j'aurais faite il y a un an, quand je devais gérer toutes les situations seules...*

Je m'apprête à remettre la bague dans le sachet, quand on toque à la porte. Croyant que c'est le médecin qui vient m'annoncer ma sortie, je prends une bonne respiration pour l'inviter à entrer. Mais quand celle-ci s'ouvre, je me fige presque en voyant Archie entrer dans la chambre.

— J'imagine que tu ne t'attendais pas à me voir, fait-il voyant certainement ma réaction et je me mords la lèvre.

— Désolée, m'excusé-je.
— Tu n'as pas à t'excuser. Je comprends tout à fait, que tu ne veuilles voir personne, dit-il en restant à une bonne distance de mon lit et je l'en remercie en silence.

Il y eu un long moment de blanc, avant qu'il n'avance et me dépose sans me toucher, mon portable sur le drap, avant de reculer.

— Je l'ai depuis ce jour, m'informe-t-il alors que je regarde mon portable comme s'il allait me manger.

— Je pense que quelqu'un aurait besoin que tu l'appelles.

— Je ne peux pas, lui répondé-je sachant très bien de qui il parle.

— Gaby, la douleur que tu ressens, doit être proportionnelle à la sienne, me fait-il remarquer et je plisse mon regard retenant ma peine qui s'immerge à nouveau en moi.

— Callum a l'impression de ne pas t'avoir protégé, continue-t-il.

— Dois-je te rappeler ce que cela veut dire pour lui ? Dois-je te faire un dessin, de l'état dans lequel il se trouve ? me demande-t-il alors que les larmes coulent maintenant le long de mes joues.

— Il n'a pas à s'en vouloir, dis-je d'une voix basse et remplie de sanglots.

— Nous savons tous les deux que ce qui est arrivé, est ma faute, sangloté-je en serrant le poing autour du drap qui se trouve sur mon lit.

— C'est de la mienne aussi.

Je relève mon regard sur lui, totalement déboussolée de ce qu'il vient de dire. Mes yeux s'écarquillent, en remarquant que ses yeux sont embrumés. *Archie est sur le point de pleurer, là devant moi.*

— Si je ne t'avais pas écoutée, tout ceci aurait pu être évité. Donc, si tu te sens fautive, je le suis tout autant que toi, me fait-il remarquer.

— Non, tu...

— Ce qui est arrivé à Gloria est de mon fait aussi ! lâche-t-il sèchement.

Je tressaille, en voyant les larmes couler de ses yeux, et comprenant qu'il le pense vraiment. Je ramène mon regard sur mes mains, qui tiennent maintenant fermement le drap comme cette nuit-là, et je me mets à pleurer profondément. Je ne suis pas la seule à m'en vouloir de ce qui s'est passé cette nuit-là, mais on sait tous les deux que si je ne l'avais pas convaincu de se taire ... *tout ceci ne serait jamais arrivé.*

— Gaby, donne-lui juste un coup de fil, fait Archie.

Tout en me disant cela, la porte s'ouvre et il disparait de la chambre, sans un mot de plus. J'attrape mon portable, et je le porte à ma poitrine en pleurant de douleur. Je ne peux pas l'appeler, je ne saurais pas quoi lui dire. M'entendre m'effondrer au téléphone, ne l'aidera pas à se sentir moins mal pour ce qui s'est passé. Pourtant, je saisis ce que Archie veut me faire comprendre, en me parlant du fait qu'il ne m'a pas protégée. Je me mords à nouveau les lèvres, en décollant mon portable de ma poitrine... *Callum a besoin que je le rassure. Mais qui va me rassurer moi, sur le fait que mon mensonge nous a tous fait du mal ? Et à peut-être détruit mentalement ma petite sœur...*

Callum

Je fais les cent pas dans ma chambre, allant du balcon à la porte de celle-ci, tout en fumant nonchalamment ma cigarette, et buvant une gorgée de ma Despérados. Spencer m'a fait promettre de ne pas recommencer mes conneries de la veille, mais sérieusement ; *ils s'attendaient à quoi ?!* À ce que je reste gentiment enfermé dans ma chambre, à regarder des films après tout ce qui vient d'arriver. Mon cœur est brisé en mille morceaux depuis quarante-huit heures, et son regard terrifié s'impose à moi dès que je ferme les yeux. Je ne parle même pas du dégout de moi, chaque fois que je regarde cette salle de bain… *où je lui ai fait subir une punition qui s'apparente à ce qu'elle a vécu.*

Je tressaille à nouveau en y repensant, et je regarde mon bracelet de cuir à mon poignet. Si seulement Spencer ne me connaissait pas autant, j'aurais de quoi soulager ma douleur pendant quelques minutes. *Juste quelques minutes, avant que le cauchemar ne s'impose à nouveau à moi…*

— Putain, il n'y a pas moyen d'être tranquille ! gueulé-je alors qu'on toque à la porte.

Celle-ci s'ouvre sur les quatre yeux réprobateurs, mais compatissant de Bryan, et je me baisse pour prendre une autre Despérados dans le frigo.

— Je suppose que c'est ton tour de garde, lancé-je en lui donnant la bouteille.

— Non, moi je suis venu discuter, répond-il avant de prendre un tabouret et de s'assoir tranquillement.

— C'est con, je n'ai pas envie de discuter, lancé-je en repartant vers le balcon où je rallume une autre cigarette.

— Alors tu vas m'écouter, fait Bryan en enlevant ses lunettes et je grince des dents.

Il va vraiment faire la conversation dans un moment pareil. Il ne comprend pas que je veux qu'on me foute la paix, et que tout ce que je veux... *c'est ruminer mes conneries tranquillement.*

— Callum, Gaby est sortie de l'hôpital ce matin, commence-t-il et je déglutis en baissant la tête.

— C'est une bonne nouvelle, acquiescé-je.

— Elle ne parle à personne depuis ce jour, et depuis qu'elle a vu sa sœur... c'est encore pire.

Je grince des dents. C'est exactement ce que je redoutais. Malgré la présence de Brooke et Taylor, elle s'est à nouveau renfermée. Bien que je comprenne sa réaction, cela me fait encore plus mal, parce que cela nous ramène à ce fameux jour, où je l'ai forcée à faire face à ce qui s'était passé avec Grimm. *Mais je ne peux malheureusement rien faire...* Le fait que je sois assigné à résidence... *n'est qu'une excuse pour moi.* La vérité est que je redoute son regard sur moi, et le fait est que je n'ai pas tenu ma promesse de la protéger... *alors que je savais la vérité.*

— Tu sais ce qui me ferait plaisir ? me demande Bryan et je relève mon regard vers lui, interrogatif.

— Que tu prennes ton portable et que tu lui téléphones.

— Hors de question, grincé-je des dents.

Il n'est nullement question, que j'ajoute sa voix dans laquelle j'entendrai sa souffrance, au mal que je ressens déjà en imaginant son visage.

— Callum, tu penses que vous pouvez vous sortir de cette horreur, en étant chacun de votre côté ? me demande Bryan alors que je tire fortement sur ma cigarette.

— Je ne sais pas. Mais je ne peux pas faire ça maintenant, soufflé-je le cœur lourd.

— Quand alors ? Quand trouveras-tu enfin le courage de montrer à Gaby que tu l'aimes ?! lance-t-il en se levant de son tabouret.

Je plisse les yeux, et je ramène mon regard froid dans le sien, alors qu'il avance vers moi sur le balcon.

— Je lui ai montré chaque jour, je te rappelle ! crié-je abasourdi qu'il mette en doute mes sentiments pour elle.

— Alors, continue !

— Je ne peux pas ! claqué-je en balançant mon pied dans la chaise.

— Pourquoi ne peux-tu pas ?! crie Bryan et je passe la main dans mes cheveux.

— Ne me le fais pas dire. Grincé-je en me retournant pour regarder à l'horizon.

Comme si cela, allait m'aider à reprendre le peu de calme que j'avais. Mon cœur est à nouveau attaqué par une douleur si vive, que je dois me plier sur la rambarde, pour essayer d'atténuer le mal. Mais ma respiration ne l'entend pas de la même façon, et je me mets à haleter.

— Callum, dis-moi pourquoi tu ne peux plus t'occuper de ma fille ?! insiste Bryan et je tombe à genoux en tenant ma poitrine.

— Parce que j'ai rompu ma promesse ! hurlé-je.

— Je n'ai pas su les protéger ! Je savais que Evan était un enfoiré, et qu'il faisait du mal à Gloria, avoué-je en pleurant de douleur de lui dire la vérité.
— Je pensais qu'en la tenant à l'écart de lui, pendant que nous serions à Bali, elle serait en sécurité, continué-je en haletant de plus en plus en plus alors que les larmes se mélangent à ma morfle de nez.
— Mais au lieu de cela, j'ai donné à cet enfoiré l'occasion de détruire Gaby à son tour ! crié-je avant de m'effondrer totalement.
— J'avais promis à Gabriella de la protéger, et je l'ai jetée dans la gueule du loup ! Jamais elle ne me pardonnera !
Je sens la main de Bryan se poser sur mon épaule, et il pose son portable devant moi.
Je fixe ce téléphone et mon cœur fait un raté… *en remarquant que celui-ci est en appel avec Gaby...*

Chapitre 52

Une porte de franchie

Gaby

Je regarde surprise mon portable en le voyant clignoter, recevant un appel de Bryan. J'hésite un moment avant de me décider à décrocher. Je devrais éviter de le faire, mais il fait partie de nos connaissances… et aussi, c'est mon employeur en quelque sorte. Je soupire une bonne fois, avant de décrocher et les cris, ainsi que les pleurs de Callum me font tressaillir jusqu'au plus profond de moi.

— "J'avais promis à Gabriella de la protéger, et je l'ai jetée dans la gueule du loup ! Jamais elle ne me pardonnera !"

La conversation se coupe quelques secondes après, et je reste là le portable à l'oreille, totalement anéantie par la douleur que je viens d'entendre dans sa voix. Il souffre, tout comme moi et pourtant, il ne devrait pas. Il ne devrait pas penser qu'il est la source de ma douleur, et de celle de ma petite sœur. Mon corps se met à trembler nerveusement, et je ne vois qu'une solution pour que cela cesse. Je tire la couverture de mes jambes, et j'enfile mes baskets tel un automate ; *alors que ses pleurs et sa souffrance résonnent encore dans ma tête*. Il ne peut pas, il ne doit pas penser une seconde ainsi. Je suis la seule responsable de ce qui se passe, et je ne peux pas le laisser se morfondre dans une souffrance telle que je l'ai entendue.

— Il faut que j'aille lui dire, fais-je en mettant la capuche de mon pull.

Je sors de ma chambre, telle un zombie qui se déplace, et je me rends dans le séjour.

— Gaby ?! s'exclame mon père.

Celui-ci est certainement surpris de me voir sortir de ma chambre. Je ne réagis pas à lui, je marche jusqu'au meuble à côté de l'entrée, et je me penche pour prendre les clés de la voiture. Je me tourne vers la porte d'entrée que j'ouvre, juste avec la conviction que je dois le

rassurer et lui dire qu'il n'est pas responsable de ne pas avoir pu nous protéger. *Je suis l'unique responsable...*
— Gaby !
Des bras forts m'arrêtent alors que je suis dans l'embrasure de la porte.
— Où vas-tu ? demande mon père et tout en fixant le mur du couloir, je me dégage de ses mains.
— Callum...
Je ne peux que murmurer en sentant les larmes monter dans mes yeux, une nouvelle fois. Ma poitrine semble tourner au ralenti, tout comme ma respiration. Mon père me prend les clés qui pendent dans mes mains, et je l'entends fermer la porte de l'appartement derrière moi. Je me mets à marcher à travers le couloir, ne sachant pas ce qui m'attend quand je serai devant lui ; mais une chose est certaine ; *je ne veux pas qu'il se sente responsable de mes erreurs.*

Callum
— Non, mais t'es malade ?! claqué-je après avoir raccroché son portable tout en me redressant pour lui faire face.
— Il est temps que vous vous comportiez comme des adultes ! me lance Bryan en m'attrapant par les épaules durement.
Je scrute son regard, avant de me libérer de lui.
— Tu peux bien parler ?! Lui as-tu seulement dit que tu étais son vrai père ?!
— Je ne vois pas le rapport dans cette histoire ! claque-t-il et je me rends compte qu'il a composé le numéro de Gabriella quand j'ai commencé à craquer.

Il a utilisé le fait que ce soit sa fille pour me faire craquer, car il savait où appuyer. Bryan me scrute, et je comprends que je ne peux plus rien faire de plus. Il ne me reste plus qu'à me morfondre, et attendre qu'elle m'envoie officiellement au diable pour ce que je leur ai fait. Je marche tel un automate vers le bar, où je finis par me laisser tomber, en attrapant la porte du frigo et je prends une nouvelle bouteille de Despérados, attendant la fin de tout ceci.

Celle-ci arrive plus vite que je pensais, en entendant la sonnette de la maison résonnée. Je tressaille et je tire plus fort sur ma cigarette, alors que Bryan quitte ma chambre. Mon cœur palpite de plus en plus fort, et je serre le poing contre ma cuisse, attendant le moment où elle franchira cette porte, pour m'insulter de tous les noms. Je mérite tout ce qu'elle m'enverra à la figure, je mérite si elle me frappe et me maudit de tous les diables. *Je ne mérite aucune pitié pour ce que je lui ai fait endurer.*

Mon regard se pose sur la chevalière à mon doigt en grinçant des dents ; il ne me restera plus que ça, quand elle quittera cette chambre une bonne fois pour toute. Tous les efforts que je pensais avoir faits, vont être rendus à néant dans quelques instants, et je sais que je l'aurai mérité. Je suis prêt à subir sa colère, et ses yeux réprobateurs pour le mal que je lui ai fait à elle et Gloria.

Je ne sais pas combien de temps, je reste là avec ma cigarette qui se consume toute seule dans mes doigts, fixant ma bouteille de Despérados, attendant qu'elle franchisse cette porte. Mais quand celle-ci s'ouvre... *mon cœur s'arrête littéralement de battre.*

Gaby

Je monte les escaliers, laissant papa et Bryan au rez-de-chaussée, le cœur prêt à s'arrêter à tout moment. La dernière fois que je suis venue ici, c'était l'horreur dans cette chambre, et Callum était tellement méprisable, que je ne savais pas quoi faire. Je pensais ce jour-là, que tout allait s'arrêter là, et qu'il finirait par sombrer pour du bon. Mais me voilà quelques mois plus tard, revenant ici devant cette porte, ne sachant pas quelle horreur m'attend derrière celle-ci. D'après Bryan, il est apte à me voir, mais moi… *est-ce que je suis prête à le voir ?*

Je reste un instant devant cette porte, me demandant si j'ai fait le bon choix. J'ai suivi mon cœur jusqu'ici, sachant que celui-ci, sera peut-être totalement brisé dans un instant, quand il saura que moi aussi je lui ai caché des choses. Je ne sais plus du tout, si le fait que je sois venue, soit une bonne idée. Une douleur plus qu'atroce me ronge de l'intérieur, alors que ma main se porte sur la clinche de cette porte… *que je ne devais plus jamais franchir.*

Le souffle coupé, je baisse celle-ci et je la lâche, laissant la porte s'entrouvrir sur l'odeur de tabac omniprésente de la chambre qui m'irrite le nez, sans parler de l'alcool qui inonde tout. Je suis au bord de la terreur de ce que je vais découvrir, quand mes pieds franchissent enfin l'embrasure de la porte. Mon regard se porte sur les cadavres de bouteilles de bière qui trainent çà et là, et je l'aperçois. Mon corps est pris de soubresauts incontrôlables en le voyant… *le moment de vérité a sonné.*

— Tu ne devrais pas être là, me lance Callum sans changer de position le regard porté vers le sol.

Sa bouteille en main, alors qu'il ramène sa cigarette en bouche. Si la peur est omniprésente dans mon corps, le voir autant souffrir devant moi, me pousse dans un élan à le rejoindre. Je m'agrippe à son cou, contre toute attente en pleurant. Je peux sentir son corps se crisper de mon geste, alors que je le serre fort contre moi.

— Gabriella...

— C'est ma faute ! Hurlé-je.

Je sais parfaitement qu'une fois que je l'aurai dit, il me repoussera. Je sais que mon geste est fou après ce qu'il m'est arrivé… mais si je ne le fais pas maintenant, je n'en aurai plus l'occasion quand je lui aurai dit la vérité. Je ne pensais pas que je serais capable d'un tel geste, mais mon corps est attiré plus que de raison par lui. C'est là que j'aurais dû être, depuis ces jours où je me suis morfondue, et je sais que c'est la dernière fois que cela arrivera. Malgré ma peur qu'on me touche, je n'en ai eu aucune en l'enlaçant, parce qu'il n'y a que là que je me sens en sécurité. Il est le seul qui m'a toujours protégée quoi qu'il arrive, et c'est le seul qui m'ait aimée pour ce que je suis. Sa force m'a donné tant de courage pendant tous ces mois, que ma souffrance et mon dégout, semblent atténuer en sa présence. Juste un instant, juste un moment, je veux oublier ce qui s'est passé. *Je veux que nous oubliions tous les deux ce qui s'est passé.*

Sans prévenir, je me mets à embrasser son cou plus que fougueusement, et mes mains descendent le long de son torse, pour attaquer le bouton de jeans. Si notre histoire doit se finir, si je ne dois plus être aimée de lui après ce que j'ai fait… *je veux le sentir une dernière fois en moi.* Je veux qu'il me fasse l'amour, comme il l'aurait fait sans se soucier des circonstances avant. *Mais quand ma main glisse dans son boxer, il me repousse.*

— Arrête ça tout de suite ! résonne fermement sa voix et je me fige.

Je me mets à trembler, bloquée entre ses mains fermes qui me tiennent. J'oublie l'ombre d'un instant où je me trouve… *et je suis prise d'une panique atroce.*

Callum

— Gabriella ! crié-je paniqué en la voyant reculer d'un coup sec de moi en se recroquevillant contre le tour du bar en face de moi.

La tête de celle-ci est cachée par ses bras tremblants, et ce que je crains le plus depuis cette nuit se produit devant moi… *elle est terrorisée par moi.*

Quand elle s'est jetée sur moi, j'ai été pris de surprise, ne sachant pas comment réagir, mais quand sa main a glissé dans mon boxer, tout mon corps a hurlé. Il m'a crié de ne pas la laisser faire. Non, pas après ce qu'elle a vécu, et ce qu'elle a entendu tout à l'heure. J'ai l'impression qu'elle n'était pas elle-même, et la réaction qu'elle me montre maintenant, est celle qui la représente le plus… *surtout après l'horreur qu'elle vient de vivre.*

Je la regarde, inquiet de la voir si terrorisée devant moi maintenant, et la bouteille que je tiens en main, glisse de mes doigts pour se renverser sur le sol, alors qu'elle pleure et pousse des cris incompréhensibles. Tout ce que je comprends… *c'est qu'elle s'excuse.*

— Tu n'as pas à t'excuser, dis-je retenant la douleur et les larmes qui veulent monter de ma poitrine qui est prête à exploser de la voir si peinée et pleine de souffrance.

— Je ne voulais pas que tu souffres aussi ! pleure-t-elle.

Que dis-je ; crie-t-elle de douleur, cachée entre ses bras tremblants, alors que je ne sais plus comment contenir mes larmes et ma colère, de la voir souffrir ainsi devant moi. Tout son corps est crispé et terrorisé par ma présence, et je le ressens. Je ne sais pas quoi faire, je ne sais pas quoi dire. Elle souffre tellement devant moi, que je ressens une douleur dans ma poitrine plus atroce, que celle ressentie pendant ces trois jours. J'ai mal au point d'avoir le souffle coupé, ne sachant même plus lui dire à quel point je m'en veux, à quel point j'aimerais revenir à ce jour, et lui dire la vérité sur Evan. *Mais quoi que je dise, il est trop tard...* La douleur qu'elle ressent, me prouve à quel point je l'ai abandonnée à son sort. *Je ne mérite pas son amour...* Je m'appuie sur mon bras, tremblant, pour me relever chancelant, et je passe à côté d'elle pour aller chercher Rita. Il faut qu'elle l'emmène loin de moi. Il faut que Gabriella prenne ses distances avec moi... *celui qui a brisé sa vie et celle de sa petite sœur.*

Mais alors que je passe derrière le bar, je m'arrête net, complètement abasourdi par ce qu'elle vient de dire. Tout mon corps me fait me retourner vers elle, essayant de comprendre ce que mon esprit essaye de capter dans ses paroles. Mais ses sanglots omniprésents me font tellement mal que je ne comprends rien. *Ai-je mal entendu ? Non, elle n'a pas dit ça n'est-ce pas ?*

Et alors que j'essaye de faire la part des choses, me disant qu'elle essaye de se punir en disant qu'elle est fautive ; sa voix devient nette pour moi, et tout mon corps s'effondre net derrière elle.

Elle vient d'avouer, qu'elle m'a caché l'agression de Evan sur elle... quelques jours avant notre départ pour Bali...

Chapitre 53

Nos vérités

Callum

Je reviens auprès de Gabriella, qui pleure plus que jamais, recroquevillée au sol s'excusant encore et encore, de nous avoir fait du mal. J'ai beau avoir cru comprendre ce qu'elle vient de me dire, j'ai besoin qu'elle clarifie la situation. Mon premier réflexe serait de la secouer pour qu'elle éclaircisse ce qui s'est passé… *mais mon corps est totalement figé en la regardant.*

Je ne suis plus ce monstre qui la pousserait à parler, sans me soucier un seul instant du mal qu'elle ressent, parce que maintenant, je ressens sa souffrance plus que quiconque. Je m'accroupis auprès d'elle, retenant la rage qui monte en moi qu'elle ne parle pas. Elle ne fait que rabâcher encore, et encore des excuses. Mais ce que je veux, c'est qu'elle me répète clairement, ce qu'elle voulait dire par le fait, que Evan l'avait déjà agressé avant notre départ. Je grince des dents, le cœur totalement brisé de la voir ainsi. Je ne peux pas la forcer maintenant, à me raconter ce qu'elle veut dire par là, je ne peux pas lui faire plus peur, que la terreur que je vois qu'elle vit en ce moment. *J'ai l'impression que sa peur est dirigée vers moi, et non vers lui.*

J'écarquille les yeux, me rendant compte que tout comme moi … *elle a plus peur de la vérité… que de ce qui vient de se passer.* On dirait que le fait que nous cachions tous les deux un secret, qui aurait pu éviter ce malheur, nous terrorise plus que tout ce qui s'est passé cette nuit-là.

Je finis par m'assoir face à elle, et je me contente de rester là, les larmes aux yeux, coulant le long de mes joues, attendant qu'elle se calme enfin. Jamais, je n'aurais pensé que nous pouvions avoir si mal... *et pourtant avoir tant besoin de la présence de l'autre.*

    Une bonne heure passe, avant qu'elle ne soit totalement calmée. Je l'entends toujours reniflée, mais son corps semble ne plus être pris de tremblements incontrôlés, et j'essuie une nouvelle fois mes larmes qui coulent en silence. Un silence pesant que nous vivons tous les deux, ou seulement le bruit de nos pleurs se sont fait entendre. Mais la seule chose qui me conforte en la regardant... *c'est que je l'aime plus que je ne le pensais.* Ma réaction face à elle, et le fait que je ne l'ai pas forcée à parler, sans me soucier un instant de ses sentiments... *est bien la preuve que nous avons changés.*

    Mais ce sentiment s'envole en un instant, quand je me rends compte au bout de quelques minutes de ce qui se passe devant moi. Gabriella se lève, et moi qui pensais qu'elle se rendrait dans la salle de bain, ou qu'elle sortirait simplement de cette chambre... elle se met à ramasser les cadavres de bouteilles, qui trainent dans la chambre. Je la fixe... *son visage est fermé comme jamais.* Il n'y a plus une ombre de sentiment sur celui-ci, et je ne parle pas de la façon dont elle se met à chantonner comme si tout allait bien.

    Je me lève, et je la rejoins devant le divan pour me mettre devant elle.

    — Tu m'empêches de ranger, fait-elle simplement en passant à côté de moi.

    — Gabriella, ce n'est pas le moment de ranger ma chambre, tenté-je de lui dire calmement. Mais Gabriella passe à côté de moi sans un regard.

    — Gabriella, ne me force pas à faire ça.

— Callum, tu ne peux pas me laisser souffler un peu ?! me lance-t-elle.

Je crois halluciner en me tournant vers elle, ne comprenant rien à ce qui se passe à l'instant.

Gaby

— Te laisser souffler ?! Ta façon de souffler, c'est de faire comme si tout allait bien n'est-ce pas ?! me lance Callum et je déglutis tout en essayant de jouer les indifférentes.

Mais il me connait bien maintenant, et il sait que je suis capable de faire ce genre de chose. *Ne l'ai-je pas déjà fait plus d'une fois ? Ne lui ai-je déjà pas montré à quel point, je pouvais retenir ma souffrance, même si j'ai plus que mal... Mais que puis-je faire d'autre ?* Il souffre tout comme moi, et je n'ai pas le courage de répéter ce que j'ai dit tout à l'heure.

— Arrête ça ! claque la voix de Callum.

Celle-ci me fait faire tomber les vidanges que je tiens en main, rien que par l'intonation de sa voix.

— Ne fais pas comme si tout allait bien ! Dis-moi ce que tu as sur le cœur ! crie-t-il dessus en se mettant devant moi.

Instinctivement, je baisse mon regard vers le sol où sont les morceaux de verre.

— Je dois ramasser, bafouillé-je en me penchant mais la main de Callum m'attrape le poignet. Je le repousse violemment sous la panique, et je me précipite vers la salle de bain où je m'enferme. Tout mon corps est pris de soubresauts à son contact. *Non, c'est impossible...* Je porte ma main à ma bouche, pour cacher mes cris d'angoisse qui s'en échappent. *C'est Callum ! Je ne dois pas réagir ainsi !* Mais c'est plus fort que moi, je suis totalement en panique. Mon regard se porte sur le miroir, et le reflet de mon visage déformé par la terreur me renvoie celui de ma sœur.

— Gabriella, je t'en prie. Laisse-moi t'aider. Nous devons parler.

Je me laisse tomber le long de la porte en pleurs, alors que Callum me supplie d'ouvrir.

— Gabriella. Si tu préfères parler derrière cette porte ; je suis d'accord.

— Je sais que tu te sens responsable de ce qui t'es arrivée cette nuit-là, et je m'en veux que tu penses une telle chose, fait Callum alors que je retiens les sanglots de rage qui montent de ma gorge.

— Mais la vérité, c'est que je savais que Evan avait fait du mal à ta sœur avant les vacances.

Mes yeux viennent certainement de sortir de leurs orbites, tout comme mon cœur qui battait rapidement, vient de s'arrêter net. Je me tourne face à cette porte, et je la regarde ahurie, comme si Callum se trouvait face à moi. *Mais de quoi il parle au juste ? Quand aurait-il fait du mal à Gloria ? Et pourquoi ne l'ai-je pas vu, si c'est vrai ?*

— Arrête de mentir, fais-je ne voyant que cela comme solution, tu mens parce que je t'ai dit, que Evan m'avait attaquée avant notre départ à Bali.

Oui, c'est ça. Je me souviens l'avoir dit clairement tout à l'heure. Il essaye de me disculper, sachant que je me sens responsable de tout ce qui est arrivé. Callum essaye encore de me protéger en me mentant. Mais ce sont mes cachoteries qui ont amenées Gloria à payer. Je ne peux pas laisser Callum prendre le poids, de ce qui s'est passé sur ses épaules.

— Connais-tu les effets de la drogue dans le regard de quelqu'un ? demande Callum après un silence.

— Le jour où elle était malade, je suis passé à l'appartement et je l'ai vue. Elle m'a avouée elle-même, qu'elle consommait et buvait avec Evan sur la place, continue Callum.

J'acquiesce intérieurement, je le sais aussi pour avoir appris qu'elle se trouvait sur cette place... *mais je ne l'avais pas vu dans son regard.*

— Je l'ai fait aller chez Rita pour cette raison. Tu n'étais pas en état de supporter ce genre de choses, et je pensais régler cela à notre retour, avoue-t-il et sa voix se casse.

J'entends son poing taper sur la porte, et je sursaute. Mais une fois de plus, mon cœur se remet à battre rapidement. Ma main se porte sur la porte, voulant le prendre dans mes bras... *mais je me ravise.* Je dois d'abord être franche à mon tour. Callum a fait cela pensant me protéger et la protéger.

Callum

Je sais que je viens de lui donner, une bonne raison de me haïr à jamais. Mais je ne peux pas la laisser penser, que tout ce qui s'est passé, est seulement de son fait. Je serre mon poing sur cette porte que je viens de taper, et j'attends... *J'attends qu'elle me dise que tout est fini...*

— Tu n'es pas le seul à avoir voulu protéger l'autre, entendé-je sa voix pleine de détresse me dire contre la porte.

Mon regard se lève à la hauteur à laquelle elle doit se trouver, et je pince mes lèvres me rappelant de ce qu'elle m'a dit tout à l'heure, alors qu'elle perdait pieds totalement.

— Ce jour-là, je suis allée avec Evan chercher des courses, et nous sommes repassés à son appartement, continue-t-elle.

— Il... Il... Je lui ai fait comprendre... que je savais qu'il emmenait ma sœur sur cette place, et que...

Les sanglots remplacent à nouveau ses mots, et mon cœur se fend littéralement en morceaux. Je comprends ce qu'elle veut me dire, et je sais que tout comme elle, nous avons voulu protéger l'autre. Je sais, sans qu'elle me le dise, qu'elle ne m'a rien dit, parce que j'avais besoin d'être serein pour Bali, et que le shooting photo était important. *Pourtant, celui-ci m'est moins important qu'elle.*

— Ouvre-moi.

— Je ne voulais pas. Je savais que je n'aurais pas dû te le cacher, pleure Gabriella derrière cette porte et je pleure tout autant qu'elle.

— Gabriella, ouvre-moi, la supplié-je.

Peu m'importe ce que nous avons fait. Tout ce que je sais, c'est qu'elle souffre tout comme moi, d'avoir voulu protéger l'autre à notre façon. Nous ne devons pas laisser cette porte entre nous. Je ne peux pas laisser cet enfoiré, être la source de la fin de notre amour. Nous nous aimons, et c'est tout ce qui importe. Nous allons surmonter cela, comme nous avons supporté tout le reste. J'ai changé, tout comme elle. Nous avons grandi, et nous sortirons de cette horreur, encore plus forts quand nos cœurs seront apaisés. Il nous faudra du temps, mais si nous sommes ensemble et unis ; *rien n'est impossible.*

Voilà des pensées nouvelles pour moi, et je la supplie encore une fois de m'ouvrir.

— Gabriella, ouvre-moi. Je ne te toucherai pas si tu ne le veux pas. Je veux juste te voir, et te montrer que je ne t'en veux pas, la supplié-je.

— Je veux juste te montrer que pour moi, rien n'a changé. Tu es ma précieuse, et je veux que tu voies, à quel point je suis fier de la force que tu as eue jusqu'à maintenant, continué-je en pleurant.

Je ne sais pas combien de minutes passent, et je ressens l'appréhension immense en moi qu'elle ne le fasse pas. Je passe ma main dans mes cheveux, avant d'essuyer mes larmes. Je me redresse doucement, en regardant cette porte. *Je pense qu'elle n'en a pas le courage...* Et je ne peux pas lui en vouloir. Sa réaction est légitime, dans les circonstances que nous vivons. Je décide donc de me détourner de la porte, le cœur haletant de souffrance. *Mais que puis-je faire d'autre ?*

— Je vais sortir de la chambre, l'informé-je.

— Je ne serai pas sur ton chemin quand tu partiras, lui expliqué-je et je me mets à marcher dans cette chambre.

Chacun de mes pas me semblent de plus en plus lourds, au fur et à mesure que j'avance. Cette porte en chêne, se rapprochant de plus en plus, me déchire le cœur comme jamais. Car quand j'aurai franchi cette porte... *cela scellera notre amour pour toujours.*

Rien qu'à cette pensée, je suis pris de relents, et de haine contre moi, contre lui et tout ce qui a fait que cela arrive. Je sens mes jambes commencer à trembler, n'ayant plus que quelques pas à faire. Mais celui-ci s'arrête net, en entendant la clé de la porte de la salle de bain tournée, et ce sont ses bras autour de ma taille qui me réanime.

— Je suis forte, parce que tu es là ! crie-t-elle en pleurs et je fais volte-face.

J'oublie pendant quelques secondes, ce qui nous a amené à cet instant. Mes jambes sont tremblantes comme mes bras, qui se resserrent fermement autour d'elle, pour que nous pleurions de notre douleur l'un contre l'autre.

Chapitre 54

Sa souffrance

Callum

Je caresse doucement ses cheveux, tout en me demandant quand nous allons arrêter de pleurer, là debout au milieu de ma chambre. Ses reniflements se font de plus en plus rare, et ses mains qui agrippent mes biceps me font déjà moins mal. Je maudirais presque Taylor de lui avoir posé ses extensions, si nous n'avions pas d'autres soucis en tête. Des soucis que nous allons devoir dissiper, avant de pouvoir avancer à nouveau.

Mais ce qui m'importe le plus à cet instant, c'est qu'elle puisse un peu me transmettre sa souffrance qui la ronge. Car bien que nous souffrions tous les deux, ma douleur n'est rien contre celle qu'elle ressent. Cette souffrance extrême qui me pousse à enlever ma main de ses cheveux, me souvenant de son geste de recul de tout à l'heure.

— On devrait peut-être s'assoir, fais-je en me décalant d'elle.

Mais ses doigts se crispent à nouveau autour de mes biceps, et je grimace quand ceux-ci finissent par s'y enfoncer.

— Je viens avec toi, lui soufflé-je.

Je comprends qu'elle veut que nous restions proches. Une peur certainement due au fait que toutes femmes qui ont été violées, craignent qu'on les repousse, parce qu'elles se sentent salies. Mais je ne lui rappellerai

pas que nous avons déjà vécu ce moment. *Je me contente donc de rester encore un moment ainsi...*
— Oh ! finit-elle par s'exclamer et elle me lâche.

Je vois la confusion dans son regard, alors qu'elle regarde mes biceps marqués et saignant un peu sous l'effet de ses ongles.

— Ne t'inquiète pas, la rassuré-je en lui prenant la main.

Mon premier réflexe serait de nous amener vers le lit, où elle pourrait se blottir contre moi si elle le souhaite. Mais ma raison me dicte que ce serait peut-être malvenu vu les circonstances … je décide donc de rejoindre le divan où je m'assois. Tout comme je le pensais, malgré le moment que nous venons de passer ; Gabriella se tient à distance, tout en continuant à tenir ma main. Je passe ma main libre dans mes cheveux, sachant que ce moment gênant va arriver bien plus souvent, et cela pendant quelques temps. Elle ne peut pas redevenir ma précieuse en un coup de baguette magique, et bien que nous ayons réglé un poids qui nous rongeait tous les deux… *il n'en reste pas moins la souffrance, que cet enfoiré nous a fait endurer.*

Je reste là, fixant nos doigts entremêlés, cherchant quelque chose à dire. Mais je ne vois pas ce que je pourrais dire pour atténuer sa souffrance, et la mienne. Et alors que je m'apprête à lui demander si elle veut boire quelque chose… après tout, avec toutes les larmes que nous venons de verser, elle doit avoir soif, Gabriella s'allonge la tête sur mes jambes. Je me fige en me mettant totalement contre le dossier du divan, tout en la regardant.

— J'ai sommeil, murmure-t-elle.

Je comprends que tout comme moi, elle n'a pas dû dormir beaucoup. Je pose délicatement ma main dans ses cheveux, et je me mets à siffler la chanson de Scott Callum et Leona Lewis.

Bryan

— Tu penses que tout se passe bien là-haut ? me demande Alberto assit sur une chaise de la cuisine alors que Rita vient de sortir de la pièce.

— Je pense que cela ne peut pas être pire, que ce qu'ils endurent non ?! lui fais-je remarquer en lui servant un autre verre.

Alberto me fait signe de ne pas en mettre plus, et je repose la bouteille entre nous, espérant que tout se passe vraiment bien là-haut. J'ai tenté le tout pour le tout, et je ne savais pas que cela marcherait, jusqu'au moment où je l'ai vu craquer. Espérons juste que cette douleur, que j'ai vue en lui, soit enfin apaisée. Rita revient dans la cuisine et elle donne un panier à Alberto, remplit de plusieurs choses à manger.

— Je sais que vous devez aller voir cette pauvre petite. J'ai pensé que vous pourriez lui apporter ceci.

— Ce sont des choses qu'elle a apprécié durant son séjour chez moi...

La voix de Rita se brise, et elle se met à pleurer. Je comprends la douleur qu'elle ressent elle-aussi. Après tout, la sœur de Gaby était chez elle quand le drame est arrivé. Alberto se lève de sa chaise et j'écarquille les yeux, craignant qu'il ne lui reproche ce qui s'est passé. Mais non, ce n'est pas sa façon d'être, et ses bras enlacent naturellement Rita pour la consoler, et la rassurer. Un moment empreint de douceur, au milieu du chaos qu'il règne dans nos vies. Je sais que Gaby est très bien entourée, et qu'elle se relèvera de tout ceci. Mais mes craintes sont portées ailleurs.

Une personne joue avec les enfants, et cette fois-ci... *Pénélope n'est en rien là-dedans.* Je ne peux pas croire, que tout ceci soit une simple vendetta d'un frère, voulant venger sa sœur. Il s'en est pris à deux jeunes femmes, qui auraient pu être ses sœurs. *Alors qu'avait-il en tête ?* Son but était de faire souffrir Callum et de le détruire. *Mais pourquoi détruire la vie de ses pauvres filles ?*

Une réponse qu'il pourra nous faire savoir lors de son interrogation, puisqu'il a été transféré ce matin de l'hôpital à la prison de Seattle. Espérons que lui, ou son acolyte nous informera sur le fait, qu'il y a une personne derrière eux. Ou qu'il nous donne la vraie raison de toute cette horreur.

Gaby

Je ne sais pas quand je me suis endormie, mais quand je me réveille, je suis toujours la tête posée sur ses jambes, nos doigts toujours enlacés fermement. Je me rends compte que j'étais plus fatiguée que je ne pensais... *mais comment aurais-je pu dormir ?* Chaque fois que je ferme les yeux, c'est ce mur que je vois. C'est son haleine mélangée à l'alcool et à la cigarette, qu'il me souffle sur le visage... sur mon corps nu. Tout ce qui me vient en tête à ces moments-là, n'est que le reflet de la nuit que j'ai vécu. La façon dont ses mains m'ont touchées, sa langue, son...

— Calme-toi. Je suis là, fait Callum la voix empreinte de douleur.

Il comprend certainement ce à quoi je pense. Je resserre mes doigts, tout comme lui dans les siens et je fixe la porte de sa chambre.

Sa main libre se remet à caresser mes cheveux, et je retiens mes larmes de souffrance de couler. Je ne suis pas venue pour lui imposer ma souffrance, mais pour le libérer de celle que j'ai entendue au téléphone. Je fais donc le tour de son bras, et mes yeux scrutent son bracelet en cuir. *Est-ce qu'il a été jusque-là ?* L'état de cette chambre pourrait me convaincre que oui, mais je me mords la lèvre… *voulant lui laisser le bénéfice du doute.* Et même s'il l'avait vraiment fait… *comment pourrais-je lui en vouloir ?*

Mon ventre m'interrompt dans ma réflexion et je jurerais que Callum vient d'en rire.

— Je vais descendre demander à Rita de nous préparer quelque chose, fait-il en enlevant sa main de mes cheveux.

— Je vais aller le faire, dis-je en me redressant.

Mais ma tête me fait mal, et le fait que je porte ma main à mon front pousse Callum à me faire me recoucher. Je ne le contredis pas. Je sais que mon corps est plus qu'épuisé pour n'avoir fait que pleurer depuis cette nuit, et ne parlons pas du fait, qu'il n'est pas vraiment sorti de son lit depuis. Je sens l'hésitation de Callum, quand il me met la couverture, et je me contente de fermer les yeux, ne voulant pas le mettre plus mal à l'aise. Je ne suis pas prête à plus de marques d'affection de sa part en ce moment. Je me contente simplement de sa présence, qui me semble juste primordiale, et sa main caresse à nouveau mes cheveux.

Quelques minutes après, je me retrouve seule dans sa chambre, et je sens l'angoisse monter en moi. Je serre cette couverture plus fort contre moi, me focalisant sur la porte qu'il vient de traverser. Je ne suis pas tranquille du tout, et cette peur qui m'envahit depuis cette nuit revient au galop.

— Calme-toi ! m'ordonné-je en me recroquevillant plus dans la couverture.

Il est hors-de-question que la panique et la souffrance, que je vis depuis cette nuit, prenne à nouveau le dessus sur moi. *Je ne peux pas être ainsi... Je vais bien...* Je suis belle et bien vivante comparée à... *Oh mon dieu !* Le fait de penser à ma petite sœur, gavée telle une oie de médicaments pour la tenir tranquille dans son lit d'hôpital, me revient en pleine figure. Je me crispe encore plus dans le divan, et la bile me remonte immédiatement à la gorge, me souvenant de ce que le médecin nous a dit sur son état de santé. Elle a besoin de rester calme, le temps que les cicatrices se referment. Bien entendu, nous ne parlons pas des cicatrices physiques courantes... *mais internes.* Sans parler que d'un point de vue psychologique, elle risque de ne plus jamais être elle-même.

Les larmes recommencent à couler, et la bile arrive à la proximité de ma langue. Je balance la couverture, et je cours à la salle de bain, où je vomis. Cela me fait ça à chaque fois que je pense à elle. L'horreur pur qu'elle a vécue est inadmissible. *Et moi ? Pourquoi est-ce qu'il s'est contenté de faire cela, alors qu'il la littéralement brisée ?* Je ne comprends pas le plaisir qu'il a eu, à faire souffrir ma petite sœur, alors que

sa cible depuis le début... *c'était moi. Pourquoi torturé ainsi ma petite sœur et pas moi ?*
— Je ne comprends rien ! pleuré-je assise à côté du pot des toilettes.
La bile remonte encore une nouvelle fois, et je vomis presque mes tripes. Si je pouvais vomir toute ma douleur, pour avoir la force de trouver une solution, et sortir ma sœur de son état, je resterais penchée sur ce pot. Mais c'est en oubliant complètement que je suis dans la chambre de Callum, que je vomis encore et encore, me tenant l'estomac vide qui me brûle.
— Gabriella ! S'exclame la voix inquiète de Callum avant que sa main rassurante se pose sur mon épaule.
Je me jette instinctivement contre lui, et nous tombons tous les deux sur le sol de la salle de bain, où je me mets à pleurer encore plus, blottie dans ses bras. Je peux entendre le cœur de Callum battre plus que la normal, certainement déboussolé, de l'état dans lequel je suis, mais je n'arrive pas à me calmer.
— Je suis désolée ! pleuré-je en sachant qu'il ne sait pas quoi faire pour m'aider.
Mais il n'a rien à faire, je dois simplement arrêtée de pleurer et de paniquer. Ce n'est pas moi qui souffre le plus dans cette histoire, et je dois trouver la force de me relever toute seule, comme je l'ai toujours fait.

Callum
Quand je suis descendu à la cuisine, Bryan et Rita étaient toujours là. Ceux-ci m'ont averti, que son père était parti rendre visite à sa petite sœur à l'hôpital. Rien que de l'avoir énoncé, mon corps entier s'est rempli à

nouveau de rage. Je prends le plateau, tremblant de colère, devant eux, mais aucun ne me fait la moindre remarque, ou n'essaie de me calmer. Ils savent qu'une fois que je serai auprès d'elle, sa douleur passera avant ma rage. Je rentre dans la chambre, et le plateau me glisse littéralement des doigts en l'entendant se faire vomir en pleurant.

Je cours pour la rejoindre dans la salle de bain, le cœur battant à tout rompre de panique. *Elle ne va pas bien !* Nous nous retrouvons en une demi-seconde au sol tous les deux, où elle agrippe mon T-Shirt en pleurant de douleur. Mes bras ballants autour de mon corps, je me rends compte que le mal qu'il nous a fait mettra du temps à guérir.

Mais surtout… *aurai-je la force nécessaire pour la soutenir… alors qu'elle souffre tellement ?*

Chapitre 55

Tout nous échappe

Archie

Cela fait deux jours que Gaby est restée chez Callum, je comprends qu'ils ont certainement parlé tous les deux... et je pense qu'il est temps que j'aille m'expliquer avec lui, de ce qui s'est passé avant notre départ. Je gare ma Dodge derrière la voiture de Rita, étonné de ne pas voir celle de Callum et celle de sa mère. Etant consigné à la maison, je me dis que sa voiture est peut-être tout bonnement à la fourrière, vu que personne ne la reprise devant le motel. Tout mon corps frissonne, rien que de penser à l'horreur que nous avons vu ce jour-là.

Je frotte ma nuque, avant de sonner à la porte, où Rita vient m'ouvrir. Malgré son sourire, nous savons tous les deux que notre cœur n'est pas au rendez-vous. Elle m'invite à attendre Callum dans la cuisine, et j'acquiesce, me doutant que Gaby n'a certainement pas envie de me voir... *ou de voir qui que ce soit d'autre*. Je rejoins donc la cuisine en me frottant les mains. Je sais ce qui m'attend dans les minutes à venir et je compte bien assumer le fait de lui avoir caché cela.

Les minutes passent et la porte s'ouvre enfin, sur le regard fatigué de Callum. Je me demande si c'était vraiment une bonne idée de venir avouer mes mensonges.

Il traverse la cuisine, en me faisant un signe de tête pour se rendre dans le frigo, où il sort deux Despérados et il m'en tend une.
— Je venais prendre de vos nouvelles, commencé-je.
— Comme tu vois, on survit, me répond-il.
Il s'allume une cigarette, avant de sortir par la porte qui donne sur le jardin et je le suis.
— Je sais que la situation est compliquée, mais je tenais à être franc avec toi, commencé-je.
— Si tu parles de ce qui s'est passé avec Evan avant, je suis au courant, me coupe-t-il presque et je baisse mon regard sur ma bouteille que j'ai en main.
— J'ai compris, que tu te sois tu, à cause de ton amitié avec elle, continue-t-il, en temps normal, je t'aurais explosé sur place de m'avoir menti sur une chose pareille.
Je déglutis nerveusement, comprenant que cela le démange et je suis prêt à prendre ses coups, si cela le soulage.
— Mais je suis mal placé pour te faire la morale, finit-il par dire en s'accroupissant tout en tirant sur sa cigarette.
Je le regarde surpris... *il ne va vraiment pas me frapper ?* J'ai mis en danger les filles en cachant une telle chose. Si je lui en avais parlé, nous ne serions tous pas dans cette situation.
— Le plus important, c'est que nous avons voulu protéger les autres à notre manière, et que cela ne doit plus jamais se reproduire, fait-il en passant la main dans ses cheveux.

Je comprends que Callum a vraiment changé, et que sa priorité reste la même. Il protège ceux qui l'entourent, en ne les laissant pas se sentir coupable... *mais qu'en est-il vraiment de lui ?* Parce que malgré sa façon de prendre la chose, il semble plus qu'étrange. *Que se passe-t-il donc dans ta tête Callum ?*

Callum

Je laisse Archie partir, et je prends un pack de Despérados pour remonter dans ma chambre, ainsi qu'une bouteille de limonade pour Gabriella. Depuis quarante-huit heures, elle se contente de rester allongée dans le divan, zappant les boutons de la télévision, sans même la regarder. Son père lui a sonné pour avoir de ses nouvelles, et j'ai été surprise de la façon dont elle lui a répondu avec aplomb, lui disant qu'elle allait aussi bien qu'elle ne pouvait.

Moi, j'ai l'impression, qu'elle est totalement en train de se morfondre... *et cela ne me plait pas vraiment.* Elle semble beaucoup trop calme à mon gout. *Où est-ce peut-être moi qui le suis ?* Je m'assois dans le divan, et je passe la main dans mes cheveux, la regardant encore changé ce foutu poste.

— Tu n'en as pas marre de regarder la télévision ? lui demandé-je.

Gabriella ne réagit pas et je soupire en baissant la tête. *Je ne sais plus comment la faire réagir ?* Je n'ose même plus la toucher depuis la scène de la salle de bain, et elle se tient intentionnellement loin de moi.

— Callum...

— Oui ! m'exclamé-je surpris alors qu'elle parle enfin.

Mais mon regard de stupéfaction devient un regard de panique, en voyant ses yeux écarquillés, se remplissant de larmes, alors qu'elle fixe l'écran de la télévision. Mon regard quitte son visage, pour regarder l'écran, et je me lève d'un bond pour aller fermer la télévision. Je me retourne paniqué vers Gabriella qui est totalement inerte, la main tenant toujours la télécommande, le regard terrorisé porté dans ma direction.

— Gab...

— Il est vraiment mort... bafouille-t-elle.

Moi-même, je n'arrive pas à croire ce que nous venons de voir à la télévision.

— Je... Je ne sais pas, dis-je en revenant vers elle pour m'accroupir devant son visage.

Ma main hésite à se poser sur la sienne qui tremble. *Moi, je m'en fous qu'il soit mort.* Ce que j'ai surtout vu, c'est que ce qui s'est passé cette nuit-là est rendu publique. Quelque chose que nous n'avions pas du tout prévu, et qui ne va mettre, que le bordel dans nos vies. Mon portable se met à sonner, ainsi que le fixe de ma chambre. Gabriella sursaute, et elle lâche la télécommande. Je me lève, et je vais jusqu'au meuble pour arracher la prise du téléphone, avant de mettre mon portable en silencieux. *Mais cela ne suffira pas...* Les vautours vont débarquer à la demeure dans quelques minutes. La panique de faire subir cela à Gabriella me prend, alors que Rita toque à la porte.

— Monsieur Callum, vous devriez partir ! me lance-t-elle en me donnant les clés de sa voiture.

— Partir ? Mais je suis censé resté ici ? lui fais-je remarqué.

— Monsieur Wolf m'a appelé et m'a dit que la plainte était annulée. Vous devriez rejoindre la villa le plus vite possible ! m'explique-t-elle.

Je me retourne vers Gabriella qui est toujours prostrée dans le divan, ne réagissant pas à l'agitation de Rita et moi autour d'elle, alors que j'enfile mes bottines et que je prends nos portables. Je reviens vers elle et je n'ai pas le choix de la sortir de sa léthargie.

— Gabriella, il faut que tu mettes tes baskets, lui fais-je en déposant celles-ci devant elle, avant de vouloir lui enlever la couverture.

— Evan est mort, murmure-t-elle.

— Je n'y suis pour rien, lui fais-je remarquer.

J'ai l'impression de sentir son regard accusateur dans le mien.

— Il est sorti de l'hôpital il y a plus de deux jours, et il allait bien, expliqué-je tout en scrutant son regard.

Je déglutis, la crainte dans la poitrine qu'elle se braque contre moi.

— Nous parlerons de cela à la villa. Je t'en prie, il faut que nous partions de la maison, la supplié-je en serrant les dents.

Gabriella ne réagit toujours pas, et je pousse un grognement de perte de patience. Je me redresse et je l'attrape, sans ménagement, pour la porter sur mon épaule, tel un sac de patates. Rita essaye de me convaincre de ne pas faire cela... *mais je n'ai pas le temps de tergiverser.* Je franchis la porte de ma chambre, et je descends les escaliers aussi vite que je peux, Gabriella sur mon épaule et Rita dans mon dos. Nous arrivons auprès de la voiture de Rita, quand celle de Bryan arrive, et je mets Gabriella sur son siège, alors que

Rita lui explique que nous rejoignons la villa avant l'arrivée des vautours. Je clique la ceinture de Gabriella, et je me redresse sans un regard pour elle. Je n'aime pas ce que je suis en train de faire, mais je n'ai pas le choix. Je démarre en trombe dans la vieille Ford de Rita, et quand j'arrive au bas de la bute pour tourner à droite, je vois les camionnettes de ses vautours, qui tournent pour monter vers la villa. Je sors une cigarette de ma poche, oubliant que Gabriella ne supporte ça, et je l'allume, la rage à la pense. *Que s'est-il passé pour que tout ceci soit rendu public ?*

Bryan

Les enfants à peine partis avec la voiture de Rita, les camionnettes de journaliste affluent autour de la demeure des Hanson. Sheila m'a téléphoné juste à temps pour m'avertir, mais il s'en est fallu d'un cheveu, pour qu'ils attrapent les enfants. Les barrières de la propriété se refermant automatiquement, nous rentrons tous les deux dans la villa. Je compose le numéro de Alberto pour le prévenir de ce qui se passe. Celui-ci se trouvant auprès de Gloria, a entendu les infirmières en parler, et le médecin a déjà pris les devants, en mettant des hommes de la sécurité devant la chambre de la petite. Je soupire profondément, et je ramène mon regard vers Rita qui semble décomposée.

— Madre Mia ! Les pauvres enfants ! Comme si ce qui s'était passé n'était pas suffisant. Les voilà poursuivit par ses journalistes à scandale ! s'exclame-t-elle alors que je compose le numéro de téléphone de Pénélope.

— "Où est Callum ?!" s'exclame-t-elle à peine décrochée.

— Il est en sécurité pour le moment, la rassuré-je.

Je sais que cela parait étrange, mais que je sens dans sa voix qu'elle semble, elle aussi abattue par ce qui se passe. Après tout, elle a pris sur elle, de laisser sa maison à Callum, sachant qu'il ne supporterait pas de vivre avec elle ici. Quelque chose qui m'a touché quand je l'ai appris. Bien qu'elle ait été une mère indigne pendant des années, elle semble avoir quand même des moments de lucidité.

— "J'essaye de trouver d'où vient la fuite, mais nous n'avons aucune piste. "m'explique-t-elle alors que j'entends du remue-ménage autour d'elle.

Elle doit se trouver à l'étage informatique.

— Je vais essayer de me renseigner de mon côté. La personne qui a fait ça, doit être proche de nous pour que ce soit aussi détaillé, lui expliqué-je.

Est-ce la même personne qui a permis à Evan de se rapprocher autant des enfants ?

Rien n'est moins certain… il a peut-être eu peur qu'il vende la mèche. Je raccroche de Pénélope, et je compose le numéro d'une connaissance qui travaille à la prison de Seattle, où Evan était enfermé.

— "Je savais que tu allais m'appeler."

— Tu peux me donner les détails ? lui demandé-je.

Tout ceci, en me servant un verre de Rhum, que Rita me pose sur la table, voyant que nous allons en avoir tous les deux besoins.

— "Tout ce que je peux te dire, c'est qu'il était assez calme. Mais d'après mon collègue, il a eu la visite d'une rousse quelques heures avant sa mort." m'informe-t-il et je manque de recracher le contenu de mon verre.

Vanessa est de retour ! Serait-ce elle qui est derrière tout ce qui se passe avec Evan ?

Callum

Je rentre la Ford dans l'allée, et je crois halluciner en apercevant la Mercedes rouge garée devant la villa. Tout mon corps rentre dans une colère monstre, me rappelant de ce qu'ils ont fait à Mellyssandre et de son exil à Bali. Je sors de la voiture, sans me soucier de Gabriella qui s'y trouve, et j'attrape Vanessa par la gorge pour la plaquer contre sa voiture.

— Toujours aussi sympathique, lance-t-elle avec un sourire amusé, qui me prouve qu'elle a retrouvé la mémoire, et qu'elle n'est pas innocente à ce qui se passe.

Chapitre 56

Se repentir

Callum

Je boue littéralement de rage, en la regardant me rire limite au nez, et mes doigts se referment plus forts autour de son cou si fin. Je l'ai déjà fait plus d'une fois, et je sais son seuil de tolérance. Je fronce les sourcils, sachant que je viens de dépasser ce seuil, et elle se met à me frapper. Mais elle peut frapper, j'ai tellement la rage contre elle, que rien de ce qu'elle pourrait dire, ne la sauvera.

Tout ce qu'elle a fait durant ces années, tout ça parce qu'elle souffrait… *ne pardonne pas tout.* J'aurais dû en finir définitivement avec elle, quand Gabriella a perdu notre bébé par sa faute… même si je n'en ai jamais eu les preuves, je suis convaincu que c'était de son fait. Le teint de Vanessa prend doucement une couleur violacée, et un rictus de plaisir se pose sur mes lèvres. Elle savait que cela finirait ainsi à un moment ou un autre. J'ai déjà failli la tuer une fois, et je ne compte pas la laisser s'en sortir cette fois-ci.

— Callum, ça suffit.

Elle ne le dit pas fort... elle ne me donne pas un ordre... mais je lâche instantanément Vanessa, qui s'écroule à mes pieds contre sa Mercedes, portant sa main à sa gorge, essayant de reprendre son souffle. Je me retourne vers Gabriella, qui se trouve à cet instant à la porte, ouvrant celle-ci avec les clés que j'ai laissée dans la Ford de Rita. Je me précipite derrière elle, me rendant compte de ce que je viens de faire. *Comment ai-je pu faire cela devant elle ?* Surtout après ce qu'elle vient de vivre... Gabriella marche jusqu'à la cuisine, où elle sort la bouteille de Vodka rouge et une boisson pétillante qu'elle se sert dans un grand verre.

— Gabriella, je suis désolé. Je n'aurais pas dû m'énerver, lui dis-je voulant amoindrir ce qui vient de se passer.

Mais quelque part en elle, elle doit comprendre le fait que j'ai perdu mon sang-froid, non ? Je cherche à l'atteindre par le regard, mais elle ne me laisse aucune chance, repartant à l'entrée de la maison.

— Tu comptes rentrer ?! lance-t-elle froidement à Vanessa.

Je la regarde, stupéfait de l'aplomb qu'elle montre devant elle. *Mais surtout, pourquoi l'a fait-elle rentrée ?* Je n'ai pas le temps de tergiverser là-dessus, que Vanessa apparait à la porte, se tenant toujours le cou.

— Callum, laisse-la parler et après, tu pourras la mettre dehors, fait Gabriella en retraversant la villa pour rejoindre la terrasse où elle s'assoit sur un transat.

Si je ne la connaissais pas, *je jurerais qu'elle est bien plus effrayante que moi.* Vanessa passe devant moi, et je fulmine de ce qui m'attend à partir de maintenant. Mais ce qui me fait peur, c'est la réaction de Gabriella qui n'a rien de naturelle. *À quoi elle joue au juste ?* Un frisson parcourt mon corps, alors que Vanessa s'assoit face à elle. Je ne sais pas ce qui m'attend à cet instant, mais une chose est certaine... *je me sens plus que mal à l'aise tout d'un coup.*

Bryan

Je quitte tant bien que mal, la demeure des Hanson, laissant Rita seule et je file dans les rues de Seattle pour rejoindre l'agence. Je veux savoir ce qui s'est passé au juste, pour qu'une telle chose fuite partout. Quand j'arrive à l'agence, je dois me frayer un passage aux milieux des journalistes qui se sont agglutinés devant celle-ci.

— Monsieur Wolf ! Monsieur Wolf ! me hèle-t-on alors que j'essaye d'atteindre la porte.

— Je n'ai rien à dire ! crié-je.

— Pouvez-vous nous confirmer, que Callum Hanson est celui que nous voyons tabasser le frère de Mademoiselle Mellyssandre, son ancienne fiancée décédée ? me demande un journaliste et je m'arrête presque.

Quoi ?! Comment une telle chose est-elle possible ? Comment sont-ils au courant de ce qui s'est passé devant ce motel ? Est-ce la seule chose qu'ils sachent ?

Un agent de la sécurité sort de l'agence, et vient me rejoindre pour m'aider à rentrer dans celle-ci.

— Où est madame Hanson ? demandé-je encore sous le choc de ce que vient de me demander la journaliste.

L'agent me signale que Pénélope, se trouve dans la salle de réunion avec Sheila et Alexander. Je grince des dents, en sachant que ce vautour est déjà là. Mais bien sûr, il doit être venu jubiler de l'horreur dans laquelle l'agence se trouve, *et surtout Callum*. Je sors de l'ascenseur au dixième étage, où se trouve la salle et je croise la secrétaire de Pénélope, le visage totalement décomposé. Je rentre directement dans la salle de réunion, sans attendre un instant qu'ils aient plus le temps de parler, et mon regard se porte ahuri sur les photos qui se trouvent sur la table.

— Qu'est-ce... bafouillé-je.

Je prends l'une d'elle dans ma main, où on voit Callum tabasser cet Evan.

— J'aimerais bien le savoir ! s'exclame Pénélope.

— Ses photos ont commencées à être postée, sur les sites de l'agence il y a dix minutes, m'explique Sheila.

Je fais le tour des photos sur la table, remarquant qu'aucune d'elle, ne montre Gaby. *Ce qui est en soi un soulagement, mais qui ne me dit rien qui vaille.* Car si quelqu'un a posté ces photos, il en a certainement d'autres qui attendent bien au chaud pour nous tomber dessus, sans qu'on ait le temps de s'y préparer.

— Il faut faire une conférence de presse, m'empressé-je à dire en tapant la photo que j'ai en main sur le tas de photos.

— Es-tu devenu fou ?! s'exclame Pénélope.

Mon regard se tourne vers Alexander, assit dans son fauteuil, un regard pétillant dans le mien, comprenant ce que cela veut dire pour lui. Pourtant, il me sourit, comme s'il avait déjà prévu de quoi me contrer. *À quoi doit-on encore s'attendre de sa part ?*

Callum

Gabriella boit son verre presque d'une traite, sans un mot et elle relève enfin son regard. Mais pas sur moi, mais bien sur Vanessa qui sourit. Franchement, je ne sais pas ce qui se passe devant moi, mais j'aimerais qu'elles se décident à parler, avant que je ne perde patience.

— Je suppose que si tu es venue ici, c'est que tu as quelque chose d'important à nous dire ? lui demande Gabriella simplement comme si elle parlait à une amie.

J'ai l'impression de me trouver face à une autre personne. Mais en y repensant bien, j'ai déjà vu cette attitude chez Gabriella. *Oui, le soir où nous nous sommes séparés...* Elle se comportait aussi simplement, *et pourtant si distante...* Un nouveau frisson me parcourt, me demandant ce qui m'attend de cette conversation. Je décide de passer derrière Gabriella et de m'appuyer sur la rambarde, tout en scrutant le visage de Vanessa, et lui faire comprendre qu'au moindre mensonge, je la mets dehors moi-même.

— Je sais que vous allez bientôt être au courant, mais je tenais à vous faire part de ce que j'ai fait à mon arrivée à Seattle, nous fait-elle en allumant à son tour une cigarette.

— Je suis allée rendre visite à Evan, nous informe-t-elle.

Mon regard se pose sur Gabriella, où je m'attends une réaction de peur, rien que d'entendre son nom, mais tout ce que Gabriella fait, c'est de croiser ses jambes. Un geste qui serait anodin pour tout le monde, *mais je peux voir son dos se crisper devant moi*. Je n'aime pas du tout cela, mais je tire sur ma cigarette, laissant Vanessa continuer.

— Je lui ai dit que sa sœur était vivante, et qu'il n'avait plus qu'à vivre avec l'horreur de ce qu'il vous avait fait pour le reste de sa vie.

Mes doigts se crispent autour de ma cigarette, et je bondis en avant.

— Comment as-tu...

— Attends, m'arrête Gabriella en posant sa main sur la mienne me stoppant net.

— C'est ce que tu fais depuis plus de deux ans non ? lui demande Gabriella et je détourne mon regard surpris vers elle.

De quoi parle-t-elle ?

— Tu vis dans l'horreur, de ce que tu as fait subir à sa sœur par l'intermédiaire d'autres, continue Gabriella et mes yeux reviennent sur Vanessa.

Je n'ai jamais parlé de tous mes soupçons à Gabriella... *alors comment peut-elle en être arrivé à cette conclusion ?*

— Mais récemment, tu as commencé à rectifier tes erreurs n'est-ce pas ? lui demande Gabriella.

— Gabriella, de quoi tu parles ? lui demandé-je.

— J'ai entendu ta conversation avec Archie, quand nous étions à Bali, répond-elle, je sais qu'elle a demandé à Alex de nous approcher, et de surveiller si j'allais dans l'eau.

Vanessa pince ses lèvres, et je me redresse en fronçant les sourcils. Je commence à comprendre ce qui me semblait étrange dans cette histoire. Si son père nous a amené à aller à Bali et découvrir la vérité, Vanessa a tout fait pour que l'on se rencontre, et qu'on apprenne ce qui s'était passé. *Mais pourquoi ? Elle qui rêvait de vengeance sur Mellyssandre... Et maintenant sur Gabriella... Pourquoi se mettrait-elle ainsi sur le trajet de son père ? Aurait-elle enfin repris ses esprits ?*

Gabriella se lève sans ajouter un mot, et elle rentre dans la villa, alors que Vanessa semble sur le point de se mettre à pleurer.

— Je repars demain. J'ai fait ce que je pensais juste à faire, m'informe-t-elle la voix presque éteinte en se levant à son tour pour quitter la villa.

Je passe la main dans mes cheveux, cherchant ce que j'ai encore raté. *Ne suis-je pas celui qui coince les gens dans leurs retranchements... et qui comprend leurs intentions en un regard.* Pourtant, je n'ai rien vu dans le regard de Vanessa. Je ne voyais que le reflet de la haine que je porte en ce moment. *En revanche, Gabriella...*

Gaby

Je n'attends pas une minute de plus pour monter dans la chambre, où je me laisse tomber le long du mur, avant de m'effondrer en pleurs. Je viens d'acquitter Vanessa aux yeux de Callum, qui l'a toujours protégée quoi qu'elle fasse... mais moi ; *je ne lui pardonnerai jamais*. La phrase de Evan résonne encore dans ma tête, sur ce qu'il a fait à Mellyssandre avec l'aide d'une rousse. J'ai beau avoir vu dans son regard à l'instant, qu'elle avait poussé Evan au suicide pour se couvrir surtout... *et non pour lui faire payer ce qu'il nous a fait.* Cela est le moindre de ses soucis, et je me maudis de ne pas l'avoir giflée quand j'en ai eu l'occasion.

— Gabriella, je peux entrer ? me demande Callum.

Je passe la manche de mon sweat sur mes yeux, en retenant mes pleurs comme je peux, alors que la porte s'entrouvre.

— Je suis désolé, s'excuse-t-il.

Je ramène mon regard vers son visage, qui se porte face à moi à l'instant. Si je me suis trouvée forte tout à l'heure, je fonds totalement contre lui à l'instant.

Faites que cette douleur se finisse enfin bientôt, pour qu'on puisse enfin reprendre le cours de notre vie. Mais tout comme le caractère de Callum est imprévisible, *notre futur l'est encore plus...*

Chapitre 57

Notre besoin

Callum

Je savais que l'attitude de Gabriella devant Vanessa n'était qu'une façade, et quand je la retrouve dans la chambre ; elle est redevenue cette fille meurtrie, par l'horreur qu'elle a vécue et ne cesse de vivre. Car c'est bien là le souci, avec la mort de Evan ; *nous savons tous les deux que ce n'est que le début d'une folie sans fin.* Que ce soient les journalistes, ou que ce soit le retour de Vanessa... *tout la ramène à chaque fois à cette nuit, qu'elle revit chaque instant.* Je pose le verre d'eau que je lui ai ramené, sur la table de nuit à côté d'elle, alors qu'elle fixe, encore et toujours, un point devant elle, le regard vide. En tout cas, c'est ce qu'on pourrait croire. Mais je peux voir les petits soubresauts parcourir son corps, et ses pupilles qui tremblent à certains moments.

Je passe la main dans mes cheveux, tout en m'asseyant sur la chaise face à elle, que j'ai rapprochée auprès du lit, et j'avoue que je ne sais plus quoi faire pour elle. Je pensais que ma présence à ses côtés ferait la différence, et l'aiderait un peu à sortir de sa torpeur, mais je me rends compte qu'au bout d'une semaine... *elle n'a pas changé*. Je déglutis nerveusement, comme à chaque fois que je tends une main hésitante vers elle, craignant de voir un geste de peur à mon toucher. Mais Gabriella ferme les yeux au contact de mes doigts sur ses cheveux noirs, qui auraient bien besoin d'un bon coup de brosse.

— Je me demandais, si tu ne voulais pas que Brooke passe quelques jours à la villa, fais-je me demandant si ça ne l'aiderait pas à se détendre un peu.

De plus avec cette histoire de journalistes, j'ai l'impression que je vais être sollicité par l'agence... surtout par ma mère à un moment ou un autre. Car bien que je n'aie pas eu de nouvelles d'elle depuis que je suis à la maison, je sais que cette situation doit la rendre dingue.

— Gabriella ? la hélé-je voyant qu'elle ne me répond pas.

Ses yeux s'entrouvrent doucement, et mes doigts continuent doucement de caresser ses cheveux, ne voyant toujours aucun geste de recul.

— Tu peux venir près de moi, murmure-t-elle.

— Mais je suis près de toi. Je ne compte aller nulle part, lui fais-je remarquer en me baissant un peu vers elle.

Ses yeux chocolat m'envoient un appel, et je ne lui fais donc pas répéter. Je retire doucement ma main de ses cheveux, et je me lève du fauteuil pour m'assoir sur le lit à côté d'elle, alors qu'elle recule doucement pour me laisser de la place. Je déglutis, ne sachant pas ce que je dois faire au juste. Je ne sais pas ce que Gabriella tolèrera de ma part. Je passe ma langue sur mes lèvres, ma main hésitante de prendre la sienne qui se tient à côté de ma cuisse.

— Tu peux t'allonger. Je sais que tu es fatigué, dit-elle d'une voix qui résonne comme un murmure.

Mais qui ressemble plus à une supplication. Je décide donc de m'allonger face à elle, et j'hésite à la regarder. Je ne veux pas qu'elle voit, ne fusse qu'un signe de désir, dans mon regard. Bien que celui-ci ne doit pas l'être, toute étincelle dans celui-ci, même d'amour, *pourrait peut-être lui faire peur.* Je m'arrange pour garder une certaine distance entre nous, et elle ferme les yeux.

Mon regard, tout comme mon cœur, la regarde meurtri, me demandant si on redeviendra vraiment ce que nous étions avant cette horreur. *N'est-ce pas le moment de nous rendre compte, que ces petits centimètres entre nous, n'ont pas lieu d'être ?* Elle passe de la distance à m'agripper, que je ne sais plus si le moindre geste vers elle, va l'affoler ou la rendre moins triste. Cette confusion est en train de me bouffer de l'intérieur, si bien que quand sa main se rapproche de la mienne, c'est moi qui aie un geste de recul.

Gaby

Je ramène ma main contre ma tête, voyant son geste de recul et je me mords la lèvre.

— Tu m'as surprise, fait Callum et je sens ses doigts venir chercher doucement ma main.

Nos doigts se caressent, alors que tout mon corps frissonne de son contact. Non, *je n'ai pas peur de cette main*, c'est juste que j'ai l'impression que ce geste tendre entre nous, est peut-être malvenu. Après tout, je suis responsable, à part entière de ce qui nous arrive, et d'après ce que j'ai vu au journal… *ce n'est que le début.* L'impression que cette histoire, est juste en train de prendre une autre tournure, où nous allons devoir être forts. Mais une force dont je ne me sens toujours pas prête à avoir. *Mais lui en aura besoin...*

Et la seule façon pour que je ne vois plus, cette tristesse et cette souffrance dans son regard, c'est que je lui montre qu'il arrive à m'apaiser. Même si je ne peux toujours pas l'être, Callum a besoin que je lui montre, que je gère ma douleur, pour qu'il puisse prendre les bonnes décisions.

Comme celle de redevenir lui-même. Parce que bien que ses doigts musclés et fins, ce visage un peu carré, que ses yeux noisette soient les mêmes… *je ne ressens plus sa hargne.* J'ai l'impression de me trouver face à mon reflet, quand je le regarde… *et cela me fait peur.* Il ne doit pas se mettre sur mon diapason, mais plutôt me pousser à être au sien. J'ai l'impression qu'il a autant peur que moi, que tout ceci ne s'arrête jamais.

Pourtant, je ne le veux pas. Tout comme lui certainement, je veux retrouver ce que nous sommes. Je veux qu'il me pousse à surmonter cette douleur, en me montrant qu'il est là, et qu'il n'acceptera pas que je reste prostrée ainsi. J'ai presque envie à cet instant, d'entendre sa voix furieuse et en colère, m'appeler Gaby pour me sortir de ma torpeur.

Mais je ne dirai rien, je ne ferai rien. Je veux juste me contenter de ce qu'il me donne pour l'instant, parce que je sais que je ne supporterais pas d'avoir le vrai Callum devant moi. *Même si c'est de ce Callum là, que je suis tombée amoureuse.*

Je décide simplement de me rapprocher de lui, et de me blottir contre son torse, pour écouter les battements de son cœur, et sentir tout l'amour qu'il me porte. Je vais seulement puiser son amour, à travers ses moments innocents que l'on peut s'offrir, et écouter le son de ses sifflements qui m'emmènent une nouvelle fois au pays des rêves...

J'ouvre les yeux, surprise de ne plus le sentir contre moi, et sa voix me parvient à travers la porte ouverte.

— Je te dis que je ne viendrai pas à l'agence maintenant. Ils n'auront qu'à faire le pied de grue devant tant qu'ils veulent. Je ne peux pas la laisser seule ici ! fait Callum.

J'entends qu'il contient sa voix et sa colère, sachant que je suis dans la chambre.

— Bryan, si elle veut faire une conférence de presse, qu'elle la fasse avec l'autre enfoiré ! Moi, je ne bouge pas d'ici ! finit par claquer la voix de Callum et je referme mes yeux.

Je fais mine de dormir, alors qu'il revient dans la chambre. Je peux deviner qu'il me regarde, vérifiant que je dors toujours, parce que ses pas se sont arrêtés depuis un moment. Je fais donc ce qu'il suppose, et j'entrouvre à nouveau les yeux en soupirant doucement.

— Tu as entendu ? me demande-t-il alors que je m'assois dans le lit et qu'il reste à quelques pas de celui-ci.

J'acquiesce de la tête, sachant qu'il est en train de s'en vouloir une fois de plus. *Il aurait mieux voulu que je ne sache rien de ce qui se passe à l'agence.*

— Tu devrais y...
— Pas question, me coupe-t-il.
— Callum, ils ont besoin de toi ! lui fais-je remarquer en le regardant.

Callum ouvre la bouche pour dire quelque chose, mais il se ravise, en passant nerveusement sa main dans ses cheveux, avant de faire quelques pas dans la chambre.

— Dis ce que tu as à dire, fais-je.

Je le connais maintenant et je comprends qu'il était prêt à dire quelque chose de sanglant, mais que le fait que je sois dans cet état l'a fait se raviser. *Comment lui faire comprendre que ce n'est pas comme ça, qu'on va sortir de ce malheur ?*

— Gabriella, je ne vais pas te laisser seule, insiste-t-il.

Il revient vers moi et il s'assoit sur le lit, en tendant doucement sa main vers la mienne, mais je vois son hésitation. Je soulève la couverture, pour sortir du lit par l'autre côté sentant son regard paniqué sur moi.

— Tu crois que je ne sais pas m'occuper de moi ?! demandé-je en attrapant mes baskets qui se trouvent près de la porte pour sortir de la chambre.

— Gabriella, je n'ai pas dit ça ! fait Callum en me suivant dans les escaliers.

Je remarque que les clés de Rita sont sur me meuble près de la porte d'entrée. Je saute limite les deux dernières marches, sachant qu'il va me rattraper, et j'attrape les clés au vol en essayant d'ouvrir la porte. Mais celle-ci étant fermée, le temps que je tourne la clé, sa main se pose fermement sur la porte à plat, et son souffle me fait frémir dans mon cou.

— Arrête ça, dit-il et je sais qu'il se retient encore une fois d'imploser.

— Laisse-moi sortir, fais-je en essayant d'ouvrir la porte mais sans vraiment de conviction. J'ai besoin qu'il s'énerve, pour qu'il se rende compte que nous n'allons nulle part, s'il se retient d'être lui-même en ma présence. Il faut qu'il comprenne, que je n'ai plus besoin qu'il se retienne devant moi, *j'ai besoin qu'il soit lui*, pour que je puisse avancer à nouveau. *Nous en avons tous les deux besoin.*

— Callum, laisse-moi sortir, répété-je.

Je peux sentir sa respiration se contenir dans mon cou. *Il est sur le point de craquer... Je m'en excuse intérieurement...*

— Laisse-moi sortir ! hurlé-je les larmes aux yeux de lui faire du mal.

— Pourquoi veux-tu sortir ?! Claque la voix de Callum.

Il me fait lui faire face durement, et me plaque contre la porte. La peur m'engloutit entièrement, me rendant compte qu'il craque... *mais c'est ce que je voulais non ? Ne l'ai-je pas poussé à bout, pour qu'il se rende compte, qu'il n'est que l'ombre de lui-même tout comme moi...* Son regard noisette est devenu noir, alors que sa lèvre supérieure tremble de la rage qui l'habite. Je lève doucement ma main tremblante pour la poser sur sa joue, et il plisse les yeux ne comprenant pas ce que je fais.

— Si tu peux redevenir le Callum que j'aime, fais-je d'une voix tremblante sentant les sanglots monter en moi.

— Je peux redevenir Gabriella, soufflé-je en approchant mon visage du sien pour poser timidement mes lèvres sur les siennes.

— Gab...

Je ne laisse pas Callum prononcer mon prénom, et je me serre contre lui, pour qu'il me laisse profiter de sa douceur et de son amour dans ce baiser. J'ai besoin du Callum combattant pour que je puisse sortir de ma souffrance, et je compte bien le récupérer. *Notre amour est tout ce qui nous sauvera de notre souffrance.*

Chapitre 58

Le secouer

Callum

— Pourquoi tu as fait ça ? lui demandé-je.

Cette colère et cette souffrance, omniprésentes, qui me rongent de l'intérieur et qui commencent à ressortir, alors que nos lèvres se quittent. Gabriella ne me répond pas, et elle se contente de poser sa tête contre mon torse, tout en m'enlaçant fort.

— Parce que je t'aime, murmure-t-elle.

— Je le sais, confirmé-je en posant ma main à l'arrière de sa tête pour la serrer fort contre moi.

Je ne ressens plus de peur de la toucher et de voir son regard terrifié, ou de sentir ses tremblements à mon contact. J'ai l'impression qu'un poids vient de disparaitre de mon corps, pour laisser un autre sentiment. Non, il reste bien des poids encore lourds en moi, *mais mon amour et mon besoin de la protéger, sont en supériorité à cet instant.*

— Tu m'as fait m'énerver pour une raison non ? demandé-je en réfléchissant à ce qui nous a amené à ce moment.

— J'ai besoin que tu restes toi-même, dit-elle en caressant mon dos et je frissonne.

— J'ai besoin que tu me montres que rien n'a changé, murmure-t-elle et je souffle en comprenant ce qu'elle veut dire.

J'ai tellement voulu la soutenir dans sa douleur, que je n'ai fait que l'amplifier, en la laissant dans sa léthargie. Elle n'avait pas besoin d'un petit-ami compatissant, mais bien de moi. Elle avait besoin que je la pousse à réagir, et que je lui montre que ce n'était pas elle. Gabriella n'est pas ce genre de fille, à se morfondre dans sa déprime… ou du moins pas devant les autres. *Et là, je l'ai laissée s'enliser dans sa souffrance.*

— Je suis désolé. Mais j'avais tellement peur de te brusquer et que tu me fuies, avoué-je en la serrant fort contre moi.

— Je sais. Et je ne t'en veux pas, répond-elle en relâchant ses bras qui me serraient forts.

Je pose ma main sur sa tempe, avant de remettre ses cheveux en place, pour admirer son visage qui me semble moins crispé de sa souffrance.

— Pourquoi faut-il que je doive me comporter comme un enfoiré, pour que nous nous retrouvions ? demandé-je en relevant un coin de mes lèvres le cœur lourd.

— Peut-être, parce que nous savons que cela finira par un moment de tendresse, répond-elle et je me mords la lèvre en retenant cette envie de l'embrasser à nouveau.

Cela faisait tellement longtemps que je n'avais pas senti sa chaleur et sa douceur, que j'ai l'impression que je ne survivrai pas, si je ne le fais pas. Alors, tout en scrutant son regard, et caressant son visage, je m'avance doucement pour me rapprocher de ses lèvres. Aucun signe de peur dans ses magnifiques yeux, et je frôle doucement ses lèvres. Gabriella cligne doucement des paupières, avant de les fermer et je fais de même à mon tour, alors que nous entrouvrons nos lèvres, pour apaiser la douleur de nos cœurs... mais surtout partager un moment de notre amour, qui nous pousse une fois de plus à avancer.

Gaby

— J'ai dit non, répète-t-il alors que l'on sonne à la porte de la villa.

Je rumine en portant le verre de jus d'orange à ma bouche, cherchant ce que je peux faire pour le convaincre. J'étais pourtant sur la bonne voie tout à l'heure... *alors pourquoi ne comprend-il pas qu'il doit aller là-bas ? A-t-il oublié sa promesse faite à son père ?*

Non, bien sûr qu'il n'a pas oublié. C'est juste qu'il a toujours la conviction de ne pas avoir tenue celle qu'il m'a faite, et que je passe donc en priorité. Mais s'il s'entête ainsi, il risque de ne plus rien avoir pour tenir la promesse de son père.

— Je suis contente que tu m'aies appelée, fait Brooke dans le hall et je tressaille.

Un flash vif, mais court, vient de passer devant moi. *Brooke, totalement effondrée dans l'ambulance n'osant pas me regarder.*

— Salut, me fait-elle en entrant dans la cuisine.

Mon verre me glisse des mains, totalement perdue dans le souvenir de ce jour.

— Gabriella ! S'exclame Callum paniqué.

Mais je me baisse, remettant mes cheveux sur mon épaule pour ramasser les morceaux de verre.

— Ma main a chipé, voulé-je le rassurer.

Mais Callum m'envoie un regard froid qui prouve qu'il ne me croit pas.

— Tiens, fait Brooke en lui donnant une loque alors qu'il enlève ma main qui ramasse les morceaux de verre.

— Je vais le faire, fait-il en redevenant calme...

Beaucoup trop calme...

J'esquisse un sourire ennuyé en direction de Brooke, et je laisse Callum ramasser les morceaux, me sentant encore couvée. Pourtant, ce n'est pas la première fois qu'il a ce genre d'attitude vis-à-vis de moi, mais cela me marque plus que d'habitude... Brooke me fait signe de la rejoindre sur la terrasse, et nous nous asseyons à table, alors que je vois Callum traverser la salle à manger. Son regard est fermé... *mais il va falloir qu'il se décide.*

— Je suis contente d'avoir l'occasion de voir que tu sembles aller mieux. Malgré...

— J'essaye, répondé-je en déglutissant encore tendue.

Après tout, cela ne fait qu'une heure que je suis un peu moi-même. Et pourtant, il faut que je continue sur ma lancée, si je ne veux pas que Callum perde tout ce pourquoi il s'est battu, durant cette année.

— Vous voulez quelque chose à manger ? demande Callum.

Il arrive sur la terrasse, avec un paquet de cigarette en main, mais je me lève en prenant son doigt dans ma main.

— Tu t'es coupé, remarqué-je et il libère son doigt pour le mettre en bouche.

— Ce n'est rien, fait-il nonchalamment.

— Non, ce n'est rien, lancé-je un peu excédée par son attitude pour finir et son regard me toise.

Mais je ne me démonterai pas, il n'a pas l'air de comprendre ce que j'ai fait tout à l'heure, malgré ce qu'il a dit, et je vais profiter que Brooke soit là pour qu'elle le pousse avec moi.

— Tout comme ce qui se passe à l'agence de ta famille, alors que tu es là en train de nous demander ce que nous voulons manger ! m'exclamé-je en poussant jusqu'à sourire narquoisement comme il le ferait dans ce genre de situation.

— Arrête ça, je ne marcherai pas deux fois dans ton jeu, me lance-t-il en allumant sa cigarette avant d'aller s'assoir.

J'ouvre la bouche, hébétée qu'il soit si calme. Je passe ma main dans mes cheveux, cherchant à ce que je peux dire pour le pousser à y aller.

— Ton amie a décidé de me pousser, à aller à l'agence pour faire une conférence de presse, informe Callum à Brooke et je me mords la lèvre.

Il dit ça d'une façon tellement désinvolte, que je commence à me demander si ce n'est pas moi qui le fais exprès.

— Oui, j'ai eu Taylor tout à l'heure, acquiesce Brooke et je me mords la lèvre plus fort. *Vraiment, je ne sais plus quoi faire pour qu'il y aille.*

— Mais je pense que tu devrais y aller, continue Brooke et je cligne des yeux en me rendant compte que je ne suis pas la seule à penser pareil.

— Tu vois ! m'exclamé-je en me retournant face à eux.

— Tu dois y aller !

Callum souffle sa fumée de cigarette en l'air, avant de plonger un regard clair et net dans le mien qui me fait frissonner.

— Tu m'énerves ! claqué-je en faisant volte-face pour rentrer dans la villa.

Je marche d'un pas bien plus que décidé, comme tout à l'heure, et au moment où j'arrive à nouveau devant la porte, il m'attrape le bras pour me faire face à la lui.

— Tu vas vraiment jouer à ça toute la journée ? demande-t-il avec un air plus que glacial.

— Tant que tu n'iras pas de toi-même, je continuerai, affirmé-je en le toisant.

Mon cœur bat à tout rompre, de tenir son regard qu'il me lance, celui-ci est empreint de colère qu'il retient encore une fois, *mais aussi de tristesse.* Oui, je comprends tout ce qu'il ressent, *mais je ne veux pas qu'il laisse tomber lui non plus.*

— Tu es infernale ! claque-t-il.

Il me lâche, pour passer la main dans ses cheveux et je comprends qu'il cède enfin. J'esquisse un sourire et je me blottis contre lui pour le remercier.

— Je ne suis pas certain que ce soit une bonne idée, murmure-t-il.

—Tu dis la vérité, et tout sera réglé, conseillé-je.

Je sais que ce qu'il va vivre est pire que tout ce que je peux imaginer. Devoir parler devant ses journalistes, qui lui demanderont les raisons de ces photos, va le secouer au plus haut point.

— Spencer arrive, nous informe Brooke et Callum soupire bruyamment.

— Je vois que vous vous êtes liés contre moi, ronchonne-t-il en posant un baiser sur mon front.

Bryan

Je raccroche de Callum, qui me confirme qu'il est en route pour participer à la conférence de presse. Je ne sais pas ce que Gaby lui a dit pour le convaincre, mais elle m'enlève une sacrée épine du pied. Pénélope est dans tous ses états depuis qu'il a refusé tout à l'heure, et j'ai l'impression que Alexander jubile de trop de cette situation. Je rejoins Sheyla qui se trouve à la machine à café pour lui annoncer l'arrivée de Callum.

— Enfin une bonne nouvelle, dit-elle soulagée en mettant du sucre dans son café, au moins, il pourra donner la version des faits à propos de ses photos.

— Oui, mais nous ne savons toujours pas d'où elles proviennent, lui fais-je remarquer.
— Non. Mais nous allons devoir enquêter pour trouver qui a pris ses photos. Parce que je suis certaine qu'il y en a d'autres.
— Tu penses qu'il y a des photos où on voit Gaby ? lui demandé-je.
— Oui, ce qui ne sera une surprise pour personne en soi. Après la conférence, tout le monde sera au courant de ce qu'elle a subi, fait-elle en mélangeant son café.
— Oui, donc nous n'avons plus à nous inquiéter, d'une quelconque surprise, confirmé-je.

Nous rejoignons la salle de réunion dans l'attente de l'arrivée de Callum et Spencer, tous un peu tendu. Il va falloir qu'il se comporte sereinement devant les journalistes, et qu'il ne perde pas le contrôle. Mais s'il a pris l'initiative de venir, *c'est qu'il est conscient de cela*.

Mon regard se porte sur Alexander qui raccroche de son appel téléphonique près de la fenêtre, et se tourne souriant vers nous.

— J'ai pris les dispositions, pour que la conférence se passe au mieux pour tout le monde, nous informe-t-il avec un sourire qui ne me dit rien qui vaille.

Il pose sa main sur l'épaule de Pénélope, qui est au bord de la crise de nerfs.

— Mellyssandre se trouve à l'agence...

Chapitre 59

Je ne sers à rien

Callum

Je commence à regretter d'être venu à l'agence, dès que Spencer se gare dans le parking de celle-ci. Les vautours sont partout, et alors que nous nous faufilons pour rejoindre la salle de conférence ; les agents semblent plus que submergés par leur travail... qui pour une fois vaut leurs paies.

Une fois arrivé dans la salle de conférence, où je pense enfin souffler quelques minutes, je remarque que celle-ci est déjà bombée de journalistes, aux aguets de ce que je vais bien pouvoir raconter. Je porte ma main dans mes cheveux, traversant l'allée accompagner de Spencer jusqu'à Pénélope, qui se tient là devant moi, le visage décomposé.

Je grince des dents me rendant compte que je n'aurais jamais dû venir. Ce genre de comédie est au-dessus de mes habitudes, et je ne vois pas pourquoi Gabriella a tant insisté pour que je vienne. Elle devrait savoir que je vais finir par perdre mes moyens devant tous ces vautours, qui ne pensent qu'à sortir un scoop de leurs chapeaux. Sheila attire Spencer avec lui pour qu'il reste sur le côté, et je suis propulsé à l'avant de la scène avec Pénélope, qui n'ose pas me regarder. Bien entendu, *elle doit me haïr et me reprocher tout ce qui se passe aujourd'hui.*

Je m'assois sur la chaise à côté d'elle, et cet enfoiré de James s'assoit à la droite de ma mère, comme s'il était concerné par cette histoire. Le connaissant, *il doit se marrer intérieurement de ce qui se passe aujourd'hui.*

Je secoue mes épaules, alors que les flashs m'éblouissent de part et d'autre, et je joins mes mains sur la table, en touchant la chevalière que Gabriella m'a donné, sachant qu'elle est certainement devant la télévision à cet instant. Je dois me montrer courageux pour nous deux... *mais surtout pour elle*. D'un coup, un brouhaha se fait entendre ; les vautours se lâchent et c'est la cohue au premier rang pour poser des questions, dont je n'arrive même pas à comprendre.

— Veuillez-vous calmer ! crie notre chargé des communications.

— Monsieur Hanson répondra dans l'ordre des journalistes.

Je le regarde en levant un sourcil... *Quoi ? Je les prends comme à confesse ?!* Je comprends du coup, en voyant les doigts se lever comme quand nous étions à l'école élémentaire, que je dois faire signe à l'un d'eux et répondre à sa question. Je passe ma langue entre mes lèvres, et je fais signe à la petite dans le fond, qui pour le coup me fait penser à Gabriella, dû son air incertain.

— Monsieur Hanson, pouvez-vous nous expliquer ce qui s'est passé cette nuit-là au motel ? me demande la journaliste.

J'inspire profondément, et je fais craquer mon cou, cherchant ce que je peux bien lui répondre.

— Callum est encore troublé pour ce qui s'est passé, commence Pénélope et je lui fais signe d'arrêter.

— Je pense que vous savez tous ce qui s'est passé ce soir-là, non ? fais-je.

— Nous avons ouïe dire que mademoiselle Gomez, votre fiancée et l'égérie de Tomboy X se trouvait là-bas. Y était-elle à son insu ? me demande la journaliste et je réalise qu'elle est moins coincée que je le pensais.

Je grimace, alors que mon pouls commence à s'accélérer. Je baisse mon regard sur mes mains à nouveau, et je prends le verre d'eau qui se trouve devant moi, en sentant des sueurs froides me noyer d'un coup. L'idée que Gabriella, soit là derrière l'écran de la télévision, les larmes aux yeux, de m'entendre parler de son horreur me glace le sang. Je déglutis et je manque de recracher l'eau froide que j'avale devant tout le monde.

Ma main devant ma bouche, je me mets à tousser. Bordel, je ne gère rien du tout ; *j'aurais mieux fait de rester à la villa, et de les laisser gérer tout cela.*

Mais alors que je me demande comment je vais m'en sortir, des cris d'étonnements et de stupéfactions résonnent dans la salle, je me redresse sur ma chaise ne comprenant pas ce qui se passe, quand sa main se pose sur mon épaule. Un frisson me traverse tout le corps, sachant de qui est cette main, ou ayant compris ce que les vautours crient. Honnêtement, je ne saurais pas dire, mais une chose est certaine… *je n'arrive pas à reprendre mon souffle.*

Gaby

Mon cœur fait un raté, en l'apercevant poser sa main sur l'épaule de Callum, mais j'attrape mon verre de limonade devant moi pour boire une gorgée, et cacher mon émoi à Brooke qui vient de pousser un cri d'étonnement.

— Mais qu'est-ce qu'elle fait à Seattle ?! s'écrie-t-elle avant de se tourner vers moi.

Brooke vient certainement de se rendre compte, que c'est moi qui devrais réagir ainsi. Mais je me contente de sourire, le gros plan du caméraman m'a permis de voir un détail subtil que j'aurais préféré ne pas voir. Je déglutis et je me redresse du divan, essayant de ne pas montrer d'émotions qui confirmerait ce que j'ai vu.

— Vous saviez qu'elle était revenue ? me demande Brooke qui ne peut donc plus s'arrêter de parler.

Je secoue la tête en mettant une chips dans ma bouche. Oui, voilà je vais manger ces foutus chips au goût poivre-sel *que je ne supporte pas*, me rappelant que je n'ai rien à craindre de ce que j'ai vu. J'ai confiance en Callum, et puis, nous avons déjà eu cette conversation. Alors, écoutons ce qu'ils ont à dire, et par pitié Brooke ; *Arrête avec tes questions !*

Cela dure quoi... Une bonne minute, mais j'ai l'impression que la pression sur ma poitrine est déjà en train d'arriver à saturation de la regarder s'asseoir à côté de lui, alors que ce foutu journaliste, raconte son étonnement de voir la grande Melly de Tomboy X se trouver devant eux, alors qu'elle est censée être morte. La conférence semble vouloir enfin reprendre, et je vois bien d'ici, le regard fuyant de Callum qui est encore plus voyant depuis son arrivée.

— Courage Callum, murmuré-je comme s'il pouvait m'entendre.

Je porte ma main à ma poitrine, alors que les questions sont déviées vers Mellyssandre, ce qui en soit est une bonne chose. Cela va donner à Callum quelques minutes pour récupérer, et reprendre ses esprits. Je me mords la lèvre en écoutant les journalistes, une nouvelle fois s'écrier tous à la fois, mais vite recadrés par le chargé de la communication. *Ce mec est impressionnant l'air de rien.*

— " Mademoiselle Melly, comment se fait-il que vous soyez là devant nous ? Vous avez été déclarée décédée, due à une chute de falaise quand vous étiez en shooting avec Monsieur Hanson ?"

Je m'attends à ce qu'elle réponde, mais Pénélope prend son micro en main pour répondre que cela n'est pas à l'ordre de cette conférence, et que pour ce qui concerne le retour de Melly ; une autre aura lieu. Mais les journalistes ne l'entendent pas de cette façon, ce que nous comprenons tous et elle doit donc laisser Mellyssandre s'exprimer.

— " Tout d'abord, je n'ai aucun souvenir, de ce qu'était ma vie avant cette chute. Je dois juste remercier Monsieur James, ici présent, qui m'a permis de pouvoir me ressourcer loin d'ici."

La mâchoire de Callum vient de trembler, et j'avoue que tout mon corps vient de tressaillir, de la façon dont elle parle du père de Vanessa, *comme si c'était son sauveur*. Je croque tellement fort dans la chips que je mets dans ma bouche, que je me mords la lèvre.

— Gaby, ça va ? me demande Brooke alors que je viens de crier de douleur.

— Super, répondé-je en buvant une gorgée de ma limonade essayant d'atténuer la douleur qui me lance dans toute la bouche.

Les questions continuent sur Mellyssandre, et je ne lâche pas Callum du regard. Les gros plans du journaliste n'est porté que sur eux-deux, ce qui me met de plus en plus mal à l'aise à regarder. Pas un seul moment, *il ne relève son regard...*

— "Je ne comptais pas revenir à Seattle, mais j'ai appris ce que mon demi-frère a fait subir à Callum et ses amis, donc je me devais de venir." répond-elle à la question sur son retour et mon corps tressaille.

Je n'avais pas remarqué que Brooke s'était rapprochée de moi, et que sa main était posée sur la mienne. Ma main qui tremble tellement, que je dois la serrer en poing, et elle enroule ses doigts autour de celui-ci sans un mot.

— Merci, murmuré-je.

— Tu ferais la même chose pour moi, fait-elle en souriant et nous revenons sur l'écran.

Les journalistes crient leurs confusions de savoir, que Evan était le frère de Mellyssandre, et Pénélope reprend la parole pour leur signaler que nous ne savons pas les raisons, qui ont poussés son frère à une telle extrémité.

— Elle aurait pu ajouter "violence", grincé-je des dents.

Ma voix redevient pleine de colère et de souffrance.

— " Monsieur Hanson ! Mademoiselle Gabriella n'est pas présente auprès de vous." commence un journaliste et le regard noir de Callum se lève enfin.

Je me mords la lèvre, espérant qu'il ne perde pas son sang-froid.

— "Doit-on supposer que le fait qu'on vous voit frapper le frère de mademoiselle Melly, a un rapport avec votre fiancée ?" continue le journaliste.

Je tressaille, en voyant la mâchoire de Callum se crisper encore plus, espérant que le journaliste n'aille pas jusque-là... *Mais qu'est-ce que je raconte ? Ce sont des vautours... Ils appuient là où ça fait mal, pour avoir leurs informations, non ?*

— "Est-ce que Mademoiselle Gabriella aurait eu une aventure avec lui ? Ou dans le pire des cas, aurait subi des sévices corporels ?"

Je ferme les yeux, ne voulant pas voir son regard et encore moins entendre la suite.

Callum

Je savais que cette question finirait par sortir. Pourtant, il n'y a aucune information sur le fait qu'elle se trouvait sur place. Mais mon attitude immature vient de confirmer ce qu'il vient de dire, parce que j'ai plus que la haine, qu'il ose insinuer qu'elle aurait eu une aventure avec ce fumier. Mais devoir avouer devant eux, qu'elle a subi des sévices sexuels de sa part *est encore pire.*

Je serre le verre d'eau devant moi tellement fort, alors qu'ils se remettent tous à crier, voulant une réponse... *Ou plutôt une confirmation qu'elle a été violée. Mais je ne peux pas... C'est au-dessus de mes forces de leur dire cela.*

La bile de colère me monte dans la gorge et je commence à grincer des dents... *je n'en peux plus.* Je savais que je ne devais pas venir. Je savais que je ne saurais pas gérer leurs questions, et encore moins avec Melly à côté de moi. Je grince des dents, tellement fort, que cela m'empêche de les entendre.

Mais cela ne m'empêche pas de ressentir sa main posée sur la mienne.

Je ne me suis pas rendu compte que Pénélope avait pris la parole, et je relève un regard remplit de

souffrance, dans celui émeraude de Melly. Elle esquisse un sourire tout en serrant ma main, et je baisse la tête.
Comme toujours, je n'ai servi à rien...

Chapitre 60

Je trouverai la force

Gaby
La conférence finie, je ferme la télévision et je me lève pour aller dans la cuisine. L'image de Callum lors de cette conférence, m'a marquée intensément et je n'arrive pas à enlever son regard noir, quand ils ont parlé de moi.

Mais que pouvait-il dire au juste ? Et pourquoi je n'ai pas songé à m'y rendre avec lui ? Au lieu de cela, je l'ai poussé dans ses retranchements, pour le mettre hors-de-lui et le forcer à y aller. Je me mords la lèvre, me rendant compte que je n'aurais peut-être pas du...

Si Mellyssandre n'avait pas été à ses côtés à ce moment-là, il aurait perdu son sang-froid, *et cela aurait été pire que mieux.*

Je pose mes mains à plat sur le meuble de la cuisine, et je prends une longue respiration en fermant mes yeux. J'ai besoin de me reprendre, j'ai besoin de réfléchir à ce que je dois faire pour le soutenir, maintenant qu'il a vécu cela de ma faute. Ce n'est pas que de l'humiliation publique, *mais c'est une torture que je lui ai infligée en y allant seul.*

Comment ai-je pu penser une seule minute qu'il s'en sortirait sans moi ? N'est-ce pas ce qui fait la force de notre couple ? N'est-ce pas le fait que nous attaquons les problèmes ensemble et non séparément... Pourtant, ce n'est pas cette main tremblante et moite sur ce meuble qui le soutenait...

Je serre celle-ci en poing fermé si durement, que je sens mes ongles entrer dans la paume de ma main, sentant jusqu'aux os de celle-ci.

— Gaby ?

Je sursaute presque en entendant mon prénom. Pendant quelques longues secondes, j'ai oublié la présence de Brooke. Je souffle profondément, avant de me tourner vers elle en souriant.

— Qu'aimerais-tu manger ? lui demandé-je en me rendant vers le frigo et elle m'attrape fermement contre elle.

— Tu n'as pas à faire ça, dit-elle la voix pleine de sanglots

Je reste stoïque contre elle, ne comprenant pas ce qui lui prend.

— Moi aussi, j'ai vu la même chose que toi. Mais il pensait à toi par-dessus tout, sanglote-t-elle et je me mets à sourire.

— Je sais Brooke, la rassuré-je.

Je relève mon bras pour la repousser un petit peu, me semblant d'un coup étouffé. Mon portable se met à sonner, et elle me lâche d'elle-même, croyant que je vais y répondre. Mais je me détourne pour ouvrir le frigo, et réfléchir à ce que je pourrais faire à manger. Il y a des œufs, du jambon, et de la pâte feuilletée. À croire que j'ai fait moi-même les courses avant de partir à Bali.

C'est le premier plat que j'ai préparé pour Callum. Je me souviens que celui-ci a fini contre le mur, mais il s'est rattrapé depuis, et en exige assez souvent... Je suis certaine, que cela lui fera plaisir de manger ça en rentrant de cette dure épreuve. Je sors les ingrédients du frigo, faisant abstraction de mon portable qui sonne toujours sur l'ilot de la cuisine.

Je n'ai pas besoin de relever mon regard vers Brooke ; elle est en train de juger ce que je fais à l'instant, et je la remercie de ne rien dire.

Pour moi, c'est ainsi que j'ai grandi. J'avais juste oublié pendant un moment assez doux, *comment je faisais....*

Callum

— Je suis désolée Callum, fait Pénélope alors que je me lève de ma chaise.

Je ne sais plus si je dois exploser de colère, ou me mettre à rire de ce qui vient de se passer. Ma main dans mes cheveux, je pèse mon niveau de folie qui a envie d'exploser en moi. *Dois-je envoyer cette table valsée dans la pièce ? Dois-je tomber par terre et me mettre à pleurer de l'horreur qu'elle vient de vivre ? Quelle mascarade... Quel jeu malsain se passe-t-il ici ?*

— Callum.

Mon corps frissonne en entendant sa voix, et le coin supérieur de ma lèvre se lève, tremblante, ne sachant plus ce qui se passe avec moi. Je me mets à marcher pour quitter cette salle, où je viens de m'enfoncer dans un enfer sans nom. Ce sentiment de ne servir à rien, et de faire souffrir les gens que j'aime, est décuplé au fur et à mesure que je longe le couloir. Je n'entends que du brouhaha, et mon prénom qu'on répète derrière moi.

Je n'ai pas envie de les entendre, je ne veux même plus entendre le son de ma voix. *Ma voix ?! Quelle voix ?! Je n'ai pas dit un mot...* Je suis resté là, la laissant me voir lâcher prise et laisser Melly lui montrer, que je ne suis pas capable de l'aider… *quoi que je dise, ou fasse.*

Je rentre dans l'ascenseur, et je regarde mes mains... Ses mains qui tremblent encore de ce que je suis, *du crétin sans nom qui n'a pas su dire un mot.*

— Attends !

L'ascenseur qui était sur le pont de se fermer, s'ouvre sur ses yeux verts, et je me retrouve quelques secondes la bouche ouverte de stupéfaction. Je cligne des paupières pour me détourner d'elle, et regarder la vue de Seattle, évitant tout contact avec elle.

— Je voulais te prévenir de mon arrivée, mais je n'avais pas ton numéro, m'informe-t-elle.

— Tu n'en avais pas besoin, grincé-je des dents.

— Après tout, tu devais rester à Bali, non ?! lancé-je froidement.

— Alexander nous a informé de ce qui s'était passé. Je suis venue dans le premier avion.

— Pour quoi faire ? demandé-je regardant son reflet dans la vitre

J'essaie de décrypter chacun de ses gestes, y cherchant un quelconque mensonge.

— D'après lui, Evan aurait fait ça pour se venger, de ce qui est arrivé sur la falaise, m'explique-t-elle et je ne décèle aucun mouvement de sa part qui me dirait qu'elle ment.

— Et ?

— Je devais lui faire comprendre son erreur, en prouvant que j'allais bien, dit-elle.

Je me contente de prendre une grande respiration, alors que nous arrivons au rez-de-chaussée.

Je passe la main dans mes cheveux et me retourne face à elle, en fixant la porte du regard qui s'ouvre.

— Le mal était déjà fait. Tu t'es déplacée pour rien, lui fais-je en passant à côté d'elle pour sortir.

Mais une fois devant l'ascenseur, elle m'attrape la main. Mon premier réflexe devrait être de me libérer de sa main chaude, et moite. Mais je m'arrête, attendant ce qu'elle a encore à dire.

— Je suis venue pour toi et Gaby.

— Moi et Gabriella ? répété-je en me tournant face à elle.

— Tu es venue montrer à ma fiancée blessée, que j'ai besoin de mon ex, soi-disant morte, pour la protéger ? demandé-je avec un sourire malsain sur les lèvres.

Je vois la peur s'immiscer dans le regard de Melly, et intérieurement, je m'en veux de lui parler ainsi. Il n'y a pas une once de méchanceté en elle, *et je la traite comme si c'était...*

— Attends, tu comptes aller où maintenant ? lui demandé-je en oubliant qu'elle tient toujours ma main.

— Une chambre a été préparée pour moi chez les James, répond-elle et j'écarquille les yeux. Mon sang se glace instinctivement, alors que la colère monte en moi.

— Hors-de-question ! grogné-je.

— Monsieur Hanson !

Les vautours sont en train de prendre d'assaut le rez-de-chaussée, et je glisse mes doigts autour de la main de Melly, pour sortir de l'agence et rejoindre ma Dodge qui a apparu sur le parking.

Dans mon empressement de quitter l'agence, *j'ai omis un détail de taille...*

Gaby

Les œufs étant cuits, je me mets à ranger le séjour. Bon, il n'y pas grand-chose à ranger je l'avoue, mais cela me passe le temps et m'empêche de penser, alors que Léona Lewis passe en fond sonore. Brooke est partie sur la terrasse pour téléphoner à Spencer, et surtout savoir comment se porte Callum, la connaissant. Une pointe dans la poitrine me rappelle, que je n'ai même pas pris la peine de répondre à mon portable tout à l'heure. Je me redresse, passant mes doigts dans la longueur de mes cheveux. *Et si c'était lui qui m'avait appelée ? Ne devrais-je pas regarder ? Peut-être m'a-t-il téléphoné, pour entendre ne fusse que ma voix... ou pour me dire qu'il reviendrait à la villa plus tard.*

Je me décide donc de retourner vers la cuisine, et de regarder les appels de mon portable. Il y a plusieurs appels, dont de numéros que je ne connais pas, mais aucun de Callum.

J'ai pris mes rêves pour la réalité pendant une minute...

Mais le dernier numéro qui m'a appelé cinq fois est... *celui de mon père !* La panique m'envahit d'un coup. Il a certainement vu les informations, et il doit s'inquiéter de ce qui se passe. *Comme s'il n'avait pas assez à gérer en ce moment...* Après tout, nous avons vécues des horreurs, mais je ne suis même pas capable de le soutenir auprès de Gloria, *puisque je me mure dans ma douleur.*

Je compose le numéro de papa, en respirant profondément, histoire de lui prouver que je gère les dernières nouvelles.

— "Gaby !"s'exclame papa et j'entends dans sa voix qu'il est plus que paniqué.
— Papa, désolée j'étais à la douche, menté-je.

Je sens qu'il est déjà assez inquiet comme ça, pour que je lui fasse comprendre, que j'ai évité intentionnellement son appel.

— " Je ne savais pas quoi faire..." bafouille papa dont la voix se confond dans ses sanglots, "elle avait du sang plein son lit..."

Mon regard se floue, en voyant la scène... comme si j'y étais.

— Je... j'arrive, raccroché-je et je me précipite dans le hall pour chercher les clés de voiture.

Je suis tellement en panique, que j'oublie que Callum a pris la seule voiture que nous avions. Je reviens sur mes pas en courant, et je percute presque Brooke qui rentre dans le séjour.

— Je dois aller à l'hôpital ! m'exclamé-je paniquée au bord des larmes.

— Quoi ?

Le regard de Brooke fait le tour de mon corps, et ma respiration se coupe pendant un instant, imaginant ma petite sœur, et l'horreur qu'elle doit vivre constamment pour avoir tenté une telle chose.

— Gloria... finis-je par souffler et Brooke comprend ce que cela signifie.

Je n'ai pas le courage de l'empêcher de m'accompagner, sachant que je ne suis pas en état de conduire sa voiture. J'ai mal la poitrine durant tout le trajet qui nous emmène à l'hôpital, ne sachant pas ce que je vais trouver là-bas. Non, ma petite sœur souffre, *mais elle est vivante.* Elle ne peut pas prendre la décision de nous abandonner... *de m'abandonner.* Je n'ai pas été à ses côtés ces derniers jours, et je m'en voudrai toute ma vie, si c'étaient les derniers qu'elle nous avait accordé. *Je ne peux pas vivre en sachant qu'elle a franchi le point de non-retour...*

Gloria mérite de vivre et de redevenir ma petite sœur insouciante, je ferai tout pour qu'elle s'en sorte.

Alors s'il te plait Gloria, attends-moi. *Je trouverai la force pour te relever quoi qu'il arrive...*

Chapitre 61

La souffrance de notre famille

Callum
J'arrive dans l'allée de la villa, et je suis surpris de ne voir ni les lampes de celle-ci allumée, et encore moins la voiture de Brooke garée devant. Je tire la carte du contact, et je jette un nouveau regard confus vers la villa. Je sais que j'aurais dû la prévenir que je revenais avec Melly, *mais elle aurait pu quand même prévenir qu'elle allait dormir.*
— Très belle villa.
— Tu es déjà venue, lancé-je.
Je me mords la lèvre, me rendant compte qu'elle ne s'en souvient pas. Un coup d'œil dans sa direction, me prouve qu'elle fait l'état des lieux du regard, ce qui me prouve qu'elle n'a aucun souvenir de la villa... *qu'elle connaissait par cœur pourtant.* Je déglutis nerveusement, en sentant l'odeur de ce plat dont je raffole, en ouvrant la porte. J'allume la lampe du hall et je regarde vers l'étage en posant les clés sur le meuble.
Est-ce qu'elle dort vraiment ? Ou a-t-elle renvoyée Brooke en voyant la conférence... Je pencherais presque pour cette raison... Je déglutis encore plus nerveusement, et je fais signe à Melly qui reste derrière moi, de se rendre vers le séjour, alors que j'ai déjà mon pied sur la première marche.
— Je vais voir si Gabri...

Je suis coupé dans ma phrase, sentant mon portable vibrer dans ma poche. *Ce que je crains le plus est vraiment en train de se passer ?* Je n'aurais pas dû la ramener ici sans réfléchir. Mais quand elle m'a dit qu'elle allait loger chez cet enfoiré, *j'ai vu rouge intérieurement.*

"Gaby a oublié son portable en partant. Nous sommes à l'hôpital."

— L'hôpital ?! m'exclamé-je paniqué en regardant mon portable.

Je pousse sur le bouton d'appel et je le porte à mon oreille, sentant mes mains devenir moites, et mon cœur prêt à sortir de ma poitrine.

— "Callum, je suis désolée je n'ai pas su te prévenir avant. On est parti tellement vite !" s'exclame Brooke qui semble essoufflée.

Mais je m'en fous de ses excuses, je veux savoir ce qui se passe avec Gabriella, pour qu'elle l'emmène à l'hôpital.

— Où est-elle ?! demandé-je plus qu'anxieux.

— "Gloria a fait une tentative de suicide."

Je me fige net, le regard posé sur Melly.

C'est pire que tout ce qu'à quoi je pensais. Si sa petite sœur en arrive à de telles extrémités, c'est Gabriella qui va resombrer. Elle semblait seulement sortir la tête de l'eau, et tout semble s'enchaîner autour de nous. *Il n'y a donc pas moyen de pouvoir souffler un peu.* Je ne me suis pas rendu compte que Melly scrute mes réactions, et ce qu'elle voit à l'air de lui faire peur.

— Je vais venir, répondé-je à Brooke.

Je raccroche le téléphone, tout en me détournant du regard de Melly.

— Il se passe quelque chose ? me demande-t-elle alors que je compose déjà le numéro de Taylor pour qu'elle vienne à la villa s'occuper de Melly.

Il est hors-de-question de la laisser seule à la villa, et l'emmener avec moi... *n'est vraiment pas une bonne idée*. Que ce soit pour le respect de Gabriella, ou les vautours qui sont certainement devant l'hôpital, attendant un scoop croustillant. Ayant confirmé l'arrivée de Taylor, je préviens Brooke que je serai là dès que je peux.

Melly est assise dans le fauteuil, et je passe la main dans mes cheveux me demandant à quoi elle pense. Après tout, elle n'a pas de souvenirs de sa vie à Seattle, et pourtant, elle est revenue dans la gueule du loup pour nous aider. Je sais que Melly a un grand cœur... *mais dois-je vraiment lui faire confiance ?*

Gaby

Je cours à travers les couloirs de l'hôpital, pour rejoindre la salle du service psychiatrique où Gloria a été admise, à la suite de sa tentative de suicide. J'ai du mal à croire que tout cela nous arrive. Il y a encore quelques semaines, nous étions une famille heureuse et unie... *Et maintenant...*

Le visage de mon père qui se lève vers moi, alors que j'arrive essoufflée dans la salle d'attente, me fend totalement le cœur, et me fait comprendre l'horreur que notre famille vit. Lui qui a toujours été le plus souriant possible, et le plus optimiste de nous, tout comme Gloria... semble avoir pris vingt ans en quelques jours. Je ne m'en étais pas rendue compte jusqu'à maintenant... *Trop prise dans le cercle infernal de ma propre souffrance.* Mais quand ses bras m'enlacent et que je le sens trembler contre moi, je sais qu'il a craqué pour du bon.

Je laisse mes bras ballants le long de son corps un moment, me demandant quand tout ceci va finir. Mais je ne peux pas m'effondrer à nouveau moi-aussi, *n'est-ce pas ?* Je dois juste montrer que je suis là aussi. Mes bras se posent dans le dos de mon père, qui décharge sa douleur et sa frustration contre moi, comme il ne l'a jamais fait, et je commence à tapoter son dos pour la faire passer.

— Je suis désolé, s'excuse-t-il comprenant qu'il craque dans mes bras.

— Tu as le droit de craquer, papa. Tu as toujours été le plus fort pour notre famille, fais-je la gorge nouée retenant mes larmes comme je peux.

Car si moi aussi je me mets à craquer... *qui va soutenir Gloria ?* Et surtout... *que deviendra notre famille ?*

Nous restons un moment ainsi, avant qu'il se calme, et un médecin s'approche de nous. Je n'ai pas besoin qu'il se présente ; il a une petite taille pour un homme à peine plus grand que moi, et il porte des petites lunettes rondes qu'ils redressent tout le temps qu'il nous parle. Sa main n'arrête pas de passer, sur le haut de son crâne dégarni de ses cheveux blancs. Le genre de gars qui me donnerait tout de suite envie de partir, si je n'étais pas là pour ma petite sœur.

— Je peux la voir, le coupé-je n'écoutant pas du tout un mot de ce qu'il dit.

Moi, tout ce qui m'intéresse, c'est ma petite sœur à cet instant. De plus, il aura l'occasion de nous parler de ses théories et idées plus tard, puisque tout le monde sait, que pour sortir de ce genre de service ; *il faudra du temps*.

— Je ne sais pas si c'est une bonne idée, intervient mon père alors que le médecin semble d'accord.

Je comprends les réticences de papa, mais j'ai besoin de la voir. J'ai besoin de voir qu'elle est toujours présente, et prendre en elle, le courage qui me manque pour redevenir moi-même. Je forme ce que je dirais un sourire à papa, en lui prenant la main, et celui-ci abdique, comprenant que je ne changerai pas d'avis.

Mon cœur bat à tout rompre, ne sachant pas ce qui m'attend, une fois que nous passons la grosse porte de sécurité du service psychiatrique. Quelque chose que je n'ai jamais compris. S'ils les droguent tout le temps… *pourquoi de telles extrémités ?* Mais cette pensée anodine s'éclipse vite, quand nous avançons à nouveau dans le couloir. La pression dans ma poitrine devient plus que pesante, et je commence à me demander si j'ai eu raison de vouloir la voir.

Est-ce que cela ne risque pas de me causer plus de torts ? Non, il est trop tard pour que je me pose ce genre de questions, maintenant que nous nous arrêtons devant une porte blanche, où il y a juste un petit carré qui forme une fenêtre.

— Je vous laisse cinq minutes, m'informe l'infirmière.

J'acquiesce de la tête, tout en frottant mes mains moites sur mon pantalon.

Je râcle ma gorge, et je prends une bonne respiration avant de rentrer dans l'enfer personnel de ma petite sœur.

Callum

Je m'allume une énième cigarette en grinçant des dents, tout en tournant dans la cuisine. *Taylor vient à dos d'escargot ou quoi ?!* Cela fait déjà un moment que je l'ai appelée, et je m'inquiète de plus en plus, que Gabriella soit seule là-bas auprès de sa sœur.

Franchement, je ne pense pas que ce soit une bonne idée pour elle, de se rendre dans ce genre d'endroit. Elle va s'effondrer, en voyant dans quel état se trouve sa sœur. Un tressaillement me parcourt, me rappelant de la peur qu'elle a eu dans ses yeux, en me voyant dans ma chambre, alors que j'étais juste défoncé. Alors, voir sa sœur comme un zombie, portant des bandages sur les poignets et voulant mettre fin à sa vie… *je pense que c'est trop pour elle.* Pas maintenant… *pas quand elle n'est toujours pas remise.*

Ma main passe frénétiquement dans mes cheveux, alors que je tire longuement sur ma cigarette.

— Excuse-moi.

Je ramène mon regard vers Melly, qui rentre timidement dans la cuisine. Il faut dire que je ne lui ai pas parlé depuis que j'ai raccroché de Brooke.

— N'aurais-tu pas quelque chose à manger ? me demande-t-elle en portant son index sur sa joue pour se gratter.

Une habitude qu'elle fait quand elle est ennuyée. *Un détail que je ne me souvenais plus.* Je regarde vers le four, et je repense au plat que Gabriella a préparé. Je pose ma cigarette dans le cendrier sous la hotte, et j'ouvre le four.

Gabriella a laissé le four au minimum. Bien sûr, elle est partie tellement vite qu'elle n'y a pas pensé, ce qui fait que les œufs à l'intérieur sont cuits.

— Oh cela à l'air bon ! s'exclame Melly qui s'est penchée au-dessus de l'ilot pour regarder.

Je reviens vers le plat, et je me rappelle qu'elle aime que le jaune soit cuit, contrairement à moi qui trouve ça pâteux en bouche. Je prends une assiette dans l'armoire et je démoule la pâte feuilletée avec l'œuf, pour lui tendre l'assiette.

— Merci, dit-elle pendant que je me retourne pour lui donner des couverts.

— Pas de soucis. Je n'aime pas...

— Les jaunes trop cuit, répond-elle.

Elle affiche un sourire en goûtant le plat de Gabriella, et son visage s'illumine, faisant passer sa langue sur sa lèvre.

Je reste un instant, la regardant en suspens... me rappelant son visage, quand elle mangeait un plat qu'elle aimait. Son regard et son visage s'illuminaient tellement, que je passais mon temps à la prendre en photo quand elle mangeait, la trouvant plus que magnifique. *Un peu comme maintenant...*

La sonnette de la villa retentit et je sursaute presque. *Putain, qu'est-ce que je fous moi ?!*

— Taylor est là ! fais-je entendant les talons de Taylor rentrer dans le hall.

— D'accord, répond-elle en enfournant une autre fourchette.

Je prends ma cigarette qui fume dans le cendrier, et je me dirige vers l'entrée de la cuisine pour partir. *J'espère qu'il ne saura pas trop tard...*

Gaby

Après quelques secondes d'hésitation où je pèse mon courage, je me décide enfin à entrer dans la chambre de ma sœur.

Chambre ? Non, une cellule pour malade mentaux ! Les murs sont matelassés comme dans ses films avec des hôpitaux psychiatriques, et le lit a les barreaux de relevés, où ma petite sœur est allongée. Mais ce qui me marque le plus, ce sont les liens qui l'empêchent de faire le moindre mouvement.

Je ne fais pas un pas de plus, et je m'effondre devant son lit en pleurs, portant ma main à ma poitrine qui va céder sous la douleur.

Qu'ai-je fait à notre famille ?!

Chapitre 62

De souffrance à...

Callum

Quand j'arrive à l'hôpital, je me rends tout de suite compte qu'elle est effondrée par ce qu'elle a vu, bien que pas une larme ne coule de ses yeux. Elle est assise entre Brooke et son père, à qui elle frotte le dos. Celui-ci est effondré, recroquevillé sur ses coudes, alors qu'elle se contente de fixer la porte face à elle, qui la sépare du service où se trouve sa sœur.

Je tressaille en voyant son regard. Celui-ci est tellement loin de moi, j'ai l'impression qu'elle est partie tellement loin... *alors qu'elle se trouve juste là...* Pourtant, je veux lui montrer que je suis là, même si je n'ai pas du tout été à la hauteur récemment. Je ne peux que la soutenir de ma présence, en ravalant ma souffrance de la voir aussi mal.

Je frotte mes mains moites sur mon jeans, et je m'avance vers eux en scrutant son visage. *Plus j'avance, et plus j'ai mal.* J'ai tellement envie de prendre sa douleur à cet instant, que je reste devant eux pendant quelques secondes, avant que Brooke ne remarque ma présence, me faisant presque sursauter.

— Je viens d'arriver, fais-je doucement alors que son père se redresse pour me regarder.

— Merci d'être venu, me remercie-t-il et je grimace de l'intérieur.

Je ne pouvais assurément pas rester à la villa, alors que mon cœur se trouve devant moi et qu'elle souffre.

Elle ne me regarde pas ouvertement dans les yeux, et je me sens mal pris du coup. J'ai l'impression qu'elle m'évite intentionnellement. *Mais oui, bien sûr qu'elle m'évite...* Dans mon empressement, j'ai oublié ce qui s'était produit à la conférence de presse tout à l'heure.

Je quitte son visage, prenant une bonne respiration, essayant d'enlever ses pensées négatives de mon esprit. Un frisson m'envahit, alors que ses doigts froids de sa main libre, viennent rejoindre les miens. Je reviens à son visage, et elle me regarde enfin. Mon souffle qui était court à l'instant, reprend un rythme normal si on peut dire, dans les circonstances de la situation.

— Tu devrais partir, lui fait son père.

— Non, nous pouvons rester, répondé-je.

Je ne suis pas venu là pour la reprendre, mais bien pour la soutenir.

J'ai l'impression que Gabriella ne m'a pas écoutée, puisqu'elle se lève de sa chaise, laissant une main sur l'épaule de son père et l'autre toujours dans la mienne.

— Je vais passer à la maison prendre des affaires pour Gloria, dit-elle.

Sa voix est plus que sereine, ce qui me fait tressaillir.

J'ai eu l'impression en arrivant qu'elle semblait distante avec moi, pour ce qui s'est passé à la conférence et le fait, que je n'ai pas encore été là pour l'aider maintenant… *mais elle semble juste...*

— On ferait mieux d'y aller, me dit-elle en ramenant son regard vers moi et je ne lis rien dans ses yeux.

Je déglutis, ne sachant pas quoi répondre, mais elle se détourne pour sourire à son père, avant de se mettre à avancer. Nous rejoignons l'ascenseur en silence, suivit de Brooke qui m'informe qu'elle va rejoindre Taylor, évitant de parler de Melly. Je la remercie en esquissant un sourire, je vais devoir en parler avec Gabriella, *mais cela attendra un peu...*

Gaby

Je suis totalement dans la lune pendant le trajet, laissant ma main avec celle de Callum sur le pommeau de vitesse. *Je ne ressens absolument rien depuis tout à l'heure...* J'ai juste l'impression que je dois juste tenir bon, et sourire… comme si l'appareil photo de Callum se tenait constamment devant moi quand on me regarde.

Voilà ce que je me suis convaincue de faire, quand j'ai vu la souffrance dans les yeux de me petite sœur. La plus forte de nous deux est devenue… *tout ce que je ne voulais jamais voir chez elle.*

Je n'ai ressenti aucune joie de vivre dans son regard, sur son visage… Il n'y a plus rien qui fait d'elle, cette petite sœur de seize ans, qui me rendait folle en entrant dans ma chambre pour me chiner mes affaires. Ni cette petite sœur, qui me titillait pour avoir un certain plat à manger, alors que je venais de finir de cuisiner. Cette petite sœur avec qui je faisais la folle, montant sur les meubles de l'appartement chantant comme des folles en faisant le ménage.

J'ai l'impression que tout ceci est bel et bien fini.

Une ombre s'est littéralement posée sur nous deux, nous privant de notre joie de vivre qu'il m'a fallu seize ans à avoir. *Seize années*... où j'ai l'impression de revenir, malgré la présence de Callum à mes côtés. Je ne ferai pas ça seulement pour ma famille cette fois-ci, mais surtout pour lui... *qui semble lui-aussi souffrir de mille maux tout comme moi.*

Je pose les clés dans l'appartement vide, et sombre. J'allume la lampe, et je m'avance vers la cuisine pour prendre une bière à Callum... enfin sa bière.

— Tu as de la chance, papa en avait acheté, dis-je simplement alors qu'il tend la main pour la prendre.

— Il ne fallait pas.

— Tu fais partie de la famille, non ? rétorqué-je essayant d'être naturelle.

L'effet escompté n'y est pas du tout, en voyant Callum crisper sa mâchoire, et je détourne mon visage de lui, pour regarder vers le petit couloir.

— Je vais aller préparer leurs affaires, dis-je en quittant sa main que j'ai prise comme d'habitude.

— Gabriella, tu ne veux pas te poser deux minutes ? me demande Callum me retenant à lui.

Je prends une bonne respiration avant de lui faire face.

— Me proposerais-tu autre chose à faire ? demandé-je en essayant de mettre le ton le plus mielleux que je peux.

Mais je vois directement que Callum n'est pas dupe... *ou du moins, je ne suis pas convaincante.* Je me mords la lèvre, et je ramène ma main libre pour la glisser dans sa nuque, tout en me rapprochant de lui. Tout mon corps frissonne, et je rapproche ma poitrine au point de le toucher plus tout en regardant ses lèvres. Callum passe sa langue entre ses lèvres, alors que je suis à quelques millimètres de celles-ci.

— Gabriella, souffle-t-il et je pose mes lèvres sur les siennes.

Nous échangeons un baiser chaste... juste nos lèvres qui s'embrassent et je glisse ma main de sa nuque dans ses cheveux maintenant. J'entrouvre doucement les lèvres, et Callum me suit. Je frissonne à nouveau, sa main se pose dans mon dos, me tenant contre lui alors que nos bouches fusionnent doucement. Aucune précipitation, nos langues entrent doucement en contact, tâtant limite la douceur de l'autre. Ma main crapahute un peu plus dans ses cheveux, en l'amenant plus fort contre moi, et ce baiser doux, devient de plus en plus passionnés comme tous ceux que nous avons échangés pendant des mois *jusque...*

Je tressaille, et il le sent. Il essaye de rompre notre baiser, mais j'affirme ma main pour lui faire comprendre de ne pas faire ça. Callum me serre plus fort contre lui, et je sais où nous allons. Tout mon corps me pousse à mettre fin à cela... *mais je ne veux pas*. Si je veux redevenir moi-même, je dois franchir cette limite qu'Evan m'a privée de faire depuis des jours. Je veux que Callum m'enlève tout ce qui est en moi, et qui lui a appartenu pendant ce moment d'horreur. Ma main quitte sa nuque, et elle glisse le long de son corps pour commencer à déboutonner son pantalon.

Callum quitte ma bouche, mais j'essaye de revenir à la sienne, pour continuer notre baiser.

— Gab...

Je le fais taire limite de force, et je ramène mes mains sur son torse pour le pousser contre le meuble, et lui faire comprendre que je ne veux pas arrêter. Nos bouches à nouveau fusionnées d'un baiser que je veux passionner, mes mains glissent son pantalon et son boxer, le long de ses cuisses. Des frissons qui s'apparentent à des brûlures me traversent le corps. J'accélère le mouvement de nos langues, puisant dans ce baiser, et mes doigts d'enroulent autour de son pénis.

Mais ce n'est pas comme d'habitude, j'ai l'impression que tout mon corps le repousse. Je ne ressens rien, je ne ressens pas ce qu'on apparente aux papillons dans le bas de mon ventre, quand nous sommes fusionnels ainsi. *J'en ai presque...*

— Gabriella ! s'exclame Callum en m'attrapant les biceps pour me faire reculer de lui.

Je le regarde totalement confuse, me rendant compte que je viens d'avoir des relents. J'écarquille de grands yeux, retenant les larmes qui montent dans mon regard, alors que je vois de la peur dans le regard de Callum.

— Je... Je...

— Non, tu n'as pas à t'excuser, m'arrête Callum en ramenant une de ses mains à mon visage comme s'il essuyait une larme.

Mais c'est bien ce que je pensais, je ne pleure pas... *puisque je ne ressens rien...*

Brooke

Quand j'arrive à la villa, je traine les pieds jusqu'à la porte, non pressée de me trouver face à Mellyssandre. Je n'arrive pas à comprendre ce qui l'a poussé à la ramener chez eux. *Parce que cette villa est quand même l'endroit où il veut vivre avec Gaby, non ?*

Je franchis le seuil de la villa, et je m'étonne d'entendre des rires dans la cuisine. Eh bien, il y a de l'ambiance ici, comparé à la tension que j'ai vécue jusque maintenant. Je rentre dans le séjour, et je tourne le regard vers Taylor et Mellyssandre qui regardent le portable de celle-ci.

— Je me demande ce qui vous fait rire ?! lancé-je en entrant dans la pièce.

Je suis mitigée entre la colère et la peine de la voir rire, alors que son frère a foutu le bordel dans la vie de mes amis.

Celle-ci me regarde, et éteint instinctivement ce sourire de son visage, qui me rend malade tout d'un coup. Elle peut bien baisser son regard, *je ne suis pas Callum et sa présence ne me plait pas du tout.*

Je vois le regard de Taylor qui me toise à l'instant, mais je porte mes bras croisés à ma poitrine en la scrutant à mon tour. Ma belle, je t'aime bien... mais je n'ai pas laissé Callum à Gaby, pour que cette pouffe revienne dans sa vie. Pas question qu'elle profite de la fragilité de Callum en ce moment, et qu'elle évince ma meilleure amie.

— Au fait, comment ça se fait que tu sois revenue à Seattle ? demandé-je à la source de mon regard noir.

Je quitte celui de Taylor qui vient de s'assombrir, comprenant ce que je fais.

— Je l'ai déjà expliqué à Callum, répond-elle en baissant son regard sur son portable.

— Excuse-moi, souris-je.

— Je n'avais pas mis mes oreilles en mode *grandes ondes*, lancé-je sarcastique.

— Brooke, ça suffit ! me lance Taylor en se levant de son tabouret pour venir se mettre devant moi.

— Pourquoi ? lui demandé-je en penchant la tête pour voir sa protégée.

— Elle a quelque chose à cacher ?! continué-je froidement.

— Brooke ! crie Taylor.

— Je lui ai dit que j'étais là pour les aider, répond Mellyssandre.

Je fais un pas sur le côté pour me pencher sur l'îlot et plonger mon regard, le plus condescendant dans ses yeux.

— Tu viens aider qui ? demandé-je, Callum et Gaby... Ou les James ?

Mellyssandre se lève de son tabouret, et sort de la cuisine en se tenant le visage. Mais c'est trop tard pour elle, j'ai vu ce que je voulais voir... *elle est là pour Callum.*

Chapitre 63

Impression étrange

Callum

Je la regarde partir vers la chambre, alors que je me rhabille, voyant bien qu'elle est ébranlée par ce qui vient de se passer… *mais je le suis tout autant qu'elle.* L'impression glaciale qu'un mur vient de vraiment se dresser entre nous… *et je n'aime pas du tout cela.* Je passe la main dans mes cheveux, la voyant entrer dans la chambre du fond qui est la chambre de son père. Je reviens sur mes mains et je serre la mâchoire, me rendant compte qu'elles tremblent.

Est-ce vraiment elle qui a réagi ainsi ? Ou est-ce qu'inconsciemment, je lui ai montré des signes de réticences ?

Je repense à ce qui s'est passé au juste. Nous nous sommes embrassés, j'ai senti un désir venant de moi, mais je n'ai pas ressenti ce sentiment dans son baiser, alors que ses mains me caressaient.

— Tu penses que ma sœur a besoin de beaucoup de choses ? demande-t-elle passant de sa chambre à celle de Gloria.

Je m'avance dans sa direction, et je me tiens un instant derrière elle, alors qu'elle choisit des affaires dans sa garde-robe.

— Je pense que je peux lui mettre des affaires de la collection, fait-elle en tirant quelques affaires de l'armoire pour se retourner vers le lit où elle a posé une valise.

— Ce n'est pas là-bas qu'elle va les abîmer, continue-t-elle.

Je plisse mon regard perplexe, une impression qu'elle se force me travaille, et cela s'accentue quand elle passe à côté de moi, et qu'elle porte sa main sur mon avant-bras en me souriant.

— Gabriella, tu peux t'arrêter deux minutes, demandé-je en me retournant vers elle alors qu'elle entre dans la salle de bain.

— Tu penses que je peux lui mettre des magazines ? demande-t-elle faisant mine de ne pas m'avoir écouté.

Je m'avance devant la porte de la salle de bain, alors qu'elle prend des gants de toilette et des essuis.

— Gabriella, arrête ça.

— Je n'ai pas le temps. Je dois ramener tout ça à l'hôpital avant qu'elle ne se réveille, fait-elle en ramenant un regard qu'elle veut serein devant moi et je porte ma main à la porte pour lui bloquer le passage.
— Nous devons parler de ce qui vient de se passer.
— Callum, je suis juste fatiguée, dit-elle en souriant.
— Arrête de me mentir, rétorqué-je en fronçant les sourcils.

Je ne crois absolument pas ce qu'elle vient de me dire. Gabriella esquisse un plus grand sourire, et elle embrasse doucement mes lèvres, pas du tout décontenancé par mon regard.
— Callum, on ne doit pas s'attendre à ce que cela redevienne comme avant, tout de suite, non ? me fait-elle remarquer et je soupire.

Elle ne me laissera pas faire, et je n'ai pas la force de la pousser dans ses retranchements. Même si j'ai l'impression, que c'est ce qu'il faudrait pour qu'elle réagisse enfin. Mais d'un autre côté, mon cœur me dit de la laisser respirer un peu. Elle vit trop de choses en ce moment, et elle a besoin de se retrouver un peu. Je retire mon bras, abandonnant. Mais quand elle passe à côté de moi, l'impression d'une grosse erreur me submerge. *Pourtant, je n'insisterai pas...*

Spencer
Quand j'arrive à la villa pour rejoindre Brooke, les filles se disputent dans la cuisine quand j'y entre.

— Je peux savoir ce qui vous prend ?! m'exclamé-je alors que Taylor et Brooke sont en train de limite se crêper le chignon.

— Tu ne devineras jamais qui est dans la villa ?! lance Brooke.

Celle-ci est rouge de colère, alors que Taylor semble se trouver mal prise.

— Je sais, fais-je.

— C'est la raison pour laquelle je suis venu ici, continué-je voyant le regard furieux de Brooke se poser sur moi.

— Tu sais, et tu ne lui as pas dit que c'était une mauvaise idée ?! s'énerve Brooke en me fixant comme si j'avais commis un meurtre.

— Callum avait une bonne raison pour faire ça, lui rétorqué-je en essayant de tempérer la situation qui est totalement absurde à mon sens.

— Une bonne raison ! s'exclame Brooke de façon ahurie.

— Laisse-moi rire ! s'écrie-t-elle en me poussant pour sortir de la cuisine.

Je n'ai pas le temps de me retourner que Taylor la poursuit. Je comprends qu'elle est partie attraper Mellyssandre. Je me précipite hors de la cuisine, et j'attrape Brooke par la taille fermement.

— Putain, mais lâche-moi ! s'exclame-t-elle furieuse en se débattant.

Bordel, je savais qu'elle était forte, mais là, elle me fait vraiment mal. Je la ramène comme je peux vers le séjour, où je finis par ouvrir la porte-fenêtre, pour nous faire sortir dehors. Je claque celle-ci derrière moi, nous enfermant tous les deux et je la lâche en la toisant.

— Tu sais qu'elle veut Callum, alors pourquoi tu laisses faire ?! me crie-t-elle dessus en me tapant son poing sur le torse et je grimace sous la douleur.

— Brooke, Callum aime Gaby, lui rappelé-je l'implorant du regard qu'elle se calme.

Mais Brooke est une bombe quand elle est ainsi, et je sais que je vais avoir du mal à trouver comment la calmer. Pourtant, il faut que j'y arrive, avant que Gaby et Callum ne rentrent. Je m'avance d'un pas sûr vers elle, qui a reculé près de la rambarde et je la prends par la taille.

Celle-ci fait mine de me repousser, mais cède assez vite. Je la sens frissonner, et ses larmes coulent sur mes avant-bras.

— Je sais ce que tu ressens. Mais il n'avait pas le choix.

— Pas le choix de ramener son ex ici, râle Brooke en pleurant.

— Elle devait aller dormir chez les James, lui expliqué-je.

— Eh bien qu'elle y aille ! s'exclame-t-elle en se décollant de moi.

Ses magnifiques yeux sont en larmes, et son visage est marqué par la peine et la colère. Je n'aime pas quand elle est ainsi, je sais qu'elle a peur pour nos amis… *mais ils sont solides.* Ils ne vont pas céder à ce qui se passe. Ils ont surmonté tant de choses ensemble, que je ne peux que croire en la solidité de leur couple.

— Tu dois croire en eux, fais-je en prenant son visage dans mes mains en tenant ses magnifiques yeux dans les miens.

— On ne laissera pas Callum se perdre. Et il n'a aucune raison, tant que Gaby sera à ses côtés, non ?

Brooke grimace entre ses sanglots, et je l'attire contre moi en espérant que je ne me trompe pas. Mon meilleur ami a pris une décision en la ramenant ici, en connaissance de cause. Je suis certain qu'il sait ce qu'il fait.

Gaby

Nous sortons de l'hôpital, où j'ai déposé les affaires pour papa et Gloria. La main de Callum est chaude, mais aussi très moite. J'essaye de faire abstraction de tellement de choses, depuis que j'ai quitté la chambre de Gloria, que je me surprends à me demander pourquoi nous nous sommes garés à l'arrière de l'hôpital.

Mais je me souviens de cette raison quand nous entrons dans la voiture, et je mets ma ceinture en inspirant un bon coup. *J'avais oublié à quel point cela était fatiguant de faire semblant.* Malheureusement, je vais devoir encore tenir un bon moment et être plus que convaincante, parce que j'ai bien vu que même s'il ne disait rien… *Callum n'est pas dupe de mon petit manège.*

Callum se lance sur la route, la musique passant doucement dans l'habitacle de la voiture, et je le surprends à tapoter le volant. Non sur le rythme de la musique, mais on dirait qu'il y a quelque chose qui le travaille vraiment, et cela se confirme quand il s'arrête sur une aire de parking, alors que nous sommes à dix minutes de la villa.

Je me crispe sur mon siège, il va reparler de ce qui s'est passé à l'appartement, et je ne veux pas y resonger. Je n'arrive déjà pas à comprendre ce qui m'a pris... et surtout, je n'arrive pas à croire que cela m'a vraiment laissé de glace.

Callum coupe le moteur, et il prend son paquet de cigarettes entre nos deux sièges, avant de se tourner vers moi.

— Cela te dérange de sortir ? J'ai quelque chose à te dire, avant qu'on ne rentre, me demande-t-il.

Je me mords doucement la lèvre, enlevant déjà ma ceinture. J'ouvre la portière, et la température un peu plus froide de la soirée me fait frissonner. *Ou bien, est-ce la conversation que nous allons avoir...*

Je rejoins Callum, qui s'appuie comme toujours sur le capot de la voiture en allumant sa cigarette, et je me tiens un peu à distance, regardant aux alentours.

— Je n'ai pas su t'en parler, donc j'espère que tu ne m'en voudras pas, commence-t-il.

Je pars donc du principe, que cela n'a rien à voir avec ce qui s'est passé tout à l'heure à l'appartement.

Malgré le fait que cela me rassure, la façon dont Callum tire sur sa cigarette, me fait penser que c'est quand même sérieux. Je frotte ma bague de fiançailles avec mon pouce, et je baisse mon regard sur le capot de la voiture.

— Je sais que tu as regardé la conférence.

J'acquiesce de la tête, et je n'ai pas besoin qu'il en dise plus, pour comprendre que nous allons parler de son retour. Je manque de rire nerveusement, me rendant compte que je l'avais presque oubliée. *Je dois vraiment être plus fatiguée que je ne le pensais...*

— Je ne savais pas qu'elle était en ville, fait-il comme si j'avais fait le moindre reproche.

— Je n'ai rien dit, lui fais-je remarquer calmement.

Peut-être un peu trop calmement… voyant son regard me regarder étrangement. Je me mords la lèvre, décidant de me taire et de le laisser parler.

— J'ai été surpris de la voir, alors qu'elle nous a dit qu'elle ne reviendrait pas à Seattle, continue-t-il en soufflant sa fumée et se décollant de la voiture pour marcher un peu.

— Bien que je ne sache pas vraiment la raison de son retour, j'avoue qu'elle nous a aidé.

La façon dont il dit *"nous"* me fait frissonner, mais je me contente de cligner des paupières, en regardant ses bottines qui jouent avec les pierres sur l'aire de parking. Un geste que je dirais de nerveux, mais je n'ai pas plus de réaction en ce qui me concerne. Bien que cela m'ait fait un pincement au cœur, en les regardant pendant la conférence… *ceci ne me fait plus rien.*

— Quand nous sommes partis de l'agence, j'ai appris qu'elle dormait chez les James.

Je ramène mon regard vers lui, et sa mâchoire est plus que crispée. Je reviens sur ses pieds, sachant ce qu'il en pense. Je cligne des paupières plus rapidement, cherchant pourquoi il me parle de tout cela, quand une scène me vient en mémoire. Quand nous sommes allés dans le parking pour reprendre nos voitures à la sortie de l'hôpital, il a parlé à Brooke, et je me souviens que celle-ci a eu un air surpris, suivi de colère, avant de monter dans sa voiture.

— J'ai…

— Tu l'as emmenée à la villa, dis-je en revenant à son visage.

Callum se crispe et je comprends que j'ai vu juste. Il a fait un peu près la même chose avec Vanessa... alors je ne pouvais que bien comprendre ce qu'il avait fait.

— J'aurais dû en parler avec toi avant, fait-il et je souris.

— Non, le coupé-je dans son élan.

— Mais...

— Tu l'as protégée, non ? lui fais-je remarquer.

Callum s'arrête net en me regardant, et je lui souris en lui disant que nous devrions rentrer. *Brooke n'a certainement pas été de mains mortes avec elle, la connaissant.*

Bryan

Je sors de l'agence, après avoir essayé de comprendre ce qui s'est passé au juste pendant la conférence. *Qu'est-ce qu'Alexander a derrière la tête pour faire revenir Melly ?* Il sait que nous sommes au courant de ce qu'il a fait, et cela pourrait lui faire perdre tout ce qu'il a bâti. Pourtant, il la fait revenir sans aucun état d'âme.

J'ai mal le crâne, à force de chercher les raisons, qui l'ont poussé à agir ainsi... si bien que je n'ai pas fait attention à l'enveloppe qui se trouve sous mon essuie-glace. Je sors de la voiture en respirant fort, et je prends cette enveloppe. Je fronce les sourcils en l'ouvrant, ayant une impression étrange.

Mon regard se fige sur ce qui se trouve et je regarde autour de moi, cherchant un indice sur qui aurait pu mettre cela.

Chapitre 64

Rien ne va

Callum
J'ai vraiment du mal à la cerner aujourd'hui, et j'avoue que cela me pèse beaucoup sur la poitrine, alors que je rentre dans l'allée où sont les voitures de Spencer,

Brooke et Taylor. Je coupe le contact, et je sursaute presque de surprise, de la voir sortir de la voiture aussi vite. Je penserais qu'elle prendrait le temps de souffler une minute, avant de rentrer. Mais alors que je la regarde passer devant la voiture... cherchant la raison de mon appréhension ; elle se tourne vers moi souriante.

Mon premier réflex est de lui rendre son sourire, mais je le ravale aussi sec, car bien qu'elle me sourie... *je ne vois rien dans son regard.* Je passe la main dans mes cheveux, me demandant ce qui se passe avec moi au juste aujourd'hui. J'ai l'impression que je vois des choses qui n'y sont pas, alors qu'elle m'attend à quelques pas de la voiture en me souriant.

Je prends une bonne inspiration, et je sors à mon tour de la voiture en la regardant. J'esquisse un sourire, alors qu'elle me tend la main. *Putain, je deviens dingue !* Car plus nous avançons vers la villa, *plus j'ai l'impression que sa main refroidit la mienne.* Je m'arrête, la stoppant du même coup, alors que nous arrivons à la porte et je la tourne vers moi. Je scrute son regard perplexe posé sur moi, et je pose mon front contre le sien doucement.

— Qu'est-ce que tu fais ? me demande-t-elle.

— Je vérifie que tu n'as pas de fièvre, dis-je simplement et elle se recule en souriant.

Non, je ne peux pas répondre à ce sourire qui n'est pas naturel. J'ai tellement l'impression que je rate quelque chose... *mais quoi ?*

Gaby se retourne, et elle ouvre la porte de la villa, avant que je n'aie eu le temps de lui demander ce qui ne va pas au juste. Son sourire est tellement faux, que je ne peux que voir la différence, pour l'avoir photographiée tant de fois dans ma tête et dans l'appareil.

Je me contente donc de la suivre dans la villa, qui me semble bien calme, et mon regard se porte vers la terrasse, où se trouve Spencer et Brooke. D'après ce que je vois, cela n'a pas l'air d'aller bien pour eux-deux. Mon regard se porte directement dans la cuisine, où j'aperçois Taylor seule qui semble ruminer. Je m'arrête net, comprenant que Brooke a certainement fait des siennes.

Je passe la main dans mes cheveux, me rendant compte que j'ai eu tort de dire à Brooke de venir à la villa. Mon regard cherche Melly, mais je ne la vois nulle part, alors que Gabriella, après avoir fait la bise à Taylor demande où se trouve Melly.

— Euh, elle est montée à l'étage, nous informe Taylor.

Elle plonge un regard étrange vers moi, qui me confirme qu'il y a bien eu quelque chose avec Brooke.

Je me rends de plus en plus compte, que je ne gère plus rien du tout, et certainement pas ce qui se passe à l'instant, alors que Gabriella sort de la cuisine. Un sentiment de peur me traverse et je l'attrape par le bras. Son regard se tourne vers moi, interrogateur avant de se poser sur ma main.

— Où vas-tu ? lui demandé-je.

— Je vais dire bonjour à Mellyssandre, répond-elle tout naturellement.

Je devrais la retenir, mais mes doigts lâchent son poignet, la laissant monter les escaliers...

Gaby

Arrivée à l'étage, je regarde où elle pourrait se trouver. Mon regard se porte vers la porte du fond du couloir, qui se trouve à l'opposé de notre chambre... une pièce où je ne suis jamais allée d'ailleurs. Je m'avance dans le couloir, mais je m'arrête à quelques pas de la porte entrouverte en l'entendant parler.

— Non, je vais bien. C'est juste que je ressens des drôles de choses, depuis que je suis arrivée ici, fait-elle à son interlocuteur.

Je reculerais bien pour la laisser parler, mais mon corps n'a pas l'air d'accord... et encore moins ma curiosité.

— Je ne l'ai pas encore vue. J'espère qu'elle ne m'en voudra pas, de ne pas avoir su dire non à Callum.

Je porte ma main à ma poitrine, comprenant qu'elle se sent mal à l'aise d'être là. Je prends une bonne inspiration, et je me décide à montrer que je suis présente.

— Je vais te laisser. Je t'appelle demain matin, dit-elle à son interlocuteur en me regardant, maintenant que je suis à l'embrasure de la porte que j'ai entrouverte un peu plus.

Mellyssandre se lève du lit où elle était assise, et je vois dans son regard qu'elle est plus que mal à l'aise. Elle n'arrive pas à garder celui-ci sur moi. Je décide donc de rentrer dans la chambre, et je tends doucement mes mains pour prendre les siennes.

— Je suis désolée que tu aies dû venir ici, fais-je.

— Non, s'exclame-t-elle alors que je serre ses mains dans les miennes.

— C'est normal que je sois venue. Quand monsieur James m'a dit, ce que mon demi-frère vous avait fait... je me devais de revenir, m'explique-t-elle.

Je remarque que ses yeux émeraudes sont plus que brillants.

— Tu n'as pas à porter le poids de ce qu'il a fait, fais-je en tenant un sourire qui intérieurement me mange les tripes.

Non, que je lui mente loin de là... Mais du fait, qu'elle ne sait pas ce qu'il lui a fait à lui aussi. Je me souviens de ces mots, concernant son aide pour la briser et qu'elle quitte Callum. Je tressaille, rien que d'y penser et Mellyssandre se met doucement à pleurer.

— Tu n'as pas à pleurer, fais-je en la prenant dans mes bras.

— Toi aussi, tu as souffert, dis-je en oubliant pendant un instant qu'elle ne s'en souvient pas.

— Mais il vous a fait souffrir, car il pensait t que j'étais morte, pleure-t-elle alors que ma main tape doucement dans son dos.

— S'il avait su... Si j'avais eu le courage de revenir à Seattle, tout ceci ne serait jamais arrivé, continue-t-elle et ma poitrine me serre comme jamais.

Je vois à nouveau son regard amusé et plein de haine, quand je lui ai dit qu'elle n'était pas morte. *Il ne m'a pas cru...* C'est vrai que tout ceci ne serait pas arrivé, si elle avait fait son retour plus tôt. Mais je suis convaincue, que tout ce qui se passe et s'est passé, est pour une bonne raison. Une raison que je ne sais pas encore, mais dont je saurai la cause un jour.

En attendant... *ni elle, ni Gloria ne doivent porter cette douleur en elles.*

Callum

Je n'attends pas que Taylor m'explique ce qui se passe au juste, et je me dirige à ce qui est, pour moi la source de cette tension. J'ouvre la porte de la porte-fenêtre en allumant ma cigarette, et mon regard se pose sur le visage en larmes de Brooke.

— Raconte, lancé-je vers elle quand elle se décolle des bras de Spencer.

— Callum, intervient Spencer mais je ne la lâche pas du regard.

Je sais très bien de quoi Brooke est capable, et je ne veux pas qu'elle joue à cela... *même si c'est pour défendre Gabriella.* Melly n'a rien fait qui lui permette de la traiter mal, alors il va falloir qu'elle se calme et vite.

— Brooke, si tu veux pouvoir venir quand tu veux, commencé-je en soufflant ma cigarette.

— Tu as intérêt à garder tes appréhensions pour toi, grincé-je des dents.

— Mais ?! s'exclame-t-elle.

— Je te dis clairement les choses Brooke. Si tu penses venir ici et torturer Melly, cela ne me plaira pas ! claqué-je.

Brooke écarquille de grands yeux, et je m'en veux intérieurement. Elle ne fait que défendre Gabriella... *ce qui est logique*. Mais il faut qu'elle comprenne, que je ne laisserai pas Gabriella souffrir par la présence de celle-ci. Si elle montre le moindre signe de peur vis-à-vis de Melly, je trouverai un autre endroit pour la loger. Mais dans l'immédiat, je n'ai pas d'autres solutions. Je dois tenir cette promesse que je lui ai faite aussi, et la laisser aller cher Alexander, serait vraiment inconscient de ma part.

— Tu comptes faire du mal à Gaby ? me demande Brooke.

Je la regarde, ahuri, par sa question stupide, alors que Spencer se frotte la nuque.

— Vous pensez que j'ai ramené Melly ici par plaisir ? leur demandé-je totalement décontenancé par leurs attitudes.

— Non ! s'exclame Spencer.

Mais ce n'est pas vraiment à lui que je parle là… *mais bien à Brooke.*

— Je ne sais pas, avoue-t-elle baissant les yeux sur ses mains.

Je grince des dents, me demandant si elle aussi pense cela. Mais moi, tout ce que je veux, c'est retrouvé ce que nous avions… *avant qu'il entre dans nos vies et y foute le bordel.*

— Qu'est-ce que vous faites dehors ?! s'exclame sa voix derrière moi.

Je manque de m'étouffer avec la fumée de cigarette, alors qu'elle s'appuie sur mes épaules. Mon regard croise celui de Brooke, et je perçois quelque chose qui me fait mal à la poitrine. *Elle aussi, a senti que quelque chose n'allait pas avec elle ?*

— Callum, Spencer, vous devriez aller voir s'il y a du charbon dans le garage, nous fait-elle et je déglutis.

— Je ne sais pas s'il y a de quoi...

— Mais si ! s'exclame-t-elle comme une enfant en rejoignant maintenant Brooke qui essuie encore ses yeux.

— Tu sais que Rita prévoit toujours plein de choses dans le réfrigérateur, lance-t-elle en souriant.

Brooke

Nous coupons les oignons avec Taylor, alors que Gaby danse, en lavant la salade devant nous, me rend encore plus mal à l'aise que tout à l'heure. Je m'en suis pas prise à Melly par gaieté de cœur, mais je trouve Gaby étrange depuis que nous sommes allées à l'hôpital. Voir sa sœur dans le service psychologique, après sa tentative de suicide, est une raison qui pourrait faire qu'elle essaye de décompresser. Mais moi, ce que j'ai vu... *c'est la façon dont elle a évité cette infirmière, qui tenait vraiment à lui parler.*

Gaby a été d'un coup plus que froide, et distante avec tout le monde, une fois que celle-ci est apparue. Elle n'a pas vraiment insisté, mais Gaby a changé d'attitude une fois qu'elle l'a vue. Au départ, je pensais qu'elle s'en voulait pour sa petite sœur, mais plus je la regardais auprès de son père, *plus une impression de malaise s'imposait.*

Alors, la voir maintenant, faire comme si tout allait bien, me rend vraiment sceptique. *J'ai l'impression qu'elle se force.* Que ce soit avec moi... avec Mellyssandre qui fait la salade loin de moi si possible... ou avec Callum. J'ai vu dans le regard de Callum, quand il le pose sur elle, qu'il semble lui aussi penser comme moi.

Je mets les oignons fraîchement coupés dans le plat, alors qu'elle prend son portable.

— Tu appelles qui ? lui demandé-je la voyant chercher un numéro sur son portable.

— J'invite Archie, répond-elle en quittant la cuisine pour téléphoner.
Je déglutis, me demandant à quoi elle joue pour finir…
Gaby semble se comporter comme si rien ne se passait autour de nous… *alors qu'on sait tous que tout est en train de s'effondrer...*

Chapitre 65

Un souper étrange

Archie
Quand j'arrive à la villa, où je suis étonné qu'elle m'ait invitée... je suis tout bonnement ahuri de ce qui se passe devant moi. Moi qui m'attendais à un repas de soutien, pour ce qui s'est passé récemment, ainsi que la conférence de ce jour... je trouve mes amis sur la terrasse avec de la musique comme si c'était la fête.
— Eh Archie ! s'écrie Gaby.

Assise à côté de Brooke, elle se lève, un verre à la main, venant m'accueillir. Mais je frissonne de la tête au pied, quand elle se pend à mon cou pour m'embrasser la joue fougueusement. Une sueur plus que froide, me traverse la colonne vertébrale, alors que je croise le regard noir de Callum. Je repousse doucement Gaby qui ne me lâche pas, et je la regarde surprise.
— Viens ! lance-t-elle.

Gaby me prend la main, pour rejoindre la terrasse, et je me fige littéralement en apercevant au bout de la table ; *Melly*.

Mon regard se porte directement sur Callum, qui a la tête baissée sur sa bouteille de Despérados, comme s'il jugeait de la situation. Je fais effectivement la même chose, et je remarque que personne, mise à part Gaby, a l'air de trouver cette soirée amusante. Spencer qui se tient près du barbecue, évite tout contact du regard avec Brooke, qui joue avec la paille de son cocktail. Taylor quant à elle se tient à côté de Melly, et aucune des deux ne semblent s'amuser non plus.

— Tu veux boire un cocktail ? me demande Gaby enjouée.

Je pense qu'elle en a déjà bu plusieurs, vu comment elle a les joues roses. Sans parler de ses yeux qui sont plus que brillants, mais un raclement de gorge me fait détourner le regard. Je n'ai pas besoin de vérifier... *Callum a quitté sa bouteille pour me toiser.*

— Euh oui, finis-je par répondre à Gaby qui attend.

Elle me sourit et file dans la villa, alors que Callum se lève pour rejoindre Spencer au barbecue.

— Je peux savoir ce qui se passe ? leur demandé-je sentant très bien la tension qui règne ici. Callum ne me répond pas, et je remarque qu'il regarde en fait vers la cuisine, où Gaby se trouve en train de faire des cocktails.

— Si je le savais... finit-il par me répondre.

— Tu n'en as pas parlé avec elle ?! demandé-je surpris.

— J'ai l'impression qu'elle n'a pas envie de parler, répond-il en portant sa bière à sa bouche, avant de continuer, en tout cas, elle n'a pas envie de me parler.

— Quoi ?! M'exclamé-je surpris.

Je suis prêt à lui dire, qu'il est le seul, qui arrive vraiment à la faire parler. *Mais s'il jette l'éponge, qui reste-t-il ?* Je me retourne en la voyant revenir avec mon verre, et je remarque qu'elle n'approche pas de Callum, comme ils le feraient en temps normal. *Celui-ci ne se retourne d'ailleurs pas en sa présence...* Je ne sais pas ce qui se passe ici au juste, mais je n'aime pas du tout ce que je vois. Je porte mon verre à ma bouche, la regardant

retourner s'assoir auprès de Brooke qui a du mal à garder son sourire sur le visage.
Gaby, à quoi tu joues ?

Bryan

Je ne prends même pas la peine de prendre les clés sur le contact, et je sors furibond de la voiture, marchant à un pas rapide vers la porte de sa maison. *Pas question de toquer, je sais que cet enfoiré est là.*

Pas de demoiselle courte vêtue dans le hall, je décide de me rendre dans le salon, et je trouve cet enfoiré se servant un verre devant son bar. Je fonce directement dessus, sans prendre le temps de le prévenir de ma présence, et je lui assène une droite monumentale qui me fait plus que mal aux phalanges. Mais pas moins que la douleur que j'ai dans la poitrine, depuis que j'ai trouvé cette foutue enveloppe sous mon pare-brise.

— Bryan ! s'exclame une voix que je connais trop bien.

Je me détourne de cet enfoiré au sol pour voir Pénélope derrière moi.

— Tu tombes bien ?! m'exclamé-je excédé qu'elle le couvre toujours.

— Es-tu au courant de ce que cet enfoiré prévoit de faire ?! m'écrié-je en sortant les photos et ce foutu papier de l'enveloppe que j'ai reçu.

— Il raconte n'importe quoi, veut se défendre Alexander.

Mais une fois l'enveloppe et les photos dans la main de Pénélope, je me retourne vers lui, le regard plein de rage.

— Tu as été filmé à ton insu par un journaliste ! lancé-je en le toisant de mon doigt qui montre toute la rage que je ressens à cet instant.

— Qu'est-ce... Oh mon dieu ! s'exclame Pénélope.

Elle passe devant moi, en brandissant les papiers devant Pénélope, ahurie de ce qu'elle vient de voir. Mon cœur a encore du mal de s'en remettre, et à voir sa main s'écraser sur le visage de Alexander, je comprends qu'elle aussi est choquée.

— Comment oses-tu ?! Alors, c'est toi qui as envoyé ses photos aux journalistes ?! s'exclame-t-elle furieuse.

— Calme-toi, rétorque-t-il en remettant sa chemise comme il faut, je n'ai pas envoyé celles-ci.

— Tu es un enfoiré ! Comme si ce qu'ils ont vécus n'était pas assez traumatisant.

— Arrête de faire ta choquée ! lui lance Alexander en repartant vers le bar pour se servir.

— Ce n'est qu'une photo de Gaby, qui toque à la porte, et une à l'arrivée de Callum et de la police, nous rétorque-t-il comme si c'était tout naturel.

— Non, mais tu t'entends ?! m'exclamé-je écœuré de la façon condescendante dont il parle du malheur de ma fille.

— Dis-moi Bryan, tu as été plus choqué par les photos ? me demande-t-il en portant son verre devant ses lèvres, tout en plongeant un regard narquois dans le mien.

— Ou par le test de paternité qui confirme qu'elle est ta fille ? continue-t-il et je bondis à nouveau dessus.

Callum

Le repas s'est plutôt bien passé, bien qu'elle ne se soit pas assise à côté de moi pour manger. Si j'avais l'impression que quelque chose n'allait pas à mon arrivée à l'hôpital… *ce sentiment est plus que décuplé depuis.* Je me lève de la table, pour aller fumer ma cigarette sur le côté de la terrasse, et la regarder ranger les assiettes avec Brooke.

J'ai le sentiment désagréable que cette soirée va mal finir. Il serait pourtant tellement simple que je l'attrape par le bras, et que je la force à me dire ce qui lui passe par la tête. Mais tout mon corps m'empêche de le faire, comme s'il se rendait compte, que cela ne ferait qu'aggraver les choses, au lieu de les arranger.

Je passe la main dans mes cheveux, et je me tourne pour m'appuyer sur la rambarde, alors que Spencer me rejoint pour fumer.

— Tu ne comptes vraiment rien faire ? me demande-t-il.

— Honnêtement, je ne sais pas comment aborder le problème, répondé-je en soufflant ma fumée de cigarette tout en entendant Gabriella rire dans la villa.

Son rire me glace le sang, et je vois dans le regard de nos amis, que je ne suis pas le seul à le penser. J'essaie de me contenir de ne pas m'énerver, peur de lui faire plus de mal qu'elle n'en ressent. Elle peut essayer de se duper elle-même, mais elle ne le peut pas avec ses amis… *ni avec moi.* Je sais que c'est certainement le genre de choses qu'elle faisait, devant sa sœur et son père, malgré sa souffrance due aux moqueries des autre étudiants. Mais elle ne se rend pas compte, que nous savons tous ce qu'elle vit, *et que nous ne sommes pas dupes.*

Cela me fait mal de la voir faire cette comédie, mais je ne me sens pas en état de la remettre dans le droit chemin. *Je sais que je le devrais.* Mais je crains vraiment, que cela creuse un plus grand fossé entre nous, surtout après ce qui s'est passé tout à l'heure dans l'appartement. La voir ainsi, devant moi et me rendre compte... *que je ne vois rien dans son regard...*

Je tressaille, en l'entendant revenir nous dire que les desserts sont sur la table. J'écrase ma cigarette, et je me retourne vers elle, qui pose des coupes de glace vanille avec des fruits sur la table.

— Je trouve cela super rafraichissant, fait-elle aux autres alors que je scrute les glaces sur la table.

Et alors qu'elle porte sa cuillère à sa bouche, remplie de fruits... je marche rapidement vers elle, et je balaye sa cuillère de ma main, lui faisant tout lâcher au sol.

— Qu'est...

— Es-tu devenue complètement folle ?! hurlé-je le regard noir à deux doigts d'être sur le point de la gifler.

— Mais...

— Tu n'as pas vu que tu avais des ananas dans ta glace ?! hurlé-je en prenant un pot sur la table et lui mettant devant ses yeux.

Son regard se porte sur le pot de glace, et elle esquisse un sourire, ennuyée. Ce fut le sourire de trop en ce qui me concerne... *et j'envoie le pot dans ma main exploser contre le mur.*

— Tu vas finir par arrêter ta comédie, bordel ! claqué-je en attrapant ses épaules.

Un voile de terreur se pose sur ses yeux, mais je ne lâche pas prise, et ma colère ne désemplit pas.

— Lâche-moi, fait-elle en amenant ses mains sur mes avant-bras tendus, alors que je déborde de colère.

— Callum, intervient Brooke mais je ne lâche pas Gabriella du regard.

Il est temps qu'elle arrête cette comédie, *et tout de suite*. Je ne vais pas rester là, et la regarder essayer d'échapper à la réalité, au point qu'elle vient de manquer, d'attraper une crise d'allergie par son petit jeu. Elle sait tout comme moi, la gravité que ces ananas représentent pour elle si elle les ingurgite.

— Lâche-moi ! crie Gabriella en commençant à taper sur mes bras.

— Gaby, arrête ! grincé-je des dents.

Je sens que je vais finir par faire une connerie... *que je vais regretter*, si elle continue à s'entêter ainsi.

— Lâche-moi ! crie-t-elle telle une hystérique d'un coup et je la lâche net.

Mes yeux s'écarquillent, alors que je vois son visage se crisper. Les larmes dans ses yeux débordent, et elle me gifle en un mouvement vif. Je reste la tête portée sur le côté, accusant ce qu'elle vient de faire.

— Va te faire foutre Callum Hanson ! lance-t-elle froidement avant de quitter la terrasse, poursuivie par Brooke et Archie.

Voilà pourquoi je ne disais rien... *je ne voulais pas qu'on en arrive là*. Moi, tout ce que je voulais, c'est voir un vrai sourire sur son visage... *mais ce n'est que de la haine qu'elle vient de me montrer*. Je titube un pas en arrière, et Spencer porte sa main sur mon épaule, que je refuse en allant vers l'escalier qui donne sur la plage.

Je viens de perdre Gabriella...

Chapitre 66

Tout éclate

Archie

Je suis Brooke qui court après Gaby. Je n'aurais jamais pensé qu'ils en arriveraient là, bien que je trouvais leurs attitudes étranges ce soir. Gaby court le long de la nationale, qui heureusement, est peu empruntée à cette heure-ci. Celle-ci ne semble vraiment pas s'arrêter, et je décide de dépasser Brooke qui court pourtant bien, et je finis par attraper Gaby par le bras pour l'arrêter.

— Lâche-moi ! hurle-t-elle en battant son bras libre comme si elle allait me frapper.

Je m'exécute directement, alors que Brooke nous a rejoint.

— Gaby, allons parler à la villa, lui dit-elle la voix et le souffle coupés.

— Je ne retournerai pas là-bas ! lui crie Gaby en faisant volte-face pour continuer à marcher.

— Ne sois pas stupide. Tu ne vas pas rentrer en ville à pied ! crie Brooke.

Gaby zigzague, et elle finit par se retrouver sur la route. Je la rejoins avec Brooke pour la ramener sur le côté... où elle libère une fois de plus, son bras dans un geste vif, sans un regard. Elle est froide, elle semble hors-d'elle et je ne comprends pas la raison. Callum n'avait pas tort en lui disant qu'elle était inconsciente... elle sait ce que son allergie aux ananas risque de lui faire. *On aurait dit qu'elle...*

Je frotte ma main dans ma nuque, alors que Brooke essaie de la persuader de revenir à la villa, mais celle-ci ne veut rien entendre.

— Brooke, tu devrais aller chercher ma voiture, lui fais-je en sortant les clés de ma poche.

— Ta voiture ? Pourquoi faire ?! s'exclame-t-elle.

— Si elle veut rentrer, je vais la ramener, dis-je en tenant son regard pour qu'elle comprenne que cela ne sert à rien de la forcer.

Gaby a orchestré tout ceci... Que ce soit le souper... sa façon de se désintéresser ouvertement de Callum toute la soirée. Elle ne parlera pas, et bien que je ne sache pas ce qui se passe... il est clair qu'elle n'est pas en état, de retourner à la villa quoi qu'on dise. Le mieux est de la ramener à l'appartement, et d'attendre qu'elle se calme.

Brooke me toise, et elle essaie encore une fois de faire revenir Gaby à la raison, mais celle-ci se remet à marcher... enfin zigzaguer sans montrer de l'attention à sa meilleure amie. J'arrête une nouvelle fois Brooke, qui me regarde peinée de ce qui arrive, mais elle prend mes clés en poussant un soupir de résignation. *Elle aussi, a dû comprendre ce qui se passait...*

Je me contente, alors que Brooke repart vers la villa chercher ma voiture, de la suivre. Ses épaules tombantes le long de son corps, le tic avec sa main, dont les doigts touchent frénétiquement sa bague sont une réponse pour moi. *Elle est en train de rompre avec Callum... malgré tout l'amour qu'ils se portent. Mais*

pour quelle raison ? Cela ne peut pas être en rapport avec Melly, ce sujet a déjà été réglé à Bali.
Alors Gaby, que nous caches-tu ?

Callum

— Callum, tu dois aller la chercher, me répète Spencer alors que mon regard se porte sur les pots de glace sur la table.

— Je sais, murmuré-je.

— Mais elle ne voudra pas me voir, affirmé-je.

Je me baisse pour ramasser les morceaux du pot que j'ai explosé, avec Taylor.

— Callum, si tu ne le fais pas... elle risque de ne plus revenir, et tu le sais, me fait Taylor qui d'habitude ne fait aucune remarque sur mes affaires sentimentales.

Depuis que nous nous connaissons, elle se maintenait au côté professionnelle. Mais ici, il n'y a aucune raison professionnelle, et je passe la main dans mes cheveux en me relevant. Je serre mon poing où se trouve la chevalière, et je regarde les morceaux d'ananas par terre. Ce sentiment de colère s'accentue toujours en moi, et quand Brooke apparaît à l'entrée du séjour... *je le sais.*

— Cassez-vous, lancé-je en me retournant pour m'allumer une cigarette.

Ce que je présentais depuis que je suis arrivé à l'hôpital... est donc en train d'arriver. J'en ai encore trop fait... *ou peut-être pas assez.* En tout cas, j'ai encore une fois tout fait de travers. Je passe ma main dans mes cheveux en faisant craquer ma mâchoire.

— Vous êtes sourd ?! gueulé-je en ma retournant et faisant valser les pots de glace de la table sur le sol de la terrasse.

— Cassez-vous ! claqué-je de mon regard le plus haineux vers eux.

Brooke ne se donne même pas la peine de venir sur la terrasse, et elle fait demi-tour, sachant très bien ce qui se passe... *tout comme moi et ceux qui nous connaissent.* Spencer essaie de poser sa main sur moi, mais mon regard l'en dissuade, alors que Taylor quitte la terrasse.

— Tu peux rester, dis-je à Melly qui n'a nulle part où aller.

Je rentre dans le séjour en les suivant, mais je me dirige vers la porte de la cave, où je compte bien y rester. La porte se ferme derrière moi, et je me retrouve dans le noir. Mon poing s'écrase contre la porte sur laquelle je m'appuie, et je me mets à pleurer de rage, d'être rentré dans son jeu les deux pieds joints. *Mais que pouvais-je faire d'autre ? Elle ne m'a laissé aucune chance depuis que nous sommes rentrés.*

— Gaby ! claqué-je en tapant à nouveau mon poing dans la porte de la cave avant de m'effondrer sur les marches de l'escalier.

J'ai mal comme jamais à la poitrine. Cette douleur pourrait surpasser celle que j'ai ressentie pour la mort de papa et celle de Melly. *Je veux que ça s'arrête tout de suite !*

Bryan

— Qu'allons-nous faire ? me demande Pénélope sachant maintenant quel genre d'enfoiré est *son Alexander*.

J'ai toujours pensé que ces deux-là s'étaient bien trouvés, et j'en ai plus que la preuve devant moi à cet instant. Mais il faut croire en regardant celle-ci, qu'elle semble vraiment terrorisée par ce qui se passe.

Bien entendu, qu'elle a peur… L'agence est en danger plus que jamais… Nous devons trouver une solution, et à voir le sourire sadique sur le visage de Alexander … *je sais ce qu'il veut au juste.*

— Je vais partir.

— Moi aussi ! Je ne peux pas rester une minute de plus avec cet enfoiré ! s'exclame-t-elle en prenant son sac sur le fauteuil.

— Non, tu ne m'as pas compris, l'arrêté-je en enlevant mes lunettes pour me pincer l'arête du nez.

Je prends une bonne inspiration, mais je ne vois que cela, pour qu'il ne puisse pas faire souffrir Gaby. Elle supporte déjà trop de choses, et je pense savoir ce qu'il veut au juste. Si cela peut sauver l'agence… et surtout empêcher les enfants de souffrir plus, *je ne vois pas d'autres solutions.*

— Attends ! s'exclame-t-elle.

— Tu pars ? Tu ne comptes quand même pas nous laisser gérer cette situation ? me demande Pénélope en posant sa main crispée sur la mienne.

— Je suis une menace pour Alexander depuis que je suis revenu à Seattle, expliqué-je.

— Une menace ?!

— Oui, il voit bien que je soutiens les enfants depuis le début. Et sans parler du contrat de trois ans, que nous avons avec Callum, qui stipule qu'il doit gérer les shootings, lui rappelé-je.

— Mais cela n'a rien avoir avec toi ?

— Cela à tout avoir, rétorqué-je en ramenant mon regard sur Alexander, cet enfoiré me menace avec ma paternité depuis un moment. Et si ces informations sont révélées… tu penses que Gaby acceptera ça sans sombrer ?

— As-tu vu ce qui vient de lui arriver ? Ils arrivent à peine à tenir debout tous les deux ? lui fais-je remarquer.

— Oui, c'est vrai. Mais pourquoi devrais-tu partir ? me demande-t-elle.

Je ramène mon regard sur Alexander, qui avale bruyamment sa gorgée d'alcool.

— Il t'en a fallu du temps pour comprendre, sourit-il alors que je serre le poing contre ma cuisse.

— Ma chérie, la présence de Bryan auprès des enfants, m'empêchent d'utiliser ton fils, lui confirme-t-il et j'attrape le bras de Pénélope.

— Voyons ma chère, tu faisais exactement pareil. Pourtant, tu t'es fait avoir par ton pseudo-amour maternelle, lance-t-il amusé.

— Mes pièces sont placées, pour modeler Callum, et faire de lui, un grand photographe, nous explique-t-il et je repense au retour de Melly.

— Tu veux évincer Gaby aussi ?! m'exclamé-je ahuri.

— Callum ne laissera jamais Gaby ! s'exclame Pénélope.

— Mais je ne veux pas qu'il la laisse, je veux juste qu'elle souffre comme ma fille a souffert, sourit-il et tout mon corps tressaille.

— Le départ de Bryan ne change pas vraiment, ce qui finira par arriver.

— Melly ne reviendra jamais auprès de Callum ! m'exclamé-je.

— C'est ce que nous verrons. Bien entendu, elle ne se souvient pas de lui et de tout ceci. Mais elle finira par réagir à son cœur, non ? ricane-t-il.

Je serre mon poing plus fort en sachant que tout ceci est inévitable. Mais je ne peux que rester sur ma position de partir. Car si je reste, et que ces documents entrent en possession de Gaby maintenant, elle se fermera à jamais de moi... et de Callum qui est au courant. *Juste quelques mois... Oui, juste le temps qu'elle redevienne elle-même.*

Je n'ai pas le choix, mais je suis certain que Callum, continuera à la protéger de Alexander en attendant. Et je pense que Pénélope les aidera. *C'est une conviction en moi que je veux croire.*

Callum

Je ne sais pas combien de temps je suis resté sur cette marche d'escaliers, le regard remplit de larmes, fixant le noir, alors que ma colère ne désemplissait pas, tout comme ma douleur. Mais je finis par me lever, n'ayant pas pris mes cigarettes que j'ai laissées sur la rambarde.

J'entrouvre la porte de la cave, et je m'étonne tout d'abord qu'il y ait toujours de la lampe sur la terrasse.

C'est en voyant sa silhouette devant la rambarde, que je me rappelle que Melly est toujours là.

Je rejoins la terrasse d'un pas nonchalant, et j'attrape mes cigarettes qui sont posées à côté d'elle. Je m'allume une cigarette, en regardant la lune, qui me parait affreuse cette nuit. *Mais comment pourrait-elle être autrement, vu les circonstances ?* Mon cœur, tout comme celui de Gabriella souffre et je ne sais pas comment faire pour remédier à notre douleur.

Evan a poussé là où ça faisait mal. Son jeu était parfait, et son suicide n'a rien arrangé. Tout s'est emballé depuis d'ailleurs... *alors que je pensais qu'on avait une chance de s'en sortir.*

Je tire fortement sur ma cigarette, en pensant que je me suis ramolli. J'ai ouvert mon cœur à Gabriella... et pourtant, je l'ai laissée souffrir plus, que je n'aurais pu laisser souffrir quelqu'un. Je passe la main dans mes cheveux, me dégoutant plus que tout. J*e suis plus que misérable. Quoi que je fasse... ou quoi que je dise ne l'aide pas.* Et je ne sais pas si cela changera un jour après ce soir. J'ai l'impression qu'un précipice s'est mis entre nous, et je ne sais pas comment le franchir.

— Je vais rentrer.

— Tu ne déranges pas, fais-je en tirant à nouveau sur ma cigarette.

— Ce n'est ni bon pour moi, ni pour toi d'être ici, fait-elle en se tournant pour rentrer.

— Quand tu as cassé ce pot tout à l'heure. J'ai eu mal pour toi, dit-elle et je passe ma langue entre mes lèvres avant de serrer les dents.

— J'ai peur que si je reste ici, la mémoire me revienne, continue-t-elle.

— Ce ne serait pas une mauvaise chose, rétorqué-je.

— Ce serait une mauvaise chose, parce que je ne voudrais peut-être pas te dire d'aller la chercher... au lieu de rester là à te morfondre, fait-elle et je tressaille.

J'entends ses pas rentrer dans la villa, et j'inspire profondément. Non, pas qu'elle vienne de craindre à ses sentiments, si elle retrouve la mémoire... mais qu'elle a raison... *je dois aller retrouver ma précieuse.*

Chapitre 67

Rien n'est normal

Callum

Je serre le volant plus fort entre mes doigts, me maudissant d'avoir dû attendre si longtemps pour me rendre compte, que je ne peux pas la laisser seule ainsi. *Oui, elle m'a rembarré comme jamais...* mais je n'aurais pas dû la laisser me mettre de côté depuis l'hôpital... ni depuis ce qui s'est passé à l'appartement. Je pensais sincèrement qu'en la laissant tranquille un peu, elle reviendrait d'elle-même à mes côtés... *mais je me suis fourvoyé.*

J'ai sauté les deux pieds joints dans ce qu'elle voulait, et je m'en veux de ne pas m'en être rendu compte. Elle a certainement une raison qui m'échappe pour être ainsi. Gabriella ne m'a pas repoussé une seule fois depuis cette nuit, mais je n'ai pas cherché à l'approcher plus qu'il ne faut, non plus. Si elle s'en veut pour ce qui s'est passé à l'appartement, je dois lui faire comprendre que cela ne change rien pour moi, et que je suis toujours là. *Même si j'avoue ne plus savoir comment réagir avec elle, depuis...*

Pourtant, le cœur qui bat dans ma poitrine, ne bat que pour elle... et souffre tellement, que je ne peux que vouloir l'avoir à mes côtés. *Comment ai-je pu, pendant un moment, penser à la laisser prendre de telles distances ?!* Je suis maintenant à dix minutes de son appartement, quand mon portable sonne. J'enclenche le kit main-libre en me concentrant sur la route, vu la vitesse à laquelle je roule... et étant, je l'avoue... *un peu éméché.*

— "Comment vas-tu ? Nous n'avons pas vraiment eu l'occasion de parler." me fait Bryan et je fronce les sourcils au son de sa voix.

Est-il déjà au courant que nous nous sommes disputés ?

— Disons que ce n'est pas la joie, avoué-je.

— Mais je vais arranger cela, m'empressé-je de dire alors que ma poitrine me lance.

— "Oh, je vois."

Je me rends alors compte, qu'il ne sait pas ce qui se passe entre sa fille et moi, et je m'allume une cigarette en entrant dans Seattle.

— "Je vais te laisser. Je voulais juste t'avertir, que je quitte le pays quelques temps, à la première heure demain matin. Je compte naturellement sur toi pour la suite."

— Je ne sais pas si je saurai capable de gérer tout ce qui nous attend, mais je ferai du mieux pour que Gabriella sourie à nouveau, lui fais-je étant à trois rues de son appartement.

— "Je te laisse les instructions dans ton... Mon bureau. Prends soin de toi et de Gaby."

Je n'ai pas le temps de répondre qu'il a déjà raccroché, mais étant donné que j'arrive dans le parking maintenant... mon esprit est déjà parti quelques étages plus haut, où j'aperçois la lumière de leur appartement allumé. Je sors de la Dodge, en passant la main libre dans mes cheveux, tout en regardant vers la fenêtre de sa chambre, et je tire une dernière fois sur ma cigarette pour rejoindre le bâtiment.

L'espoir et le courage que je pensais avoir en roulant jusqu'ici me semble pesante, alors que je monte les escaliers pour la rejoindre. Un sentiment de peur pure m'envahit, alors que je vois déjà la porte, et je serre la mâchoire, me demandant ce qui nous attend tous les deux. *Arriverons-nous vraiment à passer outre ce qui nous est arrivé ?*

Archie
— Gaby, je sais que tu n'as pas envie d'en parler. Mais tu viens de te disputer avec Callum, et depuis que nous sommes montés dans la voiture, tu n'as pas versé une larme ! fais-je alors que nous montons les escaliers.

Gaby n'a fait que chanter durant tout le trajet, comme si nous revenions d'une fête entre amis, et qu'elle rentrait simplement chez elle.

Gaby ouvre la porte de l'appartement, se déchausse et allume la lampe, sans dire un mot. Je sais qu'elle souffre de ce qui vient de se passer, mais elle ne doit pas rester enfermer seule comme elle compte le faire. Je la suis dans l'appartement, et elle ouvre le frigo en continuant de fredonner. Son attitude me glace le sang depuis tout à l'heure, et la voir sortir une Despérados et de la limonade, ne m'aide pas. Pourtant, je prends la bière qu'elle me tend sans dire un mot, cherchant ce que je pourrais dire pour qu'elle me parle enfin.

— Il faut que je prépare mes affaires, lance-t-elle simplement en buvant une gorgée de sa limonade.

— Tes affaires ?! demandé-je surpris.

— Oui, papa dort à l'hôpital ce qui n'est pas bon pour son dos. De plus, il travaille encore, m'explique-t-elle en posant le verre sur la table pour rejoindre le couloir.

— Je vais aller le rejoindre, pour qu'il puisse revenir dormir à la maison, continue-t-elle dans la chambre.

— Il ne va pas se poser des questions ? Après tout, tu étais chez Callum et tu reviens tard le soir, lui fais-je remarquer.

Gaby arrête de prendre des vêtements dans l'armoire, et je la scrute. Son visage regarde quelque chose dans celle-ci, et je n'ai pas besoin de vérifier. Les vêtements qu'elle porte en main sont les siens. *Je reconnais le style de tenue qu'elle portait à son arrivée à Seattle.*

Un style vestimentaire très simple, qui ne correspond plus du tout à la jeune femme qui se tient devant moi. Pourtant, ce sont les vêtements de la collection qu'elle regarde.

— Je dois me changer, fait-elle et je comprends que je dois sortir de la chambre.

Je retourne donc vers la cuisine, où je pose ma bouteille pour répondre au message de Brooke, qui me demande si tout va bien. Je lui réponds qu'elle est calme, et je referme mon portable en voyant qu'elle sort de la chambre.

— Ça fait du bien ! s'exclame-t-elle.

Gaby, comme je le pensais, porte un T-Shirt jaune un peu trop grand pour elle, et un de ses jeans bleu délavé qui cache la moindre de ses formes. *Il n'y a plus de traces de maquillage sur son visage, et...*

— Où est ta bague ? demandé-je surpris.

— Je n'ai plus vraiment de raisons de la porter non ?! lance-t-elle amusée et je la toise.

— Gaby, vous vous êtes juste disputés, essayé-je de tempérer la situation alors qu'elle pose un sac de vêtements sur la table.

Gaby s'arrête en mettant sa trousse de toilettes, et son visage se referme. Je fais le tour de la table, pour poser ma main sur son épaule, afin de la rassurer... mais je me ravise au dernier moment, sachant qu'elle ne supporte certainement plus qu'un homme la touche.

— Ce n'était pas une dispute et tu le sais, murmure-t-elle.

Callum

— Archie ? fais-je surpris.

Mais honnêtement, je m'en doutais qu'il serait ici. Celui-ci ne laisse aucun doute sur la position de son bras, alors qu'il ne me laisse pas entrer dans l'appartement et je plisse mon regard.

— Je ne pense pas que ce soit le moment, fait-il froidement.

Je le toise, arborant mon plus beau sourire froid sur mes lèvres.

— Arrête tes conneries ! balancé-je, laisse-moi voir Gabriella.

Archie fait un pas dans le hall, tout en refermant la porte. Je fais craquer mon cou, en baissant la tête, avant de serrer mes poings alors qu'il se trouve limite contre moi.

— Callum, laisse tomber pour ce soir, fait-il et je relève un regard noir vers lui.

— Je veux la voir maintenant, grincé-je des dents.

— Elle ne veut pas, fait-il tenant mon regard comme jamais et je grince de plus en plus fort des dents.

— Dégage, grogné-je sentant que je vais perdre mon sang-froid.

— Je te dis qu'elle ne veut pas te voir. Laisse-la respirer un peu.

— Respirer ?! m'exclamé-je ahuri.

— Je ne fais que ça depuis des jours. Et tu vois où ça nous mène ! lui fais-je remarquer.

— Alors, laisse-moi lui parler.

La porte de l'appartement s'ouvre et j'entrouvre la bouche, faisant un pas de côté pour la voir. *Mais je cale net en voyant que c'est son père.*

— Oh, désolé, m'excusé-je alors que Archie recule.

— Tu devrais aller lui amener son chargeur, dit Alberto à Archie et je les regarde perplexe.

Archie acquiesce et sans un regard, il quitte l'étage pour repartir vers les escaliers.

— Callum, entre, fait Alberto.

Mais là, mes pieds ont plutôt envie de suivre Archie, et de savoir où il a emmené Gabriella.

Je ne comprends rien de ce qui se passe devant moi. J'ai l'impression que j'ai raté ma chance de récupérer

Gabriella. Je baisse la tête et je reviens vers Alberto, qui attend que j'entre dans l'appartement. Mes épaules s'affaissent et j'expire profondément, avant de rentre dans celui-ci.

Je remarque tout de suite les bouteilles de bière sur la table, et je tressaille en comprenant qu'ils ont eu une conversation tous les deux... *et que cela ne va pas me faire plaisir.* Les battements de mon cœur s'affolent encore plus, alors qu'Alberto me tend une Despérados, et mes mains que je lève pour prendre la bouteille, tremblent tellement, qu'il pose sa main sur la mienne quelques instants avant de s'assoir.

— J'ai eu vent de ce qui s'est passé aujourd'hui, commence-t-il.

Je reste là, debout, attendant la sentence qui va me tomber dessus. Je savais que je n'aurais pas dû m'énerver, mais je ne pouvais quand même pas la laisser manger ces ananas sans rien dire. Et rien dans son attitude n'était naturelle. *C'était... Ce n'était pas elle...*

— Gaby m'a dit qu'elle t'avait fait du mal aujourd'hui.

— Euh, non, le corrigé-je et il esquisse un sourire.

— Je suis au courant de tout ce qui s'est passé, me fait-il remarquer.

Je fronce les sourcils... totalement perdu. S'il sait tout, il doit savoir que c'est moi, qui ai perdu mon sang-froid comme toujours, non...

— Gaby ne t'en veux pas. Elle sait qu'elle a mal agi.

— Mais elle n'a rien fait, insisté-je.

— Callum, tout dans l'attitude de Gaby n'était pas normal... ni pour toi, ni pour moi aujourd'hui, fait-il en portant sa bière à sa bouche.

— Son air passif... quand elle croit qu'on ne la regarde pas. La façon de fixer un point dans une pièce... allant jusqu'à se mettre à rire, quand on la surprend de le faire, continue-t-il et j'acquiesce.

— Je connais sa façon de faire mieux que personne. Et tout ce que tu as à faire, c'est la laisser s'enfoncer elle-même.

— Hors-de-question ! m'exclamé-je ahuri.

— Je l'ai laissée faire toute la journée ! Et vous voyez ce que cela à donner ?! Elle est partie !

— Je sais. Je sais, m'arrête-t-il alors que je serre la mâchoire de colère.

Comment ose-t-il me dire de la laisser s'enfoncer toute seule dans sa souffrance ? Moi aussi, je souffre, et nous ne pouvons que surmonter tout cela, que si nous sommes ensemble. *C'est eux qui m'ont prouvé que cela fonctionnait...* C'est Bryan et Alberto, qui me poussent chaque jour, à avancer avec elle dans la merde dans laquelle, on s'enlise tous les jours. Nous sommes sortis plus forts de beaucoup de choses... *et je ne vais pas laisser Gabriella s'enliser seule.*

Je ne sais pas ce qui s'est exactement passé, mais quand Alberto s'est levé pour venir poser sa main sur mon épaule... *j'ai eu l'impression qu'il me testait.* Car il m'a souri, en me disant que Gaby se trouvait à l'hôpital, aux côtés de sa petite sœur.

Je n'ai pas pris le temps de le remercier, j'ai couru hors de l'appartement... le cœur battant la chamade pour rejoindre ma voiture. Je ne sais pas ce qui se passe au juste dans sa tête, *mais je sais que nous ne pouvons rester loin l'un de l'autre.*

Arrivé à l'hôpital, je cours dans les escaliers, ne voulant pas perdre un instant. Ses heures déjà loin d'elle, m'ont rendue dingues, et je ne veux plus perdre de temps. Je veux qu'elle sache que je suis toujours là... *et que je ne désire que la voir sourire à nouveau.* Mais ce qui se passe devant moi quand j'arrive dans la salle d'attente m'arrête net.

Ma poitrine vient de se décomposer, alors que mes tempes toquent d'avoir couru ainsi... *Ou de retenir ma rage...*

Chapitre 68

Impardonnable

Archie

Je regarde Gaby perplexe, essayant de comprendre ce qu'elle vient de me dire. Je recule d'un pas sous le choc, mais alors que je m'attends à ce qu'elle me dise que c'est une blague... son regard dévie de moi, et elle m'attrape en une fraction de seconde pour m'embrasser.

Ses lèvres se plaquent férocement contre les miennes, et je n'ai pas le temps de la repousser, que je me retrouve projeter en arrière. Je relève mon bras, pour l'empêcher de m'asséner sa droite qui me lance violemment dans l'avant-bras, mais je n'ai pas le temps de réagir quand son gauche s'abat sur mon visage. L'impact est plus que violent, *mais cela n'est rien en comparaison de la rage, qu'il me lance dans son regard noir.*

— Callum, lâche-le ! crie Gaby.

Mais elle sait tout comme moi, que s'il nous a vu faire… *c'est peine perdue.*

Je le repousse pourtant plusieurs fois, essayant d'éviter ses coups… *mais rien n'y fait.* Je ne fais absolument pas le poids contre lui, et surtout dans l'état de rage dans lequel il se trouve à l'instant.

— Enfoiré ! Je vais te crever ! hurle Callum d'une rage que je comprends.

Moi-même, alors que son poing s'écrase une nouvelle fois sur mon visage, et que je sens cette fois-ci le goût du sang… *j'ai la rage.* Pas contre lui, ni contre Gaby… qui a certainement vu là, une façon d'en finir avec lui pour du bon. J'ai la rage sur le mal que cet enfoiré leur a fait…et dont je sais maintenant… *qu'ils ne se relèveront jamais.*

— Callum, ça suffit ! essaye d'interférer Gaby.

C'est clairement à cet instant, que je comprends que cette fois-ci… *elle a ce qu'elle voulait.* Callum l'attrape fermement en se relevant et il la gifle violemment.

— Il y a des choses que je ne pardonne pas Gaby ! claque Callum.

Je me redresse comme je peux, et mon regard se pose sur elle. Elle reste impassible devant lui… *comme s'il ne se trouvait pas là.* Les portes de la salle d'attente s'ouvrent, et des gars de la sécurité de l'hôpital attrapent Callum, qui se laisse faire, ne quittant pas Gaby du regard *qui tient le sien comme jamais. Rien… aucune émotion ne laisse paraitre d'elle. On dirait qu'elle s'est mise en mode arrêt total.*

Je finis par réussir à me lever, aider de l'infirmière, avec qui elle parlait tout à l'heure et je rejoins Gaby.

— Tu ne peux pas faire ça, fais-je paniqué en voyant qu'elle s'est totalement fermée.

— Tu crois que j'ai le choix ? me demande-t-elle d'une voix inaudible.

— Gaby, tu dois lui dire ! m'exclamé-je.

— Cela ne changera rien, fait-elle.

Elle se détourne de moi, une fois que la porte de la salle d'attente se referme.

— Vous devriez soigner cela, me conseille l'infirmière alors que je passe ma langue sur le sang de ma lèvre fendue.

— Qu'est-ce que vous lui avez dit au juste tout à l'heure ? demandé-je sachant qu'elle sait quelque chose que Gaby ne m'a pas dit.

Gaby

Je rentre dans les toilettes pour mettre de l'eau sur mon visage. *Non, je ne pleure pas.* Je me suis résignée depuis un moment déjà... et avec ce qu'elle m'a dit, quand Archie était parti... *je ne vois pas ce que je pourrais faire d'autre.*

Je laisse couler l'eau dans l'évier, regardant celle-ci disparaitre dans le siphon, comme si je regardais notre amour s'envoler. *Je sais que je viens de lui faire du mal, mais je n'avais pas le choix.* Je ne peux rien faire d'autre, que lui faire comprendre, que nous n'avons plus rien à faire ensemble. *Je ne suis pas la femme qu'il lui faut, et je ne le serai jamais.*

Mes erreurs nous ont fait trop de mal, et cela ne s'arrangera plus jamais. *Il est temps que je mette un terme pour du bon à tout cela.*

— Où est-elle ?! entendé-je crier dans la salle d'attente et je ramène ma main sur le robinet pour l'arrêter.

Je prends une grande inspiration et je scrute mon visage dans le miroir.

— Tu peux le faire, me motivé-je.

Telle une automate, je me dirige vers la porte des toilettes pour ouvrir celle-ci, et me trouver face au regard incendiaire de Pénélope.

— Tu te rends compte que les journalistes sont déjà au courant de ce qui vient de se passer ?! crie-t-elle en avançant vers moi.

Je sens mon corps tressaillir, sachant que ce que je vais dire, va mettre définitivement un terme à notre relation. Je glisse mon pouce sur l'emplacement de ma bague, qui n'y est plus… mais qui se trouve dans ma poche… et je déglutis, ravalant la bile qui me monte dans la gorge. Je dois vraiment le faire, *je n'ai pas d'autres choix…*

— Je suis enceinte.

Ses mots qui viennent de sortir de ma bouche, sont comme des lames de rasoir qui viennent de réanimer, toute ma douleur en moi… mais qui arrête Pénélope dans son élan, alors que Archie apparait derrière elle. Mon souffle est de plus en plus court… *mais je dois tenir.* Dans cinq minutes, je pourrai aller m'effondrer au pied du lit de ma sœur. *Je dois juste être claire avec eux sur la situation de non-retour.*

— Je savais que tu étais comme ta mère ! se met-elle à hurler.

Et bien, que j'aie envie de lui arracher les yeux de parler de ma mère, je me contiens comme jamais... *la gorge en feu.* Cette bile qui s'y trouve, me brûle comme le ferait du poison. *L'enfer à côté serait une balade de santé.*

Pénélope est furieuse comme jamais, et elle se retourne en faisant les cent pas.

— Te rends-tu compte que c'est déjà l'enfer dans nos vies ?! Et toi, tu te permets de tomber enceinte de Callum pour couronner le tout ! fait-elle après avoir pris le temps de ne pas perdre le contrôle devant les gens comme toujours.

— Ce n'est pas lui le père.

Si j'avais mal à en crever, l'horreur que je vis à cet instant, surpasse tout le reste. Je sens ma poitrine s'arrêter de battre à l'instant, où je dis ses mots... et je dois ouvrir ma bouche, pour essayer d'amener de l'air qui semble avoir disparu de la pièce. *Je n'y arrive pas, je ne peux plus respirer.* Je porte ma main à ma poitrine, essayant encore et encore. Je tape sur celle-ci, pour que je ne meurs pas là... *devant la chambre de ma sœur.*

Un masque d'oxygène se pose sur ma bouche et mon nez, et je repousse l'infirmière. Mais le regard de Archie, qui se tient accroupi devant moi maintenant, me pousse à respirer. Je m'agrippe à la main qu'il me tend et je respire tant que je peux.

— Calme-toi, fait Archie dont les yeux sont remplis de larmes.

Je m'en veux de l'avoir utilisé tout à l'heure... *mais que pouvais-je faire d'autre ?* Je ne pouvais pas lui dire, et je savais que cette limite, serait intolérable pour lui. Je savais que cela mettrait fin à nous deux. *Alors pourquoi devrais-je attendre plus longtemps ?*

Cette grossesse n'est pas de lui, et même si elle l'était... nous ne pourrions pas l'avoir, si nous souffrons tous les deux, du doute qui va nous poursuivre jusqu'à l'accouchement. L'infirmière m'aide à me relever, et me conseille d'aller m'allonger... mais je sais que Pénélope n'a pas fini de parler. Je lui fais donc signe que je vais bien, et Archie me fait m'asseoir sur une chaise, alors que Pénélope est outrée dans un coin de la salle d'attente qui est vide. *Je n'avais même pas fait attention à ce détail.*

— Le test est clair, il correspond à ce jour-là, dis-je doucement en essayant de me concentrer sur ma respiration.

— Mais tu prenais la pilule, non ?! Ou alors la première fois ne t'a pas suffi ?! me reproche-t-elle.

— J'ai eu des soucis avec des médicaments douteux, qui ont atténués l'effet de la pilule, lui expliqué-je en continuant de regarder un point dans la pièce tout en respirant doucement.

— Alors, débarrasses-t-en ! claque-t-elle.

Mon regard revient sur elle, et mon souffle se coupe à nouveau.

— Jamais ! lâché-je en portant la main sur mon ventre.

— Donc, tu vas abandonner mon fils... pour le rejeton d'un enfoiré qui t'as violée ! hurle-t-elle ahurie de ma réponse.

— Gaby. Tu dois tout lui dire.

Je me mords la lèvre, comprenant que Archie sait la vérité.

— Je ne pourrai peut-être plus avoir d'enfants, murmuré-je.

— Quoi ?! Et alors, tout le monde s'en fout que tu aies des enfants ou pas, plus tard ! Le plus important, c'est que tu tiennes Callum ! s'exclame-t-elle et je la regarde plus que perplexe.

— Tenir Callum ? On dirait que vous demandez à Gaby de tenir un chien en laisse ?! s'exclame Archie ahuri lui aussi de la façon dont elle vient de parler de lui.

— Tu dois assumer tes actes ! Tu as un contrat qui te lie à moi ! s'écrie-t-elle en me toisant méchamment.

— Et tu n'as pas d'autre choix, que de faire ce que je te demande ! Donc, tu dois avorter ! s'écrie-t-elle en tournant les talons pour partir.

— Si vous me forcez à le faire, je dirai la vérité à la presse, fais-je froidement en me levant et elle fait volte-face.

— Tu veux vraiment jouer à la grande ? lance-t-elle avec un sourire amusé.

— Vous ne pouvez pas me forcer, lui fais-je remarquer.

— Non, mais tu penses que les gens te regarderont de la même façon, quand ce genre de photos sortiront, et qu'ils se rendront compte que tu es enceinte de cet enfoiré ! claque Pénélope en me lançant des photos.

Mon regard se pose sur celles-ci et je me précipite aux toilettes pour vomir.

Comment est-ce possible ? Comment se fait-il qu'elle possède ces photos ?!

Callum
Je retourne à la villa, après être passé me chercher de l'alcool au petit magasin. Je porte la bouteille à ma bouche en entrant dans celle-ci, manquant de tomber dans les marches. Je me rends compte, que je ne suis plus du tout habitué à de telles drogues, *et cela ne me fait pas autant de bien que je le pensais*... Ma main avec laquelle, je l'ai giflée, me brûle plus que jamais depuis que j'ai quitté l'hôpital, et je ne parle pas de la douleur atroce dans ma poitrine.

Je n'aurais pas dû la gifler, ni mettre ma rage contenue depuis des semaines sur Archie, qui lui a servi de porte de sortie. J'ai revu la scène dans ma tête, des dizaines de fois, en étant sur la place, et je sais qu'elle a fait ça en me voyant. Je jurerais que son regard a croisé le mien, dès que j'ai ouvert la porte. Cela n'a duré qu'un millième de secondes… *mais j'en suis tellement certain.*

Pourtant, je ne peux pas lui pardonner. Elle a fait tout ça consciemment, sachant la souffrance que cela me ferait. Je ne peux pas accepter cela… *même venant d'elle.*

— Callum ?

La lampe du séjour s'allume et Melly apparait, le regard inquiet posé sur moi, assit au sol contre le mur avec ma bouteille à la main.

— Tu tombes bien ! lancé-je en sortant le sachet de ma poche et lui tendant.

— Comme tu vois, je ne suis pas en état de rouler, fais-je avec un sourire malsain sur les lèvres.

— Je ne pense pas que je sache faire cela, dit-elle ennuyée et je me mets à rire.

Pas un vrai rire, mais un rire forcé qui fait monter en moi, le démon que je suis en réalité. Voir Melly me balancer qu'elle ne sait pas faire cela, me pousse à lui montrer tout ce qu'elle peut faire de ses doigts.

Je me relève en souriant, et je m'approche d'elle en la scrutant. Son regard émeraude cherche à trouver une échappatoire, quand je pose mon index sur ses lèvres, tout en passant ma langue sur mes lèvres.

— Tu n'es pas en état. Tu vas le regretter, dit-elle en essayant de reculer.

Mais je porte ma main avec la bouteille à son dos, et je l'attire contre moi, où je mordille son oreille. La même sensation que Gabriella s'empare d'elle, *et ma poitrine se serre la sentant frissonner.*

— Je vais t'aider à retrouver la mémoire, murmuré-je à l'oreille avant de revenir à sa bouche et la conquérir...

Chapitre 69

Les choses sont claires

Archie

Pénélope sort de la salle d'attente furieuse, alors que je ramasse les photos de Gaby, qui montrent ce qu'elle a vécu durant cette nuit d'horreur, qui semble nous détruire tous. L'infirmière m'a confirmé mes craintes, au sujet de sa grossesse, et du fait que la paternité de Callum est en doute là-dessus. Preuve qu'on ne peut avoir qu'à la naissance du bébé, pour ne pas mettre en danger celui-ci, qui grandit dans son ventre. Je me focalise sur ma conversation avec l'infirmière, essayant de ne pas regarder ce que je tiens dans mes mains, tout en regardant la porte des toilettes où elle vient de rentrer.

Honnêtement, je ne sais pas quoi faire. Je vois bien qu'elle est totalement à fleur de peau, *mais elle semble aussi bien décidée sur ce qu'elle fait.* J'ai pourtant cru, pendant un instant que la sorcière, arriverait à la dissuader... mais je ne pense pas qu'elle ait réussi, en utilisant des menaces. Si elle avait eu un cœur, *je pense que les choses auraient pu être différentes...*

Je mets les photos dans la poche arrière de mon jeans, alors que la porte des toilettes s'ouvre sur le visage déconfit et en pleurs de Gaby.

C'est ça que j'attendais ! Je m'approche d'elle, et je remets sa mèche de cheveux à sa place, alors qu'elle tient sa main sur son ventre.

— Tu dois lui dire la vérité, fais-je simplement et elle ne cesse de déverser des larmes silencieuses sans un mot.

— Callum doit savoir ce qui se passe, insisté-je.

— Il ne tolèrera jamais ça, pleure Gaby.

— Même moi, si j'étais à sa place, je réagirais comme sa mère, avoue-t-elle alors que sa main frotte son ventre.

— Mais je ne peux pas faire ça ! s'exclame-t-elle en s'appuyant sur mon torse.

Je respire profondément, sentant toute sa douleur. Mais elle parle de mettre son amour de côté, pour protéger l'enfant d'un monstre. L'infirmière comprend son choix, mais cela va la détruire… *le détruire… et nous tous aussi.* Je ne parle pas que de la douleur de leur couple, mais de ce lien que nous avons forgé tous ensemble, depuis qu'ils sont en couple. *Leur amour doit pouvoir survivre à tout cela.*

— Il faut qu'on lui parle, insisté-je en passant mon bras autour de ses épaules.

— Archie...

— Il n'y a pas de retour en arrière. Au moins, tout sera clair pour tout le monde, fais-je en poussant sur le bouton de l'ascenseur.

— Callum a le droit de savoir, insisté-je.

— Il t'aime, finis-je par dire alors que les portes de l'ascenseur s'ouvrent.

Je fais un pas dans l'ascenseur, et je me sens un peu soulagé qu'elle suive le mouvement. Je sais qu'elle appréhende sa réaction plus que tout… mais si elle veut vraiment mettre fin à leur relation ; *elle doit être franche avec lui.*

Callum

— Callum, arrête ! s'exclame Melly mais je ne l'écoute pas.

Je glisse ma main sous sa blouse, en la plaquant contre le mur et tout son corps réagit à mon toucher.

— Callum... murmure-t-elle en essayant de me repousser encore une fois.

Mais je ne compte pas m'arrêter, je suis trop impliqué dans ce que je fais à cet instant. J'ai l'impression que ma colère contre Gabriella, n'est plus la raison pour laquelle je fais ça.

Une fois que mes lèvres se sont collées aux siennes, tout m'est revenu, comme si nous ne nous étions jamais séparés. Il n'y a aucune dureté dans mes gestes sur son corps, il n'y a que le la tendresse. Je quitte sa bouche, posant mon front contre le sien alors qu'elle halète, en se mordant la lèvre. *Je sourirai presque de voir qu'elle a toujours les mêmes réactions qui sont identiques à...*

— Ce n'est pas...

Je reviens à sa bouche pour la faire taire, et je la conquiers, alors que je descends ma main le long de ses cuisses, pour y sentir cette douceur et cette chaleur que j'aimais tant. Mon cœur, alors qu'elle pousse un gémissement de plaisir me lance. Je suis partagé entre mon désir que j'ai toujours en moi pour elle... *et la douleur de faire cela à Gabriella.*

Mais je m'abandonne totalement contre elle, tout comme Melly qui me montre enfin un peu d'attention. Je l'attrape à califourchon, et je l'emmène sur la table de la salle à manger où je défais mon pantalon.

— Si on fait ça, tu ne nous le pardonneras jamais, dit-elle en remontant ma mèche de cheveux alors que je m'apprête à entrer en elle.

Je passe ma langue entre mes lèvres, comprenant que même après autant d'années... et même si elle a perdu la mémoire, *elle reste elle-même.* Elle pense aux conséquences de nos actes, tout comme la première fois où je lui ai fait l'amour. Le visage de Archie me vient en pleine figure, et je secoue la tête, avant de la poser sur son épaule.

— C'est elle que je ne pardonne pas, murmuré-je alors que ses mains glissent dans ma nuque qu'elle caresse.

Je ferme les yeux, ne sachant plus où j'en suis à cet instant. Je ne veux faire du mal à aucune des deux… *mais c'est encore moi qui souffre le plus dans l'histoire.* Il me suffirait d'oublier tout cela pendant un instant, et de faire l'amour à Melly comme je le désire.

Je ferme les yeux en serrant les dents, et je décide que ce que je veux maintenant, à cet instant, *c'est Melly.* Je veux sentir sa douceur, et pas la souffrance de Gabriella. Je reviens donc à sa bouche, et je l'embrasse fougueusement en entrant en elle.

— Callum ! s'écrie Melly alors que j'assène des coups de rein en elle.

Je sais que je suis dure, et je ne m'arrête pas pour autant, voulant tout sortir de ma tête juste un moment. Mais je reçois quelque chose dans mon dos, qui m'arrête net. Je me retourne dans ses yeux chocolat… *remplit de larmes.*

Je n'ai pas l'occasion de dire un mot, qu'elle fait volte-face… et mon regard se pose dans celui de Archie. Celui-ci secoue la tête vers nous, alors que Melly saute de la table.

Archie ne dit pas un mot, et il se détourne de nous lui-aussi, pour sortir de la villa. Ma poitrine me lance méchamment, *mais je souris.* Je souris en regardant la bague de fiançailles qu'elle vient de me lancer dans le dos.

Les choses sont claires pour tout le monde ainsi…

Gaby

— Je m'excuse, répète Archie encore une fois alors que nous remontons à l'étage de ma sœur.

— J'ai juste récolté ce que j'ai semé, non... lancé-je d'une voix rauque mais sereine.

Je sais que tout ceci est de ma faute... *et je ne reviendrai pas sur mes choix*. Mon regard se pose sur celui de mon père, qui se tient dans la salle d'attente, et me regarde perplexe, ne comprenant pas ce que je fais là. Archie me laisse le rejoindre, et celui-ci me prend dans ses bras comme s'il savait ce qu'il venait de se passer.

— J'ai appris ce qui s'est passé avec Callum, fait papa me serrant fort contre lui, ma chérie, tu ne dois pas faire ça. Vous êtes...

— Papa, le coupé-je en reculant et prenant ses mains.

— Je dois te parler, fais-je en l'incitant à s'assoir.

Je ne pensais pas que tout s'enchainerait aussi vite, mais je n'ai pas le choix. Je dois rester encore un moment, *forte*, et en finir maintenant que tout est fait. En ce qui nous concerne... *Il n'y a plus de "nous"*...

— Vous n'avez pas su arranger les choses ? me demande papa inquiet et j'esquisse un sourire.

Le même que Callum... Un sourire pour cacher la souffrance que nous avons, mais dont nous savons que nous ne nous en sortirons plus. *Nous avons été trop loin...*

— Papa, je suis enceinte, dis-je avant de me mordre la lèvre.

— Quoi ?! s'exclame-t-il, mais c'est magni...

— Non, l'arrêté-je en baissant mon regard sur nos mains.

J'ai les mains tellement moites, que je ne sais pas si j'arriverai à lui expliquer. Mais je le dois. *Je ne peux pas mentir à mon père.*

— Ce n'est peut-être pas Callum le père, commencé-je et papa frissonne.

Je lui explique ce qui se passe au juste, et je contiens mes larmes du mieux que je peux, mais quand papa enlève sa main de la mienne, pour frotter mes larmes qui ont réussi à couler... *la douleur de ma poitrine se fait violente et je m'effondre dans ses bras.*

— On va faire ce qu'il faut, fait papa en frottant mon dos doucement, on va trouver une solution.

Je serre papa aussi fort que je le peux, je sais que je viens de détruire notre famille encore plus, et qu'il va encore souffrir de ma faute. Il semblait être tellement serein et heureux, depuis que nous étions à Seattle, que je me rends compte que j'ai brisé tout le monde en un rien de temps.

Pourtant, pas à un seul moment, il ne me parle d'avortement. Papa passe quelques coups de fil et le médecin arrivant, je me rends compte que le jour se lève. *Oui, celui-ci se lève sur un nouveau jour, et une nouvelle vie pour nous trois... Ou nous quatre.*

Gloria

Je tremble encore énormément, quand ma grande sœur entre dans la chambre, et je vois les traits tirés de son visage qui me font tressaillir. Celle-ci pourtant me sourit, mais j'ai tellement vu ce sourire pendant des années que je sais ce que cela signifie.

J'étais tellement dans mon tripe durant ce mois, que je me rends compte que je ne suis pas la seule à avoir souffert de ce qu'il a fait. Gaby s'assoit sur le lit à côté de moi, et elle m'attire contre sa poitrine, où je me blottis comme quand je faisais un mauvais rêve.

Des moments que j'avais oublié depuis si longtemps... *que j'ai l'impression d'avoir à nouveau dix ans.*

— Tu as mangé ? me demande-t-elle voyant le plateau sur ma table.

— Non, je n'ai pas faim, dis-je en voulant rester ainsi toute la journée.

J'ai l'impression qu'elle me protège, et je me rends compte qu'elle a toujours fait ça quoi qu'il arrive. *Alors que moi... Moi, je n'ai écouté personne. Je n'en ai fait qu'à ma tête comme toujours.* Je me mets à pleurer, et Gaby caresse doucement mes cheveux.

— Que dirais-tu si on partait quelques temps ? me demande-t-elle.

— Je ne me sens pas capable de sortir d'ici, avoué-je ne voulant pas voir le regard des gens posé sur moi.

Mon dieu, c'est au-dessus de mes forces. Je veux rester enfermer dans cette chambre, *encore et encore, jusqu'à ce que je...*

— Je te parlais de partir loin d'ici.

— Partir loin ? répété-je perdue alors que je me redresse et qu'elle me fait toujours son sourire qui ne m'aide pas à rester calme.

Je panique totalement et c'est là que je porte mon regard sur sa main. *La bague n'y est plus...*

Callum

Cela va faire une semaine, que je suis enfermé dans la chambre noire de la villa, cherchant à comprendre ce qui nous est arrivé... *ce qui lui est arrivé... ce qui m'est arrivé.* Je n'ai pas conclu avec Melly... *même si j'avoue que cela me travaille.* C'est peut-être la raison pour laquelle je suis si mal. Alors que je buvais par colère, celle-ci s'est estompée à son contact... comme Melly le faisait toujours.

Ma colère contre Gabriella s'est envolée, pour laisser place à un tas de sentiments confus, qui les concerne toutes les deux... ne me laissant pas céder aux appels de Brooke, qui m'ordonne d'aller la voir.

Je devrais... je dois aller la voir. Je dois mettre à plat tout ce qui s'est passé, et savoir où nous en sommes. Mais cette bague devant moi... *n'est-elle pas une réponse en soi ?* Je n'arrive pas à réfléchir, et je me contente de regarder ses photos... cherchant une réponse plausible à ce que nous vivons. *Y-a-t-il vraiment une solution, au problème que nous connaissons ?*

Je passe la main dans mes cheveux, m'allumant une cigarette de l'autre, alors qu'on toque à la porte de la chambre noire.

— Ouais.

— Désolée de te déranger, dit Melly en ouvrant la porte.

— Je voudrais te parler un moment, fait-elle en restant à l'embrasure.

— Je me suis déjà excusé, dis-je.

— Ce n'est pas de ça que je voulais te parler. Je voulais te dire que je vais retourner à Bali.

— À Bali ?! m'exclamé-je surpris.

— Je pense que je n'aurais pas dû revenir.

Je comprends qu'elle pense à Gabriella en disant cela. Et je ne lui en veux pas de vouloir partir, *alors que je ne sais même pas moi-même... sur quel pied danser.*

— Dis-moi Melly, qu'as-tu ressenti quand je t'ai embrassé ? demandé-je en soufflant ma fumée de cigarette.

Melly rougit... *ce qui en soi est une réponse.*

— Moi, je suis revenu à ce moment, où toi et moi étions unis. Un temps où je pensais qu'on serait toujours unis tous les deux, avoué-je.

— Je ne peux malheureusement pas dire la même chose, répond-elle.

— Mais je peux te dire, que mon corps n'a jamais réagi de telles façons, avoue-t-elle en rougissant encore plus.

Un rictus se porte sur mes lèvres, et je m'approche d'elle doucement. Je scrute son regard, cherchant un signe de réticence. Je porte ma main dans sa nuque doucement, et je pose mes lèvres sur les siennes. Nous échangeons un baiser et *ce que je pensais arrive...*

— Je n'ai plus rien ressenti, fais-je en quittant sa bouche.

— Moi non plus, avoue-t-elle à son tour et je tire sur ma cigarette en sachant maintenant ce que je dois faire.

Je sors mon portable de ma poche, et je compose le numéro de Gabriella. *Bien entendu, elle ne me répond pas.*

Je déglutis en composant le numéro de Archie, qui doit certainement se trouver non loin d'elle, mais celui-ci ne me répond pas non plus. Melly me sourit et remonte, alors que je réfléchis en me demandant si j'oserais sonner à Alberto, pour avoir au moins de ses nouvelles. Mais alors que je vais l'appeler, le numéro de Brooke s'affiche.

— Abstiens-toi de crier. J'ai repris mes esprits, fais-je en décrochant en ne lui laissant pas le temps de dire un mot.

— "Tu es trop con Callum Hanson !" claque-t-elle alors que je reçois un message, et qu'elle raccroche.

Je ne sais pas pourquoi la panique m'envahit en voyant son prénom s'afficher, et mon doigt tremblant, pousse sur le message, avant que je ne m'écroule à terre.

" Callum,

Je voulais te remercier de m'avoir protégée au cours de cette année, et que même si tu penses ne pas avoir réussi ; pour moi tu l'as fait. J'espère que tu parviendras à protéger Melly, comme tu as toujours voulu le faire. Au revoir."

*********** Fin du tome 4***********

Voilà la fin de la saga de Callum Hanson… mais je ne suis une auteure qui reste sur des non-dits, et je vous prépare la suite avec le tome Dark Promises : Elles.

Callum & Gaby vont-ils se retrouver ? Tant de questions à venir dont une de taille… Qui est le père que Gaby porte en elle ?

Découvrez-le bientôt dans la suite de leurs aventures… Si vous êtes tentées de découvrir la sortie ou mes autres livres à venir vous pouvez me rejoindre sur ma page auteure https://www.facebook.com/UsagiChan77auteur/

J'espère que vous avez pris autant de plaisir à lire que de moi de l'écrire, et même si je sais que j'ai encore beaucoup de travail à fournir pour être à un niveau plus élevé, cela n'empêche rien de vous les partager

À bientôt et merci pour votre soutien

Mali.J.Black

Printed in France by Amazon
Brétigny-sur-Orge, FR